MIRA®

Der Preis dieses Bandes versteht sich einschließlich der gesetzlichen Mehrwertsteuer.

Umwelthinweis:
Dieses Buch wurde auf chlor- und säurefreiem Papier gedruckt.

First Class Affären

MIRA®

MIRA® TASCHENBUCH
Band 20008
1. Auflage: Juni 2010

MIRA® TASCHENBÜCHER
erscheinen in der Cora Verlag GmbH & Co. KG,
Valentinskamp 24, 20350 Hamburg

Titel der nordamerikanischen Originalausgaben:

Übersetzt von: Tatjána Lénárt-Seidnitzer

Übersetzt von: M. R. Heinze

Übersetzt von: Christiane Schmidt

erschienen bei: Silhouette Books, Toronto
Published by arrangement with
HARLEQUIN ENTERPRISES II B.V./S.àr.l.

Konzeption/Reihengestaltung: fredebold&partner gmbh, Köln
Umschlaggestaltung: pecher und soiron, Köln
Redaktion: Claudia Wuttke
Titelabbildung: Harlequin Books S.A.
Autorenfoto: © by Harlequin Enterprises S.A., Schweiz
Satz: Buch-Werkstatt GmbH, Bad Aibling
Druck und Bindearbeiten: CPI – Ebner & Spiegel, Ulm
Printed in Germany
Dieses Buch wurde auf FSC-zertifiziertem Papier gedruckt.
ISBN 978-3-89941-710-4

www.mira-taschenbuch.de

Nora Roberts

Herz aus Glas

Roman

Aus dem Amerikanischen von
Tatjána Lénárt-Seidnitzer

MIRA®

1. KAPITEL

„Marge, das ist Ihre Chance, zehntausend Dollar zu gewinnen. Sind Sie bereit?"

Marge Whittier, achtundvierzigjährige Lehrerin und zweifache Großmutter aus Kansas City, wand sich auf ihrem Stuhl. Die Scheinwerfer strahlten sie an, die Trommeln dröhnten, und ihre Nervosität wuchs.

„Ja, ich bin bereit."

„Viel Glück, Marge. Die Uhr läuft, sobald Sie gewählt haben. Also los."

Marge schluckte schwer, erschauerte vor Aufregung und entschied sich für Nummer sechs. Die Spannung wuchs, während sie und ihre Partnerin sich den Kopf nach den richtigen Antworten zerbrachen. Sie nannten den Begründer der Psychoanalyse und die Anzahl der Yards in einer Meile, doch dann gerieten sie ins Stocken. Welches Element ist in allen organischen Verbindungen enthalten?

Marge erblasste. Ihre Lippen zitterten. Sie war Englischlehrerin und wusste einiges über Geschichte und Kinofilme, aber Naturwissenschaft war nicht ihre Stärke. Hilfesuchend blickte sie zu ihrer Partnerin, die eher für ihre Schlagfertigkeit als ihre Weisheit bekannt war. Kostbare Sekunden verstrichen. Schließlich war die Bedenkzeit vorüber. Der Summer ertönte. Zehntausend Dollar glitten Marge durch die feuchten Finger.

Die Zuschauer im Studio seufzten vor Enttäuschung.

„Wirklich schade, Marge." John Jay Johnson, der geschniegelte Moderator, legte mitfühlend eine Hand auf ihre Schulter. Seine volltönende Stimme drückte genau das richtige Maß an Enttäuschung und Aufmunterung aus. „Sie waren der Lösung so nahe. Aber mit acht richtigen Antworten haben Sie Ihren Gewinn um achthundert Dollar erhöht. Sehr beeindruckend." Er lächelte in die Kamera und zeigte dabei seine glänzenden Dreitausend-Dollar-Kronen. „Nach einer kurzen Pause verraten wir Ihnen Marges Gesamtgewinn und die korrekte Antwort auf die letzte Frage. Bleiben Sie bei uns."

Genau im richtigen Augenblick wurde Musik eingespielt. John Jay nutzte die kurze Unterbrechung für einen Annäherungsversuch bei der hübschen Schauspielerin – dem Ehrengast.

„Eingebildeter Fatzke", murrte Johanna vor sich hin. Doch sie war sich nur allzu bewusst, dass sein gepflegtes Aussehen und sein gewandtes Auftreten für hohe Einschaltquoten sorgten. Als Produzentin der Quizsendung ‚Trivia Alert' hatte sie gelernt, ihn als wertvollen Mitarbeiter zu schätzen. Mit einem Lächeln trat sie zu den Teilnehmern, um sie zu trösten und auf die Schlußszene vorzubereiten.

„Kamera fünf in Position", wies sie nach einem Blick auf den Sekundenzeiger ihrer Uhr an. Sie gab das Signal für Applaus und Musik. „Und abfahren!"

John Jay, einen Arm um Marge gelegt, beendete mit strahlender Miene die Show.

Kiki Wilson, der Ehrengast und gegenwärtiger Star einer populären Situationskomödie, plauderte noch eine Weile mit Marge – auf so liebenswürdige Weise, dass sie der Lehrerin noch nach Jahren in bester Erinnerung bleiben würde. Als sie sich schließlich erhob und zu John Jay trat, lächelte sie unvermindert. „Wenn Sie je wieder so etwas abziehen", sagte sie ruhig, „dann werden Sie einen Knochenflicker brauchen."

Er wusste natürlich sofort, dass sie sich auf seine rasche und – wie er meinte – geschickte Berührung während der Pause bezog. „Das gehört alles zu unserem Service", entgegnete er ungerührt. „Was den Drink angeht, Sweetheart ..."

„Kiki?" Eilig trat Johanna hinzu und führte die Schauspielerin davon. „Ich möchte Ihnen noch einmal für Ihre Teilnahme danken. Ich kann mir denken, wie beschäftigt Sie sein müssen", erklärte sie in herzlichem, sanftem Ton.

Kiki entspannte sich ein wenig. „Es hat mir Spaß gemacht." Sie nahm eine Zigarette aus einem emaillierten Etui und klopfte damit zerstreut auf den Deckel. „Es ist eine nette, unterhaltsame Sendung. Und die Publicity kann weiß der Himmel nicht schaden."

Johanna rauchte zwar nicht, aber sie besaß ein kleines goldenes Feuerzeug. Sie holte es hervor und entzündete Kikis Zigarette. „Sie waren wundervoll. Ich hoffe, dass Sie uns irgendwann noch einmal beehren werden."

Kiki blies eine Rauchwolke aus, musterte Johanna und dachte dabei: Die Kleine versteht ihren Job, auch wenn sie wie ein Werbemodell für Shampoo oder Joghurt aussieht. Außerdem hatte ihr Agent ihr erzählt, dass ‚Trivia Alert' die erfolgversprechendste Quizsendung des Jahres sei. Daher lächelte sie und erwiderte: „Schon möglich. Sie haben ein hervorragendes Team – mit einer beachtlichen Ausnahme."

Johanna brauchte sich nicht umzudrehen, um zu wissen, auf wen Kikis abschätziger Blick gefallen war. John Jay wurde entweder Liebe oder Hass entgegengebracht, mit sehr seltenen Zwischenstufen. „Ich möchte mich für jegliche Belästigungen entschuldigen."

„Schon gut. Es gibt eine Menge Idioten in dieser Branche." Kiki musterte Johanna erneut. Ein eindrucksvolles Gesicht, entschied sie, sogar mit einem Minimum an Make-up. „Es wundert mich, dass sie gar keine Bissspuren aufweisen."

Johanna lächelte. „Ich habe ein sehr dickes Fell."

Jeder, der Johanna Patterson kannte, hätte das bestätigen können. Sie mochte zwar sanft und zart aussehen, aber sie war zäh und energisch wie eine Amazone. Seit achtzehn Monaten schuftete sie unermüdlich dafür, dass ‚Trivia Alert' ausgestrahlt wurde. Sie war kein Neuling in der Unterhaltungsbranche, und daher wusste sie nur allzu gut, dass es sich hinter den Kulissen noch immer um eine Männerwelt handelte.

Allmählich würde sich das ändern, doch sie war nicht geduldig genug, um abzuwarten, bis sich die Türen für Frauen wie sie öffneten. Wenn sie etwas erreichen wollte, dann setzte sie sich entschlossen dafür ein und war auch zu gewissen Zugeständnissen bereit. Um ihre Sendung ins Leben rufen zu können, hatte sie ihren Stolz begraben und einige Prinzipien opfern müssen. Zum Beispiel war es nicht ihr Name, sondern das Firmenzeichen ihres Vaters, das am Ende jeder Show gewichtig eingeblendet wurde: Carl W. Patterson Productions.

Er war es, dem die hohen Tiere vom Fernsehen vertrauten, und daher benutzte sie widerstrebend seinen Namen – und gestaltete die Sendung dann nach ihren eigenen Vorstellungen.

Die Geschäftsbeziehung befand sich bereits im zweiten Jahr, doch Johanna kannte die Branche – und ihren Vater – gut genug, um sich nicht auf ein Fortbestehen zu verlassen. Daher arbeitete sie bis zur Erschöpfung. Ein Misserfolg der Sendung würde sie nicht ruinieren, weder finanziell noch beruflich, doch für sie stand viel mehr als nur Geld und Ansehen auf dem Spiel. Es ging um ihre Hoffnungen und ihre Selbstachtung.

Die Zuschauer hatten das Fernsehstudio verlassen. Nur ein paar Techniker waren noch anwesend, plauderten miteinander und erledigten die letzten Aufräumungsarbeiten. Es war acht Uhr abends durch, und Johanna befand sich fast zwölf Stunden im Einsatz.

Fünf Sendungen waren im Laufe des Tages produziert und aufgezeichnet worden. Das bedeutete fünf Garderobenwechsel für den Ehrengast – und für John Jay, der darauf bestand, sich für jede Show bis hin zur Unterwäsche umzukleiden. Seine schicken Anzüge mit den passenden Krawatten wurden anschließend zurück zu dem Schneider in Beverly Hills geschickt, der sie umsonst zur Verfügung stellte – als Gegenleistung für die Werbung, die am Ende jeder Sendung ausgestrahlt wurde.

Für John Jay war die Arbeit beendet, doch für Johanna fing sie gerade erst an. Die Aufzeichnungen mussten rezensiert, geschnitten und sorgfältig auf die richtige Länge gebracht werden. Johanna überwachte jeden einzelnen Schritt. Es waren unzählige Briefe von Fernsehzuschauern zu beantworten, die sich als Kandidaten bewarben oder mit gewissen Antworten nicht übereinstimmten. Zusammen mit ihrem wissenschaftlichen Assistenten musste sie Fakten überprüfen und neue Fragen für kommende Sendungen auswählen. Obgleich sie nicht jeden einzelnen Bewerber persönlich interviewen konnte, begutachtete sie stets die Auswahl ihrer Mitarbeiter.

Johanna achtete peinlich genau auf die Einhaltung der strengen Vorschriften für Quizsendungen. Sobald die Kandidaten im Studio eintrafen, wurden sie vom Publikum und ihrem künftigen Partner bis zu ihrem Auftritt abgeschirmt. Die Fragen lagen verschlossen in einem Safe, dessen Kombination nur Johanna und ihre persönliche Assistentin kannten.

Und natürlich mussten die Berühmtheiten versorgt werden. Sie legten Wert auf ihre Lieblingsblumen und bevorzugten Getränke in ihren Garderoben. Einige von ihnen verhielten sich liebenswürdig, doch andere machten Schwierigkeiten, nur um zu zeigen, wie wichtig sie waren. Die meisten nahmen nicht wegen des Geldes oder aus Vergnügen an den morgendlichen Unterhaltungssendungen teil, sondern wegen der Propaganda. Sie betrieben Schleichwerbung für ihre Kinofilme oder Fernsehspiele und nutzten die Gelegenheit, sich der Öffentlichkeit zu präsentieren.

Zum Glück bekam ein Teil der Ehrengäste Spaß an dem Quiz, sobald es begonnen hatte. Doch viele mussten verhätschelt, gebeten und umschmeichelt werden. Sie war bereit dazu, solange es ihr half, ihre Show im Programm zu halten.

„Johanna?"

„Ja, Beth, was gibt es denn?" Sie steckte die Filmrollen in ihre große Tasche und hängte sie sich über die Schulter, während sie auf ihre Assistentin wartete. „Mach es bitte kurz. Meine Füße bringen mich um."

Bethany Landman war jung, intelligent und tatkräftig. Ihre dunklen Locken und ihr überschwängliches Wesen bildeten einen starken Gegensatz zu Johannas kühler rotblonder Erscheinung. Übermütig tänzelte sie herbei und verkündete aufgeregt: „Wir haben ihn!"

„Wen haben wir, und was wollen wir mit ihm anfangen?"

„Sam Weaver." Bethany lächelte verklärt. „Und ich kann mir viele Dinge vorstellen, die wir mit ihm anfangen könnten."

Die Tatsache, dass Bethany noch immer so naiv war, um sich von einem harten Körper und einem markanten Gesicht beeindrucken zu lassen, erweckte in Johanna das Gefühl, sehr alt und zynisch zu sein. Sam Weaver war der Traummann fast aller Frauen. Sie leugnete keineswegs sein Talent, aber verführerische Augen und ein charmantes Lächeln ließen ihr Herz schon lange nicht mehr höher schlagen. „Wie wäre es, wenn du mir das Vernünftigste nennst?"

„Ach, Johanna, du hast keine Spur von Romantik in dir."

„Das stimmt. Können wir weitergehen, während wir reden? Ich möchte wissen, ob der Himmel noch existiert."

„Hast du gelesen, dass Sam Weaver seine erste Fernsehserie gedreht hat?"

„Eine Miniserie", entgegnete Johanna, während sie den Korridor hinabgingen.

„Die Werbung bezeichnet es nicht als Miniserie, sondern als vierstündiges Filmerlebnis."

„Ich liebe Hollywood", verkündete Johanna mit einem Seufzer.

Bethany schmunzelte. „Jedenfalls habe ich mich daraufhin gleich mit seinem Agenten in Verbindung gesetzt. Der Film wird von unserem Sendenetz ausgestrahlt."

Johanna öffnete die Studiotür und atmete tief die angenehm frische Luft ein. „Ich glaube, ich beginne zu verstehen."

„Sein Agent war recht unbestimmt, aber …"

Johanna suchte in ihrer Tasche nach dem Wagenschlüssel. „Mir scheint, dieses ‚aber' wird mir gefallen."

„Ich habe gerade einen Anruf von oben erhalten. Sie wollen, dass er teilnimmt. Wir müssen die Sendungen eine Woche vor seinem Film ausstrahlen und ihm jeden Tag Zeit geben, um dafür zu werben. Unter diesen Bedingungen garantieren sie für seine Teilnahme."

„Sam Weaver", murmelte Johanna versonnen. Seine Anziehungskraft war nicht zu leugnen. Er war groß, schlank und auf eine markante Art gut aussehend, doch es steckte noch mehr dahinter. Eine Nebenrolle in einem Spielfilm vor fünf oder sechs Jahren hatte ihm als Sprungbrett gedient. Seitdem war er heiß begehrt und hochbezahlt. Höchstwahrscheinlich würde sich die Zusammenarbeit mit ihm als äußerst schwierig erweisen, aber womöglich war es der Mühe wert. Sie dachte an die Millionen von Fernsehgeräten im Land und die Einschaltquoten. Es war gewiss der Mühe wert. „Gute Arbeit, Beth. Sieh zu, dass wir es unter Dach und Fach bringen."

„Das ist so gut wie erledigt", versicherte Bethany. „Entlässt du mich, wenn ich ihm schöne Augen mache?"

„Auf jeden Fall." Lächelnd stieg Johanna in ihren schnittigen kleinen Mercedes und startete den Motor. „Bis morgen früh." Sie steuerte den Wagen aus der Parklücke. Sam Weaver, dachte sie, während sie das Radio einschaltete und der Wind ihr Haar zerzauste. Kein schlechter Fang, fand sie. Absolut kein schlechter Fang.

Sam fühlte sich wie ein Fisch an der Angel, und es gefiel ihm ganz und gar nicht. Er ließ sich in einen der Polstersessel im Büro seines Agenten fallen, streckte die langen Beine aus und starrte auf seine Stiefelspitzen – mit einem gequälten Ausdruck auf dem Gesicht, das die Frauen so sehr liebten. „Gütiger Himmel, Marv! Eine Quizsendung! Warum sagst du mir nicht gleich, dass ich mich als Banane verkleiden und einen Werbespot drehen soll?"

Marvin Jablonski zerkaute eine kandierte Mandel – sein derzeitiger Ersatz für Zigaretten. Er gestand ein, dreiundvierzig und somit ein Jahrzehnt älter als sein Klient zu sein. Er war gepflegt und kleidete sich mit einem subtilen Flair, das von Wohlstand und Selbstvertrauen zeugte. Er hatte sich bereits genauso gekleidet, als sein Büro noch aus einer Aktentasche und einer Telefonzelle bestanden hatte. Er wusste, wie wichtig Illusionen in dieser Stadt waren. Und er wusste ebenso, dass es wichtig war, einen Klienten bei Laune zu halten, während er ihn manipulierte. „Ich habe doch geahnt, dass es zu viel verlangt ist, Aufgeschlossenheit von dir zu erwarten."

Sam erkannte den verletzten Unterton in Marvs Stimme – der arme, sich aufopfernde Agent, der nur versuchte, seine Pflicht zu tun. Marv war keineswegs arm, und er hatte noch nie ein persönliches Opfer gebracht. Doch es funktionierte. Mit einem Seufzer stand Sam auf und schritt durch das prachtvolle Büro. „Ich habe meine Aufgeschlossenheit bewiesen, als ich mich zu der Talkshow bereit erklärt habe."

Sams volltönender Bariton kündete von seiner Herkunft aus dem ländlichen Virginia, doch sein Ruf in Los Angeles entsprach nicht dem eines Landedelmannes. Seine langen Schritte ließen den Betrachter vermuten, dass er ein Mann war, der genau wusste, wohin er wollte.

Und so war es auch. Andernfalls hätte Marv als wählerischer und sehr erfolgreicher Theateragent den am Hungertuch nagenden jungen Schauspieler vor sechs Jahren niemals übernommen. Instinkt, pflegte er zu sagen, ist genauso wichtig wie ein kraftiges Frühstück. „Die Werbung gehört zum Geschäft, Sam."

„Ja, und ich leiste meinen Beitrag. Aber eine Quizsendung? Wie könnte es die Einschaltquoten für ‚Rosen' steigern, wenn ich errate, was sich hinter Tür Nummer drei befindet?"

„Bei ‚Trivia' gibt es keine Türen."

„Dem Himmel sei Dank."

Marv ignorierte den Sarkasmus. Er war einer der wenigen in der Branche, der wusste, dass Sam mit Ausdrücken wie ‚Verantwortung' und ‚Pflicht' zu beeinflussen war. „Und es wird die Einschaltquoten steigern, weil Millionen von Menschen sich an fünf Tagen in der Woche das halbstündige Quiz ansehen. Die Leute lieben Spiele, Sam. Sie spielen gern, sie sehen gern zu, und sie mögen es, wenn andere etwas gewinnen. Ich könnte dir endlose Fakten und Zahlen vorlegen, aber das Entscheidende ist, dass überwiegend Frauen vor den Fernsehern sitzen."

Marv lächelte, und sein graumelierter Schnurrbart verzog sich.

„Frauen, Sam. Sie sind diejenigen, die den Löwenanteil der Produkte kaufen, für die unsere Sponsoren die Werbetrommel rühren. Und der Limonadenhersteller, der den wichtigsten Sponsor für ‚Rosen' darstellt, kauft auch Zeit bei ‚Trivia'. Dem Sender gefällt es, wenn sozusagen alles in der Familie bleibt."

„Nun gut." Sam hakte die Daumen in die Taschen seiner Jeans. „Aber wir wissen beide, dass ich den Vertrag beim Fernsehen nicht angenommen habe, um Limonade zu verkaufen."

Marv strich sich lächelnd mit einer Hand über das Haar. Sein neues Toupet war ein Kunstwerk. „Warum hast du den Vertrag angenommen?"

„Du weißt, warum. Das Drehbuch ist hervorragend. Wir brauchen vier Stunden Spielzeit dafür. In einem zweistündigen Kinofilm wäre es zerstückelt worden."

„Du hast also das Fernsehen benutzt." Marv legte die Finger aneinander, so als würde er eine Falle schließen. „Jetzt will das Fernsehen dich benutzen. Das ist nur fair, Sam."

‚Fair' war ein weiterer Ausdruck, für den Sam eine Schwäche hatte. Schweigend starrte er aus dem Bürofenster hinab auf die Stadt. Er war noch nicht lange genug erfolgreich, um die schlechten Zeiten vergessen zu haben. Marv war ein Risiko mit ihm eingegangen. Ein kalkuliertes Risiko, aber immerhin ein Risiko. Sam legte stets Wert darauf, seine Schulden zu begleichen. Aber er hasste es, sich zum Narren zu machen. „Ich mag keine Spiele", murrte er. „Es sei denn, ich stelle die Regeln auf."

„Meinst du damit die Politik beim Sender oder das Quiz?"

„Mir scheint, das eine ist nicht vom anderen zu trennen."

Marv lächelte erneut. „Du bist ein kluger Junge, Sam."

Sam wandte sich vom Fenster ab. Seine Augen blitzten. Die Ausdruckskraft dieser Augen hatte Marv unter anderem veranlasst, den völlig unbekannten Schauspieler unter Vertrag zu nehmen. Sie waren groß und blau. Stahlblau und intensiv.

Die kalifornische Sonne hatte Sams Haut tief gebräunt und seinem schmalen, markanten Gesicht feine Linien verliehen. Interessante Linien, die von Erfahrung kündeten. Sein Gesicht hatte etwas Geheimnisvolles an sich, das Frauen gefiel, und etwas Hartes, das Männern Anerkennung entlockte. Es war nicht für ein Poster im Zimmer eines

Teenagers geeignet, aber es war ein Gesicht, das Frauen in ihren geheimsten Träumen verfolgte.

„Was für eine Wahl habe ich in der Angelegenheit?“, fragte Sam.

„So gut wie keine. Dein Vertrag mit dem Sender verpflichtet dich zu Arbeit in der Werbung. Wir könnten die Sache vielleicht umgehen, aber es wäre nicht gut für dich, für dieses und für künftige Projekte.“

„Wann?“

„Heute in zwei Wochen. Nimm es gelassen hin, Sam. Es ist nur ein Tag aus deinem Leben.“

„Ja.“ Ein Tag, dachte er, kann nicht so viel ausmachen. Und er hatte nicht vergessen, dass er das Angebot für eine Quizsendung noch vor zehn Jahren wie ein Geschenk des Himmels angesehen hätte. Er ging zur Tür, drehte sich dort noch einmal um. „Marv? Wenn ich mich dabei zum Narren mache, dann schütte ich Kontaktkleber auf dein Haarteil.“

Es war seltsam, dass zwei Menschen, die im selben Gebäude zu tun hatten und oft sogar denselben Aufzug benutzten, sich niemals begegneten.

Sam fuhr nicht oft von Malibu zum Büro seines Agenten. Nun, da seine Karriere blühte, war er gewöhnlich mit Proben, Drehbuchbesprechungen oder Aufnahmen beschäftigt.

Und wenn er ein paar Wochen Drehpause hatte, so wie im Augenblick, dann verschwendete er seine Zeit nicht im Verkehrsgewühl von Los Angeles oder in geschlossenen Büroräumen. Er bevorzugte die Abgeschiedenheit seiner Ranch.

Johanna hingegen fuhr täglich in ihr Büro. Seit zwei Jahren hatte sie keinen Urlaub genommen, und sie arbeitete gewöhnlich sechzig Stunden in der Woche an ihrer Sendung. Dennoch hätte sie die Bezeichnung ‚arbeitssüchtig‘ von sich gewiesen. Arbeit war für sie nicht eine Krankheit, sondern ein Mittel zum Zweck.

Ihr Erfolg rechtfertigte die langen Stunden und die Aufopferung. Niemand sollte ihr vorwerfen können, dass sie sich an Carl Pattersons Rockschöße hängte.

Die Büros der ‚Trivia‘ waren behaglich, aber schlicht eingerichtet. Johanna erschien jeden Morgen pünktlich um halb neun Uhr, legte nur in Verbindung mit einer Geschäftsbesprechung eine Mittagspause ein und arbeitete ansonsten durch bis zum Feierabend. Abgesehen von ‚Trivia' beschäftigte sie sich noch mit einem neuen Konzept. Es handelte sich um ein Wortspiel, das beinahe genug ausgereift war, um es dem Sender vorzustellen.

Nun hatte sie ihre Jacke über die Stuhllehne gehängt und die Nase in eine lange Aufstellung von Fragen gesteckt, die für künftige Sendungen zur Auswahl standen.

Sie musste den Text dicht vor die Augen halten, da sie sich weigerte, die benötigte Lesebrille zu tragen.

„Johanna?"

„Hm?"

Ohne aufzublicken, las Johanna weiter. „Wusstest du, dass Howdy Doody einen Zwillingsbruder hat?"

„So gut habe ich ihn nie kennengelernt", entgegnete Bethany in entschuldigendem Ton.

„Der doppelte Doody", verkündete Johanna mit einem bedächtigen Nicken. „Ich glaube, das ist eine gute Frage für die Geschwindigkeitsrunde. Hast du die heutige Sendung gesehen?"

„Zum größten Teil."

„Ich finde, wir sollten wirklich versuchen, Hank Loman noch einmal zu bekommen. Helden von Familienserien sind eine große Attraktion."

„Da wir gerade von Attraktionen reden …" Bethany legte einen Stapel Papiere auf Johannas Schreibtisch. „Hier ist der Vertrag für Sam Weaver. Ich dachte mir, du möchtest ihn dir vielleicht ansehen, bevor ich ihn zu seinem Agenten hinaufbringe."

„Gut." Sie zog den Vertrag zu sich heran und überflog ihn. „Wir sollten ihm auch eine Aufzeichnung der Show schicken."

„Das übliche Obst für die Garderobe?"

„Ja. Ist die Kaffeemaschine repariert?"

„Soeben."

„Gut." Johanna warf einen Blick auf ihre schlichte Uhr mit dem schwarzen Lederarmband. Die diamantenbesetzte Uhr, die die Sekretärin ihres Vaters zum letzten Geburtstag für sie ausgesucht hatte, ruhte noch immer in der Schatulle. „Geh du nur zum Essen. Ich bringe den Vertrag selbst hinauf."

„Johanna, du vergisst schon wieder zu delegieren."

„Nein, ich delegiere nur mich.“ Sie griff zur Fernbedienung auf dem Schreibtisch, schaltete den Fernseher ab und erhob sich. „Triffst du dich immer noch mit dem hungerleidenden Drehbuchautor?“

„Bei jeder Gelegenheit.“

Mit einem Lächeln schlüpfte Johanna in ihr blassrosa Jackett. „Dann beeil dich lieber. Heute Nachmittag müssen wir das Quiz für die Fernsehzuschauer besprechen.“ Sie steckte den Vertrag und eine Kassette in eine Ledermappe. „Ach ja, und notiere bitte für mich, dass ich John Jay die Leviten lese. Er hat der Show wieder einmal eine Kiste Sekt in Rechnung gestellt.“

„Sehr gern.“ Bethany schrieb es eifrig und in Großbuchstaben auf ihren Notizblock.

Schmunzelnd öffnete Johanna die Tür. „Die Frau von Randy – dem Techniker – liegt übrigens wegen eines kleinen Eingriffs im Krankenhaus – im Cedars of Lebanon. Schick ihr Blumen.“ Sie blickte mit einem Grinsen über die Schulter zurück. „Wer sagt, dass ich nicht delegieren kann?“

Auf dem Weg zum Fahrstuhl lächelte sie zufrieden vor sich hin. Sie konnte von Glück sagen, dass sie Beth hatte. Zusammen mit ihren übrigen jungen, dynamischen Mitarbeitern stand sie im Begriff, sich ihren Platz in der konkurrenzreichen Welt des Fernsehens zu erobern.

Sie zweifelte nicht daran, dass sie ihr neues Projekt schon bald verkaufen konnte. Anschließend wollte sie ein Fernsehspiel produzieren, mit viel Herz und ebenso viel Handlung. Das Konzept stand bereits in groben Zügen fest. Außerdem war sie fest entschlossen, eine Abendausgabe von ‚Trivia Alert‘ an mehrere unabhängige Sender zu verkaufen.

Sie war auf dem besten Weg, ihr Fünf-Jahres-Ziel zu erreichen und ihre eigene Produktionsgesellschaft zu gründen.

Während sie mit dem Aufzug hinauffuhr, strich Johanna sich automatisch über das Haar und zupfte das Jackett zurecht. Sie wusste, dass die äußere Erscheinung genauso wichtig war wie Talent.

Als sie den Fahrstuhl verließ, sah sie gepflegt und geschäftsmäßig aus. Sie trat durch die breite Glastür in Jablonskis Büro. Er hielt offensichtlich nichts von Schlichtheit. Riesige, leuchtend rote Vasen waren mit bunten Federn und Fächern gefüllt. Die Skulptur eines menschlichen Torsos glänzte in poliertem Messing. Der Teppich war strahlend weiß und musste äußerst schwer zu reinigen sein.

Breite Sessel in schwarzem und rotem Leder gruppierten sich um Glastische, Modemagazine und Tageszeitungen lagen stapelweise herum. Johanna schloss daraus, dass Jablonski sich nicht scheute, seine Kunden warten zu lassen.

Die Schreibtische waren ebenfalls in Rot und Schwarz gehalten. An einem saß eine attraktive Brünette, und auf der Kante hockte Sam Weaver und beugte sich dicht zu ihr vor.

Es überraschte Johanna keineswegs, dass er mit einer der Angestellten flirtete. Sie erwartete nichts anderes von ihm und seinesgleichen. Schließlich hatte ihr Vater eine Affäre mit jeder Sekretärin, Empfangsdame und Assistentin angefangen, die je für ihn gearbeitet hatte. Und auch er war ein großer, dunkler, gut aussehender Typ.

Die einzige Überraschung an Sam Weaver war für sie, dass er in Wirklichkeit noch besser aussah als auf dem Bildschirm. Die engen Jeans standen ihm gut, ebenso wie das schlichte Baumwollhemd. Kein Gold glänzte, keine Diamanten funkelten. Ein Mann, der so ausdrucksvoller Blicke fähig war, wie er sie gerade der Brünetten schenkte, brauchte keine Schmuckstücke, um Aufmerksamkeit zu erregen.

„Sie ist wundervoll, Gloria." Sam beugte sich näher zu den Schnappschüssen, die die Empfangsdame ihm zeigte. Aus Johannas Blickwinkel sah es so aus, als flüsterte er ihr Liebkosungen zu. „Du kannst dich glücklich schätzen."

„Sie ist heute sechs Monate alt geworden." Gloria lächelte das Foto von ihrer Tochter und dann Sam an. „Ich hatte Glück, dass Mr. Jablonski mir einen so großzügigen Mutterschaftsurlaub gegeben hat, und es ist schön, wieder zu arbeiten, aber ich vermisse sie jetzt."

„Sie sieht genau wie du aus."

Glorias Gesicht leuchtete vor Stolz und Freude. „Findest du?"

„Natürlich. Sieh dir doch nur einmal das Kinn an." Sam tippte mit einem Finger an Glorias Kinn. Er gab sich nicht nur freundschaftlich und interessiert. Nein, er mochte Kinder wirklich gern, schon immer. „Ich wette, sie hält dich ganz schön in Atem."

„Du kannst dir gar nicht vorstellen …" Gloria blickte zufällig auf und gewahrte Johanna. Verlegen schob sie die Fotos zurück in die Schublade. Mr. Jablonski hatte sich sehr großzügig und verständnisvoll gezeigt, aber sie bezweifelte, dass er es gutheißen würde, wenn sie ihren ersten Arbeitstag mit Schwärmereien über ihre Tochter verbrachte.

„Guten Tag. Kann ich Ihnen helfen?"

Johanna nickte knapp und durchquerte den Raum. Sam drehte sich auf der Schreibtischkante um und blickte ihr entgegen. Ihm stockte zwar nicht der Atem, aber es fehlte nicht viel daran.

Sie war wundervoll. Er war nicht immun gegen Schönheit, obwohl er oft davon umgeben wurde. Auf den ersten Blick wirkte sie wie eines der schlanken, langbeinigen Girls, die überall an den Stränden Kaliforniens und auf glänzenden Postern zu sehen waren. Das zarte Goldbraun ihrer Haut hob sich wirkungsvoll von ihren rotblonden Haaren ab, die in weichen Locken ihr Gesicht umrahmten. Ihr Gesicht war oval, und die klassische Form wurde durch hohe Wangenknochen und volle Lippen unterstrichen. Ihre Augen, zartrosa umschattet, hatten die gleiche Farbe wie ihre Haar. Sie wirkte sexy, auf eine subtile Art. Auch das kannte er an Frauen. Vielleicht lag es an ihrem Gang, an ihrer Haltung in dem langen, losen Jackett und dem engen Rock, dass sie ihm wie etwas Besonderes erschien. Sogar ihre schmalen, kleinen Füße fielen ihm auf, ebenso wie die weißen, halbhohen Schuhe, in denen sie steckten.

Sie würdigte ihn keines Blickes, und er war froh darüber. Es gab ihm Gelegenheit, sie unverhohlen zu mustern und ihren Anblick zu genießen, bevor sie ihn erkannte und den Augenblick verdarb.

„Ich habe etwas für Mr. Jablonski abzugeben."

Sogar ihre Stimme ist vollkommen, dachte Sam. Sanft, weich, mit einem Anflug von Kühle.

Gloria lächelte hilfsbereit. „Ich nehme es gern entgegen."

Johanna öffnete ihre Ledermappe und nahm den Vertrag sowie die Kassette heraus. Sie blickte Sam noch immer nicht an, obgleich sie sich seiner Musterung sehr bewusst war. „Das ist der Weaver-Vertrag und eine Aufzeichnung von ‚Trivia Alert'."

„Tja, also …"

„Warum bringst du es ihm nicht hinein, Gloria?", unterbrach Sam sie eilig. „Ich warte auf dich."

Gloria setzte zu einer Entgegnung an, räusperte sich dann und stand auf. „Na gut. Ich bin gleich wieder zurück", sagte sie zu Johanna und eilte den Korridor entlang.

„Arbeiten Sie für die Show?“, fragte Sam.

„Ja.“ Johanna bedachte ihn mit einem vagen, bewusst desinteressierten Lächeln. „Sind Sie ein Fan, Mr. …?“

Anscheinend erkannte sie ihn nicht. Sam war einen Augenblick lang überrascht und betroffen. Doch dann amüsierte es ihn, und er grinste. „Nennen Sie mich Sam.“ Er reichte ihr die Hand.

„Johanna“, teilte sie ihm mit, um nicht unhöflich zu wirken, und akzeptierte den Händedruck. Bei seiner gelassenen Reaktion kam sie sich kleinlich vor. Sie stand bereits im Begriff, die Angelegenheit aufzuklären, als ihr bewusst wurde, dass er noch immer ihre Hand hielt. Seine war hart und stark. Wie sein Gesicht. Wie seine Stimme. Es war ihre rasche, heftige Reaktion darauf, die sie veranlasste, sich weiterhin zu verstellen. „Arbeiten Sie für Mr. Jablonski?“

Sam grinste erneut. Es war ein verwegenes Grinsen, das eine Frau warnte, ihm nicht zu vertrauen. „Gewissermaßen. Was tun Sie bei der Show?“

„Ein bisschen dies, ein bisschen das“, antwortete sie wahrheitsgemäß. „Aber ich will Sie nicht aufhalten.“

„Es wäre mir lieber, wenn Sie es täten.“ Er gab ihre Hand frei, weil sie daran zog. „Möchten Sie mit mir zu Mittag essen?“

Johanna zog spöttisch eine Augenbraue hoch. Gerade eben hatte er mit der Brünetten geflirtet, und nun lud er die erstbeste Frau zum Essen ein. Typisch! „Tut mir leid. Ich bin ausgebucht.“

„Für wie lange?“

„Lange genug.“ Sie blickte an ihm vorbei zur Rezeptionistin, die gerade zurückkehrte.

„Mr. Jablonski wird den Vertrag bis morgen Nachmittag unterschrieben an Miss Patterson zurückschicken.“

„Danke“, sagte Johanna und wandte sich zum Gehen.

Sam legte eine Hand auf ihren Arm und wartete, bis sie sich zu ihm umdrehte. „Bis bald.“

Sie lächelte ihn an, wiederum betont desinteressiert, und ging davon.

Er blickte ihr nach, bis sie um die Ecke verschwunden war. „Weißt du, Gloria“, sagte er halb zu sich selbst, „ich glaube, mir wird dieses Spiel doch noch gefallen.“

2. KAPITEL

Am Tag der Aufnahmen erschien Johanna stets um neun Uhr im Studio. Das bedeutete nicht, dass sie ihren Mitarbeitern nicht traute. Sie traute sich selbst nur mehr. Außerdem waren in der vergangenen Woche Probleme mit der Drehbühne aufgetreten. Derartige Zwischenfälle konnten die Aufnahmen erheblich verzögern. Indem sie vorher alles überprüfte, verminderte sich das Risiko.

Die Kandidaten sollten erst um ein Uhr eintreffen, doch Johanna wusste aus Erfahrung, dass die meisten wesentlich früher kamen, um dann vor Nervosität an den Nägeln zu kauen. Sie zu beruhigen war eine Aufgabe, die sie gern anderen übertrug.

John Jay traf gewöhnlich um zwei Uhr ein und beschwerte sich sogleich über die Anzüge, die für ihn ausgewählt worden waren. Dann schloss er sich in seiner Garderobe ein und schmollte, bis er zum Maskenbildner gerufen wurde. Johanna hatte gelernt, sein künstlerisches Temperament zu ignorieren. Es bestand kein Zweifel an seiner Beliebtheit, und es war hauptsächlich ihm zu verdanken, dass die Leute vor dem Studio Schlange standen, um Eintrittskarten zu ergattern.

Die Aufnahmen sollten um drei Uhr beginnen, und wenn alles gut ablief, würden sie um acht Uhr beendet sein. Zum Glück hatte der weibliche Ehrengast schon mehrere Male bei ‚Trivia Alert' sowie anderen Quizsendungen mitgewirkt. Das bedeutete eine Sorge weniger für Johanna.

An Sam Weaver verschwendete sie keinerlei Gedanken. Zumindest redete sie es sich ein. Sie beabsichtigte, ihn und seine Gefolgschaft an Bethany zu übergeben, sobald er eintraf. Damit bereitete sie ihrer Assistentin eine Freude und hielt sich das Geschenk des Himmels an die Frauen vom Halse.

Sie hoffte nur, dass er das Quiz bewältigte. Die Fragen waren überwiegend witzig, aber nicht immer leicht zu beantworten. Sie sorgte prinzipiell für ein ausgewogenes Verhältnis zwischen einfachen, spaßigen und kniffligen Fragen. Es war nicht ihre Schuld, wenn Sam Weaver sich als Hohlkopf erweisen sollte. Und er brauchte nur zu lächeln, damit die Zuschauer ihm mögliche Bildungslücken verziehen.

Johanna erinnerte sich, wie er sie in Jablonskis Büro angelächelt hatte. Ja, mehr brauchte es nicht, um jede Frau zu Hause am Bildschirm und im Studio dahinschmelzen zu lassen – abgesehen von ihr selbst, natürlich.

„Überprüfe die Glocke", wies sie ihren Tontechniker an. Das helle, fröhliche Klingeln der Gewinnerglocke erklang. „Und jetzt den Summer." Das dumpfe Dröhnen der Verlierersirene ertönte. „Schalte die Lichter auf der Drehbühne ein." Sie nickte zufrieden, als die Scheinwerfer aufflammten. „Wie steht es mit den Kandidaten?"

Bethany warf einen Blick auf ihr Klemmbrett. „Der Wirtschaftsprüfer aus Venice von letzter Woche ist wieder da. Er ist dreifacher Gewinner. Die erste Herausforderin ist eine Hausfrau aus Ohio. Sie ist schrecklich nervös."

„Hilf Dottie bitte, sie zu beruhigen. Ich schaue inzwischen noch einmal in die Garderoben", erwiderte Johanna und eilte den Korridor entlang.

Der weibliche Ehrengast, Marsha Tuckett, war eine freundliche, mütterliche Frau, die im dritten Jahr in einer Familienserie mitwirkte. Ein netter Kontrast zu Sam Weaver, dachte Johanna. Sie überzeugte sich, dass frische Rosen auf dem Schminktisch standen und genügend Erfrischungsgetränke auf Eis lagen. Zufrieden mit der Ausstattung ging sie über den schmalen Flur zum nächsten Raum.

Da sie Rosen als unangemessen für Sam Weavers Garderobe betrachtete, hatte sie sich für einen üppigen Farn entschieden. Routinemäßig prüfte sie die Lichter, schüttelte die Kissen auf dem Sofa und überzeugte sich, dass ausreichend frische Handtücher vorhanden waren. Ein letzter kritischer Blick bestätigte ihr, dass nichts auszusetzen war. Unbekümmert nahm sie ein Pfefferminz aus der Schale auf dem Tisch, steckte es sich in den Mund und drehte sich um.

Er stand im Türrahmen. „Hallo." Er hatte längst beschlossen, sie irgendwie wiederzufinden, aber er hatte nicht erwartet, dass es ihm so bald gelingen würde. Er betrat den Raum und legte einen Kleiderbeutel über einen Stuhl.

Johanna schob das Bonbon in einen Mundwinkel. Die Garderobe war klein, aber sie konnte sich nicht erinnern, sich jemals so gefangen darin gefühlt zu haben. „Hallo, Mr. Weaver." Sie legte ein dienstbeflissenes Lächeln auf und reichte ihm die Hand.

„Sie sollen mich doch Sam nennen. Erinnern Sie sich nicht?" Er nahm ihre Hand und trat gerade nahe genug, dass sie sich unbehaglich fühlte.

„Natürlich, Sam. Wir sind entzückt, dass Sie kommen konnten. Falls Sie etwas brauchen, dann lassen Sie es mich oder einen meiner Mitarbeiter wissen." Erstaunt blickte sie an ihm vorbei. „Sind Sie allein?"

„Hätte ich jemanden mitbringen sollen?"

„Nein." Wo war nur seine Sekretärin, seine derzeitige Geliebte?

„Nach meinen Instruktionen brauche ich nur fünf Garderobenwechsel. Zwanglos. Kann ich so anfangen?"

Sie musterte den marineblauen Pullover und die lohfarbene Hose. „Sie sehen gut aus."

Sie hat von Anfang an gewusst, wer ich bin, dachte Sam eher interessiert als verärgert. Und sie fühlte sich nicht besonders wohl in seiner Gegenwart. Auch das war recht interessant. Er nahm sich ebenfalls ein Pfefferminz und lehnte sich an den Frisiertisch. Dadurch rückte er ihr ein wenig näher. Ihm fiel auf, dass ihr Lippenstift abgegangen war. Ihr üppiger, ungeschminkter Mund gefiel ihm. „Ich habe mir die Aufzeichnung angesehen, die Sie geschickt haben."

„Gut. Sie werden mehr Spaß haben, wenn Sie mit dem Ablauf vertraut sind. Machen Sie es sich bequem." Sie sprach schnell, aber nicht hastig. Das war Training. Aber sie wollte verschwinden, und zwar sofort. Das war Instinkt. „Jemand wird Sie bald abholen und zum Maskenbildner bringen."

„Ich habe mir außerdem den Nachspann angesehen." Er versperrte auf lässige Art den Ausgang. „Mir fiel auf, dass eine Johanna Patterson die Produktionsleiterin ist. Sie?"

„Ja." Verflixt, er machte sie nervös. Und dabei war sie gewöhnlich sehr kühl, beherrscht und kompetent. Bedeutungsvoll blickte sie zur Uhr. „Es tut mir leid, aber ich habe keine Zeit, länger mit Ihnen zu plaudern."

Sam rührte sich nicht vom Fleck. „Die meisten Produzenten bringen die Verträge nicht persönlich."

Sie lächelte. Nach außen hin wirkte es freundlich, doch ihm entging nicht die Kühle dahinter, und er wunderte sich darüber. „Ich bin nicht wie die meisten Produzenten."

„Da kann ich nicht widersprechen." Es war inzwischen mehr als

Anziehungskraft. Es war ein Rätsel, das gelöst werden musste. Es war ihm gelungen, zahlreichen Frauen zu widerstehen, aber einem Rätsel hatte er noch nie widerstehen können. „Da wir das Mittagessen versäumt haben, wie wäre es mit einem Abendessen?"

„Tut mir leid, ich bin ..."

„Ausgebucht. Ja, das sagten Sie bereits." Er neigte den Kopf, wie um sie aus einem anderen Blickwinkel zu betrachten. „Sie tragen keine Ringe."

„Sehr aufmerksam."

„Sind Sie gebunden?"

„An was?"

Er musste einfach lachen. Er war nicht so eingebildet, dass er kein Nein ertragen konnte. Er zog es nur vor, den Grund zu erfahren. „Wo liegt das Problem, Johanna? Hat Ihnen mein letzter Film nicht gefallen?"

„Tut mir leid, aber ich habe ihn verpasst", log sie mit einem Lächeln. „Entschuldigen Sie mich jetzt bitte. Ich muss mich um die Show kümmern."

Er stand noch immer in der Tür, doch diesmal zwängte sie sich an ihm vorbei. Und streifte ihn. Beide zuckten unwillkürlich zusammen.

Verärgert ging Johanna weiter.

Fasziniert blickte Sam ihr nach.

Johanna musste sich eingestehen, dass Sam Weaver ein Profi war. Noch bevor die erste Show halb aufgezeichnet war, hatte er bereits ganz nebenher und sehr geschickt für seine neue Fernsehserie ‚Keine Rosen für Sarah' geworben. So wirkungsvoll, dass sogar sie gespannt darauf war. Er hatte seine Partnerin bezaubert – eine zweifache Mutter aus Columbus, die zu Beginn vor lauter Nervosität kaum mehr als ein Krächzen herausgebracht hatte. Und es war ihm sogar gelungen, ein paar Fragen richtig zu beantworten.

Es war schwer, nicht beeindruckt zu sein, obgleich Johanna sich redlich bemühte. Wenn die Scheinwerfer erstrahlten und die Kameras summten, stellte er die Verkörperung jenes allzu oft missbrauchten Wortes dar: Star. Er stellte sogar John Jay in den Hintergrund.

Nicht alle Entertainer fühlten sich wohl vor einem Live-Publikum. Er schon. Johanna fiel auf, dass er nicht nur das richtige Maß an Begeisterung zeigte, wenn die Kameras liefen, sondern die Studiogäste auch während der Drehpausen unterhielt, indem er mit seinen Gegenspielern scherzte. Und er wirkte sogar aufrichtig erfreut, als seine Partnerin in der Geschwindigkeitsrunde fünfhundert Dollar in bar gewann.

„Und jetzt wird es äußerst spannend, Leute." John Jay lächelte wichtigtuerisch in die Kameras. „Diese letzte Frage wird den heutigen Champion ermitteln, der dann in den Siegerring treten und sich um zehntausend Dollar bemühen wird." Er zog die Karte aus dem Kasten auf seinem Podium. „Die letzte Frage lautet: Wer hat den Bären Pu erschaffen?"

Die zweifache Mutter aus Columbus erblasste und blickte Sam flehend an. John Jay bat theatralisch um Ruhe im Saal.

„A. A. Milne."

„Meine Damen und Herren, wir haben einen neuen Champion!"

Als Jubelrufe ertönten und seine Partnerin die Arme um Sams Nacken schlang, fing er Johannas überraschten Blick auf. Offensichtlich hatte sie ihn nicht für einen Mann gehalten, der sich an klassische Kinderbücher erinnert.

John Jay verabschiedete den bisherigen Gewinner, den Wirtschaftsprüfer aus Venice, und ließ einen Werbespot einblenden.

Sam musste seine Partnerin beinahe in den Siegerring tragen. Nachdem sie auf den Stühlen Platz genommen hatten, hielt er ihre Hand, um sie zu beruhigen.

Als die Drehpause zu Ende war, machte John Jay die Frau noch nervöser, indem er die Spielregeln hastig herunterrasselte. Und dann lief die Zeit. Die Fragen waren gar nicht so schwer, wie Sam erkannte. Es war die Aufregung, die sie so knifflig erscheinen ließ. Auch er war nicht immun dagegen. Die Regeln besagten, dass er nur zwei Fragen für seine Partnerin beantworten durfte. Nachdem er es getan hatte, war sie praktisch auf sich selbst gestellt und umklammerte seine Hand noch fester.

Zehn Sekunden blieben noch, als John Jay mit gemessener Stimme die letzte Frage stellte. „Wo fand Napoleons endgültige Niederlage statt?"

Sie wusste es. Natürlich wusste sie es. Aber es fiel ihr nicht ein. Sam beugte sich eindringlich auf dem unbequemen Drehstuhl vor und starrte sie beschwörend an.

„Waterloo!“, rief sie und kam dem Summer um den Bruchteil einer Sekunde zuvor. Über ihren Köpfen blinkte ‚10.000 Dollar‘ in grellroten Lichtern auf. Sie stieß einen Schrei aus, küsste Sam voll auf den Mund und schrie erneut. Als die Pause für die Werbung begann, hielt er ihren Kopf und befahl ihr eindringlich, tief durchzuatmen.

„Mrs. Cook?“ Johanna kniete sich neben sie und maß ihren Puls. Es geschah nicht zum ersten Mal, dass ein Kandidat so drastisch reagierte. „Geht es Ihnen jetzt wieder besser?“

„Ich habe gewonnen. Ich habe zehntausend Dollar gewonnen!“

„Herzlichen Glückwunsch. Wir werden jetzt zehn Minuten Pause machen. Möchten Sie sich etwas hinlegen?“

„Nein, danke. Es geht mir gut.“ Die Farbe kehrte bereits auf Mrs. Cooks Wangen zurück.

„Am besten gehen Sie jetzt mit Beth. Sie wird Ihnen etwas zu trinken geben.“

„Einverstanden. Aber es geht mir wirklich gut.“ Es gelang ihr, sich zu erheben, gestützt von Johanna auf der einen und Sam auf der anderen Seite. „Es ist nur, dass ich noch nie etwas gewonnen habe. Mein Mann ist nicht einmal gekommen. Er ist mit den Kindern an den Strand gegangen.“

„Dann haben Sie ja eine wundervolle Überraschung für ihn“, sagte Johanna besänftigend. „Ruhen Sie sich ein wenig aus, und dann können Sie sich überlegen, was Sie mit dem Geld anfangen werden.“

„Zehntausend Dollar“, sagte Mrs. Cook verwundert, als Beth sich ihrer annahm.

„Kommt es oft vor, dass jemand ohnmächtig wird?“, fragte Sam.

„Hin und wieder. Einmal mussten wir die Aufnahme unterbrechen, weil ein Bauarbeiter während der Geschwindigkeitsrunde glatt von seinem Stuhl gerutscht ist. Übrigens danke. Sie haben schnell gehandelt.“

„Kein Problem. Ich habe einige Übung.“

Sie dachte an Frauen, die ihm ohnmächtig zu Füßen fielen. „Das kann ich mir denken. In Ihrer Garderobe stehen kalte Getränke und frisches Obst bereit. Sofern Mrs. Cook sich erholt, drehen wir in zehn Minuten weiter.“

Sam nahm ihren Arm, bevor sie fortgehen konnte. „Wenn es nicht mein letzter Film war, was ist es dann?“

„Was ist was?“

„All die kleinen Spitzen, die ich zu spüren bekomme. Stört es Sie, dass ich hier bin?"

„Natürlich nicht. Wir sind entzückt, Sie bei uns zu haben."

„Nicht wir. Sie."

„Ich bin entzückt, Sie bei uns zu haben", korrigierte sie sich. Ihre niedrigen Absätze brachten ihre Augen auf gleiche Höhe mit seinem Mund. Sie stellte fest, dass es nicht gerade ein beruhigender Anblick war. „Diese Quizserie wird Anfang Mai ausgestrahlt, direkt vor Ihrer Fernsehserie. Was mehr könnten Sie sich wünschen?"

„Ein nettes Gespräch. Beim Abendessen."

„Sie sind sehr beharrlich, Mr. Weaver."

„Ich bin verwirrt, Miss Patterson."

Um ihre Mundwinkel zuckte es beinahe. Die schleppende Art, in der er ihren Nachnamen aussprach, hatte etwas Niedliches an sich. „Ein schlichtes Nein sollte einen offensichtlich intelligenten Mann wie Sie nicht verwirren." Sie blickte zur Uhr. „Die Pause ist halb um. Sie sollten sich lieber umziehen."

Die Dreharbeiten gingen so gut voran, dass vor der Dinnerpause drei Shows aufgezeichnet werden konnten und Johanna auf einen pünktlichen Feierabend hoffte.

Das Essen war gut und reichlich. Sie hielt nichts von falscher Sparsamkeit in dieser Beziehung. Sie legte vielmehr Wert darauf, die Ehrengäste wie die Kandidaten bei Laune zu halten.

Wahrend der Pause setzte sie sich nicht, sondern wanderte mit ihrem gefüllten Teller umher und hielt sich zur Verfügung. Die Zuschauer hatten den Saal verlassen, denn für die beiden letzten Shows sollten neue Studiogäste eingelassen werden.

Johanna musste lediglich dafür sorgen, dass keine Krisen auftraten, dass alle Teilnehmer zufrieden waren und dass John Jay keine unsittlichen Annäherungsversuche unternahm. Mit dem ersten Ziel im Sinn, behielt sie die neue Herausforderin im Auge – eine junge Frau aus Orange County, die etwa im sechsten Monat schwanger zu sein schien.

„Probleme?"

Sie hatte ihren Entschluss, Sam Weaver aus dem Weg zu gehen, völlig vergessen. Da sie die Ehrengäste jedoch bei Laune halten musste, drehte sie sich zu ihm um. „Nein. Wieso?"

Er nahm sich eine Krabbe von ihrem Teller. „Sie entspannen sich wohl nie, oder?" Ohne eine Antwort abzuwarten, fügte er hinzu: „Mir ist aufgefallen, dass Sie Audrey wie ein Adler beobachten."

Es überraschte sie nicht, dass er die werdende Mutter bereits mit Vornamen kannte. „Ich bin nur vorsichtig. Während einer der ersten Shows setzten bei einer werdenden Mutter die Wehen ein. Es ist eine Erfahrung, die man nicht so leicht vergisst."

„Was hat sie bekommen?", fragte er belustigt.

„Einen Jungen." Sie lächelte, während sich ihre Blicke trafen. Es war eine ihrer schönsten Erinnerungen. „Während sie auf dem Weg ins Krankenhaus war, schlossen wir hier im Studio Wetten ab. Ich gewann."

Sie wettete also gern. Das musste er sich merken. „Ich glaube nicht, dass Sie sich um Audrey sorgen müssen. Sie ist nicht vor Anfang August fällig. Darf ich ihnen jetzt eine Frage stellen? Rein beruflich", fügte er hinzu, als sich ihre Miene verschloss.

„Natürlich."

„Wie oft müssen Sie John Jay zusammenstauchen?"

Johanna konnte nicht umhin zu lachen, und sie protestierte nicht, als er einen Käsewürfel von ihrem Teller stibitzte. „Er ist eigentlich harmlos. Er hält sich nur für unwiderstehlich."

„Er hat mir erzählt, Sie beide stünden auf sehr vertrautem Fuß."

„Ach ja? Dann ist er außerdem zu optimistisch."

Das freute Sam zu hören. Sehr sogar. „Nun, er leistet gute Arbeit. Irgendwie gelingt ihm genau die richtige Mischung aus Animateur und Beichtvater."

„Wir können wirklich froh sein, dass wir ihn haben. Vor etwa fünf Jahren hat er eine andere Show moderiert. Daher hat er nicht nur Erfahrung, sondern ist bei den Fernsehzuschauern auch sehr beliebt."

„Essen Sie das Sandwich?"

Ohne zu antworten, reichte Johanna ihm eine Hälfte des Roastbeef-Toasts. „Haben Sie Spaß an der Show?"

„Mehr, als ich dachte." Er biss in das Sandwich. Sie hatte offensichtlich eine Vorliebe für scharfen Senf. Auch er mochte es würzig, nicht nur in punkto Essen. „Sind Sie gekränkt, wenn ich Ihnen sage, dass ich mich zuerst geweigert habe?"

„Nein. Ich bin die Erste, die zugibt, dass die Show tatsächlich nicht besonders anspruchsvoll ist. Aber sie erfüllt ihren Zweck. Was gefällt Ihnen daran?"

Er verschwieg die nächstliegende Antwort: Sie. „Es macht mir Spaß, die Leute gewinnen zu sehen“, erwiderte er ebenso wahrheitsgemäß. „Warum veranstalten Sie das Quiz?“

Sie verschwieg mehrere mögliche Antworten. „Es macht mir Spaß“, erwiderte sie, ebenfalls wahrheitsgemäß. Als er ihr sein Glas Limonade reichte, nahm sie es, ohne nachzudenken. Sie fühlte sich entspannt, zuversichtlich und recht wohl in seiner Gesellschaft, ohne sich dessen bewusst zu sein.

„Es widerstrebt mir, es zu betonen, aber offensichtlich dinieren wir doch zusammen.“

Abwägend musterte sie ihn. Hätte sie andere Erfahrungen gesammelt und weniger Enttäuschungen erlebt, dann hätte sie sich geschmeichelt und sehr versucht gefühlt. Er hatte eine Art, sie anzusehen, als wären sie allein, als würde er in einem Raum mit Hunderten anderer Menschen nur sie allein auswählen. Schauspielerisches Können, dachte sie zynisch und gab ihm das Glas zurück. „Wie gut, dass wir es hinter uns haben.“

„Ja. Dadurch wird es leichter, es zu wiederholen.“

Gelassen signalisierte sie ihren Mitarbeitern das Ende der Pause. „Ich möchte Sie nicht drängen, aber in fünfzehn Minuten drehen wir weiter.“

Mit einer geschmeidigen Bewegung trat er ihr in den Weg. „Ich habe den Eindruck, dass Sie gern spielen, Johanna“, verkündete er herausfordernd.

Sie begegnete seinem Blick. „Das hängt vom jeweiligen Einsatz ab“, entgegnete sie kühl.

„Was halten Sie von diesem Einsatz: Wenn ich die beiden nächsten Runden gewinne, dann gehen Sie mit mir essen. Ich bestimme Ort und Zeit.“

„Der Einsatz gefällt mir nicht.“

„Ich bin noch nicht fertig. Wenn ich verliere, nehme ich innerhalb von sechs Monaten noch einmal am Quiz teil. Ohne Honorar.“ Zufrieden stellte er fest, dass ihr Interesse erwachte. Er hatte also weder ihre Hingabe für ihre Sendung noch ihre Schwäche für eine Herausforderung verkannt.

Sie musterte ihn, um abzuwägen, ob er vertrauenswürdig war. Nicht die Spur, entschied sie, in vielerlei Hinsicht. Aber sie hielt ihn für einen Mann, der zu einer Wette stand.

„Innerhalb von sechs Monaten?"

„Abgemacht?" Er reichte ihr die Hand.

Das Angebot war zu gut, um es abzulehnen. „Abgemacht." Sie legte ihre Hand flüchtig in seine und trat dann zurück. „Zehn Minuten noch, Mr. Weaver."

Johanna fühlte sich sehr unbehaglich, als Sam und seine Partnerin die erste Spielrunde absolvierten. Sie wehrte sich prinzipiell dagegen, einem der Teams die Daumen zu drücken. Parteilichkeit jeglicher Art war berufswidrig, auch wenn niemand ihre Gedanken lesen konnte. Sie hatte geglaubt, dass ihr niemals ein derartiger Lapsus unterlaufen würde. Doch nun war es der Fall.

Es liegt nur daran, dass ich ihn noch einmal beim Quiz dabeihaben will, redete sie sich ein, als die letzte Aufzeichnung des Tages begann. Die Produzentin, nicht die Frau hatte die Wette abgeschlossen. Der Gedanke, dass sie vor einem Mahl mit ihm zurückschreckte, war einfach lächerlich. Das wäre nur eine kleine Unannehmlichkeit – wie ein Löffel voll bitterer Medizin.

Doch sie stand hinter Kamera zwei und jubelte insgeheim, als das gegnerische Team in Führung ging.

Sam war ein zu geschickter Schauspieler, um sich vor einer Kamera nervös zu zeigen. Doch er war es. Es geht nur ums Prinzip, redete er sich ein. Nur deshalb war er so entschlossen, zu gewinnen und Johanna den Preis zahlen zu lassen. Er war gewiss nicht vernarrt in sie. Er war zu erfahren, um sich in eine Frau zu verlieben, nur weil sie hübsch war. Und abweisend, fügte er im Stillen hinzu. Und widerspenstig und starrsinnig. Und verdammt sexy.

Er war nicht vernarrt. Nein, er hasste es nur zu verlieren.

Zu Beginn der letzten Runde lagen die beiden Teams Kopf an Kopf. Die Studiogäste waren begeistert, die Kandidaten aufgeregt. Johannas Magen krampfte sich zusammen. In beruflicher Hinsicht freute sie sich über die Spannung, die das Publikum an den Bildschirm fesseln würde. In privater Hinsicht hoffte sie auf eine himmelweite Führung, und wenn es auch noch so langweilig war.

Als die letzte Frage gestellt wurde, hielt sie den Atem an. Sam drückte den Knopf sehr schnell, doch seine Partnerin war noch schneller. Beinahe hätte er laut geflucht. Die werdende Mutter aus Orange

County hatte mehr als ihr eigenes Glück in der Hand.

Er atmete erleichtert auf, als sie die richtige Antwort rief. Und als die Scheinwerfer aufflammten, nahm er ihr Gesicht zwischen beide Hände und küsste sie überschwänglich. Nachdem er sie zu ihrem Platz im Siegerring geführt hatte, schlenderte er lässig zu Johanna hinüber und beugte sich dicht an ihr Ohr. „Samstagabend. Sieben Uhr. Ich hole Sie ab."

Sie konnte nur nicken, so fest hatte sie die Zähne zusammengepresst.

Nach Beendigung der Aufnahmen fand Johanna mehrere wichtige Aufgaben zu erledigen. Entgegen ihrer Gewohnheit bedankte sie sich nicht persönlich bei den Ehrengästen, sondern überließ es Bethany. Eine gute halbe Stunde lang machte sie sich rar, um sicherzugehen, dass Sam Weaver ihr nicht mehr über den Weg lief. Bis Sonnabend.

Die Zufriedenheit, die sie sonst am Ende eines erfolgreichen Arbeitstages verspürte, wollte sich nicht einstellen. Statt sich zu entspannen, stellte sie ein umfangreiches Programm für den nächsten Tag auf, das sie von früh bis spät in Atem halten sollte.

„Es ist alles erledigt", teilte Bethany ihr mit. „Die unbenutzten Fragen liegen wieder im Safe. Die Kandidaten, die heute nicht auftreten konnten, sind bereit, nächste Woche wiederzukommen. Hier sind deine Aufzeichnungen. Es sind großartige Shows geworden. Vor allem die letzte. Sogar die Techniker sind begeistert von Sam, und das will schon etwas heißen. Na ja, immerhin ist er nicht nur charmant und sexy, sondern er hat auch Grips."

Johanna murmelte etwas vor sich hin und steckte die Filmrollen in ihre Tasche.

„Ich wollte dich eigentlich fragen, ob du das übrige Obst mit nach Hause nehmen willst. Aber mir scheint, dir wäre rohes Fleisch lieber."

„Es war ein langer Tag."

„Aha." Bethany kannte ihre Chefin besser. Johanna hatte zuvor zwei Magentabletten genommen – ein sicheres Zeichen für Probleme. „Möchtest du bei einem Drink darüber reden?"

Johanna war es nicht gewohnt, jemandem ihr Herz auszuschütten. Es hatte einfach nicht genügend Menschen in ihrem Leben gegeben, denen sie vertrauen konnte. Doch sie wusste, dass Beth vertrauenswürdig war und einer guten Freundin sehr nahe kam. „Ich verzichte auf den Drink. Aber wie wäre es, wenn du mich zu meinem Wagen begleitest?"

„Gern."

Die Sonne war noch nicht untergegangen. Das empfand Johanna als tröstlich, nachdem sie den ganzen Tag im Studio verbracht hatte. „Was hältst du von Sam Weaver?"

„Ich mag ihn", erwiderte Bethany schlicht. „Er hat keinen roten Teppich erwartet, er war nicht herablassend, und er hat sich nicht über die Kandidaten lustig gemacht."

„Das sind alles negative Tugenden", warf Johanna ein.

„Also gut. Mir hat die Art gefallen, in der er mit allen gescherzt hat. Und die Art, in der er Autogramme verteilt hat – so als wollte er es, anstatt so zu tun, als würde er Gefälligkeiten erweisen. Er ist jemand, ohne ständig daran erinnern zu müssen, wie wichtig dieser Jemand ist."

„Interessant ausgedrückt", murmelte Johanna. „Führst du eigentlich immer noch diese Liste über die Ehrengäste?"

Beth errötete ein wenig. „Ja. Sam bekommt vier Sterne."

Um Johannas Mundwinkel zuckte es ein wenig. „Aha, die Höchstnote. Das sollte mich wohl erleichtern. Ich gehe am Samstagabend nämlich mit ihm essen."

Bethany starrte sie mit offenem Mund und runden Augen an. „Das ist ja 'ne Wucht!"

„Es ist vertraulich."

„In Ordnung", versicherte Beth. „Ich weiß ja, dass du in der Branche aufgewachsen bist und dass Cary Grant dich wahrscheinlich auf den Knien gewiegt hat, aber findest du es gar nicht aufregend?"

„Nein. Ich finde es schrecklich", erklärte Johanna unverblümt, während sie ihre Wagentür öffnete. „Schauspieler sind nicht mein Typ."

„Bitte keine Verallgemeinerungen."

„Also gut. Blauäugige, schlaksige Schauspieler mit schleppender Aussprache sind nicht mein Typ."

„Du musst krank sein, Johanna. Sehr krank. Soll ich vielleicht für dich einspringen?"

Schmunzelnd stieg sie in ihren Wagen. „Nein. Mit Sam Weaver werde ich schon fertig."

„Ich will ja nicht neugierig sein …“

„Aber?“

„Merk dir die Einzelheiten, ja? Vielleicht schreibe ich einmal ein Buch oder so.“

„Beherrsch dich bitte, Beth.“

„Also gut. Lass mich nur wissen, ob er immer so gut riecht. Das reicht mir schon.“

Kopfschüttelnd startete Johanna den Motor und fuhr aus der Parklücke. Sie hatte nicht darauf geachtet, wie Sam Weaver roch.

Männlich, teilte ihr Gedächtnis ihr mit, sehr männlich.

3. KAPITEL

Es bestand kein Grund zur Sorge. Es handelte sich schließlich nur um ein Dinner. Vermutlich würden sie in eines der protzigen Restaurants von Los Angeles gehen, wo Sam gesehen werden konnte. Zwischen der Gänseleberpastete und der Schokoladencreme würde er mit den anderen Berühmtheiten plaudern, die solche Lokale besuchten.

Fleischhäuser hatte Johannas zweite Stiefmutter derartige Restaurants genannt. Nicht wegen der Speisekarte, sondern wegen all der entblößten Haut. Darlene war eine der ehrlichsten und am wenigsten affektierten Errungenschaften ihres Vaters gewesen.

Wenn Johanna wollte, konnte sie es als ein Geschäftsessen betrachten. Und das wollte sie. Unter diesem Aspekt konnte sie es über sich ergehen lassen, wie viele andere Mahlzeiten zuvor – als ein Teil des Spieles, das jeder erlernen musste, der im Geschäft bleiben wollte. Sie würde sich charmant und aufgeschlossen geben, ja sogar liebenswürdig, und danach die ganze Episode vergessen.

Sie mochte keine beharrlichen Männer. Sie mochte keine Männer von Ruf. Sie mochte Sam Weaver nicht ... bis die Blumen eintrafen.

Johanna verbrachte den Samstagvormittag mit Gartenarbeit und hoffte halb, dass Sam Weaver ihre Adresse nicht fand. Er hatte sie nicht angerufen, um sich danach zu erkundigen oder die Verabredung zu bestätigen. Das Warten darauf hatte sie die ganze Woche lang beunruhigt. Es war ein Verstoß mehr, den sie ihm anlasten konnte.

Gewöhnlich nahm sie ihr drahtloses Telefon mit nach draußen. Selbst an Wochenenden traten manchmal Geschäfte auf. Doch diesmal hatte sie es im Haus gelassen, und sie verbrachte ein paar sonnige, entspannte Stunden im Garten, der ihr Zufluchtsort und in gewisser Weise ihr Laster war.

Die Blumen wurden umhegt und gepflegt und dankten es ihr, indem sie sich jedes Jahr erneuerten. Ihre Beständigkeit tröstete sie. Es war etwas, das sie mit eigenen Händen erschaffen hatte. Welchen Lohn sie auch erntete, welche Fehlschläge sie auch erlitt, sie selbst war dafür verantwortlich. Die Blumen in ihrem Garten blieben. Die Menschen in ihrem Leben taten es nur selten.

Ihre Jeans waren schmuddelig an den Knien und ihre Hände mit

Erde beschmutzt, als ein Lieferwagen vor dem Haus vorfuhr. Sie beschattete sich die Augen, während sie sich erhob.

„Miss Patterson?“

„Ja.“

„Unterschreiben Sie hier bitte.“ Der Lieferant kam ihr auf halbem Wege auf dem Rasen entgegen. Er reichte ihr zuerst ein Klemmbrett und dann eine lange weiße Schachtel mit dem Namen eines Floristen und einer roten Schleife. „Einen hübschen Garten haben Sie“, bemerkte er, bevor er wieder in seinen Lieferwagen stieg.

Johanna hatte eine Schwäche für Blumen. Ohne sich die Zeit zu nehmen, hineinzugehen und sich die Hände zu waschen, öffnete sie die Schachtel. Es waren Rosen. Nicht ein Dutzend rote oder zwei Dutzend rosa, sondern ein langstieliges Exemplar jeder Farbe, die sie je gesehen hatte – vom reinsten Weiß bis zum dunkelsten Rot.

Entzückt beugte sie den Kopf über die Schachtel und atmete den schweren, süßen und überaus sinnlichen Duft ein.

Es war nicht ihr Geburtstag. Außerdem war ihr Vater – oder besser gesagt die Sekretärin ihres Vaters – nicht fantasievoll genug, um sich ein so bezauberndes Geschenk einfallen zu lassen. Ungeachtet ihrer erdigen Finger öffnete sie die Karte, die bei den Rosen lag, und las: Ich kenne Ihre Lieblingsfarbe nicht. Noch nicht. Sam.

Sie wollte es mit einem Schulterzucken abtun. Liebenswürdige Gesten fielen einigen Menschen so leicht. Es brauchte nur einen beiläufigen Auftrag an eine Sekretärin, um Blumen liefern zu lassen. Sie wusste es nur zu gut.

Er hat meine Adresse also ausfindig gemacht, dachte sie, während sie zurück über den Rasen ging. Die Verabredung galt noch, und sie hatte ihren Teil zu erfüllen.

Johanna bemühte sich ernsthaft, die Rosen zu vergessen und sich wieder mit den Blumen zu beschäftigen, die sie selbst gepflanzt hatte. Doch sie brachte es einfach nicht übers Herz. Und sie wollte sich auch nicht selbst die Freude nehmen. Sie lächelte träumerisch, als sie erneut an den Rosen rock. Und sie lächelte immer noch, als sie ins Haus ging und sie in eine Vase stellte.

Schon seit langer Zeit hatte Sam sich nicht mehr so sehr auf einen Abend gefreut. Er hätte es gern als Freude über die gewonnene Wette abgetan, doch in Wahrheit konnte er es kaum erwarten, ein paar Stunden in Johanna Pattersons Gesellschaft zu verbringen.

Vielleicht war er so fasziniert, weil sie so desinteressiert war. Welcher Mann konnte einer Herausforderung schon widerstehen? Wäre sie bei ihrer ersten Begegnung auf seine Einladung eingegangen, dann hätten sie vielleicht ein angenehmes Mahl zusammen eingenommen und danach die Beziehung beendet.

Die Tatsache, dass sie immer wieder ablehnte, steigerte nur seine Entschlossenheit, sie mürbe zu machen.

Er hatte es leicht bei den Frauen. Zu leicht. Er leugnete nicht, dass er es eine Zeitlang ausgenutzt hatte. Doch dann waren seine Wertvorstellungen, die manch anderer vielleicht für verschroben und altmodisch hielt, wieder in den Vordergrund getreten.

Die Presse konnte die Trommel für seine romantischen Abenteuer rühren, so viel sie wollte. In Wirklichkeit war er ein Romantiker. Es hatte nie seinem Stil entsprochen, von einem Bett ins andere zu steigen.

Eigentlich gab es zwei Sam Weavers. Der eine war äußerst romantisch und verschlossen in Dingen wie Familie und Freundschaft – den Dingen, die wirklich zählten. Der andere war ein Schauspieler und Realist, der akzeptierte, dass öffentliches Interesse der Preis für Berühmtheit war.

Er gab bereitwillig Interviews und Autogramme, und er hatte gelernt, übertriebene oder sogar erfundene Darstellungen mit einem Schulterzucken abzutun.

Wenn er die Fakten betrachtete, die er über Johanna Pattersons Herkunft wusste, fragte er sich, welchen Sam Weaver sie bevorzugen würde.

Sie war das einzige Kind des angesehenen Produzenten Carl Patterson – das Produkt seiner ersten und angeblich stürmischsten Ehe. Ihre Mutter war nach der Scheidung verschwunden oder lebte seitdem in ‚Zurückgezogenheit', wie manche Zeitungen es ausdrückten. Johanna war im Luxus von Beverly Hills aufgewachsen und hatte die besten Privatschulen besucht. Einigen Gerüchten zufolge betete sie ihren Vater an, andere behaupteten, dass die beiden sich nicht ausstehen konnten. Jedenfalls war sie Pattersons einziger Nachwuchs nach vier Ehen und unzähligen Affären.

Es überraschte Sam, dass sie in den Hügeln – dem Teil von Beverly Hills, der nicht ‚in' war – wohnte. Er hatte eine schicke Eigentumswohnung in der City oder einen Flügel des väterlichen Anwesens in Beverly Hills erwartet. Die kluge, geschäftstüchtige Frau, die er kennengelernt hatte, wirkte so fern vom Trubel irgendwie fehl am Platze.

Er war noch überraschter, als er ihr Haus fand. Es war klein, wie ein Puppenhaus. Kaum mehr als eine rustikale, stabile Hütte. Das Holz war unlackiert, und die Fensterscheiben funkelten in der Abendsonne. Die Landfläche war nicht groß. Bäume und Hügel hatten übernommen. Und das, was da war, war uneben und steinig. Aber überall gediehen Blumen, wuchs wilder Wein. Der schnittige kleine Mercedes in der Auffahrt sah aus, als wäre er irrtümlich dort gelassen worden. Die Hände in den Taschen, stand Sam neben seinem eigenen Wagen und blickte sich um. Sie hatte keine unmittelbaren Nachbarn, und die Aussicht war nicht spektakulär. Aber es schien, als hätte sie sich ein Plätzchen in den Berghang gehauen. Das gefiel ihm. Als er die Haustür erreichte, fing er den Duft von Wicken auf. Seine Mutter pflanzte sie jedes Frühjahr unter das Küchenfenster. Er lächelte, als Johanna ihm öffnete. „Fata Morgana", sagte er und beobachtete, wie ihre höfliche Miene sich in einen verwirrten Ausdruck verwandelte. „Ich habe gerade überlegt, woran Ihr Haus mich erinnert. An eine Fata Morgana. So als wäre es nur sehr selten zu sehen."

Seine entwaffnende Art ließ sie gegen ihren Willen lächeln. „Ich war mir nicht sicher, ob Sie es finden würden."

„Ich habe einen guten Orientierungssinn. Jedenfalls meistens." Er blickte zu den Blumen, die das Haus umgaben. „Es sieht ganz so aus, als wären die Rosen überflüssig."

„Nein." Johanna hielt es für kleinlich, ihre Freude darüber nicht zu zeigen. „Es war sehr lieb von Ihnen, sie zu schicken." Sie war froh, dass sie sich für ein schlichtes weißes Kleid statt für eine elegante Aufmachung entschieden hatte. Denn er trug keinen formellen Anzug, sondern ein luftiges Leinenhemd und eine karierte Hose. „Wenn Sie einen Augenblick hereinkommen möchten, dann hole ich meine Jacke."

Das Wohnzimmer war verhältnismäßig klein und gemütlich. Vor einem steinernen Kamin standen tiefe Polstersessel mit Dutzenden von Sofakissen. Unwillkürlich stellte er sich vor, wie sie sich am Ende eines Arbeitstages die Schuhe auszog und hineinkuschelte. „Es sieht anders aus, als ich erwartet hatte."

„Ja?" Sie schlüpfte in eine tomatenrote Jacke. „Mir gefällt es."

„Ich habe nicht gesagt, dass es mir nicht gefällt." Ihm fiel auf, dass seine Rosen einen Ehrenplatz auf dem Kaminsims erhalten hatten, in einer hübschen, durchsichtigen Vase. „Haben Sie eine Lieblingssorte?"

Sie musterte den Strauß. „Nein. Ich mag alle Blumen. Gehen wir?"

„Sofort." Sam trat zu ihr. Er merkte, wie sie sich versteifte, aber er nahm dennoch ihre Hand. „Sind Sie willens und bereit, diesen Abend zu genießen?"

Sie seufzte. „Ich habe darüber nachgedacht."

„Und?"

„Ich habe beschlossen, es zu versuchen."

„Haben Sie Hunger?"

„Ein wenig."

„Haben Sie etwas gegen eine kleine Autofahrt einzuwenden?"

Erstaunt neigte sie den Kopf. „Nein, eigentlich nicht."

„Gut." Er behielt ihre Hand in seiner, während sie hinausgingen.

Entgegen ihrer Erwartung fuhr Sam nicht in die Stadt. Doch sie erkundigte sich nicht nach seinen Plänen. Stattdessen ließ sie das Gespräch dahinplätschern, während sie sich fragte, wie sie mit ihm umgehen sollte. Schauspieler waren recht schwer zu durchschauen. Sie verstanden es ausgezeichnet, sich in Szene zu setzen, und sie hatten für jede Situation den richtigen Text und die angemessene Mimik parat. Momentan gab er sich wie ein netter Freund, in dessen Gesellschaft sich eine Frau entspannen konnte. Doch sie traute dem Frieden nicht.

Er fuhr flott, aber sicher. Als er von der Schnellstraße in einen unbefestigten, kaum befahrbaren Weg abbog, behielt er die Geschwindigkeit bei.

„Darf ich fragen, wohin wir fahren?"

Sam nahm eine weite Kurve. Er hatte schon längst auf diese Frage gewartet. „Zum Dinner."

Johanna wandte sich ab und musterte die weitläufige, staubige Umgebung. „Findet es an einem Lagerfeuer statt?"

Er lächelte über ihren sarkastischen Ton, der ihm in zunehmendem Maße gefiel. „Nein. Ich dachte mir, wir essen bei mir zu Hause."

Die Aussicht auf ein trautes Dinner zu zweit beunruhigte sie keineswegs. Dazu vertraute sie zu sehr auf ihre Fähigkeit, jegliche Situation zu meistern. Es überraschte sie vielmehr, dass sein Zuhause so weit entfernt vom Trubel der Stadt lag. „Haben Sie eine Höhle?“

Sein Lächeln vertiefte sich, weil nun Belustigung in ihrer Stimme mitschwang. „Ganz so primitiv wohne ich nicht. Und ich esse nur in Restaurants, wenn es unbedingt nötig ist.“

„Warum?“

„Weil es meistens dazu führt, dass man über geschäftliche Dinge redet oder angestarrt wird. Und heute Abend bin ich zu keinem von beiden in Stimmung.“ Er fuhr durch ein schlichtes Holztor und hupte zweimal, als er ein hübsches weißes Haus mit blauen Fensterläden passierte. „Hier wohnt mein Vorarbeiter mit seiner Familie. Ich gebe ihm ein Erkennungszeichen, damit er mich nicht für einen unbefugten Eindringling hält.“

Sie fuhren an Ställen und Scheunen vorüber, die zu Johannas Überraschung nicht nur der Dekoration zu dienen schienen. Sie erblickte saftige Weiden und dunkle, fruchtbare Äcker. Ein paar Hunde begannen zu bellen.

Der Weg gabelte sich, und dann tauchte das Ranchhaus auf. Es war ebenfalls weiß, doch die Fensterläden waren grau, und drei Schornsteine aus Backstein, zu einem dunklen Rosa verwittert, ragten gen Himmel auf. Es war niedrig und ausgedehnt, aber trotz seiner beachtlichen Größe wirkte es nicht erdrückend. Auf der Veranda standen robuste, hölzerne Schaukelstühle, die viel benutzt zu werden schienen. In frisch gestrichenen, leuchtend roten Blumenkästen wuchsen Stiefmütterchen und buschige Rührmichnichtan. Obgleich die Luft heiß und trocken war, gediehen sie prachtvoll.

Johanna stieg aus dem Wagen und drehte sich langsam im Kreis. Es sah aus wie eine richtige Ranch, auf der gearbeitet wurde. „Ein beachtliches Anwesen.“

„Mir gefällt es.“

Sie lächelte flüchtig über die Wiederholung ihrer vorherigen Bemerkung. „Aber das Pendeln muss unbequem sein.“

„Ich habe eine Wohnung in Los Angeles“, sagte Sam so nebenher, als spräche er von einer Abstellkammer. „Das schönste nach Beendigung eines Filmes ist für mich, herzukommen und mich eine Weile zu vergraben. Bevor ich von der Schauspielerei gepackt wurde, wollte ich immer auf einer Ranch arbeiten.“ Er nahm ihren Arm und führte sie die beiden Holzstufen zur Veranda empor. Sie knarrten. Aus irgendeinem Grunde empfand Johanna es als reizvoll. „Ich hatte Glück und kann beides tun."

Sie blickte zu den Stiefmütterchen mit den arroganten Köpfchen. „Züchten Sie auch Vieh?"

„Pferde." Er hatte die Haustür unverschlossen gelassen. Es war eine Gewohnheit, mit der er aufgewachsen war.

Die Holzfußböden waren auf Hochglanz poliert und mit handgeknüpften Läufern in gedämpften Pastellfarben verziert. Nahe dem Eingang stand eine Sammlung Zinngeschirr – Schüsseln, Löffel, Becher, ein verbeulter Kerzenhalter – auf einem Tisch. Die Abenddämmerung kroch zu den Fenstern herein.

Es herrschte eine angenehme, solide Atmosphäre. Johanna glaubte insgeheim daran, dass Häuser eine eigene Persönlichkeit besaßen. Sie hatte ihres gekauft, weil es Wärme und Behaglichkeit ausstrahlte. Sie hatte das Haus ihres Vaters verlassen, weil es erdrückend und unehrlich auf sie wirkte. „Haben Sie oft Gelegenheit, hier zu sein?"

„Nicht oft genug." Sam musterte die Wände, die er selbst gestrichen hatte. Das Haus, wie seine Karriere, war etwas, das er nie als gegeben hinnahm, obgleich er nie Armut kennengelernt hatte. „Möchten Sie zuerst einen Drink oder lieber gleich das Dinner?"

„Dinner", antwortete Johanna entschieden. Sie trank grundsätzlich nicht auf nüchternen Magen.

„Das hatte ich gehofft." Auf seine gelassene Art nahm er ihre Hand und führte sie über den Korridor in eine große Küche. Kupfertöpfe hingen an Haken über einer Kochinsel. An einer Wand standen Schränke, an einer anderen ein Steinofen. Eine Fensterreihe gab den Blick auf eine Terrasse und ein Schwimmbecken frei.

Sie hatte erwartet, ein paar Diener anzutreffen, die das Dinner zubereiteten. Stattdessen fand sie nur den Duft von Essen vor. „Es riecht köstlich."

„Gut." Sam nahm zwei Topflappen und beugte sich zum Backofen hinab. „Ich habe es warm gehalten." Er holte eine Kasserolle mit brodelnder Lasagne hervor.

Nahrungsmittel reizten sie gewöhnlich nicht sonderlich, doch nun zog allein das Aroma sie an seine Seite. Wie lange war es her, seit sie jemanden ein selbstgekochtes Mahl aus dem Ofen hatte holen sehen? „Es sieht auch köstlich aus."

„Meine Mutter hat immer gesagt, dass Essen besser schmeckt, wenn es gut aussieht." Er nahm einen langen Laib italienisches Brot zur Hand und begann, es zu schneiden.

„Das haben Sie doch nicht selbst zubereitet, oder?"

„Warum nicht?" Er blickte über die Schulter zurück. Sie sah so nachdenklich aus, dass er versucht war, mit einem Finger über die schwache Linie zwischen ihren Augenbrauen zu streichen. „Kochen ist leicht zu lernen, wenn man es richtig anfängt und genügend Ansporn hat."

Johanna begnügte sich für gewöhnlich mit Fertiggerichten. „Und bei Ihnen trifft beides zu?"

„Ich wollte Schauspieler werden, aber ich wollte nicht am Hungertuch nagen." Er strich Knoblauchbutter auf das Brot und schob es in den Ofen. „Als ich nach Kalifornien kam, ging ich von einer Vorsprechprobe zur nächsten und von einem billigen Fresslokal zum anderen. Nach ein paar Monaten war ich es leid. Ich rief meine Mutter an und bat sie um ein paar Rezepte. Sie ist eine großartige Köchin." Er entkorkte eine Flasche Wein. „Jedenfalls habe ich schneller gelernt, wie man Forellen dünstet, als ich brauchte, um eine nennenswerte Rolle zu bekommen."

„Und was spornt Sie jetzt noch an, nachdem Sie eine ganze Reihe nennenswerter Rollen hatten?"

„Zum Kochen?" Er zuckte die Schultern und nahm eine Schüssel mit Spinatsalat aus dem Kühlschrank. „Es macht mir einfach Spaß. Es ist alles fertig. Bringen Sie bitte den Wein mit? Ich dachte mir, dass wir draußen essen."

Das Problem an Hollywood ist, dachte Johanna auf dem Weg hinaus, dass die Dinge nie so sind, wie sie scheinen. Sie hatte geglaubt, Sam Weaver richtig eingeschätzt zu haben. Doch der Mann, für den sie ihn gehalten hatte, hätte niemals Kochrezepte von seiner Mutter übernommen. Und er hätte niemals ein bezauberndes Dinner für zwei vorbereitet – an der frischen Luft, mit hübschem blauem Geschirr und dicken gelben Kerzen. Es wirkte ebenso freundlich wie romantisch. Die Romantik hatte sie erwartet, und sie wusste sich dagegen zu wehren. Doch das Freundschaftsangebot stand auf einem ganz anderen Blatt.

„Zünden Sie bitte die Kerzen an, ja? Ich hole inzwischen den Rest."

Johanna blickte ihm nach, als er ins Haus zurückging. Sie fragte sich, ob jemand, der sich so zielstrebig und überaus männlich bewegte wie er, wirklich eigenhändig einen Spinatsalat zubereitete. Offensichtlich. Es gab gewichtigere Anlässe für Lügen.

Als sie die Kerzen entzündete, erklang gedämpfte, sanfte Musik aus dem Haus. Während sie den Wein einschenkte, brachte er das Essen heraus.

Ich hatte also den richtigen Instinkt, dachte Sam, als sie sich an den Korbtisch setzten. Er hatte im Begriff gestanden, einen Tisch in einem schicken Restaurant zu reservieren, und sich erst im letzten Augenblick anders entschlossen. Er hatte schon öfter für Frauen gekocht, aber noch nie auf seiner Ranch. Dorthin hatte er noch nie jemanden eingeladen, denn sie stellte sein Refugium dar. Bisher hatte er selbst nicht gewusst, warum er in Johannas Fall seine eigene Regel brechen wollte. Doch nun verstand er es.

Auf der Ranch war es ihm möglich, er selbst zu sein, ohne Verstellung, ohne Rollenspiel. Dort war er nur Sam Weaver aus Virginia, und dort fühlte er sich am wohlsten. Dort konnte er abschalten und sich entspannen. Und er wollte Johanna gegenüber er selbst sein.

Er musterte sie forschend und glaubte zu erkennen, dass ihre Verärgerung größtenteils verschwunden war, nicht aber ihr Misstrauen. Und er beschloss, seine Neugier zu befriedigen und den Grund dafür herauszufinden.

Vielleicht war sie von einem Mann betrogen worden, der ihr viel bedeutet und dem sie vertraut hatte. Dann war es nicht verwunderlich, dass sie einen Schutzwall errichtet hatte. Es mochte einige Zeit dauern, bis es ihm gelang, ihn zu durchdringen, aber er hatte das Gefühl, dass es der Mühe wert sei. Er begann mit dem Thema, das er für den Mittelpunkt ihres Lebens hielt: ihre Arbeit. „Sind Sie zufrieden mit den Aufzeichnungen von neulich?"

„Mehr als zufrieden." Sie war zu gerecht, um seine Leistung nicht zu würdigen. „Sie waren wirklich gut – nicht nur, was die Fragen angeht, sondern in jeder Hinsicht. Oftmals haben die Kandidaten sämtliche Antworten parat und sind trotzdem schrecklich langweilig." Sie brach ein Stück Brot ab und knabberte an der Kruste. Er hatte das richtige Thema angeschnitten. Es fiel ihr stets leicht, sich zu entspannen, wenn es um ihre Arbeit ging. „Und natürlich war es ein Volltreffer, Sie überhaupt in der Sendung zu haben."

„Ich bin geschmeichelt."

Sie musterte ihn mit kühlem Blick. „Ich bezweifle, dass es so leicht ist, Ihnen zu schmeicheln."

„Ein Schauspieler will immer begehrt sein. Jedenfalls bis zu einem gewissen Punkt", fügte er mit einem flüchtigen Grinsen hinzu. „Wissen Sie eigentlich, wie viele Quizsendungen ich in den letzten Tagen abgelehnt habe?"

Sie lächelte und nippte an ihrem Wein. „Ach, ich kann es mir vorstellen."

„Wie sind Sie darauf gekommen, Produzentin zu werden?"

„Vererbung." Einen Augenblick lang presste sie die Lippen zusammen. Nach einem zweiten Schluck stellte sie das Glas ab. „Man könnte sagen, dass ich gern der Drahtzieher bin."

„Mit Carl Patterson als Vater müssen Sie es früh gelernt haben." Sam sah es auf ihrem Gesicht – flüchtig, aber deutlich. Mehr als Groll, weniger als Schmerz. „Meiner Ansicht nach hat er einige der besten Shows und Spielfilme produziert. Ich kann mir denken, dass es eine Belastung ist, die zweite Generation zu sein."

„Man kommt darüber hinweg." Johanna konzentrierte sich auf die Lasagne, die reich gewürzt war. „Es schmeckt wundervoll. Ist das Rezept von Ihrer Mutter?"

„Mit einigen Abwandlungen." Das Thema Vater war also tabu für sie. Er akzeptierte es – vorläufig. „Wie steht es mit der Show selbst? Wie sind Sie darauf gekommen?"

„Durch eine Grippe." Johanna lächelte, nun wieder entspannt, und nahm einen weiteren Bissen.

„Würden Sie mir das bitte erklären?"

„Ich hatte eine scheußliche Grippe, vor einigen Jahren. Ich musste eine Woche lang im Bett bleiben, und da Lesen meinen Augen weh tat, sah ich stundenlang fern. Die Quizsendungen fesselten mich." Sie widersprach nicht, als er ihr Wein nachschenkte. Sie kannte ihre Grenzen, bis auf den kleinsten Schluck. „Man engagiert sich irgendwie für das Quiz und die Kandidaten. Nach einer Weile fängt man an, ihnen die Daumen zu drücken, und man freut sich automatisch, wenn jemand gewinnt. Und außerdem hat man den Vorteil, zu Hause fast immer schlauer zu sein als die Kandidaten, weil man nicht unter Druck steht. Das ist ein schönes Gefühl."

Sam beobachtete sie, während sie sprach. Sie wirkte nun animiert, genau wie während der Aufzeichnung der Sendung. „Nach Ihrem Kampf mit der Grippe haben Sie also beschlossen, selbst ein Quiz zu produzieren."

„Mehr oder weniger." Sie erinnerte sich, wie sie beim Sender gegen eine Wand geredet und sich schließlich an ihren Vater hatte wenden müssen. „Jedenfalls hatte ich das Konzept und genügend Erfahrung. Ich hatte bereits eine Reihe von Dokumentarsendungen produziert. Wir ließen ein paar Beziehungen spielen und starteten ein Versuchsprojekt. Und jetzt stehen wir fast an der Spitze der Einschaltquote. Ich warte auf grünes Licht für eine Abendausgabe."

„Und was passiert dann?"

„Der Zuschauerkreis vergrößert sich. Es kommen Jugendliche hinzu, die vormittags in der Schule sind, und Berufstätige, die sich nach Feierabend entspannen wollen. Die Gewinne werden erhöht. Es gibt mehr Bargeld und größere Autos."

Überrascht stellte Johanna fest, dass sie ihren Teller geleert hatte. Gewöhnlich aß sie nur ein paar Bissen, stocherte dann im Rest herum und wartete ungeduldig auf das Ende der Mahlzeit und des Sitzens.

„Möchten Sie noch etwas?"

„Nein, danke." Sie griff zu ihrem Weinglas, während sie Sam musterte. „Ich habe zwar die Wette verloren, aber anscheinend habe ich den besten Teil des Gewinns eingeheimst."

„Nicht von meinem Standpunkt aus." Er sah, wie ein verschlossener Ausdruck auf ihr Gesicht trat. Eine einzige Bemerkung, wie nebenhin auch immer, und schon zog sie sich wieder in ihr Schneckenhaus zurück. Er erhob sich. „Möchten Sie spazieren gehen? Der Mond scheint hell genug."

Warum unhöflich sein? sagte Johanna sich. Sie hasste es, wenn sie wegen Nebensächlichkeiten kratzbürstig wurde. „Gern. Die einzigen Ranches, die ich bisher gesehen habe, lagen auf Filmgelände."

Sam wickelte das restliche Brot ein und reichte ihr das Bündel. „Wir gehen zum Teich. Dann können Sie die Enten füttern."

„Sie haben Enten?"

„Mehrere überfütterte Enten." Er legte einen Arm um ihre Schultern, um sie zu führen. Sie roch wie der Abend, in den sie hinaustraten – dezent und vielversprechend. „Ich sehe ihnen morgens gern zu."

„Ihr Jake in ‚Halbblut' hätte sie zum Frühstück verspeist."

„Dann haben Sie meinen letzten Film also doch gesehen."

„Ach, war das Ihr letzter?"

„Zu spät. Sie haben mein Selbstverstrauen bereits gestärkt."

Als Johanna ihn anblickte, lächelte er sehr reizvoll und allzu gewinnend. Er war überhaupt zu gewinnend. Als Selbstschutz blickte sie zum Haus zurück. „Von hier draußen sieht es auch sehr hübsch aus. Leben Sie ganz allein hier?"

„Hin und wieder habe ich ein bisschen Einsamkeit ganz gern. Natürlich habe ich ein paar Arbeiter, die sich um alles kümmern, während ich irgendwo einen Film drehe, und Mae kommt ein paar Mal in der Woche, um Staub zu wischen." Er ließ seine Hand zu ihrer hinabgleiten. „Außerdem kommt meine Familie einige Male im Jahr und stellt alles auf den Kopf."

„Ihre Eltern besuchen Sie hier?"

„Meine Eltern, mein Bruder, meine beiden Schwestern, ihre Familien, unzählige Cousins. Die Weavers sind ein großer, lauter Haufen."

„Ich verstehe", murmelte Johanna und beneidete ihn im Stillen. „Sie müssen sehr stolz auf Sie sein."

„Sie haben mich immer unterstützt, selbst als sie mich noch für verrückt hielten."

Der Teich lag eine Viertelmeile vom Haus entfernt, doch der Weg war unbeschwerlich und offensichtlich viel begangen. Johanna nahm den Duft von Zitrus wahr, und dann den stärkeren Geruch des Wassers. Der Mond schien auf die Oberfläche und das knöcheltiefe Gras ringsumher. Mehrer braune und gesprenkelte Enten paddelten ans Ufer herüber.

„Ich bringe es nie übers Herz, mit leeren Händen herzukommen", sagte Sam. „Ich glaube, sie würden mir nach Hause folgen."

Johanna öffnete das Leinentuch und brach ein Stück Brot ab. Es traf nicht einmal bis auf das Wasser, bevor es verschlungen wurde. Sie lachte entzückt. Sogleich warf sie ein zweites Stück, diesmal weiter hinaus, und beobachtete, wie ein Erpel sich daraufstürzte.

„Ich wollte sie immer unter Wasser beobachten, um zu sehen, wie sie mit den Füßen strampeln," verkündete sie, während sie weiterhin Brot hinauswarf. Die Enten stürzten sich in Scharen darauf und stritten mit lautem Schnattern darum. „Meine Mutter und ich haben früher oft Enten gefüttert. Wir haben ihnen alberne Namen gegeben und dann versucht, sie beim nächsten Mal auseinanderzuhalten." Es wunderte sie, dass die Erinnerung zurückgekehrt war und dass sie darüber sprach. Ihre Hand schloss sich zu einer Faust um das Brot.

„Als ich noch ein Kind war, lag etwa fünf Meilen entfernt ein Teich", erzählte Sam, so als hätte er ihren Stimmungswechsel nicht bemerkt. „Wir fuhren im Sommer mit den Fahrrädern hin, nachdem wir Cracker oder ähnliches aus der Küche stibitzt hatten. Wir warfen es den Enten und ein paar frechen Schwänen zu und fielen dabei so oft wie möglich ins Wasser." Er blickte hinaus über den Teich. „Da hat jemand eine Familie gegründet."

Johanna folgte seinem Blick und sah eine braune Ente dahingleiten, gefolgt von einem langen Schatten. Als die Entfernung geringer wurde, erkannte sie, dass es kein Schatten war sondern eine Schar flauschiger Entlein. „Oh, wie niedlich!" Sie hockte sich ins Gras, um besser sehen zu können, und vergaß völlig ihren Rocksaum. Die Babies folgten der Mama so gradlinig wie ein Pfeil. „Ich wünschte, es wäre heller", murmelte sie.

„Kommen Sie wieder, wenn es das ist."

Sie hob den Kopf. Im Mondschein wirkte sein Gesicht markanter und attraktiver, als es ihr lieb war. Seine Augen, die Frauen so faszinierten, wirkten so dunkel wie das Wasser. Und genau wie beim Wasser wusste sie nicht, was sich hinter der Oberfläche verbarg. Sie wandte sich ab und warf wieder Brot hinaus.

Ihm gefiel die Art, in der ihr Haar ihr Gesicht umrahmte. Es war voll und fühlte sich gewiss seidig an, wie ihre Hand, die sie so selten anbot, die er aber immer wieder ergriff. Und es roch vermutlich genauso dezent.

Ihre Haut im Nacken, unter all dem dichten rotblonden Haar, war sicherlich noch zarter. Er verspürte den Drang, sie zu streicheln und zu sehen, ob sie erzitterte.

Die Enten stellten das Geschnatter ein, als das letzte Stück Brot verzehrt war. Einige Hoffnungsvolle verweilten noch eine Zeitlang am Ufer, bevor sie davonglitten. In der plötzlichen Stille ertönte der Gesang eines Nachtvogels und dann das Rascheln eines Hasen, der ins Gebüsch hoppelte.

„Es ist ein herrlicher Ort", sagte Johanna, während sie sich erhob und die Krümel von ihren Fingern wischte. „Ich kann verstehen, dass es Ihnen hier so gut gefällt."

„Ich möchte, dass Sie wiederkommen."

Er hatte es sehr schlicht gesagt, sodass es eigentlich nicht viel bedeuten sollte. Sie wich nicht zurück, denn damit hätte sie zu erkennen gegeben, dass es sie nicht unberührt ließ. Und wenn ihr Herz ein wenig schneller schlug, so überging sie es. Sie ermahnte sich, dass bei Mondschein vieles wichtiger wirkte als bei Tageslicht. „Wir hatten gewettet. Ich habe verloren", sagte sie leichthin. „Aber ich habe heute Abend dafür bezahlt."

„Es hat nichts mit Wetten oder Spielen zu tun." Sam berührte sacht ihr Haar. „Ich möchte, dass Sie wiederkommen."

Sie hätte fähig sein müssen, es abzutun und die Beziehung im Keim zu ersticken. Doch es wollte ihr nicht gelingen, kühl und achtlos abzulehnen. Stattdessen blickte sie ihn eindringlich an und fragte das einzige, was ihr in den Sinn kam. „Warum?"

Er lächelte. „Keine Ahnung. Aber wenn Sie wiederkommen, finden wir vielleicht die Antwort. Vorerst sollten wir eine andere Frage klären."

Er beugte sich zu ihr vor. Sie sagte sich, dass sie nicht geküsst werden wollte, dass es ihr nicht gefallen würde. Sie war kein überschwänglicher Mensch. Und obgleich sie in einer Welt aufgewachsen war, in der ein Kuss nicht mehr als ein Händedruck bedeutete – und oft zu weniger verpflichtete –, war es für sie mehr als nur eine Lippenberührung. Es bedeutete für sie Zuneigung, Vertrauen, Wärme.

Er sah den argwöhnischen Blick in ihren Augen, als er ihre Lippen mit seinen streifte. Es war ein flüchtiger, harmloser Kuss, kaum mehr als ein Friedensangebot. Sie wirkte so kühl und lieblich und so zurückhaltend, dass er nicht hatte widerstehen können. Ein gelassener Kuss. Ein freundlicher Kuss. Mehr hatte nicht daraus werden sollen.

Ein wenig unsicher wich Sam zurück. Er konnte sich selbst nicht erklären, was in ihn gefahren war. Er musterte ihr Gesicht im Mondschein, berührte ihre Wange. Sie bewegte sich nicht. Er konnte nicht wissen, dass ihre unverhoffte Reaktion sie wie angewurzelt dastehen ließ.

Er berührte sie erneut, strich mit den Fingern durch ihr Haar. Sie bewegte sich noch immer nicht. Doch als er die Lippen erneut auf ihre senkte, hart und hungrig, erwiderte sie seine Leidenschaft.

Sie hatte es nicht so gewollt. Verlangen durchströmte sie. Sein Mund wanderte über ihr Gesicht, ließ sie vor Entzücken erschauern, doch sie wandte den Kopf, bis ihre Lippen sich erneut vereinten.

Eine bislang unbekannte Sehnsucht, einen bisher verbotenen Traum – das verkörperte er für sie. Verloren in einer heftigen Woge der Erregung, schmiegte sie sich an ihn.

Er konnte nicht genug bekommen. Er bog ihren Kopf zurück und vertiefte den Kuss. Er begehrte sie. Und er verspürte den Drang, dort in dem hohen, feuchten Gras all ihre Geheimnisse zu enthüllen.

Johanna war außer Atem, als sie sich voneinander lösten. Es ängstigte sie. Vorsicht und Beherrschung waren hart erlernte Lektionen, die sie stets und ohne Ausnahme auf sämtliche Gebiete ihres Lebens anwandte. Beides hatte sie in einem einzigen Augenblick verloren.

Sie durfte nicht vergessen, wer er war: ein Künstler, sowohl im Beruf wie im Umgang mit Frauen. Vor allem durfte sie nicht vergessen, wer sie war. Es gab keinen Platz in ihrem Leben für leichtsinnige Leidenschaft im Mondschein. Er streichelte mit dem Handrücken über ihre Wange. Weil sogar diese kleine Berührung sie nicht kalt ließ, wich sie zurück.

„Das ist für uns beide keine Antwort." Der angespannte, raue Ton ihrer Stimme gefiel ihr nicht.

„Es war wesentlich mehr, als ich erwartet hatte", gestand Sam ein. Er nahm ihre Hand, bevor sie sich völlig hinter ihren Schutzwall zurückziehen konnte. „Ich habe schon etwas gefühlt, als ich dich zum ersten Mal sah. Jetzt verstehe ich, warum."

„Begierde auf den ersten Blick?" Sie bereute die zynischen Worte, sobald sie sie ausgesprochen hatte und seine düstere Miene sah. „Lass es gut sein, Sam. Ich bin ehrlich und gebe zu, dass es mehr als angenehm war, aber ich bin nicht an einer Fortsetzung interessiert."

Zorn stieg in ihm auf. Er war kein ungestümer Mann und konnte sich durchaus beherrschen. Er hatte noch nie eine Frau bedrängt. Bisher. „An was bist du dann interessiert?"

Sein Zorn erleichterte sie beinahe. Hätte er sich freundlich und einschmeichelnd verhalten, wäre sie schwach geworden. „An meiner Arbeit." Sie bemühte sich um ein Lächeln, und es gelang ihr beinahe. „Die bringt mir schon genug Komplikationen."

„Jemand, der so küssen kann wie du, beschwört Komplikationen geradezu herauf."

Sie hatte nicht gewusst, dass sie so küssen konnte und dass sie es wollte. Sie sehnte sich sogar danach, ihn erneut zu küssen. „Ich nehme an, das sollte ein Kompliment sein. Wollen wir einfach sagen, dass es ein interessanter Abend war, und es dabei belassen?"

„Nein."

„Zu mehr bin ich nicht fähig."

Sam streichelte erneut ihr Haar, diesmal in einer besitzergreifenden Geste. „Schon gut. Du wirst es noch lernen."

Er jagte ihr Angst ein. Sie fürchtete nicht, dass er sie ins Gras ziehen und beenden könnte, was sie beide begonnen hatten. Sie fürchtete vielmehr, dass er sich als willensstärker und entschlossener erweisen könnte als sie.

Geh ihm aus dem Weg, warnte sie eine innere Stimme, und zwar gleich. „Der Abend war viel zu schön, um ihn mit einem Streit zu beenden. Ich danke dir für das Essen und den Spaziergang. Aber es ist schon spät, und da uns eine lange Fahrt bevorsteht, sollten wir jetzt aufbrechen."

„In Ordnung." Sam war viel zu verärgert, um ihr zu widersprechen. Er zog es vor, sich ihren Wünschen zu fügen und die Situation später zu überdenken. Er wandte sich dem Haus zu und nahm ihren Arm, um sie auf dem unebenen Weg zu führen. Als sie unter seiner Berührung zusammenzuckte, lächelte er wieder, und seine Verärgerung verflog beinahe völlig.

4. KAPITEL

Wie viele Kästen Diätlimonade haben wir noch?", fragte Johanna und wartete, dass Bethany in ihrer Bestandliste nachsah.

„Hundertfünfzig ungefähr, wenn nicht mehr als sonst stibitzt worden sind. Die Bestände an Geschenkurkunden und Enzyklopädien sind in Ordnung." Bethany fand es seltsam, dass Johanna aus dem Fenster starrte, anstatt ihre eigene Liste zu prüfen, aber sie äußerte sich nicht dazu. „Wie steht es mit dem Quiz für die Fernsehzuschauer?"

„Hmm?"

„Das Quiz für die Fernsehzuschauer!"

„Oh." Entschieden löste Johanna den Blick vom Fenster und die Gedanken von Sam Weaver. Tagträume waren immer eine Zeitverschwendung und sogar eine Sünde während der Arbeitszeit. Sie öffnete die oberste Schublade ihres Schreibtisches und zog eine Akte hervor. „Ich habe eine Menge möglicher Fragen. John Jay soll jeden Tag eine andere stellen, irgendwann im Laufe der Sendung, jeweils zu verschiedenen Zeiten. Die Leute sollen sich die ganze Woche über die gesamte Sendung ansehen. Ist der Handel mit dem Wagen abgeschlossen?"

„Beinahe."

„Gut. Aber ich will zwei."

„Zwei was?"

„Zwei Wagen, Beth. Nach dem Motto: ‚Gewinnen Sie mit Trivia Alert!'" Johanna lächelte und klopfte mit dem Bleistift auf die Tischplatte. „Zwei Luxuswagen. Einer sollte ein Cabrio sein, Leute aus Omaha mit zwei Kindern leisten sich gewöhnlich kein Cabrio. Nehmen wir einen roten für die Reklame. In der Sendung fahren wir einen weißen auf, und John Jay trägt einen blauen Anzug."

„Willst du die Zuschauer durch Patriotismus überwältigen?"

„So ähnlich. Sieh zu, ob wir den Gesamtwert auf fünfzigtausend bringen können."

„In Ordnung." Bethany blies sich die Haare aus der Stirn. „Ich werde meinen Charme einsetzen."

„Benutz lieber die Einschaltquoten", schlug Johanna vor. „Ich will eine große Anzeige in Schwarz-Weiß im TV-Führer und eine in Farbe in der Sonntagsbeilage." Sie wartete, bis Bethany es sich notiert hatte.

„Der Werbespot für zehn Uhr ist schon entworfen. Wir nehmen ihn auf, sobald die Wagen geliefert werden."

Sie reichte Bethany eine Kopie der Fragenliste. „Wir müssen fünf davon aussuchen."

Bethany überflog die Fragen. „Wo lernte Betty den Leader kennen?" Mit geschürzten Lippen blickte sie auf. „Welche Betty?"

„Denk an weibliche Musikgruppen. Anfang der sechziger Jahre. Rock 'n' Roll."

Bethany zog eine Grimasse. „Diese Fragen sind ziemlich schwer."

Genau das hatte Johanna hören wollen. „Sie sind ja auch fünfzigtausend wert."

Bethany murmelte zustimmend und wandte sich einer anderen Frage zu. „Johanna, woher soll irgendjemand wissen, wie viele Hexen in Salem verbrannt wurden?"

„Keine." Johanna lehnte sich auf ihrem Stuhl zurück. „Sie wurden gehängt."

„Oh." Sie konzentrierte sich wieder auf die Fragen, als Johannas Telefon klingelte.

„Mr. Weaver ist am Apparat, Miss Patterson", verkündete die Telefonistin.

Johanna öffnete den Mund, doch es kam kein Laut heraus.

„Miss Patterson?"

„Ja? Oh, sagen Sie Mr. Weaver, dass ich in einer Besprechung bin."

Als sie den Hörer auflegte, blickte Bethany sie an. „Es hätte mir nichts ausgemacht, einen Augenblick zu warten."

„Ich bezweifele, dass er aus geschäftlichen Gründen angerufen hat." Johanna griff zu ihrer Liste. „Was hältst du von Nummer sechs?"

„Die Antwort weiß ich auch nicht. Johanna? Ist neulich Abend alles glatt gelaufen?"

„Ja. Es war ein sehr angenehmer Abend. Ich bin für Nummer eins, vier, sechs, neun und dreizehn."

Bethany las die entsprechenden Fragen und nickte dann. „Einverstanden." Sie gab Johanna die Liste zurück. „Können wir nicht so tun, als wären wir zu Hause, hätten die Füße hochgelegt und eine gute Flasche Wein schon halb ausgetrunken?"

Johanna schloss die Listen im Schreibtisch ein und steckte den Schlüssel in die Tasche. „Hast du Probleme, Beth?"

„Nein. Aber ich könnte wetten, dass du eins hast."

„Mir geht es gut. Wir haben eine angenehme Unterhaltung bei gutem Essen geführt, und das war alles. Ich habe keine Ahnung, warum Sam mich im Büro anruft, aber ich habe keine Zeit, mit ihm zu plaudern."

„Ich habe nicht von Sam gesprochen, nur von einem Problem", betonte Bethany. „Aber ich habe das Gefühl, es ist ein und dasselbe."

Johanna stand auf und trat ans Fenster, die Hände tief in den Rocktaschen vergraben. „Es geht ihm einfach nicht in den Kopf, dass ich nicht interessiert bin."

„Bist du es? Ich meine, nicht interessiert?"

„Ich will es nicht sein, und das ist dasselbe."

„Das stimmt nicht. Wenn du nicht interessiert wärest, könntest du ihm mit einem Lächeln auf die Schulter klopfen und ‚nein, danke' sagen. Aber da du es nur nicht sein willst, drückst du dich davor, indem du Anrufe meidest und Ausflüchte suchst."

Johanna drückte einen Finger in den Geranientopf, der am Fenster hing. Die Erde war feucht. Sie hatte die Blumen erst am Morgen gegossen. „Wieso kennst du dich so gut aus?"

„Leider mehr durch Beobachtung als eigene Erfahrung. Er scheint ein netter Mann zu sein, Johanna."

„Vielleicht. Aber ich habe zurzeit keinen Platz für Männer, und schon gar nicht für Schauspieler."

„Das ist ein harter Ausspruch."

„Es ist eine harte Stadt."

Da war Bethany ganz anderer Ansicht. Sie lebte seit drei Jahren in Los Angeles und fand es nach wie vor faszinierend. Für sie blieb es die Stadt, in der Träume wahr werden konnten. „Ich hoffe, du wirst mir nicht das Herz brechen und sagen, dass er ein Schuft ist."

Mit einem widerstrebenden Lächeln wandte Johanna sich vom Fenster ab. „Nein, er ist kein Schuft. Er ist sogar sehr nett, charmant und unterhaltsam … für einen Schauspieler."

„Er macht mich ganz kribbelig", gestand Bethany ein.

Mich auch, dachte Johanna. Und genau deshalb wollte sie ihn nicht wiedersehen. „Du solltest dich auf deinen Drehbuchautor konzentrieren", empfahl sie und wunderte sich über Bethanys seltsame Miene. „Probleme?"

„Es ist aus." Sie zuckte unbeteiligt die Schultern. Aber Johanna brauchte ihr nur in die Augen zu sehen, um zu wissen, wie weh es Beth tat. „Es ist nicht weiter schlimm. Es war nichts Ernstes."

Vielleicht nicht für ihn, dachte Johanna mit einer Mischung aus Mitgefühl und Resignation.

„Es war ein bisschen mehr. Aber es ist wirklich besser so. Ich dachte, er wäre an mir interessiert, aber dann stellte sich heraus, dass es nur meine Position war …" Sie hielt inne, fluchte leise vor sich hin, lächelte dann. „Was soll's? Er war halt einer der vielen Frösche, die man ausprobieren muss, bevor man den Prinzen findet."

„Was ist mit deiner Position? Wollte er, dass du ein Drehbuch von ihm verkaufst?"

„Er kam auf die Idee, ich könnte dich beeinflussen, deinen Vater zu beeinflussen, sein Stück zu produzieren. Als ich ihm sagte, dass es nicht klappen würde, wurde er böse. Dann wurde ich böse, und ein Wort gab das andere."

„Ich verstehe. Es tut mir leid, Beth."

„Wunden heilen wieder", sagte Bethany leichthin, obwohl sie wusste, dass es eine lange Zeit brauchen würde. „Außerdem habe ich die Genugtuung, dass er in den nächsten zehn oder zwanzig Jahren wahrscheinlich nichts als Werbesprüche verkaufen wird."

„Tu dir selbst einen Gefallen", riet Johanna. „Verlieb dich in einen Versicherungsvertreter." Sie blickte zur Tür, als ihre Sekretärin hereinschaute.

„Telegramm, Miss Patterson."

Johanna murmelte ein Dankeschön und nahm es entgegen. Ihre Finger zitterten. Dabei waren bereits fünfundzwanzig Jahre vergangen, seit sie das herzzerreißende Telegramm von ihrer Mutter erhalten hatte. Sie war damals nicht alt genug gewesen, um es selbst lesen zu können. Sie verdrängte entschieden die Erinnerung und riss den Umschlag auf.

Ich kann genauso starrsinnig sein wie du.

Mit finsterer Miene las Johanna die Zeile noch einmal. Dann knüllte sie das Telegramm zusammen. Doch sie warf es nicht in den Papierkorb, sondern steckte es in ihre Tasche.

„Schlechte Nachrichten?", fragte Bethany.

„Eine schwache Drohung." Johanna griff zur Fernbedienung. „Die Show fängt an."

Sam striegelte die Stute, die wenige Stunden zuvor von seinem preisgekrönten Hengst gedeckt worden war. Sie war noch immer unruhig und ein wenig bissig. Sie erinnerte ihn an Johanna, und darüber musste er lächeln, wenn auch ein bisschen grimmig. Er bezweifelte, dass Johanna es begrüßen würde, mit einem Pferd verglichen zu werden, auch wenn es reinrassig war.

Sie hatte nicht einen einzigen seiner Anrufe beantwortet. Miss Patterson ist nicht zu erreichen, wurde ihm immer wieder mitgeteilt. Oder: Miss Patterson ist in einer Besprechung.

Miss Patterson mied ihn wie die Pest. Er fühlte sich allmählich wie ein linkischer Teenager, der sich in die Klassenschönste verknallt hat. Mehr als einmal hatte er sich vorgenommen, sie zu vergessen und sich eine unkompliziertere Frau zu suchen, um mit ihr einen netten Abend zu verbringen.

Die Stute wandte den Kopf und schnappte nach seiner Schulter. Sam wich aus ihrer Reichweite zurück und striegelte sie weiter. Er wollte den Abend nicht mit einer unkomplizierten Frau verbringen, sondern mit Johanna. Nur um zu testen, ob sich das Ereignis am Teich wiederholen würde.

Und wenn ja, was sollte er dann unternehmen? Es war besser für ihn, sie nicht wiederzusehen. Ein Mann konnte sich mehr Freiheit bewahren, wenn er sich mit vielen Frauen umgab, statt sich auf eine einzige zu konzentrieren.

Aber er konzentrierte sich gar nicht auf sie. Er konnte sie sich einfach nicht aus dem Kopf schlagen. Er musste die Geheimnisse ergründen, die sie tief in ihrem Innern verbarg.

Als sie ihn geküsst hatte, da hatten keine Geheimnisse existiert. Sie war offen, leidenschaftlich und aufrichtig gewesen. Es hatte sich nicht um einen gewöhnlichen Kuss gehandelt. Er wusste, wie es war, eine Frau zum Vergnügen zu küssen – oder aus Verpflichtung – oder weil das Drehbuch es vorschrieb. Jener Augenblick mit Johanna hatte weder Vergnügen noch Verpflichtung bedeutet. Und die Reaktion – ihre und seine – stand in keinem Drehbuch.

Es hatte sie so überrascht wie ihn – und genauso aufgewühlt. Wollte sie es gar nicht ergründen?

Egal, was sie will, entschied Sam, während er die Stalltür schloss. Er musste es ergründen, ob es ihr nun gefiel oder nicht.

Johanna war erschöpft. Sie schluckte zwei Aspirin am Spülstein und aß einen Joghurt. Den ganzen Nachmittag über hatte sie harte Besprechungen geführt, und obgleich sie den Verkauf von ‚Trivia Alert' als Abendsendung hätte feiern sollen, hatte sie sich für einen geruhsamen Abend zu Hause entschieden. In der folgenden Woche wollte sie eine Party für ihre Mitarbeiter veranstalten. Sie hatten es verdient. Doch nun wollte sie nicht mehr an berufliche Dinge denken. Ihre Blumen brauchten Pflege.

Die Sonne schien ihr warm auf Gesicht und Arme, als sie in den Garten hinausging. Die Kletterrosen an der Hauswand mussten gestutzt werden. Löwenmaul und Malven mussten von Unkraut befreit werden. Und einige der größeren Pflanzen mussten gestützt werden. Entzückt von Duft und Farbenpracht der Blüten, begab sie sich ans Werk.

Sie hatte viele ruhige Nachmittage mit dem Gärtner auf dem Besitz ihres Vaters verbracht. Er hatte ihr die Namen der Pflanzen und die richtige Pflege beigebracht. Er hatte ihr ein eigenes Fleckchen überlassen und ihr gezeigt, wie man umgräbt, sät, an den Wurzeln teilt und beschneidet. Von ihm hatte sie gelernt, Blumen nach Farbe, Struktur, Höhe und Blütezeit zusammenzustellen. An regnerischen oder kalten Tagen hatte er sie das Gewächshaus erforschen lassen, in dem zarte Setzlinge gehegt und durch exotisches Licht frühe Blüten erzwungen wurden.

Der Blütenduft, die feuchtwarme Luft, der modrige Geruch nach bewässerter Erde waren ihr in Erinnerung geblieben. Er war ein freundlicher Mann gewesen, mit leicht gebeugtem Rücken und etwas dicklicher Taille. Sie hatte nicht gewusst, dass sie ihm leid tat, bis sie ihn eines Tages mit einem anderen Hausangestellten hatte reden hören.

Alle Diener hatten Mitleid mit ihr empfunden – dem kleinen Mädchen, das nach Lust und Laune seines Vaters zur Schau gestellt wurde. Sie hatte ein dreistöckiges Puppenhaus, ein Teeservice aus englischem Porzellan und einen weißen Fellmantel besessen. Sie hatte Ballettunterricht, Klavierstunden und Französischunterricht von einem Privatlehrer erhalten. Andere kleine Mädchen konnten nur von dem träumen, wofür Johanna nur einen Finger heben musste.

Mit sechs Jahren war ihr Foto in der gesamten Presse erschienen. Sie hatte ein rotes Samtkleid und ein winziges Diadem aus Diamanten getragen – als Streukind bei der zweiten Hochzeit ihres Vaters. Eine kleine Hollywood-Prinzessin.

Die Braut, eine italienische Schauspielerin, hatte liebend gern Wutanfälle bekommen. Carl Patterson hatte während der zweijährigen Ehe überwiegend an der italienischen Riviera gelebt. Johanna hatte die meiste Zeit in den Gärten seines Anwesens in Beverly Hills verbracht.

Es war zu einer skandalösen Scheidung gekommen. Die Schauspielerin hatte die Villa in Italien behalten, und Carl hatte eine glühende Affäre mit der Hauptdarstellerin seiner nächsten Produktion begonnen. Im Alter von acht Jahren hatte Johanna bereits eine nüchterne und allzu erwachsene Einstellung zu Beziehungen entwickelt.

Sie bevorzugte ihre Blumen. Sie trug keine Handschuhe bei der Gartenarbeit, denn mit bloßen Händen hatte sie ein besseres Gefühl für die Erde und die zarten Wurzeln. Wenn sie zur Maniküre ging, wurde sie gewöhnlich mit Entsetzen empfangen. Sie hielt die Fingernägel stets kurz und verzichtete auf Nagellack.

Unweiblich. So hatte Lydia sie genannt. Lydia, von zarter Schönheit und unablässiger Selbstsucht, war eins der länger andauernden Verhältnisse von Carl Patterson gewesen. Zum Glück hatte sie ihn genauso wenig heiraten wollen wie er sie.

Schick das Mädchen in eine Klosterschule in der Schweiz, hatte sie ihn gedrängt. Es gibt nichts Besseres als Nonnen, um einem Mädchen Weiblichkeit und Grazie beizubringen.

Mit zwölf Jahren hatte Johanna in der Angst gelebt, fortgeschickt zu werden. Doch Lydia war ersetzt worden, bevor sie sich bei Carl hatte durchsetzen können.

Unweiblich. Von Zeit zu Zeit kam ihr dieses Wort immer noch in den Sinn. Gewöhnlich ignorierte sie es. Sie hatte ihre eigene Art der Weiblichkeit gefunden. Doch hin und wieder, wie eine alte Narbe, juckte es sie.

Auf Händen und Knien rutschte Johanna zwischen den Dahlien hindurch zu den Fresien, die in wenigen Wochen erblühen würden. Sorgfältig zupfte sie jegliches Unkraut heraus.

Sie hörte den Wagen, aber sie blickte nicht auf, weil sie erwartete, dass er vorüberfuhr. Als er anhielt, drehte sie sich um und sah Sam gerade noch aussteigen. Sprachlos blieb sie auf den Knien hocken.

Er war wütend. Die lange Fahrt von seiner Ranch hatte ihm genügend Zeit gelassen, um sich in seinen Zorn hineinzusteigern.

Die Dämmerung hatte eingesetzt. Das Licht war weich und schwach. Johanna kniete vor einem Blumenbeet wie eine heidnische Gottesanbeterin. Sie rührte sich nicht.

„Warum zum Teufel hast du eine Sekretärin und einen Anrufbeantworter, wenn du nicht die Absicht hast, mich zurückzurufen?“

„Ich war beschäftigt.“

„Du bist unhöflich.“

„Es tut mir leid.“ Sie lächelte kühl. „Das Quiz wird ins Abendprogramm aufgenommen, und ich war mit Besprechungen und Papierkram beschäftigt. Gibt es etwas Wichtiges?“

„Du weißt verdammt gut, dass es wichtig ist.“

Sorgfältig wischte Johanna die Erde von ihren Händen an den Jeans ab und starrte auf Sams Stiefel. „Wenn es ein Problem mit deinem Vertrag gibt …“

„Hör auf, Johanna. Den geschäftlichen Teil haben wir erledigt.“

Sie blickte zu ihm auf. „Ja, das stimmt.“

„Ich mag es nicht, wenn ich mir wie ein Idiot vorkomme.“

„Das kann ich mir denken.“ Sie erhob sich. „Ich möchte das letzte Licht noch nutzen, Sam. Wenn sonst nichts mehr anliegt …“ Sie verstummte, als er ihren Arm packte.

„Weise mich nicht noch mal ab“, sagte er ruhig. Viel zu ruhig. „Ich habe mich immer für recht ausgeglichen gehalten. Aber anscheinend habe ich mich geirrt.“

„Deine Ausgeglichenheit ist nicht mein Problem.“

„Ach, nein?“ Um ihr das Gegenteil zu beweisen, riss er sie an sich. Automatisch hob sie die Hände, um ihn abzuwehren. Doch schon senkte er den Mund auf ihren.

Diesmal war es kein sanfter, freundschaftlicher Kuss, sondern ein Ausbruch der Leidenschaft, die ihn seit Tagen quälte. Sie wehrte sich nicht. Stattdessen stand sie ganz still, und einen Augenblick lang glaubten sie beide beinahe, dass es sie unberührt ließe. Doch dann seufzte sie und schlang die Arme um ihn.

Die Dämmerung verstärkte sich. Die Luft wurde kühler, aber Johanna spürte nur die Wärme seines Körpers, als sie sich an ihn schmiegte. Er roch nach Pferden und Leder. Unwillkürlich dachte sie an einen Ritter auf weißem Ross. Aber sie wollte nicht gerettet werden. Wie ein Dummkopf hatte sie geglaubt, entfliehen zu können, vor ihm, vor sich selbst. Doch dieser Augenblick zeigte ihr, wie sehr sie bereits verstrickt war.

Sam ließ die Lippen über ihr Gesicht wandern, genoss ihren Geschmack, ihre zarte Haut. Er zog sie fester an sich. Nie zuvor hatte er sich so sehr nach einer Frau verzehrt. Je mehr er sie berührte, desto mehr ersehnte er sie. „Ich will dich, Johanna." Er vergrub die Hände in ihrem Haar. „Seit Tagen kann ich nicht aufhören, an dich zu denken. Ich will mit dir zusammen sein. Jetzt."

Auch sie wollte es. Ein Schauer durchlief sie, als sie sich an ihn klammerte. Sie begehrte ihn. Sie wollte ihre Beherrschung, ihre Bedachtsamkeit aufgeben und nur noch fühlen. Sie ahnte, dass er ihr Gefühle vermitteln konnte, an die sie nie geglaubt hatte. Und danach wäre sie nie wieder dieselbe.

Einen Augenblick länger schmiegte sie sich an ihn. Ein starkes Bedauern ersetzte ihr Verlangen, als sie zurückwich. Nur mit Mühe gelang ihr ein Lächeln, als sie auf die Flecken an seinen Schultern blickte. „Meine Hände waren schmutzig."

Er nahm beide in seine. „Lass uns hineingehen."

„Nein." Sanft entzog sie ihm die Hände. „Es würde nicht klappen, Sam."

„Warum nicht?"

„Weil ich es nicht will. Ich würde es nicht klappen lassen."

Er nahm ihr Kinn in die Hand. „Unsinn."

Sie schlang die Finger um sein Handgelenk. Sein Puls pochte schnell, so schnell wie ihrer. „Ich leugne nicht, dass ich mich zu dir hingezogen fühle. Aber es kann zu nichts führen."

„Das hat es bereits."

„Dann kann es zu nichts Weiterem führen. Glaube mir, dass es mir leidtut, aber es ist für uns beide besser, wenn wir uns jetzt damit abfinden."

„Mir tut es auch leid, aber ich kann es nicht akzeptieren." In einer zärtlichen Geste legte er die Hände an ihre Wangen. „Wenn du erwartest, dass ich weggehe und dich in Ruhe lasse, dann muss ich dich enttäuschen."

Johanna holte tief Luft und blickte ihn unverwandt an. „Ich werde nicht mit dir schlafen."

„Jetzt nicht – oder niemals?"

Unwillkürlich lächelte sie. „Gute Nacht, Sam."

„Warte. Das Thema ist noch nicht beendet." Er deutete zu den Stufen vor der Haustür. „Warum setzen wir uns nicht? Es ist ein schöner Abend." Als sie zögerte, hob er die Hände. „Keine Berührung."

„Also gut. Möchtest du etwas trinken?"

„Was hast du denn zu bieten?"

„Kaffee von heute Morgen."

„Danke, ich verzichte." Er setzte sich neben sie. „Dein Haus gefällt mir, Johanna. Es ist so ruhig, abgeschieden und gepflegt. Wie lange hast du es schon?"

„Etwa fünf Jahre."

„Hast du das alles gepflanzt?"

„Ja."

„Wie heißen die dort drüben?"

Sie blickte hinüber zum Rand eines Beetes. „Seifenkraut."

„Ein hässlicher Name für eine so hübsche Blume." Die kleinen rosa Blüten sahen zart aus, aber das Kraut breitete sich aus, wie es wollte. „Weißt du, mir scheint, dass wir uns nicht gut kennen." Er lehnte sich zurück gegen die höhere Stufe und streckte die Beine aus. Er schien sich wie zu Hause zu fühlen.

„Nein, wahrscheinlich nicht."

„Was hältst du davon, miteinander zu gehen?"

Sie schlang die Hände um die Knie und lächelte. „Es ist eine nette Beschäftigung für Teenager."

„Die meisten Leute, die ich kenne, haben Liebhaber, nicht Freunde."

„Und du hast keins von beidem."

„Mir gefällt es so."

Johannas Antwort ließ Sam wieder zu den kleinen rosa Blüten blicken. „Warum einigen wir uns nicht auf einen anderen Ausdruck, zum Beispiel Begleiter? Das bedeutet eine unkomplizierte Beziehung, ohne Verpflichtungen."

„Ich habe ernst gemeint, was ich vorhin gesagt habe."

„Davon bin ich überzeugt. Deshalb dachte ich, dass du keine Angst davor hättest, mich besser kennenzulernen."

„Ich habe keine Angst", sagte sie schnell. Zu schnell.

„Gut. Am Freitagabend findet eine Wohltätigkeitsveranstaltung im

Beverly Wilshire statt. Ich hole dich um sieben ab."

„Ich habe nicht ..."

„Du unterstützt doch Sammlungen für wohnungslose Menschen, die auf der Straße leben – oder?"

„Natürlich, aber ..."

„Und da du keine Angst hast, sollte es dich nicht beunruhigen, mich zu begleiten. Es ist ein formeller Anlass. Ich mag solche Veranstaltungen auch nicht sehr gern, aber es dient einem guten Zweck."

„Ich weiß die Einladung zu schätzen, aber ich kann es unmöglich schaffen, von der Arbeit nach Hause zu fahren und mich bis um sieben für eine formelle Veranstaltung umzuziehen."

„Gut. Dann ziehst du dich im Büro um, und ich hole dich dort ab. Um halb acht."

Johanna atmete tief durch, drehte sich zu ihm um und blickte ihm direkt ins Gesicht. „Sam, warum versuchst du, mich derart zu dirigieren?"

Er nahm ihre Hand und küsste schnell ihre Finger, bevor sie widersprechen konnte. „Ich könnte dich viel besser dirigieren."

„Darauf wette ich."

Er grinste. „Ich liebe es, wenn du diesen Ton benutzt. Es klingt so anständig."

„Du hast meine Frage nicht beantwortet."

„Welche? Ach so, die Frage. Ich versuche nicht, dich zu dirigieren. Ich versuche, eine Verabredung mit dir zu treffen. Nein, keine Verabredung", korrigierte er sich. „Besprechung können wir es auch nicht nennen. Das klingt zu geschäftsmäßig. Wie wäre es mit Begegnung. Gefällt dir Begegnung?"

„Ich glaube nicht."

„Etwas habe ich schon über dich herausgefunden, Johanna. Es ist sehr schwer, dich zufrieden zu stellen." Mit einem Seufzer streckte er sich. „Aber das macht nichts. Ich kann hier sitzen, bis dir der richtige Ausdruck einfällt. Die Sterne gehen auf."

Unwillkürlich blickte sie hinauf. Sie saß abends oft draußen. Bisher war sie zufrieden gewesen, die Sterne allein zu betrachten. Mit Sam an ihrer Seite erschien ihr die Nacht irgendwie reizvoller, und das beunruhigte sie. Es war ein großer Fehler, die Zufriedenheit von jemand anderem abhängig zu machen. „Es wird kühl", murmelte sie.

„Bittest du mich ins Haus?"

Sie lächelte und stützte die Ellbogen auf die Knie. „So kühl ist es nicht." Einen Augenblick schwiegen beide. Dann wurde die Stille von einem Nachtvogel durchbrochen. „Warum bist du nicht unten in der Stadt und zeigst dich mit einer vielversprechenden Schauspielerin mit perfekten Zähnen?"

Er gab vor, es zu überdenken. „Ich weiß nicht. Warum bist du nicht unten in der Stadt und zeigst dich mit einem tollen Regisseur mit perfekter Sonnenbräune?"

„Ich habe zuerst gefragt."

„Ich liebe die Schauspielerei", erwiderte Sam ruhig und so ernst, dass sie ihn anblickte. „Und ich habe nichts dagegen, gut dafür bezahlt zu werden. In ein paar Wochen fangen wir wieder mit Dreharbeiten an. Dann kommen eine Menge sehr langer und sehr anstrengender Tage auf mich zu. Die wenige Freizeit, die mir bleibt, will ich nicht im Rummel der Stadt vergeuden." Er streichelte ihr Haar. Beide erinnerten sich an sein Versprechen, sie nicht zu berühren, doch sie protestierte nicht. „Wirst du mich noch einmal besuchen und meine Enten füttern, Johanna?"

Es ist ein Fehler, sagte sie sich, als sie ihn anlächelte. Ein dummer Fehler. Aber zumindest beging sie ihn mit offenen Augen. „Am Freitagabend ginge es, wenn wir die Veranstaltung frühzeitig verlassen."

„Also um halb acht in deinem Büro?"

„Gut. Keine Verpflichtungen?"

„Abgemacht."

Sie hielt eine Hand hoch, als er sich vorbeugte. „Küss mich nicht, Sam."

Er wich zurück. „Jetzt nicht, oder niemals?"

Sie stand auf und wischte sich die Jeans ab. „Zumindest jetzt nicht. Bis morgen."

„Johanna?" Sie blieb auf der obersten Stufe stehen und drehte sich zu ihm um. „Nichts weiter", sagte er. „Ich wollte dich nur noch einmal ansehen. Gute Nacht."

„Fahr vorsichtig. Es ist ein langer Weg."

Sam lächelte. „Er wird jedes Mal kürzer."

5. KAPITEL

Am Freitagabend um halb sechs war es in den Büroräumen wie ausgestorben. Johanna freute sich über die ungestörte Stunde, die ihr zum Aufarbeiten all des liegengebliebenen Papierkrams blieb.

Die Fragen für die Aufzeichnungen am Montag waren geprüft und ausgewählt worden, doch sie nahm sich die Zeit, sie noch einmal persönlich durchzugehen und sich zu vergewissern, dass sie unterhaltsam wie lehrreich waren.

Sie beantwortete einen Stapel Memos, las und unterzeichnete Briefe und billigte einen Stoß Rechnungen. Das Schöne an Quizsendungen sind die niedrigen Produktionskosten, dachte sie. In einer Woche konnte sie fünfzigtausend Dollar vergeben und die Kosten dennoch wesentlich niedriger halten als für eine halbstündige Situationskomödie.

Sie war nach wie vor entschlossen, ihr neues Konzept durchzusetzen. Wenn alles klappte, konnte die Show zum ersten Mal im Herbst ausgestrahlt werden. Und es wird klappen, schwor sie sich. Noch ein solider Erfolg, und sie konnte ihre eigene Produktionsfirma gründen.

Sie sah das Firmenzeichen bereits vor sich: Garden Variety Productions. Innerhalb von zwei Jahren würden auch andere es sehen – und in Erinnerung behalten.

Sobald der Schreibtisch abgeräumt war, holte Johanna ihr Geheimnis hervor. Sie hatte die Tüte in der untersten Schublade versteckt, hinter dem Briefpapier. Es hatte schon genug Aufsehen erregt, dass sie ein Abendkleid mit ins Büro gebracht hatte.

Sie holte die Schachtel aus der Tüte, öffnete sie und las die Gebrauchsanweisung zweimal durch. Es war anscheinend gar nicht so kompliziert. Sie nahm den ersten falschen Fingernagel und begann, ihn zurechtzufeilen. Sie prüfte ihn mehrmals, legte ihn auf ihren kurzen, unlackierten Daumennagel, bis sie schließlich mit der Länge zufrieden war.

Jetzt sind es nur noch neun, dachte sie und nahm den nächsten in Angriff. Sie schlüpfte aus den Schuhen und zog die Füße unter sich. Wäre jemand im Büro gewesen, hätte sie sich diese Position niemals gestattet. Doch da sie allein war, tat sie es, ohne nachzudenken.

Sobald sie zehn Nägel auf eine einheitliche Länge zurechtgefeilt hatte, nahm sie den nächsten Schritt in Angriff. Den Instruktionen zufolge war es leicht, schnell und sauber. Sie zog einen Klebestreifen vom Papier ab und drückte ihn auf ihren Nagel. Mit einer Pinzette hob sie vorsichtig die Ecke des rückwärtigen Papiers an und zog es ab. Der Klebestreifen löste sich und rollte sich zusammen. Geduldig entfernte sie ihn und versuchte es erneut. Beim dritten Anlauf klappte es. Erleichtert nahm sie den ersten falschen Nagel und drückte ihn sorgfältig auf ihren eigenen.

Es sah nicht wie ihr Daumen aus, aber es wirkte recht elegant. Wenn sie erst einmal den pinkfarbenen Nagellack aufgetragen hatte, würde es täuschend echt aussehen.

Johanna brauchte zwanzig Minuten für die erste Hand, und sie musste auf ihre Lesebrille zurückgreifen – noch etwas, das sie sich nie gestattete, wenn sie nicht allein war.

Sie verwünschte die Verkäuferin der Parfümerie, sich selbst und den Hersteller falscher Nägel, als das Telefon klingelte. Sie drückte auf den Knopf für Leitung eins. Der Nagel sprang von ihrem Zeigefinger. „Johanna Patterson“, stieß sie zwischen zusammengebissenen Zähnen hervor.

„Hier ist John Jay, Honey. Ich bin ja so froh, dass du arbeitssüchtig bist.“

Sie starrte auf ihren nackten Zeigefinger. „Was gibt's denn?“

„Ich habe ein kleines Problem, Sweetheart. Du musst mich retten.“ Er räusperte sich. „Meiner Kreditkarte sind anscheinend Grenzen gesetzt, und ich bin in einer peinlichen Lage. Würdest du bitte mit dem Geschäftsführer hier bei Chasen sprechen? Er sagt, er kennt dich.“

„Gib ihn mir.“ Resigniert strich sie sich mit der Hand durch das Haar. Ein zweiter Nagel sprang ab. Kaum zwei Minuten später hatte sie John Jay aus der Verlegenheit befreit und legte den Hörer auf. Enttäuscht musterte sie ihre Hand. Mit einem tiefen Seufzer entfernte sie die restlichen drei Nägel.

Du bist eine intelligente, kompetente Frau, sagte sie sich. Sie war beinahe dreißig und hielt eine anspruchsvolle, fordernde Position inne. Und sie war vermutlich die einzige Frau im ganzen Land, die nicht mit falschen Fingernägeln umgehen konnte.

Zum Teufel damit, dachte sie und warf alles, einschließlich der Flasche Nagellack, in den Papierkorb.

Im Waschraum gab sie sich besondere Mühe mit ihrer Frisur. Und weil sie sich unweiblich und linkisch fühlte, legte sie mehr Make-up als gewöhnlich auf. Dann holte sie das Abendkleid aus dem Plastikbeutel. Sie hatte es nur einmal getragen, vor einem Jahr. Es war schulterfrei und anschmiegsam, und es wich erheblich von ihrem gewöhnlichen Stil ab. Sie schlüpfte hinein und mühte sich mit dem Reißverschluß am Rücken ab. Verärgert fragte sie sich, warum sie sich überhaupt hatte überreden lassen, die Veranstaltung zu besuchen.

Ein kritischer Blick in den Spiegel bewies ihr, dass ihr das Kleid ausgezeichnet stand. Und die Farbe – die genau zum Nagellack im Papierkorb gepasst hätte, wie sie sich grimmig in Erinnerung rief – schmeichelte ihr. Der Saum umspielte vorn ihre Knie, wurde an den Seiten allmählich länger und reichte hinten bis zu den Knöcheln. Sie vertauschte ihre alltäglichen Ohrringe mit Diamantsteckern und legte einen dazu passenden Halsreif an.

Schließlich steckte Johanna die Bürokleidung in den Beutel, legte ihn sich über den Arm und begab sich auf den Weg in ihr Büro. Sie hielt es für sehr klug, dass Sam sie dort abholte. Dadurch wirkte es weniger wie ein Rendezvous, und außerdem musste er sie anschließend im Parkhaus absetzen, damit sie mit ihrem eigenen Wagen nach Hause fahren konnte.

Auf die feige Art, dachte sie und ging verärgert weiter. Nein, auf die sichere Art, korrigierte sie sich. Was immer sie für Sam empfand, war zu schnell und zu intensiv erwacht. Eine Affäre passte weder in ihre beruflichen noch in ihre privaten Pläne. Dazu hatte sie einfach zu viele bei ihrem Vater miterlebt.

Sie wollte niemals so leben wie er. Und was Sam Weaver anging, war sie fest entschlossen, vernünftig und vorsichtig zu bleiben.

Sam Weaver sah blendend aus. Er stand am Fenster in ihrem Büro, die Hände in die Taschen des Smokings gesteckt und in Gedanken versunken. Freude durchströmte sie bei seinem Anblick. Hätte sie an Happy Ends geglaubt, dann hätte sie auch an ihn geglaubt.

Er hörte sie nicht kommen. Aber er dachte so intensiv an sie, dass er augenblicklich ihre Nähe spürte. Er drehte sich um, und seine Vorstellung von ihr löste sich auf und bildete sich neu.

Sie sah so zerbrechlich aus, mit den hochgesteckten Haaren und bloßen Schultern. Das nüchtern eingerichtete Büro passte zu der Frau, als die sie ihm beim ersten Mal begegnet war. Der hübsche Garten und das abgeschiedene Haus passten zu der Frau, mit der er am Ententeich gelacht hatte. Doch nun stand eine neue Johanna vor ihm, die zu zart wirkte, um sie zu berühren. Es erschien ihm lächerlich, aber ihm stockte der Atem. „Ich dachte, du wärst mir entwischt."

„Nein. Ich habe mich nur umgezogen." Sie ging zum Schrank und hängte den Kleiderbeutel hinein. „Tut mir leid, dass ich zu spät dran bin. Ich habe gearbeitet und die Zeit vergessen." Mit einem hastigen Blick vergewisserte sie sich, dass von den falschen Fingernägeln keine Spur mehr zu sehen war.

„Du siehst wundervoll aus, Johanna."

„Danke. Du auch. Wenn du willst, können wir gehen."

„Einen Moment noch." Sam trat zu ihr, sah den erstaunten Blick in ihren Augen, bevor er die Hände auf ihre Schultern legte und sie küsste. Er bemühte sich, sanft und zurückhaltend zu bleiben. „Ich wollte mich nur überzeugen, dass du wirklich bist", murmelte er.

Sie war so wirklich, dass ihr Herz schneller klopfte. „Wir sollten jetzt gehen."

„Ich würde lieber bleiben und schmusen." Er sah ihren abweisenden Blick und fügte hinzu: „Na ja, vielleicht ein andermal." Er nahm ihre Hand und ging mit ihr zum Fahrstuhl. „Falls es langweilig wird, können wir ja früh gehen und spazieren fahren."

„Galas in Hollywood sind nie langweilig", entgegnete Johanna trocken.

„Du magst sie nicht?"

„Ich halte es nicht oft für nötig, sie zu besuchen." Sie betraten den Fahrstuhl, als sich die Tür öffnete.

„Es ist schwer, in einer Welt zu leben und sie gleichzeitig zu ignorieren."

„Das finde ich nicht." Sie tat es bereits seit Jahren. „Einige Leute sind besser hinter den Kulissen aufgehoben." Bevor er nachhaken konnte, wechselte sie schnell das Thema. „Ich habe eine Reklame für deine Fernsehserie gesehen. Sie erweckt einen guten Eindruck. Sehr anspruchsvoll. Sehr erotisch."

„Das liegt nur an der Werbung", entgegnete Sam abwehrend, als der Fahrstuhl die Tiefgarage erreichte. „Sie ist eigentlich nicht erotisch, sondern romantisch. Das ist etwas anderes."

Das war es allerdings, aber es wunderte Johanna, dass er den Unterschied kannte. „Wenn du das Hemd ausziehst und deine Brust glänzt, dann denken die Leute an Sex."

„So einfach ist das?" Er öffnete die Beifahrertür. „Ich kann diesen Kummerbund in weniger als fünf Sekunden ablegen."

Johanna stieg in den Wagen. „Danke, aber ich habe deine Brust bereits gesehen. Warum ausgerechnet das Fernsehen?", fragte sie, als er ebenfalls einstieg. „Ich meine, auf diesem Stand deiner Karriere?"

„Weil die meisten Leute nicht vier Stunden lang in einem Kino stillsitzen wollen, und mir lag sehr viel an diesem Film. Der Bildschirm zu Hause ist persönlicher, intimer, und das passt zum Drehbuch." Das Motorgeräusch hallte durch die leere Garage, als er hinausfuhr. „Sarah ist ein so zarter, tragischer Charakter. Sie ist durch und durch vertrauensselig und naiv. Ich finde es überwältigend, wie überzeugend es Lauren gelungen ist, diese Unschuld zu verkörpern."

Und der Presse zufolge hatten Sam und Lauren ebenso viele Liebesszenen im Privatleben veranstaltet wie vor der Kamera. Johanna hielt es für ratsam, das nicht zu vergessen. „Es ist ungewöhnlich, einen Schauspieler über eine andere Rolle als seine eigene reden zu hören."

„Luke ist ein Schuft", entgegnete Sam. „Ein Opportunist, ein Frauenheld und ein Lump. Allerdings ein sehr charmanter."

„Ist es dir gelungen, sein Wesen zu verkörpern?"

Sam hielt an einer roten Ampel und blickte Johanna eindringlich an. „Sieh dir die Serie an, und sag du es mir dann."

Sie wandte sich ab. „Was steht als Nächstes auf dem Programm?"

„Eine Komödie."

„Ich wusste gar nicht, dass du auch Komödien spielst."

„Demnach hast du meine Glanzleistung als Rosinenfresser vor ein paar Jahren nicht gesehen."

Sie schmunzelte. „Leider nein."

„Schon gut. Leider habe ich es gesehen. Gleich danach kam der Werbespot für Mano-Rasierwasser. ‚Welche Frau kann einem Mann widerstehen, der wie ein Mann riecht?'"

Sie hätte erneut geschmunzelt, wenn sie sich nicht an ihre eigene Reaktion auf ihn und seinen Duft erinnert hätte. „Tja, niemand kann sagen, dass du deine Pflicht nicht erfüllt hättest."

„Ich möchte gern glauben, dass ich es habe. Und ich bin mir bewusst, dass der Werbespot für Mano mir die Rolle in ‚Undercover' eingebracht hat."

Davon war sie überzeugt. Sie kannte die Rasierwasser-Reklame, in der Sam aufregend sexy, unglaublich männlich und äußerst selbstbewusst wirkte. Seine Rolle in ‚Undercover' sah genauso aus, doch sie wies eine Tiefgründigkeit auf, die sowohl die Zuschauer wie auch die Kritiker überrascht hatte. „Ein derartiger Durchbruch gelingt nur selten. Wenn es der Fall ist, dann ist es meistens verdient."

„Tja ... Mir scheint, das war ein Kompliment."

„Ich habe nie gesagt, dass du in deinem Metier nicht gut bist."

„Vielleicht könnten wir das umdrehen und sagen, dass das Problem von Anfang an darin lag, dass ich es bin."

Sie erwiderte nichts, doch das war ihm Antwort genug.

Johanna runzelte ein wenig die Stirn, als Sam vor dem hellerleuchteten Beverly Wilshire vorfuhr und sie die unzähligen Limousinen erblickte. „Sieht sehr gut besucht aus."

„Wir können ja in dein Büro zurückfahren und schmusen."

Sie warf ihm einen flüchtigen, ausdruckslosen Blick zu, als ein uniformierter Portier ihr die Tür öffnete. Sobald sie auf den Bürgersteig trat, entflammten Scheinwerfer und Blitzlichter.

Sie hasste es mehr, als sie in Worte fassen konnte. Mit einer Geste, die für Unnahbarkeit statt für Panik gehalten werden konnte, wandte sie sich von den Reportern ab. Sam legte einen Arm um sie und verursachte damit das erneute Aufblitzen der Kameras.

„Sie belästigen dich weniger, wenn du lächelst und mitspielst", flüsterte er ihr ins Ohr.

„Mr. Weaver! Mr. Weaver, was können Sie uns zu Ihrer bevorstehenden Fernsehserie sagen?"

Sam blickte zu der Reportermenge hinüber und lächelte, während er weiterging. „Das hervorragende Drehbuch und die Besetzung, die Lauren Spencer einschließt, sprechen wohl für sich selbst."

„Ist Ihre Verlobung mit Miss Spencer gelöst?"

„Sie hat nie stattgefunden."

Einer der Reporter näherte sich und ergriff Johannas Arm. „Würden Sie uns bitte Ihren Namen nennen, Miss?"

„Patterson", sagte sie und schüttelte seine Hand ab.

„Das ist Carl Pattersons Tochter!", rief jemand aus der Menge. „Miss Patterson, stimmt es, dass die erneute Ehe Ihres Vaters in die Brüche gegangen ist? Wie stehen Sie dazu, dass er mit einer Frau in Verbindung gebracht wird, die halb so alt ist wie er?"

Schweigend eilte Johanna in die Eingangshalle.

Sam hielt den Arm um sie gelegt. Er spürte, dass sie ein wenig zitterte. Vor Verärgerung, wie er meinte. „Es tut mir leid."

„Du kannst ja nichts dafür." Ja, sie war ärgerlich. Aber außerdem verspürte sie diesen tiefen Kummer, der sie stets befiel, wenn sie von Reportern umringt und mit Fragen nach ihrem Vater bombardiert wurde.

„Möchtest du in die Bar gehen und etwas trinken? Einen Augenblick in einer stillen Ecke sitzen?"

„Nein. Wirklich nicht. Mir geht es gut." Allmählich wich die Spannung von ihr, und sie lächelte zu ihm auf. „Es wäre schrecklich für mich, wenn ich diesen Trubel so oft durchstehen müsste wie du."

„Es gehört nun einmal zu meinem Job." Sam hob ihr Kinn mit einem Finger. „Geht es dir wirklich gut?"

„Natürlich. Ich gehe nur schnell …" Sie verstummte und verwarf den Gedanken an eine kurze Flucht in den Waschraum, als mehrere Leute zu ihnen traten, um Sam zu begrüßen.

Johanna kannte sie, einige persönlich, andere vom Hörensagen. Sams Partnerin aus seinem letzten Kinofilm war in Begleitung ihres Mannes und ging mit ihrem ersten Kind schwanger. Die Elite der Presse, der Einlass gewährt worden war, nutzte eifrig die Gelegenheit für Fotos.

Während sie sich einen Weg zum Ballsaal bahnten, kamen andere, um die Bekanntschaft aufzufrischen oder vorgestellt zu werden. Durch ihren Vater kannte Johanna viele von ihnen. Sie hatte Hände zu schütteln, Umarmungen zu erwidern, Wangen zu küssen.

Ein alternder Schauspieler mit dichtem silbernem Haar, dessen Gesicht noch immer Reklametafeln zierte, drückte sie herzlich an sich. Mit einer Zuneigung, die sie nur für wenige Menschen empfand, umarmte sie ihn ebenfalls. Sie hatte nie vergessen, dass er vor langer Zeit, während einer der Parties ihres Vaters, in ihr Zimmer gekommen war und sie mit Geschichten unterhalten hatte.

„Onkel Max, du siehst besser aus denn je."

Sein Lachen klang tief und rau. „Wenn ich dich ansehe, Jo-Jo, fühle ich mich alt.“

„Du wirst niemals alt.“

„Mary wird dich begrüßen wollen“, sagte er und meinte seine langjährige, einzige Ehefrau. „Sie ist mit einer ganzen Horde in der Garderobe verschwunden.“ Er küsste sie erneut auf die Wange und blickte dann zu Sam. „Du hast dich also endlich überwunden und einen Schauspieler aufgegabelt. Jedenfalls hast du dir einen guten ausgesucht. Ich bewundere Ihre Arbeit, Sam.“

„Danke. Es ist mir eine Ehre, Sie kennenzulernen, Mr. Heddison“, sagte Sam, und er meinte es ernst. „Ich habe alles gesehen, was Sie je gedreht haben.“

„Die kleine Jo-Jo hatte schon immer Geschmack. Ich würde gern einmal mit Ihnen zusammenarbeiten, und das kann ich nicht zu vielen Ihrer Generation sagen.“

„Sagen Sie mir nur, wann und wo.“

Max nickte bedächtig. „Ich habe da ein Drehbuch, das ich in Betracht ziehe. Vielleicht schicke ich es Ihnen, damit Sie es sich ansehen können. Jo-Jo, ich möchte dein hübsches Gesicht gern öfter sehen.“ Er küsste sie erneut und begab sich dann auf die Suche nach seiner Frau.

„Ich glaube, du bist sprachlos“, bemerkte Johanna, als Sam stehenblieb und Max nachblickte.

„Es gibt keinen anderen lebenden Schauspieler, den ich so bewundere wie Max Heddison. Er lässt sich nicht oft bei gesellschaftlichen Anlässen blicken, und die wenigen Male, die ich ihn gesehen habe, hatte ich nicht den Mut, mich vorstellen zu lassen.“

„Du und schüchtern?“

„Das ist gelinde ausgedrückt.“

Gerührt nahm Johanna seine Hand. „Er ist der netteste Mensch, den ich kenne. Einmal hat er mir zum Geburtstag einen Welpen geschenkt. Mein Vater war wütend. Er hasst Hunde, aber er konnte nichts sagen, weil es ein Geschenk von Onkel Max war.“

„Jo-Jo?“

Sie warf ihm einen vernichtenden Blick zu. „Onkel Max ist der Einzige, der mich so nennen darf.“

„Es gefällt mir.“ Sam strich mit einem Finger über ihre Nase. „Es lässt mich daran denken, wie du wohl mit Rattenschwänzen und einem

Strohhut ausgesehen haben magst." Plötzlich wechselte seine Miene von Belustigung zu Resignation. „Oh, Himmel", murmelte er, und dann wurde er von schlanken Armen umfangen.

„Sam! Es ist kaum zu fassen, wie lange wir uns nicht gesehen haben!" Die Frau mit den üppigen roten Locken drehte das Gesicht ein wenig, damit die Kameras sie von der besten Seite einfangen konnten. „Darling, wo hast du dich nur versteckt?"

„Hier und da." Mit beachtlicher Geschicklichkeit gelang es Sam, sich von ihr zu lösen. „Wie geht es dir, Toni?"

„Siehst du das nicht?" Sie warf den Kopf zurück und lachte. Ihr Kleid wies einen beinahe unverschämt tiefen Ausschnitt auf. „Ich war in letzter Zeit so schrecklich beschäftigt. Ich habe gerade mit Dreharbeiten begonnen und konnte kaum dieses kleine Ereignis in meinen Zeitplan einschieben. Es ist so langweilig, wenn man seine Freunde nicht öfter sehen kann."

„Johanna Patterson, Toni DuMonde."

„Es freut mich, Sie kennenzulernen." Johanna kannte Tonis Ruf als mittelmäßige Schauspielerin, die eher auf Sex-Appeal als auf Talent setzte. Sie hatte zweimal gut geheiratet, und beide Ehemänner hatten ihre Karriere unterstützt.

„Jede Freundin von Sam …" begann sie und hielt dann inne. „Sind Sie etwa Carls Tochter?" Ohne eine Antwort abzuwarten, warf sie erneut den Kopf zurück, sodass ihre Locken aufreizend tanzten, und lachte herzhaft. „Darling, ich habe darauf gebrannt, Sie endlich kennenzulernen." Sie legte eine Hand auf Johannas Schulter und ließ den Blick durch den Raum wandern. Ihre scharfen blauen Augen sahen über weniger Berühmte hinweg, strahlten gewichtige Persönlichkeiten an und verengten sich beim Anblick von Rivalen. Als sie die gesuchte Person fand, setzte sie ein bezauberndes Lächeln auf. Der große Diamant an ihrer linken Hand funkelte, als sie winkte.

„Welch ein glücklicher Zufall", fuhr Toni fort. „Sie werden gewiss verstehen, wie entzückt ich bin. Sweetheart, sieh mal, wen ich getroffen habe."

Johanna blickte ihren Vater an, als Toni sich an ihn schmiegte und erneut den Diamanten funkeln ließ.

„Johanna, ich wusste gar nicht, dass du auch kommst." Carl legte flüchtig seine Wange an ihre, wie er es bei jedem seiner unzähligen Bekannten getan hätte.

Er war ein großer Mann mit breiten Schultern und flachem Bauch. Er hatte sein Gesicht faltig werden lassen, weil er sich vor Operationen fürchtete, selbst zu kosmetischen Zwecken. Aber er hatte seinen Körper nicht abschlaffen lassen. Mit fünfundfünfzig war Carl Patterson in den besten Jahren. Er zog die Frauen an wie dreißig Jahre zuvor. Vielleicht sogar noch mehr, da Macht seinen Reiz erhöhte.

„Du siehst gut aus", sagte Johanna. Sam fiel auf, dass die Wärme in ihrer Stimme, mit der sie Max Heddison begrüßt hatte, nun fehlte. „Carl Patterson, Sam Weaver."

„Es ist mir ein Vergnügen." Carl gab Sam seine kräftige, gepflegte Hand. „Ich habe Ihre Karriere verfolgt und gehört, dass Sie bald einen Film mit Berlitz drehen werden. Wir kennen uns sehr gut."

„Ich freue mich darauf."

„Ist es nicht schön, dass wir vier uns so zufällig getroffen haben?", warf Toni ein und schob ihren freien Arm unter Sams. „Wir müssen uns zusammen einen Tisch nehmen, nicht wahr, Carl? Ich möchte deine Tochter doch kennenlernen, wo wir nun eine Familie werden."

Johanna erstarrte nicht. Sie reagierte gar nicht. Inzwischen konnte ihr Vater sie nicht mehr überraschen. „Meinen Glückwunsch." Sie zuckte kaum zusammen, als eine Kamera aufblitzte und die vier zusammen einfing.

„Wir haben noch keinen Termin festgelegt." Toni strahlte Carl an.

„Aber wir beabsichtigen, es bald zu tun – sobald ein paar Kleinigkeiten erledigt sind."

Womit die legale Abschaffung seiner vierten Frau gemeint ist, vermutete Johanna. Zum Glück berührten sie die Launen oder die häufigen Wechsel von Stiefmüttern nicht länger. „Ihr werdet bestimmt sehr glücklich."

„Das haben wir vor." Carl tätschelte Tonis Hand und blickte sie statt seiner Tochter an.

„Lass uns an einen Tisch gehen, Carl, und etwas zur Feier des Tages trinken."

Sam löste sich von ihrem Arm und nahm Johannas Hand, die kalt und starr war. „Es tut mir leid, aber wir können nicht lange bleiben." Er lächelte charmant und leicht entschuldigend.

„Aber ihr habt doch bestimmt Zeit für einen schnellen Drink, bevor sich dieses Lokal in einen Zoo verwandelt.“ Toni ließ die Finger an Carls Arm hinauf wandern. „Du musst darauf bestehen, Darling.“

„Das ist nicht nötig“, warf Johanna ruhig ein. Sie lächelte nicht, als sie ihren Vater anblickte. „Das Mindeste, was ich tun kann, ist, auf euer Glück zu trinken.“

„Wundervoll.“ Toni fand es mehr als wundervoll, gleichzeitig mit einem so wichtigen Mann wie Carl und einem so attraktiven Mann wie Sam gesehen zu werden.

„Johanna, Darling, Sie dürfen all die hässlichen Dinge nicht glauben, die Sie über Sam und mich gelesen haben müssen. Sie wissen doch, wie gern die Leute in dieser Stadt reden.“ Mit einem Blick, der Johanna riet, jedes Wort zu glauben, wandte sie sich ab, um sich in den Saal führen zu lassen.

„Warum zum Teufel tust du das?“, fragte Sam.

„Weil es den Spielregeln entspricht.“ Mit hocherhobenem Kopf betrat Johanna den Ballsaal.

Lautes Stimmengewirr erfüllte den Raum, der so glitzerte, wie es der Anlass gebot. Die Veranstaltung würde eine Menge Geld einbringen, hundert-, vielleicht sogar hundertfünfzigtausend Dollar, während der Abend den Preis des üppigen Essens wert war.

Johanna aß nicht. Sie merkte kaum, was ihr serviert wurde, obgleich Toni bei jedem Gang schwärmte und sich zu den Kalorien äußerte. Der Ring an ihrem Finger glitzerte triumphierend, wann immer sie die Hand bewegte. Sie bemerkte kokett, dass Sam sich wie ein Gentleman gegenüber Johanna benahm, kicherte entzückt darüber, dass sie eine Stieftochter im selben Alter wie sie selbst bekommen würde, und drückte Carl Küsse auf die Wange, wenn sie nicht gerade mit jemand anderem flirtete.

Johanna nippte Sekt und beobachtete, wie ihr Vater sich brüstete, wann immer die Rothaarige ihm Beachtung schenkte. Er war verblendet, und das hatte sie noch nie bei ihm erlebt. Sie kannte ihn begehrlich oder verärgert gegenüber Frauen, aber nicht verblendet.

„Nur noch einen winzigen Schluck“, sagte Toni, als Carl ihr Sekt nachschenkte. „Du weißt doch, wie albern ich werde, wenn ich zu viel trinke.“ Sie warf ihm einen intimen Blick zu, der versprach, dass sie mehr als albern werden konnte. Fröhlich winkte sie jemandem an einem anderen Tisch zu. „Was für ein scheußliches Kleid! All die Diamanten können einen schlechten Geschmack nicht übertönen, stimmt's? Sam, Darling, wie ich hörte, ist Lauren mit einem französischen Rennfahrer liiert. Hat sie dir das Herz gebrochen?"

„Nein", sagte er mit ausdruckloser Stimme und wich zur Seite, als sie sein Knie tätschelte.

„Weil du es bist, der allen die Herzen bricht. Seien Sie sehr vorsichtig mit diesem Mann, Johanna. Schon ganz andere Frauen als ich haben ihm nachgeweint."

„Davon bin ich überzeugt", erwiderte Johanna und nippte am Sekt.

„Warum haben Sie sich von Ihrem Daddy nicht beim Film unterbringen lassen?" Toni warf ihr einen abschätzigen Blick von Frau zu Frau zu.

„Ich bin keine Schauspielerin."

„Was tun Sie dann?"

„Johanna produziert Tagessendungen fürs Fernsehen", warf Carl ein. „Die letzten Berichte, die über meinen Schreibtisch gingen, waren übrigens ausgezeichnet."

„Danke."

„Geht es mit dem Abendprogramm voran?"

„Ja, wir haben es gerade zum Abschluss gebracht. Ich hätte dir ein Memo geschickt, aber ich wusste nicht, dass du in der Stadt bist."

„Wir haben gerade zwei Wochen an einem scheußlichen Drehort in Arizona verbracht. Zum Glück war Carl da und hat dafür gesorgt, dass ich nicht völlig am Boden zerstört war." Toni tätschelte Carls Hand. „Sam, ich habe die wundervollsten Dinge über deine Fernsehserie gehört. Sie wird in ein paar Wochen ausgestrahlt, nicht wahr?"

Er lächelte und nickte. Er wusste, dass sie sich für die Rolle der Sarah beworben und ihm noch nicht verziehen hatte, dass er sich nicht für sie eingesetzt hatte.

„Wir sollten zusammen einen Film drehen, mit Carl als Produzent."

Wenn die Hölle kalt wird, dachte Sam. „Es tut mir sehr leid, dass ich das Gespräch abbrechen muss, aber Johanna und ich sind schon spät dran." Er erhob sich. „Es war mir ein Vergnügen, Mr. Patterson." Er nahm Johanna bei der Hand und grinste Toni an. „Bleib, wie du bist, Darling."

„Gute Nacht“, sagte Johanna zu ihrem Vater. „Meine besten Wünsche.“ Sie wehrte sich nicht gegen Sams stützenden Arm, als er sie aus dem Ballsaal führte. „Du hättest den Abend meinetwegen nicht beenden müssen.“

„Ich habe ihn nicht beendet, und ich gehe nicht nur deinetwegen. Ich verkehre nicht gern mit Piranhas wie Toni. Außerdem siehst du so aus, als könntest du frische Luft gebrauchen.“

„Ich bin nicht betrunken.“

„Nein, aber es hätte nicht viel gefehlt.“

„Ich betrinke mich nie, weil es mir nicht gefällt, die Kontrolle zu verlieren.“

Davon war Sam überzeugt. „Gut. Aber ich besorge dir trotzdem etwas zu essen.“ Er gab dem Portier, der seinen Wagen brachte, einen Zwanziger, und half Johanna selbst hinein. „Wie wäre es mit einem Hamburger?“

„Ich habe keinen Hunger.“

„Aber ich will einen Hamburger.“

Sie setzte zu einer heftigen Entgegnung an und erkannte gerade noch rechtzeitig, dass sie sich abscheulich verhielt. „Sam, ich weiß es zu schätzen, aber ich möchte wirklich nichts. Warum setzt du mich nicht einfach ab, damit ich meinen Wagen nehmen kann?“

„Du hast fünf Gläser Sekt getrunken. Ich habe mitgezählt. Ich fahre dich nach Hause – nachdem wir gegessen haben.“

„Ich kann meinen Wagen nicht in der Stadt lassen.“

„Ich lasse ihn dir morgen bringen.“

„Das ist zu viel Aufwand. Ich kann …“

»Johanna …“ Er hielt am Kantstein an und wartete, bis sie ihn anblickte. „Lass mich dein Freund sein, ja?“

Sie schloss die Augen und verspürte den heftigen Drang, etwas zu tun, das sie sich ebenfalls nie gestattete. Zu weinen, heftig und lange und ohne Grund. „Danke. Ich glaube, ich könnte etwas zu essen und frische Luft gebrauchen.“

Im Smoking lief Sam in eine hellerleuchtete Imbisstube, bestellte Hamburger, Pommes frites und Kaffee, signierte ein halbes Dutzend Autogramme und lief zum Wagen zurück. „Das Leben wird immer schwerer“, sagte er zu Johanna, während er die Tüte zwischen ihre Füße stellte. „Das Mädchen hinter der Theke wollte das Essen bezahlen, und ich weiß genau, dass sie ihre Telefonnummer in die Tüte gesteckt hat. Dabei ist sie höchstens siebzehn."

„Du hättest mich hineingehen lassen sollen."

„Jeder von uns hat sein Kreuz zu tragen." Er fuhr aus der Stadt hinaus. „Johanna, normalerweise achte ich nicht auf das, was die Presse über mich schreibt – es sei denn, es handelt sich um Filmkritiken –, aber ich möchte eine Ausnahme machen und dir sagen, dass Toni und ich nie zusammen waren."

„Sam, das geht mich nichts an."

„Trotzdem möchte ich, dass du mir glaubst. Wenn du mich mit ihr in Verbindung gebracht hast, ist es schon schlimm genug. Wenn du dazu die Tatsache nimmst, dass sie offensichtlich deinen Vater heiraten wird, ist es einfach grotesk."

Johanna wandte den Kopf und musterte ihn. Zuvor war es ihr nicht aufgefallen. Sie hatte sich zu sehr mit ihren eigenen Gedanken und Gefühlen beschäftigt. Doch nun merkte sie es. „Sie hat dich in Verlegenheit gebracht. Es tut mir leid."

„Mir hat es einfach nicht gepasst, dass sie angedeutet hat ..." Angedeutet? Himmel, sie hatte es förmlich an die große Glocke gehängt. „Mir wäre wohler, wenn du verstehst, dass nie etwas zwischen uns war." Er hätte gern mehr gesagt, aber es fiel ihm schwer, seine Ansicht über die Frau zum Ausdruck zu bringen, die ein Mitglied von Johannas Familie werden sollte. „Jedenfalls war der Abend nicht so, wie ich es mir vorgestellt hatte."

Eine Weile später hielt Sam auf dem Gipfel eines Hügels an. Unterhalb erstrahlte das Lichtermeer von Los Angeles. Er klappte das Verdeck hinunter. In der Ferne erklang der Ruf eines Kojoten.

„Wir sind nicht für Hamburger gekleidet, aber ich habe reichlich Servietten mitgebracht." Er griff nach der Tüte und streifte Johannas Bein mit dem Handrücken. „Ich muss dir etwas sagen."

„Was?"

„Du hast unglaubliche Beine."

„Gib mir einen Hamburger, Sam", entgegnete sie.

„Die riechen besser als das Kalbsmedaillon."

„War es das, was wir gegessen haben?"

„Nein. Das, was du nicht gegessen hast. Hier ist der Ketchup." Er reichte ihr kleine Plastiktüten und wartete, bis sie zu essen begann.

Wenn er jemals jemanden gesehen hatte, der sich miserabler gefühlt hatte als Johanna an dem eleganten, blumengeschmückten Tisch, dann hatte er es vergessen. Und vor allem hatte sie sich so sehr bemüht, tapfer zu sein. „Möchtest du darüber reden?“ Als sie nur die Schultern zuckte, fügte er hinzu: „Ich nehme an, du wusstest nicht, dass dein Vater wieder heiraten will.“

„Ich wusste nicht, dass er sich wieder scheiden lassen will. Er bespricht solche Dinge nicht mit mir.“

„Magst du deine derzeitige Stiefmutter?“

„Die derzeitige Frau meines Vaters“, korrigierte sie automatisch. „Ich weiß nicht. Ich habe sie nur ein paar Mal getroffen. Ich glaube, sie ist vor einigen Wochen nach New York zurückgezogen. Ich war nur überrascht, weil er gewöhnlich nicht eine Ehe direkt nach der anderen eingeht. Im Allgemeinen liegt eine Spanne von einem Jahr oder zweien dazwischen.“

„Ihm bleiben ein paar Monate, um Toni besser kennenzulernen. Vielleicht überlegt er es sich noch anders.“

„Ich bin sicher, dass er genau weiß, wie sie ist. Carl ist nicht dumm.“

„Manchmal hilft es, wenn man jemandem sagt, dass man böse auf ihn ist.“

„Ich bin eigentlich nicht böse auf ihn.“

Sam streichelte mit dem Handrücken über ihre Wange. „Verletzt?“

Sie schüttelte den Kopf. „Er führt sein eigenes Leben. Das hat er immer getan. Und das erleichtert es mir, meins zu führen.“

„Ich hatte einige richtig harte Auseinandersetzungen mit meinem Vater.“ Sam schüttelte die Tüte mit den Pommes frites und hielt sie ihr hin.

„Wirklich?“

„Und was für welche!“ Er lachte und nippte an seinem Kaffee. „Die Weavers neigen zu Wutanfällen. Wir schreien gern. Zwischen fünfzehn und zwanzig habe ich mich ständig mit meinem alten Herrn angelegt. Ich meine, nur weil ich den Wagen in Greenleys Zaun gefahren habe, war das noch lange kein Grund, mir für sechs Wochen den Führerschein wegzunehmen.“

„Greenley war vermutlich anderer Ansicht. Hast du dich je gegen deinen Vater durchsetzen können?“

„In etwa fünfundzwanzig Prozent der Fälle. Wahrscheinlich ist es mir nur so oft gelungen, weil er gerade beschäftigt war, meinen Bruder oder meine Schwestern anzuschreien."

„Es muss anders sein, wenn man eine große Familie hat. Ich habe mir oft ausgemalt ..."

„Was?"

Es musste am Sekt liegen, dass Johanna sich traute, es in Worte zu fassen. „Als ich klein war, habe ich manchmal gedacht, dass es schön wäre, Brüder und Schwestern zu haben. Natürlich hatte ich von Zeit zu Zeit Stiefgeschwister. Aber bevor wir uns richtig kennenlernen konnten, war schon wieder alles vorbei."

„Komm her." Sam drehte sich um, sodass er den Arm um sie legen konnte. „Besser so?"

„Wesentlich." Sie seufzte und lehnte den Kopf an seine Schulter.

Ihr Haar roch wie die Luft, frisch und sauber. Ohne nachzudenken, gab er dem Drang nach, das Gesicht darin zu verbergen. „Ich wünschte, du hättest nicht so viel Sekt getrunken."

„Warum?"

„Dann würde es nicht gegen die Regeln verstoßen, dich zu verführen."

Sie überraschte sich selbst, indem sie ihm das Gesicht zuwandte. Das Wort ‚verführen' gefiel ihr nicht. Es bedeutete einen Mangel an Willen. Doch im Augenblick erschien es ihr sehr verlockend. „Lebst du nach den Regeln?"

„Nach einigen wenigen." Er hob eine Hand zu ihren Haaren. „Ich möchte mit dir schlafen, Johanna, aber wenn ich es tue, dann sollst du nüchtern sein. Deshalb gebe ich mich jetzt mit weniger zufrieden."

Sanft küsste er ihre Lippen. Sie hätte zurückweichen können. Sie wusste, dass er sie nicht bedrängt hätte. Diesmal nicht. Es würde andere Male geben. Das hatte sie bereits akzeptiert. In einer anderen Nacht, wenn die Sterne ebenso funkelten und eine kühle Brise wehte, würde er sie ebenso liebkosen, und seine Stimmung wäre nicht so geduldig. Und genauso wenig ihre, befürchtete sie. Irgend etwas hatte Wurzeln geschlagen, sosehr sie sich auch bemühte, es zu ersticken. Mit einem kleinen Seufzer schmiegte sie eine Hand an seine Wange.

Es war eine Qual, aber er streichelte ihre nackten Schultern. Er wollte die Erinnerung daran, wie sie sich anfühlte, ebenso wie ihren Duft und Geschmack mit sich auf den langen, einsamen Heimweg nehmen.

„Wenn ich nur wüsste, was ich fühle", murmelte Johanna. Ihre Lippen waren weich. Ihre Augen wirkten verklärt, ein wenig benommen. Und es lag nicht am Sekt.

Sam blickte sie an und erkannte, dass er sie haben konnte. Er brauchte nur ein klein wenig nachzuhelfen, und sie wären Geliebte. Doch er erinnerte sich der Regeln. „Wir werden darüber reden müssen." Er küsste sie erneut, sehr flüchtig. „Dann werden wir etwas unternehmen müssen. Aber jetzt bringe ich dich erst einmal nach Hause."

6. KAPITEL

Für Johanna war der Sonnabend geschaffen worden, um all die Dinge nachzuholen, die während der Woche unerledigt geblieben waren. Es war kein freier Tag für sie, und er war nicht zum Ausschlafen gedacht, sondern zur Erledigung privater Korrespondenz und Buchhaltung.

Ihre Samstage, wie alle anderen Tage, wiesen eine Routine auf, die sie höchst selten abänderte. Denn ein gut organisiertes Leben bedeutete für sie ein sicheres Leben.

Sie begann mit dem Hausputz. Obwohl sie sich nicht für besonders hausfraulich hielt, hatte sie nie in Erwägung gezogen, eine Putzfrau einzustellen. Das Haus war ihr Privatleben, und sie zog es vor, sich selbst darum zu kümmern. Ihr Eigentum verdiente ihre Aufmerksamkeit, und sie reinigte und pflegte es mit der gleichen Hingabe, mit der sie ihrem Beruf nachging.

Johanna ließ das Radio gern laut spielen, damit sie es in jedem Winkel des Hauses hören konnte. Der Sonnabend war ein Tag der Produktivität und des Alleinseins. Beides war für sie sehr wichtig geworden.

Sie dachte an ihren Wagen, und damit dachte sie automatisch auch an Sam. Sie hoffte, dass er sein Versprechen einhielt und ihn ihr vorbeibringen ließ. Wenn nicht, dann musste sie eben auf den Wocheneinkauf verzichten und sich am Montag morgen von Bethany abholen lassen. Sie verließ sich nie auf Versprechungen oder anderer Leute Gedächtnis.

Aber sie dachte an Sam. Sie konnte nicht vergessen, dass er sich sehr nett und sanfter als erwartet verhalten hatte. Sie erinnerte sich ein wenig zu gut, wie sie sich bei seinem Kuss gefühlt hatte. Erregt und versucht. Mit jedem Zusammensein war sie ein klein wenig mehr versucht, den Pakt zu lösen, den sie vor Jahren mit sich selbst geschlossen hatte. Dieser Pakt besagte: Keine Beziehungen, die sie nicht von Anfang an kontrollieren konnte, keine Abhängigkeit, keine Versprechungen.

Es war ein vernünftiger Pakt – ungeschrieben, aber bindend. Die Tatsache, dass Sam sie beinahe dazu gebracht hatte, ihn zu vergessen, beunruhigte sie. Und vor allem verwunderte es sie.

Was war es an ihm, das sie bei jeder Begegnung ein wenig mehr den Boden verlieren ließ? An seinem Aussehen lag es nicht, sosehr es ihr auch gefiel. Sie hielt sehr wenig von Frauen, die Beziehungen auf Äußerlichkeiten wie ein markantes Gesicht oder einen muskulösen Körper aufbauten.

Sein Ruf ist es auch nicht, dachte Johanna, während sie mit dem Mopp den Küchenfußboden aufzuwischen begann. Der sprach sogar gegen ihn. Es gefiel ihr nicht, dass er Schauspieler war. Und es gefiel ihr noch weniger, dass er ein Schauspieler mit dem Ruf eines Frauenhelden war.

Sie wusste natürlich, dass derartige Pressemeldungen gewöhnlich übertrieben und oftmals erlogen waren. Doch manchmal gelang es den Medien nicht einmal annähernd, Gerüchte so haarsträubend zu gestalten wie die Wahrheit. Die Presse hatte niemals ihre Wahrheit erfahren. Die Wahrheit ihrer Mutter. Mit einer Entschlossenheit, die auf Erfahrung beruhte, verdrängte sie diesen Gedanken.

Es lag also nicht an Sams Aussehen und nicht an seinem Ruf. Ganz gewiss lag es auch nicht an seinem Ruhm. Johanna hatte ihr Leben lang mittelbaren Ruhm ertragen müssen. Es lag auch nicht an seinem Talent, obgleich sie es anerkannte. Sie wusste, dass Talent und Macht auf viele Menschen anziehend wirkten. Ihr Vater und der Schwarm Frauen in seinem Leben bewiesen es. Auch Reichtum und Position anderer konnten sie nicht beeindrucken. Dazu war sie zu ehrgeizig und hatte zu lange versucht, ihre eigenen Fähigkeiten zu vervollkommnen.

Wenn es also nicht an diesen Attributen lag, mit denen er so reichlich ausgestattet war, was ließ sie dann an ihn denken, obwohl sie es nicht sollte? Es hatte nicht mit dem ersten Kuss begonnen, und es beruhte nicht auf sexueller Anziehung. Bereits bei der ersten Begegnung war etwas aufgekeimt. Andernfalls hätte sie sich nicht so sehr bemüht, ihn abzuweisen, um sich zu schützen.

Natürlich besaß er Charme. Keinen stilvollen, vorsätzlichen Charme. Dagegen hätte sie sich wehren können. Es war ein natürlicher, entwaffnender, liebenswürdiger Charme. Die Rosen hatten den Schlüssel in einem alten, wohlbehüteten Schloss gedreht. Der Kuss hatte die Tür gerade so lange geöffnet, um Grund zur Beunruhigung zu geben.

Beunruhigung. Ja, diese Empfindung überlagerte alle anderen Gefühle, die er in ihr erweckte. Da sie es nun erkannt hatte, musste sie überlegen, was dagegen zu unternehmen war.

Sie konnte ihn ignorieren. Aber sie glaubte nicht, dass es viel nützte. Sie konnte auf seinen Vorschlag eingehen, sich besser kennenzulernen.

Langsam. Und sie konnte Vorsicht walten lassen und sich auf nichts weiter als eine zurückhaltende Freundschaft einlassen. In dieser Richtung musste die Lösung liegen. Bei der nächsten Begegnung wollte sie darauf vorbereitet sein.

Sam stand in der Küchentür und beobachtete, wie Johanna den Fußboden wischte. Er hatte geklopft, aber die dröhnende Musik aus dem Nebenzimmer hatte es übertönt. Da die Eingangstür unverschlossen war, war er einfach hineinspaziert und durch das Haus gewandert, bis er sie gefunden hatte.

Johanna Patterson. Bei jeder Begegnung wirkte sie ein klein wenig anders. Niveauvoll in einem Augenblick, wundervoll einfach im nächsten. Reizend, dann kühl. Nervös, dann selbstsicher. Vermutlich dauerte es Jahre, um all ihre Gesichter kennenzulernen.

Sie trug eine verblichene Baumwollhose mit hochgekrempeltem Saum und ein großes Männerhemd, die Ärmel bis zu den Ellbogen hochgerollt. Ihre Füße waren nackt und ihre Haare unordentlich hochgesteckt. Sie schwang den Mopp mit gleichmäßigen, flüssigen Bewegungen, weder nachlässig noch widerwillig. Offensichtlich erledigte sie Dinge wie Hausarbeit mit demselben Elan, mit dem sie alles andere anpackte. Das gefiel ihm an ihr. Er wusste genau, warum er sich zu ihr hingezogen fühlte. Sie war hübsch, aber das hätte nicht gereicht. Sie war klug. Aber obgleich er einen scharfen Verstand respektierte, hätte das allein ihn nicht immer wieder zu ihr geführt. Sie war verletzlich. Normalerweise hätte ihn das zu einem Schritt zurück anstatt zu beständigen Schritten nach vorn veranlasst. Sie besaß einen Anflug von Härte, der sich in einigen Jahren vielleicht allzu sehr ausprägen würde. Doch zur Zeit war sie einfach eine vorsichtige Frau, die sich nicht durch Prestige beeindrucken ließ. Die Kombination all dieser Eigenschaften war mehr als ausreichend, um ihn anzuziehen.

Und das passt ihr nicht, dachte Sam. Zumindest nach außen hin hätte sie es vorgezogen, dass er aus ihrem Leben verschwand. Doch er glaubte, dass sie tief im Innern nach jemandem wie ihm suchte.

Er blieb im Türrahmen stehen, während sie sich rückwärts näherte. Als sie mit ihm zusammenstieß, ergriff er ihren Arm, um sie zu stützen.

Johanna wirbelte herum und hielt den Mopp automatisch wie eine Waffe vor sich. Die Erleichterung bei seinem Anblick verwandelte sich rasch in Verärgerung. „Wie zum Teufel bist du hereingekommen?“

„Durch die Tür“, antwortete er gelassen. „Sie war nicht verschlossen. Ich habe geklopft. Du hast es wohl nicht gehört.“

„Nein.“ Sie schrie, um die Musik zu übertönen. „Anscheinend hast du es als Einladung aufgefasst.“

„Ich habe es als Zeichen dafür aufgefasst, dass du mich nicht gehört hast.“ Er hielt die Wagenschlüssel hoch, die sie ihm am vergangenen Abend gegeben hatte. „Ich dachte, du wolltest ihn wiederhaben.“

„Danke.“ Johanna steckte den Schlüssel in die Tasche. Sie war weniger verärgert als verlegen. Es gefiel ihr nicht, derart überrascht zu werden.

„Gern geschehen.“ Sam reichte ihr einen Strauß Gänseblümchen und Löwenmaul. Wie erwartet, besänftigte sich ihre Miene. „Ich habe sie aus Maes Garten stibitzt.“

„Sie sind hübsch.“ Mit einem Seufzer nahm sie den Strauß entgegen. Sie bemühte sich, nicht schwach zu werden. „Ich danke dir, dass du mir den Wagen gebracht hast, aber du hast einen schlechten Zeitpunkt erwischt. Ich kann dir nichts zu trinken anbieten, weil der Fußboden noch nass ist, und ich bin sehr beschäftigt.“

„Ich lade dich zu einem Drink ein. Noch besser, zum Mittagessen.“

„Ich kann nicht. Ich bin hier erst halb fertig, und ich bin nicht zum Ausgehen angezogen. Außerdem …“

„Du siehst gut aus. Stell die Blumen lieber ins Wasser. Sie lassen schon die Köpfe hängen.“

Sie hätte unhöflich sein können. Sie war durchaus dazu fähig. Aber sie brachte es nicht über sich. Schweigend nahm sie eine Vase von einem Regal und ging ins Badezimmer, um Wasser zu holen. Sie hörte, dass die Musik um einiges leiser wurde.

Sam stand im Wohnzimmer und musterte ihre antike Glassammlung, als sie zurückkehrte. „Meine Mutter hatte ein paar Teller aus diesem grünen Glas. Es stammt aus der Depression, nicht wahr?“

„Ja.“

„Ich dachte immer, es bedeutet, dass es sie traurig macht. Ich konnte nie begreifen, warum sie es aufbewahrt hat.“

Johanna zwang sich, nicht zu lachen. „Sam, du solltest denjenigen, der mit dir hergefahren ist, nicht warten lassen.“

„Es ist niemand mitgekommen.“

„Dann soll ich dich wohl nach Hause fahren.“

„Früher oder später.“

„Ich rufe dir ein Taxi", sagte sie und wandte sich zum Telefon. „Ich bezahle es auch."

Er legte eine Hand über ihre auf dem Hörer. „Johanna, du bist wieder einmal unfreundlich."

„Und du bist aufdringlich."

„Die zurückhaltende Art wirkt bei dir ja nicht." Er steckte ihr eine Locke hoch, die sich gelöst hatte, obgleich er viel lieber sämtliche Haarnadeln entfernt hätte. Doch er übte sich in Geduld. „Wie steht's also mit einem Mittagessen?"

„Ich habe keinen Hunger."

„Dann fahren wir eben vorher spazieren." Sam ließ die Hand von ihrem Haar zu ihrer Wange gleiten. „Das sollten wir wirklich tun. Wenn wir noch länger hier drinnen bleiben, werde ich mit dir schlafen wollen, und da ich annehme, dass du nicht bereit dazu bist, ist eine Spazierfahrt vorzuziehen."

Johanna räusperte sich. „Deine Logik ist sehr beeindruckend, aber ich habe auch dazu keine Zeit."

„Hast du eine Verabredung?"

„Nein. Das heißt, ich …"

„Du hast schon Nein gesagt." Er beobachtete, wie ihre Miene sich verfinsterte, und dachte, dass sie verärgert beinahe genauso hübsch aussah wie belustigt. „Der Tag ist zu schön, um drinnen zu bleiben und ein Haus zu säubern, das schon sauber genug ist."

„Das ist meine Sache."

„Gut. Dann warte ich, bis du fertig bist."

„Sam …"

„Ich bin beharrlich, Johanna. Das hast du selbst gesagt."

„Ich fahre dich nach Hause", sagte sie resignierend.

„Das reicht mir nicht." Sam legte die Hände auf ihre Schultern. Seine Miene veränderte sich und erweckte einen Anflug von Unbehagen in ihr. Er wirkte nicht länger belustigt, aber auch nicht verärgert. Angesichts von Verärgerung hätte sie sich nicht unbehaglich gefühlt. Er war vielmehr entschlossen, fest und unerbittlich. „Ich möchte den Tag mit dir verbringen. Du weißt verdammt gut, dass ich auch die Nacht mit dir verbringen möchte, aber ich gebe mich mit dem Tag zufrieden. Nenne mir fünf Gründe, die dagegen sprechen, und ich gehe zur Schnellstraße und fahre per Anhalter."

„Weil ich nicht will."

„Das ist eine Feststellung, keine Begründung. Außerdem nehme ich es dir nicht ab."

„Dein Stolz will es nicht hinnehmen."

„Wie du meinst." Er setzte sich auf die Lehne der Couch, nahm gedankenverloren ein Kissen und knuffte es. „Ich habe Zeit. Es stört mich nicht, hier herumzusitzen, bis du mit deinem imaginären Staub fertig bist. Ich würde dir sogar helfen, aber dann müssen wir schnell von hier verschwinden, denn es ist nicht leicht, längere Zeit mit dir allein zu sein. Ich möchte dich anfassen, Johanna, an allen interessanten Stellen."

„Wir gehen aus", sagte sie hastig, bevor sie eingestehen konnte, dass sie es ebenfalls wollte.

„Gute Idee. Lass mich fahren, ja?"

Sie setzte zu einem Protest an – einfach aus Prinzip. Doch dann entschied sie, dass er sie eher in Ruhe ließ, wenn er sich auf das Fahren konzentrieren musste. „Gut." Sie gab ihm den Schlüssel zurück. „Ich brauche nur einen Moment, um mich umzuziehen."

„Du siehst hübsch aus", sagte er und nahm ihre Hand. „Ich mag diese Johanna genauso wie all die anderen, die ich in den vergangenen Wochen kennengelernt habe."

Sie fragte lieber nicht, was er damit meinte. „Dann muss es ein sehr zwangloses Mittagessen werden."

„Das wird es." Er öffnete ihr die Wagentür. „Das verspreche ich."

Senf tropfte vom Hotdog. Der Geräuschpegel war enorm. Johanna saß im Halbschatten und beobachtete die rosa Elefanten, die über ihrem Kopf kreisten. Es war kein Traum. Es war keine Halluzination. Es war Disneyland.

„Ich kann es nicht fassen." Sie biss erneut in ihren Hotdog, als ein Junge mit Mauseohren vorbeistürmte und seine Eltern drängte, sich zu beeilen. „Kommst du oft zum Mittagessen her?"

„Die Hotdogs sind großartig hier." Sam trug eine Sonnenbrille und einen Cowboy-Hut, der ihm ausnehmend gut stand – ebenso wie die Bermuda-Shorts und das bunte T-Shirt. Es war keine sehr einfallsreiche Verkleidung, und bei näherem Hinsehen hätte ihn jeder erkannt. Doch er wusste aus Erfahrung, dass es in einer riesigen Menschenmenge recht leicht war, anonym zu bleiben. „Außerdem hänge ich an der Geisterbahn. Sie ist großartig, findest du nicht?"

„Ich weiß nicht. Ich war noch nie hier.“

„Noch nie?“, hakte er erstaunt nach. Er schob seine Sonnenbrille hinunter und musterte Johanna über den Rand hinweg. „Du bist doch in Süd-Kalifornien aufgewachsen, oder?“

Sie zuckte nur mit den Schultern. Ja, sie war sogar in der Nähe von Anaheim, wo Disneyland lag, aufgewachsen, aber weder ihr Vater noch die Serie von Stiefmüttern oder ‚Tanten‘, wie sie die anderen Frauen in seinem Leben hatte nennen sollen, waren geneigt gewesen, einen Tag mit ihr in einem Vergnügungspark zu verbringen.

„Willst du etwa damit sagen, dass du überhaupt noch nie im Disneyland warst?“

„Es ist keine Notwendigkeit.“

Sam erinnerte sich an den unpersönlichen, lediglich angedeuteten Kuss, den ihr Vater ihr am vergangenen Abend gegeben hatte. In seiner Familie hingegen wurden Gefühle stets sehr überschwänglich zum Ausdruck gebacht. Nein, Disneyland war keine Notwendigkeit, ebenso wenig wie andere Vergnügungen. Aber es hätte eine sein sollen. Er schob sich die Sonnenbrille wieder hoch und stand auf. „Komm. Wir wollen deine Bildungslücke schließen.“

„Wohin gehen wir?“

„Karussell fahren. Es wird dir gefallen.“

Zu ihrer Überraschung hatte er recht. Sie jauchzte und kicherte, als der Wagen durch kurvenreiche Tunnels sauste. Kaum waren sie ausgestiegen, als Sam sie schon zur nächsten Bahn zog.

Sie fuhren in einem Floß einen Berg hinunter, und sie schrie auf, als sie am Schluss einen Wasserfall passierten. Nass und atemlos ließ sie sich weiterziehen.

Nachdem sie das Fantasieland zu seiner Zufriedenheit erforscht hatten, kaufte Sam ihr Mauseohren mit ihrem Namen darauf und befestigte sie mit ihren eigenen Haarnadeln.

„Sieht niedlich aus“, entschied er und küsste Johanna. Sie war sich dessen vielleicht nicht bewusst, aber sie war entspannter, als er sie je erlebt hatte. „Ich glaube, du bist jetzt reif für die Geisterbahn.“

„Dreht sie sich?“

„Nein. Sie versetzt dich in panische Angst. Deswegen wirst du dich an mich klammern und mir das Gefühl geben, dass ich sehr mutig bin.“ Er legte einen Arm um ihre Schultern und führte sie weiter.

Johanna hatte bereits bemerkt, dass er den Park sehr gut kannte. „Du kommst sehr oft hierher, nicht wahr?"

„Als ich hier in Kalifornien ankam, hatte ich zwei Ziele. Eine Rolle zu bekommen und ins Disneyland zu gehen. Wenn meine Familie zu Besuch hier ist, verbringen wir immer mindestens einen Tag hier." Unverzagt stellte er sich an der schier endlosen Schlange vor der Geisterbahn an. „Und sechs Wochen lang war ich Pluto."

„Pluto?"

„Der Hund, nicht der Planet."

„Ich weiß, wer Pluto ist", murmelte Johanna. Geistesabwesend rückte sie ihre Mauseohren zurecht. „Du hast sogar hier gearbeitet?"

„In einem Hundekostüm. Einem sehr heißen Kostüm – und das ist nicht zweideutig gemeint. Es hat mir die erste Monatsmiete eingebracht."

Die Schlange schob sich voran. „Und was musstest du dafür tun?"

„In den Paraden mitmarschieren, für Fotos posieren, den Leuten zuwinken und viel schwitzen. Eigentlich wollte ich Captain Hook sein, weil er mit dem Schwert kämpfen darf und böse aussieht, aber nur Pluto war zu vergeben."

„Ich fand ihn schon immer niedlich."

„Ich war ein toller Pluto. Sehr liebenswürdig und loyal. Ich habe nur damit aufgehört, weil Marv es mir nahegelegt hat."

„Marv? Ach so, dein Agent?"

„Er meinte, es schade meinem Image, einen Hund zu spielen."

Während Johanna noch darüber nachdachte, erreichten sie den Eingang und nahmen in der Bahn Platz. Die Bilder an den Wänden wechselten. Der Raum schrumpfte, die Lichter erloschen. Die Fahrt begann. Es gab kein Zurück mehr. Die Produzentin in ihr war beeindruckt von der Vorstellung. Dreidimensionale Bilder, schaurige Musik und verschiedenste Requisiten riefen Gänsehaut und nervöses Gekicher hervor. Es war nicht so furchterregend, dass die Kinder Albträume bekommen würden, aber unheimlich genug, sodass die Erwachsenen sich nicht um den Eintrittspreis betrogen fühlten.

Sie brauchte nicht zu weiteren Unternehmungen angespornt zu werden, weder zur Besichtigung einer Piratenhöhle noch zu einer Kreuzfahrt auf dem Amazonas oder zu einer Bahnfahrt durch Indianergebiet. Sie beobachtete mechanische Tanzbären, schleckte tropfende Eiscreme und vergaß, dass sie eine erwachsene Frau war, die Paris kannte und in eleganten

Restaurants dinierte – aber nie zuvor das Disneyland besucht hatte.

Als sie zum Wagen zurückkehrten, war Johanna erschöpft, aber auf eine höchst angenehme Art. „Ich habe überhaupt nicht geschrien", beharrte sie und nahm den kleinen Plüschhund Pluto, den Sam ihr an einer Bude gekauft hatte, auf den anderen Arm.

„Du hast ununterbrochen geschrien", korrigierte er. „Von dem Moment an, als die Weltraumkapsel sich in Bewegung gesetzt hat, bis sie wieder stehen geblieben ist. Du hast ausgezeichnete Lungen."

„Alle anderen haben geschrien", wandte Johanna ein. In Wahrheit wusste sie nicht, ob sie geschrien hatte oder nicht. Die Kapsel hatte zum Sturzflug angesetzt, und Planeten waren auf sie zugerast. Da hatte sie einfach die Augen zugekniffen und sich festgeklammert.

„Wollen wir zurückgehen und noch einmal einsteigen?"

„Nein. Einmal reicht mir völlig."

Sam öffnete die Wagentür, doch bevor sie einsteigen konnte, drehte er sich zu ihr um. „Magst du keine Aufregungen?"

„Hier und da."

„Wie wäre es mit hier?" Er schmiegte die Hände um ihr Gesicht. „Und da später." Er küsste sie, wie er es sich schon ersehnte, seit er sie am Morgen den Fußboden hatte wischen sehen. Ihre Lippen waren warm, wie erwartet, aber wesentlich weicher, als er sie in Erinnerung hatte. Daher küsste er sie länger, als er beabsichtigt hatte, und begehrte mehr, als klug war. Als sie zurückweichen wollte, zog er sie näher an sich und nahm mehr, als beide erwartet hatten.

Es sollte nicht so sein, sagte Johanna sich, noch während sie aufhörte, sich gegen ihn und sich selbst zu wehren. Sie hätte stark sein sollen, beherrscht und nur erreichbar, wann und falls sie es wollte. Doch er brauchte sie nur zu berühren ... Nein, er brauchte sie nur anzusehen, und schon begann sie, schwach zu werden. Ihr Verstand sagte Nein, doch ihr Herz sagte Ja.

„Ich möchte allein mit dir sein, Johanna", flüsterte er, während er Küsse auf ihre Wange hauchte. „Es ist mir nicht gelungen, es mir aus dem Kopf zu schlagen."

„Ich glaube nicht, dass du es versucht hast."

„Da irrst du dich." Er küsste sie erneut und spürte, wie ihr erneuter Widerstand in Leidenschaft umschlug. Das war das Aufregendste, das Unwiderstehlichste an ihr – die Art, wie sie wollte, zurückschreckte und erneut wollte. „Ich habe es sogar mit aller Macht versucht. Ich habe mir immer wieder gesagt, dass du zu kompliziert und zu verklemmt bist. Aber dann suche ich immer nach einem Vorwand, um dich wiederzusehen."

„Ich bin nicht verklemmt." Verärgert riss sie ihm den Schlüssel aus der Hand.

Gelassen stieg Sam ein und streckte die Beine aus. „Fährst du mich nach Hause?"

Sie war sehr versucht, ihn hinauszuwerfen und direkt unter Donald Ducks fröhlichem Schnabel stehen zu lassen. Doch sie beherrschte sich. „Natürlich." Vorsichtig fuhr sie vom Parkplatz hinunter, der voller Fußgänger war. Doch als sie den Freeway erreichte, lenkte sie den Wagen auf die Überholspur und trat das Gaspedal durch.

Ihr Fahrstil verriet Sam, dass sie sehr verärgert war, doch er sagte nichts. Sie fuhr schnell, aber sicher. Und vielleicht gelang es ihr ja, sich abzureagieren.

Das Schlimmste für Johanna war, dass er recht hatte. Sie wusste sehr gut, dass sie voller Ängste, Komplexe und Unsicherheiten steckte. Verbrachte sie nicht die meiste Zeit damit, sie zu überwinden oder zu überspielen?

Als sie sich vor einigen Jahren sehr bewusst entschlossen hatte, mit einem Kommilitonen ins Bett zu gehen, hatte auch er sie als verklemmt bezeichnet. „Lass dich gehen", hatte sein kluger Rat gelautet. Es war ihr nicht gelungen. Nicht mit ihm, den sie gemocht hatte, und nicht mit irgendeinem der anderen Männer, mit denen sie vorsichtige Beziehungen eingegangen war. Daher hatte sie aufgehört, es zu versuchen.

Sie hasste die Männer nicht. Das wäre absurd gewesen. Sie wollte nur nicht von jemanden abhängig sein, weder gefühlsmäßig noch sexuell. Ihr waren sehr früh die Augen geöffnet worden. Vielleicht war sie wirklich verklemmt, obwohl sie das Wort hasste. Aber immer noch besser, als sich wirklich gehen zu lassen und wegen hübscher blauer Augen oder einer guten Figur mit jemandem ins Bett zu gehen.

Wahnsinnig sauer, dachte Sam. Es war ihm recht. Er zog starke Gefühle vor. Und was Johanna anging, war ihm jedes Gefühl recht. Es störte ihn nicht, dass sie zornig auf ihn war, denn dann dachte sie wenigstens an ihn. Der Himmel wusste, dass er unablässig an sie dachte. „Wie wäre es mit Dinner nächste Woche?", fragte er so gelassen, als hätte der Zwischenfall auf dem Parkplatz gar nicht stattgefunden. Als sie schwieg, unterdrückte er ein Grinsen. „Mittwoch passt mir gut. Ich kann dich im Büro abholen."

„Ich bin nächste Woche beschäftigt."

„Du musst essen. Sagen wir um sechs?"

Johanna schaltete vor einer Kurve hinunter. „Du wirst lernen müssen, ein Nein als Antwort zu akzeptieren."

„Das glaube ich nicht. Du musst links abbiegen."

„Ich weiß", behauptete sie, obwohl sie es vergessen hatte. Schweigend fuhr sie weiter.

Als sie das Tor zu seiner Ranch passierte, beugte Sam sich lässig hinüber und drückte auf die Hupe. Als sie vor seinem Haus anhielt, blieb er eine Weile nachdenklich sitzen. „Möchtest du hereinkommen?"

„Nein."

„Möchtest du streiten?"

Sie wollte sich nicht belustigen oder besänftigen lassen.

„Nein."

„Gut, dann streiten wir ein andermal. Möchtest du eine Theorie von mir hören?" Ohne ihre Antwort abzuwarten, fuhr er fort: „Meiner Ansieht nach gibt es drei Stadien in einer Beziehung. Zuerst gefällt dir jemand. Dann, wenn alles klappt, fängt man an, sich zu mögen. Und schließlich verliebt man sich."

Ihre Hände auf dem Lenkrad wurden plötzlich feucht. „Eine interessante Theorie. Aber in Wirklichkeit läuft es nicht so glatt."

„Ich glaube schon – wenn man es nur zulässt. Jedenfalls befinde ich mich bereits im zweiten Stadium. Eine Frau wie du will eine Begründung wissen, aber ich habe noch keine parat."

Ihre Hände waren nicht länger feucht, sondern kalt wie Eis, obwohl die Sonne durch die Windschutzscheibe brannte. „Sam, ich habe dir schon einmal gesagt, dass ich es nicht für eine gute Idee halte. Ich glaube es immer noch."

„Nein. Du willst es immer noch glauben." Er wartete geduldig, bis sie ihn anblickte. „Das ist ein großer Unterschied. Ich mag dich, und ich hielt es für besser, es dich wissen zu lassen." Er beugte sich zu ihr und küsste sie sanft. „Du hast bis Mittwoch Zeit, darüber nachzudenken." Er stieg aus, beugte sich dann zum Fenster hinein. „Fahr vorsichtig, ja? Du kannst immer noch nach etwas treten, wenn du zu Hause ankommst und dann noch sauer bist."

7. KAPITEL

Es war ein langer, anstrengender Tag. Und es war nicht der erste. Johanna begrüßte es. Die viele Arbeit und einige Probleme, die aufgetreten waren, hatten ihre Gedanken von ihrem Privatleben abgelenkt.

Ausgerechnet am Montag, dem Aufnahmetag, war ihr Beleuchter an Blinddarmentzündung erkrankt. Sie hatte ihm Blumen geschickt und eine rasche Genesung gewünscht – nicht nur aus uneigennützigen Motiven. John Jay hatte während wichtiger Vertragsverhandlungen beschlossen, eine Kehlkopfentzündung zu haben. Sie hatte ihn umschmeicheln und verhätscheln – und einige versteckte Drohungen einsetzen müssen, um eine augenblickliche und wundersame Heilung zu erwirken. Der assistierende Beleuchter hatte sich als kompetent und unerschütterlich erwiesen, selbst nach drei technischen Störungen. Dennoch war der Arbeitstag um zwei Stunden länger geworden.

Der Dienstag hatte sich noch länger ausgedehnt wegen langwieriger Besprechungen über die Aufmachung der Reklamefotos und die letzten Vorbereitungen für den Wettbewerb der folgenden Woche. Die Sicherheitsmaßnahmen waren für jene Fragen verschärft worden. Ein Spezialsafe war angeschafft worden, und nur Johanna kannte die Kombination. Nur sie und Bethany kannten die fünf Fragen, die darin verschlossen waren. Sie fühlte sich allmählich wie die Leiterin der CIA.

Eine Besprechung mit ihrem Vater hatte sich als erschöpfend und schwierig erwiesen. Sie hatten sich beide sehr geschäftsmäßig gegeben, während sie den Stand der Sendung und Pläne für eine Expansion ausdiskutiert hatten. Er hatte nebenbei eine Verlobungsparty erwähnt und ihr gesagt, dass seine Sekretärin sich melden würde.

Und natürlich sah Johanna sich jeden Vormittag ‚Trivia Alert' an, weil es zu ihrem Job gehörte. Es war nur eine Laune des Schicksals, dass Sams Auftritt ausgerechnet in dieser Woche ausgestrahlt wurde. Es war ohnehin schwer genug, nicht an ihn zu denken, und geradezu unmöglich, wenn sie gezwungen war, ihn jeden Tag auf dem Bildschirm zu sehen. Am Mittwoch traf bereits Post von begeisterten Zuschauern ein.

Mittwoch. Er hatte ihr bis Mittwoch Zeit gegeben, darüber nachzudenken. Über ihn. Über sie beide. Ich hatte einfach keine Zeit, sagte sie sich, als sie den Fernseher einschaltete. Hätte sie darüber nachgedacht, dann wäre ihr gewiss etwas eingefallen, um auf höfliche Weise das Dinner abzusagen, dem sie gar nicht zugestimmt hatte.

Die fröhliche Eröffnungsmelodie erklang. Die Lichter flammten auf. Die beiden Ehrengäste traten durch den Torbogen, blieben dann zur Begrüßung stehen, bevor sie ihre Plätze einnahmen.

Johanna bemühte sich, das Gesamtbild zu betrachten, doch ihr Blick blieb nur auf ihm haften. Er sah so entspannt, so selbstbewusst aus wie immer. Sie konnte nicht umhin, es zu bewundern. Er war unbefangen und nahm seiner Partnerin die Befangenheit, und dennoch wirkte er so überlebensgroß, wie die Leute es von einem Star erwarteten.

Er ist eben gut in seinem Metier, sagte Johanna sich, als sie während eines Werbespots im Raum umherlief. Das bedeutete nicht, dass sie in ihn vernarrt war.

Als das Quiz weiterging, setzte sie sich wieder auf ihren Platz und sah zu. Es ist meine Aufgabe, sagte sie sich. Aber sie verlor den Überblick über das Quiz, weil sie Sam beobachtete. Und sie erinnerte sich allzu deutlich, dass sie nach der Aufzeichnung dieser Sendung das erste richtige Gespräch mit ihm geführt hatte. Und seitdem war nichts mehr so wie früher.

Sie wollte, dass es wieder so wie früher war, als ihr Leben sich nur um ihren Beruf gedreht hatte. Damals hatte es keine schlaflosen Nächte für sie gegeben. Spannungen und Selbstzweifel vielleicht, aber keine schlaflosen Nächte.

Und es hat auch keine Bergabfahrten in einem Floß gegeben, rief eine innere Stimme ihr ins Gedächtnis.

Aber die brauchte sie auch nicht. Sam konnte seinen Nervenkitzel für sich behalten. Sie wollte nur ihren Seelenfrieden.

Er stand im Siegerring und genoss die totale Unterstützung des Publikums. Johanna erinnerte sich, dass sein flüchtiges Grinsen ihr gegolten hatte. Sobald der beglückwünschende Applaus erklang, schaltete sie den Fernseher ab.

Impulsiv ging sie zum Telefon. Sie wählte selbst, statt ihre Sekretärin zu beauftragen. Da bereits ein Foto von ihr und Sam in der Zeitung erschienen war, wurden schon Spekulationen über sie als Paar angestellt.

Und sie wollte die Gerüchte nicht noch unterstützen, die bereits durch das Büro gingen.

Ich bin ganz ruhig, sagte sie sich, während sie sich die Telefonschnur um den Finger wickelte. Ich bin auch nicht starrsinnig oder gehässig, sondern nur vorsichtig.

Eine Frauenstimme antwortete, und das lieferte Johanna genau die Rechtfertigung, die sie brauchte. Ein Mann wie Sam war natürlich ständig von Frauen umgeben. Und ein Mann wie er war genau das, was sie meiden wollte. „Ich möchte Mr. Weaver sprechen. Ich bin Johanna Patterson."

„Sam ist nicht da. Ich richte ihm gern die Nachricht aus." Mae griff nach dem Notizblock, den sie stets in ihrer Schürzentasche trug. „Patterson?", hakte sie nach. „Sam hat von Ihnen gesprochen. Sie produzieren ‚Trivia Alert', stimmt's?"

Johanna missfiel die Vorstellung, dass Sam mit einer seiner Frauen über sie sprach., Ja, das stimmt. Würden Sie bitte ..."

„Ich lasse mir die Sendung nie entgehen", fuhr Mae fort. „Ich lasse sie immer eingeschaltet, wenn ich saubermache. Und abends beim Essen teste ich dann, ob Joe welche von den Fragen beantworten kann. Joe ist mein Mann. Ich bin Mae Block."

Das war also Mae, die Staub wischte und Löwenmaul züchtete. Johannas Vision von einer hübschen morgendlichen Besucherin schwand dahin und hinterließ ein Gefühl der Beschämung. „Es freut mich, dass Ihnen die Sendung gefällt."

„Ich bin ganz verrückt danach. Ich habe sie mir übrigens gerade angesehen. Es hat mich richtig aufgeregt, dass unser Sam dabei war. Er hat seine Sache richtig gut gemacht. Ich habe es sogar auf Video aufgenommen, damit Joe es sich heute Abend ansehen kann. Wir sind alle ganz begeistert von Sam. Er spricht sehr nett von Ihnen. Haben Ihnen die Blumen gefallen?"

„Die Blumen?", hakte Johanna nach.

„Sam glaubt, ich hätte nicht gesehen, wie er sie stibitzt hat."

„Ach, die Blumen. Sie waren wunderschön. Ich hoffe, Sie sind nicht böse."

„Es sind noch genug davon da. Blumen sind meiner Meinung dazu da, Freude zu bereiten. Finden Sie nicht?"

Ja, Mrs. Block ..."

„Nur Mae, bitte."

„Mae, würden Sie Sam bitte sagen, dass ich angerufen habe und dass ..."

„Sie können es ihm selbst sagen. Er kommt gerade rein. Einen Moment." Dann rief Mae: „Sam, die Lady, von der du ständig schwärmst, ist am Telefon. Und ich möchte wissen, was dir eigentlich einfällt, ein weißes Hemd für den Pferdestall anzuziehen. Wie soll ich die Flecken je wieder rauskriegen? Hast du dir die Füße abgeputzt? Ich habe gerade die Küche gewischt."

„Ja, Ma'am, habe ich. Und das Hemd ist alt", entgegnete er in entschuldigendem Ton, den Johanna sogar durch das Telefon heraushörte.

„Alt oder nicht, jetzt ist es nur noch ein Lumpen. Ein Junge in deinem Alter sollte es besser wissen. Lass deine Lady nicht den ganzen Tag warten. Ich mache dir ein Sandwich."

„Danke. Hallo, Johanna."

Mae hatte ihren Namen nicht erwähnt. Die Lady, von der du ständig schwärmst, hatte sie lediglich gesagt. Darüber musste Johanna später nachdenken. „Es tut mir leid, dass ich dich mitten am Tag störe. Du musst beschäftigt sein."

„Ja, ich lasse mir die Leviten lesen. Ich bin froh, dass du anrufst. Ich habe an dich gedacht."

„Tja, nun ..." Wo waren all die Ausflüchte, die sie sich zurechtgelegt hatte? „Wegen heute Abend ..."

„Ja?"

Sehr sorgfältig wickelte Johanna die Telefonschnur von ihrem Finger. „Na ja, ich habe eine späte Besprechung, und ich weiß nicht, wann ich fertig sein werde. Deshalb ..."

„Dann komm doch einfach her, wenn du fertig bist. Du kennst ja inzwischen den Weg."

„Ja, aber es könnte sehr spät werden. Ich möchte dir nicht den Abend verderben."

„Du verdirbst ihn mir nur, wenn du nicht kommst."

„Ich habe eigentlich nie zugesagt. Warum verschieben wir es nicht auf ein andermal?"

„Johanna, du willst doch nicht, dass ich vor deiner Haustür kampiere, oder?", entgegnete Sam sehr geduldig.

„Ich halte es nur für besser …"
„Für sicherer."
„Für besser", beharrte sie.
„Wie auch immer. Wenn du um acht Uhr nicht hier bist, dann hole ich dich. Du hast die Wahl."
„Ich mag keine Ultimaten."
„Das ist schade. Wir sehen uns also bei mir. Arbeite nicht zu hart."
Johannas Miene verfinsterte sich, als es in der Leitung knackte. Mit einem Seufzer ließ sie den Hörer auf die Gabel fallen. Sie war fest entschlossen, nicht hinzufahren.
Natürlich fuhr Johanna doch zur Ranch hinaus. Nur um sich zu beweisen, dass sie kein Feigling war, wie sie sich einredete. Es half ohnehin nichts, einem Problem aus dem Weg zu gehen.
Es bedeutete lediglich einen Aufschub, und davon hielt sie grundsätzlich nichts.
Außerdem gefiel ihr Sams Gesellschaft. Also bestand kein Grund, darauf zu verzichten. Abgesehen von der Tatsache, dass er sie wieder einmal dirigiert hatte.
Aber nein, diesmal hatte sie es selbst getan, wie sie sich eingestehen musste. Hätte sie ihn nicht sehen wollen, dann hätte sie gar nicht erst angerufen, um abzusagen.
Ein schlichtes Dinner unter Freunden, nahm sie sich vor. Inzwischen konnten sie sich als Freunde bezeichnen. Ein kleines Gespräch konnte nicht schaden, vor allem nicht zwischen zwei Personen aus derselben Branche. Quizsendungen oder Spielfilme, es lief beides auf Unterhaltung hinaus. Zumindest hatte sie diesmal ihr eigenes Transportmittel bei sich. Sie konnte gehen, wann immer ihr danach war. Das vermittelte ihr ein Gefühl der Sicherheit.

Als sie das Tor zur Ranch passierte, nahm sie sich vor, den Abend als ein harmloses Treffen unter Freunden zu genießen.
Sie hielt vor dem Haus an und stieg aus, ohne in den Rückspiegel zu blicken. Sie wollte kein Aufhebens um ihr Make-up machen, genauso wenig wie sie es um ihre Kleidung gemacht hatte. Das graue Kostüm war chic, aber geschäftsmäßig. Die halbhohen Pumps waren modern, aber hauptsächlich bequem.
Sie blickte zur Uhr. Genau richtig. Nicht so früh, dass es den Ein-

druck erwecken könnte, sie hätte sich einschüchtern lassen. Nicht so spät, dass sie trotzig gewirkt hätte.

Sie sieht genauso aus wie beim ersten Mal, dachte Sam. Beherrscht, kühl, auf eine subtile Art sexy. Und seine Reaktion auf sie war genauso wie bei jener ersten Begegnung. Augenblickliche Faszination. Er trat hinaus auf die Veranda und lächelte sie an. „Hallo."

„Hallo." Sie erwiderte sein Lächeln, wenn auch zurückhaltend, und erklomm die Stufen.

Völlig unerwartet legte er eine Hand um ihren Nacken und küsste sie – nicht leidenschaftlich, nicht fordernd, aber mit einer gewissen Vertraulichkeit. Willkommen daheim, schien es zu besagen, und es verschlug ihr die Sprache.

„Mir gefällt deine Art, ein Kostüm zu tragen, Johanna."

„Ich hatte keine Zeit, mich umzuziehen."

„Das freut mich." Er blickte an ihr vorbei, als das Geräusch eines Lieferwagens nahte. Mit einem kleinen Lächeln beschattete er die Augen. „Du hast vergessen, am Tor zu hupen."

Am Steuer des Lieferwagens saß ein Mann um die Fünfzig, mit Schultern wie ein Holzfäller. „Ist hier alles in Ordnung, Sam?"

„Alles bestens." Sam legte einen Arm um Johannas Taille.

Der Mann im Wagen schmunzelte. „Das sehe ich. Gute Nacht." Er wendete und fuhr davon.

„Das war Joe", erklärte Sam. „Er und Mae kümmern sich um die Ranch. Und um mich."

„Das habe ich gemerkt." Es war allzu schön, in seinen Armen auf der Veranda zu stehen, während die Sonne unterging. Automatisch wich sie zurück. „Deine Haushälterin hat mir erzählt, dass sie ‚Trivia' sieht." Insgeheim fügte sie hinzu: Sie hat außerdem gesagt, dass du von mir schwärmst. Doch das behielt sie für sich. Es war natürlich lächerlich. Männer wie er schwärmten von niemandem.

„Andächtig", murmelte er, während er sie musterte. Sie war nervös. Er wusste nicht, ob er es als gutes oder schlechtes Zeichen auffassen sollte. Er hatte geglaubt, sie hätten dieses Stadium inzwischen überwunden. „Mae sieht meinen Auftritt in dieser Woche sogar als den Höhepunkt meiner Karriere an."

Johanna lächelte und löste den festen Griff um das Treppengeländer.

„Ist das ein Grinsen?"

„Ich grinse nie, und schon gar nicht über meine Sendung. Übrigens haben wir schon bergeweise Post bekommen. ‚Sam Weaver ist das niedlichste Wesen auf zwei Beinen'", zitierte sie und amüsierte sich, als er eine Grimasse zog. „Das stammt von einer siebzigjährigen Dame aus Tucson."

„Aha." Er nahm ihre Hand und zog sie ins Haus. „Wenn du mit Grinsen fertig bist …"

„Ich habe doch gesagt, dass ich nie grinse."

„Stimmt ja. Also, wenn du damit fertig bist, können wir uns ums Dinner kümmern. Ich dachte mir, dass wir grillen sollten, da ich nicht wusste, wie lange diese Besprechung dauern würde."

„Besprechung?" Johanna hatte ihre Ausrede völlig vergessen. Sie errötete ein wenig, was ihr noch nie passiert war, soweit sie sich erinnern konnte. „Ach ja, sie ging schneller voran, als ich erwartet hatte."

„Zum Glück für uns beide. Du könntest schon mal den Wein einschenken, während ich den Grill anheize. Es gibt Schwertfisch."

„Gut." Die Flasche war bereits geöffnet. Johanna füllte die beiden Gläser, die auf dem Küchentisch standen, während er zur Hintertür hinausging.

Sie seufzte, nippte an ihrem Glas und seufzte erneut. Er wusste also, dass die Besprechung nur eine Ausrede gewesen war. Und er ging darüber hinweg, um sie nicht in Verlegenheit zu bringen. Das verstärkte nur noch ihr schlechtes Gewissen und ließ sie den Entschluss fassen, ihm wenigstens für den restlichen Abend eine angenehme Gesellschaft zu sein.

Der Pool sah herrlich kühl und einladend aus. Schwimmen hatte zu ihren täglichen Gewohnheiten gehört, als sie noch im Haus ihres Vaters gelebt hatte. Doch nun fand sie einfach keine Zeit mehr für das Fitness-Center, dem sie pflichtbewusst beigetreten war. Sie ging um das Becken herum zu Sam, der an dem steinernen Grillplatz stand, und blickte dabei sehnsüchtig auf das Wasser.

„Möchtest du vor dem Essen noch schwimmen?", fragte er.

Es war sehr verlockend. Johanna war in seiner Nähe allzu oft versucht. „Nein, danke."

„Dann vielleicht nachher." Er legte zwei Fischfilets auf den Rost, nahm ihr sein Glas aus der Hand und stieß mit ihr an. „Setz dich doch. Es wird nicht lange dauern."

Stattdessen ging sie ein Stück weiter und betrachtete sein Land mit den gepflegten Nebengebäuden. Er schien sich so wohl zu fühlen in dieser Abgeschiedenheit, dass er ein ganz gewöhnlicher Mensch hätte sein können. Doch ihr fiel ein, was sie erst am Morgen über ihn gelesen hatte. „Im TV-Führer steht eine sehr positive Kritik über ‚Keine Rosen für Sarah'."

„Ich habe es gesehen." Sam sah außerdem, wie sich die untergehende Sonne im Wasser spiegelte und auf Johannas Haut tanzte, sodass sie wie ein Trugbild wirkte. Das graue Kostüm ließ ihn nicht an Büros oder Sitzungen denken, sondern an geruhsame Feierabende.

„‚Variety' war genauso enthusiastisch. ‚Ergreifend, nicht zu versäumen' und so weiter." Mit einem kleinen Lächeln drehte sie sich zu ihm um. „Wie wurde deine Darstellung noch genannt?" Sie gab vor zu überlegen, obgleich sich ihr der genaue Wortlaut eingeprägt hatte. „Glänzend, oder?"

Sam drehte den Fisch um. Es zischte, und Rauch stieg auf. „Feurig", korrigierte er.

„Ach ja, feurig. ‚Eine feurige Darstellung als Herumtreiber, der Sarah und die Zuschauer mit gleichem Elan verführt'. ‚Elan'", wiederholte sie. „Das klingt wirklich verlockend."

„Ich wusste gar nicht, dass du so zynisch bist, Johanna."

Sie lachte und trat zu ihm. „Nichts könnte mich am Sonntagabend vom Bildschirm fernhalten, wenn der erste Teil gesendet wird."

„Und am Montag?"

„Das hängt davon ab, wie ‚feurig' du am Sonntag bist."

Sam lächelte, so als hegte er keinerlei Zweifel daran, wo sie sich am Montagabend um neun Uhr aufhalten würde. „Achte bitte auf den Fisch, ja? Ich bin gleich zurück."

Johanna streckte sich und lockerte ihre Rückenmuskeln. Die Besprechung war eine Lüge gewesen, aber sie hatte einen langen Tag hinter sich. Sehnsüchtig blickte sie zum Pool. Das Wasser war wirklich sehr verlockend.

Wenn sie einfach irgendjemand wäre, wenn er einfach irgendjemand wäre, könnten sie nach einem lockeren Gespräch während des Essens, während der Wein noch kühl und die Luft noch warm war, zusammen ins Wasser gleiten und sich entspannen. Einfach zwei Menschen, die gemeinsam einen beschaulichen Abend genossen.

Später, wenn der Mond aufging, würden sie im Wasser bleiben, sich ruhig unterhalten, sich berühren und allmählich zu einer vertraulichen

Art der Entspannung übergehen, während die Kerzen auf dem Tisch allmählich herunterbrannten.

Johanna schreckte aus ihrer Träumerei auf, als etwas ihr Bein streifte, und schüttete dabei Wein über ihre Hand. Sie blickte hinab und sah einen dicken grauen Kater. Er rieb sich erneut an ihrer Wade, und sie beugte sich hinab und kraulte ihn. „Wo kommst du denn her?"

„Aus der Scheune", antwortete Sam, der gerade zurückkehrte. „Silas ist einer der Hofkater. Wahrscheinlich hat er den Fisch gerochen und ist gekommen, um uns etwas abzulocken."

Sie blickte nicht Sam, sondern den Kater an. Ihr Tagtraum war noch zu frisch in ihrem Gedächtnis. „Ich dachte immer, Hofkatzen seien dünn und schnell."

„Nicht, wenn sie immer wieder Leckerbissen bekommen", erwiderte er schuldbewusst. Er stellte eine Schüssel Salat auf den Tisch und zog einen Stuhl für Johanna heran. „Silas kann sehr gut betteln."

„Silas ist ziemlich groß."

„Magst du keine Katzen?"

„Doch. Ich habe sogar schon daran gedacht, mir eine anzuschaffen. Warum heißt er Silas?"

„Silas Marner. Du weißt doch, wie er Gold gehortet hat. Dieser Silas hortet Mäuse."

„Oh."

Sam lachte über ihre Miene und schenkte ihr Wein nach. „Wann fängst du eigentlich mit der Abendsendung an?"

„In zwei Wochen beginnen die Aufzeichnungen."

„Stellst du dafür mehr Leute ein?"

„Ein paar. Es bedeutet hauptsächlich, dass wir an zwei Tagen pro Woche drehen statt an einem. Bist du an einem weiteren Auftritt interessiert?"

„Ich werde in nächster Zeit ziemlich ausgebucht sein."

„Der neue Film?" Sie entspannte sich ein wenig. So hatte sie sich den Abend vorgestellt. Fachsimpelei, nichts weiter. „Wann fangen die Dreharbeiten an?"

„In ein bis zwei Wochen. Wir drehen zuerst hier im Studio und dann etwa drei Wochen lang in Maryland, in und um Baltimore. Wie ist dein Fisch?"

„Hervorragend." Wieder einmal hatte sie ihren Teller fast geleert, ohne es zu merken. „Ich habe mir vor ein paar Monaten einen Grill gekauft, aber bisher ist mir alles verbrannt, was ich draufgelegt habe."

„Es erfordert eine niedrige Flamme", sagte Sam und nahm ihre Hand, „sorgfältige Beobachtung und Geduld."

„Ich ..." Er führte ihre Hand an die Lippen und beobachtete sie, während er ihre Finger küsste. „Ich werde es noch einmal versuchen müssen."

„Deine Haut duftet immer so, als wärst du im Regen spazieren gegangen. Auch wenn du nicht hier bist, muss ich daran denken."

„Wir sollten ..." Uns nicht länger verstellen, dachte sie. Uns fügen. Uns nehmen, was wir wollen. „... einen Spaziergang machen", vollendete sie den Satz. „Ich möchte deinen Teich noch einmal sehen."

„Gut." Geduld, sagte Sam sich. Doch die Flamme war nicht mehr so niedrig wie zuvor. „Warte einen Augenblick." Er warf einige Happen auf das Gras, bevor er die Teller einsammelte.

Johanna wusste, dass sie ihm ihre Hilfe hätte anbieten sollen. Aber sie brauchte dringend einen Augenblick für sich allein. Sie beobachtete, wie Silas zu den Fischhappen hinüberschlenderte – so selbstbewusst, als hätte er die ganze Zeit gewusst, dass er bekommen würde, was er haben wollte. Sam hat den gleichen Gang, dachte sie, und plötzlich fröstelte sie.

Sie hatte keine Angst vor ihm. Sie hatte Angst vor sich selbst. Sie selbst hatte sich hierher dirigiert, nicht er. Sie war hier, weil ein Teil von ihr bei ihm sein wollte. Ein Teil von ihr, der allmählich die Oberhand gewann, der genau wusste, was sie wollte. Wen sie wollte. Der Teil von ihr, der bereits einen großen Fehler begangen und sich in Sam verliebt hatte.

Bevor Johanna Zeit hatte, diese überwältigende Erkenntnis zu verkraften, kehrte Sam mit einer Tüte Crackern zurück. „Die Enten erwarten ..." Ihm fiel auf, wie blass sie war, wie riesig ihre Augen wirkten. „Fühlst du dich nicht wohl?"

„Doch, es geht mir gut." Zum Glück klang ihre Stimme ruhig. „Deine Tiere haben dich unter ihrer Fuchtel, nicht wahr?"

Er nickte. „Es sieht so aus." Er berührte ihre Wange. Sie zuckte nicht zurück, aber ihre Kinnmuskeln spannten sich. „Du siehst ein bisschen benommen aus, Johanna."

Erschrocken wäre das richtige Wort, dachte sie. Verliebt, korrigierte eine innere Stimme. Gütiger Himmel, wann, wie und vor allem warum? „Es liegt wahrscheinlich am Wein."

Er wusste, dass es nicht der Wein war, aber er schwieg. Er nahm ihre Hand und führte sie den Weg hinab. „Nächstes Mal solltest du dich entsprechend anziehen. So vernünftig deine Schuhe auch sind, Stiefel oder Turnschuhe wären besser für diesen Weg."

Stirnrunzelnd blickte Johanna zu ihren schicken, halbhohen italienischen Pumps hinab. Sie waren wirklich vernünftig. Wie sie selbst. Sie unterdrückte ein Seufzen. „Ich habe dir doch gesagt, dass ich keine Zeit zum Umziehen hatte."

„Schon gut. Ich kann dich ja tragen."

„Das wird nicht nötig sein."

Da war er wieder, ihr kühler Ton, und Sam musste einfach darüber lächeln.

Die Sonne war beinahe untergegangen, und das Licht war weich und gedämpft. Wildblumen waren am Wegesrand erblüht. Sam vermutete, dass Johanna ihm die Namen nennen konnte, doch er zog es vor, sie anonym wuchern zu lassen.

Er roch das Wasser und hörte das leise Plätschern der Wellen. In den vergangenen Wochen hatte er stets an Johanna denken müssen, wenn er diesen Weg gegangen war. Die Vögel waren inzwischen verstummt, und die Nachttiere regten sich noch nicht. Er mochte die Stille der Dämmerung, die Einsamkeit, und fragte sich, ob Johanna genauso empfand. Er erinnerte sich, wie sie bei Sonnenuntergang vor dem Blumenbeet gekniet hatte, und vermutete, dass es ihr wie ihm erging.

Das Wasser des Teichs verdunkelte sich, wie der Himmel. Die Bäume warfen lange, schwache Schatten darauf. Johanna lächelte, als die Enten erwartungsvoll herbeiglitten. „Ich nehme an, Silas und seine Kumpane belästigen sie nicht, oder?"

„Es ist ihnen zu mühsam, so weit zu laufen und nass zu werden. Hier." Sam reichte ihr die Tüte.

Erneut lachte Johanna über die Possen der Enten, während sie sie fütterte. „Wenn du weg bist, verwöhnt sie wohl niemand so."

„Doch. Mae tut es, aber sie würde es nie zugeben."

„Oh, den Erpel habe ich noch gar nicht aus der Nähe gesehen." Sie warf ihm einen Cracker zu. „Er ist prachtvoll. Und die Kleinen sind unheimlich gewachsen." Sie streute die letzten Krümel auf das Wasser und steckte die Tüte gedankenlos in ihre Tasche. „Es ist so schön hier", murmelte sie. „Nur Wasser und Gras." Und du, dachte sie, aber sie blickte ihn nicht an, bis er eine Hand auf ihre Wange legte.

Es war genau wie beim ersten Mal. Und doch ganz anders. Diesmal wusste sie genau, was sie empfinden würde, wenn er sie küsste. Sie wusste, dass er ihr Haar berühren würde, bevor er sie an sich zog. Sie wusste, dass ihr Herzschlag sich beschleunigen würde. Sie wusste es, und dennoch verblüffte es sie.

Er hatte das Gefühl, schon ewig gewartet zu haben. Es war nicht erst einige Wochen her, nicht erst seit ihrer ersten Begegnung. Er hatte auf sie gewartet, solange er denken konnte. Ein Traum war in Erfüllung gegangen, als er sie zum ersten Mal erblickt hatte.

Sie war sich immer noch nicht sicher. Er spürte ihr Zögern und gleichzeitig ihr Verlangen. Aber er war sicher genug für sie beide.

Es hatte an diesem Ort geschehen sollen, an dem in beiden zum ersten Mal Verlangen erwacht war. Es hatte in dem Augenblick geschehen sollen, vor Einbruch der Nacht.

Johanna umfasste seine Schultern, hielt ihn fest, hielt ihn zurück. Sie wusste, dass sie bald nicht mehr klar denken konnte. Es wäre klug, in diesem Moment zurückzuweichen. Doch seine Lippen verführten sie zu verharren. Zu vertrauen.

Er streifte ihr die Jacke von den Schultern. Sie versteifte sich ein wenig. Doch dann ließ er ihr Zeit, viel Zeit, aber keine Wahl. Langsam, verheißungsvoll öffnete er die Knöpfe am Rücken ihrer Bluse. Als seine Finger ihre nackte Haut streichelten, erschauerte sie und suchte nach dem Willen, es zu beenden.

Doch seine Lippen wanderten über ihre Kehle, während er ihr die Bluse abstreifte. Johanna war hilflos, doch das Gefühl war nicht länger beängstigend.

Sam musste sich eisern beherrschen, um sie nicht zu bedrängen. Er wusste, dass sie Zeit brauchte. Gemächlich streifte er ihr den Rock über die Hüften.

Die Sonne war untergegangen, aber er konnte Johannas Gesicht sehen. Ihre Augen wirkten groß und unsicher. Er küsste sie erneut, während er sich das Hemd auszog. Er sah, wie sie die Hand nach ihm ausstreckte und dann zögerte. Er nahm ihre Hand und führte sie an seine Lippen.

Er senkte sie hinab auf das Gras. Es war kühl, weich und feucht vom Tau des frühen Abends. Johanna wusste, dass sie sich von nun an immer daran erinnern würde. Jetzt war er über ihr. Sie konnte nur sein Gesicht sehen, und dann nur noch seine Augen. Sie hörte den ersten Ruf eines

Käuzchens, bevor er sich über sie beugte. Und dann gab es nur noch ihn.

Er streichelte. Sie erschauerte, nicht länger aus Angst oder Unsicherheit, sondern vor Entzücken. Er kostete. Sie wurde schwach, nicht länger hilflos, sondern willig. Und als sie ihn näher an sich zog, vergaßen sie beide die Welt um sich her.

Sie war so zärtlich, so freigiebig. Es überraschte Sam erneut, wie viele Gesichter sie hatte. Wenn ihre Liebkosungen auch ein wenig schüchtern wirkten, so reizte es ihn nur um so mehr.

Verlangen durchströmte ihn, heftig und fordernd. Er unterdrückte es. Er wollte, dass sie es so lange genoss, wie beide es ertragen konnten. Es sollte unvergesslich schön für sie werden. Sehr langsam und behutsam streifte er ihr die Unterwäsche ab.

Sie vergrub die Finger im Gras, als seine Lippen über ihren Körper wanderten. Ihre Haut prickelte, wo immer er sie berührte. Ihr Verlangen wuchs ins Unermessliche, und sie rief seinen Namen und bog sich ihm entgegen.

Die ersten Sterne blinkten am Himmel. Sam kam zu ihr, und sie umklammerte seine Schultern. Sein Atem ging rasch. Nun war er hilflos und sein Körper mehr ihr Gefangener, als sie je seine gewesen war. Nur noch sie existierte für ihn.

Sam wusste, dass er sein Gewicht von ihr nehmen sollte, doch er konnte es nicht ertragen, die Verbindung zu lösen. Was immer es gewesen sein mochte – Leidenschaft, Verlangen oder eine chemische Reaktion –, es hatte ein Band zwischen ihnen geknüpft.

Über ihnen gingen noch immer die Sterne auf. Johanna konnte sie nun sehen, aber sie dachte nur daran, wie Sams Herz immer noch an ihrem raste. Sein Körper war warm, im Gegensatz zum kühlen Gras, das sie umgab. Das Wasser, vom Abendwind getrieben, plätscherte nur wenige Meter entfernt.

Sie hatte nicht gewusst, dass sie fähig war, solche Freude zu geben und zu empfangen. Es überraschte sie, dass sie überhaupt so intensive Gefühle hegen konnte, aber vor allem hatte sie seine Augen gesehen, seinen Körper erschauern gespürt und zum ersten Mal im Leben erkannt, dass sie geben konnte.

Beinahe unbewusst hob sie eine Hand und streichelte sein Haar. Ihm wurde sehr bewusst, dass sie ihn zum ersten Mal berührte, ohne in die Enge getrieben worden zu sein. Er schloss die Augen und hielt an diesem Gedanken fest. Was ihm einmal unwichtig erschienen wäre, wurde nun sehr bedeutungsvoll. Er war beinahe unmerklich in das dritte Stadium, in die Liebe, hineingeglitten.

„Johanna", murmelte er. Weil er sie sehen wollte, fand er die Kraft, sich auf die Ellbogen zu stützen. Ihr Haar lag auf dem Gras ausgebreitet. Ihre Augen waren halb geschlossen, aber er sah, dass sie noch immer verklärt vor Entzücken dreinblickte. „Du bist so wundervoll."

Sie schmiegte die Hand an seine Wange. „Ich hätte nicht gedacht, dass es passieren würde. Ich habe es nicht für möglich gehalten."

„Ich habe es mir vorgestellt. Hier. Genau so." Er senkte den Kopf und küsste ihre Lippen. „Aber meine Fantasie war mit der Wirklichkeit nicht einmal annähernd zu vergleichen. Nichts war es jemals." Er spürte, wie sie sich ein klein wenig zurückzog, und nahm ihr Gesicht zwischen die Hände. „Nichts und niemand, Johanna."

Seine Augen drängten sie, ihm zu glauben, und sie wollte es auch, aber ihre innere Abwehr war zu groß, um es zu ermöglichen. „Ich wollte dich." Zumindest konnte sie ehrlich zu ihm wie zu sich selbst sein. „Ich kann mir nicht denken, was als Nächstes passiert."

„Wir werden es beide müssen. Ich habe nicht die Absicht, dich gehen zu lassen." Sie öffnete den Mund, um zu protestieren, um Ausflüchte zu machen, und konnte nur aufstöhnen, als sie ihn in sich hart werden fühlte. „Auf keinen Fall", murmelte er, bevor das Verlangen seine Sinne völlig betörte.

Als Johanna wieder denken konnte, versuchte sie, sich zurückzuziehen. Sie brauchte Zeit, um es in die richtige Perspektive zu rücken, um die nächsten Schritte auszuarbeiten. Der erste bestand darin, sich wie eine Erwachsene zu verhalten und nichts zu erwarten.

Sie hatten etwas gemeinsam erlebt. Vielleicht war es nicht unbedeutend für sie, aber sie hatte immer gedacht, dass jeder Beziehung Grenzen gesetzt waren. Es war besser, sich daran zu erinnern und es von Anfang an zu akzeptieren. Sie mochte Sam zu sehr für ihren eigenen Seelenfrieden, aber sie wusste es besser, als sich an seine Seite zu schmiegen und an ein gemeinsames Morgen zu denken. „Es ist spät." Sie strich sich mit den Händen durch das Haar, während sie sich aufsetzte. „Ich muss gehen."

„Wohin?"

„Nach Hause." Sie griff nach ihrem Hemdhöschen, verfehlte es aber nur um einen Zentimeter, als Sam ihr Handgelenk umfasste.

„Wenn du erwartest, dass ich dich heute Abend irgendwohin gehen lasse, dann bist du verrückt."

„Ich weiß gar nicht, wovon du redest." Ihre Stimme klang belustigt. Sie entzog ihm die Hand. „Erstens geht es nicht darum, ob du mich lässt." Sie hob ihre Unterwäsche auf und schüttelte sie aus. „Und zweitens kann ich wohl kaum die ganz Nacht im Gras schlafen."

„Da hast du völlig recht." Wäre sie nicht so entspannt gewesen, dann hätte sie gemerkt, dass er viel zu schnell nachgab. „Hier, nimm mein Hemd. Im Haus kannst du dich leichter anziehen."

Weil es vernünftig klang, ließ Johanna sich darin einhüllen. Es roch nach ihm. Unbewusst rieb sie die Wange am Kragen, während Sam sich Jeans anzog.

„Lass mich dir helfen." Er nahm ihre inzwischen zusammengefaltete Kleidung und hängte sie sich über den Arm. „Lass mich lieber vorgehen. Es ist nicht sehr hell heute Abend."

Johanna folgte ihm den Pfad entlang und hoffte, dass sie so gelassen und ruhig wirkte wie er. Was am Teich geschehen war, vor einigen Wochen und an diesem Abend, war wundervoll gewesen. Sie wollte die Wichtigkeit nicht schmälern. Aber sie wollte die Wichtigkeit auch nicht übertreiben. Nichts und niemand.

Nein, es wäre dumm von ihr, es zu glauben … darauf zu hoffen. Sam mochte es in jenem Moment, als er es gesagt hatte, ernst gemeint haben. Das konnte sie glauben, weil sie inzwischen begriffen hatte, dass er kein Typ für Lügen war, nicht einmal für wohlmeinende. Sie konnte auch glauben, dass er sie mochte – wiederum momentan.

Intensive Gefühle hielten nur selten an, und all die Hoffnungen und Versprechungen, die auf jene Gefühle aufgebaut wurden, gerieten schließlich ins Wanken. Daher gestatte sie sich nicht, zu hoffen, und weigerte sich, Versprechungen zu machen.

Wir sind noch weit vom Ziel entfernt, dachte Sam. Sie war nicht bereit zu nehmen, was er zu geben bereit war. Das Problem war, dass er nun, da er seine Liebe zu ihr entdeckt hatte, nicht mehr so geduldig sein konnte. Sie würde einfach mit ihm Schritt halten müssen.

Als sie die Terrasse betraten, legte er ihre Kleider ordentlich auf den Tisch. Sie runzelte die Stirn, als er sich gelassen die Jeans abstreifte.

„Was hast du vor?"

Er stand vor ihr, unleugbar wundervoll im Schein des Mondes. Mit einem Lächeln, das sie einen Moment zu spät warnte, zog er sie in die Arme. „Die Frage ist, was wir vorhaben", entgegnete er schlicht und sprang in den Pool.

Das Wasser war mehrere Grad wärmer als die Nachtluft, aber es war dennoch ein Schock. Bevor es über ihrem Kopf zusammenschlug, blieb ihr Zeit für einen erschrockenen Aufschrei. Ihre Beine verfingen sich mit seinen, als der Sprung sie trennte und das Hemd sich um ihren Kopf bauschte. Dann berührten ihre Füße den Grund, und sie stieß sich instinktiv ab. Prustend kam sie an die Oberfläche und blinzelte das Wasser aus den Augen.

„Verdammt!" Sie zog den Arm durch das Wasser, mit geballter Faust, und schoss ihm einen Strahl in das lachende Gesicht.

„Es gibt nichts Schöneres als ein mitternächtliches Bad, nicht wahr, Jo-Jo?"

„Nenn mich nicht so. Du musst verrückt sein."

„Verrückt nach dir", teilte er ihr mit und sandte einen unliebsamen Spritzer in ihre Richtung.

Johanna wich ihm knapp aus und sagte sich, dass sie nicht belustigt war. „Was zum Teufel hättest du getan, wenn ich nicht schwimmen könnte?"

„Dich gerettet." Mühelos trat er Wasser. „Ich bin zum Helden geboren."

„Zum Blödmann", korrigierte sie. Dann wandte sie sich ab und schwamm mit zwei Zügen zum Rand. Bevor sie sich hinausziehen konnte, umfasste Sam ihre Taille.

„Wenn du aufhörst, sauer zu sein, wirst du zugeben, dass es dir gefällt." Er streichelte ihren Nacken mit den Lippen. „Willst du um die Wette schwimmen?"

„Was ich will, ist ..." Sie drehte sich um – eine weitere Fehlkalkulation. Seine Hände glitten an ihrer nassen Haut hinauf zu ihren Brüsten, während sein Mund zu ihrer Kehle wanderte.

„Ich auch", murmelte er.

Sie hob eine Hand zu seiner Schulter und strich über kühle Haut, die sich gerade zu erwärmen begann. „Sam, ich kann nicht."

„Schon gut. Ich kann." Er glitt in sie.

8. KAPITEL

Johanna erwachte mit einem leisen Stöhnen und versuchte, sich umzudrehen. Es dauerte einige verwirrende Sekunden, bis sie erkannte, dass Sams Arm sie festhielt. Sie blieb still liegen, drehte nur vorsichtig den Kopf, um ihn anzusehen.

Er ruhte mehr auf ihrem Kissen als auf seinem. Nein, es waren beides seine Kissen, wie sie sich in Erinnerung rief. Sein Bett, sein Haus. Würde er sie für dumm oder für anormal halten, wenn sie ihm erzählte, dass sie zum ersten Mal im Bett eines Mannes erwachte? Es war nicht wichtig. Sie wollte es ihm nicht sagen. Wie hätte sie ihm sagen können, dass er der erste Mann war, den sie genügend mochte, dem sie genügend vertraute, um diese persönliche Wehrlosigkeit, genannt Schlaf, mit ihm zu teilen?

Sie wusste immer noch nicht recht, wie es ihm gelungen war, sie dazu zu bringen. In einem Augenblick hatte sie noch am Beckenrand gestanden, nackt und tropfnass, und im nächsten … Sie hatten sich nicht einmal mehr geliebt, sondern waren einfach wie zwei erschöpfte Kinder ins Bett gefallen.

Er hatte sie auch zum Lachen gebracht, und er hatte ganz unbewusst ihren süßen Tagtraum wahr werden lassen.

Nun war der Morgen angebrochen, und sie musste sich erneut in Erinnerung rufen, dass sie erwachsen war. Sie hatten sich begehrt, Gefallen aneinander gefunden. Es war wichtig, diese schlichte Tatsache nicht zu komplizieren. Sie wollte nicht bereuen. Reue bedeutete gewöhnlich Vorwurf, und auch das wollte sie nicht. Klug oder nicht, sie hatte eine Entscheidung getroffen.

Diese Entscheidung hatte zu Intimitäten mit Sam geführt. Sie wollte das Wort ‚Affäre' nicht benutzen.

Sie musste realistisch sein. Diese Intensität, diese Flut von Gefühl, würde verebben, und wenn das geschah, würden sie leiden. Sie konnte es nicht vermeiden, sondern sich nur darauf vorbereiten.

Ihre Gefühle waren bereits außer Kontrolle geraten, aber sie besaß noch ihre Willenskraft und ihre Vernunft. Keine Verpflichtungen. Er hatte es gesagt. Sie hatte es ernst gemeint.

Dennoch hob sie einen Finger, um ihm das Haar aus der Stirn zu streichen. Oh, Himmel, ich bin so verliebt in ihn, durchfuhr es sie. So lächerlich verliebt, und ich werde mich zwangsläufig zum Narren machen.

Doch es kümmerte sie nicht länger, als er die Augen öffnete, diese ausdrucksvollen, leuchtenden Augen.

„Hallo."

Verlegen, weil er sie bei der Liebkosung ertappt hatte, senkte sie die Hand. „Guten Morgen."

Es war da, selbst nach der unglaublichen gemeinsamen Nacht. Dieses Zeichen von Schüchternheit, das er so reizvoll fand. So aufregend. Weil er ihr keine Zeit lassen wollte, es durch Fassung zu überdecken, rollte er sich auf sie.

„Sam …"

„Mir fällt auf", begann er und küsste sie gemächlich, „dass wir uns noch nie im Bett geliebt haben." Er ließ die Hand über ihren Körper wandern, von der Schulter zur Hüfte, von der Hüfte zum Schenkel. „Ich fühle mich traditionell heute morgen."

Sie hatte keine Zeit zu analysieren, was sie fühlte. Während sie versuchte, erneut seinen Namen zu sagen, stockte ihr der Atem. An diesem Morgen war er nicht so geduldig … oder vielleicht war sie einfühlsamer durch das Wissen, was sein konnte.

Sie schlang ihre Arme um ihn und ließ ihren Gefühlen freien Lauf.

Die Zeit war ihr entronnen. Alles ist mir entronnen, korrigierte Johanna, während sie aus der Dusche stieg und sich hastig abtrocknete. Wenn sie sich die Kleider überwarf, die Haare an der Luft auf dem Weg zur Arbeit trocknen ließ und die Geschwindigkeitsbegrenzung überschritt, konnte sie es vielleicht gerade noch schaffen.

Sie nahm ein paar elementare Kosmetika aus ihrer Handtasche und schminkte sich nur flüchtig, denn mehr konnte sie sich nicht leisten. Im Schlafzimmer riss sie die Plastikhülle von dem erstbesten Kostüm, das Sam ihr aus dem Wagen heraufgebracht hatte. Die Bluse vom Vortag musste es noch einmal tun.

Sie verwünschte sich für ihre mangelnde Voraussicht, während sie den Reißverschluß des Rockes schloss. Mit den Schuhen in der Hand rannte sie den Korridor entlang.

„Wo brennt's denn?", fragte Sam, als sie sich mit einer Hand an der Wand abstützte und sich in die Schuhe zwängte.

„Ich bin spät dran."

Er zog eine Augenbraue hoch. „Bekommst du Minuspunkte, wenn du dich verspätest?“

„Ich verspäte mich nie.“

„Gut. Dann kannst du es dir ja heute leisten. Trink einen Kaffee.“

Sie nahm die Tasse, die er ihr reichte. „Danke. Ich muss mich wirklich beeilen.“

„Du hast nichts gegessen.“

„Ich frühstücke nie.“

„Heute tust du es.“ Er nahm ihren Arm. Um nicht den Kaffee auf ihr frisch gereinigtes Kostüm zu verschütten, ließ sie es geschehen. „Fünf Minuten, Johanna. Verschnaufe einen Moment, trink den Kaffee. Wenn du widersprichst, wird es zehn dauern.“

Sie seufzte, aber sie nahm noch einen Schluck, während er sie in die Küche zog.

„Sam, du hast Urlaub, aber ich nicht. Ich haben einen ausgefüllten Tag vor mir, der – wenn ich Glück habe – um sechs Uhr endet.“

„Umso mehr Grund für ein anständiges Frühstück.“ Er konnte sich nicht erinnern, sich jemals an einem Morgen besser gefühlt zu haben, lebendiger oder energiegeladener. Flüchtig wünschte er sich, inmitten von Dreharbeiten zu stecken, um einen Teil dieser Energie in eine Rolle fließen zu lassen. „Setz dich. Ich brate dir zwei Eier.“

Weil sie die Beherrschung zu verlieren drohte, nahm sie noch einen Schluck Kaffee. „Sam, ich weiß es zu schätzen, wirklich, aber ich habe keine Zeit. Wir nehmen heute die Reklamefotos für den Zuschauerwettbewerb auf, und ich bin die Einzige, die mit John Jay umgehen kann.“

„Ein zweifelhaftes Talent.“ Das Rosinenbrötchen, das er in den Toaster gesteckt hatte, sprang heraus. „Iss wenigstens das.“

Verärgert entriss sie es ihm, ignorierte die Butter und die Marmelade auf dem Tisch und biss hinein. „So“, sagte sie und schluckte. „Zufrieden?“

Das Haar hing ihr noch immer feucht ins Gesicht, und sie hatte ihren Lippenstift vergessen. Sie starrte ihn an, mit umschatteten Augen von der langen Nacht. Er grinste und schnippte einen Krümel von ihrem Kinn. „Ich liebe dich, Johanna.“

Sie hätte nicht schockierter sein können, wenn er ihr einen Kinnhaken verpasst hätte. Sie starrte ihn an, während das Rosinenbrötchen aus ihren kraftlosen Fingern auf den Tisch fiel. Ihr Schritt zurück war instinktiv, defensiv.

Sam zog nur eine Augenbraue hoch.

„Sag mir das nicht", brachte sie schließlich hervor. „Ich muss es nicht hören. Ich will es nicht hören."

Und ob sie es hören muss, dachte er. Vielleicht wollte sie es nicht, aber sie brauchte es. Er wollte dafür sorgen, dass sie es hörte, in regelmäßigen Abständen. Doch momentan war sie erblasst. „Also gut", sagte er gedehnt. „Aber so oder so, es ändert nichts an den Tatsachen."

„Ich ... ich muss gehen." Beinahe verzweifelt kramte sie in ihrer Handtasche nach dem Wagenschlüssel. „Ich bin wirklich sehr spät dran." Was sollte sie sagen? Was sollte am Morgen nach der Nacht gesagt werden? Mit dem Schlüssel in der Hand blickte sie auf. „Leb wohl."

„Ich bringe dich hinaus." Er legte einen Arm um ihre Schultern. Sie versuchte, nicht zu erstarren. Sie versuchte, sich nicht an ihn zu lehnen. „Ich möchte dir etwas sagen, Johanna."

„Bitte, das ist nicht nötig. Wir sind schon vor ... vor gestern Nacht übereingekommen, dass es keine Versprechungen geben wird."

„Wirklich?" Er konnte sich beim besten Willen nicht daran erinnern. Aber wenn er zugestimmt hatte, dann musste dieses eine Abkommen gebrochen werden. Er öffnete die Haustür und trat auf die Veranda hinaus, bevor er Johanna zu sich umdrehte. „Darüber werden wir reden müssen."

„In Ordnung." Sie hätte beinahe allem zugestimmt, solange es dazu führte, dass er sie fortließ.

Weil sie bleiben wollte. Mehr als alles andere je zuvor wollte sie den Schlüssel wegwerfen, sich in Sams Arme stürzen und bleiben, solange er sie haben wollte.

„In der Zwischenzeit möchte ich dich wissen lassen, dass ich nie eine andere Frau in diesem Bett hatte." Er sah den Zweifel in ihren Augen aufblitzen, bevor sie ihn maskieren konnte. Und bevor er sich beherrschen konnte, zog er sie an den Jackenaufschlägen an sich heran. „Mit der Zeit wird es verdammt lästig, dass du alles, was man sagt, mit deinem Verstand sezierst. Ich habe nicht gesagt, dass es keine anderen Frauen gegeben hat, Johanna, aber es ist nie eine andere Frau hier gewesen. Weil dieser Ort etwas Besonderes für mich ist. Er ist mir wichtig. Und das bist du auch." Er ließ sie los. „Lass dir das eine Weile durch den Kopf gehen."

Johanna drückte eine weitere Magentablette aus der Rolle. Sie hatte nicht übertrieben, als sie Sam gesagt hatte, dass nur sie mit John Jay umzugehen wusste. Doch zufällig gelang es ihr an diesem Tag nicht besonders gut. Die Fotoaufnahmen dauerten bereits drei statt zwei Stunden an, und wenn sie die Mannschaft, die Ausrüstung und die beiden Wagen nicht innerhalb von fünfundvierzig Minuten aus dem Studio schaffte, würde ihr der Produzent von ‚Mittag mit Nina' an die Kehle gehen.

Resigniert kaute sie das säurebindende Medikament und betete, dass es bessere Dienste leisten würde als sie selbst. Sie gab ein Zeichen für eine Unterbrechung und hoffte, dass die fünfminütige Pause den Fotografen davon abhalten würde, ihren Showmaster zu erwürgen.

„John Jay?" Johanna zwang ein Lächeln auf ihre Lippen, während sie zu ihm hinüberging. „Einen Moment bitte." Ihre Stimme klang ruhig und ihre Berührung wirkte freundlich, als sie seinen Arm nahm, um ihn in eine Ecke zu führen. „Solche Sitzungen wie diese sind ja so lästig, nicht wahr?"

Er stürzte sich förmlich auf ihr Mitgefühl. „Du kannst es dir gar nicht vorstellen, Johanna. Du weißt, dass ich das Beste für die Sendung will, Darling, aber dieser Mensch …"

Verächtlich blickte er zum Fotografen hinüber. „Er hat ja keine Ahnung von Atmosphäre oder Blickwinkel."

‚Dieser Mensch' war einer der Besten in seiner Branche und wurde nach unglaublich teuren Stunden bezahlt. Johanna unterdrückte eine Verwünschung gerade noch rechtzeitig, sodass nur ein Seufzer daraus wurde. „Ich weiß, aber leider müssen wir mit ihm arbeiten. Wir haben den Termin bereits überschritten, und ich möchte wirklich nicht, dass er nur die Autos fotografiert."

Sie wartete, bis die versteckte Drohung eingesunken war. „Schließlich haben wir drei Stars hier. Die Autos, die Show und natürlich dich. Die Probeaufnahmen sind übrigens gut geworden."

„Da war ich auch noch frisch." Er fummelte am Knoten seiner Krawatte herum.

„Das verstehe ich vollkommen. Aber ich muss dich bitten, deine

Energie noch für ein paar Minuten aufrechtzuerhalten. Der Anzug steht dir sehr gut, John Jay."

„Ja, nicht wahr?" Er hob eine Hand und musterte den Ärmel.

„Diese Fotos werden sehr aussagekräftig sein." Wenn sie ihn nicht vorher eigenhändig erwürgte. „Ich möchte nur von dir, dass du zwischen den beiden Autos stehst und das Lächeln zeigst, das Amerika liebt."

„Für dich, Darling." Er drückte ihre Hand. „Weißt du, du siehst ein bisschen ausgelaugt aus."

Ihr Lächeln schwand nicht, es erstarrte nur. „Ein Glück, dass ich nicht fotografiert werde."

„Allerdings", pflichtete er ihr bei und klopfte ihr auf die Schulter. Er wusste längst, dass sie außer sich geriet, wenn er sie irgendwo sonst berührte. „Du musst versuchen, dich mehr zu entspannen, Johanna, und diese Vitamine nehmen, von denen ich dir erzählt habe. Der Himmel weiß, dass ich keinen Tag ohne sie überstehen würde." Er beobachtete den Fotografen, der zu seiner Kamera zurückging. Mit einem Seufzer winkte er den Maskenbildner heran.

„Johanna, es geht übrigens das Gerücht um, dass du mit Sam Weaver liiert bist."

„Ach ja?" Johanna biss die Zähne zusammen, während John Jay gepudert wurde. „Es ist erstaunlich, wie solches Gerede entsteht."

„Welch eine Stadt!"

Zufrieden mit seinem Äußeren, schlenderte John Jay davon, um seine Pflicht zu erfüllen.

Es dauerte nur noch zwanzig Minuten länger. Sobald John Jay sich verabschiedet hatte, entschuldigte Johanna sich bei dem Fotografen, lud ihn und seinen Assistenten zum Lunch ein und übergab ihnen Eintrittskarten für die Quizaufzeichnung am Montagabend.

Als Johanna vom Studio in Burbank zu ihrem Büro in Century City fuhr, war sie zwei Stunden hinter ihrem Zeitplan zurück und hatte beinahe eine halbe Rolle Magentabletten konsumiert.

Sobald sie das Büro betrat, teilte Bethany ihr mit: „Du hast ein halbes Dutzend Nachrichten bekommen. Nur zwei davon hätten schon gestern beantwortet werden sollen. Ich habe mich mit Tom Bradleys Agenten in Verbindung gesetzt. Er ist daran interessiert, das Pilotprojekt zu übernehmen."

„Gut." Johanna stellte ihren Aktenkoffer ab, nahm eine Tasse Kaffee von Bethany entgegen und hockte sich auf die Schreibtischkante. „Mir sind siebenundzwanzig Arten eingefallen, John Jay Johnson erfolgreich zu ermorden."

„Soll ich sie für dich abtippen?"

„Noch nicht. Ich möchte warten, bis ich auf runde dreißig komme." Johanna nippte an ihrem Kaffee und wünschte sich fünf Minuten für sich ganz allein. Volle fünf Minuten, um die Schuhe ausziehen, die Füße hochlegen und die Augen schließen zu können.

„Bradley hat den Ruf, sehr professionell zu sein."

„Ein Veteran. Hat '72 seine erste Show gemacht, als er noch feucht hinter den Ohren war. Die Show lief fünf Jahre, und anschließend verlegte er sich direkt auf den Klassiker ‚Wörter-Bingo'. Der wurde von '77 bis '85 gesendet. Recht erstaunlich. Er hat sich gewissermaßen als eine Art Guru der Quizsendungen zurückgezogen, aber sein Gesicht ist noch durch gelegentliche Auftritte bei anderen Tages-Shows bekannt. Ihn in den Schoß der Gemeinde zurückzulocken wäre keine geringe Leistung."

Sie hielt inne, weil Johanna Kaffee trank und aus dem Fenster starrte – mit Schatten unter den Augen und einem eindeutig melancholischen Ausdruck in ihnen.

„Johanna, du siehst schrecklich aus."

Mit einem Seufzer stellte Johanna die Tasse ab. „Das hat man mir bereits gesagt."

„Ist alles in Ordnung?"

„Alles bestens." Abgesehen davon, dass Sam gesagt hatte, dass er sie liebte, und dass sie so verängstigt war, dass sie am liebsten in den Wagen gestiegen und ans Ende der Welt gefahren wäre. Sie holte die Rolle Tabletten hervor.

Bethany musterte sie stirnrunzelnd. „War das heute morgen eine unangebrochene Rolle?"

„Ja – bevor ich den Vormittag mit John Jay verbracht habe."

„Hast du überhaupt Lunch gegessen?"

„Frag nicht."

„Johanna, warum nimmst du dir den Rest des Tages nicht frei, gehst nach Hause und ruhst dich aus?"

Mit einem kleinen Lächeln stand Johanna auf und trat hinter den Schreibtisch. „Ich muss diese Nachrichten von gestern beantworten. Beth, sieh zu, ob wir das Pilotprojekt für übernächste Woche anberaumen können. Und denk daran, Patterson Productions zu informieren."

Bethany zuckte die Schultern und stand auf. „Wie du meinst. Du bist der Boss."

Stimmt genau, dachte Johanna, als sie allein im Raum zurückblieb. Ich bin der Boss. Sie rieb sich die schmerzenden Schläfen und fragte sich, warum sie sich so fühlte, als wäre jemand anders derjenige, der die Fäden in der Hand hatte.

Er wusste nicht, warum er wie ein liebeskranker Teenager auf ihrer Türschwelle saß. Weil du liebeskrank bist, sagte Sam sich und schlug die gestiefelten Füße übereinander.

Er war sich nicht mehr so albern wegen einer Frau vorgekommen, seit er sich Hals über Kopf in Mary Alice Reeder verknallt hatte. Als kluge, anspruchsvolle Sechzehnjährige hatte sie sich, wie die meisten Mädchen ihres Alters, nicht besonders für eine vierzehnjährige Nervensäge wie ihn interessiert. Aber er hatte die hübsche kleine Mary Alice mit einer verehrenden Hingabe geliebt, die beinahe neun Monate lang gewährt hatte.

Schafsliebe, hatte seine Mutter es nicht unfreundlich genannt.

Seitdem war er bei eine Reihe von Frauen ins zweite Stadium geraten, das Gernhaben-Stadium. Aber er hatte niemanden mehr geliebt, seit Mary Alice Reeder. Bis auf Johanna.

Er wünschte fast, er könnte zu jener Schafsliebe zurückkehren. So schmerzlich sie auch war, sie verging und hinterließ süße und recht zarte Erinnerungen. Wie verstohlen in einen Baumstamm geritzte Herzen und Initialen, wie Tagträume, in denen er sein Mädchen aus irgendeinem Unheil errettete und ihr somit die Augen für seinen Charme und Mut öffnete.

Sam lachte über sich selbst und betrachtete eine spitzblättrige blaue Blume, die gerade in Johannas Garten erblühte. Die Zeiten änderten sich.

Mary Alice war ihm durch die zittrigen Finger geglitten. Doch er war nicht mehr vierzehn, und Johanna ließ er sich nicht entgehen, ob es ihr gefiel oder nicht.

Er wollte sie. Während er nun vor ihrem stillen, leeren Haus saß, neben sich einen Korb und die Blumen, die in der Abendsonne schliefen, wollte er sie. Für immer.

Es war keine bewusste Entscheidung, auch wenn sie es denken mochte. Es war etwas, das ihm einfach passiert war, und zwar auf eine Art, die ihm nicht sonderlich gefiel.

Seine bisherigen Pläne hatten sich nur auf seine Karriere bezogen. Hätte er wählen können, dann wäre er noch ein paar Monate, ein Jahr, vielleicht sogar zehn Jahre herumgestreift. Die Zeit hatte nichts damit zu tun. Er hatte sie angesehen, er hatte sie berührt, und die Entscheidung war ihm abgenommen worden.

Hatte er nicht vor gar nicht langer Zeit genau dort auf der Treppe gesessen und ihr gesagt, sie sollten sich besser kennenlernen? Begleiter, ohne Verpflichtungen.

Er hatte es ernst gemeint, genauso ernst, wie er es gemeint hatte, als er ihr gesagt hatte, dass er sie liebte.

Ersteres hatte sie akzeptiert – argwöhnisch zwar, aber sie hatte es akzeptiert. Auf das Zweite hatte sie mit purer Panik reagiert.

Was war es, das Johanna so scheu machte? Ein anderer Mann? Sie hatte niemals einen erwähnt, nicht einmal andeutungsweise. Wenn er nicht völlig beschränkt war, dann war die Frau, mit der er geschlafen hatte, beinahe erschreckend unschuldig. Wenn sie verletzt worden war, dann musste es tief in der Vergangenheit begraben sein, und es wurde Zeit, dass sie es überwand.

Zeit. Davon habe ich nicht viel, dachte Sam, während er den Deckel vom Korb nahm und nach seinem Geschenk sah. Jeden Tag konnte der Anruf kommen, der ihn dreitausend Meilen weit fortschickte. Es würde Wochen dauern, bis er wieder bei ihr sein konnte. Das konnte er verkraften, aber nur, wenn sie ihm etwas gab, das er mit sich nehmen konnte.

Als er den Wagen hörte, deckte er sorgfältig den Korb wieder zu. Liebeskrank, dachte er, als sich sein Magen verkrampfte und seine Nerven spannten. Es war ein sehr angemessener Ausdruck. Johanna hielt hinter seinem Wagen an und fragte sich, was sie nur tun sollte. Sie hatte sich so darauf gefreut, nach Hause zu kommen, sich einzuschließen, vielleicht ins Bett zu gehen und stundenlang zu schlafen, ohne zu denken. Aber da war er, drang in ihre Privatsphäre ein, stahl ihr die stillen

Stunden. Das Schlimmste daran war, dass sie glücklich, so glücklich war, ihn zu sehen.

„Du hast lange gearbeitet." Er erhob sich, ging ihr aber nicht entgegen.

„Eine Menge Dinge haben sich auf einmal zugespitzt."

Sam wartete, bis sie vor ihm stand. „Ich weiß, was du meinst." Nun berührte er sie, nur ein Streicheln über ihre Wange. „Du siehst müde aus."

„Das hat man mir bereits gesagt, in regelmäßigen Abständen."

„Läßt du mich reinkommen?"

„Gut." Er hatte sie nicht geküsst. Johanna hatte es diesmal erwartet, war darauf vorbereitet. Während sie sich zum Haus wandte, vermutete sie, dass er es gerade deshalb nicht getan hatte. Sie sah den Korb und blieb stehen, als er ihn aufhob. „Hast du dir Verpflegung mitgebracht für den Fall, dass ich noch später gekommen wäre?"

„Eigentlich nicht." Er folgte ihr hinein. Es war genau wie beim letzten Mal, sauber, heimelig, nach einer dezenten Duftmischung und frischen Blumen riechend. Diesmal waren es Pfingstrosen, üppige rote Blüten in einem dunkelblauen Krug.

Johanna begann, sich die Schuhe auszuziehen, besann sich und stellte ihre Aktentasche ab. „Kann ich dir etwas zu trinken holen?"

„Warum setzt du dich nicht hin, und ich hole dir etwas?" Er stellte den Korb neben dem Blumenkrug ab. „Ich habe schließlich Urlaub, weißt du noch?"

„Normalerweise trinke ich nur Kaffee, aber …"

„Gut. Ich koche welchen."

„Aber …"

„Entspanne dich, Johanna. Es dauert nur einen Augenblick."

Er ging davon, während sie auf der Stelle stehenblieb. Soweit sie sich erinnern konnte, hatte noch niemand sie so oft unterbrochen. Nun, er hat sich selbst eingeladen, dachte sie.

Er konnte ebenso gut den Kaffee kochen wie sie. Und sie wollte sich wirklich setzen.

Sie wählte die Sofaecke und beschloss, die Augen zu schonen, bis sie Sam zurückkehren hörte. Sie unterdrückte ein Gähnen, schloss die Augen und war innerhalb von Sekunden eingeschlafen.

Johanna erwachte ebenso plötzlich. Irgendwie hatte sie sich auf das Sofa gekuschelt und sich eine Decke bis zum Kinn hochgezogen. Sie setzte sich auf und fuhr sich mit der Hand durch das Haar, bevor sie Sam gegenüber sitzen und Kaffee trinken sah. „Es tut mir leid." Sie räusperte sich. „Ich muss eingedöst sein."

Sie hatte eine halbe Stunde lang wie ein Murmeltier geschlafen. Er selbst hatte sie zugedeckt. „Wie fühlst du dich?"

„Verlegen."

Er lächelte und ging zur Kaffeekanne, die er auf ein Stövchen gestellt hatte. „Möchtest du jetzt welchen?"

„Ja, danke."

„Du hast letzte Nacht nicht viel geschlafen."

„Nein." Sie nahm den Kaffee und musterte die kleine, bemalte Tasse, so als wäre sie fasziniert davon. „Du auch nicht."

„Ich habe auch nicht zehn Stunden gearbeitet." Er setzte sich neben sie.

Sie sprang auf. „Ich bin am Verhungern", sagte sie hastig. „Ich habe nicht viel im Haus, aber ich kann ein paar Sandwiches herrichten."

„Ich helfe dir."

Während er aufstand, schlüpfte sie aus dem Jackett. „Schon gut, es macht keine Mühe." Nervös drehte sie die Jacke um und verstreute den Tascheninhalt auf dem Boden.

Sam bückte sich und hob Wechselgeld, eine Haarnadel und den Rest der Rolle Magentabletten auf. „Wozu brauchst du die?"

„Zum Überleben." Sie nahm ihm alles ab und legte es auf den Tisch.

„Du setzt dich zu starkem Druck aus. Wie viele von diesen nimmst du?"

„Herrje, Sam, das sind eher Bonbons als Medizin."

Ihr defensiver Ton ließ ihn vermuten, dass sie zu viele nahm. „Ich bin berechtigt, mich um dich zu sorgen." Als sie den Kopf zu schütteln begann, nahm er ihr Kinn in die Hand. „Doch, das bin ich. Ich liebe dich, Johanna, ob du das schon verkraften kannst oder nicht."

„Du drängst mich zu schnell."

„Ich habe noch nicht einmal angefangen, dich zu drängen."

Ihr Gesicht noch immer in der Hand gefangen, küsste er sie. Seine Lippen verlangten eine Reaktion, nichts Schüchternes, nichts Kühles. Sie spürte den Anflug von Zorn auf ihnen, die Spur von Verzweiflung.

Verlangen, von anderen Gefühlen angestachelt, übernahm die Macht. Wäre es möglich gewesen, wäre sie zurückgewichen, hätte es auf der Stelle beendet. Aber es war nicht möglich.

Sie berührte seine Wange, ohne sich bewusst zu sein, dass sie zu besänftigen suchte. Als sich der Kuss vertiefte, ließ sie die Hand in sein Haar hinaufgleiten.

Sein Name klang wie ein Seufzer an seinen Lippen.

Es war erneut wie ein Wirbelsturm, schnell und heftig. Diesmal war sie es, die an seinem Hemd zerrte, die den Kontakt, das intime, geheimnisvolle Gefühl von Haut an Haut wollte. Ihr Verlangen war das Sprungbrett für seines. Umschlungen stolperten sie auf die Couch.

Selbst in der vergangenen Nacht, beim ersten Aufkeimen der Leidenschaft, war sie nicht so gewesen. Sie zitterte wie zuvor, aber diesmal war es Vorfreude, ja sogar Ungeduld, die sie durchströmte. Mitgerissen zu werden war nicht das, was sie nun suchte. Genommen zu werden war nicht genug. Sie hatte nur eine Nacht gebraucht, um ihre Macht zu erkennen. Nun wurde sie getrieben, sie erneut zu erproben.

Sam bemühte sich, sanft zu bleiben, während ihre Beharrlichkeit sein Verlangen anstachelte. Ihr Mund, offen und hungrig, kostete seine Brust, Schultern, Kehle, während sie am Verschluss seiner Jeans zerrte und seine Bauchmuskeln hüpfen ließ.

„Johanna." Ebenso zu ihrem Schutz wie zu seinem versuchte er, das Tempo zu verlangsamen. Dann war ihr Mund wieder auf seinem, brachte ihn zum Schweigen, raubte ihm den letzten Rest Beherrschung.

Das letzte Licht des Tages strömte zu den Fenstern eines Raumes, der nach Blumen duftete, in einem Haus, das fast geheim in den Hügeln lag. Solange er lebte, würde er so an sie denken – in sanftem Licht, in frischen Düften, allein.

Sie hatte nicht gewusst, dass sie so sein konnte, so voller Verlangen, so verzweifelt nach Erfüllung. Leichtsinnig, gewagt, impulsiv. Sie spürte das Hemdhöschen, das er ihr am vergangenen Abend so behutsam ausgezogen hatte, zerreißen, als er die Barriere beseitigte.

Dann nahm sie ihn gefangen, zog ihn hinein, bäumte sich auf, als Entzücken sie durchströmte. Schnell, dann noch schneller, trieb sie beide in einem Spurt um jene letzte, blendende Erlösung.

Er hielt sie fest, selbst nachdem ihr Körper sich entspannt hatte, nachdem sein eigener sich geleert hatte. Ihre Schüchternheit hatte ihn entzückt, ihn gereizt, doch diese Johanna, die vor Leidenschaft erglühte, konnte ihn zu einem Sklaven machen. Er war sich nicht sicher, was er getan hatte. Er erinnerte sich nur an den ergreifenden, gigantischen Sturz in den Sinnestaumel. „Habe ich dir weh getan?", murmelte er.

„Nein." Sie war zu verblüfft über ihr eigenes Verhalten, um irgendwelche Schmerzen zu spüren. „Habe ich dir weh getan?"

Er grinste. „Wenn ja, dann habe ich es nicht gemerkt." Er versuchte, sie in eine bequemere Position zu bringen, und entdeckte das Hemdhöschen auf dem Boden. „Ich schulde dir neue Unterwäsche", murmelte er und hob es auf.

Johanna musterte den losen Träger und den aufgerissenen Saum. Abrupt lachte sie. Sie fühlte sich genauso, aufgerissen, und der Himmel allein wusste, was durch die Löcher eindringen würde. „Ich habe vorher noch nie einen Mann attackiert", brachte sie hervor.

„Du kannst jederzeit an mir üben. Hier." Er hob sein Hemd auf und hängte es ihr über die Schultern. „Ich scheine dir immer ein Hemd zu leihen. Johanna, ich möchte, dass du mir sagst, was du fühlst. Ich muss es wissen."

Langsam, in der Hoffnung, ihre verstreuten Sinne zu sammeln, knöpfte sie das Hemd zu. „Es gibt Gründe ... Ich kann nicht über sie reden, Sam, aber es gibt Gründe, warum ich nicht will, dass es ernst wird."

„Es ist schon ernst."

Er hatte recht. Sie wusste, dass er recht hatte, noch bevor sie in seine Augen blickte und es spürte. „Wie ernst?"

„Ich glaube, du weißt es. Ich bin bereit, es dir noch einmal zu erklären."

Sie war nicht fair. Es war so wichtig und manchmal so unmöglich, fair zu sein. Es gab zu vieles, das sie ihm nicht sagen konnte. Zu vieles, das er nie verstehen würde, selbst wenn sie es könnte. „Ich brauche Zeit."

„Ich habe ein paar Stunden."

„Bitte."

„Also gut." Es war nicht leicht, aber er schwor sich, ihr Zeit zu lassen, obwohl er spürte, wie die Zeit ihm entrann. Er zog sich die Jeans an, erinnerte sich dann an den Korb. „Ich hätte es fast vergessen. Ich habe dir ein Geschenk mitgebracht.“ Er nahm den Korb auf und stellte ihn ihr in den Schoß.

Er bedrängte sie nicht. Sie warf ihm einen schnellen, dankbaren Blick zu, fügte dann ein Lächeln hinzu. „Was denn? Ein Picknick?“ Sie schlug den Deckel zurück, doch statt kalten Hähnchens sah sie ein kleines, schlummerndes Kätzchen. Sie nahm es heraus und war augenblicklich verliebt. „O Sam, es ist entzückend.“ Das Kätzchen miaute verschlafen und rieb das rostbraune Fell an ihrer Wange.

„Blanche hat letzten Monat geworfen.“ Er kraulte die Ohren des Kätzchens.

„Blanche? Wie Blanche Dubois aus ‚Endstation Sehnsucht‘?“

„Du hast es erfasst. Sie ist gewissermaßen eine verblichene Schönheit, die gern die Kater gegeneinander ausspielt.“

Das Kätzchen kletterte an dem Hemd hinab und begann, mit einem Knopf zu kämpfen. Johanna drehte sich zu Sam um, während er das Kätzchen streichelte. „Danke.“ Zum ersten Mal schlang sie die Arme um seinen Nacken und drückte ihn.

9. KAPITEL

Er wusste, dass er nicht nervös zu sein brauchte. Es war eine ausgezeichnete Produktion, mit einem hervorragenden Drehbuch, einer Spitzenbesetzung und einem talentierten Regisseur. Er hatte bereits die erste Kopie und die Vorschau gesehen. Er wusste, dass er gute Arbeit geleistet hatte. Dennoch lief er umher und beobachtete die Uhr und wünschte, es wäre schon neun. Nein, er wünschte, es wäre elf und das verdammte Ding wäre vorüber.

Es war schlimmer, weil Johanna sich in das Drehbuch vertieft hatte, das Max Heddison ihm geschickt hatte. Daher blieb Sam nichts anderes übrig, als sich zu sorgen, den Brandy zu trinken, nach dem ihn nicht verlangte, und im Wohnzimmer umherzuwandern. Sogar das rostbraune Kätzchen, das Johanna Lucy getauft hatte, war zu beschäftigt, um sich um ihn zu kümmern. Es kämpfte mit einem Wollknäuel zu Johannas Füßen.

Sam setzte sich, blätterte in der Sonntagszeitung, stand wieder auf.

„Du könntest als Abwechslung draußen etwas spazieren gehen“, schlug Johanna vor.

„Sie hat gesprochen! Johanna, warum fahren wir nicht irgendwo hin?“

„Ich muss das hier zu Ende lesen. Sam, Michael ist eine wundervolle Rolle für dich, eine wirklich wundervolle Rolle.“

Das hatte er bereits entschieden, aber es war Luke, der in einer halben Stunde Millionen von Augen präsentiert wurde, der ihm Sorgen bereitete. Wenn er Michael übernahm, wäre es eine andere Sorge zu einem anderen Zeitpunkt. „Ja. Johanna, es ist schlecht für die Augen, den Text so nahe zu halten.“

Automatisch hielt sie den Text weiter ab. Doch kaum eine Minute später hatte sie ihn wieder direkt vor der Nase. „Es ist wundervoll, wirklich wundervoll. Du wirst annehmen, oder?“

„Für die Chance, mit Max Heddison zu arbeiten, würde ich auch annehmen, wenn es Schund wäre.“

„Dann hast du Glück, dass es brillant ist. Diese Szene hier, die am Heiligabend, ist einfach hinreißend.“

Er blieb lange genug stehen, um sie anzusehen. Sie las die Szene noch einmal, genauso gefesselt wie beim ersten Mal. Und der Text war einen Zentimeter von ihrem Gesicht entfernt. „Wenn du so weitermachst, wirst du bald eine Brille brauchen." Er sah ihr flüchtiges Stirnrunzeln und vergaß seine Unruhe so weit, um zu lächeln. „Es sei denn, du brauchst schon eine."

Ohne aufzublicken, blätterte sie eine Seite um. „Sei still, Sam. Du störst meine Konzentration."

Doch er zog den Text fort und hielt ihn in vernünftigem Abstand. „Lies mir etwas vor."

„Du weißt doch schon, was drinsteht." Sie griff nach dem Text, doch er zog ihn zurück.

„Du kannst es nicht, oder? Wo ist deine Brille, Johanna?"

„Ich brauche keine Brille."

„Dann lies mir etwas vor."

Sie kniff die Augen zusammen, doch die Worte verschwammen. „Meine Augen sind nur müde."

„Unsinn." Er legte den Text nieder und ergriff ihre Hände. „Sag mir bloß nicht, dass meine vernünftige Johanna zu eitel ist, um eine Lesebrille zu tragen."

„Ich bin nicht eitel, und ich brauche keine Brille."

„Du würdest niedlich damit aussehen." Als sie ihm ihre Hände entzog, formte er zwei Kreise mit Daumen und Zeigefingern und hielt sie vor ihre Augen. „Gewissenhaft sexy. Ein dunkler Rahmen – ja, das wäre am besten. Sehr konservativ. Ich würde gern mit dir ins Bett gehen, wenn du sie trägst."

„Ich trage sie nie."

„Aha, also hast du eine. Wo?"

Sie wollte nach dem Text greifen, doch er hielt sie zurück. „Du versuchst nur, dich abzulenken."

„Du hast recht, Johanna. Ich werde verrückt hier drinnen."

Sie wurde weich genug, um sein Gesicht zu berühren. Es war etwas, das sie noch immer selten tat. Automatisch legte er eine Hand auf ihre und hielt sie fest. „Die Kritiken hätten nicht besser ausfallen können, Sam. Amerika wartet mit angehaltenem Atem auf neun Uhr."

„Und Amerika könnte um Viertel nach neun schnarchen."

„Auf keinen Fall." Sie griff zur Fernbedienung, um das Gerät einzuschalten. „Setz dich. Wir sehen uns etwas anderes an, bis es anfängt."

Er glitt zu ihr in den Sessel, rückte sie zurecht, bis sie auf seinem Schoß ruhte. „Ich möchte lieber an deinem Ohr knabbern, bis es anfängt."

„Dann würden wir die erste Szene verpassen." Zufrieden bettete sie den Kopf an seine Schulter.

Es ist ein seltsames Wochenende, dachte Johanna. Er war bei ihr geblieben. Nach anfänglichem Unbehagen waren sie in eine schlichte Routine verfallen, die gar keine Routine war. Liebesspiele, Schlaf, Spaziergänge, die kleinen erforderlichen Haushaltspflichten, sogar eine Fahrt zum Markt, mit viel Aufhebens um frisches Gemüse.

Seit achtundvierzig Stunden fühlte sie sich nicht wie eine Produzentin, noch dachte sie von Sam als Schauspieler. Oder als Berühmtheit. Er war ihr Liebhaber – oder, wie er es einmal ausgedrückt hatte, ihr Begleiter. Wie schön wäre das Leben, wenn es so einfach wäre. Es fiel ihr schwer, sogar diese zwei kurzen Tage lang, so zu tun, als könnte es sein. Es fiel ihr wesentlich weniger schwer, es sich zu wünschen.

Sie hatte sein Leben verändert. Er wusste nicht, wie er es ihr hätte erklären können, aber sie hatte sein Leben verändert. Das wusste er mit Sicherheit, seit er das Drehbuch bekommen hatte.

Max Heddison hatte Wort gehalten. Sam hatte sich wie ein Schauspielschüler im ersten Jahr gefühlt, dem eine Hauptrolle in einer Sommeraufführung angeboten wird. Natürlich hatte Marv es ihm geschickt, zusammen mit dessen Meinung über das Potenzial, die alte Schule und die neue, die Gewinnanteile. Sam hatte all das beachtet. Es war klug, nie zu vergessen, dass das Show-Geschäft ein Geschäft blieb. Dann hatte er das Drehbuch verschlungen.

Die Gestalt des Michael war komplex, verwirrt und verzweifelt bemüht, das Geheimnis seines vielgeliebten, vielgehassten Vaters zu enthüllen. Er konnte sich Max Heddison lebhaft in der Rolle vorstellen. Langsam hatte er das Drehbuch noch einmal gelesen und dabei versucht, es als Einheit zu beurteilen. Und er hatte erkannt, dass er es spielen wollte. Spielen musste.

Doch statt zum Hörer zu greifen, Marv anzurufen und ihm seine Einwilligung zu geben, hatte er das Drehbuch eingesammelt und zu Johanna gebracht. Es war ihm wichtig, dass sie es las. Er brauchte ihre Meinung, obgleich er sich seine ganze Karriere hindurch stets nach seinem eigenen Instinkt gerichtet hatte. Agent oder nicht, die letzte Entscheidung hatte er stets selbst getroffen. Nun war das anders.

Innerhalb weniger Wochen war sie ein Bestandteil seines Lebens, seiner Gedanken, seiner Motive geworden. Er war nicht länger allein. Nun war sie da, um mit ihm teilzuhaben – an den großen Dingen wie dem Drehbuch, und an den kleinen wie einem Wurf Kätzchen. Sie war zwar noch immer zurückhaltend, aber in den letzten zwei Tagen hatte sie sich mehr entspannt. Sie schien sich sogar beinahe daran gewöhnt zu haben, neben ihm aufzuwachen.

Ich lasse ihr Zeit, dachte Sam, während er mit den Lippen über ihr Haar streichelte. Aber gleichzeitig näherte er sich seinem Ziel.

„Jetzt kommt der Vorspann", murmelte Johanna und riss ihn damit zurück in die Wirklichkeit.

Sein Magen verkrampfte sich, obwohl er es zu verhindern suchte, so wie jedes Mal, wenn er sich darauf vorbereitete, sich selbst auf dem Bildschirm zu beobachten. Er wurde eingeblendet, nur in seinen verwaschenen Jeans, mit einem verbeulten Panamahut auf dem Kopf und einem Grinsen auf dem Gesicht.

„Eine hübsche Brust." Sie lächelte und küsste ihn auf die Wange.

„Sie haben mich andauernd eingesprüht, damit sie so schön glänzt Fahren Frauen wirklich auf eine schweißnasse Brust ab?"

„Darauf kannst du wetten." Sie kuschelte sich zurecht und starrte auf den Bildschirm.

Sie war gefesselt, noch bevor die ersten fünf Minuten vorüber waren. Luke tauchte in der Stadt auf, mit zwei Dollar in der Tasche, einem zweifelhaften Ruf und einem Blick für Frauen. Sie wusste, dass es Sam war, der seine künstlerischen Fähigkeiten mit denen des Autors verschmelzen ließ, aber es wirkte echt. Fast konnte man den Schweiß und die Langeweile der verschlafenen Kleinstadt in Georgia riechen.

Während der ersten Werbepause glitt er auf den Fußboden, um ihr den Sessel zu überlassen. Er wollte sie jetzt nicht fragen, wollte ihre Konzentration nicht stören. Aber er legte eine Hand auf ihre Wade.

Zwei Stunden lang sagten sie nichts. Sie stand einmal auf und kehrte mit kühlen Getränken zurück, aber sie wechselten kein Wort. Auf dem Bildschirm beobachtete sie den Mann, mit dem sie schlief, den sie liebte, wie er eine andere Frau verführte. Sie sah ihn eine Schlägerei umgehen und eine andere beginnen. Er betrank sich. Er blutete. Er log.

Aber sie sah ihn nicht länger als Sam. Der Mann, den sie beobachtete, war Luke. Sie spürte den leichten Druck von Sams Fingern auf ihrem Bein und hielt den Blick auf Luke geheftet.

Er war unwiderstehlich. Er war unverzeihlich.

Am Ende des ersten Teils war sie völlig hingerissen.

Sam sagte immer noch nichts. Sein Instinkt verriet ihm, dass es gut war. Es war mehr als gut. Es war das Beste, was er je geleistet hatte. Alles passte zusammen – die Darstellung, die Atmosphäre, der zweideutige Text, der von Anfang an seine Fantasie und seinen Ehrgeiz angeregt hatte. Aber er wollte es von ihr hören.

Er stand auf und setzte sich auf die Sessellehne. Johanna, seine Johanna, starrte noch immer stirnrunzelnd auf den Bildschirm. „Wie konnte er ihr das antun?", wollte sie wissen. „Wie konnte er sie derart ausnutzen?" Sam zögerte einen Moment. „Er ist eben so. Er hat nichts anderes gelernt."

„Aber sie vertraut ihm. Sie weiß, dass er gelogen und betrogen hat, trotzdem vertraut sie ihm. Und er ist ..."

„Was?"

„Er ist ein Schuft, aber ... Verdammt, er hat etwas Zwingendes an sich, etwas Liebenswertes. Man will einfach glauben, dass er sich ändern könnte, dass sie ihn ändern könnte." Aufgewühlt, bewegt blickte sie zu ihm auf. „Wieso grinst du?"

„Es hat geklappt." Er zog sie zu sich hinauf und küsste sie. „Es hat geklappt, Johanna."

Sie wich ein wenig zurück, um Luft holen zu können. „Ich habe dir nicht gesagt, wie gut ich dich finde."

„Du hast es soeben getan." Er küsste sie erneut und begann, ihre Bluse hochzuziehen.

„Sam ..."

„Ich fühle mich plötzlich so energiegeladen – unglaublich energiegeladen. Lass es mich dir zeigen." Er glitt hinab in den Sessel und zog sie mit sich.

„Moment." Sie lachte und stöhnte dann, als seine Hände auf Wanderschaft gingen. „Sam, gib mir eine Minute."

„Ich habe Stunden für dich. Stunden und Stunden."

„Sam!" Lachend schob sie ihn zurück. „Ich will mit dir reden."

„Wird es lange dauern?" Er zog am Verschluss ihrer Hose.

„Nein." Um ihn zurückzuhalten, umrahmte sie sein Gesicht mit den Händen. „Ich will dir sagen, wie außergewöhnlich du warst. Ich habe einmal behauptet, dass ich deine Filme nicht gesehen hätte, aber ich habe sie gesehen. Und du warst noch nie so gut wie heute Abend."

„Danke. Von dir bedeutet es mir sehr viel."

Sie holte tief Luft und drückte sich aus dem Sessel hoch. „Du hast sehr viel in diese Rolle hineingesteckt."

Sie wollte auf etwas hinaus. Obwohl er nicht sicher war, ob ihm die Richtung gefiel, ließ er sie gewähren. „Eine Rolle ist nichts wert, wenn man es nicht tut. Gar nichts ist es."

„Ich ... ich vergesse beinahe, wer du bist, wenn wir so zusammen sind. In den letzten Wochen, hier und auf der Ranch, bist du mir nicht wie der berühmte Sam Weaver vorgekommen."

Verwirrt erhob er sich ebenfalls. „Johanna, du willst doch wohl nicht sagen, dass Schauspieler dich einschüchtern? Du hattest doch dein Leben lang mit dieser Branche zu tun."

„Mein Leben lang", murmelte sie nachdenklich. Sie wollte Sam nicht lieben. Sie wollte niemanden lieben, aber vor allem nicht einen Schauspieler, einen Filmstar, ein Idol. Das Problem war, dass sie es bereits tat. „Es geht nicht darum, eingeschüchtert zu sein, sondern darum, dass ich so leicht vergesse, dass du nicht ein gewöhnlicher Mann bist, dem ich zufällig begegnet bin und den ich inzwischen gern habe."

„Gern habe", wiederholte er gedehnt. „Nun, wir bessern uns." Er hielt sie an den Schultern fest. Seine gemächliche Sprechweise konnte vergessen lassen, wie schnell er war. „Ich weiß nicht, was das alles soll, aber das werden wir gleich klären. Jetzt möchte ich erst einmal, dass du mich ansiehst. Sieh mich richtig an, Johanna", verlangte er und schüttelte sie sacht. „Und sag mir, ob du mich liebst."

„Ich habe nie gesagt ..."

„Niemand weiß besser als ich, was du nie gesagt hast." Er zog sie etwas näher an sich heran und bestand darauf, dass sie seinem Blick standhielt. „Ich will es jetzt hören, und es hat nichts damit zu tun, wie ich meinen Lebensunterhalt verdiene, was die Kritiker sagen oder wie viel ich an der Kinokasse wert bin. Liebst du mich?"

Sie wollte den Kopf schütteln, aber sie konnte den Kopf einfach nicht zwingen, sich zu bewegen. Wie konnte sie lügen, wenn Sam sie ansah, wenn er sie berührte? Sie holte tief Luft, um sicherzugehen, dass ihre Stimme ruhig klang. „Ja."

Er wollte sie einfach an sich ziehen und festhalten. Aber er wusste, dass er nicht nur die Worte hören musste, sondern dass sie es aussprechen musste. „Ja was?"

„Ja, ich liebe dich."

Lange Zeit blickte er sie an. Sie zitterte ein wenig, daher senkte er den Kopf und drückte die Lippen auf ihre Stirn. Er wusste nicht, warum es so schwer für sie war, es zu sagen. Noch nicht. Aber er war entschlossen, es herauszufinden. „Das sollte die Situation erleichtern."

„Aber das tut es nicht", murmelte sie. „Es ändert nichts."

„Wir müssen darüber reden. Setzen wir uns."

Sie nickte. Sie wusste nicht, was es zu sagen gab, aber es musste etwas geben. Um sich gelassen zu zeigen, wollte sie zur Haustür gehen und sie für die Nacht verschließen. Da hörte sie den kurzen Bericht in den Abendnachrichten.

„Wie wir soeben erfuhren, erlitt Carl W. Patterson, der bekannte Produzent, heute Abend einen Herzanfall. Ein Krankenwagen wurde zu seinem Anwesen in Beverly Hills gerufen, das er mit seiner Verlobten Toni DuMonde teilt. Sein Zustand ist zu dieser Stunde weiterhin kritisch."

„Johanna." Sam legte eine Hand auf ihren Arm. Sie hatte nicht um Atem gerungen oder aufgeschrien. Es standen keine Tränen in ihren Augen. Sie war einfach abrupt stehengeblieben, so als wäre sie gegen eine Wand gelaufen. „Hol deine Tasche. Ich fahre dich ins Krankenhaus."

„Was?"

„Ich fahre dich hin." Er stellte den Fernseher ab und holte selbst ihre Tasche. „Komm."

Sie nickte nur und ließ sich hinausführen.

Niemand hatte Johanna benachrichtigt. Das fiel Sam als seltsam auf, während sie mit dem Fahrstuhl zur Intensivstation hinauffuhren. Ihr Vater hatte einen Herzinfarkt erlitten, und sie war nicht benachrichtigt worden.

Im vergangenen Jahr, als seine Mutter sich bei einem bösen Sturz auf dem Eis einen Knöchel gebrochen hatte, war er innerhalb weniger Stunden dreimal angerufen worden. Von seiner Schwester, von seinem Vater und dann von seiner Mutter, die ihm gesagt hatte, dass seine Schwester und sein Vater Wichtigtuer seien.

Dennoch hatte ihn der Knöchel so sehr beunruhigt, dass er hastig einige Termine verschoben hatte, um nach Hause fahren zu können. Er hatte nur sechsunddreißig Stunden Zeit gehabt, aber das hatte gereicht, um selbst nach seiner Mutter zu sehen, ihren Gipsverband zu signieren und sich zu beruhigen.

Und ein gebrochener Knöchel war etwas ganz anderes als ein Herzanfall.

Johanna war Pattersons einziges Kind, dennoch hatte sie in den Elf-Uhr-Nachrichten von der Krankheit ihres Vaters erfahren müssen. Selbst wenn sie sich nicht sehr nahestanden, wie er bereits gefolgert hatte, waren sie dennoch eine Familie. Nach seiner Erfahrung hielten Familien in Krisenzeiten zusammen.

Sie hatte kaum ein Wort gesagt seit dem Verlassen des Hauses. Er hatte versucht, sie zu trösten, ihr Hoffnung zu geben, aber sie war nicht darauf eingegangen. Ihm schien, dass sie sich völlig mechanisch verhielt, blass, ein bisschen benommen, aber mit der automatischen Beherrschung, die sie mühelos wiedergewonnen hatte. Er beobachtete, wie sie sich der Nachtschwester näherte. Ihre Hände zitterten nicht. Ihre Stimme klang ruhig und fest, als sie sprach.

„Carl Patterson wurde heute Abend eingeliefert. Man hat mir unten gesagt, dass er hier ist."

Die Schwester – stämmig, Mitte Vierzig und an Nachtschicht gewöhnt – blickte kaum auf. „Es tut mir leid, aber wir dürfen keine Auskünfte über Patienten geben."

„Er ist mein Vater", sagte Johanna tonlos.

Die Schwester sah sie an. Reporter und Neugierige benutzten jegliche Art von Tricks, um Informationen über Berühmtheiten zu erlangen. Sie hatte an diesem Abend bereits einige von ihnen abgewehrt. Sie hielt die Frau ihr gegenüber nicht für eine Reporterin – und sie durfte sich ihres Gespürs dafür rühmen –, aber ihr war auch nicht gesagt worden, dass Familienmitglieder erwartet wurden.

Johanna erkannte die Zweifel und legte ihren Ausweis vor. „Ich möchte ihn sehen und mit dem behandelnden Arzt sprechen."

Die Schwester verspürte einen Anflug von Mitgefühl. Ihr Blick glitt zu Sam hinüber. Sie erkannte ihn, und obwohl sie ihrem Mann am Frühstückstisch von der Begegnung erzählen würde, war sie nicht sonderlich beeindruckt. Nach zwanzig Jahren als Krankenschwester in Beverly Hills war sie es gewohnt, Berühmtheiten zu sehen, oftmals krank, nackt und hilflos. Aber sie erinnerte sich, gelesen zu haben, dass Sam Weaver eine Affäre mit Carl Pattersons Tochter haben sollte.

„Ich werde gleich nach dem Arzt schicken, Miss Patterson. Den Korridor hinunter auf der linken Seite befindet sich ein Warteraum. Miss DuMonde ist bereits dort."

„Danke." Johanna wandte sich ab. Sie weigerte sich, über den Augenblick hinaus zu denken. Die Panik war verschwunden, dieser erste Anfall von Panik, der sie überfallen hatte, als sie die Nachricht gehört hatte. An deren Stelle war das Wissen getreten, dass sie einen Fuß vor den anderen setzen, dass sie tun musste, was immer zu tun war. Sie war es gewohnt, derartige Dinge allein zu meistern. „Sam, ich habe keine Ahnung, wie lange es dauern kann. Warum fährst du nicht nach Hause? Ich kann mir ein Taxi nehmen, wenn ich so weit bin."

„Sei nicht albern", sagte er nur.

Sie wollte sich zu ihm umdrehen, das Gesicht an seiner Brust bergen, sich festhalten lassen, passiv sein und ihn erledigen lassen, was immer getan werden musste. Stattdessen betrat sie den Warteraum.

„Sam!" Tonis Augen, bereits feucht, strömten über. Sie sprang vom Stuhl auf und warf sich in seine Arme. „Oh, Sam, ich bin ja so froh, dass du da bist! Es ist ein Albtraum. Ich bin ganz krank vor Sorge. Ich weiß nicht, was ich tun soll, wenn Carl stirbt."

„Reiß dich zusammen." Sam führte sie zum Stuhl zurück, entzündete dann eine der Zigaretten, die sie auf dem Tisch verstreut hatte. Er steckte sie ihr zwischen die Finger. „Was hat der Arzt gesagt?"

„Ich weiß nicht. Er hat so viele Fachausdrücke benutzt." Sie deutete auf einen blonden Mann in einem Dinnerjackett. „Ich hätte es nie ohne Jack überlebt. Hallo, Johanna." Sie schniefte in ein Spitzentaschentuch.

„Sam." Jack Vandear nickte ihm zu, während er Tonis Hand tätschelte. Er hatte bei zwei Patterson-Produktionen Regie geführt und war Sam mindestens ein halbes Dutzend Male auf Parties begegnet.

„Das ist Pattersons Tochter."

„Oh." Jack erhob sich und reichte Johanna die Hand.

„Ich möchte wissen, was passiert ist."

„Es war furchtbar." Toni blickte Johanna durch einen attraktiven Tränenschleier an. „Einfach furchtbar."

„Wir hatten eine kleine Dinnerparty", erklärte Jack. „Carl sah ein bisschen müde aus, aber ich dachte, er hätte nur zu viel gearbeitet, wie gewöhnlich. Dann schien er plötzlich nicht mehr atmen zu können. Er brach auf einem Stuhl zusammen. Er klagte über Schmerzen in der Brust und im Arm. Wir riefen einen Krankenwagen. Der Arzt sagt, dass es ein schwerer Herzinfarkt ist."

Toni stieß einen leisen, herzzerbrechenden Schluchzer aus und wurde ignoriert.

Johannas Beine zitterten. Sie konnte ihre Hände ruhig und ihre Miene unbewegt halten, aber sie konnte nicht verhindern, dass ihre Beine zitterten. Ein schwerer Herzinfarkt. Darlene, Carls geistreiche dritte Frau, hätte gesagt, dass er nie etwas halbherzig tat. „Hat er gesagt, wie die Chancen stehen?"

„Man hat uns überhaupt nicht viel gesagt."

„Wir warten schon ewig." Toni betupfte sich die Augen und zog dann an ihrer Zigarette. Auf ihre Art mochte sie Carl. Sie wollte ihn heiraten, obwohl sie wusste, dass sie am Ende des Regenbogens die Scheidung erwartete. Scheidung war nicht so schlimm. Tod war etwas ganz anderes. „Die Presse kam fünf Minuten nach uns an. Ich wusste, wie sehr Carl es hassen würde, wenn darüber berichtet wird."

Johanna setzte sich und sah die Verlobte ihres Vaters zum ersten Mal richtig an. Was immer sie war, sie kannte Carl offensichtlich sehr gut.

Der Herzanfall war eine Schwäche, und er würde es nicht öffentlich bekannt geben wollen. „Ich kümmere mich um die Presse. Vielleicht wäre es am besten, wenn Sie beide", sagte sie zu Toni und Jack, „so wenig wie möglich mitteilen. Haben Sie ihn gesehen?"

„Nicht, seit er eingeliefert wurde." Toni drückte die Zigarette aus. „Ich hasse Krankenhäuser." Sie knetete ihr Taschentuch. Die Silberpailletten auf ihrem Abendkleid funkelten prunkvoll im schlichten Warteraum. „Wir wollten nächste Woche nach Monaco fahren. Carl hat dort geschäftlich zu tun, aber vor allem sollte es eine Art vorgezogene Hochzeitsreise sein. Er wirkte so … so kraftvoll."

„Miss DuMonde?" Der Arzt betrat den Warteraum.

Sie sprang auf und ergriff seine Hände – der Inbegriff der verzweifelten Geliebten am Rande einer Hysterie. Es überraschte Toni selbst, dass es nur halb gespielt war. „Sagen Sie mir, dass Carl wieder gesund wird“, flehte sie.

„Sein Zustand hat sich stabilisiert. Wir machen Tests, um das Ausmaß der Beschädigung festzustellen. Er ist ein starker Mann, Miss DuMonde.“ Er blickte Johanna an. „Sind Sie seine Tochter?“

Sie erhob sich. „Ja. Wie ernst ist sein Zustand?“

„Sehr ernst, muss ich leider sagen. Aber er bekommt die beste Fürsorge.“

„Ich möchte ihn sehen.“

„Nur für einen Augenblick. Miss DuMonde, kommen Sie mit?“

„Er würde nicht wollen, dass ich ihn so sehe.“

„Er hat ein Beruhigungsmittel bekommen“, sagte der Arzt, als Johanna ihm hinausfolgte. „Die nächsten vierundzwanzig Stunden sind kritisch, aber Ihr Vater ist noch relativ jung, Miss Patterson. Ein Zwischenfall wie dieser dient oft als Warnung, etwas kürzerzutreten.“

„Wird er sterben?“

„Nicht, wenn wir es verhindern können.“ Der Arzt öffnete eine Glastür.

Da lag ihr Vater. Sie hatte in seinem Haus gelebt, an seinem Tisch gegessen, seine Vorschriften befolgt. Und sie kannte ihn kaum. Die Apparate, die seine Atmung unterstützen und seine Lebenszeichen abhörten, summten leise. Seine Augen waren geschlossen, seine Wangen bleich unter der Sonnenbräune. Er sah alt aus. Ihr fiel auf, dass sie ihn nie als alt angesehen hatte, nicht einmal als Kind, sondern als gut aussehend, jugendlich, kraftvoll.

Sie erinnerte sich, dass Toni dieses Wort benutzt hatte. Kraftvoll. Das war ihm so wichtig. Er hatte stets so ungehalten auf Schwächen, Ausflüchte, Krankheiten reagiert. Vielleicht war das der Grund, warum die Frauen ab der Mitte seines Lebens immer jünger geworden waren.

Er war ein harter Mann, sogar ein kalter Mann, aber er hatte immer voller Leben gesteckt. Er war ein Genie, das sie ebenso bewunderte wie fürchtete. Er war ein ehrlicher Mann, der zu seinem Wort stand, aber niemals mehr gab, als er selbst wollte.

Sie berührte ihn einmal, legte nur eine Hand auf seine. Es war eine Geste, die sie niemals vollzogen hätte, wäre er wach gewesen. „Wird es wieder passieren?“

„Die Chancen zu einer vollständigen Genesung stehen sehr gut, wenn er die Zigaretten wegwirft, den Alkoholkonsum einschränkt und weniger arbeitet. Und natürlich muss er seine Diät einhalten."

Johanna schüttelte den Kopf. „Ich kann mir nicht vorstellen, dass er auch nur eines dieser Dinge befolgt."

„Die meisten Menschen tun Dinge, die andere sich nicht vorstellen können, wenn sie erst einmal auf der Intensivstation gelegen haben", entgegnete der Arzt. „Es ist natürlich seine Entscheidung, aber er ist kein dummer Mann."

„Nein, das ist er nicht." Sie zog ihre Hand zurück. „Wann wird er aufwachen?"

„Morgen früh können Sie wahrscheinlich mit ihm sprechen."

„Ich wäre sehr dankbar für einen Anruf, falls sich sein Zustand zwischenzeitlich verändert. Ich hinterlasse meine Telefonnummer bei der Nachtschwester."

„Morgen früh werde ich Ihnen mehr sagen können." Der Arzt öffnete die Tür. „Sie sollten sich auch etwas ausruhen. Ein genesender Herzpatient kann anstrengend sein."

„Danke." Allein ging Johanna den Korridor entlang. Aus Selbstschutz verdrängte sie das Bild ihres Vaters in einem Krankenhausbett. Sobald sie das Wartezimmer betrat, stürmte Toni zu ihr und ergriff ihre Hände.

„Wie geht es ihm, Johanna? Sagen Sie mir die Wahrheit!"

„Er ruht. Der Arzt ist recht optimistisch."

„Dem Himmel sei Dank."

„Carl wird sein Leben ändern müssen – Diät, weniger Arbeit und so weiter. Sie werden ihn morgen besuchen können."

„Oh, ich muss schrecklich aussehen." Toni griff bereits nach ihrer Puderdose. „Ich muss etwas dagegen unternehmen. Ich möchte nicht, dass er mich mit roten Augen und unordentlicher Frisur sieht."

Johanna unterdrückte eine sarkastische Bemerkung. „Er wird nicht vor morgen früh aufwachen. Ich werde mich um die Presse kümmern und veranlassen, dass sein Publizist eine Meldung aufsetzt. Es könnte ein paar Tage dauern, bis Carl in der Lage ist, solche Entscheidungen zu treffen." Sie zögerte einen Moment. Es fiel ihr schwer, sich ihren Vater als entscheidungsunfähig vorzustellen. „Das Wichtigste ist für Sie, dass Sie ihn beruhigen. Gehen Sie nach Hause und schlafen Sie.

Das Krankenhaus wird anrufen, falls sich sein Zustand ändert."

„Wie steht es mit dir?", fragte Sam, als Jack und Toni gegangen waren. „Wie fühlst du dich?"

„Mir geht es gut."

Um es selbst zu beurteilen, nahm er ihr Kinn in die Hand. Da stimmt etwas nicht mit ihren Augen, dachte er. Es war mehr als Schreck, etwas anderes als Trauer. Große Geheimnisse, entschied er. Große Ängste. „Sprich mit mir, Johanna."

„Ich habe dir alles gesagt."

„Ja, über den Zustand deines Vaters." Obwohl sie zurückweichen wollte, hielt er sie fest. „Ich will über deinen Bescheid wissen."

„Ich bin ein bisschen müde. Ich möchte nach Hause gehen."

„Gut. Wir fahren zurück. Aber ich bleibe bei dir."

„Sam, das ist nicht nötig."

„Es ist dringend nötig. Komm, gehen wir heim."

10. KAPITEL

Es war ein Uhr morgens durch, als sie Johannas Haus erreichten, aber sie ging schnurstracks zum Telefon. Mit einem Bleistift in der Hand blätterte sie in ihrem Adressbuch. „Es wird nicht lange dauern“, sagte sie zu Sam, „aber du brauchst nicht aufzubleiben.“

„Ich warte.“ Es gab einiges, was gesagt werden musste, und er wollte es gesagt wissen, bevor sie wieder ihre Barrikaden errichten konnte.

Es gab wenig genug, was sie tun konnte. Sie war sicher, dass ihr Vater höchstens eine geringfügige Einmischung von ihr duldete, aber gewiss wollte er seine Leute informiert wissen. Sie unterrichtete seinen Publizisten und entwarf dann eine schlichte, kurze Pressemitteilung.

Während sie Carls Assistenten beruhigte und Anweisungen gab, reichte Sam ihr einen Becher. Dankbar nippte sie daran. Sie hatte Kaffee erwartet, doch sie schmeckte den entspannenden Kräutertee, den sie sich gelegentlich nach einem besonders langen Tag aufbrühte.

„Morgen werde ich Ihnen mehr sagen können, Whitfield. Nein, was immer Sie oder einer der anderen Mitarbeiter nicht erledigen kann, muss gestrichen werden. Das scheint mir Ihr Problem zu sein, oder?“

Sam konnte nicht umhin, über ihren Ton zu lächeln. Von einem Produzenten hatte er nie etwas Besseres gehört.

„Wo ist Loman? Nun, dann rufen Sie ihn zurück.“ Sie machte hastig eine Notiz auf einem Block. „Ja, das stimmt. In ein paar Tagen wird Carl Ihnen bestimmt selbst Instruktionen geben können, aber ich glaube nicht, dass Sie in den nächsten achtundvierzig Stunden mit ihm darüber oder über etwas anderes sprechen können.“ Ihr Ton wurde kühl. „Darum geht es hier nicht, Whitfield. Sie werden Carl bis auf Weiteres als unerreichbar betrachten müssen. Nein, nicht ich werde die Verantwortung übernehmen, sondern Sie. Dafür werden Sie schließlich bezahlt.“

Sie legte den Hörer auf. „Idiot“, murmelte sie, während sie nach ihrem Tee griff. „Seine Hauptsorge ist, dass Carl darauf bestanden hat, den Schnitt von ‚Felder des Feuers‘ zu beaufsichtigen, und dass der Herzinfarkt das Projekt verzögert.“

„Bist du fertig?"

Stirnrunzelnd überflog sie ihre Notizen. „Ich glaube nicht, dass ich noch mehr tun kann."

„Dann komm und setz dich." Er wartete, bis sie bei ihm auf dem Sofa saß, schenkte ihr dann Tee aus der Kanne nach. Er spürte ihre Verspannung, noch bevor er sie berührte, und massierte ihre Schultern. „Es ist schwer, wenn man nur warten kann."

„Ja"

„Du hältst dich sehr gut, Johanna."

Sie nippte Tee und starrte vor sich hin. „Ich hatte einen guten Lehrer."

„Erzähl mir von deinem Vater."

„Ich habe dir alles gesagt, was mir der Arzt gesagt hat."

„Das meine ich nicht." Sie verspannte sich erneut, noch während er sie massierte. „Erzähl mir von ihm, von dir und ihm."

„Es gibt eigentlich nichts zu erzählen. Wir standen uns nie besonders nahe."

„Wegen deiner Mutter?"

Sie erstarrte. „Was hat meine Mutter damit zu tun?"

„Ich weiß nicht. Sag du es mir. Johanna, man muss kein Klatsch-Fan sein, um zu wissen, dass deine Eltern sich scheiden ließen, als du wie alt warst – vier?"

„Ich war gerade fünf geworden." Es schmerzte noch immer. „Das gehört der Vergangenheit an, Sam."

Er war anderer Ansicht. Sein Instinkt sagte ihm, dass es ebenso zur Gegenwart gehörte wie er. „Sie ging zurück nach England, und dein Vater behielt das Sorgerecht für dich."

„Ihm blieb kaum eine andere Wahl." Die alte Bitterkeit kam wieder durch. Sie zwang sich mühsam, sie zu begraben. „Es ist wirklich nicht wichtig."

„Ich bin nicht Whitfield, Johanna," murmelte er. „Lass mir meinen Willen."

Sie schwieg so lange, dass er schon glaubte, eine andere Taktik anwenden zu müssen. Dann seufzte sie und sagte: „Meine Mutter ging zurück nach England, um zu versuchen, ihre Bühnenkarriere wieder aufzunehmen, die sie mit der Heirat geopfert hatte. Dort war kein Platz für mich."

„Du musst sie vermisst haben."

„Ich habe es überwunden."

Das glaubte er nicht. „Ich glaube nicht, dass eine Scheidung jemals leicht für ein Kind ist, aber es muss schlimmer sein, wenn ein Elternteil mehrere tausend Meilen entfernt lebt."

„Es war besser so, für alle. Sie stritten immer entsetzlich. Keiner von beiden war glücklich in der Ehe oder …" Sie brach ab, bevor sie aussprechen konnte, was sie dachte: Mit mir. Keiner von beiden wollte mich. „Mit der Situation", schloss sie.

„Du warst noch ziemlich jung, um das schon zu verstehen."

„Man muss nicht sehr alt sein, um Tumult zu erkennen. Außerdem erklärte meine Mutter es mir. Sie schickte mir ein Telegramm vom Flughafen." Der Tee war erkaltet, aber sie nippte automatisch daran.

Ein Telegramm ist genau wie ein Brief, hatte die hübsche junge Zofe ihr erklärt. Wäre sie nicht neu im Haushalt gewesen, wäre das Telegramm Carl übergeben worden. Aber die Zofe war neugierig auf den Inhalt und mehr als bereit gewesen, Johanna beim Lesen zu helfen.

Mein kleiner Liebling, ich bedaure es sehr, Dich so zu verlassen, aber ich habe keine Wahl. Meine Situation, mein Leben, ist unerträglich geworden, Glaube mir, ich habe mich bemüht, aber ich bin zu der Einsicht gelangt, dass eine Scheidung, eine völlige Trennung von dem, was einmal war, die einzige Überlebensmöglichkeit für mich ist. Ich verachte mich selbst, weil ich Dich in den Händen Deines Vaters zurücklasse, aber meine sind zu schwach geworden. Eines Tages wirst Du es verstehen und mir verzeihen. In Liebe, Deine Mutter

Johanna erinnerte sich noch immer, Wort für Wort, obwohl sie damals lediglich verstanden hatte, dass ihre Mutter sie verließ, weil sie nicht glücklich war.

Sam starrte sie an. „Sie hat dir ein Telegramm geschickt?"

„Ja. Ich war nicht alt genug, um alles zu verstehen, aber ich habe begriffen, dass sie schrecklich unglücklich war und verzweifelt einen Ausweg suchte."

Miststück. Das Wort durchfuhr ihn hitzig. Er konnte sich nicht vorstellen, dass irgendjemand so selbstsüchtig war und sich vom einzigen Kind per Telegramm verabschiedete. Er erinnerte sich, dass Johanna ihm erzählt hatte, wie ihre Mutter mit ihr Enten fütterte. Doch er konnte diese beiden Handlungen nicht mit derselben Frau in Einklang bringen.

„Es muss hart für dich gewesen sein." Er legte einen Arm um sie, so als könnte er sie vor dem schützen, was bereits geschehen war.

„Kinder sind widerstandsfähig." Sie erhob sich. Wenn er ihr Trost bot, würde sie zusammenbrechen. Sie war seit über zwanzig Jahren nicht zusammengebrochen. „Sie hat getan, was sie tun musste. Aber ich glaube nicht, dass sie jemals glücklich war. Sie starb vor zehn Jahren."

Selbstmord. Er verwünschte sich, weil es ihm nicht früher eingefallen war. Glenna Howard, Johannas unglückliche Mutter, hatte nie das erstrebte Comeback erreicht. Sie hatte ihre Enttäuschung mit Tabletten und Alkohol gelindert und schließlich vorsätzlich eine Überdosis von beidem genommen. „Es tut mir leid, Johanna. Es muss schrecklich für dich gewesen sein, sie zweimal zu verlieren."

„Ich kannte sie nie so gut." Erneut griff sie nach dem Tee, um ihre Hände zu beschäftigen. „Und es ist lange her."

Sam trat zu ihr, obgleich sie sich abwandte. Geduldig, aber entschlossen zog er sie an sich. „Ich glaube nicht, dass solche Dinge jemals aufhören, weh zu tun. Schließ mich nicht aus."

„Es hat keinen Sinn, das alles wieder aufzuwühlen."

„Ich glaube doch." Er nahm ihre Schultern. „Ich frage mich schon andauernd, warum du so abweisend bist. Zuerst dachte ich, es sei wegen einer schlechten Erfahrung mit einem anderen Mann. Aber es geht viel weiter zurück – und viel tiefer."

Sie schaute ihn an, mit beherrschter Miene, aber verzweifeltem Blick. Sie hatte zu viel gesagt, mehr als je zuvor, und dadurch waren die Erinnerungen allzu deutlich zurückgekehrt. „Ich bin nicht wie meine Mutter."

„Nein." Er streichelte ihr über das Haar. „Und du bist auch nicht wie dein Vater."

„Ich weiß nicht einmal, ob er überhaupt mein Vater ist." Sie erblasste, sobald sie es ausgesprochen hatte. Nicht ein einziges Mal in ihrem Leben hatte sie es laut gesagt, obwohl sie die Zweifel stets in sich getragen hatte.

„Johanna, wovon redest du?"

„Nichts. Gar nichts. Ich bin aufgebracht. Ich bin müde. Morgen wird ein schwerer Tag, Sam. Ich brauche Schlaf."

„Wir wissen beide, dass du zu aufgewühlt bist, um schlafen zu können." Er spürte sie heftig erschauern. „Und du wirst es sein, bis du nicht den Rest gesagt hast. Erzähl mir von deinem Vater, Johanna. Von Carl."

„Würdest du mich bitte in Ruhe lassen?" Ihre Stimme klang tränenerstickt. „Herrje, merkst du nicht, dass ich nicht mehr kann? Ich will nicht über meine Mutter sprechen. Ich will nicht über ihn sprechen. Er könnte sterben." Die Tränen ergossen sich, und sie wusste, dass sie verloren hatte. „Er könnte sterben, und ich müsste etwas fühlen. Aber ich fühle nichts. Ich weiß nicht einmal, wer er ist. Ich weiß nicht, wer ich bin."

Sie wehrte sich gegen Sam, drückte ihn fort, als er sie an sich zog, verfluchte ihn, als er sie festhielt. Dann brach sie in einen Weinkrampf aus.

Er bot ihr keine tröstenden Worte. Er hatte keine Ahnung, welche er hätte auswählen sollen. Stattdessen hob er sie auf die Arme. Er setzte sich, schmiegte sie an sich, streichelte ihr Haar und ließ sie weinen. Er hatte es nicht für möglich gehalten, dass jemand so viele Tränen in sich bergen konnte.

Sie fühlte sich krank. Ihre Kehle und ihre Augen brannten. Selbst als ihre Tränen versiegten, blieb das Gefühl der Übelkeit. Ihre Kraft war aufgezehrt, so als hätte jemand einen Stecker herausgezogen und sie dahinschwinden lassen. Sie widersprach nicht, als Sam sie von seinem Schoß hob und aufstand. Er ging fort. Sie akzeptierte es wortlos, obwohl ihr Herz einen weiteren Sprung zu erleiden schien.

Einen Augenblick später saß Sam wieder neben ihr und drückte ihr ein Glas in die Hand. „Vielleicht hilft es dir", murmelte er. „Trink langsam."

Hätte sie noch Tränen gehabt, wären weitere gefallen. Sie nickte und nippte an dem Brandy. „Ich hatte immer Ehrfurcht vor ihm", begann sie, ohne aufzublicken. „Ich weiß nicht einmal, ob ich ihn als Kind geliebt habe, aber er war immer der wichtigste Mensch in meinem Leben. Als meine Mutter fortging …" Sie nippte erneut an dem Glas. „Als meine Mutter fortging, hatte ich Angst, dass er mich auch verlassen würde, oder dass er mich fortschicken würde. Damals wusste ich nicht, wie wichtig es ihm war, sein Privatleben geheimzuhalten. Die Öffentlichkeit konnte seine Romanzen und Ehen akzeptieren, aber wenn er sein einziges Kind fortgeschickt hätte, hätte es seinem Ansehen geschadet. Niemand vergaß, dass er mit Glenna Howard verheiratet gewesen war und dass sie ein Kind von ihm bekommen hatte. Niemand außer ihm selbst."

Wie konnte sie erklären, wie verlassen sie sich gefühlt hatte? „Es war schrecklich, als er wieder heiratete. Es war eine riesige, prunkvolle Hochzeit, mit vielen Fotografen, Mikrofonen, Fremden. Ich wurde herausgeputzt und sollte lächeln. Es war schrecklich. All die neugierigen Blicke und die Anspielungen auf meine Mutter. Er konnte es ignorieren, aber ich konnte nur denken, dass meine Mutter durch jemand anders ersetzt wurde, den ich nicht einmal kannte. Und ich musste lächeln."

Gefühllose, selbstsüchtige Idioten, dachte Sam, und verstärkte den Druck seines Armes um sie. „War sonst niemand da? Keine Familie?"

„Seine Eltern waren Jahre zuvor gestorben. Er ist bei seiner Großmutter aufgewachsen. Zu dem Zeitpunkt war sie auch schon tot. Ich habe sie nie gesehen. Ich hatte eine sogenannte Gouvernante, die für meinen Vater praktisch das Leben gelassen hätte. Die Frauen reagieren immer so auf ihn. Es war nicht zu verhindern. Meine Anwesenheit bei der Hochzeit war wichtig, wegen der Presse. Anschließend sah ich ihn drei Monate lang nicht. Er verbrachte viel Zeit in Italien."

„Du wurdest zurückgelassen."

„Ich ging zur Schule. Es war völlig legitim für ihn, mich bei meinen Erziehern zurückzulassen. Außerdem hatte seine zweite Frau nicht viel für Kinder übrig. Die wenigsten seiner Liaisons hatten es." Weil sie sein Mitgefühl spürte, schüttelte sie den Kopf. „Ich war glücklicher hier. Ich verbrachte viel Zeit bei den Heddisons. Sie waren wundervoll zu mir."

„Das freut mich." Er nahm ihre Hand. „Fahr fort."

„Es war nach seiner zweiten Scheidung, als er mit ... mit irgendjemandem liiert war. Jedenfalls hatte ich keine Schule und tat mir selbst leid. Ich ging hinauf in sein Zimmer. Ich weiß nicht, warum, außer um dort zu sein, um zu versuchen, das Geheimnis meines Vaters zu lüften. Ich habe mich ihm gegenüber immer unzulänglich gefühlt. Ich schien irgendeinen Makel zu haben, der ihn davon abhielt, mich so zu lieben, wie es hätte sein sollen. Er hatte einen wundervollen alten Schreibtisch, mit unzähligen faszinierenden Fächern. Er war wieder einmal fort, und deshalb brauchte ich nicht zu befürchten, beim Schnüffeln ertappt zu werden. Ich fand Briefe. Einige waren von seinen Frauen, und ich war alt genug, um verlegen zu werden. Deshalb legte ich sie wieder fort."

Johanna holte tief Atem. „Dann fand ich einen von meiner Mutter. Einen alten, den sie gleich nach ihrer Rückkehr nach England geschrieben hatte. Manchmal hatte ich mich nicht mehr richtig an ihr Gesicht erinnern können, aber als ich den Brief fand, sah ich sie deutlich vor mir. Sie war so schön, so zart und geheimnisvoll. Ich konnte sogar ihre Stimme hören, diese geschulte, außergewöhnliche Stimme. Ich hatte sie so sehr geliebt." Sam nahm ihr das Glas aus der Hand und stellte es auf den Tisch. „Du hast den Brief gelesen?"

„Ich wünsche aus tiefstem Herzen, ich hätte es nicht getan." Einen Moment lang schloss sie fest die Augen. „Sie muss wütend gewesen sein, als sie ihn schrieb. All der Zorn, die Bitterkeit, der Drang zu bestrafen, kamen zum Ausdruck. Ich wusste sogar schon als Kind, dass ihre Ehe nicht gutging. Aber bis dahin hatte ich keine Ahnung, wie viel Hass sich zwischen ihnen aufgestaut hatte."

„Unter solchen Umständen sagt man oft Dinge, die man nicht wirklich meint."

„Nun, sie ist fort, und wir werden nie erfahren, ob sie es wirklich gemeint hat. Weder ich noch mein Vater … oder besser: Carl." Ihre Kehle war wie ausgedörrt, aber sie mochte keinen Brandy mehr. „Sie brachte jeden Streit, jedes gebrochene Versprechen, jede wirkliche oder eingebildete Untreue zur Sprache. Dann fuhr sie wirklich schwere Geschütze auf. Der schlimmste Racheakt, den sie sich ausdenken konnte, war, dass sie ihm ein Kind aufbürdete, das nicht einmal von ihm sei. Nicht, dass sie den Namen des wirklichen Vaters verraten hätte, und es bestünde durchaus die Möglichkeit, dass es doch von ihm wäre, aber … Sie wünschte ihm ein Leben lang voll höllischer Zweifel. Und weil ich den Brief gelesen habe, gab sie mir dasselbe."

Sam starrte lange Zeit aus dem Fenster in die Dunkelheit. Der Zorn war so stark, so dicht an der Oberfläche, dass er nicht zu sprechen wagte. Sie war ein Kind gewesen, unschuldig und hilflos. Und niemanden hatte es gekümmert. „Hast du je mit ihm darüber gesprochen?"

„Nein, es gab keinen Grund. Er hat sich mir gegenüber nicht verändert. Ich wurde gut versorgt, gut ausgebildet und durfte meine Interessen verfolgen, solange ich ihn nicht in Verlegenheit brachte."

„Sie haben dich nicht verdient. Keiner von beiden."

„Es ist nicht wichtig", sagte sie müde. „Ich bin kein Kind mehr." Von dem Augenblick an nicht mehr, als sie den Brief gelesen hatte.

„Mir ist es wichtig." Er nahm ihr Gesicht zwischen die Hände. „Du bist mir wichtig, Johanna."

„Ich wollte es dir nie sagen und auch niemandem sonst. Aber jetzt, da ich es getan habe, musst du verstehen, warum ich es mit uns nicht zu weit gehen lassen darf."

„Nein."

„Sam ..."

„Ich verstehe nur, dass du eine lausige Kindheit hattest, und dass Narben zurückgeblieben sein müssen."

Sie lachte trocken auf, während sie sich erhob. „Verstehst du denn nicht, dass meine Mutter krank war? Oh, es wurde vor der Presse verborgen, aber ich habe es herausgefunden. In den letzten Jahren ihres Lebens kam sie immer wieder in Sanatorien. Manische Depression, Labilität, Alkoholsucht. Und Drogen ..." Johanna presste die Finger auf die geschlossenen Augen und versuchte, sich zu beherrschen. „Sie hat mich nicht aufgezogen, aber sie war meine Mutter. Ich darf nicht vergessen, was ich von ihr geerbt haben könnte."

Langsam stand Sam auf. Sein erster Instinkt riet ihm, sie behutsam zu behandeln, doch dann erkannte er, dass es falsch wäre. Sie musste zur Vernunft gebracht werden. „Es sieht dir gar nicht ähnlich, so melodramatisch zu sein, Johanna."

Seine Worte hatten genau die beabsichtigte Wirkung. Zorn blitzte aus ihren Augen und brachte Farbe zurück auf ihre Wangen. „Wie kannst du es wagen, mir das zu sagen?"

„Wie kannst du es wagen, unzulängliche Ausflüchte zu machen, warum du dich nicht an mich binden kannst?"

„Es sind keine Ausflüchte, es sind Tatsachen."

„Mir ist völlig egal, wer deine Mutter war oder wer dein Vater ist. Ich liebe dich, Johanna. Früher oder später wirst du das akzeptieren und den nächsten Schritt wagen müssen."

„Ich habe dir von Anfang an gesagt, dass es zu nichts führen kann. Jetzt habe ich dir gesagt, warum nicht. Und das war nur die Hälfte. Meine Hälfte."

„Da ist also noch mehr?" Er hakte die Daumen in den Bund seiner Jeans. „Also gut, sag mir den Rest."

„Du bist Schauspieler."

„Da hast du recht, aber das ist keine vernünftige Antwort."

„Ich war mein Leben lang von Schauspielern umgeben", erklärte sie mit mühsamer Geduld. „Ich habe Verständnis für den Stress und die hohen Anforderungen des Berufs und für die Unmöglichkeit, ein wirkliches Privatleben zu führen. Und ich weiß, dass trotz bester Absicht und Mühe die Beziehungen darunter leiden. Wenn ich an die Ehe glaubte – was ich nicht tue –, dann würde ich trotzdem nicht an eine Ehe mit einem Schauspieler glauben."

„Ich verstehe." Es war schwer, ihr nicht böse zu sein, und es war unmöglich, den Menschen nicht zu zürnen, die für ihre Ansichten verantwortlich waren. „Du sagst also, dass ich ein zu großes Risiko bin, weil ich Schauspieler ... schlimmer noch, weil ich ein erfolgreicher Schauspieler bin."

„Ich sage, dass das, was zwischen uns ist, nicht weitergehen kann." Sie hielt inne, rang um Stärke. „Und dass ich es verstehe, wenn du mich nicht mehr sehen willst."

„Wirklich?" Einen Moment lang musterte er sie, so als würde er es in Erwägung ziehen.

Johanna wappnete sich. Sie hatte gewusst, dass es schmerzen würde, wenn es endete, aber selbst ihre schlimmsten Befürchtungen hatten nicht an die Wirklichkeit herangereicht. Als er zu ihr trat, zwang sie sich, ihn anzusehen. Seine Augen verrieten ihr nichts.

„Du bist ein Dummkopf, Johanna." Er riss sie so hart an sich, dass ihr der Atem verging. „Glaubst du wirklich, dass ich meine Gefühle für dich an- und abschalten kann? Verdammt, du glaubst es. Ich sehe es an deinem Gesicht. Nun, ich werde nicht aus deinem Leben verschwinden, und wenn du glaubst, dass du mich vertreiben kannst, dann muss ich dich enttäuschen."

„Ich möchte nicht, dass du gehst." Tränen verschleierten ihre Augen. „Ich denke nur einfach nicht, dass ..."

„Dann denke nicht." Er hob sie auf die Arme. „Du denkst viel zu viel." Sie protestierte nicht, als er sie die Treppe hinauftrug. Sie hatte genug von Reibereien, von Ausflüchten, von Begründungen. Vielleicht war es eine Schwäche, dass sie umsorgt werden wollte, aber sie fand an diesem Abend nicht die Kraft, auf eigenen Füßen zu stehen. Sie wollte nicht denken während der restlichen Stunden der Nacht. Ausnahmsweise bereiteten Gefühle keine Mühe, und sie konnte sich von ihnen dominieren lassen.

Es war dunkel im Schlafzimmer, aber Sam schaltete kein Licht ein. Die Nachtluft wehte die Düfte aus ihrem Garten zum Fenster hinein.

Schweigend legte er Johanna auf das Bett und setzte sich zu ihr.

Es gab zu viel zu sagen, um überhaupt zu sprechen. Er hatte sie einmal für kühl, hart und selbstgenügsam gehalten. Es hatte ihn angezogen und fasziniert. Genug fasziniert, um weiterzuforschen. Und je mehr er über sie erfuhr, desto vielseitiger erschien sie ihm.

Sie war hart, im positiven Sinn des Wortes. Sie hatte Nackenschläge und Enttäuschungen verkraftet, an denen viele andere Menschen zerbrochen wären.

Unter der harten Schale hatte er Leidenschaft gefunden. Durch Schicksal, Glück oder Geschick hatte er den Schlüssel gefunden, der diese Leidenschaft entfesselte. Er würde nicht zulassen, dass sie wieder eingeschlossen wurde oder dass irgendjemand anderes außer ihm sie öffnete.

Unter der Leidenschaft verbarg sich eine rührende Schüchternheit. Eine Lieblichkeit, die in sich ein Wunder bedeutete, in Anbetracht ihrer Kindheit und der frühen Enttäuschungen.

Nun, unter allem anderen, hatte er einen weichen, zerbrechlichen Kern gefunden. Er war entschlossen, diese Verletzlichkeit zu beschützen. Und die zerbrechliche Johanna wollte er in dieser Nacht lieben. Aus Freundlichkeit wie aus Liebe. Aus Mitgefühl wie aus Verlangen.

Sanft, mit federleichter Berührung, strich er ihr das Haar aus dem Gesicht. Mit den Fingerspitzen wischte er die verbleibenden Tränen von ihren Wangen. Er würde nicht verhindern können, dass noch mehr flössen, aber er würde tun, was er nur konnte, damit sie sie nicht allein vergoß.

Zärtlich küsste er die restlichen Tränenspuren fort. Die Schatten der Nacht fielen auf ihr Gesicht, aber er konnte ihre Augen sehen – halb geschlossen vor Müdigkeit, aber sehr wachsam, als sie ihn betrachtete. „Möchtest du schlafen?“

„Nein, ich möchte nicht schlafen.“ Sie legte eine Hand auf seine. „Und ich möchte nicht, dass du gehst.“

„Dann entspanne dich.“ Er führte ihre Hand an die Lippen. „Und lass mich dich lieben.“

Sie hatte nicht gewusst, dass Liebe so tröstend sein konnte. Er hatte es ihr zuvor nicht gezeigt. Nun, da ihre Gefühle verletzt und ihre Selbstachtung ganz niedrig waren, zeigte er ihr eine andere Seite des Verlangens. Ein Verlangen, zu erfreuen und zu verwöhnen und zu heilen.

Er zog sie aus, langsam und behutsam, so als würde sie schlafen und er sie nicht wecken wollen. Die Zärtlichkeit erweckte ein seltsames Sehnen in ihr. Obgleich sie völlig nackt und hingebungsvoll war, gab er sich mit langen, gemächlichen Küssen zufrieden.

Ihre Haut wirkte so hell auf der dunklen Bettdecke. Er ließ eine Hand über ihren Arm gleiten und beobachtete die Bewegung. Der Mond hatte zu einer schmalen Sichel abgenommen und spendete wenig Licht, aber Sam kannte Johanna bereits so gut. Dennoch zeichnete er mit den Fingerspitzen jede Kontur ihres Gesichtes nach.

Nie zuvor hatte er sie so behandelt. Johanna schloss die Augen, als Zufriedenheit in ihr aufstieg. Selbst in Augenblicken höchster Leidenschaft hatte er sich unerwartet zärtlich verhalten. Doch nun verwöhnte er sie geradezu. Und es ließ ihre Augen feucht werden, weil es so schön war.

Er fühlte sich irgendwie stärker, indem er sanft war. Er hatte sie nie mehr begehrt als in diesem Moment, und dennoch hatte es ihn niemals weniger zur Eile gedrängt. Die Leidenschaft wuchs, doch sie war verbunden mit dem Wunsch zu trösten.

Die Zeit verging unmerklich, unbeachtet. In den dunkelsten Stunden der Nacht führte er sie sanft in höhere Gefilde.

Ihr Herz schlug unter seinen Lippen, schnell und unregelmäßig, aber noch nicht verzweifelt. Ihre Arme hielten ihn umschlungen, aber ohne Drängen, ohne Druck. Sie bewegte sich mit ihm, ließ ihn das Tempo bestimmen, war ihm dankbar, dass er ihr Bedürfnis nach Fürsorge eher erkannt hatte als sie selbst.

Hatte sie je zuvor bemerkt, wie stark er war? Wie sich die Muskeln seiner Schultern und seines Rückens bei jeder Bewegung spannten? Sie hatte ihn zuvor berührt, ihn ebenso gehalten wie nun, aber jedes Mal hatte sie sich dicht am Rande der Ekstase befunden. Nun fühlte sie sich, als würde sie gemächlich auf einem Floß über ein stilles Gewässer gleiten.

Von Liebe inspiriert, strebte sie danach, ihm die gleiche Zärtlichkeit zu zeigen wie er ihr. Ihre Berührungen waren leicht, ihre Forderungen gering. Sie hörte am Murmeln ihres Namens, dass er genauso empfand wie sie. Vielleicht würden sie nie wieder so vollkommen, so selbstlos zueinanderfinden.

Ihr Seufzer war leise, als sie sich ihm öffnete. Sie vereinigten sich ohne Hitze, aber mit sehr viel Wärme.

Später, viel später, lag sie schlaflos neben ihm, während der Himmel hell wurde.

Er hätte sie erwürgen können. Als Sam erwachte, fand er sich allein im Bett wieder, und das Haus war leer. Im Badezimmer hing ihr feuchtes Handtuch ordentlich auf der Stange. Der Raum barg, sehr schwach, ihren Duft. Die Kleider, die er ihr in der vergangenen Nacht ausgezogen hatte, waren fortgeräumt. Unten sah er, dass ihr Aktenkoffer verschwunden war und frische Blumen in der Vase standen. Der Anrufbeantworter war eingeschaltet.

Sogar in Krisenzeiten war Johanna ordentlich und beherrscht. Er war sicher, dass er sie erwürgen würde.

In der Küche fand er die Gläser vom vergangenen Abend gewissenhaft gespült und im Abtropfen begriffen. An der Kaffeekanne lehnte eine Nachricht in Johannas Handschrift.

Ich wollte dich nicht wecken. Ich muss früh ins Krankenhaus und dann ins Studio. Der Kaffee ist frisch.

Sie hatte etwas hinzugefügt, es dann durchgestrichen und einfach mit ihrem Namen unterzeichnet.

Meine Mutter hätte es geschrieben haben können, dachte Sam, während er es ein zweites Mal las. Nur hätte sie hinzugefügt: Hinterlasse die Küche, wie du sie vorgefunden hast. Verdammt, Johanna!

Er warf den Zettel auf den Tisch zurück. Niemand hätte Johanna vorwerfen können, dass sie nicht mit beiden Beinen auf dem Boden stand. Doch manchmal war es besser, sogar notwendig, an der Seite eines anderen zu stehen. Sie musste erst noch lernen, dass er dieser andere war. Er hatte geglaubt, zu ihr durchgedrungen zu sein, aber er hatte vergessen, wie starrsinnig sie sein konnte.

Gedankenverloren bückte er sich und hob das Kätzchen auf, das sich um seine Beine schlängelte. Es war nicht hungrig. Johanna hatte es ausreichend mit Futter versorgt. Es wollte nur etwas Zuneigung. Wie die meisten Geschöpfe, ging es ihm durch den Sinn, während er das weiche Fell streichelte. Doch offensichtlich war Zärtlichkeit nicht genug, damit Johanna sich zufrieden in seine Arme kuschelte.

Es schien, als stünde ihm noch ein harter Kampf bevor. Er kraulte das Kätzchen ein letztes Mal, bevor er es absetzte. Auch er konnte starrsinnig sein.

11. KAPITEL

Johanna dachte an Sam. Es hätte ihn überrascht, wie lange und schwer sie mit den wenigen Zeilen gekämpft hatte, die sie ihm hinterlassen hatten. Sie wollte ihm dafür danken, dass er bei ihr geblieben war, und sagen, wie viel ihr sein Verständnis und seine Gefälligkeit in jener Krisensituation bedeuteten. Sie wollte ihm sagen, dass sie ihn liebte, wie sie nie zuvor und niemals wieder lieben würde. Aber die Worte hatten so leer und unangemessen auf dem Papier gewirkt.

Es war schwer, jemanden zu brauchen, ihn wirklich zu brauchen, nachdem sie ihr ganzes Leben lang alles allein bewältigt hatte. Beinahe hätte sie ihn geweckt und gebeten, sie zu begleiten, weil ihr davor graute, diesen Tag allein durchzustehen. Doch sie hatte nicht darum bitten können, genauso wenig wie sie vergessen konnte, dass sie nun keinerlei Geheimnisse mehr vor ihm hatte. Sie musste diesen Tag allein überstehen, wenn sie jemals einen anderen Tag ohne ihn ertragen wollte.

Die diensthabende Schwester an diesem Morgen war jünger und freundlicher als die Nachtwache. Sie sagte Johanna, dass ihr Vater ruhig schlafe, und bat sie dann, Platz zu nehmen, bis Dr. Merritt lokalisiert werden konnte. Johanna betrat das Wartezimmer. Ein Fernseher, an der Wand aufgehängt, brachte eine morgendliche Unterhaltungssendung. Sie ging zu dem Tisch, auf dem Kannen mit Kaffee und heißem Wasser für Tee standen. Sie schenkte sich einen Becher Kaffee ein, schwarz und ungesüßt. Als sie den ersten Schluck nahm, begannen die Lokalnachrichten im Fernsehen.

Carl W. Patterson stellte das wichtigste Thema dar. Objektiv lauschte sie der Presseerklärung, die sie und der Publizist am vergangenen Abend telefonisch aufgesetzt hatten. Sie gab wesentlich mehr Informationen über Carls Karriere als über seine Krankheit her, und sie wusste, dass er sein Einverständnis dazu gegeben hätte. Der Bericht endete mit der Erklärung, dass Toni DuMonde, Pattersons Verlobte, nicht für Kommentare zu erreichen sei.

Zumindest ist die Frau nicht dumm, dachte Johanna, während sie sich setzte. Es gab Personen, die der Presse ihr Herz ausgeschüttet und das Melodrama genossen hätten. Und wenn Toni es getan hätte, vermutete Johanna, würde Carl jegliche Beziehung abbrechen, sobald er dazu in der Lage sein würde.

„Miss Patterson?" Johanna erhob sich automatisch. Sobald sie den Arzt erblickte, schwand ihre Ruhe dahin. Sie unterdrückte den Anflug von Angst und gab ihm die Hand. „Dr. Merritt, ich hoffe, ich komme nicht zu früh." Oder zu spät.

„Nein. Ihr Vater ist aufgewacht, und sein Zustand hat sich stabilisiert. Als Vorsichtsmaßnahme behalten wir ihn noch vierundzwanzig Stunden auf der Intensivstation. Wenn er weitere Fortschritte macht, kann er dann in ein Privatzimmer verlegt werden."

„Die Prognose?"

„Die Prognose ist gut, wenn er mithilft. Eine geringere Arbeitslast ist unumgänglich. Wie viel Einfluss haben Sie auf ihn?"

Ihr Lächeln war beinahe belustigt. „Keinen."

„Nun, dann wird er ein paar Tage länger im Krankenhaus bleiben müssen, als er glaubt." Dr. Merritt nahm die Brille ab und putzte sie am Saum seines Kittels. „Gewisse Einschränkungen sind unabdingbar, wie ich Ihnen gestern Nacht schon sagte. Mr. Patterson wird einsehen müssen, dass ihm, wie uns allen, gewisse Grenzen gesetzt sind."

„Ich verstehe. Und ich hoffe, dass Sie es ihm genauso verständlich machen können."

„Ich habe bereits kurz mit ihm gesprochen." Er setzte die Brille wieder auf und lächelte flüchtig. „Im Moment ist es wichtiger, ihm Mut zu geben. Wir werden früh genug über künftige Maßnahmen sprechen. Er möchte Miss DuMonde und jemanden namens Whitfield sehen. Es mag gut für ihn sein, wenn seine Verlobte ihn besucht, aber …"

„Sorgen Sie sich nicht wegen Whitfield. Ich regle das."

Merritt nickte nur. Er hatte bereits entschieden, dass Pattersons Tochter eine kluge Person war. „Wenn Ihr Vater vernünftig ist, besteht kein Grund, warum er nicht ein ausgefülltes und produktives Leben führen sollte."

„Kann ich ihn sehen?"

„Nur fünfzehn Minuten. Er braucht viel Ruhe."

Wie in der Nacht zuvor lag Carl mit geschlossenen Augen da, an Apparate angeschlossen. Doch seine Gesichtsfarbe war frischer. Johanna stand am Bett, musterte ihn, bis er die Augen aufschlug.

Es dauerte einen Moment, bis er sie erkannte. Ihr ging durch den Kopf, dass es der längste Blickkontakt war, der je zwischen ihnen stattgefunden hatte. Sie beugte sich hinab und berührte seine Wange mit ihrer.

„Guten Morgen", sagte sie betont neutral. „Du hast uns einen Schrecken eingejagt."

„Johanna." Er nahm ihre Hand und überraschte sie damit. „Was hat man dir gesagt?"

Er hat Angst, dachte sie und verspürte einen Anflug von Mitgefühl. Sie hatte nie gedacht, dass er Angst haben könnte. „Dass die Welt noch eine Menge Produktionen von Carl W. Patterson zu sehen bekommt, wenn du vernünftig bist."

Es waren genau die richtigen Worte. Sie hatte nicht gewusst, dass sie ihn so gut kannte. „Verdammt ungünstiger Zeitpunkt für meinen Körper, mir eine solche Falle zu stellen." Er blickte sich im Raum um, und der Moment der Nähe verging.

„Das Krankenhaus setzt sich mit Toni in Verbindung. Sie wird bestimmt bald kommen."

Zufrieden blickte Carl wieder seine Tochter an. „Man hat mir gesagt, dass sie mich noch einen Tag hier angebunden behalten wollen."

„Ja. Länger, wenn du Theater machst."

„Ich habe Aufgaben zu erfüllen, die nicht von einem Krankenhausbett aus erledigt werden können."

„Gut. Ich werde anweisen, dass du entlassen wirst. Vielleicht kannst du ‚Felder des Feuers' herausbringen, bevor du wieder zusammenbrichst."

Auf seinem Gesicht spiegelte sich Ungehaltenheit, dann Erstaunen und schließlich etwas, das er selten ihr gegenüber gezeigt hatte – Belustigung. „Ich nehme an, ich kann ein paar Tage erübrigen. Aber ich will nicht, dass dieser Whitfield den Film in seine ungeschickten Finger bekommt."

„Ich habe nach Loman schicken lassen." Seine Miene verfinsterte sich sogleich, und er wurde wieder zu dem kalten, missbilligenden Menschen, den sie ihr Leben lang kannte. „Es tut mir leid, wenn ich meine Befugnisse überschritten habe, aber als ich gestern mit Whitfield sprach, dachte ich mir, dass dir Loman lieber wäre."

„Schon gut, schon gut. Loman ist mir wirklich lieber. Whitfield hat seinen Platz, aber weiß der Himmel nicht am Schneidetisch. Was ist mit der Presse?"

Er hat seine Angst vergessen, dachte Johanna und unterdrückte ein

Seufzen. Es ging wieder um Geschäfte, wie gewöhnlich. „Unter Kontrolle. Dein Publizist hat heute morgen eine Erklärung abgegeben."

„Gut, gut. Ich werde mich heute Nachmittag mit Loman treffen. Leite das für mich in die Wege, Johanna."

„Nein."

Die Anstrengung des Pläneschmiedens hatte seine Kraft bereits angegriffen, und das machte ihn nur um so wütender. „Nein? Was zum Teufel soll das heißen?"

„Es kommt nicht in Frage." Ihre Stimme klang ruhig, was sie erfreute. Es hatte Zeiten gegeben, als dieser Ton von ihm sie hatte erzittern lassen. „In einigen Tagen dürfte es möglich sein, wenn du in einem Privatraum und kräftiger bist."

„Ich führe mein eigenes Leben."

„Niemand weiß das besser als ich."

„Wenn du die Absicht hast, die Leitung zu übernehmen, während ich krank …"

Zorn blitzte aus ihren Augen und ließ ihn verstummen. Nie zuvor hatte er diesen Blick an ihr gesehen, und auch nicht die Kraft dahinter. „Ich will gar nichts von dir. Früher einmal wollte ich es, aber ich habe gelernt, darauf zu verzichten. Wenn du mich jetzt bitte entschuldigst, ich habe meine eigene Sendung zu produzieren."

„Johanna."

Sie war schon auf dem Weg zur Tür, doch das Zittern in seiner Stimme veranlasste sie stehenzubleiben. – „Ja?"

„Ich entschuldige mich."

Wiederum ein erstes Mal, dachte sie und drehte sich um. „Schon gut. Der Arzt hat mich gebeten, nicht lange zu bleiben, und ich habe dich wahrscheinlich überanstrengt."

„Ich wäre beinahe gestorben."

Er sagte es wie ein alter Mann, wie ein alter, verängstigter Mann. „Du wirst wieder gesund."

„Ich wäre beinahe gestorben", wiederholte er. „Und obwohl ich nicht sagen kann, dass mein ganzes Leben vor meinen Augen abgelaufen ist, habe ich ein paar Szenen noch einmal vor mir gesehen." Er schloss die Augen. Es erzürnte ihn, dass er innehalten musste, um Kraft zum Sprechen zu sammeln. „Ich erinnere mich, wie ich in die Limousine stieg – auf dem Weg zum Flughafen, glaube ich. Du standest auf der Treppe mit dem Hund, den Max mir aufzwang. Du sahst so aus, als wolltest du mich zurückrufen."

Johanna erinnerte sich nicht an diesen bestimmten Zwischenfall, weil es so viele dieser Art gegeben hatte. „Wärst du geblieben, wenn ich es getan hätte?"

„Nein." Er seufzte, nicht aus Bedauern, sondern aus Einsicht. „Meine Arbeit ging immer vor. Ich konnte nie eine Ehe so zustande bringen wie einen Film. Deine Mutter ..."

„Ich will nicht über meine Mutter sprechen."

Carl öffnete die Augen. „Sie hätte dich mehr lieben können, wenn sie mich weniger gehasst hätte."

Es tat weh. Obwohl sie es all die Jahre gewusst hatte, tat es weh, es zu hören. „Und du?"

„Die Arbeit ging immer vor", wiederholte er. Er war müde, viel zu müde für Reue oder Entschuldigungen. „Wirst du wiederkommen?"

„Ja. Ich komme nach der Aufzeichnung zurück."

Er war eingeschlafen, noch bevor sie die Tür hinter sich schloss.

Max Heddisons Anwesen war so distinguiert und gepflegt wie er selbst. Das Dreißig-Zimmer-Haus befand sich seit einem Vierteljahrhundert in seinem Besitz. Auf der Terrasse standen dick gepolsterte Liegen und ein halbes Dutzend Korbstühle, die Besucher einluden, es sich bequem zu machen. Ein alternder, goldbrauner Apportierhund lag zusammengekuschelt auf einem Korbstuhl und schnarchte.

Im funkelnden, L-förmigen Schwimmbecken hinter der Terrasse absolvierte Max Heddison seine täglichen Bahnen. Jenseits des hangförmigen Rasens, teilweise von Hecken verborgen, lagen Tennisplätze. An der Ostseite, nur durch eine ferne Fahne zu erkennen, befand sich ein kleiner Golfplatz.

Ein Boy in makellos weißem Jackett bot Sam eine Auswahl an Sitzplätzen. Sonne oder Schatten. Sam entschied sich für die Sonne. Er beobachtete Max und zählte zehn Bahnen, kraftvoll und sauber geschwommen. Er fragte sich, wie viele es wohl vor seiner Ankunftschon gewesen sein mochten. Offiziell galt Max als siebzigjährig. Fünfzehn Jahre weniger hätte man ihm ebenso geglaubt.

Sam nahm eine Tasse Kaffee an und wartete, bis Max sich aus dem Becken hievte.

„Schön, Sie wiederzusehen.“ Max fuhr sich mit einem Handtuch über das Haar, bevor er in einen Bademantel schlüpfte.

„Ich danke Ihnen, dass Sie mich haben vorbeikommen lassen.“ Sam hatte sich automatisch erhoben.

„Setzen Sie sich, Junge. Sonst fühle ich mich wie ein König, der entthront werden soll. Haben Sie schon gefrühstückt?“

„Ja, danke.“

Sobald Max Platz genommen hatte, erschien der Boy mit einem Tablett Frischobst und Toast. „Danke, Jose. Bring Mr. Weaver einen Saft. Eigene Ernte“, teilte er Sam mit. „Ich glaube, er kostet mich nur drei Dollar pro Glas.“ Mit einem Grinsen begann er zu essen. „Meine Frau ist eine Gesundheitsfanatikerin. Keine Zusätze, keine Konservierungsmittel. Es reicht, um einen Mann zum Trinken zu treiben. Sie besucht ihren Vormittagskurs, sodass ich heimlich eine Zigarette rauchen kann, bevor sie zurückkommt.“

Der Saft wurde in geschliffenem Kristall serviert. Sam nippte daran und ließ Max über Gartenpflege plaudern.

„Nun, ich glaube nicht, dass Sie gekommen sind, um über Dünger zu reden.“ Max schob das Tablett beiseite und holte eine Schachtel filterlose Zigaretten aus der Tasche. „Wie gefällt Ihnen das Drehbuch?“

„Wen muss ich umbringen, um die Rolle zu bekommen?“

Max schmunzelte und inhalierte genüsslich den Rauch. „Wissen Sie, ich gebe nicht viel auf die heutigen Filmemacher – Geldmacher, sollte ich sagen. In alten Zeiten mögen Leute wie Meyer zwar Despoten gewesen sein, aber sie verstanden es, Filme zu machen. Heutzutage sind es nichts weiter als Buchhalter, die mit Hauptbüchern und roten Bleistiften herumrennen, eher am Profit als an der Unterhaltung interessiert. Aber mein Instinkt sagt mir, dass wir mit diesem Drehbuch beides erreichen können.“

„Es lässt mir die Hände feucht werden“, sagte Sam schlicht.

„Ich kenne das Gefühl. Ich habe schon Filme gedreht, bevor Sie geboren wurden. Über achtzig, und nur eine Handvoll hat das Gefühl in mir ausgelöst.“

„Ich möchte Ihnen danken, dass Sie an mich gedacht haben.“

„Keine Ursache. Nach zehn Seiten kam mir Ihr Name in den Sinn. Er war immer noch da, als ich das Ende las.“ Seufzend drückte er die

Zigarette aus. „Und natürlich ging ich sofort zu meinem Berater – meiner Frau.“ Er grinste, nahm einen Schluck Kaffee und hielt es für schade, dass seine Frau koffeinfreien angeordnet hatte. „Seit über vierzig Jahren verlasse ich mich schon auf ihre Meinung.“

Sam dachte daran, wie wichtig es ihm gewesen war, Johannas Ansicht zu hören.

„Sie las das Drehbuch, gab es mir zurück und sagte, ich wäre verrückt, wenn ich die Rolle nicht annähme. Dann sagte sie mir, ich sollte den jungen Sam Weaver dazu bringen, den Michael zu spielen. Übrigens bewundert sie Ihren … Körperbau. Meine geheiligte Frau ist sehr weltlich.“

Sam schmunzelte. „Ich würde sie gern kennenlernen.“

„Wir werden es arrangieren. Habe ich erwähnt, dass Kincaid Regie führen wird?“

„Nein.“ Sams Interesse wuchs. „Es gibt kaum einen besseren Regisseur.“

„Das meine ich auch.“ Max musterte ihn nachdenklich unter seinen buschigen weißen Brauen. „Patterson produziert.“ Er sah, wie Sams Blick hart wurde. „Probleme?“

„Möglicherweise.“ Er wollte die Rolle, mehr als jede andere zuvor. Aber nicht auf Kosten seiner noch immer ungefestigten Beziehung zu Johanna.

„Dass Sie sich wegen Jo-Jo sorgen, halte ich nicht für nötig. Unsere Jo-Jo ist die geborene Professionelle. Und sie respektiert die Arbeit ihres Vaters.“ Max sah den dumpfen Zorn in Sams Augen und nickte bedächtig. „Ich war nicht sicher, ob Johanna sich jemals jemandem so weit anvertrauen würde.“

„Es war weniger eine Frage der Wahl als die Umstände.“ Sam war nicht nur gekommen, um über das Drehbuch zu sprechen. Er hatte die Verabredung bereits in der Absicht getroffen, so viel wie möglich von Max zu erfahren. „Ich nehme an, Sie wissen noch nicht, dass Patterson gestern Nacht einen Herzanfall hatte.“

„Nein. Ich habe heute noch keine Nachrichten gehört.“ Die Besorgnis kam automatisch. Die Freundschaft reichte ein Vierteljahrhundert zurück. „Wie schlimm?“

„Schlimm genug. Soweit ich weiß, ist er inzwischen außer Gefahr. Johanna ist heute morgen wieder ins Krankenhaus gefahren.“

„Er lebt hart. Er konnte sich nie lange genug ausruhen, um zu genießen, wofür er gearbeitet hat. Ich hoffe, er bekommt noch die Chance dazu." Max lehnte sich zurück und blickte über sein Grundstück. „Wissen Sie, ich habe drei Kinder und fünf Enkelkinder, und der erste Urenkel ist unterwegs. Es gab Zeiten, in denen ich nicht für sie da war, und das werde ich immer bereuen. Eine Familie und eine Karriere in dieser Branche zu vereinbaren ist wie mit Eiern jonglieren. Es gibt immer Bruch."

„Einige Leute jonglieren besser als andere."

„Das stimmt. Es braucht viel Mühe und viele Zugeständnisse, damit es klappt."

„Mir scheint, dass in Johannas Fall sie sämtliche Zugeständnisse gemacht hat."

Max schwieg einen Moment. Er erwog, noch eine Zigarette zu rauchen, doch kam zum Schluss, dass die empfindliche Nase seiner Frau ihm auf die Schliche kommen würde. „Ich hasse alte Männer, die sich in Angelegenheiten junger Leute einmischen. Ich sollte Schach spielen oder Tauben füttern gehen. Aber – wie ernst ist es Ihnen mit Jo-Jo?"

„Wir werden heiraten", hörte Sam sich zu seiner eigenen Verblüffung sagen. „Sobald ich sie dazu überredet habe."

„Viel Glück. Und das kommt von Herzen. Ich habe das Mädchen immer sehr gern gehabt." Max schenkte sich Kaffee nach. Er wusste, dass er noch lange nicht bereit war, Tauben zu füttern. „Wie viel hat sie Ihnen erzählt?"

„Genug, um mich erkennen zu lassen, dass mir ein harter Kampf bevorsteht."

„Und wie sehr lieben Sie sie?"

„Genug, um den Kampf fortzusetzen."

Max beschloss, eine zweite Zigarette zu riskieren. Falls seine Frau etwas roch, konnte er Sam die Schuld zuschieben. Er entzündete sie langsam, genoss den Geschmack. „Ich kannte ihre Mutter gut. Eine wundervolle Frau. Ein schönes Gesicht. Johanna ähnelt ihr, aber nur äußerlich. Ich habe nie eine Frau kennengelernt, die so sehr ihre eigenen Wege geht wie Johanna."

„Ich auch nicht", murmelte Sam. „Das macht es nicht immer leicht."

„Sie sind zu jung, um es leicht zu wollen. Wenn etwas leicht kommt, lässt man es gewöhnlich genauso leicht gehen. Jedenfalls war Glenna selbstsüchtig. Sie heiratete Carl nach einer kurzen und stürmischen Affäre. Vor dreißig Jahren waren die Affären genauso stürmisch wie heute, nur ein bisschen diskreter. Sie waren ein schönes Paar. Carl war dunkel, markant, breitschultrig, und Glenna war beinahe feenhaft, blass, zerbrechlich. Sie veranstalteten unglaubliche Parties und unglaubliche Wutanfälle. Ehrlich gesagt, genoss ich beides. Vielleicht haben Sie gehört, dass ich in meiner Jugend ein Teufelskerl war."

„Ich habe davon gehört. Aber ich habe nicht gehört, dass es der Vergangenheit angehört."

„Wir werden gut zusammenarbeiten", erklärte Max. Er nahm einen letzten Zug, bevor er die Zigarette ausdrückte. „Als Glenna schwanger wurde, gab sie Tausende für die Dekoration des Kinderzimmers aus. Dann verlor sie ihre Figur und begann zu toben. Sie konnte wie eine Madonna für einen Fotografen sitzen, dann einen Scotch hinunterkippen und wie ein Seemann fluchen. Sie kannte kein Mittelmaß."

„Johanna hat mir erzählt, dass sie manisch-depressiv war."

„Mag sein. Ich weiß nichts von Psychiatrie. Sagen wir, dass sie schwach war – nicht geistig, sondern seelisch – und gequält von der Tatsache, dass sie nie so erfolgreich war, wie sie sein wollte. Sie besaß wahres Talent, aber nicht den Elan, um an der Spitze zu bleiben. Zuerst gab sie Carl und der Ehe die Schuld, dann dem Kind. Nach Johannas Geburt durchlebte Glenna Phasen, in denen sie eine aufopfernde Mutter war und dann wiederum unerhört nachlässig. Die Ehe begann zu scheitern. Carl hatte Affären, sie hatte Affären, und keinem kam es in den Sinn, zuerst an das Kind zu denken."

Als Max den Zorn in Sams Augen sah, fügte er hinzu: „Es lag einfach nicht in ihrer Natur. Das ist keine Entschuldigung, aber eine Erklärung. Als die Trennung schließlich kam, benutzte Glenna das Kind als Waffe. Ich will Carl nicht zum Helden machen, aber er hat Johanna zumindest nie benutzt. Leider war sie ihm auch nie so wichtig."

„Ist er ihr Vater?"

Max zog die Brauen hoch. „Warum fragen Sie das?"

Nicht seinetwegen. Ihm war ihre Herkunft gleichgültig. Aber er wusste, dass die Wahrheit für Johanna sehr wichtig war. „Als Kind fand sie einen Brief, den ihre Mutter gleich nach der Rückkehr nach England an Patterson schrieb. Darin stand, dass sie nicht mit Sicherheit wüsste, wer Johannas Vater sei."

„Gütiger Himmel." Max strich sich mit der Hand über das Gesicht. „Ich hatte keine Ahnung davon. Es ist ein Wunder, dass es Johanna nicht zerstört hat."

„Nein, es hat sie nicht zerstört, aber es hat viel Schaden angerichtet."

„Arme kleine Jo-Jo. Sie war immer ein so einsames Kind. Verbrachte mehr Zeit mit dem Gärtner als mit jedem anderen. Ich wünschte, sie wäre damit zu mir gekommen."

„Ich glaube nicht, dass sie es außer mir jemals jemandem erzählt hat."

„Lassen Sie sie lieber nicht im Stich."

„Das habe ich nicht vor."

Max schwieg lange Zeit gedankenverloren. Johannas Eltern waren seine Freunde gewesen. Er hatte sie so akzeptiert, wie sie waren, aber stets das Kind bedauert. „Ich würde sagen, der Brief war reiner Unsinn. Wenn ein anderer Johannas Vater wäre, hätte Glenna es lange vor der Trennung ausgeplappert. Sie konnte ein Geheimnis nie länger als zwei Stunden für sich behalten. Nach einem Drink nicht länger als zwei Minuten. Carl weiß das." Seine Miene verfinsterte sich. „Leider muss ich sagen, dass er Johanna nicht unter seinem Dach behalten hätte, wenn er bezweifelt hätte, dass sie sein Fleisch und Blut ist. Er hätte sie ins nächste Flugzeug gesetzt und zu ihrer Mutter geschickt, ohne einen Blick zurück."

„Das macht ihn nicht gerade zu einem Heiligen."

„Nein, aber es macht ihn zu Johannas Vater."

Johanna blickte zur Uhr und fragte sich, wie sie zwei weitere Aufzeichnungen überstehen sollte. Der Zeitplan war bereits überschritten, weil ein Studiogast die Antworten der Geschwindigkeitsrunde ausposaunt hatte. Sie hatten die Aufnahmen unterbrechen, den Kandidaten beruhigen und die Runde mit neuen Fragen noch einmal drehen müssen. Normalerweise trug sie derartige Zwischenfälle mit Fassung, aber irgendwie hatte sie diesmal die Fassung verloren.

Als die Aufzeichnung endete, seufzte sie erleichtert. Ihr blieben fünfzehn Minuten, bevor es weiterging. „Beth, ich muss telefonieren. Ich bin im Büro, falls eine Krise auftritt."

Sie eilte in den kleinen Raum am Ende des Korridors, der nur einen Schreibtisch, einen Stuhl und ein Telefon enthielt. Sie benutzte alle drei. Sie rief das Krankenhaus an und erfuhr, dass Carls Zustand von kritisch auf ernst herabgestuft worden war. Sie rieb sich die Augen und dachte an eine weitere Tasse Kaffee, als sich die Tür öffnete. „Beth, wenn es nicht um Leben oder Tod geht, dann …"

„Es könnte sein."

Johanna richtete sich beim Klang von Sams Stimme sofort auf. „Hallo. Ich habe dich nicht erwartet."

„Du erwartest mich längst nicht oft genug." Er schloss die Tür hinter sich. „Wie geht es dir?"

„Nicht schlecht."

„Und deinem Vater?"

„Besser. Er wird morgen aus der Intensivstation verlegt."

„Gut." Sam trat zum Schreibtisch, setzte sich auf die Kante und musterte sie eingehend. „Du bist völlig erledigt, Johanna. Lass mich dich nach Hause bringen."

„Wir sind hier noch nicht fertig, und ich habe versprochen, anschließend noch einmal ins Krankenhaus zu fahren."

„Gut, ich begleite dich."

„Nein, bitte. Das ist nicht nötig, und ich wäre heute eine lausige Gesellschaft."

Er blickte hinab auf ihre Hände. Sie waren fest miteinander verschränkt. Er nahm sie in seine und trennte sie. „Versuchst du, dich zurückzuziehen, Johanna?"

„Nein. Ich weiß nicht." Sie holte tief Luft. „Sam, ich bin dir unbeschreiblich dankbar für das, was du gestern Nacht für mich getan hast …, dass du mir zugehört und mich nicht verurteilt hast. Du warst für mich da, als ich dich brauchte, und das werde ich dir nie vergessen."

„Das klingt wie ein Abschied", murmelte er.

„Nein, das ist es natürlich nicht. Aber du solltest jetzt verstehen, warum aus unserer Beziehung nichts werden kann."

„Ich muss ziemlich dumm sein, denn ich verstehe es nicht. Ich verstehe allerdings, warum du Angst hast. Johanna, wir müssen miteinander reden."

„Ich muss zurück ins Studio. Die Pause ist gleich zu Ende."

„Bleib sitzen", sagte er, als sie sich erheben wollte, und sein Blick ließ sie gehorchen. „Ich versuche, mich kurz zu fassen. Ich muss übermorgen nach Maryland fliegen. Die Dreharbeiten beginnen."

„Oh." Sie rang um ein Lächeln. „Nun, das ist schön. Ich weiß, wie sehr du dich danach gesehnt hast."

„Ich werde drei Wochen fort sein, vielleicht länger. Ich kann es nicht aufschieben."

„Natürlich nicht. Ich hoffe … nun, ich hoffe, du lässt mich wissen, wie es vorangeht."

„Johanna, ich möchte, dass du mitkommst."

„Wie bitte?"

„Ich möchte, dass du mitkommst."

„Ich … ich kann nicht. Ich habe meinen Beruf, und …"

„Ich bitte dich nicht, zwischen deinem Beruf und mir zu wählen. Genauso wenig, wie ich annehme, dass du mich darum bitten würdest."

„Nein, natürlich nicht."

Er blickte sie forschend an. „Das Drehbuch, das Max mir geschickt hat – ich möchte es annehmen."

„Das solltest du auch. Die Rolle ist perfekt für dich."

„Vielleicht, aber ich möchte wissen, ob es perfekt für dich ist. Dein Vater ist der Produzent, Johanna."

„Oh." Sie blickte hinab auf ihre Hände in seinen. „Dann hast du den besten."

„Ich will wissen, wie du dazu stehst. Was du wirklich fühlst."

„Es geht eher darum, wie du dazu stehst."

„Diesmal nicht."

„Sam, deine beruflichen Entscheidungen musst du selbst treffen. Aber meiner Ansicht nach wärst du dumm, die Chance nicht zu ergreifen, mit Max und Patterson Productions zu arbeiten. Das Drehbuch hätte für dich geschrieben sein können, und ich wäre enttäuscht, dich nicht in der Rolle zu sehen."

„Immer so vernünftig."

„Das hoffe ich."

„Dann sei auch jetzt vernünftig. Nimm dir ein paar Tage frei, und komm mit mir." Bevor sie protestieren konnte, fuhr er fort: „Du hast eine ausgezeichnete Belegschaft. Du weißt, dass sie ein paar Wochen lang ohne dich zurechtkommen."

„Wahrscheinlich, aber nicht ohne Vorankündigung. Und dann mein Vater ..."

„Also gut. Nimm dir eine Woche, um dich zu überzeugen, dass deine Belegschaft zurechtkommt und dein Vater sich erholt. Und dann komm nach."

„Warum?"

„Endlich fragst du." Sam holte eine Schachtel aus seiner Tasche, öffnete sie und legte sie ihr auf die Handfläche. „Ich möchte, dass du mich heiratest."

Sie starrte auf den makellosen Diamanten. Er war schlicht und sehr klassisch. Die Art Ring, dachte Johanna, an den Mädchen denken, wenn sie von weißen Rössern und Luftschlössern träumen. „Ich kann nicht."

„Was kannst du nicht?"

„Ich kann dich nicht heiraten. Das weißt du doch. Ich hatte keine Ahnung, dass du überhaupt daran denkst."

„Das hatte ich auch nicht. Bis heute." Er berührte sacht ihr Haar. „Aber ich bin mir ganz sicher, Johanna."

„Es tut mir leid." Sie hielt ihm die Schachtel hin und legte sie auf den Tisch, als er sie nicht nahm. „Ich will dir nicht weh tun. Das weißt du. Deswegen kann ich nicht."

Sam stand auf und zog sie mit sich hoch. „Du glaubst vielleicht, dass du mir einen Gefallen tust, wenn du mich abweist. Aber da irrst du dich. Ganz gewaltig sogar."

Seine Finger verfingen sich in ihrem Haar, als er sie küsste. Unfähig, ihn zu verleugnen – oder sich selbst –, schlang sie die Arme um seinen Nacken und hielt ihn fest, obgleich unzählige Zweifel sie bestürmten.

„Glaubst du mir, dass ich dich liebe?"

„Ja." Sie drückte ihn fester an sich, barg das Gesicht an seiner Schulter. „Sam, ich will nicht, dass du gehst. Ich weiß, dass du musst, und ich weiß, wie sehr ich dich vermissen werde, aber ich kann dir nicht geben, was du willst. Wenn ich es könnte, dann wärst du der Einzige, dem ich es geben würde."

Er hatte nicht einmal so viel erwartet. Ein anderer Mann hätte vielleicht enttäuscht reagiert, aber er war im Laufe seines Lebens schon zu oft gegen eine Wand gerannt, um sich von einer weiteren entmutigen zu lassen. Besonders, da er die feste Absicht hegte, diese Mauer niederzureißen, Stein um Stein.

Er drückte einen Kuss auf ihre Schläfe. „Ich weiß bereits, was ich brauche und was ich will." Er hielt sie von sich ab, bis sich ihre Blicke begegneten. „Du solltest lieber anfangen, an dich selbst zu denken, Johanna. An das, was du willst, was du brauchst. Nur du. Ich halte dich für klug genug, um bald eine Antwort zu finden." Er küsste sie erneut, bis ihr der Atem verging. „Melde dich."

Sie hatte nicht die Kraft, etwas anderes zu tun, als auf den Stuhl zu sinken, nachdem Sam gegangen war. Die Dreharbeiten gingen weiter, doch sie blieb sitzen und starrte auf den Ring, den er auf dem Tisch zurückgelassen hatte.

12. KAPITEL

Zwei Wochen war Sam fort, und sie hatte nicht einen einzigen Anruf von ihm erhalten. Aber jeden Abend kamen Blumen. Einmal waren es schwarzfleckige Lilien, ein andermal weiße Orchideen. Sie konnte kein Zimmer ihres Hauses betreten, ohne an ihn zu denken. Nach Ablauf der ersten Woche waren sie in ihr Büro geliefert worden – ein kleines Bouquet Veilchen, ein riesiger Strauß Teerosen. Selbst dort konnte sie ihm nicht entfliehen.

Er spielte offensichtlich, und er spielte nicht fair.

Natürlich würde sie ihn nicht heiraten. Sie glaubte nicht daran, dass zwei Menschen sich ein Leben lang lieben und ehren konnten. Es tat ihr leid, aber sie hatte nicht die Absicht, ihre Einstellung zu ändern.

Johanna trug seinen Ring zwar bei sich – zur sicheren Verwahrung, aber sie hatte ihn nicht aus der Schachtel genommen. Zumindest nicht öfter als einige Male.

Sie war froh, dass sich die berufliche Belastung verstärkt hatte, sodass sie unablässig beschäftigt war. Ihr blieb wenig Zeit, zu grübeln und ihn zu vermissen. Abgesehen von den langen, einsamen Nächten, in denen sie vergeblich dem Telefon lauschte.

Er hatte ihr gesagt, dass sie sich melden sollte, aber er hatte ihr nicht gesagt, wo er sich aufhielt. Einige diskrete Erkundigungen hatten ihr zwar Namen und Adresse seines Hotels eingebracht, aber das bedeutete nicht, dass sie ihn anrufen wollte. Wenn sie es täte, würde er wissen, dass sie sich einige Mühe gegeben hatte, ihn ausfindig zu machen. Und dann würde er wissen, dass sie nicht nur angebissen, sondern den Köder ganz verschluckt hatte.

Am Ende der zweiten Woche war sie wütend auf ihn. Er hatte sie in die Enge getrieben und sie dann in der Falle sitzen lassen. Es gehörte sich einfach nicht, eine Frau um die Ehe zu bitten, ihr einen Ring in die Hand zu drücken und dann zu verschwinden.

Am fünfzehnten Tag, um drei Uhr morgens, als Johanna sich schlaflos im Bett hin und her warf, beschloss sie, ihm den Ring zurückzuschicken, sobald das Postamt öffnete. Sie hätte es auch getan. Aber am Morgen war sie ein paar Minuten zu spät dran, und den ganzen Tag über war sie einfach unabkömmlich im Büro.

Sie entschied sich gegen eine Versendung per Post. Es erschien ihr höflicher, ihm den Ring vor die Füße zu werfen, wenn er in die Stadt zurückkehrte. Es war nur Pech, dass er ihr an diesem Tag ausgerechnet Vergissmeinnicht schickte. Zufällig war es eine ihrer Lieblingsblumen.

Mitte der dritten Woche war Johanna ein nervliches Wrack. Sie wusste, dass sie die missbilligenden Blicke ihrer Mitarbeiter verdient hatte. Dennoch knurrte sie über jede Unterbrechung der Aufzeichnungen am Montag – mit der Ausrede, dass sie ihrem Vater zugesagt habe, am Abend Kopien zu bringen.

Sie wusste, dass er sich nicht sonderlich für die Sendung interessierte, aber sein Genesungsurlaub war schwer für ihn zu ertragen. Er hing genug am Leben, um die Anweisungen des Arztes zu befolgen, doch das bedeutete nicht, dass er nicht sämtliche Sendungen überwachen konnte, die von Patterson Productions stammten.

Johanna wartete ungeduldig auf die Kopien, wanderte auf und ab und spielte mit der Ringschachtel in ihrer Tasche.

„Hier hast du sie." Mit einem übertriebenen Lächeln reichte Bethany ihr die Bänder.

Johanna steckte sie in ihre Tasche. „Sei bitte morgen pünktlich um neun Uhr im Büro."

„Wie du meinst", erwiderte Bethany in übertrieben sanftem Ton.

„Was ist? Hast du irgend etwas?"

„Ich? Aber nein", wehrte Bethany mit Unschuldsmiene ab. „Es ist nur mein Rücken."

„Was ist mit deinem Rücken?"

„Eigentlich nichts. Er tut nur immer ein bisschen weh, wenn ich geprügelt werde."

„Es tut mir leid. Ich war wohl ein bisschen gereizt."

„Nur ein kleines bisschen. Komisch, wenn mir jemand wochenlang jeden Tag Blumen schickte, wäre ich etwas fröhlicher."

„Er glaubt, mehr braucht es nicht, um mich um den kleinen Finger wickeln zu können."

„Vermisst du ihn?"

„Ja, ich vermisse ihn. Und das weiß er genau."

„Weißt du, Johanna, die Entfernung vom Westen zur Ostküste ist genauso groß wie umgekehrt."

Sie hatte bereits mit dem Gedanken gespielt, zu ihm zu fahren. „Nein, ich kann nicht." Sie tastete nach der Schachtel in ihrer Tasche.

„Es wäre nicht fair ihm gegenüber."

„Weil?"

„Weil … ich nicht kann …" Impulsiv holte Johanna die Schachtel hervor und öffnete sie. „Deshalb."

„Oho", murmelte Bethany und seufzte. „Meine besten Wünsche und gute Reise."

„Ich habe Nein gesagt."

„Warum hast du den Ring dann noch?"

„Er hat ihn mir einfach in die Hand gedrückt und ist verschwunden."

„Also hast du beschlossen, ihn ein paar Tage lang in der Tasche mit dir herumzutragen."

„Nein, ich … Ich wollte ihn nur zur Hand haben, damit ich ihn zurückgeben kann."

Nachdenklich neigte Bethany den Kopf zur Seite. „Ich glaube, das ist die erste Lüge, die ich von dir gehört habe."

„Ich weiß nicht, warum ich den Ring noch habe." Johanna ließ den Deckel zuschnappen und steckte die Schachtel in die Tasche zurück. „Es ist nicht wichtig."

„Natürlich nicht. Ich finde Heiratsanträge auch überhaupt nicht aufregend", bemerkte Bethany sarkastisch.

„Ich glaube nicht an die Ehe."

„Das ist, als ob man nicht an den Weihnachtsmann glaubt." Bethany schüttelte den Kopf. „Johanna, sag mir bloß nicht, dass du auch nicht an Sam glaubst? Er mag zwar ein bisschen wie ein Traum sein, aber er ist schon eine ganze Weile da, und er wird bleiben."

„Lass uns ein andermal darüber reden. Ich muss diese Bänder abgeben." Mit Bethany an ihrer Seite verließ sie das Studio. „Glaubst du eigentlich an die Ehe?"

„Ja, ich glaube an die Ehe, solange zwei Menschen bereit sind, ihr Bestes zu geben. Du solltest es dir überlegen, Johanna. Wir sehen uns morgen."

„Gute Nacht, Beth", murmelte Johanna nachdenklich.

Die Zufahrt zum Haus ihres Vaters erweckte keine kindlichen Erinnerungen in Johanna. Sie sah das Anwesen mit den Augen einer Erwachsenen. Vielleicht hatte sie es schon immer getan. Die weißen Säulen, die Terrassen und Balkone erweckten einen stattlichen Eindruck und hatten sich seit ihrer frühesten Erinnerung kaum verändert.

Innen hatte das Haus gewaltige Veränderungen erlebt, entsprechend seiner jeweiligen Herrin. Ihre Mutter hatte einen weiblichen, zierlichen Stil bevorzugt. Darlene hatte eine supermoderne Einrichtung gewählt. Die letzte Herrin hatte für prunkvolle Eleganz gesorgt. Es würde gewiss nicht lange dauern, bis Toni dem Haus ihren Stempel aufdrückte.

Eine Hausangestellte in grauer Uniform öffnete Johanna die Tür. „Guten Abend, Miss Patterson."

„Guten Abend. Erwartet Mr. Patterson mich?"

„Er und Miss DuMonde sind im Salon."

„Danke." Johanna durchquerte die Eingangshalle und trat ein. Ihr Vater, in einer dunkelblauen Smokingjacke, sah gut, aber ungehalten aus. Toni lag lässig auf dem Sofa, nippte Wein und blätterte in einem Magazin – in einem Einrichtungsmagazin, wie Johanna mit einem verstohlenen Lächeln feststellte.

„Ich habe dich schon vor einer Stunde erwartet", sagte Carl ohne Vorrede.

„Die Aufnahmen haben sich verzögert." Sie legte die Bänder neben ihn auf den Tisch. „Du siehst gut aus."

„Mir fehlt ja auch nichts."

„Carl ist ein bisschen gelangweilt." Toni erhob sich. Sie trug einen pfirsichfarbenen Seidenanzug, zu dem ihr Schmollmund hervorragend passte. „Vielleicht können Sie ihn besser unterhalten als ich", sagte sie und stolzierte aus dem Raum.

„Komme ich ungelegen?"

„Nein." Carl stand auf und ging zur Bar. Sie unterdrückte einen Protest und war erleichtert, als er sich Soda einschenkte. „Möchtest du etwas?"

„Nein, danke. Ich kann nicht bleiben."

„Ich dachte, du würdest bleiben, bis ich mir die Bänder angesehen habe."

Da sie sich erinnerte, wie einsam er im Krankenhaus gewirkt hatte, gab sie nach. „Also gut. Ich bleibe, bis du den ersten Teil gesehen hast, falls du irgendwelche Fragen hast."

„Ich kenne das Quiz, Johanna. Ich bezweifle, dass ich Fragen zu meiner eigenen Sendung habe."

Sie nahm ihre Tasche. „Dann ist ja alles klar."

„Johanna?" Er räusperte sich und setzte sich wieder. „Du hast gute Arbeit geleistet."

Sie zog die Augenbrauen hoch. „Danke." Sie stellte ihre Tasche wieder ab und blickte zur Uhr.

„Wenn du eine verdammte Verabredung hast, dann geh nur."

„Nein, ich wollte mir nur die Uhrzeit merken. Da es das erste Mal in meinem Leben ist, dass du mich wegen etwas lobst, will ich mich erinnern können, wann es passiert ist."

„Es besteht kein Grund, sarkastisch zu werden."

„Vielleicht nicht." Sie durchquerte den Raum und setzte sich auf eine Sesselkante. Sie hatte sich nie wohl in diesem Haus gefühlt. „Ich bin froh, dass es dir so gut geht. Wenn du willst, kann ich dir morgen die Aufzeichnungen der Abendsendung bringen. Wir vergeben eine Reise für zwei Personen nach Puerto Vallarta für die Geschwindigkeitsrunde. Und wenn ein Kandidat alle Fragen ohne Hilfe von seinem Partner beantworten kann, gewinnt er einen Wagen. Diese Woche ist es ein Sedan. Viertürig."

„Die Preise interessieren mich nicht."

„Das dachte ich mir. Aber vielleicht findest du irgendeinen Mangel, wenn du dir die Aufzeichnungen ansiehst. Du kannst hier zu Hause mehr leisten als manch anderer im Büro."

„Ich werde nicht ewig hier herumsitzen."

„Daran besteht kein Zweifel." Nein, er würde sehr bald wieder voll auf seinem Posten sein. Vielleicht war nun der richtige Augenblick, der einzige Augenblick gekommen. „Bevor ich gehe, möchte ich dich etwas fragen."

„Wenn es um das Pilotprojekt geht, das habe ich schon gesehen und gebilligt."

„Nein, es ist persönlich."

Er nickte nur.

„Warum willst du Toni DuMonde heiraten?"

„Ich würde sagen, das geht nur Toni und mich etwas an. Wenn dich der Altersunterschied stört ..."

„Es würde mich nicht stören, wenn der Unterschied doppelt so groß wäre", warf Johanna ein. „Ich bin nur neugierig."

„Ich werde sie heiraten, weil ich es will."

„Und beabsichtigst du, mit ihr verheiratet zu bleiben?"

„Solange es uns beiden gefällt, ja."

Johanna lächelte ein wenig und nickte bedächtig. „Warum hast du meine Mutter geheiratet?"

Sprachlos starrte Carl sie an und registrierte die Ähnlichkeit, die er stets ignoriert hatte. Doch ihr Gesicht kündete von mehr Charakter, mehr Mut. „Warum bringst, du das jetzt zur Sprache? Du hast bisher nie nach ihr gefragt."

„Vielleicht hätte ich es tun sollen. Ich habe nämlich eine Entscheidung zu treffen, und das kann ich erst, wenn ich es besser verstehe. Hast du sie geliebt?"

„Natürlich. Sie war wundervoll, faszinierend, jedenfalls am Anfang ihrer Karriere. Kein Mann, der sie damals kennenlernte, hat sie nicht geliebt."

„Aber du bist der Einzige, der sie geheiratet hat. Und der sich von ihr hat scheiden lassen."

„Die Ehe war ein Fehler. Wir erkannten es beide vor Ablauf des ersten Jahres. Nicht, dass wir uns nicht mochten. Wie gesagt, sie war schön und sehr zart. Du ähnelst ihr." Er hielt abrupt inne, als er Johannas Miene sah. Vielleicht war er nie ein liebevoller Vater gewesen, aber er war ein scharfsinniger Mann. „Wenn du dich wegen ihres Gesundheitszustandes sorgst, kann ich dich beruhigen. Glenna war immer unberechenbar, und durch den Alkohol verstärkte sich das. Aber bei dir habe ich nichts davon bemerken können. Und ich habe darauf geachtet, das kannst du mir glauben."

„Wirklich?", murmelte Johanna.

„Du hast nie zu Extremen geneigt. Offensichtlich hast du genug von mir geerbt."

„Meinst du? Ich habe mich immer gefragt, ob ich überhaupt etwas von dir geerbt habe."

„Du bist schließlich eine Produzentin, und zwar eine gute. Das sollte etwas heißen. Die Pattersons waren immer starke, praktisch veranlagte Menschen. Ehrgeizig. Wenn ich es mir überlege, würde ich sagen, dass du nach meiner Großmutter kommst. Sie war sehr willensstark und legte nie die Hände in den Schoß." Zum ersten Mal seit Jahren musterte er seine Tochter richtig gründlich. „Du hast auch das Haar von ihr geerbt."

Verwundert berührte Johanna ihr Haar. „Von deiner Großmutter?"

„Von deiner Mutter hast du es nicht", sagte er mit einem säuerlichen Lächeln. „Ihre Farbe stammte vom Friseur. Das war eines ihrer bestgehüteten Geheimnisse. Ihre waren braun, mausbraun. Und der Himmel weiß, dass du den Elan nicht von ihr hast. Das ist die Patterson in dir." Er sagte es nicht mit Stolz, er stellte es nur fest.

Also war er doch ihr Vater. Sie saß da, wartete auf eine Flut von Gefühlen. Als sie nichts spürte, seufzte sie. Eigentlich hatte sich nichts geändert. Dann lächelte sie. Vielleicht hatte sich sogar alles verändert. „Ich möchte gelegentlich mehr hören. Über deine Großmutter – meine Urgroßmutter." Sie blickte zur Uhr und erhob sich. „Ich muss jetzt wirklich gehen. Ich werde verreisen. Ein paar Tage lang wird es auch ohne mich klappen."

„Verreisen? Wann?"

„Heute Abend."

Johanna erwischte gerade noch das letzte Flugzeug, nachdem sie Bethany angerufen und ihr Anweisungen für den folgenden Arbeitstag und die Pflege ihres Kätzchens gegeben hatte.

Sie beobachtete, wie Los Angeles und die Entschlüsse, mit denen sie ihr ganzes Leben lang gelebt hatte, allmählich entglitten. Sie hatte den größten Schritt ihres Lebens gewagt, ohne sich sicher zu sein, ob sie auf festem Boden landen würde.

Irgendwo über Nevada schlummerte sie ein, erwachte dann über New Mexiko in einem Anfall von blinder Panik. Was war nur in sie gefahren, dass sie Tausende von Meilen reiste, ohne auch nur eine Zahnbürste bei sich zu haben? Es sah ihr gar nicht ähnlich, keine Pläne zu schmieden, keine Listen anzufertigen. Am folgenden Tag wurde gedreht. Wer sollte sich um all die Einzelheiten kümmern? Wer sollte John Jay bei Laune halten?

Irgendjemand anders, sagte sie sich. Ausnahmsweise musste es jemand anders sein.

Sie flog von einer Küste zur anderen, schlief unruhig und fragte sich immer wieder, ob sie den Verstand verloren hatte. Bei der Zwischenlandung in Houston verlor sie beinahe auch den Mut. Doch sie bestieg das nächste Flugzeug. Vielleicht verhielt sie sich nicht klug oder vernünftig, aber jeder hatte das Recht, einmal im Leben etwas Impulsives zu tun.

Im Morgengrauen landete Johanna in Baltimore. Es war kühl in Maryland, und sie war froh über ihre Kostümjacke. Dieselbe Jacke, rief sie sich in Erinnerung, die sie am Morgen zuvor in Los Angeles angezogen hatte, als sie noch bei klarem Verstand gewesen war. Der Himmel hing voller Regenwolken, als sie in ein Taxi stieg und dem Fahrer den Namen von Sams Hotel nannte.

Es half ihr ein wenig, die Augen zu schließen und die fremde Umgebung zu ignorieren. Dadurch vergaß sie fast, dass sie sich am anderen Ende des Kontinents befand. In Los Angeles drehten sich die Leute gerade in ihren Betten um, um noch ein paar Stunden zu schlafen. Hier erwachten sie und bereiteten sich auf den neuen Tag vor.

Der Regen setzte ein, als das Taxi vor dem Hotel hielt. Sie entlohnte den Fahrer und betrat die Eingangshalle. Suite 621. Zumindest wusste sie die Nummer. Das ersparte ihr die Unannehmlichkeit, die Rezeption zu fragen und davon zu überzeugen, dass sie nicht ein Fan von Sam Weaver war. Sie fuhr zum sechsten Stock hinauf. Es fiel ihr nicht schwer, den Fahrstuhl zu verlassen. Sie schaffte es sogar, den Korridor entlang zu seiner Tür zu gehen. Doch dort blieb sie unsicher stehen.

Wenn er sie nun nicht wollte? Wenn er nicht allein war? Schließlich hatte sie keinen Anspruch auf ihn, hatte ihm nichts versprochen. Und sie hatte sich geweigert, seine Versprechungen zu akzeptieren. Er war frei. Er konnte tun, was immer er wollte, mit wem er wollte. Sie wandte sich ab und entfernte sich zwei Schritte.

Sei nicht albern, sagte sie sich. Sie war Tausende von Meilen gereist. Sie straffte die Schultern und streckte das Kinn vor. Sie klopfte. Als sich ihr Magen meldete, griff sie automatisch in ihre Tasche nach den Tabletten. Ihre Finger schlossen sich um die Samtschachtel. Sie nahm ihren Mut beisammen und klopfte erneut.

Sam erwachte fluchend. Sie hatten bis um zwei Uhr morgens gearbeitet, und er hatte kaum die Energie zum Ausziehen aufgebracht, bevor er ins Bett gefallen war. Jetzt hämmerte dieser verdammte Regieassistent an die Tür. Dabei hätte jeder Idiot wissen müssen, dass sie bei Regen keine der geplanten Szenen abdrehen konnten.

Verschlafen und voller Rachsucht zerrte Sam das Laken vom Bett und wickelte es um sich. Er stolperte über den Saum, fluchte erneut und riss die Tür auf. „Verdammt, es …“ Es verschlug ihm die Sprache.

Er musste träumen. Johanna war doch einen Kontinent entfernt und schlief.

„Es tut mir leid, dass ich dich geweckt habe", murmelte sie dann. „Ich hätte warten sollen. Oder anrufen." Oder wegbleiben, dachte sie verzweifelt.

Dann dachte sie gar nichts mehr, weil Sam sie hineinzog. Die Tür schlug zu, und sie wurde dagegen gepresst und ihr Mund gefangen genommen.

„Sag nichts", befahl er, als sie nach Atem rang. „Kein Wort. Noch nicht."

Sie hätte gar nicht sprechen können. Während er sie durch das Wohnzimmer zog, streifte er ihr die Jacke ab, kämpfte mit den Knöpfen ihrer Bluse. Mit einem kehligen Lachen zog sie an dem Laken. Es fiel zu Boden, während sie sich ins Schlafzimmer begaben.

Ihr Rock rutschte über ihre Hüften hinab, und er hob sie hinaus. Während seine Hände über sie glitten, schlüpfte sie aus einem Schuh. Sie hatten beinahe die Schlafzimmertür erreicht, bevor sie den zweiten abstreifen konnte.

Sam war noch nicht einmal richtig wach, als sie auf das Bett fielen. Sie war da. Traum oder Wirklichkeit, sie war da. Ihre Haut war genauso zart, genauso duftend. Ihre Lippen, die sich für seine öffneten, waren genauso weich, wie er es in Erinnerung hatte. Als sie seufzte, als sie die Arme um ihn schlang, da wusste er, dass es kein Traum war.

Überschwänglich rollten sie über das bereits zerwühlte Bett, während der Regen zunahm und an den Fenstern hinabrann.

Es war richtig, dass sie gekommen war. Was immer zuvor geschehen war, was immer danach geschah, es war richtig, diesen Moment zu nehmen. Und ihm diese Zeit zu geben. Es würde keine Fragen, keinen Grund für Erklärungen oder Ausflüchte geben, sondern nur Freude, die sich immer mehr zu einem betörenden Entzücken steigerte.

In Harmonie, des Körpers und des Geistes, kamen sie zusammen, brachten dieses Entzücken auf den Höhepunkt.

Der Donner setzte ein, als er sie erneut an sich schmiegte. Oder vielleicht hatten sie das Unwetter zuvor nur nicht gehört. Nun, als der Sturm über die Stadt fegte, waren sie zusammen und allein und verliebt. Manchmal war das wirklich alles, was zählte.

Sie behielt die Hand auf seinem Herzen und den Kopf an seiner

Schulter, als sie in die Wirklichkeit zurückschwebten. Es blieb düster im Raum, doch für Johanna hatte es nie einen schöneren Morgen gegeben.

„Bist du nur auf der Durchreise?“, murmelte er.

Sie spreizte die Finger auf seiner Brust. „Ich hatte ein dringendes und unerwartetes Geschäft an der Ostküste.“

„Ich verstehe. Bist du auf Kandidatensuche?“

„Nicht direkt. Ich nehme an, du hast heute früh keine Dreharbeiten?“

„Wenn der Regen anhält, und ich bete darum, habe ich heute gar keine.“ Langsam, als hätte er alle Zeit der Welt, streckte er sich. „Wir wollten heute unten am Hafen drehen. Ein toller Ort. Die besten Krabben, die ich je gegessen habe.“ Er malte sich bereits aus, mit ihr hinzugehen. „Sobald das abgedreht ist, sind wir hier fertig.“

Ein Schmollen trat auf ihre Lippen, was sie sich sonst nie gestattete. „Du hast deine drei Wochen etwas überzogen.“

Er hoffte, dass es Verärgerung war, was er in ihrer Stimme entdeckte. „Ein bisschen.“

„Ich nehme an, du warst zu beschäftigt, um mich anzurufen und mich wissen zu lassen, wie es läuft.“

„Nein.“

„Nein?“ Sie stützte sich auf einen Ellbogen und blickte ihn finster an.

„Nein, ich war nicht zu beschäftigt. Ich wollte nicht anrufen.“

„Aha, ich verstehe.“ Sie wollte aufstehen, fand sich aber flach auf dem Rücken wieder, mit Sam über sie gebeugt.

„Ich hoffe, du hast nicht vor, diesen Raum zu verlassen.“

„Ich sagte doch, dass ich Geschäfte habe.“

„Das sagtest du. Ist es ein Zufall, dass du Geschäfte in Baltimore hast und dich im selben Hotel aufhältst – offensichtlich in meinem Zimmer?“

„Ich habe nicht die Absicht, mich länger hier aufzuhalten.“

Er knabberte sanft an ihrem Kinn. „Warum bist du gekommen, Johanna?“

„Ich möchte lieber nicht darüber reden. Ich möchte meine Kleider“, sagte sie steif.

„Gewiss. Ich hole sie dir.“ Er ging hinaus und ließ Johanna mit der zweifelhaften Bedeckung eines Kopfkissens zurück.

Sie wollte aufstehen, als er mit ihrem Kostüm über dem Arm zurückkehrte. Dann konnte sie nur noch nach Luft schnappen, als er das Fenster öffnete und ihre Kleider hinauswarf.

„Was zum Teufel tust du denn da?“ Sie sprang auf und stürmte zum Fenster. „Du hast meine Kleider aus dem Fenster geworfen!“ Entsetzt starrte sie ihn an.

„Sieht ganz so aus.“

„Bist du verrückt? Ich bin nur mit den Sachen hergeflogen, die ich auf dem Leib hatte, und jetzt liegen sie sechs Stockwerke tiefer und sind klitschnass. Ich habe nur noch meine Schuhe hier.“

„Damit habe ich gerechnet. Schien mir der beste Weg, um sicherzugehen, dass du bleibst.“

„Du bist wirklich verrückt.“ Sie begann, sich aus dem Fenster zu beugen, erinnerte sich dann, dass sie nackt war, und sank auf das Bett. „Was soll ich jetzt bloß tun?“

„Dir wieder mal ein Hemd von mir leihen, nehme ich an. Bedien dich.“ Er deutete zum Schrank. „Du kannst mir dabei gleich ein Paar Jeans geben. Es fällt mir schwer, mich vernünftig mit dir zu unterhalten, wenn wir nichts als ein Lächeln zur Schau tragen.“

„Ich lächle nicht“, stieß sie zwischen den Zähnen hervor, während sie ihm seine Jeans zuwarf. „Das war eins meiner besten Kostüme, und ich …“ Ihre Finger erstarrten auf dem Knopf des Hemdes, das sie angezogen hatte. „Oh, Himmel, die Jacke! Ich habe ihn in der Jacke!“ Das Hemd erst halb zugeknöpft, stürmte sie zur Tür.

Sam war gerade schnell genug, um ihr den Ausgang zu versperren. „Ich glaube nicht, dass du für einen Spaziergang angezogen bist, Johanna. Nicht, dass du nicht großartig aussiehst. Du siehst sogar so umwerfend aus, dass ich dich am liebsten bitten würde, mir mein Hemd zurückzugeben.“

„Würdest du bitte mit dem Unsinn aufhören?“ Sie versuchte, ihn zur Seite zu schieben, stieß aber auf soliden Widerstand. „Du hast ihn aus dem Fenster geworfen! Ich kann es kaum fassen, was für ein Idiot du bist. Du hast meinen Ring aus dem Fenster geworfen.“

„Wessen Ring?“

„Meinen Ring, den von dir.“ Sie tauchte unter seinem Arm hindurch und rannte zum Fenster zurück. „Jemand wird es mitnehmen.“

„Dein Kostüm?“

„Ja, aber das Kostüm interessiert mich nicht. Zum Teufel mit dem Kostüm. Ich will meinen Ring.“

„Na gut. Hier.“ Sam zog ihn von seinem kleinen Finger und hielt ihn ihr hin. „Die Schachtel muss aus deiner Tasche gefallen sein, als ... als ich dich begrüßt habe.“

Johanna stieß einen erleichterten Ruf aus und griff danach, bevor ihr bewusst wurde, dass er sie an der Nase herumgeführt hatte. „Verdammt, Sam, du hattest ihn die ganze Zeit und hast mich glauben lassen, er wäre weg!“

„Es war schön zu erfahren, dass er dir wichtig ist.“ Er hielt ihn zwischen zwei Fingern hoch. „Darf ich ihn dir anstecken?“

„Du kannst ihn nehmen und ...“

„Ich bin jeglichen Vorstellungen gegenüber zugänglich.“ Dann lächelte er auf eine Art, die sie als höchst unfair empfand.

„Ich muss mich einen Moment setzen.“ Sie sank auf das Bett. Die Erleichterung war vergangen, ebenso der Zorn. Sie war in einer bestimmten Absicht gekommen, und es wurde Zeit, sie zu verfolgen. „Ich bin gekommen, um dich zu sehen.“

„Nein! Wirklich?“

„Mach dich nicht über mich lustig.“

„Also gut.“ Sam setzte sich neben sie und legte einen Arm um ihre Schultern. „Dann kann ich dir wohl verraten, dass ich zurückgekommen wäre, wenn du nicht gekommen wärst oder in den nächsten vierundzwanzig Stunden nicht angerufen hättest. Ich hätte den Film sausen lassen.“

„Du hast mich nicht angerufen.“

„Nein. Weil ich dachte, wir wüssten beide, dass du den nächsten Schritt machen musstest. Und ich hoffe, du hast genauso gelitten wie ich.“ Er presste die Lippen auf ihr Haar. „Was soll also werden?“

„Ich habe gestern Abend mit meinem Vater gesprochen.“ Sie neigte den Kopf, sodass sie Sam ansehen konnte. „Er ist mein Vater.“

Sanft strich er ihr eine Locke aus dem Gesicht. „Ist alles in Ordnung?“

„Es ist nicht wie ein Happy End in einem Märchen, aber es ist alles klar. Wir werden uns wohl nie sehr nahestehen, und das kann ich jetzt akzeptieren. Ich bin nicht wie er und auch nicht wie meine Mutter. Ich habe all die Zeit gebraucht, um zu erkennen, dass es gut so ist."

Er küsste erneut ihr Haar, genoss den vertrauten Duft. „Das hätte ich dir auch sagen können, wenn du mir zugehört hättest."

„Jetzt kann ich dir zuhören, nachdem ich es mir selbst gesagt habe." Johanna holte tief Luft und nahm seine Hand. „Ich muss dich etwas fragen, Sam. Man könnte fast sagen, es ist die Preisfrage."

„Ich funktioniere am besten unter Druck."

Doch ihre Augen blieben ernst. „Warum willst du mich heiraten?"

„Das ist die Frage?" Er zog die Brauen hoch, und dann lachte er und drückte sie an sich. „Ich dachte schon, du würdest mich etwas Schweres fragen. Ich will dich heiraten, weil ich dich liebe und dich brauche. Du hast mein Leben verändert."

„Und morgen?"

„Eine zweiteilige Frage", murmelte er und küsste ihre Wange, ihre Stirn, dann ihre Lippen. „Ich wünschte, es gäbe eine Garantie, aber es gibt keine. Ich kann dir nur sagen, dass ich an dich denke, wenn ich an morgen denke. Wenn ich an morgen in zehn Jahren denke, denke ich an dich. Ich denke an uns."

Er hätte es nicht besser sagen können, dachte sie, während sie zärtlich sein Gesicht berührte. Nein, es gab keine Garantie, aber sie hatten eine Chance. Eine sehr gute. „Darf ich dich noch etwas fragen?"

„Solange ich irgendwann eine Antwort bekomme."

„Glaubst du an den Weihnachtsmann?"

Er zögerte nicht einmal. „Natürlich. Tut das nicht jeder?"

Nun lächelte sie, auch mit den Augen. „Ich liebe dich, Sam."

„Das ist die Antwort, die ich hören wollte."

„Sieht so aus, als hättest du gewonnen." Johanna hielt ihm die Hand hin, damit er ihr den Ring an den Finger stecken konnte. Er fühlte sich an, als ob er dorthin gehörte, und so fühlte sie sich ebenfalls. „Sieht so aus, als hätten wir beide gewonnen."

– ENDE –

Nora Roberts

Spiel um Sieg und Liebe

Roman

Aus dem Amerikanischen von
M. R. Heinze

MIRA®

1. KAPITEL

„Vorteil Starbuck." Es hat sich nichts geändert, dachte Amy. Als der Applaus verklungen war, trat für einen Augenblick Stille ein. Die große Halle war bis auf den letzten Platz gefüllt, und die Zuschauer warteten auf den nächsten Aufschlag.

Amy saß genau auf Höhe des Netzes und beobachtete Tad Starbuck – den Tennis-Champion und früheren Geliebten, mit dem sie eine unvergessene Zeit verbracht hatte. Seit beinahe zwei Stunden sah sie ihm jetzt schon zu, und immer wieder fiel ihr auf, dass Tad sich überhaupt nicht verändert hatte, weder in seiner Spielweise noch in seinem Aussehen. Mehr als drei Jahre waren vergangen, seit Amy ihm zum letzten Mal gegenübergestanden hatte, und doch hatte sie nichts vergessen, nicht die geringste Kleinigkeit.

Während dieser Jahre hatte sie ihn höchstens einmal im Fernsehen während einer Übertragung gesehen, aber selbst das hatte sie meist vermieden. Nicht nur, dass es sie zu sehr schmerzte, sein Gesicht auf dem Bildschirm zu sehen, sie hatte es auch nicht ertragen können, wenn sie die vielen anderen aus dem „Tenniszirkus" erkannte, zu dem sie auch einmal gehört hatte und bald wieder gehören würde.

Die Entscheidung war ihr nicht leicht gefallen. Lange hatte Amy alle Vorteile und Nachteile gegeneinander abgewogen und sich dann schließlich doch entschlossen, zu den amerikanischen Hallenmeisterschaften zu fahren und sich damit zum ersten Mal wieder ein Turnier live anzusehen. Es war unvermeidlich, dass sie Tad wieder begegnen würde, wenn sie ihre Karriere erneut aufnahm, darüber war Amy sich im Klaren. Und je schneller sie dieses erste Wiedersehen nach drei Jahren hinter sich gebracht hatte, umso besser.

Sie würde sich so benehmen, dass die Presse, ihre Tenniskollegen und ihre Fans sofort merken würden, dass zwischen ihr und Tad nichts mehr war. Nur zögernd gestand Amy sich ein, dass sie nicht so zuversichtlich war, dass auch Tad das einsehen würde – und sie selbst.

Tad stand hinter der Grundlinie und machte sich bereit zum Aufschlag. Nur zu gut kannte Amy die Bewegung, den abschätzenden Blick hinüber zu seinem Gegner und dann das kraftvolle Ausholen mit dem Tennisschläger in der linken Hand.

Als er den Ball voll traf, hörte Amy das charakteristische Geräusch, das er dabei machte – halb Stöhnen, halb triumphierender Aufschrei. Jeder weniger talentierte Gegner hätte keine Chance gehabt, an den pfeilschnellen Ball heranzukommen. Der Franzose Grimalier jedoch war Tad zumindest in dieser Phase des Spiels beinahe ebenbürtig. Er retournierte den Ball gekonnt – und damit war der entscheidende Satz eröffnet.

Das Publikum ging lautstark mit, feuerte beide Spieler an und applaudierte begeistert, wenn ihnen ein besonders spektakulärer Ballwechsel gelungen war.

Amy konnte nicht ausmachen, wer von beiden die größere Fangemeinde hinter sich hatte. Was Tad betraf, so war es immer schon so gewesen, dass die Zuschauer sich in zwei Lager spalteten. Die einen verehrten ihn abgöttisch, die anderen konnten ihn nicht ausstehen. Nur eines war unmöglich: dass Tad Starbuck einen Tennisfan völlig kaltließ.

Beide Spieler waren sehr beweglich, gingen häufig ans Netz und machten das Spiel dadurch abwechslungsreich und spannend. Das wollte das Publikum sehen – keine langweiligen Grundlinienduelle, bei denen so wenig passierte.

Amy hatte sich vorgenommen, kühl und objektiv zuzuschauen, obwohl sie im Grunde geahnt hatte, dass das nicht möglich sein würde. Dazu war sie viel zu sehr mit Leib und Seele Tennis-Profi, und wenn dann auch noch Tad Starbuck auf dem Platz stand, war es ein Ding der Unmöglichkeit.

Wenn man ihm nur oberflächlich zusah, hätte man meinen können, er sei ein eleganter Spieler mit einer guten Technik. Erst wenn man näher hinsah – oder wenn man ihn so gut kannte wie Amy –, fiel auf, wie viel explosive Kraft in Tad steckte. Sein Spiel wirkte leicht und unverkrampft, aber erst seine ungeheure Kraft und sein nie erlahmender Siegeswille machten ihn zu dem Weltklassespieler, der er war.

Auf den ersten Blick wirkte Tad nicht sonderlich athletisch. Er war groß und schlank, mit langen Beinen, einem immer gebräunten Gesicht und dunklen, krausen Haaren. Die auch jetzt wieder zu lang sind, dachte Amy und lächelte. Wenn auch drei Jahre vergangen waren, so konnte sie sich doch noch so genau an seinen Körper erinnern, dass sie ihn förmlich vor sich sah, wenn sie die Augen schloss.

Schnell schob sie den Gedanken daran beiseite. Das war Vergangenheit, und wenn die Erinnerung auch noch so sehr schmerzte, es gab kein Zurück mehr.

Tad hatte Vorteil, aber wie üblich bedeutete das bei ihm nicht, dass er es jetzt etwas ruhiger angehen ließ. Er kämpfte um jeden Punkt, als hinge sein Leben davon ab. Längst war sein Hemd schweißnass, und immer häufiger wischte er sich mit dem Schweißband am Handgelenk über das Gesicht.

Amy war so in das Spiel vertieft, als stünde sie selbst auf dem Platz. Ihre Handflächen waren feucht und ihre Muskeln so angespannt, als erwarte sie selbst den Aufschlag des Gegners.

Tad schlug den Ball diagonal. Der Franzose hechtete ihm entgegen, erreichte ihn aber nicht mehr.

„Aus!“, rief der Linienrichter im selben Moment. Mit angehaltenem Atem beobachtete Amy Tad. Die Zuschauer waren mit diesem Urteil gar nicht einverstanden. Sie murrten laut, einige pfiffen.

Tad stand noch immer mitten auf dem Platz. Er atmete schwer, seinen Blick starr auf den Schiedsrichter gebannt. Das Publikum hatte sich immer noch nicht beruhigt, und Amy erwartete jeden Moment, dass Tad explodieren würde. Stattdessen hob er langsam den Arm, wischte sich mit dem Schweißband übers Gesicht und ging dann, ohne ein Wort zu sagen, zurück zur Grundlinie.

Unwillkürlich stieß Amy die Luft aus und schüttelte den Kopf. Das war neu an Tad. Früher hätte er sich in solchen Situationen mit dem Schiedsrichter angelegt, und wenn es ganz schlimm kam, hatte er auch schon mal seinen Schläger wütend auf den Platz geworfen. Mehr als einmal hatte er für sein unbeherrschtes Benehmen Strafen einstecken müssen, ohne dass das etwas geändert hätte.

Als es wieder ruhiger in der Halle geworden war, stand Tad noch für einen Moment hinter der Grundlinie. Dann hob er den Schläger, warf den Ball in die Luft und traf ihn mit voller Wucht. Ein Ass! Der Franzose hatte nicht den Hauch einer Chance, an diesen Aufschlag heranzukommen. Ruhig wartete Tad, bis sich der Applaus gelegt und der Schiedsrichter den neuen Spielstand genannt hatte. Dann kam sein nächster Aufschlag.

Grimalier parierte mit der Vorhand, und diesmal hatte Tad Mühe, den Volley zu erlaufen. Er retournierte geschickt, und die nächsten Minuten entwickelten sich zu einem offenen Schlagabtausch. Das Publikum ging begeistert mit, sprang auf und feuerte die Spieler an. Ohne dass sie sich dessen bewusst geworden war, stand auch Amy auf ihren Füßen und schrie aus Leibeskräften.

Mit letzter Anstrengung erreichte der Franzose den „Lob“ und schlug den Ball zurück ins rechte Feld. Tad spurtete, bekam den Ball auf die Rückhand und drosch ihn genau in die andere Ecke, wo Grimalier ihn nicht mehr erwischen konnte. Das Spiel war aus. Tad hatte mit drei zu eins Sätzen gewonnen, und das nach zweieinhalb Stunden Spielzeit!

Tad Starbuck war US-Hallenmeister, und das Volk jubelte.

Amy sah zu, wie er auf das Netz zuging, seinem Gegner die Hand schüttelte und dann ins Publikum winkte. Das Spiel hatte sie mehr mitgenommen, als sie vorher gedacht hatte. Aber sicher lag das nur an Tads wirklich mitreißendem Spiel, nicht an ihm selbst.

Wenn sie an den Augenblick dachte, wo sie ihm zum ersten Mal wieder gegenüberstehen würde, spürte sie ihre Nervosität. Wie würde er reagieren? War er immer noch verletzt? Sein Stolz sicher, damit musste sie wohl rechnen. Aber sie war gewappnet. Sie würde ganz kühl und unnahbar bleiben. Schließlich hatte sie diese Haltung ihr ganzes Leben lang eingeübt, es würde ihr nicht schwerfallen.

Sie hatte über dieses erste Zusammentreffen mit Tad mindestens so lange nachgedacht, wie über die Entscheidung, ob sie wieder Profispielerin werden solle oder nicht. Und sie hatte sich fest vorgenommen, sowohl aus der Begegnung mit ihm als auch aus ihren ersten Spielen als Siegerin hervorzugehen.

Nachdem Tad geduscht und sich den Fragen der Presse gestellt hatte, wollte sie auf ihn zugehen und ihm gratulieren. Es wäre besser, hatte sie sich überlegt, wenn sie den ersten Schritt tat und das Überraschungsmoment auf ihrer Seite hatte. Amy sah, wie er auf den Schiedsrichter zuging, ihm die Hand gab und sich bedankte.

Dann drehte er sich um. Langsam und ohne Hast wandte er den Kopf. Selbst auf diese Entfernung wirkten seine Augen dunkel, und der Blick, zwingend, irrte nicht suchend durch die Reihen der Zuschauer, sondern heftete sich ganz gezielt auf sie. Amy spürte, wie ihr Herz plötzlich schneller schlug. Sie hörte nicht mehr die Zuschauer um sich herum, die immer wieder seinen Namen schrien, sie sah nur noch in seine Augen. Amy war unfähig, diesen Kontakt zu brechen.

Dann war es zu Ende, genauso plötzlich, wie es begonnen hatte. Tad wandte sich ab, ein Lächeln ging über sein Gesicht, er reckte beide Arme in die Luft und ließ sich feiern.

Er hat es gewusst, dachte Amy, während die Menschen um sie herum zum Ausgang drängten. Er hat die ganze Zeit gewusst, dass ich hier war. Sie spürte, wie Zorn in ihr aufstieg. Wie früher, so hatte er auch diesmal wieder gewonnen, hatte ihren so sorgfältig erstellten Plan einfach über den Haufen geworfen.

Amy stand immer noch wie festgewurzelt und sah hinunter auf den leeren Platz. Die Zuschauerränge waren schon fast verwaist, aber sie konnte sich einfach nicht dazu durchringen, ebenfalls zu gehen. Erinnerungen kamen zurück, und es gelang ihr nicht, sie einfach zu ignorieren. Tads Blick hatte einen solchen Aufruhr in ihr verursacht, dass sie all ihre Kraft brauchte, um wieder zur Ruhe zu kommen und ihm begegnen zu können.

Sie war so in Gedanken versunken, dass sie die interessierten Blicke der letzten Zuschauer, die an ihr vorbeigingen, überhaupt nicht bemerkte. Dabei hatten diese Blicke der Männer durchaus ihre Berechtigung. Amy hatte eine schlanke, makellose Figur und eine von den vielen Tennisstunden in der Sonne gebräunte Haut. Ihr Haar war immer noch so kurz geschnitten wie während ihrer aktiven Zeit. Ihr hübsches, ebenmäßiges Gesicht schien eher zu einem Mannequin zu passen als auf einen Tennisplatz, wo Profis verbissen und schweißtreibend um jeden Punkt rangen. Amys große Augen zeigten ein strahlendes Blau. Die dunkle Wimperntusche, die ihre langen Wimpern noch länger erscheinen ließ, war das einzige Make-up, das sie benutzte.

Als sie neunzehn war, hatte einer der Sportreporter, der sie interviewt hatte, für sie den Ausdruck „Das Gesicht“ geprägt. Selbst als sie sich dann vom aktiven Sport zurückgezogen hatte, war dieser Name an ihr haften geblieben. Und auch jetzt, immerhin drei Jahre älter geworden, passte dieser Ausdruck noch genauso gut zu ihr.

So schön ihr Gesicht war, so ausdruckslos konnte es auch sein, wenn sie sich ganz unter Kontrolle hatte und nicht wollte, dass jemand in ihrer Umgebung ihre Gefühle davon ablesen sollte. Ihre Gegnerinnen auf dem Platz hatten häufig darüber geklagt, dass man bei Amy nie voraussehen könne, was sie als Nächstes tun werde, da aus ihrer Miene nichts abzulesen sei.

Tennis war so lange ihr Leben gewesen, dass es kaum noch einen Unterschied zwischen der Sportlerin und der privaten Amy gab. Immer wieder hatte ihr Vater ihr eingehämmert, so wenig wie möglich von sich selbst zu offenbaren, den bohrenden Fragen der Presseleute nicht nachzugeben. In ihrem Leben hatte es nur einen gegeben, der sie auch anders kannte – Tad.

Als Amy sich schließlich wieder stark genug fühlte, Tad gegenüberzutreten, machte sie sich auf den Weg in die Kabinen. In den Gängen hinter dem Platz begegneten ihr einige bekannte Gesichter. Eine Spielerin, die damals mit ihr zusammen Profi geworden war, ihre frühere Doppelpartnerin – und dann stand sie plötzlich Chuck Prince, Tads bestem Freund, gegenüber. Er schien sich zu freuen, sie zu sehen.

„Amy!" Er griff ihren Arm und hielt sie fest. „Schön, dich wiederzusehen. Du siehst fantastisch aus."

Amy lachte erfreut. „Das Kompliment kann ich unbedenklich zurückgeben."

„Ich habe ja gar nicht gewusst, dass du kommen würdest." Chuck hielt immer noch ihren Arm fest und führte sie durch die Menschen, die sich in den engen Fluren angesammelt hatten. „Und ich hab dich auch nicht gesehen, bis …" Er brach ab, aber Amy wusste genau, dass er auf den Blick zwischen Tad und ihr anspielte. „Bis nach dem Spiel", schloss er. „Warum hast du nicht vorher angerufen?"

„Ich war mir bis zuletzt nicht sicher, ob ich wirklich kommen könnte", antwortete Amy. „Und dann habe ich mich erst einmal auf die Tribüne gesetzt und mir das Spiel angesehen."

„Ein besseres hättest du dir gar nicht aussuchen können", meinte Chuck. „Ich habe Tad nie besser gesehen als im letzten Satz. Drei Asse hat er geschlagen."

„Sein Aufschlag war immer seine stärkste Waffe", antwortete sie.

„Hast du ihn schon begrüßt?"

„Nein, noch nicht."

Chuck zögerte. „Amy …" Aber dann fasste er sich doch ein Herz. „Er hat sehr darunter gelitten, als du ihn verlassen hast."

„Ich bin sicher, er hat sich schnell erholt." Amy spürte, dass ihre Antwort zu kurz angebunden ausgefallen war. Schnell griff sie nach seinem Arm, lächelte und wechselte das Thema. „Chuck, wie ist es dir ergangen? Ich habe vor kurzem eine Anzeige mit dir gesehen, in der du für die neuen Tennisschuhe wirbst."

„Und? Wie fandest du mich?"

Amy musste lachen. „So überzeugend, dass ich drauf und dran war, mir welche zu kaufen."

„Na bitte! Da soll doch noch mal einer sagen, ich wäre nicht für die Werbung geeignet", meinte er stolz. Dann jedoch wurde er wieder ernst und sah Amy an. „Wir alle haben dich sehr vermisst, weißt du das?"

„Oh, Chuck." Sie lehnte für einen Augenblick den Kopf gegen seine Schulter. „Ich euch auch. Erst als ich heute hier in die Halle kam, ist mir klar geworden, wie sehr ich euch alle vermisst habe. Drei Jahre sind eine lange Zeit."

„Aber jetzt bist du ja wieder dabei."

Amy nickte. „Ja, bald. In zwei Wochen geht es wieder los."

„Das Foro Italico."

Amy nickte. „Ja, bisher habe ich noch nie dort gewonnen, aber diesmal werde ich gewinnen."

„Auf Sand warst du noch nie sonderlich gut."

Amy zuckte zusammen, als sie plötzlich Tads Stimme hinter sich hörte. Aber einen Augenblick später hatte sie sich wieder in der Gewalt und drehte sich langsam um. Tad sah sofort, dass sie auch aus der Nähe nichts von ihrer Schönheit eingebüßt hatte, und dass sie es auch noch nicht verlernt hatte, sich unter Kontrolle zu halten.

„Das hast du mir immer einzureden versucht", antwortete sie ruhig. „Du hast sehr gut gespielt, Tad … nach dem ersten Satz."

Sie standen nur wenige Schritte voneinander entfernt. Beide stellten sie fest, dass die drei Jahre nichts verändert hatten. Und wenn es zwanzig wären, dachte Amy plötzlich, auch dann wäre es noch genauso. Ihr Herz würde immer noch schneller schlagen, der Kloß in ihrem Hals wäre da, und auch das seltsame Gefühl in der Magengegend.

Während sie noch damit beschäftigt war, solche Gedanken aus ihrem Kopf zu verbannen, hatten die Reporter sie in dem engen Gang aufgespürt. Sie drängten so nahe heran, dass Amy noch näher an Tad herangedrückt wurde, und stellten ununterbrochen Fragen.

Ohne ein Wort zu sagen, griff Tad plötzlich nach ihrem Arm und zog sie in ein angrenzendes Zimmer. Bevor die Presseleute noch reagieren konnten, hatte er die Tür von innen verschlossen.

Wie vorhin auf dem Platz, so nahm er sich auch jetzt wieder Zeit, sie ausgiebig zu betrachten.

„Du hast dich nicht verändert, seit wir uns das letzte Mal gesehen haben, Amy", sagte er schließlich.

„Oh, doch." Warum nur schlug ihr Herz so hart gegen ihre Brust, dass sie kaum Luft bekam?

„Wirklich?" Skeptisch zog er die Augenbrauen hoch. „Wir werden sehen."

Tad stand nur einen Schritt von ihr entfernt, aber er fasste sie nicht an. Normalerweise konnte er nicht sprechen, ohne seine Worte mit Gesten zu unterstreichen, und wenn er sich mit jemandem unterhielt, geschah es häufig, dass er seinen Gesprächspartner am Arm packte. Diesmal allerdings stand er ganz still, hielt seine Arme vor der Brust verschränkt und sah sie nur an.

„Bei dir habe ich allerdings eine Veränderung festgestellt", unterbrach Amy das Schweigen. „Du hast dich nicht mit dem Schiedsrichter angelegt, und als der Linienrichter dem Ball das ‚Aus' gab, hast du das schweigend hingenommen."

„Das habe ich mir abgewöhnt."

„Wirklich? Mir scheint, ich bin nicht mehr auf dem Laufenden."

„Das scheint mir auch so."

Amy fühlte sich unbehaglich unter seinem Blick. Sie hatte Angst, er könnte ihre gemeinsame Vergangenheit erwähnen, und war froh, dass das Gespräch sich bisher auf Tennis konzentrierte.

„Ich werde wieder spielen", sagte sie. Scheinbar unbeabsichtigt trat sie einen Schritt zurück. Sie konnte einfach seine Nähe nicht länger ertragen, ohne ihn auch berühren zu wollen.

Wie oft hatte Amy Tads Körper gespürt! Wie viele Stunden hatten sie miteinander verbracht, in denen er Gefühle in ihr geweckt hatte, von denen sie vorher nicht die leiseste Ahnung gehabt hatte. Nachts, morgens nach dem Training, nachmittags, wenn draußen der Regen gegen die Fenster prasselte – es gab keine Zeit, die sie nicht ausgenutzt hatten, um sich zu lieben.

Hoffentlich streckte er nicht die Hand aus und berührte sie! Sie wusste nicht, wie sie mit einer solchen Geste umgehen würde, was sie fühlen würde. Verzweifelt verschränkte sie ihre Hände hinter dem

Rücken, ohne dass sie sich dessen bewusst war. Obwohl seine Augen ständig auf ihr Gesicht gerichtet waren, sah Tad diese Bewegung. Er lächelte.

„In Rom?“

Amy räusperte sich. „Ja, in Rom werde ich wieder anfangen. Natürlich als Ungesetzte. Schließlich sind drei Jahre vergangen.“

„Wie steht's mit deiner Rückhand?“

„Gut.“ Ganz automatisch reckte sie das Kinn vor. „Besser als je zuvor.“

Ganz langsam streckte er die Hand vor und griff nach ihrem Arm. Amy spürte, wie ihre Handflächen feucht wurden. „Das hab ich nie verstanden“, sagte er, „dass in so schlanken Armen so viel Kraft stecken kann. Machst du immer noch Krafttraining?“

„Ja.“

Seine Finger glitten weiter runter bis zu ihrem Ellbogen. „So, so“, murmelte er. „Lady Wickerton kommt also zurück in den Tenniszirkus.“

„Miss Wolfe“, verbesserte Amy sofort. „Ich habe meinen Mädchennamen wieder angenommen.“

Sein Blick suchte vergebens einen Ehering an ihrer Hand. „Dann ist die Scheidung also durch?“

„Ja, vor drei Monaten.“

„Schade.“ Seine Augen waren ganz dunkel geworden, als er sie wieder ansah. „Der Titel hat gut zu dir gepasst. Vermutlich hast du dich in diesem englischen Schloss so perfekt benommen, als wärst du dort aufgewachsen.“

„Die Reporter warten auf dich.“ Amy wollte sich aus seinem Griff befreien, aber er ließ sie nicht los.

„Warum, Amy?“ Er hatte sich geschworen, niemals diese Frage zu stellen, wenn sie ihm noch einmal über den Weg laufen sollte. Aber jetzt konnte er nicht anders. „Warum hast du mich verlassen? Warum bist du ohne ein Wort weggelaufen und hast diesen verdammten englischen Lord geheiratet?“

Amy wehrte sich nicht mehr gegen seinen Griff. Sie stand ganz still. „Das geht nur mich etwas an.“

„Nur dich?“, wiederholte er wütend. „Wir waren bereits seit Monaten zusammen – die ganze Saison über. In der Nacht vorher warst du noch in meinem Bett, und am nächsten Tag bist du mit diesem Lord auf und davon." Seine Hände griffen noch fester zu, und er schüttelte sie hin und her. „Meine Schwester musste es mir sagen. Du hattest noch nicht einmal den Mut, dich von mir zu verabschieden."

Äußerlich blieb Amy ganz ruhig und hoffte, dass auch ihre Augen sie nicht verraten würden. „Ich hatte eben meine Entscheidung getroffen."

„Aber wir waren beinahe sechs Monate lang zusammen", erinnerte Tad sie.

„Ich war nicht die erste Frau in deinem Bett."

„Das wusstest du von Anfang an."

„Ja, das wusste ich." Sie kämpfte das Verlangen nieder, mit beiden Fäusten gegen seine Brust zu hämmern. Sie musste sich jetzt zusammenreißen, durfte keine Schwäche zeigen. „Wie ich schon sagte, ich hatte meine Entscheidung getroffen. So, und jetzt lass mich bitte gehen."

Ihre kühle Selbstdisziplin hatte Tad immer ebenso fasziniert wie wütend gemacht. Dabei kannte er Amy so viel besser als alle anderen – sogar besser als ihr Vater, und bestimmt auch besser als ihr Exmann. Er wusste, dass das nur der äußere Schutzwall war, den sie um sich herum aufgebaut hatte. In ihrem Inneren war sie ganz anders, weich und sensibel, wild und leidenschaftlich, wenn sie in seinen Armen lag.

Er wollte sie schütteln – nein, mehr noch wollte er sie spüren, sie küssen und sehen, wie sie die Kontrolle über sich verlor. Aber wenn er diesem Wunsch nachgab, würde er nicht mehr aufhören können.

„Wir sind noch nicht fertig miteinander, Amy", sagte er, und sein Griff lockerte sich etwas. „Du schuldest mir noch etwas."

„Nein." Sie riss sich los. „Nein, ich schulde dir nichts."

„Drei Jahre", antwortete er. „Du schuldest mir drei Jahre, Amy, und dafür wirst du bezahlen. Das schwöre ich dir."

Er öffnete die Tür und ließ Amy den Vortritt, sodass sie keine Möglichkeit hatte, den Reportern zu entkommen.

„Amy, was ist das für ein Gefühl, wieder in Amerika zu sein?"

„Ich bin sehr froh darüber."

„Was ist an den Gerüchten, dass Sie wieder Profi werden wollen?"

„Beim ersten europäischen Turnier in Rom werde ich wieder spielen."

Die Fragen überschlugen sich, und die Blitzlichter der Fotoreporter stachen in ihren Augen. Amy hatte sich nie wohl gefühlt, wenn sie von der Presse ausgefragt wurde, und auch jetzt wieder glaubte sie die Warnung ihres Vaters zu hören: Sag nie mehr, als unbedingt nötig. Zeig denen nie, was du fühlst, oder sie reißen dich in Stücke.

Äußerlich ruhig ließ sie alle Fragen über sich ergehen. Ja, sie lächelte sogar, während ihre Augen nach einem Fluchtweg suchten. Tad stand neben ihr an die Tür gelehnt, die Arme vor der Brust verschränkt.

„Wird Ihr Vater in Rom wieder bei Ihnen sein?"

„Vielleicht." Nur nicht zeigen, wie weh diese Frage tat! „Haben Sie sich von Lord Wickerton scheiden lassen, um wieder spielen zu können?"

„Meine Scheidung hat nichts mit meinem Beruf als Tennis-Profi zu tun."

„Haben Sie Angst davor, gegen die jungen Talente wie Kingston spielen zu müssen?"

„Nein, ich freue mich darauf."

„Werden Sie und Tad Starbuck wieder ein Paar?"

So hatte Amy sich nun doch nicht in der Gewalt, als dass man ihr ihren Zorn jetzt nicht angemerkt hätte. „Tad Starbuck spielt nur Einzel."

„Jungs, ihr werdet sehen, ob das so bleibt", mischte Tad sich mit einem breiten Lächeln ein und legte seinen Arm um Amys Schultern. „Man weiß ja nie, oder, Amy?"

„Nein, bei dir bestimmt nicht", zischte sie.

„Siehst du!" Immer noch lächelnd beugte er sich plötzlich vor und strich mit seinen Lippen über ihren Mund. Ihre Blicke begegneten sich, und er sah, wie wütend sie war. „Amy und ich haben noch einiges vor", wandte er sich wieder an die Reporter.

„In Rom?", fragte einer.

Tad zog Amy noch enger an sich. „Immerhin hat da alles begonnen."

2. KAPITEL

Rom – die Ewige Stadt. Das Kolosseum, der Trevi-Brunnen, der Vatikan. Eine alte Stadt voller Geschichten, Tragödien und Triumphe. Im Foro Italico brannte die Sonne so auf die modernen Gladiatoren, wie sie es wohl in der Antike getan hatte, als Wagenrennen veranstaltet wurden oder starke, halbnackte Männer gegen wilde Tiere kämpften.

Die Zweige der Pinien wiegten sich leicht im Wind, die Statuen in dem weitläufigen Gelände ließen keinen Zweifel daran aufkommen, dass man sich auf historischem Boden befand, und das italienische Publikum machte seinem Ruf als eines der temperamentvollsten im internationalen Tennis alle Ehre.

Amys Erinnerungen an die unglaubliche, unverwechselbare Atmosphäre auf diesem Centre-Court waren noch genauso frisch wie die Erinnerungen daran, dass hier in Rom alles begonnen hatte. Hier hatte sie vor Jahren ihr erstes Spiel als Profi bestritten, und hier hatte ihre Liebe zu Tad ihren Anfang genommen.

Sieben Jahre war sie alt gewesen, als sie zum ersten Mal bewusst miterlebt hatte, wie ihr Vater ein großes, internationales Turnier gewonnen hatte. Jim Wolfe hatte seine ersten Erfolge als Tennis-Profi bereits vor Amys Geburt gehabt, und ihr Leben lang hatte sie versucht, ihm nachzueifern.

Mit drei Jahren hatte ihr Vater ihr den ersten Schläger in die Hand gedrückt. Da sie immer mit ihm durch die Welt gereist war, hatte es ihr an Trainingspartnern nie gefehlt. Die berühmten Kollegen ihres Vaters und auch er selbst hatten ihr das Einmaleins des Tennis so spielerisch beigebracht, dass sie diesen Sport erlernt hatte, ohne es sich wirklich bewusst zu sein.

Das niedliche kleine Mädchen war damals aus der großen Tennisszene nicht wegzudenken gewesen. Für die Profis war sie fast so etwas wie ein Maskottchen geworden, und sie hatte es genossen. Ihr Leben spielte sich zwischen Tennisplatz und Hotel ab. Geschlafen hatte sie auch schon mal auf dem hinteren Sitz eines Autos, während ihr Vater mit ihr zum nächsten Turnier fuhr. Und der heilige Rasen von Wimbledon, dem Tennis-Mekka überhaupt, hatte ihr als Spielwiese gedient.

Ein Jahr nach dem Tod ihrer Mutter hatte Amy ihrem Vater eröffnet, dass sie Tennisspielerin werden und nicht eher ruhen wolle, bis sie mindestens so erfolgreich sei wie er.

Ihr Vater hatte nicht widersprochen, und wenn Amy so zurückdachte, dann war er eigentlich von dem Tag an in die Rolle des Trainers, Beraters und Managers geschlüpft.

Vierzehn Jahre später, und nachdem sie selbst bereits im Viertelfinale ausgeschieden war, hatte Amy zugesehen, wie Tad Starbuck sein erstes Turnier gewann. Es gab keine Gemeinsamkeiten in der Spielweise ihres Vaters und der von Tad. War ihr Vater der elegante, immer leicht unterkühlte Spieler, so setzte Tad sein ganzes Temperament und seine Wildheit dagegen.

Monatelang hatte Tad versucht, an Amy heranzukommen, sie für sich zu gewinnen, aber immer wieder hatte sie ihn abgewiesen. Sein Ruf als Casanova war ihm vorausgeeilt, und sie hatte sich geschworen, sich nicht in die lange Liste der Frauen einzureihen, die ihm erlegen waren.

Es war für sie alles andere als leicht gewesen, ihm zu widerstehen. Sie hatte sich bereits Hals über Kopf in ihn verliebt, als er ihr zum ersten Mal über den Weg gelaufen war. Trotzdem hatte Amy es geschafft, weiterhin nur ihrem Verstand zu gehorchen und nicht ihrem Gefühl – bis zu jenem Tag im Mai.

Tad hatte fünf Sätze gebraucht, bis er seinen Gegner niedergerungen hatte. Die Italiener auf den Rängen hatten ihn zuerst erbarmungslos ausgepfiffen, aber als sie dann im Laufe des verbissen geführten Spiels merkten, dass er alles gab, sich nicht schonte und bis zum Umfallen kämpfte, hatte er schnell ihre Sympathie und lautstarke Begeisterung gewonnen.

In der Nacht nach diesem Spiel hatte Amy ihre Unschuld verloren. Zum ersten Mal in ihrem Leben hatte nicht der Verstand gesiegt, sondern sie hatte sich völlig ihren Gefühlen untergeordnet. War sie bis dahin so stolz darauf gewesen, sich beherrschen zu können, so lernte sie in jener Nacht, wie wundervoll es war, sich in Tads leidenschaftlicher Umarmung zu verlieren.

Während Amy frühmorgens auf dem Trainingsplatz stand, kamen die Erinnerungen zurück. An wilde, zärtliche Nächte, an Stunden voller Lachen und Neckereien. Die Erinnerungen waren bitter und doch so süß, dass sie sich nicht davon befreien konnte.

„Wenn du heute Nachmittag genauso unkonzentriert bist, wird die Kingston dich vom Platz fegen."

„Oh, es tut mir leid", schreckte Amy plötzlich auf.

„Das sollte es auch, wenn eine alte Frau morgens um sechs aufsteht, um mit dir zu trainieren, du aber mit deinen Gedanken ganz woanders bist."

Amy lachte. Auch mit dreiunddreißig war Madge Haverbeck auf der anderen Seite des Netzes immer noch eine Gegnerin, die ihr das Leben schwer machen konnte. Zweimal hatte sie im Laufe ihrer Karriere Wimbledon gewonnen – nicht zu zählen die anderen Siege bei Turnieren auf der ganzen Welt. Zwei Jahre lang hatten Madge und sie sehr erfolgreich Doppel gespielt, und Amy dachte gerne an diese Zeit zurück. Madges Mann war Professor für Soziologie an der Yale Universität, und wenn sie von ihm sprach, nannte sie ihn immer nur den „Professor".

„Nun, alte Frauen sollten auch nicht auf dem Tennisplatz stehen", neckte Amy sie lächelnd. „Geh lieber in die Cafeteria und trink einen Kaffee mit viel Milch."

Madge gab keine Antwort, aber stattdessen kam der nächste Ball mit einer solchen Wucht über das Netz, dass Amy alle Mühe hatte, ihn richtig zurückzubringen. Jetzt war ihr Ehrgeiz geweckt, die Gedanken an Tad waren in den Hintergrund gedrängt, für sie existierte nur noch Tennis.

Madge hatte nicht vor, ihr einen ruhigen Morgen zu gönnen. Sie gestaltete ihr Spiel so variantenreich, dass Amy gezwungen war, über den Platz zu hetzen. Zurück zur Grundlinie, auf die andere Seite, dann wieder ans Netz. Die Bälle flogen ihr nur so um die Ohren, und sie musste ihr ganzes Können einsetzen, um dem standzuhalten.

Der Boden auf den Plätzen hier in Rom behagte ihr überhaupt nicht. Für einen schnellen, aggressiven Spieler war der sandige Untergrund viel zu langsam. Auf diesem Boden waren Kraft und Ausdauer mehr gefragt als Spritzigkeit und Schnelligkeit. Amy war froh, dass sie bei der Vorbereitung auf dieses Turnier sehr viel Wert auf Krafttraining gelegt hatte. Das kam ihr jetzt zugute.

Madge konnte einem hart geschlagenen Return von Amy nur noch bedauernd nachsehen.

„Auch nach drei Jahren Pause bist du noch verflixt gut“, meinte Madge schwer atmend und mit anerkennendem Lächeln.

Amy holte tief Luft. „Danke, Madge, aber ich habe mich auch sehr intensiv vorbereitet.“

Madge hätte gern gefragt, ob sie während ihrer Ehe nie gespielt habe, aber sie kannte Amy viel zu gut, um ihr eine solche Frage zu stellen, auf die sie mit Sicherheit keine oder nur eine ausweichende Antwort bekommen würde. „Die Kingston spielt nicht gern am Netz. Denk dran, Amy, da kannst du sie packen.“

„Ich weiß.“ Amy sammelte die Bälle auf und steckte sie in ihre Tasche. „Ich hab mir angesehen, wie sie spielt. Und ich schwöre dir, heute wird sie gar nicht erst zu ihrem Spiel kommen.“

„Aber sei vorsichtig, sie ist auf Sand besser als auf Gras.“

Amy sah auf und lächelte. „Das macht nichts. Glaub mir, nächste Woche stehe ich auf dem Centre-Court.“

Madge schlüpfte in ihre Trainingsjacke und lachte laut auf. „Mir scheint, dein Ehrgeiz ist noch der alte, oder?“

„Darauf kannst du dich verlassen.“ Amy griff nach ihrer Tasche und ging hinüber zu Madge. „Und was ist mit dir? Wie willst du gegen Fortini spielen?“

„Ich werde sie in Grund und Boden spielen.“

„Oh, Madge, du hast dich auch nicht verändert.“

„Wenn du mir vorher gesagt hättest, dass du wieder zurückkommst, hätten wir beide in dieser Saison schon wieder zusammen Doppel spielen können“, meinte Madge. „Die Fischer ist zwar nicht schlecht als Partnerin, aber …“

„Madge, ich konnte diese Entscheidung erst treffen, als ich ganz sicher war, dass ich nichts verlernt hatte“, unterbrach Amy sie. „Drei Jahre sind eine lange Zeit. Du kannst dir nicht vorstellen, was ich für einen Muskelkater hatte, nachdem ich das erste Training hinter mir hatte.“

„Doch, das kann ich. Mir ist es nach meiner Operation auch nicht anders ergangen.“

„Oh, ja, Madge. Entschuldige bitte.“ Amy griff nach ihrem Arm. „Ich habe dich noch gar nicht gefragt, wie es deinem Knie geht.“

„Gut. Die Operation war die einzig richtige Lösung.“

„Es tut mir leid, dass ich dich nicht besuchen konnte.“

Madge legte einen Arm um ihre Taille. „Ich habe nicht von dir erwartet, dass du Tausende von Kilometern anreist, nur um mich zu besuchen, Amy."

„Ich wäre gekommen, aber …" Amy brach ab. Genau in der Zeit, als Madge im Krankenhaus lag, war ihre Ehe endgültig zerbrochen. Sie konnte auch jetzt noch nicht daran denken, ohne dass ihr ein Schauer über den Rücken lief.

„Es war auch gar nicht so schlimm, wie die Presse es hingestellt hat", riss Madge sie aus ihren Gedanken. „Als die Schmerzen weg waren, hab ich es sogar genossen. Stell dir vor, der Professor hat mir doch jeden Morgen das Frühstück ans Bett gebracht."

„Und dann hast du im ersten Spiel die Rayski in New York geschlagen."

„Ja." Madge lachte. „Das hat mir wieder Auftrieb gegeben."

Amy ließ ihren Blick über die schöne Anlage gleiten. Sanfte, bewaldete Hügel grenzten sie im Hintergrund ein, die Luft so früh am Morgen war lau und weich, die einzigen Geräusche kamen von den weiter entfernten Trainingsplätzen. „Ich muss dieses Turnier gewinnen, Madge", sagte sie leise. „Ich muss es allen beweisen, dass ich nichts verlernt habe."

„Wem willst du das beweisen?"

„Zuallererst einmal mir", antwortete Amy und nahm die Tasche in die andere Hand. „Und einigen anderen ebenfalls."

„Tad Starbuck?", fragte Madge ganz spontan. „Nein, sag nichts. Es tut mir leid, Amy, ich wollte eigentlich nicht davon anfangen."

„Was zwischen Tad und mir war, ist vor drei Jahren zu Ende gegangen", antwortete Amy ganz ruhig.

„Schade. Ich mag ihn nämlich."

„So?"

„Ja, Tad ist so unglaublich … wie soll ich sagen? So lebendig, so voller Energie. Selbst jetzt noch, nachdem er gelernt hat, sein Temperament auf dem Platz im Zaum zu halten, wirken die anderen neben ihm wie aufgezogene Puppen. Ein Spiel mit Starbuck ist nie langweilig, und das bewundere ich so an ihm."

„Ja", stimmte Amy zu. „Er reißt immer wieder alle mit – Zuschauer und Gegner."

„Vielleicht mag ich ihn auch deshalb so sehr, weil wir beide damals zur selben Zeit Profis geworden sind. Ich habe miterlebt, wie er sich von einem grünen Jungen, dem oftmals die Pferde durchgingen, zu einem Spieler der Weltklasse entwickelt hat, ohne dabei etwas von seiner Ausstrahlung zu verlieren. Das ist sehr selten in unserem Beruf."

Auf dem Weg von seinem Trainingsplatz zurück zu den Kabinen sah Tad plötzlich Madge und Amy den Weg entlangkommen. Die beiden Frauen hatten ihn noch nicht gesehen, und so blieb er stehen und ließ seinen Blick über Amy wandern. Ihre langen Beine, der schlanke Körper, die schmalen und doch so kräftigen Schultern.

Tad war froh, dass er sie jetzt mit einigem Abstand betrachten konnte. Vor zwei Wochen, als sie so unvermutet bei seinem Spiel aufgetaucht war und dann nachher im Kabinengang vor ihm gestanden hatte, war ihm zumute gewesen, als hätte ihm jemand mit voller Wucht einen Ball in den Magen geschlagen.

War er jetzt auch ruhiger, so gab er sich doch keinen Illusionen hin. Amy brachte es nach wie vor fertig, nur durch ihr bloßes Erscheinen sein Blut in Wallung zu bringen. Auch jetzt, auf diese Entfernung, spürte er das Verlangen, sie in die Arme zu reißen.

Er hatte sie schon haben wollen, als sie gerade siebzehn geworden war. Er war damals dreiundzwanzig gewesen und hatte es nicht für möglich gehalten, dass er sich je für einen unreifen Teenager interessieren würde. Die ganze Saison über war er ihr möglichst aus dem Weg gegangen, weil er sich selbst nicht traute. Aber das alles hatte nichts geholfen. Er hatte andere Frauen in dieser Zeit gehabt – erfahrene, willige Geliebte, von denen er annahm, dass sie viel besser zu ihm passten. Aber keiner von ihnen war es gelungen, Amy aus seinen Gedanken zu verdrängen.

Als Amy einundzwanzig war, hatte Tad begonnen, sie zu umwerben. Je mehr sie versuchte, ihn abzuweisen, um so stärker war sein Verlangen geworden, sie zu besitzen. Selbst als er es endlich geschafft hatte, damals in Rom, hatte dieses Verlangen nicht nachgelassen – im Gegenteil!

Sein Leben, das sich bis dahin nur um Tennis gedreht hatte, bekam plötzlich auch noch einen anderen Sinn. Sehr schnell musste Tad feststellen, dass er beides brauchte – er konnte weder ohne Tennis noch ohne Amy leben.

Und doch war dann der Tag gekommen, wo sie ihn wegen eines anderen Mannes verließ. Er musste lernen, ohne sie auszukommen, und nur er allein wusste, wie sehr er darunter gelitten hatte. Aber jetzt war er am Zug. Amy Wolfe musste bezahlen für das, was sie ihm angetan hatte.

Tad nahm eine Abkürzung und tauchte plötzlich wie zufällig vor den beiden Frauen auf. „Hallo, Madge."

„Starbuck, wie geht's?" Madge sah von einem zum anderen und stellte fest, dass sie nur störte. „Ich muss mich beeilen", sagte sie und ging weiter. Weder Amy noch Tad hielten sie zurück.

Irgendwo in der Nähe hörte Amy einen Vogel. Auf den Blumen summten die Bienen, und von den Trainingsplätzen drang das Aufschlagen der Bälle zu ihnen herüber. Aber Amy war sich nur bewusst, dass Tad neben ihr stand.

„Fast wie in alten Zeiten", sagte er leise und begann zu lachen, als er den Ausdruck auf ihrem Gesicht sah. „Du und Madge, meine ich."

„Ja, sie war sofort bereit, heute Morgen mit mir zu trainieren", antwortete Amy erleichtert. „Ich hoffe nur, ich treffe während des Turniers nicht auf sie."

„Du spielst heute gegen die Kingston?"

„Ja."

Er trat einen Schritt näher auf sie zu. Amy konnte nicht ausweichen, hinter ihr war eine Hecke. Nervös verschränkte sie die Finger ineinander.

„Und du spielst gegen Devoroux."

Tad nickte. „Kommt dein Vater auch?"

„Nein." Die Antwort kam kurz und ohne eine weitere Erklärung. Aber so leicht ließ Tad sich nicht abspeisen.

„Warum nicht?"

„Er hat zu tun." Sie versuchte, an ihm vorbeizukommen, aber stattdessen hatte sie damit den Abstand zwischen ihnen nur noch verkleinert.

„Ich kann mich nicht erinnern, dass er früher einmal nicht dabei war, wenn du gespielt hast." Tad streckte seine Hand aus und griff nach ihrem Haar, so wie er es früher immer getan hatte. „Für ihn gab es nichts Wichtigeres als dich."

„Die Zeiten haben sich geändert", antwortete Amy steif.

„Es scheint so." Einen Moment zögerte Tad, aber dann fragte er doch: „Ist dein Mann hier?"

„Exmann", verbesserte sie sofort. „Nein, er ist nicht hier."

„Merkwürdig. Soweit ich mich erinnern kann, war er doch ganz verrückt auf Tennis. Hat sich das auch geändert?"

„Ich muss unter die Dusche." Amy war schon fast an ihm vorbei, aber seinem Arm, der sich um ihre Taille legte, konnte sie doch nicht mehr ausweichen.

„Wie wäre es mit einem kleinen Spiel – in Erinnerung an alte Zeiten?"

Seine Augen waren ihr jetzt ganz nahe. Diese dunklen Augen, die beinahe schwarz wurden, wenn er erregt war. Amy konnte sich nur zu gut daran erinnern. Sein Arm lag ganz locker um ihre Taille, aber seine Finger fassten fest zu.

„Ich habe keine Zeit." Amy versuchte, seinem Griff zu entkommen. Als ihre Finger dabei seinen Arm berührten, zuckte sie zurück, als hätte sie sich verbrannt.

„Angst?", fragte er herausfordernd und mit einer Stimme, die so rau klang, dass Amy kleine Schauer über den Rücken jagten.

„Ich habe nie Angst vor dir gehabt."

„Nicht?" Seine Finger bohrten sich noch etwas tiefer in ihr Fleisch. „Ich dachte, man läuft nur weg, wenn man Angst hat."

„Ich bin nicht weggelaufen", verbesserte Amy sofort. „Ich habe dich verlassen." Bevor du mich verlassen konntest, fügte sie noch in Gedanken hinzu.

„Du musst mir noch einige Fragen beantworten, Amy." Er legte auch den anderen Arm um ihre Taille, und sie konnte nichts dagegen tun. „Ich habe lange genug auf Antwort von dir gewartet."

„Dann kannst du ja auch noch länger warten."

„Auf einige schon", sagte er, „aber eine Frage musst du mir jetzt beantworten."

Amy wusste, was passieren würde, aber sie tat nichts, um es zu verhindern. Später haderte sie mit sich selbst, weil sie sich nicht gewehrt hatte. Aber als sein Mund langsam näher kam und sich schließlich auf ihren presste, ließ sie es geschehen.

Er küsste sie so, wie er es noch niemals vorher getan hatte. Sanft, zärtlich und mit einem Einfühlungsvermögen, wie man es bei einem so leidenschaftlichen Mann wie Tad niemals erwartet hätte. Selbst als er leise aufstöhnte und sie fester an sich zog, wurde der Kuss nicht fordernder.

Für Tad Starbuck waren Frauen keine Spielzeuge, wenn er sie auch früher noch so oft gewechselt hatte. Er hatte einen tief empfundenen Respekt vor dem weiblichen Wesen, und vielleicht war diese Einstellung das Geheimnis, warum er ein so guter Liebhaber war. Er wollte die Frau, mit der er zusammen war, befriedigen, und er setzte seine ganze Erfahrung ein, um sie glücklich zu machen.

Ihre Arme, die ihn eigentlich wegstoßen sollten, legten sich um seinen Hals, und ihr Körper schmiegte sich an ihn. Er war der einzige Mann, der die Leidenschaft in ihr wachrufen konnte, die Amy sonst so ängstlich unterdrückte. Nur ihm hatte sie alles gegeben – ihren Körper, ihre Seele. Nichts hatte sie vor Tad verborgen.

Wie schön wäre es, von ihm wieder geliebt zu werden, die schlimmen Jahre und die bösen Erfahrungen dieser Zeit zu vergessen. All ihre guten Vorsätze, sich vor ihm in Acht zu nehmen, nicht wieder eine Affäre mit Tad Starbuck anzufangen, waren vergessen. Sie lag in seinen Armen und wünschte, er würde sie nie wieder loslassen.

Eigentlich war sein Kuss als Strafe für Amy gedacht gewesen. Aber schon in dem Moment, als Tads Lippen ihren Mund berührt hatten, war dieser Zweck vergessen. Die Leidenschaft, die diese nach außen hin so kühle und beherrschte Frau in seinen Armen zeigte, ließ ihn alles andere vergessen. Er sehnte sich nach ihr, brauchte sie immer noch – genau wie früher. Wenn sie allein gewesen wären, irgendwo, wo nicht jeden Augenblick jemand um die Ecke kommen könnte, Tad hätte sie auf der Stelle genommen und sich nicht um die Konsequenzen gekümmert.

Aber sie waren nicht allein, und ein letzter Rest von Vernunft brachte Tad schließlich dazu, sich langsam von ihr zu lösen. Dieser Kuss hatte ihm mehr gezeigt, als sie es mit Worten hätte ausdrücken können.

Er schob Amy etwas von sich und sah in ihr Gesicht. Tad kannte diesen Ausdruck in ihren Augen, die geröteten Wangen und den weichen, noch leicht geöffneten Mund, als warte sie nur darauf, seine Lippen wieder zu spüren.

Tad musste seine Hände von ihr nehmen, durfte ihre Haut nicht mehr spüren, sonst würde er vor Erregung die Beherrschung verlieren. „Die Zeiten mögen sich ändern", sagte er leise, „aber manches ändert sich nie." Damit drehte er sich um und ging zu den Kabinen. Amy atmete noch einmal tief durch, bevor sie sich für ihren ersten Aufschlag zurechtstellte. Es waren nicht die Tausende von Augenpaaren, die sie nervös machten. Es war vielmehr der Blick aus den braunen Augen ihrer Gegnerin. Stacie Kingston, zwanzig Jahre alt, in dieser Saison kometenhaft nach oben gekommen. Diesem Mädchen sah man an, dass sie gewinnen wollte, und dass sie alles daransetzen würde, Amy ihr Comeback so schwer wie möglich zu machen.

Amy versuchte, ihre flatternden Nerven zu beruhigen. Sie nahm sich sehr viel Zeit für ihren Aufschlag. Wenn sie hier in Rom, wo sie noch nie gewonnen hatte, es diesmal schaffen würde, drei Jahre nach ihrem Rücktritt vom aktiven Sport, dann hatte sie den Test bestanden. Es schien, dass die Ewige Stadt in ihrem Leben eine entscheidende Rolle spielte.

Jetzt kam es zuerst einmal darauf an, die Erinnerungen auszuschalten und sich ganz auf das Spiel zu konzentrieren. Noch ein letzter Atemzug, dann warf sie den Ball hoch, zog den Arm voll durch und traf ihn.

Stacie Kingston machte ein gutes Spiel. Sie verstand es geschickt, die Vorteile des Sandplatzes, der ihr wesentlich besser lag als Amy, für sich auszunutzen. Immer wieder trieb sie Amy an die Grundlinie zurück. Als Amy dann auch noch einen Doppelfehler machte, durchbrach Kingston ihr Aufschlagspiel, gewann das erste Spiel und ließ Amy nur einen Punkt.

Das Publikum witterte die Sensation und war entsprechend unruhig. Die Sonne brannte auf den Platz herab, und aus einiger Entfernung hörte Amy Kinderlachen. Am liebsten hätte sie ihren Schläger hingeworfen und wäre zurück in die Kabine gelaufen. Es war ein Fehler, ein Fehler, ging es ihr immer wieder durch den Kopf. Warum war sie zurückgekehrt? Es konnte nicht gut gehen.

Keiner auf dem Platz wäre auf die Idee gekommen, dass ihr solche Gedanken durch den Kopf gingen. Ihr Gesicht wirkte wie immer ruhig und gelassen. Mit neuem Mut fasste sie den Schläger fester und kämpfte gegen das Schwächegefühl an. Sie hatte schlecht gespielt, das wusste sie. Sie hatte sich von ihrer Gegnerin ein Spiel aufzwingen lassen, das ihr nicht lag. Hatte Stacie Kingston erlaubt, das Tempo zu diktieren. Noch nicht einmal sechs Minuten waren von ihrem ersten Aufschlag bis zum Spielverlust vergangen. Nein, so einfach durfte sie sich nicht geschlagen geben!

Langsam ging Amy zurück zur Grundlinie und erwartete den Aufschlag ihrer Gegnerin. Diesmal würde sie das Spiel machen. Keiner sollte sagen können, dass sie nicht mehr gut genug als Profispielerin sei.

Sie retournierte den Aufschlag von Stacie Kingston so platziert, dass diese nicht mehr an den Ball kam. Die Zuschauer applaudierten, und der Balljunge jagte über den Platz.

„Null : fünfzehn." Amy hörte die Ansage des Schiedsrichters und wusste, dass sie jetzt auf dem richtigen Weg war. Sie musste einen kühlen Kopf bewahren und durfte sich nicht noch einmal so überfahren lassen wie im ersten Spiel.

Amy gelang es, ihre Gegnerin zum Netz zu zwingen und damit ihre Schwäche zu offenbaren. Die Zuschauer waren jetzt voll auf ihrer Seite. Keiner dachte mehr daran, dass Amys erstes Spiel nach so langer Pause misslingen könnte.

Die Geräusche aus dem Publikum, die Anfeuerungsrufe und das Klatschen rauschten nur an Amys Ohren vorbei. Sie war voll auf das Spiel konzentriert und nur damit beschäftigt, ihrer Gegnerin keine Chance zu lassen. Der Ballwechsel endete mit einem Volley von Amy, der knapp vor der Grundlinie aufschlug.

Der Sieg war in greifbare Nähe gerückt. Ruhig ging sie zurück auf ihre Position. Ihr Gesicht war jetzt schweißnass, und das Tennishemd klebte an ihrem Körper. Automatisch wischte sie mit dem Schweißband an ihrem Handgelenk über ihr Gesicht, nahm den Schläger in beide Hände, beugte sich etwas vor und erwartete den Aufschlag von Stacie Kingston.

Nach zweiunddreißig Minuten Spielzeit spürte Amy den Schweiß an ihrem Körper entlanglaufen, aber es machte ihr nichts aus. Sie hatte den ersten Satz mit sechs zu drei gewonnen.

Wieder einmal spürte sie, dass nichts so sehr Auftrieb gab wie der Erfolg. Ob Tad wohl unter den Zuschauern war, schoss es Amy durch den Kopf. Aber auch das spielte jetzt keine Rolle, sie wollte gewinnen, nichts anderes war wichtig.

Als Stacie Kingston den Aufschlag flach zurückbrachte, erwischte Amy den Ball mit der Rückhand und schlug ihn knapp über die Netzkante. Sie sah die Reaktion ihrer Gegnerin früh genug, spurtete zum Netz und brachte den Ball mit einem kraftvollen „Lob“ zurück.

Die Sportjournalisten würden in ihren Artikeln wohl schreiben, dass Amy das Spiel in dem Moment gewonnen hatte, als die beiden Gegnerinnen sich Auge in Auge am Netz gegenüberstanden. Es dauerte nur einen Sekundenbruchteil, aber tatsächlich diktierte Amy danach das Spiel nach Belieben. Wenn sie wirklich einmal einen Punkt abgab, dann heimste sie dafür die beiden nächsten ein. Die aggressive, kaltblütige Amy Wolfe war wieder da, und jede Gegnerin in der internationalen Tennisszene tat gut daran, sich darauf einzustellen.

Wo Tad Starbuck sein ganzes Temperament in die Waagschale warf, war sie kühl und beherrscht. Nicht ein Mal hatte Amy im Laufe ihrer Karriere die Kontrolle über sich verloren. Die Sportreporter hatten damals schon Wetten darüber abgeschlossen, ob sie das noch einmal erleben würden oder nicht.

Nur zweimal während des ganzen Spiels fiel es ihr wirklich schwer, Ruhe zu bewahren. Einmal wurde ein Ball „Aus“ gegeben, den sie noch im Feld gesehen hatte, und beim zweiten Mal ärgerte sie sich darüber, dass sie einen Ball völlig falsch eingeschätzt hatte. Beide Male hatte sie ihren Schläger genommen, scheinbar ruhig die Saiten wieder zurechtgeschoben, und als sie dann wieder an der Grundlinie stand, hätte keiner ihr den gerade nur mühsam unterdrückten Zorn ansehen können.

Amy gewann das Match mit sechs zu drei, sechs zu zwei nach einer Stunde und neunundvierzig Minuten. Zweimal hatte sie ihrer Gegnerin den Aufschlag abgenommen, und im zweiten Satz hatte sie drei Asse geschlagen. Amy hatte es geschafft!

Madge legte ihr ein Handtuch um die Schultern, als sie sich auf ihren Stuhl am Spielfeldrand fallen ließ. „Amy, du warst fantastisch.“ Amy gab keine Antwort, bedeckte ihr schweißnasses Gesicht mit dem Handtuch. „Du warst besser als früher.“

„Sie wollte gewinnen“, murmelte Amy und nahm das Handtuch vom Gesicht. „Aber ich wusste, dass ich gewinnen musste.“

„Das hat man gemerkt“, nickte Madge. „Es ist kaum zu glauben, dass du drei Jahre lang nicht mehr gespielt hast."

Langsam sah Amy ihre frühere Doppelpartnerin an. „Aber ich bin doch noch nicht so ganz wieder in Form, Madge. Meine Waden sind so hart. Ich glaube, ich kann gar nicht mehr aufstehen."

Madge bückte sich, hob Amys Trainingsjacke auf und legte sie ihr fürsorglich um die Schultern. „Komm, ich helf dir, damit du unter die Dusche kommst und anschließend sofort zur Massage."

Amy wollte schon zustimmen, aber dann fiel ihr Blick auf Tad. Sein breites Lächeln hätte auch bedeuten können, dass er ihr zu ihrem Sieg gratulierte. Aber Amy kannte ihn besser. Sie wusste, dass er sie durchschaut hatte, dass er wusste, wie müde und elend sie sich fühlte.

„Nein danke, Madge. Ich schaff das schon." Sie stand auf, als wäre sie vollkommen frisch, und steckte den Schläger in die Hülle. „Wir sehen uns, nachdem du Fortini geschlagen hast."

„Amy …"

„Nein, wirklich Madge. Es ist alles in Ordnung." Mit hoch erhobenem Kopf ging Amy so leichtfüßig in die Kabinen, als hätte sie sich nie in ihrem Leben besser gefühlt.

Als sie endlich unter der Dusche stand, fiel alle Anspannung von ihr ab, und sie begann zu weinen. Dabei wusste Amy noch nicht einmal, warum sie weinte.

3. KAPITEL

In der Nacht nach ihrem Gewinn des Halbfinales begegnete Amy Tad erneut. Die letzten Tage waren angefüllt gewesen mit Trainingsstunden, Massagen, Pressekonferenzen. Amy war kaum zur Besinnung gekommen, und das hatte ihr die Möglichkeit gegeben, die Gedanken an Tad zu verdrängen.

Training musste sein, das hatte ihr Vater ihr schon eingehämmert. Gewichtheben, Gymnastik, Waldläufe. Und wenn sie das alles hinter sich hatte, stand die Verbesserung der Technik auf dem Programm.

Die Presse war allgegenwärtig. Amy bemühte sich, freundlich und aufgeschlossen die Fragen zu beantworten. Sie stand im Mittelpunkt und genoss es. Die Frau, die auch nach drei Jahren Pause ihre Gegnerinnen beherrschte. Für die Leute von der Presse Stoff für mehr als einen Artikel.

Aber Rom brachte ihr nicht nur die erneute Bestätigung als Weltklasse-Spielerin. Rom brachte ihr auch die Leidenschaft zurück, die sie zum ersten Mal hier gespürt hatte. Amy konnte ihre Begegnung mit Tad an jenem Morgen nicht vergessen. Rom war eine Stadt für Verliebte, aber daran durfte sie jetzt nicht denken. Sie durfte sich nicht ablenken lassen, sondern musste ihr Ziel verfolgen, wieder ganz Amy Wolfe zu werden. Lady Wickerton gehörte der Vergangenheit an. Doch wie sollte sie zu sich selbst zurückfinden, wenn sie sich jetzt wieder in Tad Starbucks Arme warf?

In einer kleinen Trattoria in der Via Sistina saß Amy mit einigen ihrer Kollegen dicht gedrängt um einen kleinen Tisch. Das Turnier stand kurz vor seiner entscheidenden Phase, und die Spieler genossen es, einmal einige Stunden in einer anderen Umgebung verbringen zu können.

Rom war eine Stadt voller Leben, Getöse und lautem Verkehr. Rom war auch die Stadt der Kirchen, der antiken Stätten, die alte Hauptstadt eines Imperiums. Für die Tennisspieler jedoch war sie nur die Stadt des Turniers. Das nächste Match hing wie ein Damoklesschwert über allen.

Während der Wein serviert wurde und die Musik viel zu laut durch das kleine Restaurant plärrte, diskutierten sie jeden Ball, jeden Aufschlag, jeden Fehler.

„Aus! Dass ich nicht lache." Ein langer Australier schlug immer noch wütend mit der Faust auf den Tisch, dass die Gläser hüpften.

„Der Ball war noch vor der Linie – mindestens einen Zentimeter."

„Immerhin hast du das Spiel gewonnen, Michael", erinnerte Madge ihn. „Und im zweiten Spiel des fünften Satzes hat der Linienrichter einen Ball durchgehen lassen, der wirklich im Aus war."

Der Australier zuckte grinsend mit den Schultern. „Nicht aus", meinte er, „höchstens auf der Linie." Dann hob er sein Glas und prostete Amy zu. „Lasst uns auf sie trinken. Sie hat eine Italienerin geschlagen, und trotzdem hat das Volk ihr zugejubelt." Amy hob auch ihr Glas und lächelte ihm zu. „Die Zuschauer wissen eben, wer es verdient hat, dass man ihm zujubelt."

Amy trank einen Schluck Wein. Das Spiel gegen die junge Italienerin hatte länger gedauert als das gegen Stacie Kingston, und doch hatte sie sich nachher besser gefühlt. Es war, als hätte sie einen doppelten Sieg errungen – über die Gegnerin und über ihren Körper.

„Aber gegen Tia Conway wird dir das alles nichts nutzen, Amy", meinte Michael, sah hinüber zum Nachbartisch und rief seine Landsmännin. „Tia, wie ist es, wirst du es dieser verflixten Amerikanerin zeigen?"

Ein junges Mädchen mit dunklen Haaren blickte herüber. Für einen Moment sah sie in Amys Augen, dann hob sie ihr Glas und prostete Amy zu.

„Tia ist eine sehr nette Frau", meinte Michael, „allerdings nur außerhalb des Tennisplatzes. Hat sie erst einmal den Schläger in der Hand, dann reitet sie buchstäblich der Teufel. Ihr Mann verkauft übrigens Swimmingpools."

Madge kicherte. „Du sagst das gerade so, als wäre das etwas Unanständiges."

„Nein, aber mir hat er einen angedreht." Michael verdrehte die Augen und sah dann wieder Amy an. „Aber wenn ich Mixed spielen würde, möchte ich doch lieber dich als Partnerin haben", meinte er. „Tia spielt zwar wie der Teufel, aber du hast ein besseres Spielverständnis – und außerdem schönere Beine."

„Und was ist mit mir?", fuhr Madge in gespielter Eifersucht auf und boxte gegen seine Schulter.

„Du hast bestimmt ein genauso gutes Spielverständnis wie Amy", gab Michael zu, „aber leider sind deine Beine etwas krumm."

Am Tisch erscholl lautes Gelächter nach dieser Bemerkung. Madge nahm das nicht weiter tragisch und stimmte in das allgemeine Lachen ein. Amy fühlte sich wohl in dieser harmonischen Runde. Sie nahm ihr Glas, lehnte sich zurück und trank noch einen Schluck. In dem Moment begegnete sie Tads Blick. Sofort verstummte ihr Lachen.

Er war allein. Sein dichtes dunkles Haar war zerzaust, als wäre er mehrfach mit den Händen durchgefahren, seine Hände steckten in den Taschen seiner Jeans, und sein Gesicht wirkte in dem diffusen Licht noch geheimnisvoller.

Amy saß ganz still: Ihr Blick schien wie durch eine geheime Kraft festgehalten zu sein. Beinahe schmerzlich wurde ihr bewusst, wie sehr sie sich nach ihm sehnte. Aber auch jetzt blieb ihr nichts anderes übrig, als dieses Gefühl zu unterdrücken – wie sie es drei Jahre lang getan hatte.

Ohne sie aus den Augen zu lassen, kam Tad quer durch das Lokal auf sie zu, griff nach ihrem Arm und zog sie hoch.

„Lass uns tanzen." Es war mehr ein Befehl als eine Bitte. Bevor die anderen am Tisch noch Zeit hatten, Tad zu begrüßen, führte er Amy bereits zu der kleinen Tanzfläche.

Die Band spielte ein langsames Stück, und der Sänger versuchte, seine mäßige Stimme durch besondere Lautstärke aufzuwerten. Irgendwo fiel ein Glas auf den Boden und zersplitterte. Und an einem der Tische stritten sich zwei Tennisspieler darüber, wie man denn wohl am besten gegen einen reinen Grundlinienspieler gewinnen könne.

Tad nahm Amy in die Arme, als hätten sie erst vor einigen Tagen zum letzten Mal miteinander getanzt. „Erinnerst du dich noch, als wir beide mal allein hier waren?", fragte er nah an ihrem Ohr. „Wir haben da hinten in der Ecke gesessen und eine Flasche Valpolicella getrunken."

„Ja."

„Damals hast du schon dasselbe Parfüm benutzt wie heute."

Er zog sie noch etwas enger an sich, und seine Lippen streiften ihre Wangen. Amy spürte, wie ihre Knie weich wurden, und sie brauchte all ihre Kraft, um sich nicht einfach an ihn zu schmiegen und die drei Jahre zu vergessen, die hinter ihr lagen.

„Weißt du noch, was wir nachher getan haben?", hörte sie seine dunkle Stimme wie durch eine dichte Nebelwand.

„Wir sind spazieren gegangen", erwiderte sie lächelnd.

Tads Lippen berührten immer wieder ihr Gesicht, als könnte er nicht genug von dem Duft ihrer Haut bekommen. „Ja, bis zum Sonnenaufgang“, sagte er leise. „Die Stadt funkelte wie Gold in den ersten Strahlen der Sonne, und ich habe mich so nach dir gesehnt. Aber du hast mich abgewiesen.“

„Tad, ich will nicht mehr darüber sprechen.“

Amy versuchte, sich mit beiden Händen gegen seine Brust zu stemmen, aber er ließ ihr keine Chance.

„Warum nicht? Weil du dann auch daran denken müsstest, wie gut wir beide zueinander gepasst haben?“

„Tad, hör auf!“

Sie warf den Kopf zurück, aber er nutzte diese Gelegenheit, mit seinen Lippen ganz kurz über ihren Mund zu streichen.

„Wir werden wieder zusammen schlafen, Amy.“ Seine Stimme klang so bestimmt, als dulde er keinen Widerspruch. „Und wenn es nur für ein Mal ist ... als Erinnerung an alte Zeiten.“

„Es ist vorbei, Tad.“ Sie hätte sich gewünscht, dass ihre Stimme genauso fest geklungen hätte, aber stattdessen kam nur ein beinahe unverständliches Wispern.

„Wirklich?“ Seine dunklen Augen wurden noch eine Spur dunkler, als er sie noch fester an sich presste. „Denk daran, Amy, keiner kennt dich so gut wie ich. Hat dein Mann jemals herausgefunden, wie du wirklich bist? Hat er gewusst, wie er dich zum Lachen bringen kann? Oder zum Stöhnen?“, fügte er rau hinzu.

Amy wurde ganz steif in seinen Armen. Die Musik war jetzt beinahe noch lauter geworden, und unwillkürlich hob sie die Stimme. „Ich habe nicht die Absicht, mit dir über meine Ehe zu reden.“

„Ich will auch gar nichts über diese verdammte Ehe wissen.“ Plötzlich war Zorn in ihm. Zorn darüber, dass sie damals weggelaufen war, aber auch darüber, dass Amy es immer noch schaffte, ihn aus der Reserve zu locken, und dass er nicht dagegen ankam. „Warum bist du zurückgekommen?“

Seine Finger bohrten sich schmerzhaft in ihren Arm. „Warum, zum Teufel, bist du zurückgekommen?“ „Um Tennis zu spielen.“ Mit aller Kraft stemmte sie sich gegen ihn. „Und um zu gewinnen.“ Sie spürte, dass auch in ihr Wut hochstieg. Immer noch war Tad der einzige Mann, bei dem sie die Kontrolle über sich verlieren konnte. „Ich habe das

Recht, hier zu sein und das zu tun, was ich gelernt habe. Ich bin dir keine Rechenschaft schuldig."

„Du bist mir noch viel mehr schuldig." Tad sah den Zorn in ihren Augen, und es bereitete ihm ein grimmiges Vergnügen, sie noch mehr zu reizen. „Du wirst für die drei Jahre bezahlen, in denen du die Lady gespielt hast."

„Was weißt du denn schon davon?" Ihre Augen waren nur noch Schlitze, und ihr Atem ging schnell. „Ich habe bezahlt, Starbuck, das kannst du mir glauben. Mehr, als du dir vorstellen kannst. Aber jetzt ist Schluss damit. Hast du verstanden?" Zu Tads Überraschung war plötzlich ein Schluchzen in ihrer Stimme. Schnell schüttelte sie den Kopf und unterdrückte die aufsteigenden Tränen. „Ich habe genug für meine Fehler bezahlt."

„Welche Fehler?" Seine Wut war verraucht. Er griff nach ihren Schultern und schüttelte sie leicht. „Welche Fehler, Amy?"

„Das fragst du auch noch? Ich meine dich – ja, dich!"

Als er für einen Moment den festen Griff lockerte, riss sie sich los und bahnte sich den Weg durch all die Menschen hinaus ins Freie. Die Tür war noch nicht wieder ins Schloss gefallen, da hatte Tad sie schon eingeholt.

„Lass mich in Ruhe!" Sie wehrte sich gegen seine Hände, aber er hatte ihre Handgelenke bereits gefasst und ließ sie nicht wieder los.

„Noch einmal läufst du mir nicht weg." Seine Stimme war jetzt gefährlich ruhig. „Nicht noch einmal."

„Hat das deinen Stolz verletzt, Tad? Dass eine Frau es tatsächlich fertig gebracht hat, dich zu verlassen und einen anderen zu heiraten?"

Der ganze Schmerz, den er damals empfunden hatte, schien zurückzukommen. „Ich hatte niemals deine Art von Stolz, Amy."

Er zog sie fest an sich, als müsse er sich beweisen, dass er immer noch Macht über sie hatte, und wenn es auch nur eine rein körperliche war. „Deine Selbstdisziplin, die so ängstlich darauf bedacht war, nur ja keine Gefühle zu zeigen. Bist du darum weggelaufen, Amy? Weil ich hinter die Fassade geschaut hatte? Weil ich genau wusste, dass du in meinem Bett nicht mehr die perfekte Lady bist?"

„Ich habe dich verlassen, weil ich dich einfach nicht mehr wollte." Wütend versuchte sie, sich gegen seine Kraft durchzusetzen. „Ich wollte dich ..."

Tad presste so überraschend seine Lippen auf ihren Mund, dass ihr keine Möglichkeit der Gegenwehr blieb. Und dann war es zu spät. Sie küssten sich so rau und leidenschaftlich, als wollten sie mit diesem einen Kuss alles nachholen, was sie in den drei Jahren versäumt hatten. Es war nicht anders als früher. Von Anfang an waren sie wehrlos ihren Gefühlen füreinander ausgeliefert gewesen, sobald sie allein in einem Raum waren. Nichts hatte sich geändert.

Amy war sich gar nicht bewusst, dass sie sich jetzt ungehemmt an Tad presste, die Hände in seinem Nacken verschränkt. Jetzt war sie wieder zu Hause. Nie hatte sie sich in ihrem Leben lebendiger gefühlt, als wenn sie mit Tad zusammen war. In seiner Gegenwart schien ihr die Zeit ihrer Ehe wie ein schlechter Traum, in dem eine andere Frau an ihrer Stelle gestanden hatte.

Es hatte ihr nie genügt, nur Tads Lippen zu spüren, und so war sie nicht erstaunt, als es auch jetzt nicht anders war. Die Band drinnen im Lokal spielte einen solch ohrenbetäubenden Trommelwirbel, dass die Fensterscheiben klirrten. Aber Amy hörte nur Tads leises Stöhnen, als sie ihren Körper fester an ihn schmiegte.

Für einen Moment löste er sich von ihr. Seine Hände legten sich um ihr Gesicht, und mit den Daumen streichelte er ihre Wangen. Aber je zärtlicher und sanfter er sie berührte, umso mehr sehnte Amy sich danach, seine starken Hände auf ihrem ganzen Körper zu spüren.

Rom, schoss es Amy plötzlich durch den Kopf, warum begann alles Wichtige in ihrem Leben immer in dieser Stadt? Der Gedanke schreckte sie auf. Begann es wirklich wieder mit Tad? Hatte sie sich nicht fest vorgenommen, dass es nie wieder dazu kommen dürfte?

„Bitte, Tad!“ Amy löste sich etwas von ihm und lehnte ihren Kopf gegen seine Schulter. „Bitte, hör auf.“

Etwas in ihrer Stimme hielt ihn davon ab, sie wieder in die Arme zu nehmen. Es war dieselbe Verletzlichkeit, die ihn damals hatte warten lassen, als sie noch ein Teenager war. Er würde es auch diesmal fertig bringen, zu warten – allerdings nicht so lange.

„Du hast immer gewusst, wie du mich in Schach halten konntest, nicht wahr, Amy?“

Sie seufzte auf. „Reiner Selbstschutz.“

Tad lachte auf und steckte die Hände in die Taschen seiner Jeans.

„Es wäre leichter, wenn du in den drei Jahren dick und unansehnlich geworden wärst. Ich wünschte, es wäre so."

Ein kleines Lächeln umspielte Amys Mundwinkel. Auch das hatte sich nicht geändert. Tads Stimmungen änderten sich immer noch so schnell wie früher. „Soll ich mich etwa dafür entschuldigen, dass ich nicht deinen Vorstellungen entspreche?"

„Nein, wahrscheinlich hätte das auch nichts genutzt." Er sah sie an, und seine Augen nahmen jede Einzelheit wahr. Die Hände in den Hosentaschen waren zu Fäusten geballt. „Du hast dich überhaupt nicht verändert. Sogar deine Frisur ist noch dieselbe."

Amy lächelte. „Das kann ich zurückgeben. Wie früher, könnte dir auch jetzt ein Haarschnitt nichts schaden."

„Du bist eben zu konservativ", meinte er und lächelte nun ebenfalls.

„Und du zu unkonventionell."

„Nicht mehr. Schließlich bin ich keine Zwanzig mehr."

„Oh je! Tad Starbuck, der alte Mann", neckte sie ihn. „Im Halbfinale gegen Bigelow hattest du aber keine Schwierigkeiten. Wie alt ist er? Vierundzwanzig?"

Tad zog die Schultern hoch. „Immerhin ging das Spiel über fünf Sätze." Langsam nahm er die Hände aus den Taschen und strich vorsichtig mit den Fingern über ihr Gesicht.

„Komm mit mir, Amy", sagte er leise. „Jetzt." Nur er selbst wusste, wie viel Überwindung es ihn kostete, diese Bitte auszusprechen.

„Ich kann nicht."

„Du willst nicht."

Eine Gruppe junger Italiener kam laut lachend und singend die Straße herauf. Drinnen im Lokal hatte die Band wieder lautstark zu spielen begonnen. Nur ein Wort! Ein Wort würde genügen, und sie könnte in dieser Nacht noch all das wieder erleben, wonach sie sich so gesehnt hatte.

„Tad …" Zögernd griff Amy nach seiner Hand und hielt sie fest. „Bitte sei vernünftig. Glaub mir, es ist für uns beide besser. Schließlich müssen wir beide noch Spiele bestreiten und …"

„Okay", unterbrach er sie. „Dann eben in Paris."

„Tad, ich habe damit nicht gemeint …"

„Rom oder Paris – du kannst es dir aussuchen. Aber entkommen wirst du mir nicht."

„Tad, du bist starrköpfig wie immer."

Er lachte. „Natürlich. Wäre ich sonst die Nummer eins?" Dann wurde er wieder ernst. „Aber eine Frage musst du mir jetzt schon beantworten, Amy."

„Welche?"

„Warst du glücklich?"

Sie schlug die Augen nieder und schwieg. „Du hast kein Recht ...", sagte sie leise und brach ab.

„Und ob ich ein Recht habe. Amy, sag mir die Wahrheit."

Sie starrte ihn verstört an, suchte verzweifelt nach einem Ausweg, aber schließlich gab sie auf. „Nein", flüsterte sie, und dann noch einmal: „Nein."

Eigentlich hätte er jetzt triumphieren müssen, aber stattdessen spürte Tad nur Mitleid. Er ließ ihre Hand los und trat einen Schritt zurück. „Ich rufe dir ein Taxi."

„Nein, ich laufe. Ein Spaziergang wird mir jetzt guttun."

Tad sah ihr nach, bis sie zwischen den Menschen verschwand.

Auch jetzt, mitten in der Nacht, waren die Straßen der Ewigen Stadt voller Menschen und Autos. Die laue Luft, der Sternenhimmel, die fröhlichen Nachtschwärmer – diese südliche Atmosphäre war mit nichts zu vergleichen.

Obwohl der Lärm beinahe unvermindert anhielt, glaubte Tad auf seinem Weg durch die nächtlichen Straßen das Geräusch seiner Schritte zu hören. Vielleicht liegt es daran, dass schon seit so vielen Jahrhunderten Menschen über diese Straßen gehen, dachte er plötzlich und wunderte sich über sich selbst.

Normalerweise hatte Tad keinen Sinn für Geschichte – es sei denn, es handelte sich um Tennisgeschichte. Gonzales, Gibson, Perry, das waren Namen, die ihm etwas sagten. Caesar, Cicero oder Augustus dagegen waren Gestalten, an die er sich nur undeutlich aus dem Geschichtsunterricht erinnerte. Er dachte sogar wenig an seine eigene Vergangenheit – geschweige denn an die Welt der Antike. Bis Amy in sein Leben getreten war, hatte er immer nur von einem Tag zum anderen gelebt, hatte nicht über das nachgedacht, was vorbei war, und auch nicht über das, was die Zukunft ihm noch bescheren würde.

Als kleiner Junge allerdings war ihm die Zukunft wichtig gewesen.

Ständig hatte er sich ausgemalt, was er tun würde, wenn ... Aber dann, als er sein Ziel erreicht hatte, war nur noch die Gegenwart wichtig gewesen. Bis ... ja, bis Amy aufgetaucht war. Da hatte er den nächsten Tag nicht erwarten können, an dem er sie endlich wiedersah.

Geboren und aufgewachsen war Tad Starbuck im rauen Arbeiterviertel von Chicago. Er hatte schnell gelernt, sich mit allen Mitteln durchzuboxen und alle Tricks und Kniffe anzuwenden, um auf den Straßen dieses Viertels zu überleben. Manchmal war es ihm nur mit viel Glück gelungen, nicht mit den Gesetzen in Konflikt zu geraten, und eigentlich hatte er es nur seiner ausgeprägten Abneigung gegen organisierte Gruppen zu verdanken, dass er nicht kriminell geworden war.

Tad hatte sich von klein auf sehr schlecht unterordnen können, andererseits hatte er aber auch nie das Verlangen verspürt, andere um sich zu scharen und den großen Boss zu markieren. Es war ihm daher leicht gefallen, allen Anwerbungsversuchen der verschiedenen Straßenbanden zu widerstehen, auch wenn diese Versuche manchmal recht massiv wurden.

Aber nicht nur dieser Wesenszug hatte ihn vor einem schlimmen Schicksal bewahrt, da war auch noch die Liebe zu seiner Familie. Seine Mutter, eine ruhige, sehr charakterstarke Frau, hatte abends spät noch Büros putzen müssen, um ihre beiden Kinder großziehen zu können. Seiner vier Jahre jüngeren Schwester gegenüber hatte Tad sich immer als der große Beschützer und Vaterersatz gefühlt. Die Erinnerungen an seinen Vater waren bei Tad schon verblasst, als er noch ein kleiner Junge war.

Schon sehr früh hatte er sich als Familienoberhaupt gefühlt und ganz selbstverständlich auch die damit zusammenhängenden Pflichten übernommen. Schon damals hatte Tad sich geschworen, eines Tages so viel Geld zu verdienen, dass er Mutter und Schwester ein Haus kaufen und sie aus dieser Gegend wegholen könnte. Damals war ihm noch nicht klar, wie er das je schaffen sollte, und auch als er die Antwort zum ersten Mal in Form eines Schlägers in der Hand hielt, war ihm das noch nicht klar geworden.

Ada Starbuck hatte ihrem Sohn zum zehnten Geburtstag einen billigen Tennisschläger mit Nylonbespannung gekauft. Später hatte sie selbst nicht mehr sagen können, wie sie auf diese Idee gekommen war.

Sie wollte ihm etwas anderes schenken zu diesem runden Geburtstag als immer nur die Socken und Unterwäsche, die er sowieso brauchte. Sie hatte ihm etwas schenken wollen, womit er sich beschäftigen konnte, damit er nicht eines Tages doch auf die schiefe Bahn geriet, wie so viele Jungens aus der Nachbarschaft.

Sie kannte ihren Sohn sehr gut und wusste, dass ein Mannschaftssport wie Fußball oder Baseball ihn nie würde reizen können. Er war ein Einzelgänger, und wenn sie ihn überhaupt für Sport interessieren konnte, dann kam nur etwas in Betracht, das er auch allein spielen konnte. Ihn in einen Tennisclub zu schicken, dafür fehlte das Geld, aber den Ball gegen eine Wand zu spielen, das war möglich.

Und sie hatte Erfolg. Tad nahm sich gerade noch Zeit für die Schule, Essen und Schlafen. Ansonsten verbrachte er seine freien Stunden damit, mal mit Wucht, dann wieder überlegt und platziert, den Ball an eine Hauswand zu schlagen.

Er merkte selbst, dass seine Schläge immer besser wurden, dass er die Stärke seiner Schläge von Mal zu Mal besser variieren konnte. Schließlich war ihm das nicht mehr genug. Er ging zu einem Tennisclub, sammelte für ein paar Cents Stundenlohn die Bälle auf und beobachtete dabei die Spieler sehr genau.

Eines Tages kam er zu der Überzeugung, dass er genauso gut spielen könne wie die Leute in dem Club. Er überredete einen Jungen seines Alters, auf einem gerade nicht benutzten Platz ein Spiel mit ihm zu machen.

Diese erste Erfahrung auf dem Tennisplatz war bitter für Tad. Einen Ball an die Wand zu schlagen, war eine Sache, aber die Bälle von einem Gegenspieler zu parieren, eine ganz andere. Plötzlich flogen Bälle über seinen Kopf, der Gegner zwang ihn zu Spurts, trickste ihn aufgrund seiner größeren Erfahrung immer wieder aus – stachelte damit aber auch Tads Ehrgeiz an. Er lernte schnell, sich auf sein Gegenüber einzustellen, und als das Spiel zu Ende war, hatte er zwar haushoch verloren, aber auch die Erfahrung gewonnen, dass sportlicher Wettstreit ihm Spaß machte.

Von dem Tag an spielte er nicht mehr gegen eine Wand. Immer häufiger ging er in den Club, die Mitglieder gewöhnten sich an ihn, gaben ihm Antwort auf seine Fragen und erklärten sich sogar mit der Zeit immer häufiger bereit, ein Spiel mit ihm zu machen.

Tad hielt sich von Anfang an nur an die Spieler, die in seinen Augen das Spiel auch ernst nahmen, die ehrgeizig waren und kein Match verloren gaben.

Ganz allmählich entwickelte er seinen eigenen Stil. Ungeschliffen und eckig zwar, aber doch in Ansätzen schon zu erkennen. Seine Grundschnelligkeit verbesserte sich, seine Aufschläge kamen mit ungeheurer Wucht und wurden mit der Zeit immer präziser. Schliffen sich auch die Ecken seines Stils nach und nach ab, eines blieb immer erhalten – sein unbändiger Siegeswille.

Als sein billiger Schläger schließlich so abgenutzt war, dass man nicht mehr damit spielen konnte, sparte Ada vom Haushaltsgeld so viel ab, dass sie ihrem Sohn einen neuen kaufen konnte. Im Laufe der Jahre hatte Tad so viele Schläger gehabt, von denen einige mehr gekostet hatten, als seine Mutter in der ganzen Woche damals verdient hatte, aber diesen ersten Tennisschläger seines Lebens hatte er immer noch. Er hatte ihn damals zur Erinnerung behalten, als seine Mutter ihm den zweiten gekauft hatte, und auch jetzt noch lag er daheim bei Ada Starbuck im Schrank.

Als Tad dreizehn war, gab es kaum noch einen Erwachsenen in dem Club, der ihn schlagen konnte. Er spielte nicht nur gut, er wusste auch alles über diesen Sport. Geld für Bücher hatte Tad nicht, also hatte er sich alles, was je über Tennis geschrieben worden war, aus der Leihbücherei geholt und es zu Hause studiert. Als er das erste Finale in Wimbledon auf dem kleinen Schwarz-Weiß-Fernseher sah, stand für ihn fest, dass er eines Tages auch da spielen – und gewinnen – würde!

Wieder war es seine Mutter, die ihm half. Eines der Büros, die sie putzte, gehörte einem Martin Derick, Rechtsanwalt und Tennisfan, der einen privaten Tennisclub mitfinanzierte. Wenn er abends Überstunden machte und Ada Starbuck in sein Büro kam, wechselten sie meist einige Worte miteinander. Geschickt verstand sie es, bei solchen Gelegenheiten zu erwähnen, dass ihr Sohn Tennis spiele, und dass die Leute im Club sagten, er werde immer besser.

Es dauerte nicht lange, da hatten ihre Bemühungen Erfolg. Martin Derick bekundete sein Interesse, woraufhin sie ihm sofort sagte, dass für den nächsten Samstag ein kleines Turnier angesetzt sei, wo Tad spielen würde. Und Martin kam tatsächlich.

Tads Stil war immer noch nicht ausgereift, aber ein Kenner dieses Sports sah auf Anhieb, was in dem Jungen steckte. Sein überschäumendes Temperament, die Schnelligkeit, die Begeisterung, mit der Tad bei der Sache war – das alles sah Martin Derick, und als das Spiel vorbei war, hatte er die beiden aufregendsten Stunden auf einem Tennisplatz verbracht, die er je erlebt hatte.

Er ging auf den Platz und stellte sich Tad in den Weg. „Willst du Profi werden?“, fragte er ohne Umschweife.

Tad beschäftigte sich scheinbar uninteressiert mit der Bespannung seines Schlägers, aber er spürte doch, wie sein Puls plötzlich schneller ging. „Ja, schon.“

Martin Derick grinste. Irgendwie gefiel ihm der Junge. „Okay, du brauchst Trainerstunden und …“, er warf einen Blick auf den Schläger, „und eine vernünftige Ausrüstung. Mit dieser Plastikbespannung kommst du nicht weit.“

Als Antwort holte Tad einen Ball aus seiner Tasche, warf ihn hoch und schmetterte ihn mit aller Kraft quer über den Platz.

„Nicht schlecht“, gab Martin zu. „Aber mit einer guten Darmbespannung spielst du noch besser.“

„Haben Sie noch mehr so gute Ratschläge?“

Martin ließ sich durch die etwas rüde Art des Jungen nicht aus der Fassung bringen. Er griff in seine Tasche, holte eine Packung Zigaretten heraus und bot Tad eine an. Der schüttelte nur den Kopf. Martin steckte sich eine Zigarette an und sog den Rauch tief ein.

„Das ist nicht gut für Ihre Lungen“, meinte Tad.

„Hast du noch mehr so gute Ratschläge?“, konterte der Rechtsanwalt. „Meinst du, du könntest auf Gras spielen?“

„Natürlich.“

„Nun, an Selbstbewusstsein fehlt es dir nicht.“

„Ich werde eines Tages in Wimbledon spielen“, sagte Tad wie selbstverständlich. „Und ich werde gewinnen.“

Martin blieb ganz ernst. Er zog eine Visitenkarte aus der Tasche und gab sie Tad. „Ruf mich Montag an“, sagte er und ging.

Tad Starbuck hatte seinen Mäzen gefunden.

Die Verbindung zwischen den beiden war nicht immer ganz einfach. Während der nächsten sieben Jahre gerieten sie sich häufig in die Haare, ohne dass jedoch jemals einer von beiden daran gedacht hätte, sich von dem anderen zu trennen.

Tad ging weiterhin brav zur Schule. Allerdings blieb ihm auch gar nichts anderes übrig, da seine Mutter und Martin ausgemacht hatten, dass die Unterstützung des Rechtsanwalts enden würde, wenn er die Schule vor dem Abschluss abbrechen sollte.

Er fügte sich widerstrebend, verbrachte aber jede freie Minute auf dem Tennisplatz. Die Trainerstunden zeigten Wirkung, und die besseren Schläger trugen dazu bei, dass sein Spiel immer ausgereifter wurde.

Als er sechzehn war, gab es bereits genügend Mädchen, die seinen Spielen nicht zuschauten, weil sie sich für Tennis interessierten. Tad ließ sich die gebotenen Chancen nicht entgehen und entdeckte dabei ein Betätigungsfeld, auf dem er genauso schnell lernte wie auf dem Tennisplatz.

Nur ein Mal in all den Jahren musste er eine Pause einlegen. Er war seiner kleinen Schwester gegen einen wesentlich älteren Jungen zur Hilfe geeilt. Das war ihm die zwei Wochen Zwangspause vom Tennis wert. Der Junge hatte ein gebrochenes Nasenbein davongetragen, während Tad sich nur die Hand verstaucht hatte.

Zu seinem ersten Turnier fuhr er als völlig Unbekannter und natürlich auch ungesetzt. Gleich das erste Spiel war den Sportreportern am nächsten Tag längere Berichte wert. Tad hatte es in seiner unnachahmlichen Manier geschafft, ein Spiel herumzureißen, bei dem er schon wie der sichere Verlierer ausgesehen hatte.

Die Presse kam allerdings sehr schnell dahinter, dass dieser Tad Starbuck ein sehr unbequemer Sportler war. Sie tolerierten sein Temperament, weil er noch jung war, aber auch damit schafften sie es nicht, ihn gefügig zu machen. Die Reporter merkten allerdings ebenso schnell, dass sie nicht an ihm vorbeikamen – ob sie den Spieler Starbuck nun mochten oder nicht.

Noch vor seinem neunzehnten Geburtstag leistete Tad die erste Anzahlung für ein Haus mit drei Schlafzimmern in einem der besseren Vororte von Chicago. Als er zwanzig war, gewann er zum ersten Mal Wimbledon. Der Traum war Wirklichkeit geworden, aber das stachelte ihn nur zu immer neuen Leistungen an.

Jetzt wanderte Tad durch die nächtlichen Straßen von Rom und dachte über sein bisheriges Leben nach. Es war Amy, die ihn dazu angeregt hatte, weil ihr Leben so ganz anders verlaufen war als seines. In ihrer Kindheit hatte es keine Straßenbanden gegeben, sie war behütet und ohne jegliche Sorgen aufgewachsen.

Mit James Wolfe als Vater hatten ihr alle Türen zur Tenniswelt weit offen gestanden. Schon mit vier Jahren hatte sie ihren ersten Schläger gehabt, der speziell für sie hergestellt worden war.

Tad fragte sich, ob es wohl dieser Unterschied war, der sie zueinander geführt hatte. Nein, das allein konnte es auch nicht sein. Wenn sie in seinen Armen gelegen hatte, dann war dieser Unterschied so unwichtig geworden, als würde er überhaupt nicht existieren. Es hatte eher etwas zu tun mit ihrer kühlen Beherrschtheit, die ihn fasziniert hatte, weil ihm von Anfang an klar gewesen war, dass unter der kühlen Oberfläche ein Vulkan zum Vorschein kommen konnte.

Das war für ihn eine Herausforderung gewesen, der er nicht hatte widerstehen können. Selbst als Amy noch ein Teenager gewesen war, hatte er das schon gespürt und sich geschworen, zu warten. Das Warten hatte sich auch gelohnt – bis zu dem Tag vor drei Jahren, an dem sie ohne irgendeine Erklärung weggelaufen war.

Ohne zu wissen, wohin er ging, bog Tad um eine Hausecke und stand vor einem der vielen römischen Brunnen. Das Wasser glitzerte im Mondlicht, und er blieb stehen, um den kleinen Fontänen zuzusehen, die sich in das Becken ergossen.

Amy! Er sehnte sich so sehr nach ihr, dass dabei sein verletzter Stolz, wie sie es nannte, ganz unwichtig wurde. Wenn sie gewollt hätte, er hätte sie heute Nacht mit in sein Hotelzimmer genommen und sich nicht daran gestört, dass sie einen anderen Mann geheiratet und mit ihm geschlafen hatte. Warum war sie mit diesem verdammten Engländer auf und davon gegangen? Diese Frage hatte er sich in den letzten drei Jahren schon unzählige Male gestellt, ohne je eine Antwort darauf gefunden zu haben.

In den ersten Monaten nach ihrer Trennung war Tad immer wieder in Gedanken jede Minute der letzten Tage durchgegangen, die sie zusammen verbracht hatten. Mit selbstquälerischer Eindringlichkeit hatte er sich jedes Wort, jede Geste in die Erinnerung zurückgerufen, ohne zu einer Lösung zu kommen.

Es hatte lange gedauert, bis Tad die Kraft fand, solche nutzlosen Überlegungen zu unterdrücken. Er hatte versucht, sich mit anderen

Frauen zu trösten. Mit mehr als einer war er ins Bett gegangen, weil ihre Haare fast die Farbe von Amys hatten, und weil ihre Stimme ihn an sie erinnerte. Am anderen Morgen spätestens war die Illusion dann verschwunden und die alte Wunde wieder aufgebrochen.

Und jetzt war Amy zurückgekehrt. Geschieden und damit wieder frei. Aber spielte das wirklich eine Rolle? Tad strich sich mit beiden Händen durch die Haare. Nein, wenn er ehrlich mit sich selbst war, musste er eingestehen, dass es keinen Unterschied machte, ob sie verheiratet oder geschieden war. Er musste sie einfach haben.

Vom Tennisplatz und auch von den ersten Jahren her, in denen Amy beinahe noch ein Kind gewesen war, war Tad es gewöhnt, geschickt zu taktieren, Strategien aufzustellen und einzuhalten. Damit war es jetzt vorbei. Er griff in die Hosentasche, holte eine Münze hervor und warf sie in den Brunnen, als wollte er sein Glück herbeizwingen. Die Münze fiel auf den Grund, wo schon viele lagen – jede mit einem bestimmten Wunsch verbunden.

Tad drehte dem Brunnen den Rücken zu und sah sich um, bis er eine Bar entdeckt hatte. Er brauchte jetzt dringend einen starken Drink.

4. KAPITEL

Auf dem Flug von Rom nach Paris hatte Amy Zeit genug, sich an dem Titel einer internationalen italienischen Tennismeisterin zu erfreuen. Nach dem Spiel, das immerhin über zwei Stunden gedauert hatte, war Amy so erschöpft, dass sie sich kaum freuen konnte. Sie erinnerte sich nur noch daran, wie Madge sie umarmt hatte, dann das Klicken der Kameras, die Überreichung der Trophäe und der lang anhaltende Applaus des Publikums.

Jetzt erst wurde es Amy so richtig bewusst, dass sie es geschafft hatte. Zum ersten Mal Rom gewonnen und damit auch das erste Turnier nach drei Jahren Unterbrechung. Ihr Comeback war gelungen, sie hatte sich selbst bestätigt! Das entschädigte für all die Stunden Training, für schweißtreibende Arbeit mit Hanteln und Gewichten – für alles. Rom hatte gezeigt, dass ihre Entscheidung richtig gewesen war, wieder mit dem Profitennis anzufangen.

Dieser Entschluss war ihr nicht leicht gefallen, zumal ihr Selbstbewusstsein so kurz nach der gescheiterten Ehe mit Eric noch ziemlich anfällig gewesen war. Überhaupt, diese Ehe! Wenn sie jemals in ihrem Leben einen Fehler begangen hatte, dann den, Lord Eric Wickerton zu heiraten.

Amy lehnte sich in ihren Sitz zurück und schloss die Augen. Nie würde sie sich verzeihen, den ersten Schritt zu dieser Ehe getan zu haben. Eric hatte von Anfang an gewusst, dass sie ihn nicht liebte, aber das war ihm gleichgültig gewesen. Eric Wickerton hatte in ihr nur die Frau gesehen, die an seiner Seite repräsentieren, mit der er sich sehen lassen konnte.

Auch Amy hatte das gewusst, aber damals war ihr das als einzige Möglichkeit erschienen, Tad zu entkommen. Sie hatte die Rolle gespielt, die Eric von ihr verlangt hatte, aber sie hatte nicht vorausgesehen, wie unglücklich sie dabei sein würde.

Wenn sie angenommen hatte, dass er ihr im Ausgleich dafür wenigstens etwas Liebe und Zuneigung entgegenbringen würde, so musste sie schnell einsehen, dass sie sich getäuscht hatte.

Nein, sie wollte nicht mehr daran zurückdenken. Selbst jetzt noch waren die Erinnerungen zu schmerzlich. Sie wollte lieber an ihren großen Triumph denken.

Michael hatte recht gehabt mit dem, was er über Tia gesagt hatte. Tia spielte wirklich wie der Teufel, gab sich nie geschlagen und zeigte auch nach einem langen Match keine Anzeichen von Ermüdung. Jeden Fehler ihrer Gegnerin nutzte sie erbarmungslos aus und verstand es immer wieder, sie zu weiteren Fehlern zu animieren.

Diese Tia hatte Amy wirklich alles abverlangt und dabei überdeutlich bewiesen, dass ein Tennisspiel wirklich erst mit dem letzten Punkt gewonnen ist. Wenn Amy jetzt daran zurückdachte, war sie froh, ein solch hart umkämpftes Spiel gewonnen zu haben. Es gab ihr mehr Befriedigung, als wenn sie auf eine schwächere Gegnerin getroffen wäre, mit der sie leichtes Spiel gehabt hätte. Jetzt hatten die Reporter wenigstens genug zu berichten und würden mit ihren Artikeln dafür sorgen, dass ihr Sieg genügend beachtet wurde.

Rom lag hinter ihr. Jetzt galt es, sich auf das Turnier in Paris zu konzentrieren. Damals, in ihrem Jahr mit Tad, hatte sie Paris gewonnen. Tad! Da waren ihre Gedanken wieder bei ihm. Amy versuchte, sie genauso auszuschalten wie vorher die Erinnerungen an Eric. Nur wollte ihr das diesmal nicht gelingen.

Okay, dann eben in Paris.

Amy hatte die Worte nicht vergessen – halb Drohung, halb Versprechen. Sie kannte Tad gut genug. Es gab keine Möglichkeit, ihm zu entkommen. Aber sie war auch nicht mehr so naiv und unschuldig wie damals, als er sie zum ersten Mal erobert hatte. Mittlerweile hatte das Leben sie gelehrt, dass Märchen höchst selten wahr werden. Damals hatte sie noch geglaubt, ihre Liebe zu Tad wäre ein solches Märchen und würde auch genauso glücklich enden. Sie waren älter geworden, waren nicht mehr der Prinz und die Prinzessin auf dem Tennisplatz – aber waren sie auch weiser geworden?

Amy war sicher, dass Tad versuchen würde, seinen Stolz wiederzugewinnen, indem er sie zurückeroberte – und sei es nur ihren Körper. Sie kannte seine Verführungskünste und wusste, dass es schwer werden würde, ihm zu widerstehen. Wenn sie eine Möglichkeit gesehen hätte, ihm nachzugeben, ohne dabei zu riskieren, sich wieder in ihn zu verlieben – Amy hätte ohne Zögern Ja gesagt. Nach drei Jahren ohne Leidenschaft, ohne das Gefühl, begehrt zu werden, sehnte sie sich so sehr danach.

Aber diese Möglichkeit war nicht gegeben. Seufzend öffnete Amy die Augen und sah hinaus in die sonnenbeschienenen Wolken. Es half nichts, sie musste ehrlich zu sich selbst sein. Ja, dachte Amy und nickte dabei unwillkürlich, ich liebe ihn immer noch, habe im Grunde nie aufgehört, Tad zu lieben.

Was wäre gewesen, wenn er das gewusst hätte? Wie üblich, geriet Amy bei dieser Frage in Panik. Hätte er ihr geglaubt? Und, was noch wichtiger war, hätte er es akzeptiert? Langsam schüttelte Amy den Kopf. Er durfte nie erfahren, dass sie einen anderen Mann geheiratet hatte, während sie sein Baby in sich trug. Und er durfte auch nie erfahren, dass sie vor lauter Kummer und Verzweiflung sein Baby verloren hatte.

Amy lehnte sich wieder in ihren Sessel zurück, schloss die Augen und versuchte, wenigstens noch etwas zu schlafen, bevor die Maschine in der französischen Hauptstadt landete. Paris war schon sehr nah, und sie wusste nicht, was diese Stadt ihr bringen würde – weder auf dem Tennisplatz noch in der gefährlichen Nähe von Tad Starbuck.

„Tad! Tad!"

Er war gerade damit beschäftigt, seinen Tennisschläger in die Hülle zu stecken, als er jemanden seinen Namen rufen hörte. Tad drehte sich um, dann ließ er den Schläger fallen, breitete beide Arme aus und fing die Frau auf, die ihm entgegenstürzte. Er hob sie hoch und drehte sich einige Mal mit ihr im Kreis.

„Hilfe, mir wird schwindlig", rief sie lachend und hielt sich an ihm fest.

Tad stellte sie wieder auf die Füße und hielt sie ein Stück von sich ab. Sie war klein und zart, mit einem hübschen Gesicht, blitzenden Augen und einem verschmitzten Lächeln.

„Jess, wie kommst du hierher?", fragte er und drückte sie noch einmal an sich.

„Ich wollte meinen Bruder wiedersehen, und was bleibt mir da anderes übrig, als ihn auf einem Tennisplatz zu suchen", antwortete Jess lachend.

Tad legte ihr einen Arm um die Schulter. Jetzt erst fiel sein Blick auf den Mann, der einige Schritte hinter ihnen stand. „Mac." Ohne Jess loszulassen, streckte er seinem Schwager die Hand hin.

„Tad, wie geht es dir?"

„Gut. Sehr gut sogar."

Mac schüttelte ihm die Hand und sah dabei lächelnd auf die beiden. Er wusste, wie sehr Bruder und Schwester aneinander hingen, und dass Tad sich auch heute noch für Jess verantwortlich fühlte, obwohl sie mittlerweile siebenundzwanzig und Mutter eines Sohnes war. Am Anfang hatte er sehr gegen Tads Vorurteile zu kämpfen gehabt. Kein Mann war Tad recht, der in die Nähe seiner Schwester kam, und da hatte Mac keine Ausnahme gemacht. Erst nach und nach hatte Tad ihn akzeptiert und sich schließlich zähneknirschend auch damit einverstanden erklärt, dass Jess mit ihm zur Westküste nach Kalifornien zog. Mac betrieb dort ein sehr gut gehendes Baugeschäft.

So erfolgreich er als Geschäftsmann war, so wenig verstand er von Tennis. Diese Tatsache hatte natürlich auch nicht dazu beigetragen, dass Tad ihn mit offenen Armen aufgenommen hätte. Mac war sich durchaus darüber im Klaren, dass er niemals in Jess' Nähe gekommen wäre, wäre er nicht der Neffe von Martin Derick.

„Wo ist Pete?", unterbrach Tad die Gedanken seines Schwagers.

„Bei seiner Großmutter. Die beiden sind froh, wenn sie mal einige Zeit zusammen sein können", antwortete Mac mit einem Lächeln.

„Sie wird ganz schön mit ihm zu tun haben", warf Jess ein. „Pete ist zwar gerade erst etwas mehr als ein Jahr alt, aber er läuft schon wie der Teufel und wird unsere Mutter entsprechend auf Trab halten. Sie lässt dir übrigens viele Grüße bestellen. Du kennst sie ja, Tad, sie mag keine langen Flugreisen, sonst wäre sie sicherlich mitgekommen."

Tad griff nach seiner Trainingstasche. „Ich habe gestern Abend noch mit ihr telefoniert. Kein Wort hat sie davon gesagt, dass ihr beiden kommen würdet."

„Wir wollten dich ja auch überraschen." Jess griff nach der Hand ihres Mannes und drückte sie. „Mac hat gemeint, Paris sei gerade die richtige Stadt für zweite Flitterwochen."

„Irgendwie musste ich es ja schließlich anstellen, sie für zwei Wochen von Pete loszueisen", sagte Mac und zog seine Frau schmunzelnd an sich. „Allerdings hat sich dann herausgestellt, dass du mehr gezogen hast als Paris." Er gab ihr einen Kuss auf die Stirn und sah sie liebevoll an. „Deine Schwester und ihr Sohn", wandte er sich dann an Tad, „die beiden sind unzertrennlich."

„Wenn man den hübschesten Sohn der Welt hat, ist es ja wohl ganz natürlich, dass man sich nicht von ihm trennen will“, protestierte Jess.

Mac zog eine Pfeife aus der Tasche und begann sie zu stopfen. „Ich schwöre dir, Tad, es wird nicht mehr lange dauern, und deine Schwester lässt unseren Sohn bereits in Harvard einschreiben.“

„Nächstes Jahr“, antwortete Jess scheinbar ganz ernst. Ihr Blick lag auf ihrem Bruder. Täuschte sie sich, oder waren seine Augen wirklich nicht so strahlend wie sonst? „Martin lässt dir übrigens bestellen, dass er sehr stolz auf dich ist.“

„Ich hatte schon gehofft, er würde zu diesem Turnier kommen“, sagte Tad. „Merkwürdig, ich habe es mir immer noch nicht abgewöhnt, vor einem Spiel nach ihm Ausschau zu halten.“

„Er wollte ja auch kommen“, sagte Jess, „aber er konnte seine Verhandlung nicht verschieben. Jetzt musst du also mit uns vorlieb nehmen.“

Tad schwang sich die Tasche über die Schulter. „Damit bin ich mehr als zufrieden. Wo wohnt ihr?“

„Im Hotel …“ Jess brach abrupt ab, als sie in einiger Entfernung eine schlanke blonde Frau über den Platz gehen sah. „Amy“, murmelte sie.

Tad sah ebenfalls hinüber. „Ja“, sagte er, „Amy.“ Jess bemerkte, dass er die Frau nicht aus den Augen ließ. „Wusstest du nicht, dass sie wieder spielt?“

„Doch. Aber …“ Wieder brach Jess ab. Wie sollte sie ihrem Bruder den Widerstreit von Gefühlen erklären, den Amys Auftauchen in ihr ausgelöst hatte?

Es war, als wären die letzten Jahre in ihrem Gedächtnis ausgelöscht. Immer noch hatte Jess die kühlen blauen Augen vor sich, hörte ihre beherrschte Stimme. Damals war sie so überzeugt gewesen, für Tad das Richtige zu tun, nicht ein Mal waren Jess darüber Zweifel gekommen. Jetzt war Amy geschieden und zurückgekehrt in den Tenniszirkus. Und Jess war sich längst nicht mehr sicher, ob sie damals wirklich richtig gehandelt hatte.

Verstohlen warf sie einen Blick auf ihren Bruder. Er beobachtete Amy immer noch, als könnte er die Augen nicht von ihr abwenden. Hatte er sie geliebt? Liebte er sie vielleicht immer noch? Was würde er tun, wenn er jemals erfuhr, wie seine Schwester sich in sein Leben gedrängt und ihm eine Entscheidung abgenommen hatte? „Tad …"

Als er sie ansah, verstärkte sich das ungute Gefühl in Jess noch. Sie hoffte nur, dass sie ihm nie erzählen musste, was sie damals getan hatte.

„Sie ist noch so hübsch wie früher, findest du nicht?", fragte Tad seine Schwester. „Was hast du gesagt, wo seid ihr abgestiegen?"

„Nur weil er gerade erst achtzehn ist und in der Vorrunde wie ein Champion gespielt hat, ist er für alle der Favorit." Chuck warf einen Tennisball in die Höhe und fing ihn wieder auf.

„Du wirst es schon schaffen", meinte Amy. „Immerhin hast du deine Erfahrung gegen seine Jugend zu setzen", fügte sie noch hinzu.

„Ich werde ihn vom Platz fegen", prophezeite Chuck und reckte seinen rechten Arm in die Luft. „Und sollte mir das wirklich nicht gelingen, überlasse ich es eben Tad, ihn aus dem Wettbewerb zu werfen."

Amy schnappte sich den Ball, als Chuck ihn erneut in die Luft warf. „Bist du sicher, dass Tad ins Endspiel kommt?"

„Das ist so sicher wie das Amen in der Kirche", antwortete Chuck. „Das ist sein Jahr, ich glaube, ich habe ihn noch nie besser spielen sehen als in dieser Saison."

Amy gab keine Antwort. Sie blickte hinunter auf ihre Füße. Der Wind hatte Blütenblätter über den Platz geweht, und sie berührte sie ganz vorsichtig mit ihrer Schuhspitze. Es war noch früh am Morgen, und das große Stadion lag leer und verlassen da. In einigen Stunden würden sich die Ränge füllen. Vierzehntausend Zuschauer passten in das Tennisstadion der französischen Hauptstadt, und sicherlich würden auch heute wieder alle Plätze besetzt sein. Wenn das Publikum sich ruhig verhielt, konnte man die Geräusche der Autos auf der angrenzenden Straße hören, die die Anlage vom Bois de Boulogne trennte.

In der ersten Woche des Turniers wurde täglich etwa elf Stunden lang ununterbrochen Tennis gespielt. Selbst diejenigen, die nach dieser Woche ausgeschieden waren, konnten sich nicht beklagen, zu selten auf dem Platz gewesen zu sein. Nicht umsonst hatte das Turnier in Paris unter den Profis den Ruf, das schwierigste überhaupt zu sein. Tad und Amy hatten beide schon einmal hier gewonnen und wollten den Sieg in diesem Jahr wiederholen.

Paris und Tad! Es gab nichts, was in Amy mehr Erinnerungen wachrief, als diese Kombination. In dieser Stadt hatten sie einen Abend im Kino verbracht, ohne von dem Ingmar-Bergman-Film auch nur eine Szene zu sehen. In Paris hatte Tad es geschafft, sie kurz vor einem Spiel so geschickt zu massieren, dass die schlimme Muskelverhärtung sie nachher auf dem Platz nicht mehr um den Sieg bringen konnte. In Paris hatten sie sich geliebt – immer wieder und so lange, bis sie beide völlig erschöpft eingeschlafen waren. In der Stadt der Liebe hatte Amy noch daran geglaubt, dass ihre Romanze mit Tad glücklich enden würde.

Amys Gedanken wurden jäh unterbrochen, als sie ihren Blick durch das Stadion schweifen ließ und plötzlich Jess sah. Auf die Entfernung starrten beide Frauen sich an – unfähig, sich zu rühren und aufeinander zuzugehen.

„Da ist ja Jess!“ Chuck winkte hinüber und griff dann nach Amys Arm. „Komm, lass uns zu ihr gehen.“

Plötzlich kam wieder Leben in Amy. „Nein, ich … ich muss weg“, protestierte sie, als Chuck sie mit sich ziehen wollte. „Geh du nur zu ihr. Bis später.“ Damit riss sie sich los und stürmte davon.

Wie von Furien gehetzt, rannte Amy vom Platz und hielt erst wieder inne, als das Stadion bereits weit hinter ihr lag. Sie atmete tief durch und schalt sich selbst, dass sie davongelaufen war. Aber es war ihr einfach nicht möglich gewesen, Tads Schwester gegenüberzutreten – dem einzigen Menschen, der den Grund kannte, warum sie sich damals von Tad getrennt hatte.

Sie musste sich jetzt erst wieder beruhigen, vielleicht war es ihr dann möglich, Jess zu begrüßen. Amy war viel zu sehr mit sich selbst beschäftigt, als dass ihr aufgefallen wäre, dass auch Jess recht schockiert reagiert hatte. Sie kam gar nicht auf die Idee, sich zu fragen, wieso.

Amy wollte nicht mehr an den Sommernachmittag denken, als sie Jess Starbuck zum letzten Mal gesehen hatte. In diesem unordentlichen Hotelzimmer, das sie mit Tad geteilt hatte, und in dem ihr dann Jess gegenübergestanden hatte. Keines der Worte, die damals gefallen waren, hatte sie vergessen – und auch nicht den unendlichen Schmerz, den sie in ihr ausgelöst hatten.

Ja, Tad hatte recht, sie war wirklich davongelaufen, aber sie hatte ihm nicht für immer entgehen können. Eigentlich hatte sich alles in diesen drei Jahren verändert – und doch wieder gar nichts, wenn es um Tad und sie ging. Seufzend gestand Amy sich ein, dass sie ihrem Herzen keine Befehle geben konnte. Tad war der erste Mann in ihrem Leben gewesen, und er würde immer der einzige bleiben, den sie geliebt hatte.

Sie hatte ein Kind von ihm getragen und es dann verloren, bevor es noch geboren wurde. Niemals würde Amy es sich verzeihen können, dass es zu diesem Unfall gekommen war. Noch mehr als der Mangel an Liebe und Verständnis von Seiten ihres Mannes hatte der Verlust von Tads Baby ihr alle Hoffnung für eine glückliche Ehe mit Eric genommen.

Und wenn sie das Kind geboren hätte? Hätte sie es vor Tad verbergen können? Und vor allem, hätte sie mit einem anderen Mann verheiratet bleiben können, während sie ein Kind von Tad großzog? Amy schüttelte den Kopf. Zu häufig schon hatte sie über diese Fragen nachgedacht, ohne je eine Antwort darauf zu finden. Das alles war vorbei. Sie hatte Tad verloren, sein Kind und außerdem noch die Liebe und Unterstützung ihres Vaters. Mehr konnte ein Mensch wohl kaum ertragen.

Als sich eine Hand auf ihre Schulter legte, drehte Amy sich erschrocken um. Vor ihr stand Tad. Schweigend sahen sie sich an.

Amy war es, als summten die Bienen plötzlich lauter, als könnte sie das Rauschen der Bäume in dem sanften Wind besser hören. Er griff nach ihren Armen und ließ seine Hände daran entlanggleiten, bis sie an ihren Handgelenken angekommen waren.

„Angst vor dem nächsten Spiel?"

„Angst nicht", antwortete Amy und brachte sogar ein Lächeln zustande. „Aber die Rayski ist schon gut."

„Du hast sie aber schon einmal geschlagen."

„Und sie mich." Amy kam es gar nicht in den Sinn, ihm ihre Hände zu entziehen. Sie standen voreinander, ohne dass ihre Körper sich berührten, und sie dachten beide zurück an den Tag, damals, als sie ebenfalls nach einem Spiel hierher geflohen waren, um allein zu sein.

„Du musst gegen sie so spielen wie gegen die Conway", meinte Tad. „Die beiden haben fast den gleichen Stil."

„Meinst du wirklich, das wäre eine Beruhigung?", fragte Amy mit einem kurzen Auflachen.

„Du bist besser als sie", sagte Tad ganz ruhig, woraufhin sie ihn erstaunt ansah. Lächelnd löste er eine Hand und strich mit seinen Fingerspitzen ganz sanft über ihre Wange. „Sie ist schneller, aber du spielst besser. Das gibt dir einen Vorteil, wenn du auch nicht besonders gern auf diesem Boden hier spielst."

„Ja, das stimmt", gab Amy zu.

„Du bist inzwischen besser geworden." Tad hielt ihre Hand fest, und sie gingen nebeneinander über die Wiese. „Deine Rückhand ist zwar noch nicht so stark, wie sie eigentlich sein könnte, aber ..."

„Bei der Conway hat es aber gelangt", unterbrach Amy ihn.

„Hätte trotzdem besser sein können."

„Ich habe noch nie eine so gute Rückhand gespielt", fuhr sie ihn ärgerlich an und merkte zu spät, dass sie hereingefallen war. Er lächelte spöttisch, als sie in sein Gesicht sah. „Ich hätte es mir ja denken können", murmelte Amy mehr zu sich selbst. „Du spielst gegen Kilroy", fuhr sie dann schnell fort, damit er keine Gelegenheit hatte, das Gespräch auf privatere Themen zu bringen. „Nie von ihm gehört."

„Er ist erst seit zwei Jahren Profi, und den großen Durchbruch schaffte er im vorigen Jahr in Melbourne." Wie selbstverständlich legte Tad einen Arm um ihre Schulter. Dann blieb er plötzlich stehen und zeigte auf eine Blüte. „Was ist das denn für eine Blume?"

„Frauenschuh."

„Komischer Name", meinte Tad und zuckte mit den Schultern. „Rosen gefallen mir besser."

„Aber nur deshalb, weil das die einzige Blume ist, von der du den Namen kennst", antwortete Amy. Ohne darüber nachzudenken, lehnte sie ihren Kopf gegen seine Schulter. „Erinnerst du dich noch, als ich eines Tages ein Bad nehmen wollte und feststellte, dass du die ganze Wanne mit Rosen gefüllt hattest? Es müssen Dutzende gewesen sein."

„Ja, wir haben fast eine Stunde gebraucht, um die Wanne zu leeren", sagte er und lehnte seinen Kopf gegen ihren.

„Es war wundervoll", meinte Amy verträumt. „Du hattest häufig so herrliche Einfälle, die mich immer völlig überraschten." In Erinnerung daran lachte sie leise auf. Ihr Kopf lag immer noch an seiner Schulter. „Weißt du noch, wir haben alle Gefäße genommen, die wir finden konnten, um die Rosen unterzubringen. Manchmal, wenn ich ..." Mitten im Satz verstummte Amy plötzlich. Im letzten Moment war ihr klar geworden, dass sie drauf und dran war, zu viel zu sagen.

„Wenn du was?“, drängte Tad, fasste nach ihren Schultern und drehte sie zu sich. Als Amy den Kopf schüttelte, wurde sein Griff fester. „Bist du manchmal mitten in der Nacht wach geworden, weil die Erinnerungen dich quälten? Konntest du nicht vergessen?“

Amy stemmte beide Hände gegen seine Brust. „Tad, bitte!“

„Mir ist es so ergangen, Amy.“ Er ließ sie nicht los. „Ich weiß gar nicht mehr, wie oft. Selbst wenn ich dachte, ich könnte dich hassen, habe ich mich immer noch nach dir gesehnt. Kannst du dir eigentlich vorstellen, wie das ist, um drei Uhr morgens wach zu werden und sich nach einer Frau zu sehnen, die im Bett eines anderen Mannes liegt?“

„Bitte, hör auf, bitte!“

„Womit?“ Er hatte jetzt beide Hände um ihr Gesicht gelegt und zwang sie, ihn anzusehen. „Dich zu hassen? Mich nach dir zu sehnen? Ich kann nicht anders, Amy.“

Seine Augen waren ganz dunkel. Sie sah darin den Schmerz, den er verspürt hatte, aber sie sah auch die Leidenschaft. Ohne sich Rechenschaft über ihr Tun abzulegen, presste Amy ihre Lippen auf seinen Mund.

Für einen Moment stand Tad ganz still. Erst als Amy sich an ihn schmiegte, stöhnte er leise auf und riss sie in die Arme. Wie hatte er nur je glauben können, es für immer ohne sie auszuhalten? Er wollte sie – nichts auf der Welt wollte er so sehr wie diese Frau. Er musste sie einfach wieder besitzen, ihr zeigen, dass auch sie ohne ihn verloren war.

Nur für einen Augenblick ließ er sie los, griff nach ihrer Hand und zog sie mit sich unter die tief herabhängenden Zweige einer Trauerweide, die sie vor allen neugierigen Blicken verbarg. In dem kühlen Halbdunkel des alten Baumes zog Tad sie wieder an sich und küsste sie. Diesmal war er es, dessen Kuss voller Leidenschaft mehr forderte.

Er musste einfach wissen, ob ihr Körper sich noch genauso anfühlte wie damals. Ungeduldig zog er den Reißverschluss ihrer Trainingsjacke herunter, und die Hände schlüpften unter das dünne T-Shirt. Zielstrebig glitten sie Amys Körper empor, bis sie an ihren Brüsten angekommen waren. Seinen Mund immer noch auf ihren gepresst, stöhnte Tad leise auf. Ihre Haut war so weich und glatt, dass er wieder – wie früher – das Gefühl hatte, seine schwieligen Hände wären viel zu rau für diese samtweiche Haut.

Amy zitterte am ganzen Körper. Mit beiden Händen griff sie in seine dichten Haare und schmiegte sich noch enger an ihn. Es war wie in einem Traum. Von Weitem drangen lachende Stimmen an ihr Ohr, aber Amy dachte gar nicht daran, sich von Tad zu lösen, als diese Stimmen immer näher kamen. Es gab nur noch sie beide auf dieser Welt, nichts anderes war mehr wichtig.

Als Tad sie schließlich losließ, taumelte Amy, und er griff schnell zu, damit sie nicht das Gleichgewicht verlor. Ihr Blick war verschwommen, ihre Lippen schienen geschwollen von seinen leidenschaftlichen Küssen.

Noch einmal zog er sie an sich und küsste sie. Diesmal aber sanft und zärtlich, als wollte er, dass sie die Erinnerung daran niemals vergaß.

Wie lange hatten sie unter der alten Trauerweide gestanden? Waren es nur Minuten, eine halbe Stunde oder gar noch länger? Amy wusste es nicht. Sie hatte jegliches Zeitgefühl verloren. Nur eines wusste sie ganz genau – sie fühlte sich so lebendig und so durch und durch als Frau, wie schon seit Jahren nicht mehr. Ihr Herz schlug schmerzhaft hart gegen ihre Brust, und sie glaubte, das Blut in ihren Adern zu spüren.

„Heute Nacht", murmelte Tad, zog ihre Hände an seine Lippen und küsste sie.

Die Berührung seiner Lippen jagte ihr kleine Schauer über den Rücken. „Tad …" Amy versuchte, ihm ihre Hände zu entziehen, aber er hielt sie fest.

„Heute Nacht", wiederholte er noch einmal.

„Ich kann nicht." Amy sah, wie es in seinen Augen ärgerlich aufblitzte. „Tad, ich habe Angst."

Ihr freimütiges Eingeständnis ließ seinen Ärger so schnell wieder verfliegen, wie er gekommen war. „Amy, warum?"

Sie gab keine Antwort, legte ihre Arme um seine Taille und schmiegte ihren Kopf an seine breite Brust. „Es tut mir leid", flüsterte sie. „Ich habe schon einmal Angst vor dir gehabt, und jetzt ist diese Angst wieder da." Und ich liebe dich, fügte sie in Gedanken hinzu. So wie früher – nein, noch mehr als vor drei Jahren.

„Amy." Er griff nach ihren Schultern und hielt sie ein Stück von sich ab. „Ich kann dir diesmal nicht versprechen, dass ich auf dich warten werde. Ich kann dir auch nicht versprechen, dass ich sanft und zärtlich mit dir umgehen werde. Diesmal ist es anders."

„Ja, es ist anders", stimmte sie leise zu und sah ihn dabei nicht an. „Vieles hat sich geändert, Tad. Wahrscheinlich wäre es besser, viel besser für uns beide, wenn wir nicht wieder von vorn anfangen würden."

Tad lachte leise auf. „Wir haben gar keine Wahl."

„Doch, wir können es versuchen, uns aus dem Weg zu gehen."

„Nein."

Amy seufzte tief auf. „Tad, bitte dräng mich nicht so."

Völlig übergangslos riss er sie wieder an sich. Seine Stimme klang rau. „Ich kann nicht anders, Amy. Kannst du das nicht verstehen? Jedes Mal, wenn ich dich ansehe, kommen die Fragen wieder, die ich mir all die Jahre hindurch gestellt habe. Warum hast du mich verlassen? Warum bist du einfach davongelaufen mit einem anderen Mann?"

Amy löste sich aus seiner Umarmung und griff nach seinen Händen. Sehr ernst sah sie ihn an, und was sie sagte, klang sehr eindringlich. „Tad, was auch immer mit uns geschieht, das geschieht jetzt. Hast du verstanden? Wenn überhaupt, dann fangen wir wieder ganz von vorn an. Die Vergangenheit ist passé, keine Fragen, keine Erklärungen. Glaub mir, ich meine es ernst, Tad. Ich werde dir keine Erklärungen abgeben, und ich weigere mich, in der Vergangenheit herumzuwühlen."

„Das heißt also, ich werde nie eine Antwort auf meine Fragen bekommen?"

„Es geht nicht anders. Ich werde dir auch keine Fragen stellen."

„Amy, du verlangst verdammt viel."

Sie stand vor ihm, wagte nicht, ihn anzufassen. Dabei hätte sie sich so gern an ihn gelehnt und ihm geholfen, die Vergangenheit zu vergessen. Es musste doch möglich sein, dass sie nur noch für die Gegenwart und die Zukunft lebten. „Ja, ich weiß", sagte sie leise. „Warum müssen wir uns nur immer wieder gegenseitig wehtun?"

„Ich wollte dir nie wehtun, Amy."

Plötzlich glaubte sie, wieder Jess' Stimme an jenem Nachmittag im Hotel zu hören. Er will dir nicht wehtun. Ja, genau das hatte sie gesagt. „Das wollten wir beide nicht", sagte Amy leise. „Und doch haben wir es getan. Ich habe Angst davor, dass es wieder passiert."

„Amy, sieh mich an." Mit beiden Händen griff er nach ihren Armen und hielt sie fest, bis sie langsam ihren Kopf hob und ihm in die Augen sah. „So, und jetzt sag mir noch einmal, dass du Angst hast."

„Oh, Tad!“ Seufzend lehnte Amy für einen Moment ihren Kopf gegen seine Brust. Dann hob sie den Blick wieder und sah ihn an. „Ich war mir so sicher, dass ich dir diesmal widerstehen könnte“, sagte sie leise.

„Und jetzt?“

„Ich weiß es nicht. Ich weiß gar nichts mehr.“ Sie schüttelte den Kopf. „Gib mir etwas Zeit, Tad.“

Er öffnete schon den Mund, um zu widersprechen, aber dann überlegte er es sich doch anders. Er hatte drei Jahre gewartet, kam es da wirklich auf einen Tag mehr oder weniger an? „Okay, ich lasse dir etwas Zeit. Aber denk dran, Amy, beim nächsten Mal frage ich gar nicht erst.“

Als Amy nickte, legte er einen Arm um ihre Schulter und hielt mit dem anderen die tief hängenden Zweige der Trauerweide zur Seite. „Komm“, sagte er leise, „ich bring dich zurück.“

5. KAPITEL

Es war das siebte Spiel im vierten Satz. Tad stand an der Grundlinie und erwartete Michaels Aufschlag. Die Luft war schwül, und am Himmel zogen dunkle Gewitterwolken auf. Aber Tad bemerkte das alles nicht. Nur zu Beginn des Spiels hatte er gesehen, dass das Stadion voller Leute war. Jetzt hörte er zwar noch ihre Anfeuerungsrufe, aber es war ihm gleichgültig, ob sie ihm oder seinem Gegner galten. Für ihn gab es jetzt nur noch das Spiel, das er gewinnen wollte.

Tennis – das Spiel für Einzelkämpfer. Und genau das war es, was Tad so zu diesem Sport hinzog. Wenn man verlor, konnte man nur sich selbst dafür verantwortlich machen, und wenn man siegte, gehörte einem der Triumph ganz allein.

Tad hatte sich darauf gefreut, im Halbfinale auf Michael zu treffen. Der Australier spielte mit sehr viel Gefühl und Temperament, gab keinen Ball verloren und verausgabte sich völlig, wenn es darum ging, das Spiel doch noch für sich zu entscheiden. Es gab so vier oder fünf Tenniskollegen, die Tad respektierte, und Michael gehörte ohne Zweifel dazu. Sein Sieg gegen ihn zählte für Tad doppelt.

In diesem Stadium des Spiels setzte Tad sein ganzes Können ein, um Michael den Aufschlag abzunehmen. Bisher hatte er noch keine Schwäche bei seinem Gegenüber erkennen können. Wie ein Boxer, der den anderen im Ring belauert und darauf wartet, dass er für einen Sekundenbruchteil einmal nicht voll konzentriert ist, so beobachtete auch Tad seinen Gegner – immer bereit, jeden noch so kleinen Fehler sofort für sich auszunutzen.

Tad hörte das Geräusch, als Michaels Schläger den Ball traf und ihn genau in die Ecke des Aufschlagfeldes setzte. Beinahe automatisch reagierte Tad. Seine enorme Schnelligkeit kam ihm dabei zugute, als er losspurtete und den Ball retournierte.

Beide Männer schenkten sich nichts in diesem Spiel. Ihre Laufarbeit war ausgezeichnet, die Gesichter glänzten vom Schweiß, und die Haare klebten ihnen auf der Stirn. Das Publikum ging begeistert mit, und seine Aufschreie vermischten sich mit dem fernen Donnergrollen.

Der lange Ballwechsel endete damit, dass Tad diesen Ball diagonal schlug, sodass er genau vor der Grundlinie aufschlug. Unerreichbar für Michael. Null : fünfzehn.

Tad strich sich mit seinem Schweißband am Handgelenk übers Gesicht und ging zurück zur Grundlinie. Michael schlug auf, Tad brachte den Ball zurück und spurtete dann sofort in die Mitte des Feldes. Jeder versuchte den anderen auszutricksen. Ohne Erfolg! Bis Michael den Fehler beging, einen „Lob" über Tad hinwegheben zu wollen. Tads Körper schnellte empor, er traf den Ball voll und schmetterte ihn so zurück, dass er kurz hinter dem Netz aufkam. Null : dreißig.

Für seinen nächsten Aufschlag nahm sich Michael viel Zeit. Immer wieder blickte er hinüber zu seinem Gegner, tippte den Ball noch einmal auf und wartete offenbar darauf, dass Tad nervös wurde. Der aber hatte sich in der Gewalt und stand scheinbar ganz ruhig. Als der Aufschlag dann endlich bei ihm ankam, entwickelte sich wieder ein langer Ballwechsel mit Grundlinienschlägen. Beide lauerten darauf, den anderen überlisten zu können.

Mit der Rückhand schlug Tad den Ball zurück. Michael hatte keine Mühe, ihn zu erlaufen, aber dann setzte er ihn ins Netz.

Null : vierzig.

Es war Michael anzusehen, wie sehr er sich über diesen Fehler ärgerte. Wütend drosch er auch seinen ersten Aufschlag ins Netz. Beim zweiten hatte er sich dann wieder gefangen und platzierte ihn genau. Tad erreichte den Ball – und schlug ihn dann seinerseits ins Netz.

Die Spannung auf dem Platz war beinahe körperlich zu spüren. Das Publikum ging mit, unterstützte lautstark seinen jeweiligen Favoriten und wurde immer unruhiger, als keiner der beiden Spieler einen wirklichen Vorteil für sich herausarbeiten konnte.

Beiden klebten mittlerweile die Tennishemden am Körper. Jeder scheuchte den anderen über den Platz, um dann seinerseits wieder nach einem Ball hechten zu müssen. Für einen Laien unverständlich, wie perfekt Geist und Körper bei beiden zusammenarbeiteten. In Sekundenbruchteilen mussten sie entscheiden, wie sie den Ball zurückschlagen wollten, und durften dabei auch den Gegner nicht aus den Augen lassen, um ihn womöglich auf dem falschen Fuß zu erwischen und so das Spiel zu gewinnen.

Beide suchten die Entscheidung, aber es war Tad, der schließlich das Risiko einging und einen Ball so kurz spielte, dass er gerade noch über die Netzkante ging – unerreichbar für Michael. Spiel und Satzgewinn für Tad!

„Oh, Mac!“ Jess lehnte sich in ihren Sitz zurück und schloss für einen Moment die Augen. „Ich hatte fast vergessen, wie aufregend es ist, Tad zuzuschauen.“

„So lange ist das noch gar nicht her. Du hast ihn vor einigen Wochen noch gesehen.“ Mac zog ein Taschentuch hervor und wischte sich damit über das Gesicht.

„Aber nur im Fernsehen“, widersprach Jess. „Das ist etwas ganz anderes. Da hat man nicht die Atmosphäre, diese Spannung. Das musst du doch auch spüren, oder?“

„Eigentlich spüre ich im Moment nur die drückende Schwüle.“

Jess schüttelte lachend den Kopf. „Du stehst eben immer mit beiden Füßen auf der Erde, Mac.“ Sie lehnte sich zu ihm und gab ihm einen Kuss. „Aber das ist es ja gerade, was ich so an dir liebe.“

Mac zog die Hände seiner Frau an die Lippen und küsste sie. Plötzlich spürte er, wie sie erstarrte. Er folgte ihrem Blick und sah, dass er auf Amy Wolfe gerichtet war.

„Ist das nicht die frühere Lady Wickerton?“, fragte er. „Sie sieht sehr gut aus.“

„Ja.“ Ihre Stimme klang ruhig, aber ihre Hände waren immer noch um die ihres Mannes gekrampft. „Ja, sie sieht wirklich sehr gut aus.“

„Sie hat das Spiel heute Morgen gewonnen. Damit haben wir eine Amerikanerin im Endspiel.“ Es war so, als hätte Jess gar nicht gehört, was ihr Mann gesagt hatte. „Sie hat eine Zeit lang nicht gespielt, nicht wahr?“, versuchte Mac noch einmal, die Aufmerksamkeit seiner Frau wieder auf sich zu lenken.

„Ja.“

Mit hochgezogenen Brauen sah Mac sie an. Irgendetwas stimmte nicht mit Jess. „Hatte Tad nicht eine Affäre mit ihr?“

„Nicht direkt.“ Jess musste sich räuspern, bevor sie weitersprechen konnte. „Außerdem ist das lange vorbei. Sie ist gar nicht Tads Typ. Amy ist sehr kühl und beherrscht, sie passt wohl eher zu einem Lord als zu meinem Bruder. Eine Weile hatte er eine Schwäche für sie, das ist alles.“ Jess fuhr sich mit der Zunge über die Lippen und vermied es, ihren Mann anzusehen. „Und sie hat es wohl auch nicht ernst gemeint, sonst hätte sie ja wohl kaum so schnell diesen Wickerton geheiratet. Diese Amy hat Tad unglücklich gemacht, sehr unglücklich sogar.“

„So, so“, murmelte Mac und ließ Jess dabei nicht aus den Augen.

Es war sonst gar nicht ihre Art, eine solch vorgefasste Meinung über einen Menschen zu haben. Außerdem hatten ihre Worte so geklungen, als müsste sie sich verteidigen. Mac erschien die Sache immer seltsamer. „Ich nehme an, Tad ist viel zu sehr mit seiner Karriere beschäftigt, als dass er sich wirklich ernsthaft nach einer Frau umsehen würde, oder?"

„Ja." Wieder kam ihm diese Zustimmung eine Spur zu schnell. „Ja, Tad hätte Amy niemals gehen lassen, wenn er sie tatsächlich geliebt hätte. Dafür ist er viel zu besitzergreifend."

„Und stolz", fügte Mac ruhig an. „Ich bin sicher, dass er niemals einer Frau nachlaufen würde – ganz gleichgültig, wie sehr er sie mag."

Jess wandte sich etwas ab und sah starr geradeaus. Das Stadion Roland Garros war nicht mehr da, in ihren Gedanken war sie wieder auf dem beinahe leeren Rasenplatz von Forest Hills; Tad hatte sich auf das Gitter gestützt und sah hinunter auf den Centre-Court.

Jess kam er vor wie ein Kapitän auf der Brücke seines Schiffes. Sie liebte ihren Bruder sehr, und in solchen ruhigen Augenblicken war sie sich dieser Liebe ganz besonders bewusst. Er war alles für sie – Bruder, Vater, Held. Er hatte es ermöglicht, dass sie jetzt in einem schönen Haus lebte, er hatte für ihre Ausbildung gesorgt – und doch hatte Tad weder sie noch ihre Mutter jemals spüren lassen, dass er es war, der das alles ermöglicht hatte.

Jess ging zu ihm, legte einen Arm um seine Taille und lehnte ihren Kopf gegen seine Schulter.

„Denkst du an das Spiel heute Nachmittag?", fragte sie leise. Tad musste gegen Chuck Prince im Finale antreten.

„Hm?" Tad war mit seinen Gedanken ganz weit weg gewesen. „Nein, eigentlich nicht", antwortete er.

„Ist es nicht ein seltsames Gefühl, ausgerechnet gegen deinen besten Freund spielen zu müssen?"

„Daran darf man während des Spiels nicht denken."

Jess spürte, dass er sich nicht wohl fühlte. Er war unruhig, und irgendetwas schien ihm Sorgen zu bereiten. Sie legte ihren Arm etwas fester um seine Taille. „Tad, was ist los?"

„Nichts, ich bin nur etwas unruhig."

„Hattest du Krach mit Amy?"

„Nein, wie kommst du darauf?", meinte er kurz.

Danach verfiel er wieder in Schweigen, und das trug nicht gerade dazu bei, dass Jess beruhigt gewesen wäre. Außerdem beobachtete sie seine Affäre mit Amy schon einige Zeit. Noch nie hatte ihr Bruder es so lange mit einer Frau ausgehalten. Das war ganz ungewöhnlich für ihn.

Für Jess war Amy eine Frau, die sie nicht einordnen konnte. Ihre kühle Beherrschtheit, die sie auch ihr gegenüber nie aufgegeben hatte, deutete Jess als Arroganz. Diese Frau hing nicht so an ihrem Bruder wie all die anderen Frauen vorher. Sie nahm nicht jedes Wort von Tad für bare Münze, und sie himmelte ihn nicht an.

„Denkst du eigentlich jemals an die Vergangenheit, Jess?", unterbrach Tad ganz unerwartet ihre Gedanken.

„An die Vergangenheit?"

„Ja, als wir beide noch Kinder waren." Sein Blick ging über den Platz, aber er schien nichts davon zu sehen. „Diese kleine, schäbige Wohnung, die wir damals hatten. Kannst du dich noch an die erinnern? Und an die De Marcos nebenan, die sich ständig so laut stritten, dass wir alles mithören konnten? Im Flur roch es nach billigen Kohlgerichten und manchmal auch nach Alkohol."

Der Klang seiner Stimme beunruhigte Jess. Irgendetwas bedrückte ihn. Wenn sie ihm doch nur helfen könnte! „Nein, nicht oft", flüsterte sie. „Ich kann mich auch nicht mehr an alle Einzelheiten erinnern. Als du uns da herausgeholt hast, war ich ja noch nicht einmal fünfzehn."

„Ich zweifle manchmal daran, dass man seine Vergangenheit je abstreifen kann." Sein Blick war starr geradeaus gerichtet. „Die Wohnung, der Geruch. Ich kann das einfach nicht vergessen. Ich habe Amy einmal gefragt, an welchen Geruch sie sich erinnert, wenn sie an ihre Kindheit zurückdenkt. Sie sagte, an den Duft der Blumen, der an lauen Sommerabenden durch ihr geöffnetes Kinderzimmerfenster drang."

„Tad, ich versteh das alles nicht."

Er seufzte und wandte sich dann wieder seiner Schwester zu. „Ich auch nicht."

„Das alles liegt doch weit zurück."

„Ja, das stimmt. Aber vergessen kann ich es trotzdem nicht. Gestern Abend waren wir zum Essen aus. Plötzlich kam dieser Lord Wickerton an unserem Tisch vorbei. Er blieb stehen und begann mit Amy ein Gespräch über französische Impressionisten, die er gerade vorher in einer Ausstellung gesehen hatte. Es waren noch keine fünf Minuten vergangen, da wusste ich gar nicht mehr, über was die beiden sich überhaupt unterhielten."

Schuldbewusst dachte Jess, dass sie das sehr wohl gewusst hätte. Aber warum? Nur deshalb, weil Tad es ihr ermöglicht hatte, zum College zu gehen. Er selbst hatte diese Möglichkeit nie gehabt. „Du hättest ihm sagen können, er solle verschwinden."

Tad lachte und gab ihr einen Kuss auf die Wange. „Daran hab ich auch gedacht." Plötzlich wurde er ganz ernst. „Aber dann habe ich die beiden beobachtet. Sie verstanden sich, sprachen die gleiche Sprache. Ich glaube, in dem Moment habe ich eingesehen, dass es unüberwindbare Hindernisse für Leute wie mich gibt."

„Das ist nicht wahr, Tad. So etwas kann man nachholen."

„Vielleicht." Er zuckte mit den Schultern, und von einer Sekunde zur anderen wurde er wütend. „Ach was! Was kümmern mich die französischen Impressionisten? Was kümmert es mich, dass Amy und dieser Wickerton gemeinsame Freunde haben, die um einige Ecken mit der englischen Königin verwandt sind? Oder wer das letzte Rennen in Ascot gewonnen hat?"

Jess spürte, dass der Grund für seinen Zorn Hilflosigkeit war, und unwillkürlich gab sie dafür Amy die Schuld. „Amy sollte sich schämen, diesen englischen Lord auch noch zu ermutigen. Seit Paris ist er ständig hinter ihr her."

Tad lachte grimmig. „Sie ermutigt ihn nicht, Jess. Die beiden haben nur die Art Unterhaltung gepflegt, die in diesen Kreisen üblich ist. Davon verstehen wir beide nichts, kleine Schwester. Amy ist anders als wir. Das habe ich von Anfang an gewusst."

„Trotzdem hätte sie ihm sagen müssen, er soll verschwinden."

„Nein, Jess. Das konnte sie nicht."

„Amy ist eine kalte Frau."

„Nein, sie ist nur anders als wir." Tad nahm das schmale Gesicht seiner Schwester in beide Hände. „Du und ich, Jess, wir sind gleich. Wenn uns danach zumute ist, dann schreien wir und werfen voller Wut etwas gegen die Wand. Es gibt aber Menschen, die das nicht können."

„Dann sind sie selbst schuld."

Tad lachte laut auf und gab seiner Schwester einen Kuss auf die Stirn. „Jess, meine kleine Schwester, ich liebe dich."

Sie schlang beide Arme um ihn und schmiegte ihren Kopf an seine

Brust. „Ich dich auch, Tad. Und ich kann es nicht ertragen, wenn du unglücklich bist. Warum lässt du es zu, dass sie dir so weh tut?"

Tad zog die Brauen hoch und strich ihr übers Haar. „Das habe ich mir auch schon überlegt", sagte er nach einer Weile nachdenklich. „Vielleicht ... nun, vielleicht fehlt mir nur noch der Anstoß in die richtige Richtung."

Jess hielt ihn fest und dachte nach, wie sie ihm helfen könnte ...

Fünfter Satz, zehntes Spiel. Der Schiedsrichter brachte es kaum noch fertig, das Publikum ruhig zu halten. Chuck, der zwischen Amy und Madge auf der Tribüne saß, lehnte sich vor. Seine Muskeln waren angespannt, als stände er selbst auf dem Platz, und auf seiner Stirn glänzten Schweißtropfen.

„Das ist das beste Spiel, das ich seit mindestens zwei Jahren gesehen habe", sagte er, ohne den Blick auch nur ein Mal vom Platz zu nehmen.

Amy gab ihm keine Antwort. Auch ihre Augen waren nur auf das Spielfeld gerichtet. Der kleine gelbe Ball erreichte Geschwindigkeiten, dass sie manchmal Mühe hatte, ihm überhaupt mit den Augen zu folgen.

Sie bewunderte Michaels wirklich ausgezeichnetes Spiel, aber dieses Kribbeln im Magen, die ungeheure Spannung – das war nur auf Tad zurückzuführen. Ob wohl jemals in ihrem Leben eine Zeit kommen würde, wo er keine Macht mehr über sie hatte? Amy konnte es sich nicht vorstellen. Nur er brachte es fertig, dass sie ihre kühle Beherrschtheit verlor. Wie war das möglich? Stimmte das alte Sprichwort doch, dass Gegensätze sich anziehen? Nein, so einfach konnte die Antwort nicht sein.

Amy saß mitten unter den Leuten in dem vollen Stadion, und doch war ihre Sehnsucht nach Tad so groß, als läge sie nackt in seinen Armen. Es kam ihr gar nicht in den Sinn, sich deswegen zu schämen. Es war nur natürlich. Viel zu lange hatte sie ohne ihn auskommen müssen. Welch eine verlorene Zeit, dachte sie plötzlich. „Heute Nacht ..." Wenn sie daran dachte, rieselten ihr kleine Schauer über den Rücken, und sie hatte keine Angst mehr. Heute Nacht würden sie wieder zusammen sein – und wenn es nur für ein Mal wäre, wenn er gar nicht mehr wollte, als noch ein Mal über sie zu triumphieren – es war ihr egal!

Erst als Chuck sie erstaunt ansah, merkte Amy, dass sie laut aufgelacht hatte. „Er gewinnt", sagte sie und lehnte sich nach vorn. „Oh, ja! Er wird gewinnen."

Sein rechter Arm schmerzte, aber Tad achtete nicht darauf. Seine Beinmuskeln waren so angespannt, dass er wohl nicht mehr würde aufstehen können, wenn er sich jetzt hinsetzte. Aber das alles nahm er nur im Unterbewusstsein wahr. Sein Siegeswille war ungebrochen und noch genauso stark wie damals als kleiner Junge.

Nur noch ein Punkt fehlte ihm zum Sieg, und trotzdem spielte er noch mit dem gleichen Risiko wie im ersten Satz. Tad jagte den Australier über den Platz, schonte sich selbst aber genauso wenig. Dreimal sagte der Schiedsrichter Einstand an. Das Publikum feuerte beide Akteure frenetisch an. Tad schlug ein Ass. Vorteil. Der Ball von Michael kam, Tad erwischte ihn etwa in Hüfthöhe mit der Vorhand – und Michael wusste, dass er verloren hatte.

Spiel, Satz und Sieg für Tad.

In seiner ersten, überschäumenden Freude wollte Tad sich auf die Knie sinken lassen, aber plötzlich spürte er die Schmerzen in seinen Beinen. Jetzt, wo das Spiel vorüber war, meldete sich sein Körper. Er ging auf das Netz zu und streckte Michael die Hand entgegen.

Michael legte ihm einen Arm um die Schulter, als sie gemeinsam zum Schiedsrichter gingen. „Verdammt, Starbuck. Du hast mich beinahe umgebracht."

Tad lachte. „Du mich auch."

Nachdem sie dem Schiedsrichter die Hand geschüttelt hatten, sah sich Tad den klickenden Kameras der Reporter gegenüber. Er bahnte sich eine Gasse zu seinem Stuhl, nahm sein Handtuch und hielt es für einige Sekunden vor sein Gesicht. Jetzt fiel die ganze Anspannung von ihm ab, und er spürte, wie sehr ihm dieses Spiel in die Knochen gegangen war. Als er das Handtuch wieder wegnahm, sah er in Amys Gesicht.

Wie blau ihre Augen sind, dachte er. Blau und unergründlich tief.

„Herzlichen Glückwunsch." Sie lächelte ihm zu.

„Danke." Tad nahm ihr die Tasche aus der Hand, die sie schon für ihn aufgehoben hatte, und für einen Augenblick berührten sich ihre Finger.

„Die Presse wird wohl drinnen schon auf dich warten." Als Amy sah, wie er die Augen verdrehte, trat sie lächelnd noch einen Schritt näher. „Darf ich dich zum Essen einladen?"

Überrascht blickte er sie an. „Gerne."

„Dann treffen wir uns um sieben in der Hotelhalle. Okay?"

„Okay."

„Starbuck, was glauben Sie, wann ist das Spiel zu Ihren Gunsten umgekippt?"

„Mit welcher Taktik werden Sie gegen Prince im Endspiel antreten?"

Tad hörte die Fragen der Reporter, aber er gab keine Antwort. Seine Augen folgten Amy, die sich einen Weg durch die Menge am Spielfeldrand bahnte.

Erleichtert seufzte Tad auf, als er endlich unter der Dusche stand. Jetzt störten ihn auch die Fragen der Reporter nicht mehr, von denen einer sich bis in den Duschraum vorgewagt hatte. Tad beantwortete ihm seine Fragen, prustete zwischendurch, wenn er das kühle Wasser über seinen Kopf laufen ließ und gab sich keine Mühe, über seine Antworten lange nachzudenken. Im Grunde war es ihm gleichgültig, was die Presse über ihn schrieb, er las die Artikel sowieso nie.

Jemand von den Betreuern kam und reichte ihm ein Glas Saft. Tad beugte sich vor, ließ das Wasser über seinen Rücken rinnen und trank das Glas leer. Als er sich abgetrocknet hatte, spürte er die schmerzenden Muskeln wieder. Es fiel Tad schwer, den Weg bis zum Massage-Raum zurückzulegen. Seufzend ließ er sich auf die Pritsche fallen und schloss die Augen.

Die starken Hände des Masseurs leisteten ganze Arbeit. Tad musste die Zähne zusammenbeißen, um nicht zu schreien. Mit geschlossenen Augen, die Hände in das Laken gekrampft, ließ er die Tortur über sich ergehen. Er versuchte, sich auf seinen Sieg zu konzentrieren, um den er so verbissen gekämpft hatte. Aber immer wieder schoben sich vor seine geschlossenen Augen zwei andere – blau und unergründlich.

Der Boden der Hotelhalle war aus Marmor – hellem, glänzendem Marmor. Was Madge zu dem Ausspruch veranlasst hatte, dass sie den lieber nicht sauber halten wolle. Worauf ihr Mann ganz trocken erwiderte, dass sie doch noch nicht einmal einen Besen von einem Mopp unterscheiden könnte.

Amy hörte die Unterhaltung der beiden, ohne sich daran zu beteiligen. Immer wieder sah sie auf ihre Armbanduhr. Es war zehn Minuten vor sieben.

Sehr sorgfältig hatte Amy an diesem Abend ihre Garderobe ausgesucht. Sie trug ein pfirsichfarbenes Seidenkleid, hochhackige Pumps und als einzigen Schmuck Ohrclips mit kleinen, sanft schimmernden Perlen.

„Wohin geht ihr zum Essen?"

„In ein kleines Restaurant auf der linken Seite der Seine", antwortete sie Madge.

Erinnerungen an den Abend damals mit Tad in diesem verschwiegenen Lokal stiegen in ihr hoch. Einer der Musiker war so lange immer wieder um ihren Tisch gestrichen, bis Tad ihm schließlich eine Dollarnote zusteckte und ihm begreiflich machte, er solle verschwinden.

Ein Blitz erhellte die Hotelhalle, und gleich darauf gab es einen krachenden Donner. „Es wird schwierig, bei dem Wetter ein Taxi zu bekommen", meinte Madge und lehnte sich in ihren Sessel zurück. „Hast du Tad nach dem Spiel schon gesehen?"

„Nein."

„Chuck hat erzählt, dass sowohl Tad als auch Michael auf den Massagepritschen eingeschlafen seien." Madge kicherte und schlug ihre Beine übereinander. „Ein französischer Fotoreporter hat dabei wohl die Fotos seines Lebens gemacht – zwei müde Helden nach dem Kampf."

„Tennisspieler sind eben auch nur Menschen", meint ihr Mann trocken.

„Aber solche Fotos werden ihrem Ruf als gestandene Athleten nicht gerade förderlich sein."

Amy lächelte und dachte daran, wie jung und verletzlich Tad aussah, wenn er schlief. Wenn die geschlossenen Lider das Feuer in seinen Augen verbargen, erinnerte er sie immer an einen kleinen Jungen, der erschöpft vom Spiel auf der Straße eingeschlafen war.

„Sieh mal, ist das nicht Tads Schwester?"

Amy drehte hastig den Kopf. Sie sah Jess und Mac durch die Hotelhalle gehen. „Ja." Jess hatte sie ebenfalls gesehen, und nach einem kurzen Zögern griff sie den Arm ihres Mannes und führte ihn zu der kleinen Gruppe.

„Hallo, Amy."

„Jess." Es war Jess anzumerken, dass sie sich nicht ganz wohl in ihrer Haut fühlte. „Ich glaube, du kennst meinen Mann noch gar nicht. Mackenzie Derick, Lady Wickerton."

„Amy Wolfe", verbesserte Amy und nahm Macs Hand. „Sind Sie mit Martin verwandt?"

„Ja, er ist mein Onkel. Kennen Sie ihn?"

Amy lächelte. „Ja, sehr gut sogar." Sie stellte Mac den anderen vor, und er beobachtete sie dabei sehr genau. Kühl hatte seine Frau Amy genannt. Ja, oberflächlich betrachtet war sie das wohl, aber Mac spürte, dass darunter ein Vulkan brannte, der jederzeit ausbrechen konnte. Zum ersten Mal fragte er sich, ob Jess die Gefühle ihres Bruders wohl richtig eingeschätzt habe.

„Sind Sie auch ein Tennis-Fan, Mr. Derick?", wollte Amy wissen.

„Nennen Sie mich doch bitte Mac", bot er mit einem freundlichen Lächeln an. „Und was Ihre Frage betrifft – nein, ich bin kein Tennis-Fan. Sehr zum Leidwesen meines Onkels übrigens."

Amy lachte. „Martin soll sich damit zufrieden geben, dass er Tad hat." Dann wandte sie sich Jess zu, die steif neben Madge Platz genommen hatte. „Wie geht es deiner Mutter?"

„Danke, gut." Sie wich Amys Blick nicht aus, aber ihre Finger spielten nervös mit dem Stoff ihres Kleides. „Pete ist bei ihr."

„Pete?"

„Unser Sohn."

Amy zuckte zusammen. Mac sah, dass die Knöchel ihrer Finger plötzlich weiß wurden, so fest umklammerte sie die Armlehne des Sessels. „Ich wusste gar nicht, dass du ein Baby bekommen hast. Ada ist bestimmt wahnsinnig stolz. Wie alt ist er?"

„Vierzehn Monate." Als Jess von ihrem Sohn sprechen konnte, überwand sie ihre anfängliche Nervosität sehr schnell. Sie griff in ihre Tasche. „Mom sagt, dass er Tad sehr ähnlich sehe." Damit zog sie ein Foto hervor und reichte es Amy. Es blieb Amy nichts anderes übrig, als es auch zu nehmen.

Das Baby hatte dichtes dunkles Haar, wie das seiner Mutter – und das von Tad. „Ein sehr hübsches Baby", hörte Amy sich sagen und wunderte sich, wieso ihre Stimme so ruhig klang, während in ihr alles in Aufruhr war. „Du musst sehr stolz auf deinen Sohn sein."

„Jess meint, er solle wenigstens zwölf sein, wenn er sich zum ersten Mal um das Amt des Präsidenten bewirbt."

Amy lächelte, aber Mac stellte sofort fest, dass das Lächeln diesmal ihre Augen nicht erreichte. „Hat Tad ihm schon einen Tennisschläger gekauft?"

„Sie scheinen ihn aber gut zu kennen", meinte Mac.

„Ja." Amys Augen richteten sich starr auf Jess. „Tennis und seine Familie – das spielt bei Tad immer die erste Rolle."

„Ich kann mich noch gut erinnern", mischte Madge sich in die Unterhaltung ein, „wie Jess immer ihre Fingernägel abgekaut hat, während sie Tad beim Spiel zusah. Und jetzt ist sie selbst schon Mutter. Wie schnell doch die Zeit vergeht."

Jess streckte lachend ihre Hände vor. „Aber einige Dinge ändern sich nie. Ich kaue mir immer noch die Fingernägel ab, wenn ich meinem Bruder beim Spielen zusehe."

Amy sah ihn zuerst. Tad trat aus dem Aufzug. Er trug schmal geschnittene schwarze Hosen und ein hellgraues Hemd. Sicher hatte er nicht bewusst dieses Hemd ausgewählt, weil es so gut zur Farbe seiner Augen passte, sondern es war einfach das erste gewesen, das ihm in die Finger gekommen war. Amy wusste, dass er nie viel Wert auf seine Kleidung gelegt hatte. Aber glücklicherweise gehörte er zu den wenigen Menschen, die anziehen konnten, was sie wollten, und trotzdem immer gut aussahen.

„Da kommt Tad!" Jess sprang auf und lief auf ihn zu. „Ich habe dir noch gar nicht gratuliert. Du hast wundervoll gespielt."

Tad nahm seine Schwester in die Arme, aber über ihren Kopf hinweg sah er Amy an. Sie saß ganz still und sagte kein Wort.

„Nun, Starbuck, heute hast du dir dein Preisgeld wirklich verdient", sagte Madge. „Der Professor und ich gehen mit Michael ins ‚Lido', um ihn etwas abzulenken."

„Dann bestell ihm, dass ich während des Spiels drei Pfund abgenommen habe", sagte Tad.

„Ich glaube kaum, dass er sich besser fühlt, wenn wir ihm das sagen", antwortete Madge und stand auf. „So, wir werden jetzt versuchen, ein Taxi zu bekommen. Will jemand mit uns fahren?"

Mac begriff sofort. „Jess und ich wollen auch in die Stadt."

„Tad, was ist mit dir? Kommst du mit?" Madges Mann konnte nur mit Mühe einen Aufschrei unterdrücken, als seine Frau ihm daraufhin ihren Absatz auf den Fuß drückte. Verblüfft sah er sich um, und allmählich dämmerte es auch ihm, dass da etwas im Gange war, von dem er keine Ahnung hatte. „Wohl nicht, hm?“, fragte er grinsend.

„Manchmal bist du wirklich unglaublich schnell“, murmelte seine Frau und wandte sich dann strahlend an den Rest der Gruppe. „Okay, wir sind so weit. Dann mal los.“

Als alle zur Tür gingen, stand Amy langsam auf und streckte Tad beide Hände entgegen. Sie sahen sich nur an, sprachen kein Wort und drehten sich dann wie auf ein geheimes Kommando um. Tad legte einen Arm um ihre Schultern, als sie zum Aufzug gingen.

6. KAPITEL

Tad ließ sie auch im Aufzug nicht los. Er drückte den Knopf, und als die Tür sich öffnete, führte er Amy den langen Flur entlang.

Tad zog seinen Zimmerschlüssel aus der Tasche. Dann ließ er sie los, schloss die Tür auf und sah sie an. Noch hatte sie die Wahl. Sie ging hinein in das dunkle Zimmer.

Der Raum duftete nach ihm. Das war das Erste, was sie denken konnte. Plötzlich war die Nervosität wieder da. Sie ging durch den Raum und suchte verzweifelt nach den richtigen Worten, um eine Unterhaltung zu beginnen.

Nur schemenhaft nahm sie wahr, dass die gleiche Unordnung herrschte, die sie von ihm noch so gut kannte. Hier lag ein Hemd, dort ein Schuh. Und wenn sie den Kleiderschrank öffnen würde, wäre das einzig wirklich Ordentliche die Ansammlung von Tennisschlägern, die Tad immer sauber gestapelt auf dem Boden des Kleiderschranks aufbewahrte.

„Das Unwetter wird wohl die ganze Nacht anhalten."

Als wollte der Wettergott ihre Worte unterstreichen, blitzte es im selben Augenblick durch die schweren Vorhänge. Amy zog sie etwas beiseite und sah hinaus in den Regen. Wenn Tad doch nur etwas sagen würde!

Sie hörte das Trommeln des Regens, der gegen das Fenster klatschte. Der Straßenlärm drang nur gedämpft herauf und wurde von dem einsetzenden Donner übertönt. Schließlich konnte sie das Schweigen nicht mehr ertragen. Sie drehte sich um und sah ihn an.

Tad stand immer noch an der Tür und blickte zu ihr herüber. Er hatte die kleine Nachttischlampe angeknipst, die in dem großen Zimmer nur schwaches Licht verbreitete.

Amy wusste, dass es kein Zurück mehr gab. Er hatte ihr noch eine Chance vorhin an der Tür gelassen. Jetzt würde er sie nicht mehr gehen lassen. Aber sie hatte keine Angst – im Gegenteil, sie war erleichtert, dass die Entscheidung gefallen war. Ihre Finger zitterten leicht, als sie an die Schnalle ihres Gürtels griff und ihn öffnete.

Mit wenigen Schritten war er bei ihr und hielt ihre Hände fest. Amy sah ihn verblüfft an. Sie war nicht weniger nervös als damals, beim ersten Mal. Ohne ein Wort zu sagen, nahm er ihr Gesicht in beide Hände und sah sie an.

Seine Augen waren eine Spur dunkler als sonst. Hatte sie immer noch Angst? Ihre Arme hingen an ihrem Körper herab, als hätte sie sich ergeben. Aber gerade das wollte Tad nicht. Wusste sie das nicht mehr?

Als er langsam seinen Kopf beugte, schlossen sich ihre Augenlider, und ihre Lippen öffneten sich leicht. Zärtlich küsste er ihre Stirn, dann ihre Wangen. Er hatte keine Eile. Wenn seine Lippen in die Nähe ihres Mundes kamen, versuchte Amy, ihn zu einem Kuss zu zwingen. Aber er wich ihr immer wieder aus.

Seine Daumen strichen über ihre Wangen, und als er ganz zart und beinahe spielerisch ihre Mundwinkel küsste, stöhnte sie auf und griff nach seinen Armen. Das war es, was er wollte. Sie sollte zeigen, dass sie mehr wollte, und sich nicht nur seiner größeren Kraft ergeben.

Wieder berührten seine Lippen nur ganz sanft ihren Mund. Diesmal jedoch warf Amy besitzergreifend ihre Arme um seinen Nacken, zog ihn fester zu sich und presste ihre Lippen auf seinen Mund.

Tad stöhnte auf, als sie endlich die Reaktion zeigte, auf die er gewartet hatte. Fest umschlang er sie mit den Armen und spürte ihren Körper.

„Zieh mich aus", murmelte Amy zwischen zwei Küssen mit rauer Stimme. „Ich möchte, dass du mich ausziehst."

Immer noch ohne Eile kam er ihrem Wunsch nach. Während er langsam den Reißverschluss herunterzog, ließ er seine Fingerspitzen über ihre Haut gleiten.

Ungeduldig nahm Amy die Hände von seinem Nacken und begann, sein Hemd aufzuknöpfen. Sie spürte die Muskeln und konnte es nicht erwarten, bis sie den Stoff zur Seite schieben und ihre Finger in den krausen Haaren auf seiner Brust vergraben konnte.

Aber auch das genügte ihr nicht: Sie griff nach seiner Gürtelschnalle, als seine Hände sie erneut stoppten. „Nicht so hastig", murmelte er und küsste sie. „Komm ins Bett."

Amy ließ sich von ihm zum Bett führen. „Das Licht", flüsterte sie, als sie nebeneinander lagen.

Tads Hand strich zart über ihren Hals, während seine Augen ihren Blick nicht losließen. „Ich will dich sehen", antwortete er und presste seinen Mund auf ihre Lippen, als ein Blitz das Zimmer erhellte und gleich darauf der grollende Donner ertönte.

Amy versuchte noch mehrmals, ihn ungeduldig zu drängen. Aber jedes Mal widerstand er ihr. Es schien, als wäre Tad damit zufrieden, sie zu küssen und mit seinen Lippen ihr so lange entbehrtes Gesicht zu erkunden. Amys Körper schmiegte sich an ihn, und ihre Bewegungen zeigten unmissverständlich, dass sie mehr wollte.

Ihr Verlangen erregte ihn, aber noch behielt Tad die Kontrolle. Seine Hand strich jetzt langsam über ihren ganzen Körper. Er spürte, wie ihre Brustspitzen hart wurden. Er beugte sich vor, fasste den Träger des Kleides mit seinen Zähnen und zog ihn von ihren Schultern.

„Du bist wunderschön", murmelte er, während er den zweiten Träger mit der Hand ebenfalls herunterschob.

Als Amy bis zur Taille nackt vor ihm lag, begann er seine Erkundungen sehr zärtlich mit den Fingerspitzen, ließ aber dann bald seine Lippen folgen. Als er die zarten Knospen ihrer Brüste mit seiner Zunge umspielte, stöhnte Amy auf. Sie konnte in diesem Augenblick nicht mehr länger warten.

Mit ungeahnter Kraft zog sie Tad auf sich und begann nun ihrerseits, ihn auszuziehen. Sie schob das Hemd von seinen Schultern und presste seinen nackten Oberkörper an ihren. Endlich spürte sie seine Haut wieder an ihrer. Wie lange hatte sie sich danach gesehnt!

Es hatte ihn immer schon unglaublich erregt, wenn Amy die Maske der Lady fallen ließ und nur noch eine wilde, leidenschaftliche Frau in seinen Armen war. Und auch diesmal war es nicht anders. Er gab jeden Versuch auf, zärtlich und sanft zu ihr zu sein. Er wusste, dass es nicht das war, wonach sie verlangte.

Sein Atem kam rau, als er mit einigen schnellen Bewegungen ihr auch noch die restlichen Kleidungsstücke auszog. Amy ließ ihm keine Gelegenheit, ihren nackten Körper zu bewundern. Ihre Finger zitterten, als sie den Gürtel seiner Hose öffnete.

Ihre Bewegungen wurden immer unkontrollierter, während sie eng umschlungen über das Bett rollten, bis endlich auch das letzte Teil auf dem Boden landete. Sie konnten beide nicht länger warten.

Amy schrie auf, als er zu ihr kam, und für einen Moment dachte Tad zurück an den Tag, als er ihr die Unschuld genommen hatte. Mit Armen und Beinen klammerte sie sich an ihn, als könnte sie nach diesen drei einsamen Jahren nicht genug von ihm bekommen.

Seine Hand lag auf ihrer Brust. Amy seufzte wohlig auf. Sie konnte sich nicht erinnern, dass es jemals so schön gewesen war. Ein Zittern lief durch ihren Körper, als sie an die Zeit ohne Tad dachte. Sie rückte näher zu ihm.

„Ist dir kalt?" Tad zog sie enger an sich, bis ihr Kopf an seiner Schulter ruhte.

„Ein bisschen." Sie kuschelte sich an seinen Körper.

Ich bin frei, dachte sie immer wieder und hätte vor Freude darüber am liebsten laut gejubelt. Frei, Tad zu lieben, mit ihm zu lachen, das gemeinsame Leben zu genießen.

Amy stützte sich auf ihren Ellenbogen und sah ihm ins Gesicht. „Ich habe mich so sehr nach dir gesehnt, Tad", gestand sie leise und verbarg ihr Gesicht an seinem Hals.

„Amy ..."

„Nein, Tad. Keine Fragen, bitte!" Verzweifelt, als könnte sie ihn damit zum Schweigen bringen, verteilte sie Küsse über sein Gesicht. „Lass mich bei dir bleiben. Ich möchte diese Nacht mit dir verbringen, möchte mit dir lachen – so wie früher, bitte!"

Tad nahm ihr Gesicht zwischen seine Hände und zwang sie, ihn anzusehen. Ihre Augen waren flehentlich auf ihn gerichtet. Nein, heute Nacht wollte er nicht, dass sie verzweifelt war. Er zwang sich dazu, die quälenden Fragen zu unterdrücken und lächelte sie an.

„Ich dachte, du wolltest mich zum Essen einladen."

Erleichtert lachte Amy leise auf. „Ich weiß überhaupt nicht, wovon du sprichst."

„Du hast dich mit mir dazu verabredet."

„Ich mich mit dir?" Ungläubig zog sie die Brauen hoch. „Ich glaube, du warst heute zu lange in der Sonne, Tad Starbuck."

Lachend griff er nach ihr, rollte sich auf den Rücken und zog sie mit. „Ich habe aber Hunger."

„Tatsächlich? Sollte ich deinen Hunger immer noch nicht gestillt haben?"

Immer noch lachend, begann Tad, an ihrem Ohr zu knabbern. Sie wehrte sich, aber er ließ sie nicht los. „Ich muss etwas essen", grollte er. „Und wenn ich nicht bald etwas zwischen die Zähne bekomme, muss dein Ohr daran glauben."

Amy kannte ihn zu gut, um nicht doch noch einen Trick zu finden, wie sie ihm entkommen konnte. Sie griff mit beiden Händen in seine Seite und kitzelte ihn. Er schrie auf und lockerte genau so lange seinen Griff, dass sie sich ihm entwinden konnte. „Was würde wohl die Presse dazu sagen, wenn sie herausbekäme, dass der große Tad Starbuck kitzlig wie ein kleiner Junge ist?", fragte sie lachend.

„Und was würde sie sagen, wenn ich ihr erzählte, dass Amy Wolfe ein herzförmiges Muttermal an einer sehr delikaten Stelle ihres Körpers hat?"

Amy dachte einen Moment nach. „Okay, okay", sagte sie schließlich und hob beschwichtigend die Arme. „Willst du wirklich essen gehen?"

Sie lag auf dem Rücken, verschränkte die Arme wieder hinter dem Kopf. Verlangen stieg in ihm hoch, als er ihren nackten Körper sah. „Schließlich gibt es ja auch einen Zimmerservice", murmelte er und nahm den Blick nicht von ihr. Dann beugte er sich langsam über sie, hielt ihre Arme mit einer Hand fest und begann, die zarte Haut an ihrem Hals zu küssen.

„Tad." Ihr Stimme klang rau. Er nahm sie in die Arme, zog sie enger zu sich und schob sein Knie zwischen ihre Beine, die sie bereitwillig öffnete. Sie hatte die Augen geschlossen und murmelte leise immer wieder seinen Namen.

Erst als er mit einer Hand über sie hinweg nach dem Telefonhörer griff, fuhr sie erschrocken auf. „Abendessen", erinnerte er sie, als er ihren fragenden Blick sah.

Amy begann zu lachen. „Das hätte ich mir ja denken können", sagte sie und ließ sich zurückfallen. „Wenn du Hunger hast, ist mit dir nichts anzufangen."

Er saß jetzt neben ihr. Mit einer Hand hielt er den Hörer ans Ohr, mit der anderen strich er aufreizend über die Stellen an Amys Körper, die er nur zu gut kannte.

„Champagner", sagte er in den Hörer und nannte die Zimmernummer. „Und Kaviar." Er warf Amy einen fragenden Blick zu, aber sie reagierte nicht, schien kaum gehört zu haben, was er bestellte. Ihr Körper bewegte sich unter dem gekonnten Spiel seiner Finger hin und her. Ihre Beine hatten sich um seine geschlungen, und ihre Hand hatte mittlerweile ihr Ziel gefunden, sodass Tad kaum noch verständlich seine

Bestellung zu Ende bringen konnte. „Und einen Shrimps-Cocktail", sagte er. „Ja, alles für zwei Personen." Dann hatte er es sehr eilig, den Hörer zurückzulegen.

Er verschloss ihre Lippen mit einem Kuss. „Ich will dich", murmelte Amy. „Ich will dich jetzt."

„Sch..." Er stoppte das Spiel ihrer Hand. „Nachher. Wir haben Zeit genug. Ich möchte dich zuerst einmal anschauen." Er rückte ein Stück von ihr weg. „Nur anschauen."

Sie lag vor ihm und wurde unter seinem Blick leicht rot. Lange hielt Amy das nicht aus. Sie griff nach ihm, aber Tad fing ihre Hand, drehte sie herum und küsste die weiche Innenseite.

„Du bist noch schöner geworden", sagte er leise. „Wie oft habe ich dich angesehen, ohne dich berühren zu dürfen."

„Nein, Tad." Amy zog ihn zu sich, bis sie eng voreinander lagen. „Ich glaube manchmal, ich bin nur dann wirklich lebendig, wenn du mich berührst", flüsterte sie.

Tad stöhnte auf. Er rutschte etwas tiefer, bis sein Kopf zwischen ihren Brüsten lag. Mit beiden Händen spielte Amy mit seinem Haar. „Als ich dich heute gegen Michael spielen sah, hatte ich solche Sehnsucht nach dir. Ich saß zwischen Tausenden von Menschen und habe mir nur gewünscht, dich so nahe zu spüren wie jetzt." Plötzlich lachte sie auf. „Kannst du dir so etwas vorstellen?"

„Dann hast du also mit deiner Einladung zum Abendessen ein ganz anderes Ziel verfolgt."

„Du warst so erschöpft nach dem Match, dass ich wusste, ich würde leichtes Spiel mit dir haben", gab sie lächelnd zu.

„Und wenn ich nun abgelehnt hätte?"

„Dann wäre mir schon etwas anderes eingefallen."

Er hob den Kopf und sah sie schmunzelnd an. „Und was?"

Amy zuckte mit den Schultern. „Nun, vielleicht wäre ich hierher in dein Zimmer gekommen und hätte dich verführt."

„Hmm ... Mach ruhig weiter so. Nachher wünschte ich noch, ich hätte wirklich abgelehnt."

„Zu spät, Tad Starbuck. Jetzt habe ich dich."

„Und wenn ich mich wehre?"

„Ich kenne deine Schwachpunkte ganz genau", erwiderte Amy und strich mit ihren Fingerspitzen ganz gezielt über seinen Nacken. Er konnte ein Zittern nicht unterdrücken, und sie lächelte triumphierend.

Bevor sie sich noch wehren konnte, hatte Tad sie an sich gerissen und küsste sie. Sein plötzliches Verlangen hatte ihn so überwältigt, dass er das Klopfen an der Tür gar nicht hörte.

„Es hat geklopft", stöhnte Amy auf. „Der Zimmerservice."

„Was?"

„Dein Essen."

Tad lehnte seine Stirn gegen ihre und atmete einige Mal tief durch. „Die sind aber verdammt schnell", murmelte er. Er spürte, dass sein Körper zitterte. Hatte er wirklich vergessen, dass sie ihn so weit bringen konnte?

Tad stand auf und ging zur Tür, während Amy die Bettdecke bis ans Kinn zog. Er hat einen herrlichen Körper, schoss es ihr durch den Kopf, während sie zusah, wie er in dem üblichen Durcheinander nach seinem Morgenmantel suchte. Breite Schultern, einen sehr muskulösen Oberkörper, eine schlanke Taille, schmale Hüften und lange Beine. Der Körper eines Athleten – eines Sportlers, der wie geschaffen für den Wettkampf war.

Endlich hatte er den Mantel gefunden und zog ihn über. Sein Blick fiel dabei auf Amy, und er spürte, dass sie ihn beobachtet hatte. „Hab' ich dir eigentlich schon gesagt, dass du einen wundervollen Körper hast?"

Seine Augen weiteten sich vor Erstaunen. Hin- und hergerissen zwischen Schmunzeln und männlichem Stolz ging er zur Tür. „Gütiger Himmel", murmelte er dabei und hörte, wie Amy anfing zu kichern.

Sie sah, wie Tad an der Tür die Rechnung unterschrieb. Manchmal ist er wie ein kleiner Junge, dachte sie lächelnd. Das Wort wundervoll passte für ihn nur zu einer Frau – oder zu einem Ass natürlich. Aber das störte sie nicht weiter. Sie sah ihn wirklich so und bezog das auch nicht nur auf seinen Körper. Er war rundherum ein wundervoller Mann. Mit der Fähigkeit, zärtlich zu sein, sich nicht seiner Gefühle zu schämen, und mit der seltenen Gabe, seinen Egoismus zurückzustellen, wenn es darum ging, seine Geliebte zu befriedigen.

Sein Temperament, das ihn während eines Tennisspiels manchmal zu unbedachten Äußerungen hinriss, wirkte sich außerhalb des Spielfeldes nur positiv aus – und ganz besonders im Bett. Da stehen wir uns wohl beide nicht nach, dachte Amy plötzlich und lächelte. Und doch! Obwohl sie sich beide schon so oft geliebt hatten, niemals hatte er die drei Worte über die Lippen gebracht, auf die sie so sehnlichst gewartet hatte.

„Amy, wach auf."

Erschrocken blickte sie zur Seite und sah, dass Tad neben dem Bett stand, eine Flasche Champagner in der Hand. „Sollen wir das etwa alles trinken?", fragte sie und wies auf die Flasche.

Tad setzte sich auf die Bettkante. „Hier, halt bitte das Glas", sagte er. Der Korken kam mit einem lauten Knall heraus, und Tad musste sich beeilen, die Flasche über das Glas zu halten, damit nichts von dem kostbaren Getränk verloren ging. „Das andere auch noch", meinte er und drückte Amy auch das zweite Glas in die Hand.

„Sei vorsichtig, sonst wird das Bett noch nass."

Sie saß da mit untergeschlagenen Beinen, in beiden Händen die Gläser, während sie mit ihren Armen die Bettdecke an ihren Körper presste. „Nimm mir doch endlich ein Glas ab."

„Soll ich?" Langsam hob er die Hand, fasste die Bettdecke vor ihrer Brust mit einem Finger und zog sie behutsam hinunter.

„Tad, hör auf! Ich verschütte gleich alles."

„Besser nicht, sonst müssen wir in einem nassen Bett schlafen."

Er zog die Decke noch weiter herunter. Amy sah von einem Glas zum anderen. Der Champagner schwappte bedenklich nah an den Rand.

„Starbuck, das ist unfair!"

„Aber mir macht es Spaß."

Amys Augenbrauen zogen sich zusammen. „Tad … Wenn du jetzt nicht aufhörst, werde ich die Gläser über deinem Kopf ausgießen."

„Das wäre Verschwendung." Er beugte sich vor und gab ihr einen Kuss. „Ich kann mich erinnern, dass wir schon einmal Champagner getrunken haben", meinte er und machte keine Anstalten, ihr die Gläser abzunehmen. „Nach drei Gläsern warst du herrlich beschwipst. Ich mag es, wenn du beschwipst bist."

„Das ist Unsinn", widersprach Amy. „Ich war überhaupt nicht beschwipst." Damit setzte sie ein Glas an die Lippen und trank es aus. „Jetzt das nächste." Aber diesmal kam Tad ihr zuvor und nahm ihr das Glas aus der Hand.

„Lass uns noch etwas damit warten", meinte er amüsiert, trank einen Schluck und nahm das Tablett vom Servierwagen. „Ich kann mich erinnern, dass du Kaviar immer besonders gern mochtest." Er stellte das Tablett aufs Bett.

„Mmm." Jetzt erst merkte Amy, dass auch sie hungrig war. Sie nahm eine Scheibe Toast, häufte eine ordentliche Portion Kaviar darauf und begann zu essen. Tad nahm sich das Glas mit dem Shrimps-Cocktail.

„Hier, probier einmal." Amy hielt ihm den Kaviartoast hin, und Tad biss ab. „Nein, mir sind die Shrimps lieber." Damit steckte er ihr eine Krabbe in den Mund, und Amy verdrehte begeistert die Augen.

„Köstlich! Ich wusste gar nicht, dass ich so hungrig bin." Tad füllte die Gläser nach. Ob sich wohl irgendjemand vorstellen kann, schoss es ihm durch den Kopf, dass Amy Wolfe im Schneidersitz auf dem Bett sitzt, nackt von Kopf bis Fuß, und sich genüsslich Cocktailsoße von den Fingern leckt? Bestimmt nicht. Keiner würde vermuten, dass sie sich jemals so gehen lassen könnte.

Während Amy aß, erzählte sie von ihrem Match. Tad hörte ihr zu und unterbrach sie kaum. Mit ihrem Aufschlag war sie zufrieden, aber der Rückhand-Volley hatte ihr Sorgen gemacht.

Der Presse gegenüber überlegte sich Amy ihre Antworten immer sehr sorgfältig. Wäre jetzt ein Reporter hier gewesen, er hätte wohl gar nicht so schnell stenografieren können, wie sie redete – vorausgesetzt, er wäre bei ihrem Anblick überhaupt dazu gekommen.

Als sie das ganze Spiel noch einmal durchgegangen war, war auch ihr zweites Glas Champagner leer. Völlig gelöst, im Einklang mit sich selbst, saß sie da. Offenbar war ihr gar nicht bewusst, wie selten solche Augenblicke in ihrem Leben waren.

„Machst du dir Sorgen wegen des Endspiels gegen Chuck?"

Tad nahm noch etwas von seinem Cocktail. „Warum sollte ich?"

„Chuck ist immerhin nicht zu unterschätzen", meinte Amy. „Er hat sich in den letzten Jahren enorm verbessert."

Amüsiert schenkte er ihr noch einmal nach. „Meinst du, ich werde gegen ihn verlieren?"

Nachdenklich sah Amy ihn an. „Immerhin bist du mindestens genauso gut wie er – wenn nicht besser."

„Vielen Dank." Er nahm das Tablett, stellte es auf den Boden und legte sich zurück aufs Bett.

„Chucks Spiel erinnert mich ein wenig an das meines Vaters", sagte Amy. „Er spielt sehr sauber, sehr platziert. Sein Stil ist sehr elegant."

„Im Gegensatz zu meinem."

„Ja. Es ist immer schwieriger, einen athletischen Spieler wie dich richtig einzuschätzen. Mein Vater hat immer gesagt, dass du ein Naturtalent seist, wie er noch keines vorher erlebt habe." Über den Rand ihres Glases hinweg lächelte sie ihm zu. „Und trotzdem hat er immer versucht, deine wilde Spielweise in geordnete Bahnen zu lenken. Und dann dein … nun ja, dein Benehmen auf dem Platz."

Tad lachte. „Ich weiß, das hat ihm nie gefallen."

„Heute würdest du ihm besser gefallen."

„Und wenn er dich jetzt sehen würde?", fragte Tad und ließ sie nicht aus den Augen. „Wie würde ihm dein Spiel gefallen?"

Amy drehte das Glas zwischen ihren Fingern. „Er sieht mich ja nicht."

„Warum nicht?"

Sie sah ihn an, und in ihren Augen war wieder diese beinah verzweifelte Bitte. „Tad, du wolltest doch nicht fragen."

„Amy." Er griff nach ihrer Hand und hielt sie fest. „Warum?"

Sie wollte es nicht sagen, aber die Worte waren plötzlich ausgesprochen. „Ich habe ihn enttäuscht. Er wird mir nie verzeihen."

„Aber er ist dein Vater."

„Und er war mein Trainer." Verständnislos schüttelte Tad den Kopf. „Sicher. Aber was macht das für einen Unterschied?"

„Bitte, Tad, ich möchte nicht darüber sprechen. Nicht heute. Ich will nicht, dass diese Nacht durch irgendetwas verdorben wird."

Tad führte ihre Hand an seinen Mund und küsste ihre Fingerspitzen. „Das wird sie auch nicht", flüsterte er und sah sie an. „Ich habe dich nie vergessen können, Amy", gestand Tad ein. „Es gab zu viel, was mich immer wieder an dich erinnerte – ein Lied, ein Lachen, irgendein Wort. Es gab Nächte, da bin ich wach geworden und hätte schwören können, deinen Atem neben mir gespürt zu haben."

Es tat ihr weh, das zu hören. „Tad, das ist Vergangenheit. Lass uns neu beginnen und alles vergessen, was gewesen ist."

„Ja, wir werden neu beginnen", stimmte er zu. „Aber früher oder später müssen wir uns auch mit der Vergangenheit auseinandersetzen."

„Dann bitte später. Jetzt möchte ich an nichts anderes denken, als dass ich wieder bei dir bin."

Tad lächelte. „Es ist schwierig, dir einen solchen Wunsch abzuschlagen."

Amy nahm ihr Glas und trank es in einem Zug aus. „So, das war Nummer drei – und ich bin nicht im Mindesten beschwipst."

Tad lächelte nur. Er wusste, dass das nicht stimmte. Die Anzeichen waren unübersehbar – ihre Wangen waren gerötet, und ihre Augen hatten diesen verschwommenen, geheimnisvollen Ausdruck, den nur der Alkohol hervorzaubern konnte. Er wusste, dass sie jetzt noch wilder, noch leidenschaftlicher reagieren würde, wenn sie miteinander schliefen. Aber für den Augenblick wollte er sie nicht anfassen, das Feuer noch nicht wieder entstehen lassen. Er wollte sie einfach nur anschauen. Viel zu lange hatte er das vermisst.

„Möchtest du noch Champagner?"

„Natürlich. Oder möchtest du etwa den Rest alleine trinken?"

Tad füllte das Glas vorsichtshalber nur halb und stellte die Flasche dann wieder in den Kühler zurück. „Ich habe heute das Interview mit dir im Fernsehen gesehen", sagte er.

„So? Und wie war ich?"

„Schwer zu sagen. Ich habe kaum etwas verstanden. Mein Französisch ist noch nicht so gut."

Amy lachte und nahm einen Schluck. „Oh ja, das hatte ich ja ganz vergessen."

„Verrätst du mir, was der Reporter dich gefragt hat?"

„Dieselben Fragen, die alle stellen – Mademoiselle Wolfe, finden Sie, dass sich Ihr Stil nach der langen Pause verändert hat? Und ich habe ihm darauf gesagt, dass ich fände, mein Aufschlag sei besser geworden." Wieder nahm Amy das Glas an die Lippen und kicherte. „Ich hab ihm nicht verraten, dass meine Muskeln nach zwei Sätzen so höllisch weh taten, dass ich am liebsten aufgegeben hätte. Dann fragte er, wie es denn gewesen wäre, gegen die blutjunge Miss Kingston zu spielen. Ich musste mich beherrschen, sonst hätte ich ihm eine Ohrfeige verpasst."

„Sehr diplomatisch", lobte Tad und nahm ihr das Glas aus der Hand.

„Diplomatie war noch nie meine Stärke." Amy rollte sich auf den

Rücken und musste ihren Kopf fast verrenken, um Tad ansehen zu können. „Du hast mir mein Glas gestohlen."

„Ja, habe ich." Tad stellte es auf den Servierwagen und schob ihn ein Stück vom Bett weg.

„Ist unser Abendessen beendet?" Amy reckte die Arme über ihren Kopf und fasste nach ihm.

„Ich denke schon." Er ließ es zu, dass sie nach seinem Kopf griff und ihn herunterzog, bis seine Lippen ihren Mund fast berührten.

„Hast du einen Vorschlag, was wir jetzt tun sollen?"

„Nein. Du?"

„Kartenspielen vielleicht?"

Tad schüttelte nur den Kopf.

„Nun, ich fürchte, dann werden wir wohl wieder miteinander schlafen müssen." Lachend kam sie mit ihrem Mund immer näher an seinen. „Die ganze Nacht lang – nur um die Zeit totzuschlagen."

Sie lächelte immer noch, aber als sich sein Mund auf ihren presste, öffnete sie die Lippen und erwiderte seinen Kuss. Es war ein seltsames Gefühl, seinen Mund verkehrt herum auf ihrem zu spüren. Spielerisch berührte sie seine Zunge mit den Zähnen und biss leicht zu. Erst als Tad daraufhin mit beiden Händen begann, die zarten Knospen ihrer Brüste zu streicheln, stöhnte sie auf und gab seine Zunge frei.

„Mir wird ganz schwindlig, wenn ich dich so auf dem Kopf sehe", murmelte sie und schloss für einen Moment die Augen.

Tad beugte sich etwas weiter über sie und hauchte viele kleine, zarte Küsse auf die weiche Haut an ihrem Hals und dann weiter hinunter bis zum Brustansatz. Amy hatte beide Hände in seinem Nacken verschränkt und hielt ihn fest.

Es dauerte eine Weile, bis es Amy gelang, ihn zu überlisten und sich mit einer schnellen Bewegung aufs Bett zu knien. Sie zog ihm den Morgenmantel aus und schmiegte sich gegen seinen nackten Körper. Tads Arme umfingen sie, und seine Lippen suchten ihren Mund.

Diesmal ließen sie sich beide mehr Zeit. Sie hielten die Leidenschaft unter Kontrolle, waren beide bemüht, den anderen zu entschädigen für die langen Jahre, in denen sie sich nacheinander gesehnt hatten.

In Amys Kopf drehte sich alles. Es war nicht nur der Champagner; seine Nähe, die Berührung seines männlichen, muskulösen Körpers trug genauso viel dazu bei, dass sie alles andere vergaß.

Ruhelos glitten ihre Hände über seinen Körper. Hatte sie wirklich vergessen, dass sie diesen starken, athletischen Mann dazu bringen konnte, unter ihren Händen zu erzittern?

Sie genoss es, eine solche Macht über ihn zu haben, und setzte ihr Spiel fort. Erst als Tad sie an ihrer empfindlichsten Stelle berührte, vergaß sie ihren Triumph. Jetzt war sie ihm hilflos ausgeliefert. Ihr Kopf bewegte sich auf dem Kissen hin und her, immer wieder murmelte sie seinen Namen, hob ihre Hüften ihm entgegen, während ihre Hände sich in das Laken krampften.

Als er dann endlich ganz zu ihr kam, stöhnte sie laut auf und schlang ihre Arme um seinen Körper. Die Erregung trug sie beide davon.

Später, als sie wieder zu Atem gekommen waren, löschte Tad das Licht. Er nahm sie in die Arme und bettete ihren Kopf an seine Schulter.

„Du ziehst morgen zu mir, ja?“, fragte er leise.

Amy hob den Kopf und versuchte, sein Gesicht zu erkennen. „Ja, wenn du willst.“

„Ich habe dich immer gewollt.“

Es war zu dunkel, als dass Tad die Zweifel in ihren Augen hätte erkennen können.

7. KAPITEL

Amy hatte Angst vor London. Hier hatte sie als Lady Wickerton gelebt, hatte Parties gegeben in dem eleganten Haus der Familie am Grosvenor Square, hatte Theater besucht, ihre Einkäufe im vornehmen West End getätigt …

Vielleicht hätte sie sich mit diesem Leben abfinden können, wenn es da nicht vorher einen Tad Starbuck gegeben hätte. Sie hatte sich bemüht, hatte darum gekämpft, ihre Ehe nicht zerbrechen zu lassen, aber irgendwann war ihr klar geworden, dass es nicht mehr weiterging.

Trotzdem jetzt wieder in dieser Stadt zu sein fiel Amy schwer. Alles war noch so frisch in ihrer Erinnerung, dass selbst die Vorfreude auf das Turnier in Wimbledon ihr nicht darüber hinweghelfen könnte. Hier war sie immer noch Lady Wickerton. Man würde ihr Fragen stellen, und sie hatte Angst vor den Antworten.

Sie musste vorsichtig sein, was sie den Reportern sagen durfte und was nicht. Trotz allem war sie es Eric schuldig, seinen Ruf zu wahren.

Sie würde Fragen über ihre Ehe und vor allem über die Scheidung einfach abblocken. Es gab dazu nichts zu sagen. Auch ein bekannter Sportler hatte Anrecht auf ein Privatleben, das nicht vor der Presse ausgebreitet werden musste. Immerhin hatte Amy Erfahrung auf diesem Gebiet aus den Jahren mit ihrem Vater. Jetzt würde es ihr zugute kommen, dass sie bei ihm gelernt hatte, sich nicht von den neugierigen Reportern ausfragen zu lassen.

Die Engländer würden sich damit begnügen müssen, über ihre Auftritte auf dem Tennisplatz zu berichten. Immerhin hatte Amy jetzt zwei große Turniere hintereinander gewonnen und würde allein dadurch schon im Rampenlicht stehen. Sie würde der Presse genügend Stoff für ihre Artikel liefern – allerdings nur für die Sportseite ihrer Zeitungen.

Wenn Fragen nach Tad kamen, würde sie denen ebenso ausweichen. Die Sache zwischen ihr und ihm war noch zu neu, zu wenig gefestigt, als dass sie darüber hätte sprechen können.

Für die wenigen Leute, die Amy sehr gut kannten, war es allerdings auch gar nicht nötig, mit ihr darüber zu sprechen. Sie sahen ihr die Veränderung ohnehin an. Ja, sie war glücklich. Glücklich und ausgeglichen, wie schon lange nicht mehr. Sie hatte beinahe vergessen, wie wunderschön es war, mit Tad zusammenzuleben. Mit ihm zu schlafen, zu reden, zu lachen – oder ganz einfach auch nur zu schweigen. In seine Arme geschmiegt an die Zimmerdecke zu schauen und zu träumen.

Lange vorbei war die Zeit, wo sie geglaubt hatte, das Leben bestehe nur aus Verpflichtungen, und es sei wichtig, Ordnung einzuhalten. Jetzt teilte sie sein Zigeunerleben, erfreute sich an seinen spontanen Einfällen und war glücklich.

„Bist du noch nicht angezogen?"

Amy wollte gerade ihre Tennisschuhe zubinden, als sie die Frage hörte. Sie schaute auf und sah Tad in der kleinen Diele vor ihrem Hotelzimmer stehen. Seine Haare hingen ihm ins Gesicht; die Stirn war gerunzelt. Ungeduldig sah er sie an.

„Doch, fast", antwortete Amy. „Ich bin nun einmal kein Morgenmensch – und schon erst recht nicht nach nur sechs Stunden Schlaf."

Tad lachte. „Konntest du nicht schlafen?" Geschickt griff er nach dem Schuh, den sie ihm hatte an den Kopf werfen wollen, und fing ihn auf. Dabei ließ er den Blick nicht von ihr. Ihm schienen die wenigen Stunden Schlaf überhaupt nichts ausgemacht zu haben. Er wirkte frisch und voller Energie wie immer. „Du kannst dich ja nach dem ersten Training wieder hinlegen."

„Wie kann man nur frühmorgens schon so wach sein. Schrecklich!"

Immer noch lachend kam er auf sie zu, den Schuh noch in der Hand. „Vielleicht liegt das daran, dass ich diesen englischen Knaben gestern vom Platz gefegt habe."

„So?" Amy zog erstaunt die Brauen hoch. „Sonst hast du keinen Grund?"

„Welchen sollte ich haben?"

„Gib mir den Schuh her, damit ich ihn dir an den Kopf werfen kann."

„Hat dir schon einmal jemand gesagt, dass du ein Morgenmuffel bist?", wollte Tad wissen. Übermut blitzte in seinen Augen.

„Und hat dir schon jemand gesagt, dass du unausstehlich bist, seit du in Paris auch noch gewonnen hast?", gab sie geistesgegenwärtig zurück. „Du bist davon überzeugt, dass du der absolut Größte bist. Aber denk dran, noch liegen drei Grand-Slam-Turniere vor dir, die du erst einmal gewinnen musst."

Tad hielt den Schuh so hoch über seinen Kopf, dass Amy nicht herankommen konnte. „Für dich ebenfalls."

„Gib mir jetzt endlich meinen Schuh!"

So sehr sie sich auch reckte, sie kam einfach nicht heran. Plötzlich packte Tad sie, und ehe Amy noch protestieren konnte, hatte er sie auf das breite Bett geworfen und lag auf ihr.

„Tad! Hör auf!" Lachend versuchte sie, sich gegen ihn zu wehren. „Wir kommen zu spät zum Training."

Schnell gab er ihr noch einen Kuss. „Ja, du hast recht", meinte er und rollte sich zur Seite.

Etwas enttäuscht setzte Amy sich auf. „Dich kann man aber schnell umstimmen", maulte sie und brachte ihre Frisur wieder in Ordnung. Da wurde sie von starken Armen ergriffen, und seine Lippen verschlossen ihren Mund.

Für einen Moment genoss Tad seine totale Macht über sie. Amy lag in seinen Armen, überrascht von dem plötzlichen Angriff, und ihre Lippen öffneten sich seinem Kuss. Er wusste, dass es nicht lange dauern würde, bis sie ihre eigenen Ansprüche anmeldete. Der Gedanke daran erregte ihn. Trotzdem zog er sich zurück. Sie hatten Zeit. Ein Leben lang.

„Bist du jetzt wach?", fragte er lächelnd und ließ eine Hand über ihre Brust gleiten.

„Mmm …"

„Gut. Dann komm." Tad zog sie hoch und gab ihr einen Klaps auf den Po.

„Warte nur. Das zahl ich dir heim!" Amy hatte ihr Verlangen immer noch nicht ganz unter Kontrolle, und es fiel ihr schwer, nicht dem Wunsch nachzugeben, sich wieder an ihn zu schmiegen.

Tad legte ihr einen Arm um die Schulter und führte sie zur Tür. „Du musst heute an der Rückhand arbeiten."

Amy sah ihn von der Seite an. „Und wieso?"

„Wenn du mit etwas weniger Schwung ausholen würdest …"

„Das merk du dir einmal lieber selbst", schoss sie zurück. „Und da wir gerade dabei sind: Deine Schnelligkeit gestern ließ auch zu wünschen übrig."

„Ich muss mich schonen fürs Endspiel."

Amy drückte auf den Aufzugknopf und verdrehte die Augen. „Tad, unter mangelndem Selbstbewusstsein leidest du wirklich nicht."

Tad schmunzelte nur. Er liebte sie beinahe noch mehr, wenn sie so entspannt war – jederzeit bereit, zu lachen oder auch ein Wortduell mit ihm aufzunehmen, wobei sie ihm an Schlagfertigkeit in keiner Weise nachstand. Ob sie eigentlich wusste, dass sie noch schöner, noch verführerischer war, wenn sie ihre sonst übliche Vorsicht vergaß? „Was ist mit Frühstück?"

„Was soll damit sein?"

„Möchtest du Eier mit Schinken nach dem Training?"

„Etwas Besseres hast du nicht anzubieten?", fragte Amy herausfordernd zurück und trat in den Aufzug.

Tad folgte ihr und sah, wie Amy einem älteren Ehepaar freundlich zulächelte, das schon im Aufzug stand. „Möchtest du vielleicht lieber da weitermachen, wo wir diese Nacht aufgehört haben?", fragte er und lehnte sich lässig gegen die Wand. Amy sah ihn warnend an, aber er schien das gar nicht zu bemerken. „Wie, sagtest du noch, war dein Name?"

Aus den Augenwinkeln bemerkte Amy den entsetzten Blick der beiden anderen Fahrgäste. „Teufel", murmelte sie beinahe unverständlich, nur um dann umso klarer zu fragen: „Lassen Sie denn auch wieder eine Flasche Champagner springen, Mr. Starbuck? Der war wirklich ausgezeichnet."

„Du warst aber auch nicht schlecht, Süße."

Als sich die Aufzugstür öffnete, konnte das Paar gar nicht schnell genug herauskommen. In der Hotelhalle sahen sie sich noch einmal um, bevor sie kopfschüttelnd durch die Drehtür verschwanden. Amy konnte kaum ihr Lachen zurückhalten, während Tad besitzergreifend einen Arm um sie legte.

Eine Stunde später waren sie beide ganz konzentriert auf ihr Training. Es war eine Umstellung, wieder auf Rasen zu spielen. Der Ball sprang ganz anders, und nun galt es, sich bis zum nächsten Spiel daran zu gewöhnen und eine gewisse Sicherheit zu erlangen.

Amy war zufrieden mit ihrer Leistung bisher. Madge servierte ihr die Bälle sehr konzentriert, variierte ihre Schläge sehr geschickt, brachte es aber trotzdem nicht fertig, Amy in Verlegenheit zu bringen. Amy spürte, dass sie in Form war, und nahm sich vor, die Tatsache einfach zu ignorieren, dass sie sich in London befand.

Sie hatte immer gern in Wimbledon gespielt. Nicht nur, weil ein Gewinn bei diesem Turnier einer inoffiziellen Weltmeisterschaft gleichkam, sondern auch, weil sie die ganze Atmosphäre mochte. Nirgendwo sonst auf der Welt wurde so viel Wert auf Tradition gelegt, nirgendwo sonst war das Publikum disziplinierter als hier. Während der Ballwechsel brauchte der Schiedsrichter kaum jemals um Ruhe zu bitten. Die Zuschauer beschränkten ihren Applaus und ihre Begeisterung von sich aus auf die Unterbrechungen nach einem Punktgewinn.

Wimbledon – das war so britisch wie die roten Doppeldeckerbusse in der City von London, wie die Wachposten mit ihren Bärenfellmützen und das Glockenspiel des Big Ben.

Amy erinnerte sich daran, wie Tad ihr einmal erzählt hatte, dass er sich als kleiner Junge vor dem Fernseher vorgenommen habe, wenigstens einmal in seinem Leben Wimbledon zu gewinnen. Viermal hatte er es bisher geschafft, und sie wünschte sich nichts sehnlicher, als diesmal mit ihm zusammen den traditionellen Tanz am Abend nach dem Herrenendspiel zu eröffnen. Dazu allerdings musste Amy erst einmal den Titel bei den Damen gewinnen, und bis dahin war noch ein weiter Weg.

Amy stand hinter der Grundlinie und machte keine Anstalten, ihren Aufschlag auszuführen.

„Sollen wir Schluss machen?", rief Madge über den Platz.

„Hm ..." Aus ihren Gedanken gerissen sah Amy hinüber zu ihrer Partnerin, die breitbeinig dastand, die Hände in die Hüften gestützt. „Oh, entschuldige bitte, Madge. Ich glaube, ich habe gerade ein wenig geträumt."

„Komm, wir machen Schluss", meinte Madge und ging hinüber zur Bank, wo ihre Sachen lagen. „Ich brauch dich wohl gar nicht erst zu fragen, ob du glücklich bist", sagte sie, als Amy neben ihr stand und den Schläger einpackte. „Man sieht es dir an der Nasenspitze an."

„Wirklich?"

„Meinst du, ich wäre blind?", fragte Madge lächelnd zurück. „Ich freue mich für dich – für euch beide. Ihr passt wirklich sehr gut zusammen, das habe ich ja immer schon gesagt. Wollt ihr das offiziell bekannt geben?"

„Ich ... Nein, wir wollen es ganz langsam angehen lassen." Amy vermied es, ihrer Partnerin in die Augen zu sehen, als sie das sagte. „Was ist schon eine Hochzeit? Nicht mehr als ein Stück Papier."

Madge warf ihr einen prüfenden Blick zu. „Das kannst du anderen erzählen, Amy, die dich nicht so gut kennen wie ich. Es mag Menschen geben, die so denken, aber zu denen hast du noch nie gehört." Sie hob eine Hand und wehrte ab, als Amy sie unterbrechen wollte. „Warum hast du sonst drei Jahre lang eine unglückliche Ehe aufrechterhalten? Weil für dich die Ehe ein Versprechen ist, und weil du deine Versprechen einhältst."

„Ich habe schon einmal versagt ..."

„Ach, nur du?", unterbrach Madge sie sofort. „Du kannst mir nicht erzählen, dass nur du die Schuld daran trägst, dass die Ehe nicht gehalten hat. Und jetzt willst du dein Glück verspielen, nur weil du einmal einen Fehler gemacht hast?"

„Ich bin ja glücklich", versicherte Amy ihr und legte eine Hand auf die Schulter ihrer Freundin. „Tad ist alles, was ich jemals gewollt habe, Madge. Ich will ihn nicht verlieren."

Überrascht zog Madge die Brauen hoch. „Aber Amy, du hast ihn damals verlassen – nicht umgekehrt."

„Ich bin ihm nur zuvorgekommen."

„Amy, ich verstehe nicht ..."

„Lass nur, Madge, das ist alles lange her und spielt überhaupt keine Rolle mehr. Wir fangen wieder ganz von vorn an. Ich weiß, welche Fehler ich gemacht habe, und ich werde mich hüten, sie noch einmal zu wiederholen. Es gab Zeiten in meinem Leben, da habe ich gedacht, ich sei wichtiger als das hier." Sie nahm einen Tennisball in die Hand und warf ihn hoch. Dann fing sie ihn wieder auf und sah nachdenklich darauf. „Wichtiger als alles andere. Selbst seine Familie habe ich als Rivalen angesehen. Ich war sogar eifersüchtig auf seine Tennis-Leidenschaft. Heute weiß ich, dass das sehr albern war."

„Seltsam." Madge schüttelte den Kopf. „Und ich habe früher immer gedacht, dass an erster Stelle die Arbeit des Professors stehe. Nachher stellte sich heraus, dass für ihn meine Arbeit auf dem Tennisplatz am wichtigsten war. Und heute wissen wir, dass beides nicht stimmte."

Lächelnd nahm Amy ihre Tasche über die Schulter. „Tad wird niemals vergessen, dass Tennis ihn zu dem gemacht hat, was er heute ist. Vielleicht ist das auch gut so. Wenn man seine Herkunft nicht kennt, dann kann man auch das Feuer nicht verstehen, das er ins Spiel bringt."

Sie kennt ihn in manchen Belangen so gut, dachte Madge, aber in anderen wiederum überhaupt nicht. „Und was bringt dann die Kälte in dein Spiel?"

„Angst." Amy hatte geantwortet, wie sie es sonst nie tat – spontan und unüberlegt. Jetzt hätte sie das Wort am liebsten wieder zurückgenommen. Sie zuckte mit den Schultern und zwang sich zu einem Lächeln. „Ja, Angst." Mit der Tasche auf der Schulter setzte sie sich in Bewegung. „Ein Glück, dass du kein Reporter bist!"

Der Kies knirschte unter ihr. Selbst mit geschlossenen Augen hätte Amy gewusst, wo sie war. Auch dieser Kies war typisch für die Anlage in Wimbledon. „Erinnere mich daran, dass ich dir irgendwann einmal erzähle, was mir fünf Minuten vor einem Spiel durch den Kopf geht."

Amy schlief tief. Die Vorhänge waren vorgezogen und ließen nur wenig von der strahlenden Nachmittagssonne in das Zimmer dringen. Sie trug nur einen Slip und ein etwas längeres T-Shirt. Tad wollte sie später wecken, und dann wollten sie durch die Stadt bummeln. Morgen mussten beide spielen, so durfte es abends nicht zu spät werden.

Ein Klopfen an der Zimmertür weckte sie auf. Amy setzte sich und strich sich mit beiden Händen durch das Haar. Sicher hatte Tad seinen Schlüssel vergessen. Seufzend stand sie auf und ging zur Tür. Die Augen noch halb zu, griff Amy zur Klinke und öffnete.

„Eric!" Mit einem Schlag war sie hellwach.

„Amy." Er nickte nur und ging an ihr vorbei ins Zimmer. „Habe ich dich aufgeweckt?"

„Ja, ich hatte mich hingelegt." Völlig verwirrt schloss Amy die Tür wieder. Er sieht noch genauso aus, schoss es ihr durch den Kopf. Aber warum auch nicht! Eric war nicht der Mann, der Veränderungen liebte. Groß und schlank, wirkte er mit seinem kurzen Haarschnitt und dem gerade durchgedrückten Rücken wie ein Offizier.

Als er sich ihr wieder zuwandte, blickte sie in seine Augen. Sie waren blau in einem blassen Gesicht, intelligent und kalt. Seine schmalen Lippen konnten sich zu einem Strich zusammenziehen, wenn er wütend war. Amy kannte das nur zu gut. Als er noch um sie geworben hatte, war er charmant und freundlich gewesen, aber das hatte sich nachher schnell geändert.

Amy schob die Gedanken beiseite. Er war nicht mehr ihr Mann. Sie straffte die Schultern und dachte daran, dass sie nichts mehr mit ihm zu tun hatte. Es war vorbei. Endgültig!

„Ich habe nicht damit gerechnet, dich zu sehen, Eric."

„Wirklich nicht?" Er lächelte. „Hast du gedacht, ich würde dir noch nicht einmal guten Tag sagen, wenn du schon in der Stadt bist? Du bist schlanker geworden, Amy."

„Das macht das Training." Sie wies auf einen Sessel. „Setz dich bitte. Ich hole dir einen Drink."

Während sie zu der Bar ging, sagte Amy sich, dass sie ihm nichts mehr schuldig war. Sie war geschieden, und es musste doch möglich sein, sich auch nach einer Scheidung noch wie zivilisierte Menschen zu benehmen.

„Geht es dir gut?" Sie schenkte Whisky in zwei Gläser, gab für ihn Eiswürfel hinein und für sich selbst Selterswasser.

„Ja, danke. Und dir?"

„Auch. Und deine Familie?"

„Der geht es ebenfalls gut." Er nahm das Glas und sah sie über den Rand hinweg an, als er es zum Mund führte. „Was macht dein Vater?" Er sah den Schmerz in ihrem Gesicht und war zufrieden.

„Soviel ich weiß, geht es ihm auch gut." Amy hatte sich jetzt wieder in der Gewalt.

„Hat er dir immer noch nicht verziehen, dass du deine Karriere aufgegeben hattest?"

Sie sah ihn an, und ihr Blick war vollkommen ausdruckslos. „Ich bin sicher, dass du die Antwort kennst, Eric."

Er zog vorsichtig die Bügelfalte seiner Hose gerade, bevor er ein Bein über das andere legte. „Nun, ich dachte, nachdem du jetzt wieder spielst ..."

Amy drehte ihr Glas zwischen den Händen, trank aber nicht. „Er will trotzdem nichts mehr von mir wissen", sagte sie leise. „Du siehst also, ich zahle immer noch, Eric." Sie sah ihn an. „Befriedigt dich das?"

Er blieb ganz ruhig und nahm noch einen Schluck. „Du hattest die Wahl, meine Liebe. Deine Karriere für meinen Namen."

„Für dein Schweigen", verbesserte Amy ihn. „Deinen Namen hatte ich ja bereits."

„Und das Kind eines anderen Mannes in deinem Bauch."

Amy musste das Glas abstellen. Sie spürte, wie ihre Finger zitterten. „Ich habe das Kind verloren. Meinst du nicht, das reicht? Bist du hierher gekommen, um mich daran zu erinnern?"

„Ich bin gekommen ...“, Eric lehnte sich in den Sessel zurück, „um zu sehen, wie es meiner Exfrau geht. Auf dem Tennisplatz hast du sehr viel Erfolg, wie ich gehört habe.“ Er ließ seinen Blick durch den Raum gehen. „Und wie ich sehe, hast du keine Zeit verloren, mit deinem früheren Geliebten wieder etwas anzufangen.“

„Ich habe einen Fehler gemacht, als ich ihn verlassen habe, Eric“, sagte Amy mit fester Stimme. „Ich glaube, das siehst du mittlerweile auch ein. Es tut mir leid.“

Er warf ihr einen eisigen Blick zu. „Du hast einen Fehler gemacht, als du mir seinen Bastard unterschieben wolltest.“

Wütend sprang Amy auf. Sie musste ihre Finger ineinander verschränken, sonst hätte er gesehen, wie ihre Hände zitterten. „Ich habe dich nie angelogen, Eric. Und bei Gott, ich werde mich nie wieder bei dir entschuldigen.“

Eric schien immer noch die Ruhe selbst zu sein. Er führte sein Glas zum Mund, und seine Hand zitterte nicht. „Weiß er es mittlerweile?“

Für eine Sekunde weiteten sich Amys Augen vor Schreck. Eric hatte genug gesehen. „Also nicht. Wie interessant.“

„Eric, ich habe mein Wort gehalten.“ Ihre Stimme klang wieder fester. „Solange ich deine Frau war, habe ich alles getan, was du von mir verlangt hast.“

Er nickte zustimmend. „Aber du bist nicht mehr meine Frau.“

„Wir haben uns beide zur Scheidung entschlossen. Vergiss das nicht! Weil wir eingesehen hatten, dass unsere Ehe für uns beide nicht mehr tragbar war.“

„Warum sagst du es ihm nicht? Hast du Angst vor ihm? Wenn ich mich recht erinnere, ist er sehr unbeherrscht, mit einem ungezügelten, primitiven Temperament.“ Um seine Mundwinkel spielte ein sadistisches Lächeln. „Hast du Angst, er schlägt dich?“

Amy brachte es fertig, zu lachen. „Nein“, sagte sie. „Das zeigt nur, dass du Tad Starbuck überhaupt nicht kennst.“

„Du bist dir ja sehr sicher. Aber wovor hast du dann Angst?“

Amy ließ ihre Hände sinken und sah ihn an. „Er würde es mir nicht verzeihen, Eric. Ich habe das Kind verloren und meinen Vater, ja, sogar beinahe mein Selbstvertrauen. Aber ich werde niemals dieses Schuldgefühl verlieren. Aber was habe ich dir angetan? Nichts – außer deinen

Stolz verletzt. Und meinst du nicht, dafür hätte ich mittlerweile genug gebüßt?“

„Vielleicht ... vielleicht auch nicht.“ Er stellte das Glas ab und stand auf. „Die gerechte Strafe für dich wird wohl sein, dass du dir nie ganz sicher sein kannst, ob alles vorüber ist. Von mir kannst du keine Versprechungen erwarten, Amy.“

„Ich habe dich falsch eingeschätzt, Eric“, sagte sie ganz ruhig. „Wie konnte ich nur jemals glauben, du seist ein Gentleman – freundlich und fair?“

„Ich bin nur für Gerechtigkeit.“

„Rache hat nichts mit Gerechtigkeit zu tun.“

Er zuckte mit den Schultern. „Ich kann dir nicht verbieten, das so zu sehen. Das ist deine Sache.“

Nein, sie würde ihm nicht die Genugtuung geben, jetzt auf die Knie zu fallen, ihn zu bitten, anzuflehen. „Wenn das alles war, was du mir hast sagen wollen, dann gehst du jetzt wohl besser. Ich glaube nicht, dass wir noch etwas zu besprechen haben.“

„Ich bin dabei.“ Er drehte sich wieder zu ihr um und sah sie mit einem kalten Lächeln an. „Schlaf ruhig weiter, meine Liebe. Ich finde schon die Tür.“ Eric drückte die Klinke herunter, öffnete die Tür – und stand Tad gegenüber. Besser hätte er sich seinen Abgang gar nicht wünschen können.

Tad sah dieses kalte Lächeln, dann blickte er in den Raum hinein. Amy stand mitten im Zimmer, bewegungslos. Irrte er sich, oder stand wirklich Angst in ihrem Gesicht? Aber wovor sollte sie Angst haben? Dann erst sah Tad, dass sie kaum etwas anhatte. Ihre Haare waren zerzaust, das zerknitterte T-Shirt ließ viel zu viel von ihrem Körper sehen. Zorn stieg in ihm hoch.

Er blickte wieder auf Eric. „Verschwinden Sie, aber schnell.“

„Ich bin gerade dabei“, antwortete der ganz ruhig und überlegen. Dann allerdings beeilte er sich doch, die Tür von außen zu schließen. Noch einmal traf ihn ein wütender Blick aus Tads Augen. Mit diesem Zorn musste Amy jetzt allein fertig werden. Das allein war es schon wert gewesen, diesen Besuch bei seiner Exfrau zu machen.

Amy stand immer noch an derselben Stelle. Es war ihr, als wäre schon eine Ewigkeit vergangen, seit Eric die Tür geschlossen hatte, und immer noch starrte Tad sie nur an, sprach kein Wort.

„Was, zum Teufel, hat der hier gewollt?"

„Er ist nur vorbeigekommen, um mir guten Tag zu sagen und um ... um mir Glück zu wünschen."

„Reizend!" Mit wenigen Schritten war er bei ihr und fasste an den Saum ihres T-Shirts. „Empfängst du Besucher immer so? Oder ist das bei Exmännern üblich?"

„Tad, bitte!"

„Bitte was?" Im Unterbewusstsein war Tad sich klar darüber, dass er falsch reagierte, dass er zuerst einmal ihr Gelegenheit geben musste, die Sache zu erklären. Aber so sehr er sich auch bemühte, es gelang ihm nicht, Ruhe zu bewahren. „Wäre es nicht besser gewesen, ihr hättet euch irgendwo anders getroffen? Etwas stickig hier drin, findest du nicht?"

Sein Sarkasmus tat Amy weh, aber sie wusste auch, dass sie dem nicht wirkungsvoll begegnen konnte, solange sie so viel zu verbergen hatte. „Tad, du weißt ganz genau, dass zwischen Eric und mir nichts mehr ist. Du weißt ..."

„Was zum Teufel weiß ich?", unterbrach er sie. „Du bist doch diejenige, die auf nichts eine Antwort geben will. Und dann komme ich ins Zimmer und finde dich mit dem Kerl, der damals der Grund war, warum du mich verlassen hast."

„Ich wusste nicht, dass er hierher kommen würde. Wenn er angerufen hätte, dann hätte ich ihm gesagt, er solle wegbleiben."

„Aber du hast ihn hereingelassen." Tad griff nach ihren Schultern und schüttelte sie. „Warum?"

Amy wehrte sich nicht. „Wäre es dir lieber gewesen, ich hätte ihm die Tür vor der Nase zugeschlagen?"

„Ja, verdammt noch mal!"

„Aber ich habe es nicht getan." Jetzt war auch ihre Geduld erschöpft. „Ich habe ihn hereingelassen und ihm sogar einen Drink angeboten. Wenn du das falsch deutest, dann ist das deine Sache."

„Wollte er dich zurückholen?" Tads Griff lockerte sich nicht. „Ist er darum gekommen?"

„Was spielt das für eine Rolle?" Wütend trommelte sie mit beiden Fäusten gegen seine Brust. „Ich will ihn aber nicht zurückhaben."

„Okay, dann erzähl mir jetzt endlich, warum du ihn geheiratet hast." Wieder versuchte sie, ihm zu entkommen, aber er hielt sie eisern fest. „Ich habe ein Recht darauf, das zu erfahren, Amy. Und ich will es jetzt erfahren."

„Weil ich dachte, er wäre der Richtige für mich", schrie sie ihn an, während in ihren Augen Tränen brannten.

„Und, war er das?" Tad griff nach ihren Handgelenken und umklammerte sie.

„Nein!" Sie kämpfte gegen seine Hände an, aber er war stärker. „Nein, es war furchtbar. Und ich habe dafür auf eine Art bezahlt, von der du keine Ahnung hast. Nicht einen Tag lang war ich glücklich. So, bist du jetzt zufrieden?"

Plötzlich tat sie etwas, was er nie zuvor bei ihr erlebt hatte. Amy weinte. Sein Griff lockerte sich, als er die Tränen über ihre Wangen rollen sah. Noch niemals hatte Tad sie so verzweifelt gesehen.

Amy entwand sich seinem Griff und warf sich über das breite Bett. Viel hatte nicht mehr gefehlt, dann hätte sie ihm von dem Baby erzählt. Jetzt war sie froh, dass die aufsteigenden Tränen ihr die Kehle zugeschnürt hatten.

Tad stand da und starrte auf sie hinab. Er hörte ihr Schluchzen und war hilflos. Das war eine Reaktion, die er nicht erwartet hatte, und er wusste nicht, was er tun sollte. Er fühlte sich im Recht, wenn er Erklärungen von ihr verlangte, und solange Amy darauf wütend reagierte, stand Wut gegen Wut. Aber gegen diese Verzweiflung war er machtlos.

Tad hatte Tränen bei seiner Schwester erlebt – ja, auch bei seiner Mutter. Aber in solchen Fällen hatte seine breite Schulter genügt, an der sie sich ausweinen konnten, und dann war alles wieder gut gewesen. Bei Amy war das anders. Das waren bittere, verzweifelte Tränen, deren Grund er nicht kannte.

Immer noch brannten ihm die Fragen auf der Zunge, und auch sein Zorn war noch nicht vollständig verraucht. Aber was war das alles gegen dieses Schluchzen, das da vom Bett zu ihm drang? Amy benutzte ihre Tränen nicht als Waffe. Sie war machtlos dagegen – so machtlos, dass ihr ganzer Körper wie in einem Krampf geschüttelt wurde.

Langsam ging Tad auf das Bett zu. Als er sie berührte, zuckte sie zusammen und rückte weg. Ohne ein Wort zu sagen, legte Tad sich neben sie. Sie versuchte, ihm auszuweichen, aber er nahm sie in die Arme und ließ sie nicht wieder los, sosehr sie sich auch wehrte. Seine Umarmung war stark und doch zärtlich. Nach einer Weile gab Amy ihren Widerstand auf.

„Ich lass dich nicht allein", murmelte er.

Es war schon beinahe dunkel, als ihr Körper endlich zur Ruhe kam. Die Tränen waren versiegt, schwach und elend lag Amy in Tads Armen. Sie spürte seinen Herzschlag an ihrer Brust, und dieses stetige, gleichbleibende Geräusch beruhigte sie.

Beinahe hätte sie es ihm gesagt. Dieser Gedanke ging Amy nicht aus dem Kopf. Ich habe dein Baby verloren. Würde Tad sie auch dann noch so zärtlich halten, wenn sie diesen Satz ausgesprochen hätte?

Wieder kam die Frage in ihr auf, die sie sich schon unzählige Male gestellt hatte. Sollte sie es ihm überhaupt jemals sagen? Welchen Sinn hatte es, wenn sie ihm Schmerzen zufügte für etwas, das so lange zurücklag? Und der Schmerz würde kommen, nachdem der erste Zorn sich gelegt hatte. Da war sich Amy ganz sicher. Er würde diesem Baby nachtrauern und doch nichts mehr ändern können. Hatte das Sinn?

Und wie sollte sie ihm die Sache mit Eric erklären, ohne alte Wunden wieder aufzureißen? Damals hatte Tad sie nicht mehr gewollt, das hatte Jess ihr unmissverständlich gesagt. Aber Eric hatte gewollt. Aus verletztem Stolz hatte sie sich ihm zugewandt, das war Amy heute ganz klar. Und ihr Pflichtbewusstsein war dann fast drei Jahre lang stärker gewesen als ihr Wunsch, diese Ehe zu beenden. Vielleicht, wenn sie damals nach dem Unfall nicht so schwach gewesen wäre ... Ja, vielleicht hätte sie Eric dann niemals ein solches Versprechen gegeben.

Sie konnte sich noch so gut an den Tag erinnern: Sie hatten sich gestritten, laute Stimmen, dann der Sturz. Alles um sie herum war dunkel geworden. Das Baby ... Tads Baby!

Als sie wieder zu Bewusstsein gekommen war, hatte ihr erster Gedanke dem Baby gegolten. Noch bevor sie die Augen wieder geöffnet hatte, glitt ihre Hand zu ihrem Bauch.

„Das Baby." Als sie die schweren Augenlider hob, sah sie Eric neben dem Bett.

„Tot."

Nie in ihrem Leben würde sie diesen Schmerz vergessen. Sie hatte die Augen wieder geschlossen. „Nein, nein", hatte sie immer wieder gemurmelt. „Mein Baby, Tads Baby ..."

„Hör mir zu, Amy.“ Erics Stimme klang kalt und überlegt. Drei Tage lang hatte er darauf gewartet, dass Amy aus ihrer Bewusstlosigkeit erwachen würde. Sie hatte viel Blut verloren bei der Fehlgeburt, und die Ärzte hatten ihn auf das Schlimmste vorbereitet. Aber sie durfte nicht sterben. Sie würde bezahlen für das, was sie ihm angetan hatte.

Als Eric sie kennengelernt und umworben hatte, war er sich sicher, sie zu lieben. Aber jetzt hatten sich seine Gefühle für Amy gewandelt. Sie grenzten an Hass. Diese Frau hatte es nicht verdient, mit ihm verheiratet zu sein. Sie hatte einen Narren aus ihm gemacht – aus ihm, Lord Wickerton! Und dafür würde sie büßen.

„Mein Baby …“

„Das Baby ist tot“, sagte er noch einmal brutal. Dann griff er nach ihrer Hand. „Sieh mich an, Amy.“ Erst als sie seiner Aufforderung folgte, sprach er weiter. „Du bist hier in einer Privatklinik. Und der Grund, warum du hier bist, wird niemals an die Öffentlichkeit dringen. Allerdings nur dann, wenn du tust, was ich dir sage.“

„Eric …“ Amy hatte gar nicht richtig zugehört. Mit beiden Händen hielt sie seine Hand fest. „Eric, ist es wirklich wahr? Kann es nicht sein, dass die Ärzte sich geirrt haben?“

„Du hattest eine Fehlgeburt. Die Diener im Haus sind verschwiegen. Und allen anderen habe ich gesagt, dass wir für einige Tage verreist sind.“

„Ich verstehe nicht …“ Sie ließ seine Hand los und presste ihre Fingerspitzen auf den Bauch. „Der Sturz … Ich bin die Treppe hinuntergestürzt. Aber …“

„Ein Unfall“, unterbrach Eric sie, und es klang so, als wäre gar nichts dabei, ein Baby zu verlieren.

Amy schlug beide Hände vors Gesicht. „Tad, Tad …“ murmelte sie immer wieder.

„Du bist meine Frau“, sagte Eric kalt. „Und das bleibt auch so, bis ich dich nicht mehr will.“ Amy nahm die Hände vom Gesicht und sah ihn verständnislos an. „Oder soll ich deinen Liebhaber anrufen und ihm sagen, dass du mich geheiratet hast, während du ein Kind von ihm im Bauch hattest?“

„Nein.“ Amys Antwort war nur ein Flüstern. Tad! Wie sehr sie sich nach ihm sehnte. Aber er war für sie genauso verloren wie sein Kind, das sie getragen hatte.

„Gut, dann wirst du tun, was ich dir sage“, hörte sie wieder Erics Stimme. „Du wirst dich sofort vom professionellen Tennis zurückziehen. Ich will nicht, dass die Presse Vermutungen über dich und deinen Geliebten anstellt und dabei meinen guten Namen durch den Schmutz zieht. Du wirst dich benehmen, wie es einer Lady Wickerton ansteht. Ich werde dich nicht anrühren“, fuhr er fort, ohne auch nur einmal seine Stimme zu heben. „Jegliche körperliche Anziehungskraft, die du auf mich ausgeübt hast, ist verschwunden. Du wirst genau das tun, was ich von dir verlange – oder dein Geliebter wird von mir erfahren, was für ein mieses Spiel du getrieben hast. Ist das klar?“

Was spielte das jetzt noch für eine Rolle? War sie nicht bereits so gut wie tot – tot wie ihr Baby? „Ja, ich werde tun, was du von mir verlangst. Und jetzt lass mich bitte allein.“

„Wie du willst.“ Eric stand auf. „Wenn es dir wieder besser geht, werden wir eine offizielle Nachricht an die Presse geben, dass du dich vom Tennissport zurückziehst. Als Grund wirst du angeben, dass du keine Zeit mehr für diesen Sport hast, weil du deinen Mann nicht allein lassen willst, und weil du in deiner Position genügend andere Pflichten hast.“

„Geh jetzt bitte, Eric.“

„Gibst du mir dein Wort darauf?“, meinte er abschließend.

Sie sah ihn lange an, dann schloss sie die Augen und nickte. „Ja, Eric, ich gebe dir mein Wort darauf.“

Und sie hatte ihr Wort gehalten. Sie hatte zusehen müssen, mit welcher Genugtuung Eric zur Kenntnis nahm, dass ihr Vater sich von ihr abgewandt hatte. Sie hatte über seine diskreten, aber immer häufigeren Affären hinweggesehen und war im Laufe der Zeit immer schwermütiger geworden.

Es hatte sehr lange gedauert, bis Amys Lebensgeister wenigstens teilweise wieder erwachten. Abgeschnitten von ihrem bisherigen Leben, ohne alte Freunde und Bekannte, die sie hätte um Rat fragen können, ohne den Beistand ihres Vaters, hatte es lange Zeit so ausgesehen, als hätte Eric sie für immer in der Hand.

Erst als der Schmerz über den Verlust des Babys, der sie so lange betäubt hatte, etwas nachließ, konnte sie wieder klar denken. Sie musste von diesem Mann weg, oder ihr ganzes weiteres Leben wäre zerstört. Immer deutlicher sah Amy, dass es keinen anderen Ausweg gab.

Sie wusste, dass für Eric Wickerton nichts wichtiger war als sein guter Ruf und der seiner Familie. Nur hier lag eine Chance für Amy, dass er in eine Scheidung einwilligte. Sie wusste von seinen zahlreichen Affären mit anderen Frauen – er wusste von Tads Baby, das sie getragen hatte, als sie ihn heiratete. Das war die Grundlage für ein Abkommen, an dessen Ende die Scheidung stand.

Und jetzt war Eric zurückgekommen. Vielleicht liegt es daran, dass er mir meinen Erfolg auf dem Tennisplatz nicht gönnt, überlegte Amy. Trotzdem glaubte sie nicht, dass er seinen Teil der Vereinbarung brechen würde. Schon allein deshalb nicht, weil er sie mit seinem Wissen immer noch in der Hand hatte. Und diesen Vorteil würde er gewiss nicht aufgeben.

Sollte sie ihm den Wind aus den Segeln nehmen und Tad doch alles erzählen? Amy dachte wieder zurück an Tads Gesichtsausdruck, als er Eric an der Tür begegnet war. Nein, Tad würde ihr nicht verzeihen. Vielleicht später einmal, wenn ihre Beziehung zueinander sich gefestigt hatte – vielleicht würde sie es ihm dann sagen.

Amy atmete so ruhig und gleichmäßig, dass man hätte meinen können, sie schliefe. Aber Tad wusste, dass sie wach war und nachdachte.

Welche Geheimnisse hielt sie vor ihm verborgen? Und wie lange würde es noch dauern, bis sie endlich bereit war, darüber zu sprechen? Er wollte sie drängen, wollte fragen, aber sie schien so verletzbar und schutzbedürftig, dass er es nicht fertig brachte. Wenn er jetzt versuchte, ihr Antworten zu entlocken, dann würde er vermutlich genau das Gegenteil erreichen. Amy würde sich zurückziehen in ihr Schneckenhaus, und dann konnte er gar nicht mehr an sie herankommen.

„Besser?“, fragte Tad leise.

Sie seufzte, und dann spürte er an der Bewegung ihres Kopfes an seiner Brust, dass sie nickte.

Etwas gab es, das sie bereinigen konnte und das vielleicht auch schon helfen würde, die Atmosphäre zwischen ihnen wieder zu verbessern. „Tad, er bedeutet mir überhaupt nichts mehr. Glaubst du mir das?“

Als er mit der Antwort zögerte, fasste sie noch einmal nach. „Bitte, glaub mir. Ich empfinde überhaupt nichts mehr für Eric – noch nicht einmal Hass. Unsere Ehe war ein Fehler, von Anfang an.“

„Aber warum …“

„Es hat immer nur dich gegeben“, unterbrach Amy ihn. „Nur dich, Tad.“ Sie küsste ihn, hielt seinen Kopf zwischen den Händen und bedeckte sein ganzes Gesicht mit Küssen. „Es ist, als hätte ich in den Jahren gar nicht richtig gelebt." Wieder fanden ihre Lippen seinen Mund. „Ich brauche dich, Tad. Nur dich!"

Die Erregung packte sie beide so schnell, dass keine Zeit mehr blieb für Fragen. Amys Hände zerrten an seinen Sachen. Sie konnte es nicht erwarten, seinen nackten Körper zu spüren, sich an ihn zu pressen und die schlimmen Gedanken zu vergessen.

Mit einer Wildheit, wie er sie bei ihr noch nicht erlebt hatte, übernahm sie es, seine Erregung zu steigern. Ihre Hände waren in Bewegung, ihre Lippen berührten immer wieder seinen Körper und hinterließen heiße Spuren auf seiner Haut.

Sie ließ sich keine Zeit, ihn mit zärtlichem, sanftem Spiel zu verwöhnen. Ihre Bewegungen waren leidenschaftlich, ihre Haut bald schweißnass.

Tad spürte, dass es nicht mehr lange dauern konnte, bis er die Kontrolle über seinen Körper verlor. Sie rollten auf dem Bett hin und her. Er riss ihr das T-Shirt vom Körper, und keiner von beiden hörte, wie der Stoff bei dieser ungestümen Bewegung zerriss.

„Amy, jetzt. Bitte." Seine Stimme klang rau.

„Nein, nein." Sie lachte, und dieser Klang steigerte sein Begehren noch. Sie spürte, wie sehr sich ihr Körper nach Erfüllung sehnte. Trotzdem zögerte Amy es noch hinaus. Seine Hände glitten über ihren Körper, und sie bog sich ihnen entgegen.

Zu ihm gehörte sie, zu dem einzigen Mann, der ein solches Feuer in ihr entfachen konnte. Zu ihm würde sie immer gehören. Alle Gedanken an früher waren verbannt. Es gab nur noch den Augenblick. Dieses halbdunkle Zimmer, sein starker Körper auf ihrem.

Diesmal protestierte sie nicht, als Tad mit beiden Händen ihre Hüften umfasste und sie festhielt. Sie legte ihren Kopf zurück, ihre Augen waren geschlossen, und sie bog sich ihm entgegen, als er zu ihr kam. Sie wusste nicht mehr, ob sie sein Stöhnen hörte oder ihr eigenes, als sie beide dem Höhepunkt zustrebten und sich aneinander festklammerten, als wollten sie sich nie mehr loslassen.

8. KAPITEL

Autos hatten immer zu Amys Leben gehört. Als sie noch ein Kind war, hatte ihr Vater einen Chauffeur namens George eingestellt. Sie konnte sich sogar noch an den Wagen erinnern, den sie damals gehabt hatten. Eine schwere Limousine mit getönten Scheiben und einer eingebauten Bar.

Lady Wickertons Fahrer hieß Peter. Der Wagen war ein eleganter, unauffällig grauer Daimler. Sie trauerte weder ihm noch dem Chauffeur nach, als sie durch die Vororte nach Wimbledon fuhr.

In einigen Stunden würde sie auf dem Centre-Court stehen. Die Gedanken nur noch auf das Spiel gerichtet, in sich den unbändigen Willen zu gewinnen.

Ein Mal, in dem Jahr ihrer Liebe zu Tad, hatten sie beide Wimbledon gewonnen. Diesmal musste Amy gegen Maria Rayski spielen. Hatte sie damals nach dem ersten Sieg in Wimbledon geglaubt, nun würde ihr Leben erst wirklich beginnen, so wusste sie heute, dass das nicht gestimmt hatte.

Heute war der Tag, an dem sich alles entscheiden würde. Sie spielte auf dem Boden, der ihr am besten lag, und sie würde ihr Bestes geben in einem Land, wo sie sich so lange in ihrer Ehe wie eine Gefangene vorgekommen war. Wenn es ihr gelang, dieses Spiel zu gewinnen, dann würde sich auch privat eine Möglichkeit finden, ihr Leben wieder auf eine feste Basis zu stellen.

Sie dachte an Tad, der als Junge den Schwur getan hatte, eines Tages Wimbledon zu gewinnen. Jetzt, in dieser Limousine, auf der Fahrt zum Centre-Court, tat Amy einen ähnlichen Schwur. Sie wollte gewinnen, wollte aller Welt zeigen, dass Amy Wolfe wieder da war, dass ihre bisherigen Erfolge kein Zufall gewesen waren. Das würde ihr die Kraft geben, allen Problemen die Stirn zu bieten.

Für diese frühe Tageszeit waren schon erstaunlich viele Zuschauer da. Amy fühlte sich seltsam beschwingt und locker, als sie aus dem Wagen stieg. Freundlich erfüllte sie die Autogrammwünsche. Das war ihr Tag, sie spürte es ganz deutlich. Ein sonniger Tag im Juli – was konnte da schon schief gehen?

Eigentlich hatte sich nicht viel verändert seit den Zeiten, als ihr Vater hier gespielt hatte. Im Bereich hinter der Tribüne, der nur den Aktiven, Offiziellen und einigen bekannten Persönlichkeiten vorbehalten war, flogen Wortfetzen hin und her, es wurde gelacht und gescherzt – und doch spürte man unterschwellig die Nervosität, die die Spieler erfasst hatte, ihre Betreuer und diejenigen, die um sie zitterten.

Amy sah einige bekannte Gesichter von früheren Wimbledon-Siegern. Für sie war es einmal im Jahr zur Zeit des Turniers wie ein großes Familienfest, auf dem sie sich alle wiedersahen, von vergangnen Zeiten erzählten und die betrauerten, die nicht mehr dabei sein konnten.

Aber dann gab es auch solche, die Amy in ihrer Zeit als Lady Wickerton am Grosvenor Square empfangen hatte. Für die war Wimbledon mehr ein gesellschaftliches als ein sportliches Ereignis. Eines, auf dem man sich unbedingt sehen lassen musste – so wie in Ascot zu den berühmten Pferderennen.

Amy hatte gewusst, dass ihr das bevorstand, und so hatte sie sich völlig in der Gewalt, als es sich nicht umgehen ließ, die Bekannten aus ihrer Zeit mit Eric zu begrüßen.

„Amy, wie schön, dich wiederzusehen …" „Ich hätte dich beinahe nicht erkannt im Tennisdress …" „Schade, dass wir uns nicht mehr bei den Partys treffen …"

Genauso nichtssagende Äußerungen, wie sie sie während ihrer Ehe immer wieder gehört und entsprechend freundlich und nichtssagend beantwortet hatte. Diese Leute spielten ihre Rollen viel zu perfekt, als dass einer auch nur auf die Idee gekommen wäre, ehrlich zu sagen, was er dachte.

„Wo ist dein alter Herr?"

Amy fuhr herum, und plötzlich strahlte sie. „Stretch McBride, du hast dich überhaupt nicht verändert."

Natürlich hatte er sich verändert. Beide wussten es, aber es störte sie nicht. Als Amy ihm als kleines Mädchen zum ersten Mal auf einem Tennisplatz begegnet war, war Stretch so um die dreißig gewesen. Er hatte alles gewonnen, was es damals zu gewinnen gab. Er war immer noch sehr schlank, aber die zwanzig Jahre hatten ihre Spuren hinterlassen.

„Du hast immer schon entzückend lügen können", brummte er und gab ihr einen Kuss auf die Wange. „Wo ist Jim?"

„In den Staaten", antwortete Amy und lächelte immer noch. „Wie geht es dir, Stretch?"

„Gut, ich kann nicht klagen. Mittlerweile habe ich fünf Enkelkinder und mehrere Geschäfte für Sportartikel an der Ostküste." Er nahm ihre Hand zwischen seine. „Du willst mir doch nicht sagen, dass Jim nicht nach Wimbledon kommt, oder? Ich kann mich nicht erinnern, dass er in den letzten vierzig Jahren ein Turnier hier verpasst hat."

Amy versuchte, sich nicht anmerken zu lassen, wie weh ihr dieses Gespräch über ihren Vater tat. „Soviel ich weiß, wird er nicht kommen. Ich freue mich so, dich wiederzusehen, Stretch. Ich habe übrigens nicht vergessen, dass du mir die unterschnittene Rückhand beigebracht hast."

Er lachte geschmeichelt. „Dann setz sie auch heute gegen Maria ein", sagte er. „Ich mag es nun einmal, wenn Amerikaner hier in Wimbledon gewinnen. Bestell deinem Vater einen schönen Gruß von mir."

„Pass auf dich auf, Stretch." Sie gab ihm noch einen Kuss auf die Wange, und dann ging er weiter.

Amy drehte sich um und wollte sich auf den Weg zu ihrer Kabine machen, als sie plötzlich Lady Daphne Evans gegenüberstand. Mit ihr hatte Eric eine nicht so diskrete Affäre gehabt. Das Lächeln verschwand aus Amys Gesicht, aber ihre Stimme klang gleichbleibend freundlich.

„Daphne, Sie sehen fantastisch aus."

„Amy." Daphne ließ ihren Blick über Amys kurzen Tennisrock gehen, die schlanken Beine entlang bis hinunter zu den Schuhen. „Sie sehen ganz anders aus, als ich Sie in Erinnerung hatte. Wie seltsam, Ihnen als Sportlerin wieder zu begegnen."

„Seltsam? Ich bin immer Sportlerin gewesen. Wie geht es Ihrem Mann?"

Die Spitze wurde mit einem etwas zu schrillen Lachen erwidert. „Miles ist geschäftlich in Spanien. Es hat sich so ergeben, dass Eric mich heute hierher begleitet hat."

Nichts in Amys Gesicht zeigte, wie unvermutet sie das traf. „So, Eric ist also hier?"

„Ja, natürlich." Daphne griff an den Rand ihres großen Hutes. „Sie glauben doch nicht, dass er sich Wimbledon entgehen lässt." Noch einmal ging ihr Blick über Amys Figur. „Wir werden Sie doch auf dem Ball sehen, nicht wahr?"

„Sicher. Die Teilnahme ist für mich als Profi doch Pflicht."

„Nun, dann toi, toi, toi! Oder wie sagt man in Ihren Kreisen?" Bevor Amy noch eine Antwort geben konnte, war sie davongerauscht.

Amy atmete tief durch. Wenn ihr jetzt nur niemand mehr begegnete, bis sie die Kabine erreicht hatte. Das Spiel würde schon schwer genug werden, ohne dass sie auch noch gegen die Geister ihrer Vergangenheit kämpfen musste. Was sie jetzt dringend brauchte, waren einige Minuten Ruhe, damit sie sich entspannen und auf das Spiel vorbereiten konnte.

Sie kannte Eric gut genug, um zu wissen, dass er Daphne losgeschickt und ihr gesagt hatte, sie solle Amy ausfindig machen. Er wollte, dass sie wusste, dass er unter den Zuschauern saß. Wahrscheinlich würde es ihm Spaß machen, zu sehen, dass sie nervös war und schließlich das Spiel verlor.

Als Amy den Platz betrat, war sie äußerlich völlig ruhig. Nur sie selbst wusste, wie ängstlich sie es vermied, auch nur einen Blick auf die Zuschauerränge zu werfen. Sie hielt die Augen gesenkt, beschäftigte sich mit den Vorbereitungen und ging dann zur Grundlinie.

Maria Rayski auf der anderen Seite des Netzes machte noch einige Lockerungsübungen, winkte fröhlich ins Publikum und schien völlig gelöst und siegesgewiss.

Amy sah die Fernsehkameras. Die Technik machte es möglich, dass die Spiele aus Wimbledon auch nach Amerika übertragen wurden. Ob ihr Vater wohl vor dem Fernsehgerät saß und zuschaute?

In den ersten Spielen tasteten die beiden Gegnerinnen sich zuerst einmal vorsichtig ab. Es schien, dass Maria Rayski auf dem Rasen des Centre-Court schneller spielte als Amy. Dafür stellte sich aber schnell heraus, dass Amy die überlegtere Spielerin mit der besseren Taktik war. Es dauerte eine Weile, bis beide sich eingespielt hatten und die Bälle besser einschätzen konnten, die auf diesem Untergrund ganz anders sprangen als beispielsweise auf einem Hartplatz oder auf Sand.

Das Spiel war ausgeglichen, und die vierzehntausend Zuschauer kamen bei einigen interessanten Ballwechseln voll auf ihre Kosten. Beide spielten voll konzentriert und gaben keinen Ball verloren. Das war es, was das Publikum sehen wollte.

Amys Aufschläge kamen sehr sicher und platziert, ohne dass sie damit ihre Gegnerin allerdings hätte überraschen können. Sie parierte die Schläge geschickt und lockte Amy mehr als einmal mit überraschenden Stopps ans Netz.

Amy fühlte sich sicher, hatte während des ganzen Spiels nicht ein Mal das Gefühl, dass die Rayski ihr überlegen wäre. Sie spielte ruhig und mit einer Sicherheit, die nach der langen Wettkampfpause erstaunlich war.

Das alles änderte sich schlagartig, als die Spielerinnen sich vor dem dritten Satz auf ihre Stühle setzten, einen Schluck tranken und sich den Schweiß von den Gesichtern wischten. Amy nahm das Handtuch vom Gesicht, atmete tief aus und legte den Kopf dann etwas zurück. Ihr Blick traf genau Erics Augen, der ihr gegenüber auf der Zuschauertribüne saß und sie mit einem kühlen Lächeln ansah. Fast unmerklich hob er die Hand. War das ein Gruß – oder vielleicht eine Warnung?

Tad rutschte nervös auf seinem Stuhl hin und her. Was war los mit Amy? Sie hatte zwei Spiele hintereinander verloren. Die Doppelfehler häuften sich. Sicher, die Rayski spielte hervorragend, aber bis zum Beginn des dritten Satzes war das Spiel völlig ausgeglichen gewesen. Jetzt allerdings war Amy ihrer Gegnerin unterlegen. Sie spielte mechanisch, ohne Druck, nicht konzentriert genug, so wie während der ersten beiden Sätze. Sie gab Spiele verloren durch Leichtsinnsfehler, die er noch nie bei ihr beobachtet hatte.

Wenn er Amy nicht so gut kennen würde, hätte Tad geschworen, dass sie das Spiel bereits aufgegeben hatte. Aber das konnte nicht sein – nicht bei Amy. Sie kämpfte normalerweise um jeden Ball, um jeden Punkt.

Tad beobachtete sie sehr genau, ob er ein Anzeichen für eine Verletzung bei ihr feststellen konnte. Aber da schien alles in Ordnung zu sein. Auch nicht der leiseste Anschein einer Verletzung war zu erkennen. Ihr Gesicht war ruhig und ohne jeglichen Ausdruck, wie eine Maske.

Als es im dritten Spiel fünfzehn zu null gegen Amy stand, war sich Tad sicher, dass die Ursache irgendwo anders zu suchen sei. Er sah sich unter den Zuschauern um. Konnte es sein, dass jemand auf der Tribüne saß, dessen Erscheinen sie so durcheinander gebracht hatte?

Viele der Gesichter auf den Rängen waren ihm bekannt. Von einigen kannte Tad nur den Namen, andere hatte er auch persönlich kennengelernt. Da war ein Tennis spielender Schauspieler, gegen den er einmal in einem Schaukampf angetreten war. Die Primaballerina, die Amy ihm nach einer Ballettaufführung vorgestellt hatte. Neben ihr saß ein bekannter Sänger von Country- und Western-Liedern.

Tads Blick ging über sie alle hinweg auf der Suche nach einer Antwort. Er fand sie in der Nähe der königlichen Loge. Auf Erics Gesicht lag ein kaltes, sehr selbstzufriedenes Lächeln, während er seiner Exfrau zusah.

Unbändiger Zorn stieg in Tad auf, als er in dieses Gesicht blickte. Im ersten Impuls wollte er aufspringen und mit seiner Faust dieses selbstgefällige Grinsen aus seinem Gesicht schlagen.

„Dieser verdammte Kerl", murmelte Tad und stand auf. Im selben Moment griff eine Hand nach seinem Arm und hielt ihn fest.

„Was willst du tun?", fragte Madge.

„Etwas, das ich schon vor drei Jahren hätte tun sollen."

Madge hielt seinen Arm immer noch fest, als sie der Richtung folgte, in die Tad sah. „Oh, je!" Für einen Moment überlegte sie, ob er nicht recht hatte mit dem, was er tun wollte, aber dann siegte doch ihre Vernunft. „Bitte, Tad, wenn du ihn jetzt aus dem Anzug haust, hilfst du damit Amy überhaupt nicht."

„Und ob ich ihr helfe", widersprach er. „Dieser Kerl ist doch nur hier, um Amy aus dem Konzept zu bringen."

„Ich weiß. Und offensichtlich hat er damit auch Erfolg", gab Madge zu. „Geh lieber zu ihr und sprich mit ihr." Der Blick, den Tad ihr zuwarf, hätte jeden anderen den Kopf einziehen lassen. Nicht so Madge. Sie begegnete diesem Blick ganz ruhig und hielt ihm stand. „Ich weiß, dass du dich jetzt am liebsten schlagen würdest, Starbuck. Aber spar dir das auf bis nach dem Spiel. Dann mach ich sogar den Schiedsrichter. Jetzt ist es besser, wenn du deinen Kopf anstelle deiner Fäuste gebrauchst."

Es dauerte einen Augenblick, bis Tad über sich selbst gesiegt und eingesehen hatte, dass Madge recht hatte. „Aber wenn es nicht hilft", stieß er zwischen den Zähnen hervor, „dann brech ich ihm alle Knochen."

„Und ich werde dich anfeuern", versprach Madge, während Tad sich schon abwandte und hinunter zum Spielfeld ging.

Er wusste, dass seine Chance gering war, zumal ihm nur ganz wenig Zeit zwischen den Spielen zur Verfügung stand. Also musste er seine Worte sehr sorgfältig wählen. Es durften nur wenige sein – aber sie mussten dafür umso besser treffen.

Amy ließ sich nach dem Spiel erschöpft auf ihren Stuhl fallen.

„Kannst du mir sagen, was mit dir los ist?"

Sie zuckte zusammen, als sie seine Stimme hinter sich hörte. „Nichts", sagte sie leise und ohne sich umzudrehen.

„Die Rayski spielt mit dir Katz und Maus."

„Lass mich in Ruhe, Tad."

„Willst du ihm wirklich die Genugtuung geben, dich hier vor vierzehntausend Leuten und all den Fernsehkameras untergehen zu sehen?" Seine Stimme klang hart und voller Sarkasmus.

Das schien gesessen zu haben. Sie wandte den Kopf, sah ihn an, und in ihren Augen brannte Zorn. Genau das hatte er erreichen wollen, sie aufzurütteln, ihren Widerstand wachzurufen. Aber es reichte noch nicht, er musste noch schwerere Geschütze auffahren, um sie wirklich zu packen.

„Ich hätte niemals gedacht, dass du so leicht aufgibst."

„Scher dich zum Teufel!" Der Schiedsrichter hatte die Pause noch nicht beendet. Trotzdem sprang Amy auf und ging mit langen Schritten zurück zur Grundlinie. Ihre Gegnerin sah verblüfft auf und fragte sich, warum Amy die Pause nicht voll ausnutzte.

Während sie auf Maria Rayski wartete, brodelte es in Amy. Keiner sollte jemals von ihr behaupten können, dass sie aufgab. Das hatte sie noch niemals getan, und das würde sie auch niemals tun. Wie konnte Tad es wagen, so mit ihr zu reden?

Die Rayski hatte ihre Position eingenommen. Amy ließ den Ball einige Mal auf dem Boden aufspringen, warf ihn dann in die Luft und traf ihn voll und mit solcher Wucht, dass selbst die Zuschauer in den letzten Reihen noch hörten, wie sie dabei den Atem ausstieß. Der feine Staub auf der Grundlinie wurde aufgewirbelt. Ein Ass. Nur im Unterbewusstsein hörte Amy den Applaus. Sie bereitete sich bereits auf ihren nächsten Aufschlag vor.

Plötzlich hatte ihr Spiel wieder Biss. Man spürte förmlich die Energie, die die Wut in ihr freigesetzt hatte. Amy rannte über den Platz, erlief sich jeden auch noch so aussichtslosen Ball und hämmerte ihn mit einer Wucht zurück, als wäre er ihr Feind, den sie zerstören wollte.

Nur Tad wusste, dass sie mit jedem Schlag eigentlich ihn treffen wollte. Mit einem zufriedenen Lächeln lehnte er sich in seinen Sitz zurück. Jetzt war ihm nicht mehr bange. Er wusste, dass keine Gegnerin gegen eine so wütend aufspielende Amy auch nur den Hauch einer Chance hatte.

Es war ein Genuss, ihr zuzuschauen. Die langen Beine, die starken Schultern, die in so krassem Gegensatz zu ihrer schmalen Taille standen. Und nur er wusste, dass sie im Grunde genauso war, wie sie jetzt spielte. Alle hielten sie für die kühle Lady, aber in seinen Armen wurde sie zu einem Vulkan. Und sie gehörte ihm – ganz allein ihm, sagte Tad sich, während er ihr zusah und sich nach ihr sehnte.

Nachdem Amy einen Rückhandvolley an der Rayski vorbei in die äußerste Ecke gesetzt hatte, sah Tad hinüber zu Eric. Sein Lächeln war verschwunden. Er schien zu merken, dass er beobachtet wurde. Plötzlich drehte er den Kopf, und über die Entfernung hinweg sahen die beiden Männer sich an. Tad lachte triumphierend, und sofort wandte Eric sich ab.

Und dann war das Spiel vorüber. Amy hatte den Wimbledontitel der Damen gewonnen, und Maria Rayski erwies sich als faire Verliererin. Sie gratulierte als Erste, und als Amy nachher die Schale in Empfang nahm und vor der Herzogin von Kent einen Hofknicks machte, lächelte sie freundlich, obwohl sie innerlich kochte.

Selbst der so heiß ersehnte Titel konnte ihren Zorn auf Tad nicht mindern. Ganz mechanisch hielt sie die Schale für die Fotografen in die Höhe, lächelte ins Publikum und ließ die Fragen der Reporter über sich ergehen. Sie spürte keine Müdigkeit, selbst der Schmerz in ihrem Arm war unwichtig.

Endlich gelang es ihr, der Presse und all den Gratulanten zu entgehen und unter die Dusche zu verschwinden. Die ganze Zeit über kämpfte sie mit sich, ob sie zum Herrenendspiel im Stadion bleiben sollte oder nicht. Schließlich siegte aber doch ihre Neugier, und sie blieb.

Tad musste über fünf hart umkämpfte Sätze gehen, bevor er den Titel gewonnen hatte. Beinahe dreieinhalb Stunden lang war er voll konzentriert, bevor es ihm schließlich gelang, seinen Gegner zu bezwingen. Amy verließ das Stadion, bevor der Jubel abgeklungen war.

Tad wusste genau, dass sie auf ihn wartete. Schon bevor er den Schlüssel ins Türschloss steckte, freute er sich darauf. Keine Spur von Müdigkeit war in ihm. Wie üblich nach einem Sieg in Wimbledon, hatten auch eine ausgiebige Dusche und die Massage ihn nicht abkühlen können.

Er fühlte sich wie ein Ritter nach gewonnener Schlacht. Jetzt kam er nach Hause, und die Frau seines Herzens wartete auf ihn. Aber sie würde sich nicht voller Begeisterung in seine Arme stürzen. Dafür kannte Tad Amy viel zu gut. Er wusste genau, dass sie ihm jetzt am liebsten die Augen auskratzen würde. Und er freute sich darauf.

Lächelnd drehte Tad den Schlüssel und öffnete die Tür. Er hatte sie noch nicht wieder hinter sich geschlossen, als Amy bereits aus dem Schlafzimmer gestürzt kam.

„Herzlichen Glückwunsch, mein Schatz!", sagte er. „Darf ich heute Abend zum ersten Tanz bitten?"

„Wie kannst du es wagen, mitten in einem Match mir so etwas zu sagen?", fuhr sie ihn an. „Wie kannst du es wagen, mir zu unterstellen, ich würde aufgeben?"

Tad stellte ganz ruhig seine Tasche auf einen Stuhl. „Wie würdest du es denn nennen, was du getan hast?"

„Ich war dabei zu verlieren. Das kann jedem einmal passieren."

„Nein, du hattest aufgegeben", widersprach Tad. „Genauso gut hättest du eine weiße Fahne hissen können."

„Ich habe niemals aufgegeben."

Er zog die Brauen hoch. „Doch, vor drei Jahren schon einmal."

„Wie kannst du so etwas sagen?" Mit beiden Fäusten hämmerte sie außer sich vor Wut gegen seine Brust.

Aber Tad lachte nur. „Immerhin hat es geholfen", erinnerte er sie. „Danach hast du sehr gut gespielt." Wieder begann Tad zu lächeln. „Ich wollte eben nicht mit Maria den Ball eröffnen."

„Du unverschämter Kerl! Ich wünschte, Gramaldi hätte dir endlich einmal eine Lektion erteilt", schrie sie ihn an. „Vielleicht wärst du dann von deinem hohen Ross heruntergekommen."

Sie drehte sich abrupt um und wollte zurück ins Schlafzimmer stürmen, aber Tad war schneller, griff nach ihren Handgelenken und hielt sie fest.

„Willst du mir nicht gratulieren?"

„Nein!"

„Oh komm, Amy", lachte er. „Gib dem Sieger einen Kuss."

Amy ballte ihre Hände zu Fäusten und wollte ihn schlagen. Tad griff sie, und mit einer schnellen Bewegung warf er sie sich über die Schulter. „Ich mag es, wenn du so wütend bist", sagte er und zerzauste mit der freien Hand ihr Haar.

Amy wehrte sich, aber er hatte sie schon hinüber ins Schlafzimmer getragen und warf sie aufs Bett. Sie wollte sich wegrollen, aber Tad war schneller. Er lag auf ihr und drückte sie mit seinem ganzen Gewicht in die Matratze.

„Lass mich los! Nimm deine Hände weg." Sosehr sie sich auch mühte, es gab kein Entrinnen.

Seine Hand glitt in den Ausschnitt ihrer Bluse, und obwohl er ihren Augen ansah, dass er damit den gewünschten Effekt erreichte, wollte sie es immer noch nicht zugeben. „Du sollst mich nicht anfassen", zischte sie.

„Aber ich muss dich anfassen, wenn ich mit dir schlafen will." Lächelnd sah er in ihr wütendes Gesicht. „Anders kann ich es nicht."

Ich darf nicht lachen, nur nicht lachen, sagte Amy sich immer wieder, obwohl sie ihr Gesicht kaum noch unter Kontrolle halten konnte.

„Deine Augen werden ganz dunkel, wenn du zornig bist", sagte er leise und gab ihr einen Kuss. „Was ist los? Warum schreist du nicht mehr?"

„Ich habe dir nichts mehr zu sagen", brachte Amy zwischen zusammengepressten Zähnen hervor. „Geh jetzt."

„Aber wir haben noch nicht miteinander geschlafen", protestierte er.

„Das werden wir auch nicht." Sie drehte ihren Kopf zur Seite, als sein Mund wieder gefährlich nahe kam.

„Wollen wir wetten?" Mit einem schnellen Griff riss er ihre Bluse auf.

„Tad!"

„Das wollte ich schon heute Mittag, als ich dir auf dem Centre-Court zuschaute", sagte er. „Du solltest froh sein, dass ich so lange gewartet habe." Er drehte sich etwas zur Seite, fasste ihre Shorts mit beiden Händen und riss sie ebenfalls entzwei. Amy blieb ganz ruhig liegen. Er musste verrückt geworden sein!

„Etwas nicht in Ordnung?", fragte Tad und umschloss ihre Brust mit beiden Händen.

„Tad, würdest du bitte aufhören, mein Zeug zu zerreißen."

„Ist ja nichts mehr da, was ich noch zerreißen könnte", stellte er fest. „Möchtest du dich jetzt revanchieren?"

„Nein."

„Ich hab dich wütend gemacht, nicht wahr?"

Sie sah ihn an und kämpfte gegen das Verlangen, das er geweckt hatte. „Ja, und …“

„Wütend genug, um das Spiel doch noch zu gewinnen“, murmelte er und strich mit seinen Lippen über ihren Hals. „Und während ich dir zugeschaut habe, wollte ich dich. Ich wollte dich so sehr, Amy, dass ich fast auf den Platz gestürmt wäre. Ich weiß, wie es ist, wenn der Vulkan ausbricht, der unter deinem kühlen Äußeren verborgen ist.“

Sie stöhnte leise auf, als seine Fingerspitzen über ihre Brustspitzen glitten. Es fiel ihr schwer, sich nicht einfach dem Gefühl hinzugeben. Aber noch war ein Rest von Zorn in ihr.

„Du hattest nicht das geringste Recht, zu sagen, ich würde aufgeben. Was hast du dir bloß dabei gedacht, mich so zu provozieren?“

„Ich habe nur gesagt, dass du nahe daran warst, aufzugeben“, sagte er und sah sie ernst an. „Meinst du, ich würde ruhig zusehen, wie er dich durch seine bloße Anwesenheit fertig macht? Kein Mann hat das Recht, dich so durcheinander zu bringen – kein Mann, Amy, außer mir!“

Tad presste seine Lippen auf ihren Mund. Der Zorn war verraucht, Eric vergessen, es gab nur noch sie beide.

Immer wieder verblüffte es Amy, dass auch der eleganteste Anzug Tads wilde, beinahe animalische Ausstrahlung nicht verbergen konnte. Dunkel gekleidet, mit weißem Hemd und Fliege, sah er fantastisch aus, und doch wirkte er nicht so wie die anderen Männer auf dem Ball. Seine Kraft, seine Stärke, sein Temperament – das alles war beinahe körperlich spürbar.

Der Abschlussball in Wimbledon hatte mindestens ebenso viel Tradition wie das Turnier selbst. Die Offiziellen des Clubs verstanden es immer wieder, diesen Abend für alle Teilnehmer zu einem unvergesslichen Erlebnis werden zu lassen.

Wahrscheinlich war Amy die Einzige, die sich danach sehnte, dass endlich alles vorüber war. Sie musste sich zwingen, der Unterhaltung zu folgen, die ihr Tanzpartner begonnen hatte. Dabei wünschte sie sich nichts sehnlicher, als endlich mit Tad allein im Hotel zu sein und eine Flasche Wein auf ihren gemeinsamen Erfolg zu trinken.

Über die Schulter ihres Tanzpartners hinweg suchten ihre Augen Tad. Für einen Moment begegneten sich ihre Blicke, und Amy wusste, dass er genauso dachte wie sie.

„Sie sind eine sehr gute Tänzerin, Miss Wolfe.“

Als die Musik endete, lächelte Amy dem Mann zu. „Vielen Dank." Jetzt erst fiel ihr auf, dass sie seinen Namen total vergessen hatte.

„Ich war ein großer Fan Ihres Vaters, müssen Sie wissen", sagte der Mann und führte sie zurück zum Tisch. „Er war ein hervorragender Spieler."

„Ja, das stimmt. Und er liebte dieses Turnier in Wimbledon. All den Pomp, die Tradition."

„Schön, dass die Amerikaner hier immer noch gewinnen können." Er zog ihre Hand an die Lippen. „Alles Gute, Miss Wolfe."

„Jerry, wie geht es dir?"

Eine nicht mehr ganz junge Dame in einem silberfarbenen Brokatkleid stand plötzlich vor ihnen und reichte dem Mann ihre Hand zum Kuss. Lady Mallow, Eric Wickertons Schwester.

„Lucy, welch ein Freude, dich zu sehen."

„Jerry, Brian sucht dich. Er steht da drüben an der Säule."

„Nun, wenn die Damen mich bitte entschuldigen würden."

Als er gegangen war, wandte Lucy sich an ihre frühere Schwägerin. „Amy, du siehst gut aus."

„Danke, Lucy."

Erics Schwester betrachtete sie ausgiebig. „Und wie geht es dir?"

Etwas erstaunt hob Amy die Brauen. „Gut, danke. Und dir?"

„Meine Frage war ehrlich gemeint, nicht nur eine Floskel." Lucy zögerte und sah sich um, als wollte sie sicherstellen, dass auch keiner sie hören konnte. „Es gibt da etwas, Amy, das ich dir schon lange sagen wollte. Weißt du, ich liebe meinen Bruder", begann Lucy leise. „Und ich weiß auch, dass du ihn nie geliebt hast. Trotzdem hast du dir während eurer Ehe nie etwas zuschulden kommen lassen. Leider ganz im Gegensatz zu Eric."

Amy glaubte, sich verhört zu haben. War es wirklich möglich, dass seine Schwester so etwas sagte? „Lucy …"

„Die Tatsache, dass ich Eric liebe, hat mich nicht blind gemacht, Amy", unterbrach sie. „Natürlich verhalte ich mich jedoch ihm gegenüber loyal."

„Ja, das verstehe ich."

Lucy sah Amy einen Moment lang schweigend an. „Amy, ich habe dir während deiner Ehe mit Eric nie geholfen, und dafür wollte ich mich bei dir entschuldigen."

Bewegt ergriff Amy die dargebotene Hand. „Das brauchst du nicht, Lucy. Eric und ich passten einfach nicht zueinander."

„Ich habe mich oft gefragt, warum du ihn überhaupt geheiratet hast", sagte Lucy. „Zuerst dachte ich, es sei nur der Titel, der dich gereizt hatte. Aber ich merkte sehr schnell, dass das nicht stimmte. Zu Anfang dachte ich, eure Ehe sei glücklich, aber kurz nach der Hochzeit schien mir irgendetwas verändert zu sein."

Über Amys Gesicht fiel ein Schatten, den Lucy sehr wohl wahrnahm. „Ich dachte schon, du hättest dir einen Geliebten genommen", fuhr sie fort. „Aber schnell fand ich heraus, dass nicht du, sondern Eric … Nun, immerhin weiß ich heute, dass es in deinem Leben immer nur einen Mann gegeben hat." Amy brauchte ihrem Blick gar nicht zu folgen, um zu wissen, wen Lucy bei diesen Worten ansah.

„Ja, und das hat Eric sehr verletzt", sagte Amy leise.

„Ach, Unsinn", widersprach Lucy resolut. „Er hätte dich nie heiraten dürfen. Aber so war mein Bruder immer schon. Ihn hat immer nur das interessiert, was anderen gehörte. Das alles hätte ich dir schon viel früher sagen sollen, Amy. Es tut mir leid, dass ich es nicht getan habe. Ich wünsche dir Glück."

Impulsiv legte Amy einen Arm um ihre frühere Schwägerin und gab ihr einen Kuss auf die Wange. „Danke, Lucy."

„Du hast einen sehr guten Geschmack, meine Liebe. Dieser Tad Starbuck ist ein ausgesprochen gut aussehender Mann."

Sie wollte sich schon abwenden, als Amy noch einmal nach ihrer Hand griff. „Wenn ich dir einmal schreiben würde, würdest du mir antworten?"

„Aber natürlich! Gern sogar." Sie winkte Amy noch einmal zu und war bald in der Menge der Ballgäste verschwunden.

Amy atmete tief durch. Wieder war etwas von dem Schuldgefühl abgebröckelt, das ihre gescheiterte Ehe in ihr hinterlassen hatte.

„Wer war das?" Tad stand neben ihr und legte eine Hand auf ihren Arm.

„Eine alte Freundin." Sie nahm seine Hand und schmiegte ihre Wange dagegen. „Willst du mit mir tanzen? Leider gibt es hier keine andere Möglichkeit, dich nah bei mir zu spüren."

9. KAPITEL

Amy hatte große Fortschritte gemacht, was ihr Verhältnis zur Presse anging. Sie hatte ihre Furcht überwunden, zu viel zu sagen oder sich private Dinge entlocken zu lassen. Die Reporter wunderten sich, wie locker Amy Wolfe plötzlich in Pressekonferenzen ging und sich befragen ließ.

Sicher hielt sie auch jetzt noch private Dinge zurück, aber das tat sie mit so viel Charme und Witz, wie ihr das früher niemals möglich gewesen wäre.

Bevor sie zum Turnier nach Australien gekommen war, hatte Amy sich dazu durchgerungen, alle Entscheidungen erst einmal zurückzustellen. Im Augenblick wollte sie ihr Glück genießen und sich nicht mit Problemen beschäftigen. Ihr Glück, das waren Tad und Tennis.

Die Atmosphäre in Australien beim Grand-Slam-Turnier war wie üblich gut. Die Tennisfans hier bereiteten der zurückgekehrten Amy einen freundlichen Empfang, der ihr nach der Anspannung von Wimbledon ganz besonders gut tat. Sie ging dieses Turnier so locker an wie noch keines zuvor. Zum ersten Mal hatte sie das Gefühl, dass ihr selbst eine Niederlage hier nicht so viel ausmachen würde.

Wer sie genau beobachtete, konnte die Veränderung bei Amy während der ersten Runden des Turniers feststellen. Sie lächelte viel häufiger als früher, und obwohl sie immer noch mit vollem Einsatz spielte, hatte man doch nicht mehr das Gefühl, dass sie so verbissen kämpfte wie in Wimbledon, Paris und Rom.

Tad saß in der ersten Reihe der leeren Zuschauertribüne und sah ihr beim Training zu. Er selbst hatte bereits zwei Stunden Training hinter sich. Jetzt sah er ihr zu, die Augen hinter dunklen Gläsern verborgen.

Sie ist besser geworden, dachte er, während er ihr Spiel studierte. Athletischer und kraftvoller als früher. Tad wusste, dass sie immer darauf hingearbeitet hatte, nicht nur schön zu spielen, sondern auch kraftvoll und athletisch. Vielleicht hatte ihre dreijährige Abstinenz dazu beigetragen.

Nein, an die Zeit wollte er jetzt nicht denken – und auch nicht an die Fragen, auf die er noch keine Antworten bekommen hatte. Tad hatte sich vorgenommen, bis zum Ende der Saison zu warten. Dann allerdings würde er darauf bestehen, mehr von ihr zu erfahren.

Als er ihr Lachen hörte, schob er die Gedanken beiseite. Viel zu selten war sie so gelöst, dass sie herzlich lachen konnte. Vielleicht würde sich das auch ändern, wenn sie sich erst einmal ausgesprochen hatten. Tad lehnte sich zurück und sah sich um.

War Wimbledon das Stadion, in dem er sich am wohlsten fühlte, so war das Gras hier in Kooyong der Boden, auf dem er am liebsten spielte. Er war schneller als der Rasen in England, und das kam seinem Spiel zugute. Selbst jetzt noch, beinahe zum Ende der Saison, hatte der Boden nicht gelitten.

Als Amy ihr Training beendet hatte, sprang Tad auf und ging hinunter auf den Platz. „Wie wäre es mit einem Spielchen?"

Madge sah nur kurz auf und packte dann weiter ihre Tasche. „Das könnte dir so passen."

Tad nahm ihr den Schläger aus der Hand. „Ich geb dir auch zwei Punkte vor."

„Nimm ihn dir vor, Amy", meinte sie. „Mir scheint, er braucht eine Lektion."

Amy legte den Kopf schief und sah ihn abschätzend an. „Okay, Starbuck. Aber ohne Vorgabe."

„Du schlägst auf."

Amy stand an der Grundlinie und wartete, bis Tad seine Position eingenommen hatte. „Ziemlich lange her, seit wir zuletzt gegeneinander gespielt haben", rief sie ihm zu.

„Ja, und damals hast du nicht einen Punkt gemacht. Willst du wirklich keine Vorgabe?"

Er hatte seine Frage kaum ausgesprochen, da hatte Amy ihm schon ein Ass vor die Füße gesetzt. Überrascht sah Tad dem Ball hinterher. „Nicht schlecht, Miss Wolfe."

Bei ihrem zweiten Aufschlag ließ er sich nicht übertölpeln. Er traf den Ball genau und schlug ihn in die entgegengesetzte Ecke, sodass Amy über den Platz spurten musste. Ihre Rückhand war zwar nicht so kraftvoll, aber dafür setzte sie den Ball sehr platziert. Tad musste sich strecken, um ihn noch zu erreichen.

Diesmal schlug sie die Rückhand beidhändig. Tad nahm den Ball auf und retournierte ihn so kurz, dass er knapp hinter dem Netz aufkam.

„Fünfzehn beide", rief er und ging zurück an die Grundlinie.

Amy wusste, dass sie aufgrund ihrer geringen Kraft keine Chance gegen ihn hatte. Noch spielte er sehr verhalten, aber wenn er erst einmal voll aufdrehen würde, musste sie sich geschlagen geben. Was ihr blieb, war allerdings die Möglichkeit, ihn auszutricksen.

Geduldig wartete sie ab, bis er sich zu sicher fühlte. Der Augenblick war gekommen, nachdem Tad sie mehrfach quer über den Platz gehetzt hatte und sicher war, dass sie an den nächsten Ball nicht mehr herankommen würde. Mit letzter Kraft bekam sie den Schläger noch unter den Ball und platzierte ihn so geschickt, dass er nicht mehr die Möglichkeit hatte, ihn zu erreichen.

„Du bist verdammt gut heute", hörte sie ihn sagen.

„Und du verdammt langsam."

Ihren nächsten Aufschlag hämmerte er mit einer solchen Kraft zurück, dass sie keine Chance hatte.

„Hast du was gesagt?", rief er scheinheilig.

„Kein Wort." Jetzt hatte sie der Ehrgeiz gepackt. Als sie zu ihm hinübersah, merkte sie sofort, dass er nicht auf den Ball sah, sondern ganz offensichtlich auf den etwas tiefen Ausschnitt ihres T-Shirts.

Scheinbar unabsichtlich beugte sie sich noch weiter vor, als sie den Ball einige Mal auf den Boden tippte, bevor sie den Schläger hob und den Ball in die Luft warf.

Für einen Sekundenbruchteil reagierte Tad zu spät. Er kam zwar noch heran, aber Amy hatte keine Mühe, den nächsten Schlag außerhalb seiner Reichweite in die äußerste Ecke zu setzen.

Sie ließ sich Zeit, als sie einen Ball vom Boden aufhob und ihm dabei den Rücken zukehrte. Sein Blick war förmlich auf ihren langen Beinen und dem hochgerutschten Rock zu spüren. Sie strich sich mit der Hand über die Hüfte, tippte den Ball mehrmals auf und sah dann zu ihm hinüber. „Fertig?"

Er nickte, die Augen schon wieder auf ihren Ausschnitt gerichtet. Amy wartete, bis ihre Blicke sich begegneten. Er sah das Lächeln auf ihrem Gesicht.

Amy gewann den ersten Punkt mit Leichtigkeit. Lachend ging sie zum Netz. „Wohl etwas von der Rolle, Starbuck, hm?"

„Satan", murmelte er und kam zu ihr ans Netz.

Unschuldig zog sie die Brauen hoch und sah ihn mit großen Augen an. „Ich weiß gar nicht, wovon du redest." Sie hatte die Worte kaum ausgesprochen, als er den Schläger fallen ließ und sie an sich riss.

„Am liebsten würde ich dich jetzt auf der Stelle nehmen", murmelte er nah an ihrem Mund.

Amy lachte. „Denk dran, das Netz ist noch zwischen uns." Wie war es nur möglich, dass er sie schon mit einem Kuss völlig durcheinander bringen konnte?

Tad lockerte seine Umarmung etwas und sah hinunter auf das Netz. „Sei vorsichtig, Amy. Reiz mich nicht."

„Tu ich das?"

„Verdammt, Amy. Das weißt du ganz genau."

Sie lehnte ihren Kopf gegen seine Brust. „Nein, manchmal nicht", sagte sie so leise, dass er sie kaum verstehen konnte.

Es fiel ihm schwer, sie loszulassen. Aber das war weder der Zeitpunkt noch der Ort, seinen Wünschen nachzugeben. Er fasste ihre Schultern und hielt sie etwas von sich ab. „Weißt du eigentlich, dass es beim Tennis auch unerlaubte Tricks gibt?"

„Tricks?" Amy lächelte. „Welche Tricks?"

„Lässt du dir immer so viel Zeit, einen Ball aufzuheben?"

„Nein, normalerweise tun das die Balljungen", gab sie geistesgegenwärtig zurück.

„Wart nur ab, noch einmal gelingt dir das nicht", entgegnete er. „Und wenn du nackt spielen würdest, ich würde nicht einmal hinschauen."

Ihre Augen blitzten amüsiert. „Wollen wir wetten?"

Tad nahm seinen Schläger, aber bevor er damit noch ihren Po treffen konnte, war sie schon lachend davongelaufen.

Die Kabinengänge waren leerer als zu Anfang des Turniers. Man merkte, dass schon einige ausgeschieden waren und sich die Reihen allmählich lichteten.

Amy freute sich auf ihr Spiel gegen ein junges Mädchen, das in dieser Saison von einem Platz über hundert in der Weltrangliste auf Position dreiundvierzig vorgeprescht war. Sie war sich sicher, dass auch diese Gegnerin sie nicht aufhalten konnte. Noch nie war Amy so nah daran gewesen, den Grand-Slam-Titel zu gewinnen, wie in diesem Jahr.

Als sie in den Umkleideraum kam, grüßte sie Tia Conway. Die Australierin kam gerade aus der Dusche. Beide wussten, dass sie sich im Laufe des Turniers noch gegenüberstehen würden.

Amy hatte sich ihre Trainingsjacke ausgezogen, als sie plötzlich Madge ganz still in einer Ecke sitzen sah. Sie hatte sich gegen die Wand gelehnt, die Augen waren geschlossen, und ihr Gesicht war bleich.

„Madge!“ Amy fasste nach den Händen der Freundin und setzte sich vor sie in die Hocke.

Langsam öffnete Madge die Augen. „Wer hat gewonnen?“

Zuerst wusste Amy nicht, was sie meinte. „Oh, ich. Ich hab ihm den Punkt abgenommen.“

„Sehr gut.“

„Madge, was ist los? Deine Hände sind ja eiskalt.“

„Nichts. Wirklich nicht.“ Seufzend entzog sie Amy ihre Hände und lehnte sich nach vorn.

„Madge, du bist krank. Ich werde …“

„Nein, nein, mach dir keine Sorgen.“ Sie wischte sich mit einer Hand den Schweiß von der Stirn und lächelte sogar ein wenig. „Ich bin gleich wieder okay.“

„Du bist ganz bleich, Madge. Ich werde einen Doktor holen.“

Madge fasste nach ihrer Hand und hielt sie fest. „Ich war ja schon beim Doktor.“

Amys Augen weiteten sich. „Madge, um Himmels willen! Ist es schlimm?“

„Ich hab noch sieben Monate.“ Als Madge sah, wie die Freundin plötzlich bleich wurde, musste sie lachen. „Amy, nein … Du hast mich falsch verstanden. Ich bin nicht todkrank – nur schwanger.“

Mit einem tiefen Seufzer der Erleichterung ließ Amy sich auf den Boden fallen. „Schwanger!“

„Scht.“ Schnell sah Madge sich um. „Das braucht noch nicht jeder zu wissen. Morgens ist mir jetzt immer übel, aber der Doktor hat gesagt, das gibt sich bald wieder.“

„Madge, ich … ich weiß gar nicht, was ich sagen soll.“

„Wie wäre es mit ‚Herzlichen Glückwunsch‘?“

Immer noch verblüfft schüttelte Amy den Kopf und griff nach den Händen der Freundin. „Madge, freust du dich denn?“

„Fragst du das ernsthaft? Amy, ich mag zwar im Moment nicht sonderlich glücklich aussehen, aber es gibt keine Nachricht, die mich mehr gefreut hätte. Nichts habe ich mir so sehr gewünscht wie ein Baby.“

Einen Augenblick schwieg sie, ihre Hände immer noch in Amys. „Weißt du, bis vor einigen Jahren noch war mir nichts wichtiger, als die Nummer eins im Damentennis zu werden. Ich war achtundzwanzig, als ich den Professor kennenlernte. Eigentlich wollte ich gar nicht heiraten, weil ich dachte, das würde mich nur vom Tennis ablenken. Aber ohne ihn leben wollte ich auch nicht, also heirateten wir. Wenn ich an Kinder dachte, habe ich das immer weit weggeschoben. Dafür war ja noch Zeit." Madge seufzte, bevor sie mit ihrer Erzählung fortfuhr: „Dann wachte ich nach der Operation im Krankenhaus auf. Mein Bein tat furchtbar weh, und plötzlich wurde mir bewusst, dass ich schon zweiunddreißig war. Ich hatte alles gewonnen, was ich jemals hatte gewinnen wollen – und doch wusste ich, dass mir etwas fehlte. Fast mein ganzes Leben lang war ich durch die Welt geflogen, von einem Tennisplatz zum nächsten, von einem Hotel ins andere. Selbst nach meiner Hochzeit war Tennis zumindest das Zweitwichtigste in meinem Leben geblieben – nach dem Professor."

„Aber du hast dein Ziel erreicht, die Nummer eins zu werden", sagte Amy leise.

„Ja, das habe ich. Und ich habe es genossen", gab Madge zu. „Aber weißt du, Amy, als Jess uns das Foto von ihrem Sohn zeigte, da wusste ich plötzlich, was mir fehlte. Ich wollte ein Baby. Und ich spürte, dass ich mir noch nie etwas so sehr gewünscht hatte – noch nicht einmal den Sieg in Wimbledon. Ist das nicht verrückt?"

Beide schwiegen für einen Augenblick. Amy schob den Gedanken an ihr Baby mit Gewalt beiseite. Gerade jetzt schmerzte es zu sehr, daran zu denken.

„Dieses hier ist mein letztes Turnier", sagte Madge. „Etwas traurig bin ich schon, aber andererseits kann ich kaum erwarten, dass ich nach Hause fahren und endlich anfangen kann, Babysachen zu stricken."

„Du kannst doch gar nicht stricken."

„Nun, das werde ich schon lernen. Und ansonsten werde ich zu Hause sitzen und zusehen, wie ich langsam dick werde." Sie wandte den Kopf und sah Tränen in Amys Augen.

„Hey, Amy, was ist los?" „Ich freue mich so für dich", murmelte Amy. Eigentlich war es ja keine Lüge. Sie freute sich wirklich für die langjährige Trainingspartnerin, wenn auch die Tränen eine ganz andere Ursache hatten.

Madge wischte ihr die Tränen ab. Sie wusste, dass Amy nicht nur ihretwegen weinte, aber sie drang nicht weiter in sie. Wenn Amy nicht von selbst bereit war, darüber zu sprechen, dann wollte sie sie auch nicht dazu drängen.

„Madge, du musst jetzt sehr vorsichtig sein. Du darfst dich nicht übernehmen, hörst du?"

„Natürlich. Mach dir keine Sorgen, Amy. Ich pass schon auf."

„Und was sagt der Professor dazu?"

„Er möchte am liebsten eine Pressekonferenz geben und es allen erzählen. Aber ich habe ihn davon überzeugt, dass es besser sei, bis zum Ende des Turniers zu warten und dann erst meinen Rücktritt bekannt zu geben."

„Du brauchst doch gar nicht zurückzutreten, Madge. Leg einfach eine Pause von zwei oder drei Jahren ein."

„Nein, Amy. Dafür bin ich schon zu alt. Ich bleib schön zu Hause und lerne, wie man mit einem Staubsauger umgeht anstatt eines Tennisschlägers."

„Das kann ich mir bei dir gar nicht vorstellen."

„Weißt du was, Amy? Ich werde dich und Tad zu meinem ersten selbst gekochten Essen einladen. Was hältst du davon?"

„Wunderbar." Amy gab ihr einen Kuss auf die Wange. „Wir werden vorsichtshalber einen Magenbitter mitbringen."

„Das ist nicht sehr nett von dir", protestierte Madge. „Aber vielleicht doch angebracht. Wenn ich an all die Veränderungen denke, die da auf mich zukommen, dann hab ich doch etwas Angst. Bis das Baby da ist, bin ich fast vierunddreißig. Aber trotzdem weiß ich immer noch nicht, wie man eine Windel wechselt."

„Das lernst du schon noch, Madge. Ganz bestimmt."

„Meinst du? Und was ist, wenn unser Kind krank wird? Windpocken vielleicht. Kinder bekommen doch Windpocken, oder?"

Amy musste lachen. „Madge, nun lass dein Kind doch erst einmal zur Welt kommen und zerbrich dir darüber nicht vorher schon den Kopf."

„Ja, vielleicht hast du recht. Ich werde das schon schaffen." Ihr Gesicht strahlte, als sie aufstand.

„Komm, lass uns unter die Dusche gehen." Amy griff nach dem Arm der Freundin. „Schließlich musst du heute noch ein Doppel spielen."

Die Sache mit Madge und ihrem Baby ging Amy immer noch durch den Kopf, als sie spät an diesem Nachmittag in den Aufzug stieg, um hinauf zu ihrem Hotelzimmer zu fahren.

Hätte Tad wohl auch so reagiert wie der Professor? Hätte er auch am liebsten aller Welt sofort davon berichtet? Oder hätte er ihr vielleicht Vorwürfe gemacht? Wie hatte noch Jess damals zu ihr gesagt? Tad ist wie ein Zigeuner und wird immer einer bleiben. Keine Frau sollte jemals glauben, ihn halten zu können.

Ja, sie hatte versucht, ihn zu halten, und sie war drauf und dran, das wieder zu versuchen. Es nutzte nichts, sich etwas vorzumachen. Ihre Liebe für Tad Starbuck war niemals gestorben, und Amy wünschte sich nichts sehnlicher, als mit ihm zusammenzubleiben und ein Baby von ihm zu bekommen.

Aber konnte sie ihn auch halten? Tad war nun einmal nicht der Märchenprinz, der es sich auf seinem Thron bequem machte, wenn er die Frau fürs Leben gefunden hatte. Er würde immer ruhelos bleiben, sich jeder Herausforderung stellen und bereits nach der nächsten suchen. Auch nach der nächsten Frau? fragte Amy sich und dachte daran, was Jess über ihren Bruder gesagt hatte.

Langsam schüttelte Amy den Kopf, als der Aufzug angekommen war. Es brachte nichts, sich darüber jetzt bereits Gedanken zu machen. Noch waren sie und Tad zusammen, und sie genoss diese gemeinsamen Tage in vollen Zügen … Nur ein Mensch, der so wie Amy durch die Hölle gegangen war, konnte auch für den Augenblick leben, sich Tag für Tag neu an dem erfreuen, was das Leben für sie bereithielt.

Sie schloss die Tür auf und war enttäuscht, als sie ins Zimmer kam und Tad nicht vorfand. Ein Blick ins Schlafzimmer zeigte ihr, dass er auch dort nicht war. Amy stellte ihre Tasche ab und ging hinüber zum Fenster. Die Sonne sandte ihre letzten Strahlen, und über der Stadt lag bereits der Beginn der Dämmerung. Der Abend versprach warm zu werden. Vielleicht sollten sie ausgehen und in einem der kleinen Lokale in Melbourne zu Abend essen.

Amy wandte sich vom Fenster ab und tanzte einige Schritte mit ausgebreiteten Armen durch das Zimmer. Ja, heute hatte sie Lust, zu tanzen und zu feiern. Es galt, Madges Schwangerschaft zu begießen – und ihr eigenes Glück. Das Glück, mit dem Mann zusammen zu sein, den sie liebte.

Ein Bad. Ja, sie wollte ein Bad nehmen und sich dann für den Abend chic machen. Als Amy die Tür zum Badezimmer öffnete, blieb sie wie erstarrt stehen.

Der Raum war über und über angefüllt mit Ballons! Rote, grüne, blaue – Dutzende schwebten durch das Bad, hingen an der Decke und über der Badewanne. Amy griff nach einem und zog ihn zu sich heran.

Plötzlich begann sie zu lachen. Gab es wohl noch einen Menschen auf der Welt, der auf einen solch verrückten Einfall gekommen wäre? Tad schenkte keine Blumen oder gar Brillanten – er füllte lieber ein ganzes Badezimmer mit Ballons. Sie war so glücklich, dass sie am liebsten mit den bunten Ballons an die Decke geschwebt wäre.

„Hallo."

Tad stand strahlend in der Tür, als Amy sich umdrehte. Immer noch lachend, flog sie ihm um den Hals, den einen Ballon noch in der Hand. „Oh, Tad, du bist verrückt."

Sie bedeckte sein Gesicht mit Küssen und schlang ihre Arme um ihn. „Völlig verrückt." „Ich?" tat er erstaunt. „Du stehst hier inmitten einer Ladung Luftballons und sagst, ich sei verrückt?"

„Das ist die schönste Überraschung, die ich je in meinem Leben erlebt habe."

„Noch besser als die Rosen in der Badewanne?"

Sie warf ihren Kopf zurück und lachte. „Ja, sogar noch besser als die Rosen."

„Eigentlich wollte ich dir Brillanten kaufen, aber dann habe ich gedacht, die machen nicht so viel Spaß." Er hielt sie in seinen Armen und trug sie hinüber zum Bett.

„Und sie fliegen nicht", sagte Amy und gab ihm noch einen Kuss. „Richtig." Gemeinsam mit ihr legte er sich auf das Bett, legte den Arm um sie und zog sie dicht an seinen Körper. „Hast du eine Idee, wie wir den Abend verbringen könnten?"

„Lass mich nachdenken." Amy ließ den Ballon los, und er schwebte an die Decke.

„Das dauert aber lange", beschwerte Tad sich. „Oh, Amy, den ganzen Tag habe ich darauf gewartet, endlich mit dir allein zu sein", murmelte er. „Wenn die Saison vorüber ist, dann gehen wir irgendwohin, wo uns keiner findet – auf eine einsame Insel oder einen anderen Planeten. Hauptsache, wir sind allein."

„Ja, nur wir beide", flüsterte Amy, und ihre Finger öffneten voller Ungeduld seine Hemdknöpfe.

Ihre Leidenschaft stand seiner in nichts nach, und Tad spürte, wie ihn das noch mehr erregte. Sie konnten es kaum abwarten, sich endlich ganz zu spüren. Amys Bluse flog achtlos auf den Boden, sein Hemd folgte wenig später.

Als endlich kein hemmendes Kleidungsstück mehr zwischen ihnen war, schmiegten ihre Körper sich aneinander. Seine Hände glitten über ihre warme, glatte Haut, und sie bog sich ihm entgegen, als seine Finger all die Stellen fanden, wo ihre Berührung sie ganz besonders erregte.

Er wusste, dass sie nur ihm gehörte, nur in seinen Armen die Erfüllung fand, nach der sie sich so sehnte. Triumph kam in ihm auf, und er fühlte sich so stark, als könnte er die ganze Welt aus den Angeln heben. Beinahe hatte Tad Angst, sie zu verletzen. Aber ihr Körper verlangte danach, ihn in sich zu spüren, und seine Erregung war zu groß, als dass er dem hätte widerstehen können.

Nachher lag er neben ihr, den Kopf an ihre Brust geschmiegt. Amys Blick ging hinauf an die Decke, wo zwei Ballons jetzt ganz ruhig nebeneinander hingen. Wie war es nur möglich, überlegte sie verträumt, dass es immer wieder anders war, wenn sie miteinander schliefen? Manchmal waren sie verspielt wie die Kinder, dann wieder so wild und leidenschaftlich, dass sie sich beinahe wehtaten. Heute dagegen hatten sie sich so verzweifelt geliebt als sei es das letzte Mal.

„Woran denkst du?", fragte Tad plötzlich leise, ohne dabei seinen Kopf von ihrer Brust zu nehmen.

„Ich habe mir gerade überlegt, warum es jedes Mal wieder anders ist, wenn wir beide zusammen sind."

Er lachte. „Das weißt du nicht? Nun, es liegt daran, dass ich etwas ganz Besonderes bin. Liest du etwa keine Sportberichte?"

Amy griff mit ihrer Hand in seine dichten Haare und zerzauste sie. „Tad Starbuck, werde nicht übermütig! Noch liegen einige Spiele vor dir bis zum Gewinn des Grand Slam."

Er strich zärtlich mit den Fingerspitzen über die Innenseite ihrer Schenkel. „Das gilt auch für dich."

„Ich denke immer nur an das nächste Spiel", antwortete Amy und fügte dann ganz impulsiv hinzu: „Madge ist schwanger."

„Was?" Tad hob ruckartig den Kopf.

„Madge ist schwanger", wiederholte Amy noch einmal. „Sie will das aber nicht vor Ende des Turniers hier bekannt geben."

„Das gibt's doch gar nicht! Unsere gute alte Madge."

„Na, hör mal! Schließlich ist sie nur ein Jahr älter als du", verteidigte Amy ihre Freundin.

Tad lachte. „Und wie fühlt sie sich?"

„Etwas unsicher noch, hab ich den Eindruck. Aber sie ist sehr glücklich. Mit dem Tennis will sie übrigens endgültig aufhören."

„Dann werden wir ihr eine rauschende Abschiedsparty geben", sagte Tad, rollte sich auf den Rücken und zog Amy mit sich.

Sie zögerte noch, aber dann stellte sie doch die Frage, die ihr schon seit Stunden im Kopf herumging. „Möchtest du eigentlich jemals Kinder haben? Ich meine, es wäre doch schwierig, eine Familie und Profitennis miteinander in Einklang zu bringen, oder nicht?"

„Das würde schon gehen, wenn man es richtig anstellt."

„Ja, aber diese ewigen Reisen von Turnier zu Turnier."

Tad dachte an Amys Kindheit, die sie zum größten Teil mit ihrem Vater so verbracht hatte, indem sie von einem Tennisplatz zum anderen mit ihm gereist war. Würde sie es heute als Hindernis für ihre Karriere ansehen, wenn sie ein Baby bekäme? Zumindest einige Zeit würde sie dann aussetzen müssen – und sie hatte ja bereits drei Jahre verloren. Nein, jetzt war nicht die Zeit, an Kinder zu denken. Schließlich waren sie beide noch jung genug, um dieses Thema aufschieben zu können.

„Lass uns lieber jetzt erst einmal an unsere nächsten Spiele denken", sagte er leichthin. „Damit haben wir wohl im Moment genug zu tun, findest du nicht?"

Nur zögernd nickte Amy und murmelte etwas, das wie Zustimmung klang. Seine Antwort war enttäuschend für sie.

Die Morgendämmerung zog herauf, als eine leichte Berührung an ihrem Gesicht Amy aufweckte. Ohne die Augen zu öffnen, strich sie schlaftrunken mit einer Hand über ihre Wange.

Da war es wieder, diesmal auf ihrem Arm. Unwillig öffnete Amy die Augen. Überall im Zimmer sah sie Schatten, die sie sich nicht erklären konnte. Erst als einer der Ballons direkt vor ihrem Gesicht vorbeischwebte, wusste sie, was sie geweckt hatte.

Jetzt erst sah sie, dass Tad von Ballons beinahe vollständig bedeckt war. Sie musste lachen und hielt sich eine Hand vor den Mund, um ihn nicht aufzuwecken. Dann beugte sie sich hinüber und begann, mit ihren Lippen ganz sacht an seinem Ohr zu knappern.

Tad murmelte etwas im Schlaf und rückte von ihr ab. Lächelnd folgte Amy ihm, beugte sich wieder über sein Ohr und flüsterte: „Tad, wir sind nicht allein."

Seine Augen waren immer noch geschlossen, aber diesmal klang sein Murmeln schon viel freundlicher. Er drehte sich auf die Seite und wollte nach ihr greifen.

Aber anstatt ihrer weichen, warmen Haut, hatte er plötzlich etwas Kaltes, Glattes zwischen den Händen. Entsetzt riss er die Augen auf. „Was zum Teufel ist das?"

Lachend ließ Amy sich zurückfallen. „Wir sind von Luftballons eingeschlossen."

„Oh nein!" Tad warf sich wieder in die Kissen und schloss die Augen.

Amy fasste nach seinen Schultern und schüttelte ihn. „Tad, aufwachen, es ist schon Morgen, und um neun Uhr muss ich im Studio sein für diese Talkshow."

Er gähnte. „Viel Glück."

Aber so leicht gab Amy nicht auf. Sie beugte sich über ihn und bedeckte sein Gesicht mit kleinen zarten Küssen. „Ich hab noch zwei Stunden Zeit", sagte sie leise.

„Okay, dann lass mich noch schlafen."

„Wirklich?" Ganz langsam ließ Amy ihre Fingerspitzen über seine Schenkel gleiten.

„Hm …"

„Ich stör dich doch nicht, oder?"

Sie rückte näher an ihn heran, sodass ihre Brust seinen Körper berührte. „Ganz kalt", murmelte sie, schob ein Bein zwischen seine und begann, seine Schenkel zu massieren.

„Dann stell doch die Klimaanlage ab."

Überrascht hob Amy den Kopf. Jetzt erst sah sie, dass er mittlerweile ganz wach war, und dass es in seinen Augen amüsiert blitzte.

„Ohh!“ Scheinbar wütend ließ sie von ihm ab, drehte sich abrupt um und wandte ihm den Rücken zu.

Leise lachend schlang Tad seine Arme um sie. „Wie wäre es damit?“, fragte er und zog sie fester zu sich. „Wärmer?“ Seine Hände umfassten ihre Brust, und er spürte, wie die Spitzen hart wurden.

„Die Klimaanlage ist wirklich zu kalt“, beschwerte Amy sich und murrte dann leise, als er wirklich aufstand und die Anlage abstellte.

Im fahlen ersten Licht des Tages lag Amy nackt auf dem Bett. Die bunten Ballons waren im ganzen Raum verteilt. Ihre Augen blickten ihm halb verschlafen entgegen, ihr Haar war zerzaust, und ihre Haut schimmerte im Halbdunkel wie Seide.

Als er zum Bett ging, streckte sie ihm die Arme entgegen.

10. KAPITEL

„Amy, sagen Sie, wie fühlt man sich, wenn man auf dem besten Weg ist, Grand-Slam-Siegerin zu werden?“

„Ich versuche, daran noch gar nicht zu denken.“

„Sie haben Stacie Kingston ganz klar geschlagen im Viertelfinale. Ihre Bilanz gegen diese Gegnerin ist eindeutig – fünf zu null für Sie. Stärkt das Ihr Selbstbewusstsein?“

„Stacie ist eine sehr gute Spielerin. Es kann genauso gut sein, dass sie beim nächsten Mal gewinnt.“

Amy saß ganz ruhig hinter dem großen Tisch und sprach mit beherrschter Stimme in die Mikrofone, die vor ihr aufgebaut waren. Sie trug Tenniskleidung, und ihr Haar war noch feucht. Die Reporter hatten ihr kaum Zeit für eine Dusche gelassen, so versessen waren sie darauf, sie nach ihrem Sieg in Forest Hills vor ihre Kameras und Mikrofone zu bekommen.

„Haben Sie damit gerechnet, dass Ihr Comeback derartig erfolgreich verlaufen würde?“

Amy lächelte, und die Reporter beeilten sich, diese seltene Gefühlsregung in ihren Stenoblocks zu vermerken. „Ich habe hart trainiert“, antwortete sie.

„Machen Sie immer noch Gewichtheben?“

„Ja, jeden Tag.“

„Glauben Sie, dass sich Ihr Stil gegenüber früher verändert hat?“

„Nicht direkt. Einiges hat sich allerdings geändert.“ Vor allem mein Verhalten euch gegenüber, dachte Amy, hütete sich aber, ihre Gedanken laut auszusprechen. Sie spürte selbst, wie viel lockerer sie heute in derartige Pressekonferenzen ging. Der Kloß in der Kehle war verschwunden und auch die beinahe panische Angst, zu viel von sich zu verraten, wenn sie vor die Mikrofone trat. „Vor allem hat sich mein Aufschlag verbessert“, fuhr sie fort. „Ich schlage heute mehr Asse und bringe mein Aufschlagspiel wesentlich häufiger durch als früher.“

„Wie oft haben Sie Tennis gespielt in den Jahren, als Sie nicht aktiv waren?“

„Nicht sehr häufig.“

„Wird Ihr Vater Sie wieder trainieren?“

Amy zögerte nur kurz. „Nicht offiziell", antwortete sie ausweichend.

„Haben Sie das Angebot des Modemagazins angenommen, eine Fotoserie von Ihnen zu machen?"

Wieder lächelte sie und strich sich eine Haarsträhne hinters Ohr. „Oh, hat sich das schon herumgesprochen?", fragte Amy zurück. „Ich habe mich noch nicht entschieden. Im Augenblick denke ich mehr an die offenen US-Meisterschaften als an diese Fotoserie."

„Gegen wen würden Sie am liebsten im Endspiel antreten?"

„So weit ist es noch lange nicht. Zuerst einmal muss ich die Vorrunde überstehen."

„Dann lassen Sie mich anders fragen – wer, glauben Sie, wird Ihre stärkste Konkurrentin sein?"

„Tia Conway", antwortete Amy spontan. Das Match gegen sie in Kooyong war noch sehr frisch in ihrer Erinnerung. Drei lange Sätze hatte sie gebraucht und davon zwei erst im Tie-Break für sich entscheiden können.

„Wieso gerade Tia Conway?"

„Tia hat sehr viel Spielverständnis, ist schnell, macht eine sehr gute Beinarbeit und hat einen enormen Aufschlag."

„Aber Sie haben sie in dieser Saison schon mehrfach geschlagen."

„Ja, aber die Siege gegen Tia waren die schwersten."

„Und wie schätzen Sie den Wettbewerb bei den Männern ein? Glauben Sie, dass die Amerikaner in diesem Jahr beide Grand-Slam-Gewinner stellen werden – bei den Damen und bei den Herren?"

Amy sah lächelnd in die Runde. „Es stehen noch einige Spiele aus, bis es so weit ist. Aber wenn Starbuck weiterhin so spielt wie bisher in dieser Saison, dann wird ihn wohl kaum einer schlagen können – vor allem nicht auf Gras."

„Spielen bei Ihrer Einschätzung auch persönliche Gefühle eine Rolle?"

„Statistiken haben keine Gefühle", parierte Amy schlagfertig und stand auf. Es wurden noch einige Fragen von den Reportern gestellt, aber sie beugte sich zum Mikrofon und bat lächelnd um Verständnis dafür, dass sie diese Pressekonferenz jetzt abbrechen müsse.

„Gut gebrüllt, Löwe."

Amy stieß die Luft aus und verdrehte die Augen. „Jetzt war es aber auch genug. Was tust du hier?"

„Ich wollte ein wachsames Auge auf die Herzdame meines besten Freundes haben." Chuck lachte und legte ihr einen Arm um die Schulter. „Tad meinte, es sei besser, wenn er sich bei deinem Rendezvous mit der Presse nicht sehen lasse."

„Oh, Chuck! Meint ihr beide etwa wirklich, dass ich einen Aufpasser brauche?"

„Was weiß ich." Chuck grinste und drückte sie leicht an sich. „Tad meinte wohl, die Presseleute würden dich auseinandernehmen."

Amy blieb stehen und sah ihn an. „Und was hättest du getan, wenn sie das wirklich versucht hätten?"

„Hier, das hätte wohl genügt." Stolz ließ er seine Armmuskeln spielen. „Obwohl ich sagen muss, dass ich drauf und dran war, zu gehen, als ich hörte, dass nach deiner Meinung niemand Starbuck schlagen kann. Und was ist mit mir? Weißt du etwa nicht, dass man vor Kurzem sogar einen Schläger nach mir benannt hat?"

Lachend legte Amy einen Arm um seine Taille. „Chuck, entschuldige bitte. Wie konnte ich dich vergessen?"

Er legte ihr beide Hände auf die Schultern und wurde plötzlich ganz ernst. „Amy, weißt du eigentlich, dass ich dich lange nicht so strahlend erlebt habe?"

„Danke, Chuck. Ich fühle mich auch sehr gut, und ich bin glücklich."

„Das sieht man." Er zögerte, aber dann sprach er doch weiter. „Hör mal, Amy, ich weiß nicht, was damals zwischen Tad und dir vorgefallen ist, aber …"

„Chuck …" Amy fasste nach seinen Armen. Sie wollte nicht, dass er weitersprach.

„Aber ich hoffe sehr, dass es diesmal klappt mit euch beiden", fuhr Chuck fort.

Für einen Moment schloss Amy die Augen. „Ich auch", sagte sie leise und sah ihn dann wieder an. „Ich auch, Chuck."

„Ich hab dich nur gebeten, ein Auge auf sie zu haben", sagte Tad plötzlich. „Von Anfassen hab ich nichts gesagt."

„Oh, verflixt!" Chuck blickte sich um, und über sein Gesicht ging ein breites Lächeln. „Sei nicht so selbstsüchtig, Tad. Noch hab ich Amy ja gar nicht gefragt, ob sie heute Abend mit mir essen geht. Wie wär's mit Hummer und Champagner, Amy?"

Lachend gab sie ihm einen Kuss auf die Nasenspitze. „Tut mir leid, Chuck, aber ich habe bereits ein Angebot für Pizza und billigen Landwein."

„Ich hab einfach kein Glück", seufzte Chuck und ließ sie los. „Ich brauch morgen einen Trainingspartner", wandte er sich an Tad.

„Okay."

„Um sechs auf Platz drei?"

„Wenn du mich anschließend zum Kaffee einlädst."

„Das muss ich mir noch überlegen." Chuck lachte und verschwand.

Für einen Augenblick standen Tad und Amy schweigend voreinander. Das geschah häufiger in den letzten Tagen, seit sie wieder zurück in den Staaten waren. Sie merkten es beide, aber keiner sprach darüber. Die Saison ging bald zu Ende, und damit kam der Zeitpunkt immer näher, wo sie über die Vergangenheit sprechen mussten.

„Wie ist es gelaufen?", unterbrach Tad schließlich das Schweigen.

„Gut." Amy beugte sich zu ihm und gab ihm einen Kuss auf die Wange. „Der Leibwächter wäre nicht nötig gewesen."

„Ich weiß doch, wie du dich bei Pressekonferenzen fühlst."

„So? Wie denn?"

„Nun …" Tad strich sich mit beiden Händen durch die Haare. „Unsicher wäre vielleicht das richtige Wort."

Lachend nahm Amy seine Hand und zog ihn mit sich. „Das war einmal, Tad. Ich bin froh, dass ich die Sache heute lockerer angehen kann. Ein Problem gab es allerdings."

„Welches?"

„Ich hatte Angst, dass mein Magen zu laut knurren würde", meinte sie und sah ihn lächelnd an. „Hat da nicht jemand was von Pizza gesagt?"

„Ja – und von billigem Landwein."

„Na dann … auf zu Pizza und Wein."

Zwanzig Minuten später saßen sie an einem kleinen Tisch. Es roch nach Gewürzen und frisch gebackenen Pizzas. Aus der altmodischen Musikbox in der Ecke dröhnten die neuesten Songs mit einer solchen Lautstärke, dass Amy sich über den Tisch beugen musste, damit Tad sie verstehen konnte.

„Ich muss sagen, du verstehst es, eine Frau zu verwöhnen."

„Wart nur ab, das ist erst der Anfang. Morgen Abend führe ich dich in einen Schnellimbiss mit köstlichen Hamburgern und einem kleinen Päckchen Ketchup – ganz für dich allein."

Um ihre Mundwinkel zuckte es verdächtig. Tad beugte sich zu ihr und gab ihr einen Kuss.

„Möchten Sie bestellen?", unterbrach sie die Serviererin.

„Pizza und eine Flasche Chianti", sagte Tad, ohne sie dabei anzusehen. Dann küsste er Amy wieder.

„Klein, mittel oder groß?"

„Klein, mittel oder groß was?"

„Die Pizza", wiederholte die Serviererin ungeduldig.

„Mittel genügt." Diesmal wandte er den Kopf und sah die junge Frau mit einem strahlenden Lächeln an, das seine Wirkung nicht verfehlte.

„Danke", sagte sie, und diesmal klang ihre Stimme nicht mehr ungeduldig.

Tad beugte sich wieder zu Amy, um die Musik zu übertönen. „Welche Fragen haben sie dir denn gestellt?"

„Nur die üblichen. Übrigens wussten sie die Sache mit dem Modemagazin schon."

„Wirst du es tun?" „Ich weiß noch nicht. Spaß würde es sicherlich machen, und ich kann mir auch nicht vorstellen, dass es dem Ruf des Damentennis schaden würde, wenn von mir eine Fotoserie in einem Modemagazin erschiene.

„Bestimmt nicht", stimmte Tad zu. „Außerdem hat es das bereits gegeben."

„So?", fragte Amy lächelnd. „Seit wann liest du Modemagazine?"

„Immer schon. Schließlich sehe ich gern schöne Frauen."

„Ich dachte immer, dafür gäbe es eine andere Art von Magazinen."

„Wirklich?", fragte Tad ganz unschuldig. „Welche denn?"

Amy beschloss, die Frage einfach zu überhören. „Und natürlich wollten sie wissen, wer in diesem Jahr den Grand Slam gewinnt."

„Macht dich das nervös?" Tad nahm ihre schmale Hand zwischen seine. Wie war es nur möglich, dass sie mit so kleinen, beinahe zierlichen Händen eine solche Kraft auf den Schläger übertragen konnte?

„Etwas", gab Amy zu. „Es ist schon ein Unterschied, ob man in ein Spiel geht und eben nur das eine gewinnen will, oder ob der Sieg gleichzeitig bedeutet, dass man damit die vier wichtigsten Turniere einer Saison gewonnen hat – eben Grand-Slam-Sieger ist. Oder ist das bei dir anders?“

Die Serviererin brachte den Wein, und als sie Tads Glas füllte, lächelte sie ihm zu. Amy sah, dass er dieses Lächeln erwiderte. Er ist ein Teufel, dachte sie schmunzelnd.

Und er weiß das auch. „Jedes Spiel muss erst einmal gewonnen werden“, sagte Tad und prostete ihr zu. „Da macht es nicht viel Unterschied, ob es das erste oder das letzte der vier Turniere ist.“

„Aber du willst schon den Grand Slam gewinnen, oder?“

Tad lachte laut. „Worauf du dich verlassen kannst. Martin hat schon Wetten darauf abgeschlossen.“

„Wieso ist er eigentlich nicht hier? Ich hatte fest damit gerechnet, dass er jeden deiner Bälle verfolgen würde.“

„Er kommt morgen – zusammen mit meiner Familie.“

Amy fasste ihr Glas unwillkürlich fester. „Mit deiner Familie?“

„Ja, Mom und Jess auf jeden Fall. Ob Mac und Pete auch mitkommen, steht noch nicht fest.“ Tad hob sein Glas und trank noch einen Schluck. „Pete wird dir gefallen. Er ist ein nettes Kerlchen.“

Amy vermied es, seinem Blick zu begegnen. Dann ist ja alles so wie vor drei Jahren, dachte sie entsetzt. Auch damals waren Martin und die Familie da gewesen. Auch damals waren sie und Tad als die Favoriten in ihre Endspiele bei den offenen amerikanischen Meisterschaften gegangen. Die Presse war hinter ihnen her, genau wie heute. Und sie hatten gemeinsam gegessen und geschlafen – alles wiederholte sich beinahe auf gespenstische Weise.

Und doch war so viel inzwischen geschehen. Vor drei Jahren hatte es noch keinen kleinen Jungen gegeben, der Amy so sehr an Tad erinnerte und was sie verloren hatte. Wie immer bei dem Gedanken daran, kam der Schmerz zurück, und sie hatte Mühe, es sich nicht anmerken zu lassen.

Tad spürte, dass etwas nicht in Ordnung war, aber er deutete ihr Schweigen falsch. „Amy, hast du immer noch nicht mit deinem Vater gesprochen?“, fragte er und nahm ihre Hand wieder zwischen seine.

„Bitte?“ Aus ihren Gedanken gerissen, sah sie ihn für einen Moment irritiert an. „Nein, nein … Seit meinem Rücktritt haben wir nichts mehr voneinander gehört.“

„Warum rufst du ihn nicht einfach an?"

„Ich kann nicht."

„Aber Amy, das ist doch unsinnig. Schließlich ist er dein Vater."

Amy seufzte. Wenn es doch so leicht wäre, wie Tad sich das vorstellte. „Du kennst meinen Vater, Tad. Er hat seine Prinzipien, und von denen weicht er nicht ab. Als ich mit dem Tennis aufhörte, habe ich ihn furchtbar enttäuscht. Für ihn hab ich das aufgegeben, was er mir beigebracht hat."

Tad schüttelte unwillig den Kopf.

„Doch, glaub mir, Tad, ich kenne ihn besser als du. Als Jim Wolfes Tochter hatte ich in seinen Augen eine ganz bestimmte Verantwortung. Als ich Eric heiratete und meine Karriere aufgab, habe ich diese Verantwortung mit Füßen getreten. Das wird er mir niemals verzeihen."

„Aber woher weißt du das?", wollte Tad wissen. „Wenn du nicht mit ihm gesprochen hast, kannst du doch auch nicht wissen, wie er darüber denkt und was er fühlt."

„Tad, wenn sich seine Einstellung geändert hätte, wäre er dann nicht hier?", fragte sie. „Zuerst habe ich gedacht, es würde sich alles ändern, wenn ich meine Karriere wieder aufnähme. Aber leider hat das nicht gestimmt."

„Amy, du vermisst ihn aber doch so sehr."

Sie schwieg und sah traurig in ihr Glas. Selbst das war nicht so einfach, wie Tad es sich vorstellte. Für ihn bedeutete die Familie alles. Er würde es nicht verstehen, dass sie sich gar nicht so sehr nach der Anwesenheit oder der Liebe ihres Vaters sehnte, sondern vielmehr danach, dass er ihr endlich vergeben würde.

„Ich hätte es gern, wenn er hier wäre", sagte sie leise. „Aber ich verstehe auch seine Gründe, warum er nicht kommt." Sie nahm ihr Glas und trank einen Schluck. „Weißt du", meinte sie plötzlich nachdenklich, „früher habe ich für ihn gespielt. Ich wollte ihm mit meinem Spiel für all das danken, was er mir gegeben hatte. Heute spiele ich nur noch für mich selbst."

„Und du spielst besser als früher", fügte Tad hinzu. „Vielleicht ist das einer der Gründe."

„Ja, vielleicht."

„Hier ist Ihre Pizza." Die Serviererin stellte die dampfende Platte auf den Tisch.

Der Käse zog lange Fäden, und Tad lachte, als Amy damit zu kämpfen hatte. Sie aßen langsam, tranken dazu den Wein und unterhielten sich über alles, was ihnen in den Sinn kam. Eine Gruppe junger Leute kam lachend in das Lokal und fütterte die Musikbox mit weiteren Münzen.

Amy spürte, dass sie sich trotz der lauten Atmosphäre völlig entspannte. Selbst der Gedanke an ihr nächstes Spiel konnte ihre Stimmung nicht trüben. Die Pizza war mittlerweile abgekühlt, der Wein dafür umso wärmer geworden – und doch schmeckte es ihr nicht weniger gut als der Kaviar und Champagner vor einigen Wochen in Paris.

Es lag nicht am Essen, dass sie sich wohl fühlte, es lag an Tad. Solange sie bei ihm war, spielte die Umgebung überhaupt keine Rolle. Seine Nähe allein war das, was wirklich zählte. Ja, dachte sie, Tads Nähe und die Tatsache, dass ich nur bei ihm wirklich ich selbst sein kann. Er war der einzige Mann, der nicht mehr von ihr verlangte, als völlig sie selbst zu sein.

Für ihren Vater hatte sie immer die perfekte Prinzessin sein müssen. Perfekt auf dem Tennisplatz, kühl und reserviert im Umgang mit der Presse. Und in all den Jahren hatte sie alles getan, um seinen Ansprüchen gerecht zu werden.

In ihrer Ehe mit Eric hatte er von ihr verlangt, voll und ganz dem Bild zu entsprechen, dass sich die Welt von einer englischen Adligen machte. Wohlerzogen, zurückhaltend – eben ganz und gar eine Lady.

Bei Tad war das anders. Er wollte nur, dass sie Amy Wolfe war. Bei ihm brauchte sie sich nicht zu verstellen oder Angst zu haben, dass sie nicht dem Bild entsprach, das er sich von ihr machte. Sie konnte ganz sie selbst sein – und genau das war es, was sie so glücklich machte.

Spontan nahm Amy seine Hand, zog sie an ihre Wange und küsste seine Fingerspitzen.

„Womit hab ich das verdient?“, fragte er erstaunt.

„Das ist dafür, dass du keine Puppe willst.“

Verblüfft zog er die Brauen hoch. „Muss ich das verstehen?“

„Nein.“ Amy beugte sich lachend vor. „Hast du so viel Wein getrunken, dass du dich nicht wehrst, wenn ich dich verführen will?“

Er strahlte sie an. „Mehr als genug.“

„Okay, dann komm! Lass mich nicht unnötig warten!“

Es war schon spät, als Tad noch wach neben der schlafenden Amy lag. Sie hatte sich eng an ihn geschmiegt und atmete ganz gleichmäßig. Ihr Haar war zerzaust, und ihre Hand ruhte auf seiner Brust. Im Zimmer war es still, nur das leise Ticken des Weckers auf dem Nachttisch neben Tad war zu hören.

Er war müde, aber er konnte nicht einschlafen. Immer wieder gingen ihm dieselben Gedanken im Kopf herum. Die Zeit ihrer Idylle war fast vorüber. Es konnte nicht mehr lange dauern, bis Amy sich nicht mehr sperren konnte, ihm die Fragen zu beantworten, die ihm keine Ruhe ließen.

Tad wusste, dass auch Amy sich darüber im Klaren war. Aber im Gegensatz zu ihr freute er sich auf das Ende der Saison und darauf, endlich Klarheit zu bekommen. Er hatte versprochen, sie bis dahin nicht zu drängen, und er hatte sein Wort gehalten. Aber Tad spürte, dass seine Geduld bald erschöpft war, und dass er nicht bereit sein würde, ihr über diesen Termin hinaus eine Gnadenfrist einzuräumen.

Und dann ist da noch die Sache mit ihrem Vater, dachte Tad und stopfte sich das Kissen bequemer hinter den Kopf. Amy litt mehr unter dieser Trennung, als sie zugeben wollte, da war er sich ganz sicher. Er kannte sie gut genug, um das einschätzen zu können, und er liebte seine eigene Familie viel zu sehr, als dass er nicht gewusst hätte, wie schwer ihr diese Trennung fiel.

Seine Mutter und Jess. Es gab nichts, was er diesen beiden nicht vergeben würde. Seine Liebe zu ihnen war so groß, dass er für alles Verständnis aufbringen konnte. Um so unverständlicher war ihm die Reaktion von Amys Vater. Er kannte ihn und wusste, wie sehr er an seiner Tochter gehangen hatte.

Wie oft hatte Tad neben Jim Wolfe gesessen und mit ihm zusammen Amys Spiel zugesehen. Hatte er jemals einen Vater gesehen, der stolzer auf seine Tochter gewesen wäre? Nein. Tad schüttelte unwillkürlich den Kopf. Selbst im privaten Bereich, außerhalb des Tennisplatzes, hatte er oft genug miterlebt, mit welchem Stolz, welcher Liebe Jim seine Tochter behandelt hatte. Er konnte sich einfach nicht vorstellen, dass das alles nur der Sportlerin und nicht genauso der Tochter gegolten hatte.

Erstaunlicherweise hatte Jim Wolfe nie etwas an der Beziehung seiner Tochter zu Tad auszusetzen gehabt. Im Gegenteil – er hatte sie sogar unterstützt. Tad konnte sich noch gut erinnern, dass Jim sogar eines Tages mit ihm darüber gesprochen hatte, wie seine und Amys gemeinsame Zukunft aussehen könnte.

Damals hatte ihn diese väterliche Fürsorge amüsiert und auch etwas überrascht, da er selbst und Amy bis dahin noch nicht darüber gesprochen hatten, für immer zusammenzubleiben. Ja, und dann, als er es wollte, war es bereits zu spät. In Erinnerung daran zog Tad unwillig die Brauen zusammen und blickte hinunter auf die schlafende Amy.

In dem fahlen Mondlicht wirkte ihr Gesicht noch zarter als in Wirklichkeit. Völlig entspannt und seltsam verletzlich erschien sie ihm, wie sie da so an ihn geschmiegt schlief. Verlangen stieg in ihm auf, und er musste mit aller Kraft dagegen ankämpfen, sie aufzuwecken und sich selbst zu bestätigen, dass sie zu ihm gehörte – zu ihm und niemandem sonst.

Noch niemals in seinem Leben hatte es eine Frau gegeben, die ähnliche Gefühle in ihm geweckt hatte. Wenn er sie liebte, war sie ihm ein gleichwertiger Partner. Aber jetzt, wenn sie so hilflos neben ihm lag, hatte er das Bedürfnis, sie zu beschützen und vor jedem Kummer zu bewahren.

Wie viele Hindernisse würden sie wohl noch überwinden müssen, bevor sie endgültig zusammenbleiben konnten, fragte Tad sich. Und plötzlich fiel ihm ein, dass es ein Problem gab, das er vielleicht für sie aus der Welt schaffen könnte. Kaum war ihm der Gedanke gekommen, als er vorsichtig aufstand und hinüber in das angrenzende Wohnzimmer ging.

Er wählte die Nummer, hörte das Rauschen in der Leitung, als die Verbindung von einer Küste des riesigen Kontinents zur anderen hergestellt wurde, und dann ging der Ruf durch.

„Hier bei Wolfe."

„Ich möchte mit Jim Wolfe sprechen. Hier ist Tad Starbuck."

„Einen Moment bitte."

„Danke, ich warte."

Tad lehnte sich zurück und wartete. Er hörte das Klicken in der Leitung, als an einem anderen Apparat der Hörer aufgenommen wurde.

„Starbuck?" Die ruhige, beinahe leise Stimme von Amys Vater kannte er noch zu gut. „Jim, wie geht es dir?"

„Gut." Etwas überrascht von dem Anruf so spät in der Nacht, setzte Jim sich hinter seinen Schreibtisch. „Ich habe in letzter Zeit viel über dich gelesen."

„Ja, ich hatte eine ganz gute Saison. Wir haben dich in Wimbledon vermisst."

„Du warst gut im Endspiel", antwortete Jim, ohne darauf einzugehen.

„Und Amy ebenfalls. Fandest du nicht?"

Für einige Sekunden herrschte Schweigen. „Deine Rückhand ist besser geworden, Tad."

„Jim, ich habe dich angerufen, um über Amy mit dir zu sprechen."

„Dazu habe ich nichts zu sagen", antwortete Jim kalt.

Für einen Augenblick war Tad sprachlos, aber dann spürte er, wie Zorn in ihm hochstieg. „Jim, so viel Zeit wirst du ja noch haben, um dir wenigstens einige Sätze über deine Tochter anzuhören. Sie hat sich den Weg zurück an die Spitze im Profitennis erkämpft, und zwar diesmal ohne deine Hilfe."

„Ich weiß. Sonst noch was?"

„Ich habe noch nie jemanden gesehen, der so hart daran gearbeitet hat wie deine Tochter in den letzten Monaten", sagte Tad. „Und glaub mir, sie hat es nicht leicht gehabt, der Presse und allen Bekannten immer wieder auszuweichen, wenn sie danach gefragt wurde, warum ihr Vater nicht da sei."

„Amy weiß, warum", antwortete Jim ganz ruhig. „Und wenn sie es dir nicht erzählt, dann geht es dich auch nichts an."

„Was Amy angeht, geht auch mich etwas an."

„So?" Es war mehr eine Feststellung als eine Frage. „Dann ist also wieder alles beim Alten?"

„Ja, ist es."

„Wenn du dich entschieden hast, wieder mit Amy zusammen zu sein, Tad, dann ist das deine Entscheidung. Und es ist meine, wenn ich das nicht will."

„Zum Teufel, Jim", fuhr Tad ihn wütend an. „Sie ist deine Tochter. Du kannst doch nicht einfach so tun, als gäbe es sie nicht mehr."

„Ich tu nur das Gleiche, was sie auch getan hat", murmelte Jim, und seine Stimme war dabei so leise, dass Tad ihn kaum verstand.

„Was soll das heißen?", fragte er.

„Amy hat ihr Kind nicht haben wollen, und genauso will ich sie jetzt nicht mehr."

Tad war plötzlich wie versteinert. Seine Hand umspannte den Hörer so fest, dass seine Knöchel weiß hervortraten. „Welches Kind?"

„Sie hat einfach alles vergessen, was ich ihr je beigebracht habe", sagte Jim, als hätte er Tads Frage gar nicht gehört. „Niemals hätte ich geglaubt, dass sie mir das antun könnte." Seine Stimme wurde jetzt lauter. All die Enttäuschung, die sich in den Jahren in ihm aufgestaut hatte, brach sich mit einem Mal Bahn. „Ich habe versucht, mich damit abzufinden, dass sie diesen Mann geheiratet hat. Ich habe sogar versucht, Verständnis dafür aufzubringen, dass sie ihre Karriere aufgeben wollte. Aber es gibt Dinge, die ich nicht einfach hinnehmen und entschuldigen kann. Wenn das Leben, das sie sich ausgesucht hatte, es wert war, dafür mein Enkelkind zu opfern, dann kann ich das nicht mehr verstehen."

Die letzten Worte waren kaum verklungen, als Jim den Hörer auf die Gabel warf.

Tad hatte gar nicht gemerkt, dass er aufgesprungen war. Jetzt stand er mitten im Zimmer, den Hörer noch in der Hand. Langsam nahm er ihn vom Ohr und starrte darauf, ohne ihn wirklich zu sehen. Fragen wirbelten in seinem Kopf umher. Antworten drängten sich auf, wurden aber sofort wieder verworfen, als er merkte, dass er keine Beweise dafür hatte.

Zeit. Er brauchte Zeit, um über alles nachzudenken. Leise ging Tad ins Schlafzimmer und zog sich an. Am liebsten hätte er sie bei den Schultern gepackt und wachgerüttelt. Sie lag so friedlich in dem großen Bett, eine Hand unter dem Kopf, die andere noch ausgestreckt, wie sie vorhin auf seiner Brust gelegen hatte.

Ein Baby? Amys Baby? Aber aus ihrer Ehe war kein Kind hervorgegangen. Wenn Lord und Lady Wickerton ein Baby bekommen hätten, hätte das groß in den Zeitungen gestanden. Schließlich machte man aus einem Erben nie ein Geheimnis – schon gar nicht in diesen adligen Kreisen, wo einiges zu vererben war.

Und wenn Amy wirklich ein Kind hatte, wo war es dann? Aufgewühlt strich Tad mit beiden Händen durch seine Haare. Eifersucht stieg in ihm hoch, wenn er daran dachte, dass Amy das Kind eines anderen Mannes ausgetragen hatte.

Wie hatte Jim gesagt? Amy hat das Kind nicht haben wollen. Also Abtreibung? War es wirklich möglich, dass Amy so etwas tat? Er kannte sie so gut, aber niemals wäre er auf die Idee gekommen, dass sie einer solchen Tat fähig wäre. Und aus welchem Grund sollte sie es getan haben?

Nein, das ergab alles keinen Sinn. Jim musste sich geirrt haben. Vielleicht hatte er in seiner Enttäuschung etwas missverstanden.

Während Tad noch dastand und auf die schlafende Amy starrte, bewegte sie sich plötzlich. Ihre Hand strich über das Bett – da, wo er vorhin noch gelegen hatte. Halb im Schlaf spürte sie, dass er nicht mehr da war. Unruhig flatterten ihre Augenlider.

„Tad?"

Er schwieg und hoffte, dass sie weiterschlafen würde. Es war jetzt wichtig, dass er zuerst einmal nachdachte, bevor er mit ihr sprach. Im Augenblick waren seine Gefühle noch so aufgewühlt, dass er sich nicht unter Kontrolle hatte.

Aber Amy schlief nicht wieder ein. Es war, als spürte sie, dass etwas nicht in Ordnung war. „Tad?" Ihre Stimme klang ängstlich. Sie öffnete die Augen und kam hoch, bevor sie ihn noch gesehen hatte. „Kannst du nicht schlafen?" Instinktiv spürte sie, dass es mehr war als das, aber sie hoffte, dass sie sich irrte und Tad wirklich nur deshalb mitten im Raum stand, weil er nicht hatte schlafen können.

„Nein."

Sie musste sich räuspern, bevor sie weitersprechen konnte. „Warum hast du mich nicht geweckt?"

„Wieso sollte ich?"

„Wir … wir hätten miteinander reden können."

„Wirklich?" Zorn stieg in ihm hoch. „Oh ja, wir hätten miteinander reden können. Aber nur so lange, wie ich keine Fragen stelle, nicht wahr?"

Sie hatte gewusst, dass es eines Tages dazu kommen würde, aber sie hatte nicht erwartet, dass er dabei so böse werden würde. „Tad, wenn du Antworten haben willst, dann bin ich bereit, sie dir zu geben."

„Ach ja? Auf einmal – und einfach so?" Er schnippte mit den Fingern. „Ich brauche nur zu fragen, und du antwortest mir? Hast du nichts mehr zu verbergen, Amy?"

Ihr Herz schlug bis zum Hals. Sie hatte Angst, aber weniger vor den Antworten, die sie ihm geben musste, als vielmehr vor seiner kalten Wut, die aus jedem Wort, aus jeder Geste sprach. „Ich wollte nichts verbergen, Tad", versuchte sie zu erklären. „Nicht wirklich zumindest. Ich brauchte Zeit, Tad – wir beide brauchten Zeit."

„Und warum? Warum war das so wichtig?"

„Weil es da Dinge gibt … Nun ja, ich war mir nicht sicher, ob du das verstehen würdest."

„Wie die Sache mit dem Baby?"

Amy war, als hätte er ihr eine Ohrfeige verpasst. Ihr Gesicht wurde weiß, und für einen Moment glaubte sie, nicht mehr atmen zu können. Ihre Augen waren weit aufgerissen und sahen voller Angst auf Tad. „Wieso …" Sie konnte nicht weitersprechen. Wie hatte er das herausgefunden, und wie lange wusste er schon davon? Die Fragen wirbelten ihr durch den Kopf.

„Eric", flüsterte sie schließlich. „Eric hat es dir erzählt."

Die Enttäuschung tat Tad beinahe körperlich weh. Jim hatte also Recht gehabt, und dabei hatte er doch so gehofft, dass sich alles als ein Irrtum herausstellen würde.

„Dann stimmt es also?", stellte er fest. Abrupt drehte Tad sich herum und sah aus dem Fenster.

„Tad …" Amy brach ab. Wenn sie doch nur die richtigen Worte finden könnte. Sie hatte gewusst, dass es schwierig werden würde, ihm das zu erklären. Aber wenn er es nicht vorher erfahren hätte, wenn sie es ihm mit ihren eigenen Worten hätte klarmachen können …

„Tad, ich wollte es dir selbst sagen, glaub mir bitte. Zuerst konnte ich es nicht. Und dann …" Wieder brach ihre Stimme ab. „Und dann habe ich immer wieder Entschuldigungen gesucht, um es hinausschieben zu können."

„Ich nehme an, du hast gedacht, es geht mich nichts an."

Entsetzt hob sie den Kopf. „Wie kannst du so etwas sagen?"

„Was du mit deinem Leben anstellst, wenn du mit einem Mann verheiratet bist, geht den anderen nichts an, nicht wahr? Selbst dann nicht, wenn dieser andere dich liebt."

Wie sehr hatte sie sich danach gesehnt, dass er diese Worte einmal aussprach. Aber jetzt überwog der Schmerz die Freude darüber. „Hast du nicht“, flüsterte sie beinahe unhörbar.

„Was habe ich nicht?“

„Du hast mich nicht geliebt.“

Er lachte kurz auf, drehte sich aber nicht wieder zu ihr herum. „Nein, natürlich nicht. Und warum wollte ich dich dann immer bei mir haben? Warum habe ich jede Minute an dich gedacht?“

Amy verbarg ihr Gesicht in beiden Händen und hatte Mühe, die Tränen zurückzuhalten, die in ihren Augen brannten. „Du hast es mir nie gesagt.“ Jetzt drehte er sich doch zu ihr herum. „Und ob, ich habe es dir gesagt!“

Verzweifelt nahm Amy die Hände vom Gesicht und schüttelte den Kopf. „Nein, du hast es mir nie gesagt. Dabei habe ich so sehr darauf gewartet. Nicht ein einziges Mal hast du es gesagt.“

Tad erwiderte nichts. Seine Brauen waren zusammengezogen, und er sah nachdenklich vor sich hin. Sie hatte Recht. Wirklich ausgesprochen hatte er diese drei Worte nie, aber dafür hatte er es ihr mit jeder Geste gezeigt. „Du auch nicht“, versuchte er sich zu verteidigen und sprach damit aus, was er oft gedacht hatte.

Ihr Seufzer glich einem Schluchzen. „Ich hatte Angst.“

„Verdammt, Amy, ich auch. Kannst du dir das nicht vorstellen?“

Schweigend sahen sie sich an. War ich wirklich so blind, überlegte Amy. Waren ihr Worte tatsächlich so wichtig gewesen, dass sie nicht gesehen und gespürt hatte, dass er sie liebte?

Sie holte tief Luft, und plötzlich hatte sie keine Angst mehr, die Worte auszusprechen. „Ich liebe dich, Tad. Ich habe dich immer geliebt.“ Sie streckte eine Hand nach ihm aus, aber er bewegte sich nicht. „Bitte, lass mich jetzt nicht allein.“ Sie dachte an das Kind, das sie verloren hatte. „Tad, bitte hasse mich nicht für das, was ich getan habe.“

Er wusste nicht, was sie damit meinte, aber er vertraute seinen Gefühlen für sie. Langsam ging Tad auf das Bett zu und griff nach ihrer Hand. „Es ist besser, wenn wir jetzt über alles reden, Amy. Dann können wir wieder ganz von vorn anfangen.“

„Ja.“ Sie schob ihre Hand zwischen seine. „Es ist wirklich besser so. Oh, Tad! Es tut mir so leid wegen des Babys.“ Sie hatte sich hingekniet, und jetzt legte sie einen Arm um seine Taille und lehnte ihren Kopf gegen seine Brust. Es tat gut, endlich darüber zu sprechen. Sie fühlte sich erleichtert und befreit. „Ich wollte dir das nicht früher sagen, weil ich nicht wusste, wie du reagieren würdest."

Tad schwieg und stand ganz still. „Ich habe mich so schuldig gefühlt", hörte er sie leise sagen. „Als Jess mir das Foto von deinem Neffen zeigte, hatte ich für einen Augenblick das Gefühl, ich sähe unser Kind vor mir. Es hätte bestimmt auch deine Haare und deine Augen geerbt."

„Meine was?" Für einen Moment schien alles in Tad durcheinander zu sein. Hatte er sie richtig verstanden? Nein, das konnte doch gar nicht sein. „Meine was?", wiederholte er noch einmal, und dann griff er nach Amys Oberarmen. Er fasste so fest zu, dass sie leise aufschrie. Er schüttelte sie, und seine Augen waren kalt und starr. „Es war mein Baby?"

Sie öffnete den Mund, aber sie konnte nicht sprechen. Widerstandslos ließ Amy es sich gefallen, dass er sie immer noch schüttelte und ihr wehtat. Aber er hat es doch gewusst, dachte sie immer wieder. Und dann plötzlich kannte sie den Grund. Tad hatte angenommen, es wäre das Kind von Eric gewesen. Nicht seins!

„Antworte mir!" Seine Finger drangen tief in ihr Fleisch ein, aber über ihre Lippen kam kein Laut der Klage. „War es mein Baby?"

Amy nickte nur.

Im ersten Augenblick wollte er sie schlagen. Eine Hand hatte er bereits erhoben, und ein Blick in ihre Augen zeigte ihm, dass Amy genau wusste, was er tun wollte. Er ließ die Hand sinken, griff dann wieder nach ihrem Arm und warf sie rückwärts aufs Bett.

Sie lag ganz still. Tad stand vor dem Bett, den Rücken ihr zugewandt.

„Ich kann es nicht glauben", hörte sie ihn murmeln. „Du warst schwanger mit meinem Kind und hast trotzdem diesen Kerl geheiratet." Mit einer eckigen Bewegung drehte er sich herum und starrte sie an. „Hat er gesagt, dass du es abtreiben sollst? Oder hast du es von dir aus getan, damit du die Rolle der Lady auch perfekt spielen konntest?"

Amy war sich nicht bewusst, dass sie am ganzen Körper zitterte. Die Augen starr auf Tad gerichtet, verkrampften sich ihre Finger im Bettlaken. „Ich wusste es nicht", sagte sie leise, ohne überhaupt alles verstanden zu haben, was er sagte. „Ich wusste nicht, dass ich schwanger war, als ich ihn heiratete."

„Du hattest kein Recht, das vor mir geheim zu halten", schrie Tad sie an, griff nach ihr und riss sie hoch, bis sie auf dem Bett vor ihm kniete. „Du hattest kein Recht, eine solche Entscheidung zu treffen. Es war auch mein Kind."

„Tad ..."

„Halt den Mund, verdammt noch mal!" Wieder warf er sie zurück in die Kissen und ging dann zur Tür. Er durfte nicht länger mit ihr zusammen in einem Zimmer bleiben. Er wusste, dass es nicht mehr lange dauern könnte, bis er völlig die Kontrolle über sich verlor.

„Wir haben uns nichts mehr zu sagen. Ich will dich nicht mehr wiedersehen."

Ohne sich noch einmal nach ihr umzudrehen, verließ er wutentbrannt das Zimmer. Die Tür flog mit einem solchen Knall zu, dass Amy erschrocken zusammenzuckte und vor Schreck aufschrie.

11. KAPITEL

Im Viertelfinale verlor Tad nicht einen Satz. Die Zuschauer und die Reporter waren überzeugt, dass er niemals zuvor besser gespielt hatte. Nur er selbst wusste, dass es im Grunde nichts mit Tennisspielen zu tun hatte, was er tat. Er kämpfte mit dem Schläger gegen Ball und Gegner, als befände er sich im Krieg und es ginge um sein Leben.

Sein Gesicht war wie eine böse Maske. Seine Augen waren so dunkel, dass sie beinahe schwarz wirkten, und seine Lippen waren zu einem Strich zusammengepresst. Mit jedem Schlag versuchte er etwas von der Spannung abzubauen, die sich seit der letzten Nacht in ihm aufgestaut hatte. Seine Schläge waren brutal, und jedes Mal, wenn er den Ball mit voller Wucht traf, stieß er einen Laut aus, der sich wie ein Keuchen anhörte.

Sein Gegenspieler an diesem Tag konnte einem leid tun. Im Gegensatz zu Tad war er froh, als das Match klar und eindeutig entschieden war. Tad dagegen hätte lieber noch weitergespielt. Er spürte, dass ihm diese drei klar gewonnenen Sätze immer noch nicht die Aggressionen genommen hatten.

„Ada, ich sage dir, noch nie habe ich ihn besser spielen sehen." Martin Derick platzte fast vor Stolz, als sein Schützling den Platz verließ. „Hast du gesehen, wie er diesen Italiener in Grund und Boden gespielt hat?"

„Ja."

„Noch zwei Spiele! Zwei Spiele noch, Ada, und dann hat er den Grand Slam." Martin hatte nach Adas Händen gegriffen und hielt sie jetzt zwischen seinen. „Nichts kann ihn mehr aufhalten. Glaub mir, nichts mehr!"

In ihrer ruhigen, bedachten Art schaute Tads Mutter hinunter auf den Platz. Sie konnte Martins Begeisterung nicht teilen, denn sie hatte mehr hinter dem Sieg ihres Sohnes gesehen. Wut, Enttäuschung – vielleicht sogar Verzweiflung. Genauso hatte er sich damals als kleiner Junge benommen, wenn die anderen ihn in der Schule gehänselt hatten, weil er keinen Vater hatte. Damals hatte er dann zugeschlagen, heute benutzte er seinen Schläger – das war der einzige Unterschied.

„Mom." Jess beugte sich näher zu ihrer Mutter hinüber, sodass

Martin nicht hören konnte, was sie sagte. „Mit Tad ist etwas nicht in Ordnung, nicht wahr?“

„Ja, irgendetwas ist da absolut nicht in Ordnung. Ich frage mich nur, was.“

Jess hielt ihren kleinen Sohn fest an sich gedrückt. Jetzt rieb sie ihre Wange an seiner, als könne sie dadurch die Schuldgefühle auslöschen, die in ihr immer stärker wurden. Pete wand sich lachend aus ihren Armen und kletterte auf den Schoß seines Vaters.

„Ich habe Amy noch nirgendwo gesehen“, sagte Jess leise.

Ada sah ihre Tochter an. Jess hatte ihr eher beiläufig erzählt, dass Tad und Amy sich wieder häufiger sehen würden. Aber eigentlich hatte sie diese Bestätigung gar nicht gebraucht. Als Ada gehört hatte, dass Amy wieder Tennis spielte, hatte sie gewusst, dass die beiden erneut zusammenkommen würden.

Sie hatte ihren Sohn nur einmal völlig verzweifelt gesehen. Und das war, als Amy diesen englischen Lord geheiratet hatte. Sie hatte gewusst, dass ihm das nahegehen würde, aber niemals hätte sie mit einer solch wütenden und dabei doch so verzweifelten Reaktion von Tad gerechnet.

„Ich habe sie auch noch nicht gesehen“, antwortete Ada. „Sie muss ja heute auch noch spielen.“

„Ja, aber erst in einer halben Stunde.“ Jess ließ ihren Blick über die Zuschauerränge gehen. „Normalerweise hätte sie doch erst Tad zugesehen.“

„Nun, sie wird schon ihre Gründe haben.“

Jess kämpfte mit sich. „Mom, ich muss mit dir reden – allein. Wollen wir eine Tasse Kaffee trinken gehen?“

Ohne weitere Fragen zu stellen, stand Ada auf. „Pass gut auf Pete auf“, sagte sie zu ihrem Schwiegersohn und strich ihrem Enkel liebevoll durchs Haar. „Jess und ich kommen gleich zurück.“

„Willst du es ihr sagen?“ Macs Stimme war ganz leise, sodass Ada ihn nicht hören konnte. Besorgt griff er nach der Hand seiner Frau.

„Ja. Ja, es muss sein.“

Mac hielt seinen Sohn auf dem Schoß fest und sah den beiden Frauen nach, die bald in der Menge der Zuschauer verschwunden waren.

Nachdem sie einen kleinen Tisch gefunden hatten, wartete Ada darauf, dass ihre Tochter anfangen würde zu reden. Sie wusste, dass Jess sich absichtlich so viel Zeit ließ, Kaffee und Kuchen zu bestellen, und sie wartete auch noch geduldig ab, bis alles vor ihnen stand und Jess begann, ihren Kaffee umzurühren.

„Mom, kannst du dich noch daran erinnern, als wir vor drei Jahren hier waren?"

Wie könnte ich das jemals vergessen? dachte Ada und lächelte. Ihr Sohn hatte damals zum ersten Mal die offenen amerikanischen Meisterschaften gewonnen. Kurz darauf allerdings hatte das für ihn alles keine Rolle mehr gespielt. Eine Welt war für ihn zusammengebrochen, als Amy ihn verließ. „Ja, ich erinnere mich."

„Amy hat damals Tad verlassen und Eric Wickerton geheiratet."

Als Ada schwieg, nahm Jess einen Schluck von ihrem Kaffee. Langsam stellte sie die Tasse zurück und sah ihre Mutter an. „Mom, das war alles meine Schuld."

Erstaunt sah Ada ihre Tochter an. „Deine Schuld? Aber wieso denn?"

„Ich bin zu ihr gegangen." Nervös begann Jess, ihre Serviette zu zerreißen. Nachdem sie Mac alles erzählt hatte, hatte sie gedacht, es würde einfacher sein, auch ihrer Mutter die Wahrheit zu sagen. Aber mit dem erstaunten Blick ihrer Mutter auf sich gerichtet, kam Jess sich wieder vor wie ein kleines Mädchen, das etwas angestellt hatte. „Ich bin in ihr Hotelzimmer gegangen, als ich sicher sein konnte, dass Tad nicht da war. Ich habe ihr gesagt, Tad habe genug von ihr." Jetzt war es endlich heraus!

„Und was hat sie gesagt? Hat sie dir nicht ins Gesicht gelacht?"

Jess schüttelte den Kopf. „Nein, ich war wohl sehr überzeugend." Sie senkte den Kopf. „Vielleicht weil ich sicher war, die Wahrheit zu sagen. Oh, Mom! Wenn ich daran denke, was ich ihr alles gesagt habe …" Jess sah ihrer Mutter in die Augen, und ihr Blick war schuldbewusst und verzweifelt. „Ich habe ihr gesagt, Tad meinte, sie und Eric würden sehr gut zueinander passen. Das stimmte zwar im Grunde, aber ich habe es so gedreht, als wenn Tad froh wäre, wenn sie zu Eric ginge. Dann habe ich Tad verteidigt und gesagt, er wolle ihr nicht wehtun. Ich … ich habe so getan, als hätte er mich vorgeschickt, um es ihr beizubringen."

„Jess!" Ada griff über den Tisch und hielt die Hände ihrer Tochter fest. „Jess, warum hast du das nur getan?"

„Weil ich glaubte, dass Tad unglücklich war. Ich hatte am Abend zuvor mit ihm gesprochen. Er wirkte so unsicher, als wüsste er nicht, was er tun sollte. So habe ich meinen Bruder niemals vorher gesehen." Ihre Hände legten sich um die ihrer Mutter und drückten sie. „Damals war ich fest davon überzeugt, dass Amy nicht zu ihm passte, dass sie ihm weh tat. Und ich wollte Tad helfen."

Ada lehnte sich zurück und ließ ihren Blick über die weitläufige Tennisanlage schweifen, ohne allerdings wirklich etwas davon zu sehen. Ihre Gedanken waren bei ihren Kindern, und sie überlegte fieberhaft, wie sie ihnen helfen konnte. Wieder einmal fiel ihr auf, dass die Pflichten einer Mutter noch lange nicht endeten, wenn die Kinder erwachsen waren. Vermutlich endeten sie niemals.

„Tad hat Amy geliebt, Jess."

„Ich weiß." Jess sah hinunter auf die zerrissene Serviette, die vor ihr auf dem Tisch lag. „Aber damals wusste ich das nicht. Ich habe gedacht, wenn er sie liebt, könnte er nicht so unglücklich sein. Und wenn Amy ihn geliebt hätte … Sie hat so anders reagiert, als ich es erwartet hatte, Mom. Alle früheren Freundinnen von Tad hätten sich anders benommen, wenn ich ihnen so etwas gesagt hätte. Sie hätten mir nicht geglaubt, mich hinausgeworfen, oder sie hätten zumindest geweint …"

„Meinst du denn, Tad hätte Amy geliebt, wenn sie so gewesen wäre wie die Frauen, die er vorher hatte?", unterbrach ihre Mutter sie. Überrascht sah Jess ihre Mutter an. Wie viele andere Kinder auch hatte sie den Fehler gemacht, zu glauben, ihre zierliche weißhaarige Mutter und Großmutter ihres Sohnes würde sich auf dem Gebiet der Leidenschaft nicht auskennen. Sie sah das amüsierte Lächeln auf dem Gesicht ihrer Mutter und wusste, dass sie ihre Gedanken erraten hatte.

„Erst nachdem ich Mac kennengelernt hatte, habe ich erfahren, dass Liebe nicht immer etwas mit Lachen und Glücklichsein zu tun hat", sagte sie leise und vermied es, Ada dabei anzusehen. „Plötzlich gab es auch für mich Tage, wo ich mich unsicher fühlte und an meinen Gefühlen für Mac zweifelte. Dabei fiel mir dann ein, wie Tad sich an dem Abend benommen hatte, bevor ich zu Amy gegangen war. Wir beide sind uns sehr ähnlich, Tad und ich, und mit einem Mal konnte ich mich in ihn hineinversetzen."

Jess seufzte tief auf und sah ihre Mutter an. „Ich hab dann versucht, mir einzureden, dass Amy Tad nicht verlassen hätte, wenn ihre Liebe zu ihm wirklich so groß gewesen wäre. Und dass Tad sie auch nicht hätte gehen lassen, wenn ihm so viel an ihr gelegen hätte."

„Du vergisst, dass Stolz manchmal ein genauso starkes Gefühl sein kann wie Liebe", antwortete ihre Mutter leise. „Und Amys Stolz war verletzt nach dem, was du ihr gesagt hast. Sie fühlte sich abgeschoben und war in ihrem Stolz gekränkt, weil Tad es ihr nicht selbst gesagt, sondern dich vorgeschoben hatte."

„Aber ich an ihrer Stelle hätte um mich geschlagen und der Frau die Augen ausgekratzt, die mir so etwas gesagt hätte."

Ada lachte. „Ja, das kann ich mir vorstellen. Schließlich kenne ich ja meine Tochter. Aber Amy ist anders, Jess."

„Ja, da hast du wohl Recht." Jess schob ihre Tasse weg. „Mom, du kannst dir nicht vorstellen, wie mir zumute war, als ich hörte, dass die beiden wieder zusammen sind. Ich fühlte mich so schuldig und hatte Angst, dass Amy es ihm erzählen könnte. Als dann während der ganzen Saison nichts passierte, habe ich mich wieder beruhigt. Aber jetzt ist die Angst erneut da. Irgendetwas stimmt nicht mit Tad." Flehentlich sah sie ihre Mutter an und griff nach ihren Händen. „Mom, was soll ich tun?"

Adas Blick ruhte nachdenklich auf ihrer Tochter. „Jess, dir bleibt keine andere Wahl. Du musst die Wahrheit sagen, musst mit beiden sprechen. Dann allerdings kannst du nichts mehr tun, das müssen die beiden dann unter sich ausmachen. Vielleicht gelingt es dir, das wiedergutzumachen, was du vor drei Jahren zerstört hast. Aber was jetzt zwischen ihnen nicht in Ordnung ist, daran kannst du nichts ändern."

„Wenn sie sich lieben ..."

„Jess, du hast einmal für Amy und Tad eine Entscheidung getroffen, die dir nicht zustand", sagte Ada und sah ihre Tochter eindringlich an. „Mach den gleichen Fehler nicht noch einmal."

Sie hatte weder schlafen noch essen können, und nur die Tatsache, dass sie sich geschworen hatte, nicht noch einmal aufzugeben, gab Amy die Kraft, auf den Platz zu gehen.

Bis zum letzten Augenblick blieb sie in den Kabinen, um dann nur noch auf dem direkten Weg zum Platz gehen zu können, ohne noch allzu viele Fragen beantworten und Autogramme geben zu müssen.

Als sie schließlich ins Freie trat, traf Amy die feuchtwarme Luft wie ein Schlag. Sie ging zu ihrem Stuhl, traf die üblichen Vorbereitungen und versuchte, die lautstarken Zurufe des Publikums einfach zu ignorieren. Ihr größtes Problem würde sein, sich während des ganzen Spiels voll zu konzentrieren.

Ihre Arme taten weh, und sie spürte jeden Muskel in ihrem Körper. Mit Schmerzen konnte sie fertig werden. Sie wusste, wenn sie erst einmal auf dem Platz stand, waren sie vergessen. Aber dieses Gefühl der Schwäche, die Verzweiflung und innere Leere – konnte sie das auch alles einfach vergessen, wenn das Match erst einmal begonnen hatte?

„Amy." Sie drehte sich um und sah direkt in Chucks Augen. „Was ist los? Du siehst schlecht aus. Bist du krank?", fragte er besorgt.

„Nein, alles in Ordnung."

Aber so leicht konnte sie einen alten Freund nicht täuschen. „Ich glaube dir kein Wort. Amy, kann ich dir helfen?"

„Nein, Chuck. Wenn ich auf den Platz komme, dann kann ich auch spielen." Sie griff nach ihrem Schläger und stand auf. „Ich muss mich jetzt einspielen."

Chuck sah ihr nach. Es konnte gar kein Zweifel daran bestehen, dass Amy überhaupt nicht in Ordnung war. Er drehte sich um und machte sich auf die Suche nach Tad.

Chuck fand ihn unter der Dusche. Er hatte die Augen geschlossen und ließ das Wasser über sein Gesicht laufen. Der Presse hatte er nur einige Worte gegönnt, und selbst seine Kollegen waren kaum dazu gekommen, ihm zu gratulieren.

„Tad, was ist los mit Amy? Irgendetwas stimmt nicht mit ihr."

Tad trat einen Schritt zurück, ließ das Wasser über seine Brust rinnen und öffnete langsam die Augen. „So?"

„So?" Verblüfft sah Chuck den Freund an. „Ist das alles, was du dazu zu sagen hast? Mit Amy stimmt etwas nicht!"

„Ich hab dich verstanden."

„Sie sieht krank aus", versuchte Chuck es noch einmal. „Sie sollte heute nicht spielen. Ich hab einen Schrecken bekommen, als ich sie sah."

Es fiel Tad schwer, gegen das Bedürfnis anzukämpfen, auf der Stelle zu ihr zu gehen. Die Szene der vergangenen Nacht war noch zu frisch in seiner Erinnerung. „Amy weiß, was sie tut. Sie trifft ihre eigenen Entscheidungen."

Chuck starrte ihn an. War es wirklich möglich, dass das Tad war, mit dem er da sprach? Noch nie hatte er ihn so kalt und gefühllos erlebt. „Was zum Teufel geht hier eigentlich vor?“, fuhr er seinen Freund an. „Ich habe dir gesagt, dass Amy bestimmt krank ist, und du reagierst überhaupt nicht.“

Er folgte Tad in die Kabine. Seit er heute Morgen mit ihm trainiert hatte, war Chuck schon klar, dass irgendetwas nicht stimmen konnte. Aber was steckte nur dahinter? Zuerst hatte er gedacht, Tad und Amy hätten eine der üblichen Meinungsverschiedenheiten gehabt, wie sie im Zusammenleben immer einmal wieder vorkamen. Aber wenn Tad sich noch nicht einmal mehr Sorgen um Amys Gesundheit machte, dann konnte das nicht alles sein.

„Tad“, versuchte er es noch einmal, „wenn ihr beide euch gestritten habt, dann ist das doch nicht weiter schlimm. Das kommt doch vor zwischen zwei Leuten, die sich lieben.“

„Wir lieben uns nicht“, antwortete Tad und trocknete sich völlig ungerührt weiter ab.

Jetzt war Chuck mit seiner Geduld am Ende. „Nun, wenn das so ist … Gut, dass ich das weiß, dann kann ich ja einmal mein Glück versuchen.“ Damit drehte er sich um und ging zur Tür.

Mit einigen langen Schritten holte Tad ihn ein, griff nach seinem Arm und riss ihn herum. Spöttisch sah Chuck in die wütenden Augen seines Freundes. „So, ihr liebt euch nicht, hm?“ Er griff nach Tads Händen und befreite sich von ihnen. „Das kannst du jemandem erzählen, der dich nicht so gut kennt wie ich.“

Tad stand so drohend vor ihm, dass Chuck jeden Augenblick erwartete, er würde zuschlagen. Offensichtlich hatte es auch das Spiel nicht vermocht, ihn abzureagieren. Schließlich drehte er sich abrupt um und griff nach seinem T-Shirt.

„Gehst du jetzt raus?“, fragte Chuck. „Irgendjemand muss Amy vom Platz holen. Glaub mir, Tad, sie kann in diesem Zustand nicht spielen. Und du weißt ganz genau, dass sie auf mich nicht hören wird.“

„Hör auf, mich zu drängen“, entgegnete Tad und zog sich weiter an. Diesmal wartete Chuck ruhig ab. Es war ihm klar geworden, dass nicht nur Wut hinter Tads Benehmen steckte. Da war mehr – Verzweiflung, Unsicherheit. Schon einmal hatte er den Freund ähnlich erlebt – damals, vor drei Jahren. Und er war sicher, dass auch diesmal wieder Amy der Grund war.

„Okay, willst du darüber reden?“, bot er an.

„Nein." Tad ballte die Fäuste und atmete tief durch. „Nein. Geh du nach draußen und … und behalte sie im Auge, ja?"

Amy kämpfte, aber sie spürte ganz genau, dass sie nicht gewinnen konnte. Es hatte sie alle Kraft gekostet, die noch in ihr steckte, um den ersten Satz bis zum Tiebreak zu bringen.

Ihre Gegnerin merkte sehr schnell, dass sie heute leichtes Spiel mit Amy Wolfe haben würde, und sie nutzte ihre Chance gnadenlos aus. Amys Spiel war immer noch sehr präzise, aber es steckte keine Kraft mehr dahinter, und darum war es leicht für die Kingston, sie auszuspielen.

Tad hatte lange mit sich gekämpft, aber schließlich konnte er nicht anders. Er ging zum Ende des Tunnels, der von den Kabinen aufs Spielfeld führte, und warf einen Blick auf den Platz.

Er sah sofort, dass Chuck nicht übertrieben hatte. Amys Gesicht war blass, ihre Bewegungen wirkten verkrampft, und an ihren Füßen schienen Bleigewichte zu hängen. Keine Spur mehr von ihrer sonstigen Schnelligkeit.

Sie hatte es mit einem letzten Aufbäumen geschafft, den zweiten Satz nicht kampflos zu verlieren. Es stand drei zu drei. Aber Amy machte sich keine Illusionen. Ihre Kraft reichte einfach nicht aus, die Gegnerin in Schach zu halten und für sich Vorteile herauszuspielen.

Sie machte sich bereit zum Aufschlag. Wenn sie ihr Aufschlagspiel durchbringen konnte, hatte sie noch eine Chance. Sollte die Kingston es ihr jedoch abnehmen, dann war das Match so gut wie verloren.

Konzentrier dich, befahl sie sich, während sie den Ball einige Male auftippen ließ und dann den Schläger hob. Tads böse Worte gingen ihr immer noch im Kopf herum, und während sie den Ball hochwarf, glaubte sie sein wütendes Gesicht vor sich zu sehen.

„Fehler."

Amy schloss die Augen. Wo war ihre viel gerühmte Selbstbeherrschung? Jetzt, wo sie sie so dringend brauchte, drohte sie die Kontrolle über sich zu verlieren. Plötzlich hörte sie wieder die Zurufe des Publikums, die sie anfeuern und ihr neuen Mut geben sollten. Sie riss den Schläger hoch und legte den Rest Energie, der ihr noch verblieben war, in diesen Aufschlag. Ein Ass! Das Publikum jubelte. Noch war sie nicht geschlagen.

Der nächste Aufschlag war schwach. Stacie Kingston hatte keine

Mühe, heranzukommen. Offenbar suchte sie jetzt die Entscheidung. Sie drosch die Bälle zurück, jagte Amy über den Platz und versuchte, die Schwäche ihrer Gegnerin auszunutzen.

Amy reagierte nur noch automatisch. Die ersten Bälle konnte sie noch erlaufen. In ihrem Kopf drehte sich alles, der Platz verschwamm vor ihren Augen, und als sie versuchte, nach einem Ball zu hechten, brach sie plötzlich zusammen. Sie fiel auf die Knie, der Schläger flog weg, und dann lag sie wie ein Häufchen Elend zusammengekrümmt auf dem Platz.

Jemand fasste unter ihre Arme und zog sie behutsam hoch. Beinahe willenlos ließ sie sich zu ihrem Platz führen. „Komm, Amy", hörte sie Chucks besorgte Stimme. Er nahm ein Handtuch und wischte über ihr schweißnasses Gesicht. „Du kannst nicht weiterspielen, Amy", redete er leise auf sie ein. „Ich bring dich in die Kabine."

„Nein." Mit ungeahnter Kraft schob sie seine Hand beiseite. „Nein, ich gebe niemals auf." Sie nahm das Handtuch und warf es auf den Boden. „Ich spiele das Match zu Ende."

Hilflos musste Chuck mit ansehen, wie sie zurück auf den Platz ging, um das Spiel dann endgültig zu verlieren.

Amy schlief beinahe vierundzwanzig Stunden durch. In ihrem Zimmer angekommen, ließ sie sich nur noch auf das Bett fallen. Der Verlust des Spiels und damit auch des Titels als Grand-Slam-Siegerin bedeutete ihr wenig. Wenigstens hatte sie nicht aufgegeben, ihr Stolz war ungebrochen. Selbst den Reportern hatte sie nach dem Match noch Rede und Antwort gestanden, und sie hatte sich selbst gewundert, wie ruhig und besonnen ihre Erklärung für die Niederlage geklungen hatte.

Irgendwie hatte Amy es dann noch geschafft, sich bis auf die Unterwäsche auszuziehen. Dann hatte sie sich quer auf das breite Bett fallen lassen, das sie so oft mit Tad geteilt hatte, und war fest eingeschlafen.

Sie hörte auch nicht, als Stunden später Tad leise hereinkam. Er sah, dass sie sich noch nicht einmal zugedeckt hatte. Ein sicheres Zeichen dafür, dass Amy total erschöpft gewesen war. Die Hände in seinen Taschen ballten sich zu Fäusten, als er so dastand und auf sie hinabsah.

Leise ging er hinüber zum Fenster. Lange stand er so da, sah hinaus und hörte ihren gleichmäßigen Atem. Dann zog er die Vorhänge zu und ging.

Als Amy erwachte, spürte sie den Schmerz im ganzen Körper. Nur mit größter Kraftanstrengung konnte sie sich aufraffen, um hinüber ins Bad zu gehen. Sie ließ heißes Wasser in die Wanne laufen und legte sich völlig erschöpft hinein. Das Klopfen an der Tür überhörte sie ebenso wie das Telefon, das drüben im Wohnzimmer unentwegt läutete.

Jess legte den Hörer wieder auf. Wo konnte Amy nur stecken? Sie hatte sich an der Rezeption des Hotels erkundigt und wusste, dass sie noch nicht abgereist war. Aber wieso ging sie dann seit Stunden nicht ans Telefon? Es drängte Jess, endlich ihre Schuldgefühle loszuwerden und zu versuchen, alles wiedergutzumachen. Aber auch Tad wollte nicht mit ihr reden, es war einfach nicht an ihn heranzukommen.

Jess sah auf die Uhr. Jetzt würde Tad sich auf sein nächstes Spiel vorbereiten. Sie stellte sich selbst noch eine Frist. Wenn dieses Match vorüber war – gleichgültig, ob Tad gewonnen hätte oder nicht –, dann würde sie ihn dazu bringen, ihr zuzuhören.

Sie ging hinaus auf den Centre-Court und sah ihrem Bruder zu. Er spielte mit der gleichen Verbissenheit wie bereits im letzten Spiel – und genauso erfolgreich.

In den Stolz auf ihren Bruder mischte sich die Angst, dass er sich von ihr lossagen könnte, wenn sie ihm alles erzählt hatte. Trotzdem harrte sie aus, wartete die Siegerehrung und dann auch noch die anschließende Pressekonferenz ab. Als Tad endlich geduscht und umgezogen aus der Kabine kam, wartete sie auf ihn.

„Tad, ich muss mit dir reden."

„Jetzt nicht, Jess." Er nahm ihre Hand, tätschelte sie wie bei einem Kind und ließ sie dann los. „Ich will hier weg, bevor der nächste Reporter mir auflauert."

„Okay, dann steig in meinen Wagen. Ich fahre, und du hörst mir zu."

„Jess, ich ..."

„Tad, bitte!"

Er seufzte tief auf, folgte ihr aber dann doch zu ihrem Auto. Zum ersten Mal in seinem Leben wünschte er sich, seine Familie wäre diesmal nicht zum Turnier gekommen. Bisher hatte er Training oder irgendwelche Verabredungen mit der Presse vorgeschoben, um sie nicht sehen zu müssen. Aber im Grunde wusste Tad ganz genau, dass das nichts genutzt hatte. Die Blicke seiner Mutter hatten ihm gezeigt, dass sie Bescheid wusste und sich um ihn sorgte. Sie kannte ihn gut genug, um zu wissen, dass etwas ganz und gar nicht in Ordnung war.

Am schlimmsten aber war es für ihn, den kleinen Pete zu sehen. Der Gedanke daran, dass er vielleicht auch einen Sohn wie ihn gehabt hätte, brachte ihn fast um den Verstand.

„Bitte, Jess, ich bin müde und …"

„Steig ein", unterbrach sie ihn. „Ich hätte schon längst mit dir reden müssen. Es muss sein, glaub mir."

Tad stieg ein, und Jess startete. Als sie sich in den Verkehr eingereiht hatte, begann sie zu sprechen. „Tad, ich muss dir einiges sagen, und ich möchte dich bitten mich nicht zu unterbrechen, okay?"

„Ich habe ja wohl keine andere Wahl, wenn ich nicht zurücklaufen will."

Jess begann in dem ersten Sommer, den er mit Amy verbrachte. Nach einigen Sätzen wollte Tad sie unterbrechen, da er nicht daran erinnert werden wollte, aber Jess bat ihn zu schweigen und sprach weiter.

Als sie ihm erzählte, dass sie zu Amy gegangen sei, sah er sie überrascht von der Seite an. Jetzt hatte sie seine volle Aufmerksamkeit. Seine Brauen zogen sich zusammen, als er Sätze hörte wie: Tad weiß nicht, wie er sich von dir trennen soll, ohne dir wehzutun … Tad meint, dass Eric sehr gut zu dir passt …

„Sie hat überhaupt nicht darauf reagiert, Tad", fuhr Jess schnell fort, damit er sie nicht unterbrechen konnte. „Sie war völlig kühl und beherrscht. Das bestärkte mich noch in meiner Meinung. Damals wusste ich noch nicht, dass man auch sehr starke Gefühle unterdrücken kann, wenn man verletzt wird. Erst als ich Mac kennengelernt hatte …" Sie trat auf die Bremse, als die Ampel vor ihr rotes Licht zeigte. Tad saß schweigend neben ihr.

„Wenn ich heute daran zurückdenke, dann fällt mir wieder ein, wie blass sie war und wie ruhig. Sie hörte sich alles an, was ich ihr zu sagen hatte. Ihre Stimme war leise, aber sie weinte keine einzige Träne. Oh, Tad, ich muss ihr furchtbar wehgetan haben."

Jess warf einen Blick auf ihren Bruder. Er sah starr geradeaus und sprach kein Wort. „Ich hatte kein Recht dazu, Tad", begann sie wieder. „Heute weiß ich das. Ich wollte … wollte dir helfen, dir etwas von dem wiedergutmachen, was du für mich getan hast. Damals habe ich gedacht, ich würde ihr genau das sagen, was du nicht sagen konntest.

Ich wollte ... Ach, ich weiß auch nicht."

Jess brach hilflos ab und wartete darauf, dass er endlich etwas sagen würde. „Vielleicht war ich auch eifersüchtig – und trotzdem habe ich gedacht, du würdest sie nicht lieben, genauso wenig wie sie dich. Vor allem, als sie dann so schnell danach heiratete."

Sie spürte, wie ihr Tränen in die Augen stiegen. Schnell lenkte sie den Wagen an den Straßenrand und stellte den Motor ab. „Tad, ich weiß, es genügt nicht, wenn ich dir sage, wie leid mir das alles tut. Aber ich weiß nicht, was ich sonst sagen soll."

Langsam drehte er den Kopf und sah ihr in die Augen. „Wie bist du nur auf die Idee gekommen, du müsstest mir eine Entscheidung abnehmen?" Seine Stimme klang ganz ruhig, aber dann schrie er sie plötzlich an. „Wer, zum Teufel, hat dich damit beauftragt?"

Jess zwang sich, seinem Blick standzuhalten. „Du kannst mir nichts sagen, was ich mir nicht bereits selbst gesagt hätte, Tad. Und du hast ein Recht darauf, wütend auf mich zu sein."

„Weißt du überhaupt, was du da angestellt hast?"

Sie musste sich räuspern, bevor sie sprechen konnte. „Ja", antwortete Jess dann ganz leise.

„Ich wollte Amy an dem Abend fragen, ob sie mich heiraten wollte. Als ich dann in unser Zimmer kam, fand ich nur dich vor. Und dann hast du mir erzählt, dass sie mit Wickerton auf und davon sei."

„Oh, Tad!" Tränen rollten über ihre Wangen. „Tad, ich hatte doch keine Ahnung, dass Amy dir so viel bedeutete."

„Sie bedeutete mir alles, Jess. Alles! Ich war halb verrückt vor Angst, sie könnte mich nicht heiraten wollen." Er hämmerte mit beiden Fäusten verzweifelt auf das Armaturenbrett. „Und ich habe immer noch Angst, bin mir immer noch nicht sicher."

„Tad, wenn du zu ihr gehst, vielleicht ..."

„Nein." Er musste wieder an das Baby denken. Sein Baby. „Nein, jetzt gibt es noch andere Gründe."

„Dann gehe ich zu ihr", sagte Jess. „Ich kann ..."

„Nein!" Seine Stimme überschlug sich fast. „Du gehst nicht zu ihr. Hast du gehört?"

„Wenn du nicht willst ..."

„Ich will es nicht, Jess."

„Liebst du sie immer noch?", fragte sie leise.

Tad drehte den Kopf und sah seine Schwester verzweifelt an. „Ja, ich liebe sie immer noch. Aber da gibt es etwas, das ich nicht vergessen und ihr nie verzeihen kann."

„Verzeihen?"

„Ja, sie hat mir etwas genommen ..." Seine Stimme brach ab. Er öffnete die Tür und stieg aus.

„Tad." Jess griff nach seinem Arm und hielt ihn zurück. „Willst du, dass ich abreise? Mir wird schon eine Ausrede für die Familie einfallen."

„Tu, was du willst", antwortete er kurz angebunden. Er wollte schon die Tür zuschlagen, als er ihren Blick sah. Sein ganzes Leben lang hatte er sie beschützt, und er würde es auch weiterhin tun.

„Es ist vorbei, Jess", sagte er leise. „Vergiss es."

Dann drehte er sich um und ging. Dabei war er sich nicht sicher, ob er seinen eigenen Worten glaubte.

12. KAPITEL

Amy saß auf dem Bett und sah das Endspiel der Herren im Fernsehen. Es wäre ihr unmöglich gewesen, ins Stadion zu gehen. Aber es war ihr ebenso unmöglich, ein Spiel von Tad zu verpassen.

Er spielte sehr konzentriert und präzise. Amy nahm den Blick nicht für einen Augenblick vom Bildschirm, wenn einer seiner besonders gelungenen Schläge in Zeitlupe gezeigt wurde. Die Haare hingen ihm wie üblich wirr über das Schweißband, und seine dunklen Augen sprühten vor Energie. War es nur sein unbändiger Siegeswille? fragte Amy sich. Oder trieb ihn diesmal ein anderes Gefühl noch viel mehr an?

Sein Topspin kam auf Chucks Rückhand, und er schlug ihn kraftvoll zurück. Tad spielte entlang der Linie, erwischte seinen Gegner auf dem falschen Fuß und wollte sich schon befriedigt abdrehen, als sehr spät erst der Ruf vom Linienrichter kam. Der Ball war „aus".

Die Kamera war auf ihn gerichtet. Seine Augen sprühten Blitze, und er machte schon einen Schritt auf den Schiedsrichter zu. Amy hielt unwillkürlich die Luft an. Sie kannte ihn nur zu gut. Er war drauf und dran, die Kontrolle zu verlieren und so zu reagieren wie früher. Mitten in der Bewegung hielt er inne. Noch ein Blick auf den Schiedsrichter, dann drehte er sich um und ging zurück zur Grundlinie. Geduckt wie eine Katze erwartete er Chucks Aufschlag. Amy atmete auf.

Chuck schenkte ihm nichts, aber schon sehr früh war klar, dass er gegen einen so kraftvoll aufspielenden Tad keine Chance hatte. Er wehrte sich mit all seiner Erfahrung, versuchte Tad auszutricksen, aber am Ende war es immer wieder er, der einem Ball nachsehen musste.

Amy spürte einen körperlichen Schmerz, wenn sie daran dachte, dass er für sie verloren war. Tad hatte sie aus seinem Leben verbannt, und es gab keine Anzeichen, dass er seine Meinung ändern würde.

Sie seufzte und bedeckte ihr Gesicht mit beiden Händen. Plötzlich hob sie den Kopf. Sie starrte auf den Bildschirm, wo die Kamera jetzt nahe an Tad heranfuhr und sein Gesicht aufnahm. War sie nicht dabei, wieder den gleichen Fehler zu machen? Sie sah in seine dunklen Augen, die jetzt kalt und voll konzentriert blickten.

Nein, so einfach würde sie diesmal nicht aufgeben. Amy reckte die Schultern und sprang auf. Sie wollte nicht kampflos aus Tads Leben verschwinden. War sie nicht immer stolz darauf gewesen, niemals aufzugeben? Und jetzt, wo es um ihre Liebe ging, um ihr ganzes weiteres Leben, das ohne Tad öd und leer vor ihr lag, wollte sie auch nicht damit anfangen.

Sie schaltete den Fernseher aus. Genau in diesem Augenblick klopfte jemand an die Tür. Amy machte auf – und erstarrte.

„Dad!“

„Amy.“ Jim streckte ihr nicht die Hand entgegen, sein Gesicht war ausdruckslos. „Darf ich hereinkommen?“

Er hat sich überhaupt nicht verändert, dachte Amy. Immer noch sehr schlank, fast wie zu seiner Wettkampfzeit, mit hoch erhobenem Kopf und gestrafften Schultern stand er vor ihr. „Oh, Dad, ich freue mich so, dich zu sehen.“ Amy griff nach seiner Hand und zog ihn ins Zimmer. „Setz dich bitte. Soll ich dir etwas zu trinken bestellen? Einen Kaffee vielleicht?“

„Nein.“ Jim setzte sich in den Sessel und sah seine Tochter an. Sie war schlanker geworden, und sie wirkte sehr nervös. Fast so nervös, wie er selbst es war. Seit Tads Anruf hatte er an nichts anderes mehr denken können. „Amy …“ begann er zögernd. „Ich wollte dir sagen, dass ich stolz auf dich bin. Du hast in dieser Saison sehr gut gespielt.“

„Danke.“

„Bei deinem letzten Spiel, da war ich ganz besonders stolz auf dich“, sagte er leise.

Amy lächelte traurig. Wie typisch für ihn, dass er als Erstes von Tennis sprach. „Ich habe verloren, Dad.“

„Aber du hast gekämpft“, widersprach er. „Bis zum letzten Punkt hast du gekämpft. Ich glaube, es ist nur sehr wenigen aufgefallen, wie schlecht du dich gefühlt hast.“

„Als ich erst einmal auf dem Platz stand …“

„Hast du dich nicht mehr schlecht gefühlt“, unterbrach er sie. „Ich weiß. Das ist das, was ich dir jahrelang eingehämmert habe, nicht wahr?“

„Ja, Stolz und sportliches Verhalten“, antwortete sie und wiederholte damit die Worte, die sie unzählige Male von ihrem Vater gehört hatte.

Jim schwieg und sah sie an. Amy war immer meine Prinzessin, dachte er, meine hübsche, erfolgreiche Prinzessin.

„Ich habe nicht damit gerechnet, dass du kommen würdest", unterbrach sie seine Gedanken.

„Ich hatte eigentlich auch nicht vor zu kommen."

Wenn sie diese Antwort verletzte, so zeigte sie es nicht. „Und warum hast du deine Meinung geändert?"

„Da gibt es mehrere Gründe – vor allem aber dein letztes Spiel."

Amy stand auf und ging hinüber zum Fenster. „Dann habe ich also erst verlieren müssen, damit du wieder mit mir sprichst." Aus ihrer Stimme klang Bitterkeit, und sie gab sich auch keine Mühe, sie zu unterdrücken. „All die Jahre habe ich dich so nötig gebraucht, Dad. Ich habe so sehr darauf gehofft, dass du mir verzeihen würdest."

„Es war schwer für mich, Amy." Jim stand auf und machte einige Schritte auf sie zu.

„Es war auch schwer für mich, zu verstehen, dass meinem Vater die Sportlerin wichtiger war als das Kind", sagte sie leise.

„Das ist nicht wahr."

„Wirklich nicht?" Amy drehte sich herum und sah ihn an. „Du wolltest nichts mehr mit mir zu tun haben, weil ich meine Karriere aufgegeben hatte. Und obwohl ich niemanden außer dir hatte, hast du nicht die Hand ausgestreckt."

„Ich habe versucht, damit fertig zu werden, Amy, mich damit abzufinden, dass du diesen Mann geheiratet hast. Du weißt, dass ich ihn von Anfang an nicht mochte."

„Ich hatte keine andere Wahl."

„Keine andere Wahl?", wiederholte er mit scharfer Stimme. „Du hast deine eigene Entscheidung getroffen, Amy – deine Karriere für einen Adelstitel. Und genauso hast du deine eigene Entscheidung getroffen, als es um mein Enkelkind ging."

„Dad, bitte!" Sie hob beide Hände. „Hast du eine Ahnung, wie sehr ich für diesen kleinen Augenblick der Unachtsamkeit in den letzten Jahren bezahlt habe?"

„Unachtsamkeit?" Mit aufgerissenen Augen starrte Jim seine Tochter an. „Du nennst den Beginn einer Schwangerschaft Unachtsamkeit?"

„Nein, nein!" Mit Tränen in den Augen sah Amy ihn an. „Ich meine den Augenblick, als ich mein Baby verloren habe. Wenn ich mich nicht in den Streit mit ihm eingelassen hätte, wenn ich aufgepasst hätte an der Treppe … Ich wäre nicht gefallen und hätte Tads Baby nicht verloren."

„Wie bitte?" Alle Farbe war aus seinem Gesicht gewichen. Ohne den Blick von Amy zu nehmen, ließ Jim sich wieder in den Sessel fallen. „Du bist gestürzt? Und es war Tads Baby?" Er schüttelte den Kopf und strich sich mit einer Hand übers Gesicht. Er verstand noch nicht ganz die Zusammenhänge, aber plötzlich fühlte er sich alt und schwach. „Amy, willst du damit sagen, dass du eine Fehlgeburt hattest?"

„Ja. Aber das habe ich dir doch alles geschrieben damals."

„Ich habe nie einen Brief von dir bekommen." Er streckte beide Hände seiner Tochter entgegen, und Amy zögerte nur kurz, bevor sie danach griff. „Amy, Eric hat mir erzählt, du hättest das Baby abtreiben lassen – sein Baby." Er sah, wie sie blass wurde und den Mund öffnete, aber es kam kein Wort heraus. „Er hat mir gesagt, dass du das ohne sein Wissen getan habest, und er klang so verzweifelt, dass ich ihm geglaubt habe."

Jim zog sie zu sich, und sie setzte sich wie als kleines Kind auf seinen Schoß. „Ich habe ihm geglaubt, Amy." „Oh nein!" Der Schock stand ihr ins Gesicht geschrieben, und ihre Augen füllten sich mit Tränen.

„Eric rief mich an und sagte mir, dass er erst davon erfahren habe, als es schon zu spät gewesen sei. Du hättest ihm gesagt, du wollest keine Kinder, weil du dein Leben als Lady Wickerton genießen wolltest."

Amy schüttelte den Kopf. Sie konnte noch nicht einmal Zorn empfinden. Zu viel war in letzter Zeit auf sie eingestürmt. „Ich hätte nie geglaubt, dass Eric so hinterhältig und gemein sein könnte."

Allmählich bekam alles einen Sinn. Ihr Vater hatte ihre Briefe nie be antworten können, weil Eric sie abgefangen hatte. Darum auch die seltsam kalte Reaktion ihres Vaters, als sie ihn schließlich angerufen hatte. Am Telefon hatte Jim ihr gesagt, dass er sich mit ihrer Entscheidung niemals abfinden könne. Und sie hatte geglaubt, er meinte damit ihre Entscheidung, nicht mehr Tennis zu spielen.

„Er will mich bestrafen", sagte Amy leise.

Jim nahm das Gesicht seiner Tochter zwischen beide Hände. „Amy, erzähl mir alles, von Anfang an. Ich hätte dir schon längst dazu Gelegenheit geben müssen."

Sie begann mit dem Besuch von Jess in ihrem und Tads Hotelzimmer, und sie verschwieg auch nicht, wie es jetzt um sie und ihn stand.

„Und jetzt glaubt Tad …" Plötzlich brach Amy ab, als ihr klar wurde, was Tad glauben musste. „Eric muss ihm auch die Geschichte mit der Abtreibung erzählt haben."

„Nein, das habe ich getan", erwiderte ihr Vater leise.

„Du?" Verwirrt presste Amy ihre Fingerspitzen an den schmerzenden Kopf. „Aber wieso …"

„Er hat mich vor einigen Tagen spät abends angerufen. Tad wollte mich dazu bringen, wieder Kontakt mit dir aufzunehmen. Ich erwähnte die Abtreibung, und er hat mir genauso geglaubt wie ich Eric."

„Das war die Nacht, in der ich wach geworden bin", sagte Amy leise. „Und als er dann erfuhr, dass es sein Baby war … Kein Wunder, dass er mich hasst."

Plötzlich kam wieder Farbe in ihr Gesicht. „Ich muss zu ihm, muss ihm alles erzählen." Sie sprang auf. „Er muss mir glauben. Ich gehe zum Tennisplatz."

„Das Spiel müsste eigentlich schon vorüber sein." Jim fühlte sich entsetzlich. Seine Tochter war durch die Hölle gegangen, und er hatte ihr nicht geholfen. „Du triffst Tad dort bestimmt nicht mehr an."

Amy sah auf die Uhr. „Aber ich weiß nicht, wo er jetzt wohnt." Sie ging zur Tür. „Ich muss an der Rezeption fragen. Die wissen das sicherlich."

„Amy …" Er ging auf seine Tochter zu und streckte ihr die Hand hin. „Amy, bitte verzeih mir."

Sie sah ihn an. Dann ließ sie die Türklinke los, übersah die ausgestreckte Hand und warf sich in seine Arme.

Es war schon fast Mitternacht, als Tad die Tür zu seinem Zimmer aufschließen wollte. Die letzten beiden Stunden hatte er damit verbracht, einen Drink nach dem anderen in sich hineinzuschütten.

Schließlich gewinnt man auch nicht jeden Tag den Grand-Slam-Titel, sagte er sich und suchte in der Tasche nach seinem Schlüssel. Und man bekommt auch nicht jeden Tag von mindestens einem halben Dutzend schöner Frauen eindeutige Angebote, dachte er und lachte plötzlich. Und warum zum Teufel hatte er keines davon angenommen?

Weil sie alle nicht wie Amy waren, sagte eine Stimme in ihm. Unsinn! Er war einfach zu müde, darum hatte er keine mit hinauf in sein Zimmer genommen. Amy – das war vorbei!

Das Zimmer war dunkel, als er endlich die Tür aufgeschlossen hatte und hineinstolperte. Er hatte getrunken, weil er etwas zu feiern hatte, sagte er sich – nicht etwa, weil er vergessen wollte.

Tad warf die Schlüssel auf den Boden, griff nach seinem T-Shirt und zog es sich über den Kopf. Jetzt brauchte er nur noch den Weg zum Bett zu finden, ohne Licht zu machen. Heute Nacht würde er schlafen können, dafür hatte er genügend Alkohol im Körper.

Als er sich seinen Weg zum Schlafzimmer bahnte, ging plötzlich das Licht an und blendete ihn. Er legte seine Hand vor die Augen und lehnte sich gegen die Wand, um nicht das Gleichgewicht zu verlieren.

„Knips das verdammte Licht aus."

„So sieht also ein Sieger aus."

Die leise Stimme ließ ihn zusammenzucken. Er nahm die Hand von den Augen und starrte Amy an. Sie saß im Sessel und lächelte ihn an.

„Was, zum Teufel, tust du hier?"

„Triumphierend und betrunken", fuhr sie fort, als hätte sie seine Frage gar nicht gehört. „Soll ich meine Glückwünsche auch noch anbringen, wie die vielen anderen schon vor mir?"

„Geh!" Er trat einen Schritt von der Wand weg und schwankte leicht. „Ich will dich nicht sehen."

„Ich werde dir einen Kaffee bestellen", gab sie ungerührt zur Antwort. „Und dann werden wir reden."

„Ich habe gesagt, du sollst gehen." Er griff nach ihrem Handgelenk, als sie den Telefonhörer abnehmen wollte und wirbelte sie herum. „Geh – oder ich kann für nichts garantieren."

Amy stand ganz still vor ihm. „Ich werde gehen, nachdem wir beide uns unterhalten haben."

„Weißt du, was ich jetzt am liebsten mit dir machen möchte?" Er riss sie herum und drängte sie gegen die Wand. „Ich möchte dich schlagen, bis ich keine Kraft mehr habe."

Amy zeigte keine Spur von Angst. „Tad, hör mir bitte zu …"

„Ich will dir aber nicht zuhören." In seiner Fantasie sah Tad sie nackt auf dem zerwühlten Bett liegen. „Geh, bevor ich dir wehtun werde."

„Nein." Sie streckte eine Hand aus und berührte ihn leicht an der Wange. „Tad ..."

Sie brach ab, als er sie plötzlich mit aller Kraft gegen die Wand presste. Für einen Augenblick dachte sie, er würde sie wirklich schlagen. Aber dann war plötzlich sein Mund auf ihren Lippen. Hart, beinahe brutal, drängte er ihre Lippen auseinander. Sie spürte seine Zähne und roch den Alkohol. Als sie versuchte, ihren Kopf zur Seite zu drehen, griff er mit beiden Händen zu und hielt ihn fest.

Amy versuchte, sich zu wehren. Er stöhnte auf, aber dann erlahmte ihr Widerstand.

Ohne sich dessen bewusst zu sein, lockerte sich sein Griff. Seine Hände strichen über ihren Körper, sein Kuss wurde liebevoll und zärtlich. Immer wieder murmelte er ihren Namen, während er ihr Gesicht mit Küssen bedeckte.

„Ich kann nicht ohne dich leben", flüsterte er und zog sie mit sich hinunter auf den Boden.

Er spürte ihre Hände auf seinem Körper und überließ sich den leidenschaftlichen, wilden Gefühlen, die ihre Berührung in ihm auslöste. Er hörte ihr Stöhnen und fühlte ihren Körper, der sich fest gegen seinen presste.

Längst hatte Tad die Kontrolle über sich verloren. Er war in ihr, bevor er sich dessen überhaupt bewusst wurde, und ihre Körper fanden den gemeinsamen Rhythmus, den sie beide so schmerzlich vermisst hatten.

Erst als alles vorüber war, Tad sich von ihr rollte und an die Decke starrte, kam er wieder zur Besinnung. Wie war es möglich, dass Amy immer noch eine solche Macht über ihn hatte – nach allem, was er ihr vorwerfen konnte? Wie hatte es passieren können, dass er sie wollte, obwohl er sie doch eigentlich hassen müsste?

„Tad." Amy drehte sich zur Seite und berührte seine Schulter.

„Lass mich." Ohne sie anzusehen, stand er auf. „Zieh dich an", murmelte er und zog seine Jeans hoch. „Bist du mit dem Wagen hier?"

Amy setzte sich auf und strich sich die Haare aus dem Gesicht. „Nein."

„Ich ruf dir ein Taxi."

„Das ist nicht nötig.“ Schweigend zog sie sich an. „Tut es dir leid, dass das passiert ist?“

„Glaub nur nicht, dass ich mich entschuldige“, fuhr Tad sie an. „Darauf kannst du lange warten.“

„Ich habe auch keine Entschuldigung von dir verlangt“, sagte Amy ruhig. „Ich wollte dir nur sagen, dass es mir nicht leid tut. Ich liebe dich, Tad, und wenn wir zusammen schlafen, so ist das ein Ausdruck meiner Liebe.“

Tad stand am Fenster und hatte ihr den Rücken zugewandt. Sie knöpfte die Bluse zu und stand auf. „Ich bin gekommen, um dir etwas zu sagen, das du unbedingt wissen musst, Tad. Danach werde ich gehen und dir Zeit lassen, darüber nachzudenken.“

Er drehte sich um und sah sie an. „Okay“, sagte er schließlich und strich sich mit beiden Händen übers Gesicht. „Vielleicht sollte ich dir zuerst sagen, dass das, was Jess dir da vor drei Jahren erzählt hat, ihrer eigenen Fantasie entsprungen ist“, sagte er schnell. „Ich habe erst gestern überhaupt davon erfahren. Auf ihre Art hat sie damals versucht, mich zu beschützen.“

„Ich weiß gar nicht, wovon du redest.“

„Hast du wirklich geglaubt, dass ich dich nicht mehr wollte? Dass ich nach einem Weg gesucht habe, dich loszuwerden?“

Amy öffnete den Mund, aber dann schloss sie ihn wieder und schwieg. Seltsam, dass die Worte selbst jetzt noch weh taten.

„Also hast du es tatsächlich geglaubt“, stellte Tad resigniert fest.

„Und warum sollte ich nicht?“, gab sie zurück. „Alles, was Jess sagte, klang völlig glaubhaft. Du hattest nie von Liebe gesprochen, und wir hatten auch keine Pläne für eine gemeinsame Zukunft gemacht.“

„Warst du dir denn deiner eigenen Gefühle so wenig sicher?“, fragte Tad. „Vielleicht ist dir der Auftritt von Jess gerade recht gekommen. Schließlich bist du daraufhin mit Wickerton auf und davon – obwohl du von mir schwanger warst.“

„Ich wusste nicht, dass ich schwanger war, als ich Eric heiratete.“ Amy sah, wie er mit den Schultern zuckte. Wütend griff sie nach seinen Armen und hielt ihn fest. „Ich versichere dir, ich wusste es wirklich nicht! Hätte ich es gewusst, dann hätte ich dich verlassen und wäre nicht zu Eric gegangen. Ich hatte vorher schon so eine Ahnung, dass du mich nicht mehr wolltest, bevor Jess es mir bestätigte.“

„Und wieso?"

„Du warst damals so in dich gekehrt, häufig mit deinen Gedanken ganz woanders. Es ergab alles einen Sinn, was Jess sagte."

„Ich war in mich gekehrt, weil ich mir den besten Weg überlegte, wie ich die große Amy Wolfe, Miss Tennis schlechthin, dazu bringen könnte, den Starbuck aus den Slums von Chicago zu heiraten."

Überrascht sah Amy Tad an. „Du wolltest mich heiraten?"

„Den Ring habe ich immer noch, den ich dir damals gekauft habe."

„Einen Ring?", wiederholte sie. „Du hast mir einen Ring gekauft?"

„Ja, ich wollte dich ganz offiziell um deine Hand bitten. Und wenn das nicht geklappt hätte – nun, dann hätte ich dich eben entführt."

Sie versuchte zu lachen, während ihr die Tränen in die Augen traten. „Ich hätte mich gern entführen lassen, aber das wäre nicht nötig gewesen."

„Wenn du mir gesagt hättest, dass du schwanger …"

„Tad, ich wusste es nicht!", unterbrach sie ihn und hämmerte mit ihren Fäusten gegen seine Brust. „Meinst du wirklich, ich hätte Eric geheiratet, wenn ich es gewusst hätte? Wochen später stellte sich erst heraus, dass ich schwanger war."

„Und warum zum Teufel bist du dann nicht zu mir gekommen?"

„Auf diese Weise wollte ich dich nicht zurückholen, Tad", sagte sie und reckte stolz ihr Kinn empor. „Außerdem war ich da bereits mit einem anderen Mann verheiratet und an ihn gebunden."

„Ja, so sehr an ihn gebunden, dass du in eine Klinik gegangen bist und mein Kind hast abtreiben lassen", antwortete er bitter.

„Das ist nicht wahr! Ich habe das Baby nicht abtreiben lassen. Ich hatte eine Fehlgeburt, an der ich fast gestorben wäre. Würdest du dich jetzt besser fühlen, wenn es dazu gekommen wäre?"

„Fehlgeburt?" Er ließ ihre Hände los und packte sie hart an den Schultern. „Wovon redest du?"

„Als ich Eric sagte, dass ich von dir schwanger sei, hat er sofort angenommen, ich hätte ihn hereingelegt, hätte nur einen Vater für mein Baby gesucht, nachdem du mich nicht mehr gewollt hast. Ich konnte sagen, was ich wollte, er glaubte mir nicht. Wir stritten miteinander und gingen dabei auf die Treppe zu. Ich wollte nichts anderes als weg von ihm, allein sein." Sie schlug die Hände vors Gesicht, als die Erinnerung daran zurückkam. „Ich habe nicht mehr aufgepasst, bin einfach nur vor ihm geflohen. Dann bin ich gefallen. Alles drehte sich um mich. Danach kann ich mich an nichts mehr erinnern. Erst in der Klinik kam ich nach einigen Tagen wieder zu mir. Ich hatte das Baby verloren."

„Oh, Amy!" Tad versuchte, sie in seine Arme zu ziehen, aber sie wich ihm aus.

„Ich habe mich so nach dir gesehnt, aber ich wusste, dass du mir niemals verzeihen würdest. Es gab keinen anderen Ausweg, und so habe ich getan, was Eric wollte."

Langsam ließ Amy die Arme sinken und sah ihn an. „Ich hätte es nicht ertragen, wenn du mich nur aus Mitleid wiedergenommen hättest, und so habe ich auch nicht versucht, Kontakt zu dir aufzunehmen. Ich habe dafür bezahlt, Tad. Mit drei Jahren meines Lebens, in denen ich nicht eine Minute glücklich war."

Er ging hinüber zum Fenster und riss es auf. Er brauchte Luft, hatte das Gefühl zu ersticken. „Warst du schwer verletzt?"

„Wie bitte?" Amy glaubte, ihn nicht richtig verstanden zu haben.

„Warst du schwer verletzt?" Als sie schwieg, drehte Tad sich herum. „Bei dem Sturz, meine ich."

„Ich ... ich habe das Baby verloren."

„Ich habe nach dir gefragt."

Keiner hatte sie danach gefragt, noch nicht einmal ihr Vater. Amy schüttelte nur den Kopf.

„Verdammt, Amy. Du hast vorhin gesagt, du seist beinahe daran gestorben."

„Aber das Baby ist gestorben", wiederholte sie noch einmal leise. „Ich meine dich", schrie er sie an. „Weißt du immer noch nicht, dass du das Wichtigste für mich bist? Wir können noch viele Babys haben, wenn du willst. Ich will wissen, was dir passiert ist."

„Ich kann mich gar nicht mehr an alles erinnern. Ich habe Transfusionen ..." Jetzt erst ging ihr der Sinn seiner Worte auf. Die Besorgnis in seinem Blick galt ihr. „Tad!" Amy lehnte ihren Kopf gegen seine Brust. „Es ist alles vorbei."

„Ich hätte bei dir sein müssen." Er zog sie näher zu sich. „Es wäre leichter für dich gewesen, wenn wir beide zusammen gewesen wären."

„Sag mir, dass du mich liebst", bat sie leise.

„Du weißt es doch." Er legte eine Hand leicht unter ihr Kinn und hob ihr Gesicht hoch. Eine Träne rollte über ihre Wange, und er küsste sie weg. „Nicht mehr weinen", bat er sanft. „Du darfst nicht mehr weinen."

„Beinahe wäre alles noch einmal passiert, Tad."

„Ja, es hat nicht viel gefehlt. Ab jetzt gibt es keine Geheimnisse mehr, Liebes. Versprichst du mir das?"

„Ja, ich verspreche es dir. Und jetzt lass uns feiern."

„Ich habe meinen Teil schon hinter mir." Er lachte.

„Aber nicht mit mir. Wir könnten in mein Hotel fahren und unterwegs eine Flasche Champagner kaufen."

„Wir können auch hier bleiben und den Champagner auf morgen verschieben."

„Es ist bereits morgen", erinnerte sie ihn und zeigte auf ihre Uhr.

„Umso besser. Dann haben wir den ganzen Tag für uns." Er fasste ihre Hände und zog sie zum Schlafzimmer.

„Moment." Sie entzog sich seinem Griff. „Ich möchte, dass du jetzt das tust, was du vor drei Jahren tun wolltest."

„Oh, Amy, doch nicht jetzt." Wieder wollte er nach ihr greifen, aber sie war schneller.

„Oh, doch, Tad."

Er seufzte und vergrub die Hände in den Taschen seiner Jeans. „Ich hab dir ja gesagt, dass ich dich heiraten will."

„Oh nein, so nicht! Du wolltest es ganz offiziell machen. So etwa wie: Amy …"

„Ich weiß, was ich sagen muss", unterbrach Tad sie. „Aber ich glaube, ich versuch's doch lieber mit der Entführung."

Lachend ging sie auf ihn zu und schlang die Arme um seinen Hals. „Frag mich", flüsterte sie nahe an seinem Mund, „bitte!"

„Willst du mich heiraten, Amy?" Er bedeckte ihr Gesicht mit Küssen. Dann hielt er inne und sah sie an. „Nun?"

„Ich werde es mir überlegen", antwortete sie und bemühte sich, ernst zu bleiben. „Eigentlich hatte ich mir das ja viel romantischer vorgestellt, viel …" Mitten im Satz packte Tad sie und warf sie über seine Schulter. „Ja, so ist es auch gut", gab Amy sich zufrieden. „In einigen Tagen gebe ich dir dann meine Antwort."

Ohne sich zu bücken, ließ er sie auf das Bett fallen.

„Oder auch schon früher“, lenkte sie ein, während Tad begann, ihre Bluse aufzuknöpfen.

„Sei still.“

Überrascht zog sie eine Braue hoch. „Willst du meine Antwort etwa gar nicht?“

„Morgen bestellen wir das Aufgebot.“

„Aber ich habe noch nicht …“

„Und verschicken die Einladungen.“

„Ich habe noch nicht Ja gesagt und …“

Er verschloss ihren Mund mit einem Kuss. „Nun gut“, seufzte Amy, „du hast mich überzeugt.“

– ENDE –

Nora Roberts

Tödlicher Champagner

Roman

Aus dem Amerikanischen von
Christiane Schmidt

MIRA®

1. KAPITEL

Niemand hustete so einfach auf hundertfünfzig Millionen Dollar. Keiner der Anwesenden in der weitläufigen Bibliothek des Herrenhauses Jolley's Folley hätte das gewagt, ausgenommen Pandora. Mit viel Inbrunst und wenig Zurückhaltung hustete und nieste sie in ein zerdrücktes Papiertaschentuch, putzte sich die Nase, lehnte sich zurück und wünschte sich, das Schnupfenmittel würde endlich die versprochene schnelle Erleichterung bringen. Vor allem wünschte sie sich natürlich, sich gar nicht erst diese grässliche Erkältung eingefangen zu haben. Und noch mehr wünschte sie sich an irgendeinen anderen Ort auf dieser Welt.

Sie war umgeben von Dutzenden von Büchern, die sie gelesen, und Hunderten, die sie nicht einmal angesehen hatte, obwohl sie viele, viele Stunden in der Bibliothek verbracht hatte. Der Geruch der ledergebundenen Werke mischte sich mit dem Staub, und beides war Pandora lieber als der erstickende Duft der Lilien, die drei bauchige Vasen füllten.

In einer Ecke des Raumes war ein Schachspiel aus Marmor und Elfenbein aufgebaut, an dem Pandora zahlreiche hitzig umstrittene Partien verloren hatte, Onkel Jolley – Gott segne sein rundliches, unschuldiges Gesicht und seine kurzen, dicken Finger – war beim Spielen ein leidenschaftlicher und geschickter Betrüger gewesen. Pandora wiederum hatte keine Niederlage so einfach eingesteckt. Vielleicht hatte er sie deshalb so gern geschlagen, mit ehrlichen oder unehrlichen Mitteln.

Durch die drei Bogenfenster fiel das Licht matt und düster herein. Es passte zu Pandoras Stimmung und, wie sie fand, auch zu den Vorgängen. Onkel Jolley hätte die Szenerie gefallen.

Wenn Pandora liebte – und sie brachte dieses Gefühl nur einigen Auserwählten in ihrem Leben entgegen –, legte sie alles von sich in diese Liebe. Von Geburt an besaß sie grenzenlose Energien, und sie hatte mit der Zeit eiserne Beharrlichkeit entwickelt. Auf ihre uneingeschränkte, alles umfassende Weise hatte sie Onkel Jolley geliebt und alle seine Schrullen zuerst anerkannt und dann akzeptiert. Er war dreiundneunzig geworden, aber er war nie stumpf oder zerstreut gewesen.

Einen Monat vor seinem Tod waren sie beide angeln gegangen – verbotenerweise, um es genau zu nehmen –, und zwar in dem See des

Nachbarn. Nachdem sie mehr gefangen hatten, als sie essen konnten, hatten sie dem Eigentümer ein halbes Dutzend Forellen, ausgenommen und tiefgekühlt, zurückgeschickt.

Pandora würde Onkel Jolley vermissen, mit seinem rundlichen Cherubsgesicht, seiner hohen, melodiösen Stimme und seinen kleinen Bosheiten. Von seinem drei Meter hohen Porträt in einem extravaganten Rahmen lächelte er auf sie mit demselben leichten Grinsen herunter, mit dem er Millionengeschäfte abgeschlossen oder einem ahnungslosen Vizepräsidenten einen Drink in einem angebohrten Glas in die Hand gedrückt hatte.

Sie vermisste ihn jetzt schon. Niemand in ihrer weit verzweigten, sehr unterschiedlichen Familie verstand und akzeptierte sie mit der gleichen Leichtigkeit. Das war ein Grund mehr gewesen, aus dem sie ihn verehrt hatte.

Von Gram niedergedrückt und von der Erkältung geplagt, lauschte Pandora den monotonen Ausführungen Edmund Fitzhughs über die einleitenden Bestimmungen zu Onkel Jolleys Testament. Maximilian Jolley McVie war nie einer der Schnellsten gewesen. Er hatte stets gesagt, man solle etwas so lange tun, bis der Dampf heraus war. Sein letzter Wille trug seinen Stil.

Pandora machte sich nicht die Mühe, ihr Desinteresse an den Formalitäten zu verbergen und betrachtete eingehend die anderen Anwesenden in der Bibliothek.

Sie Trauernde zu nennen, wäre einer jener bösen Scherze gewesen, die Onkel Jolley geschätzt hätte.

Da waren Jolleys einziger noch lebender Sohn, Onkel Carlson, und seine Frau. Wie hieß sie doch? Lona ... Mona? Spielte das eine Rolle? Steif aufrecht und hellwach hockten sie in Schwarz nebeneinander und erinnerten Pandora an Krähen auf einem Telefondraht, die darauf warteten, dass ihnen etwas vor die Füße fiel.

Cousine Ginger – süß, hübsch und harmlos, aber auch ziemlich unbedarft. In diesem Monat war ihr Haar Jean-Harlow-blond. Der gute Cousin Biff war da in seinem schwarzen, sündhaft teuren Anzug von Brooks Brothers. Er saß zurückgelehnt, ein Bein über das andere geschlagen, als würde er ein Polomatch betrachten. Pandora war sicher, dass er sich kein Wort entgehen ließ. Seine Frau – war das Laurie? – machte ein steifes, respektvolles Gesicht. Aus Erfahrung wusste Pandora, dass Laurie kein Wort von sich gab, es sei denn als Echo von Biff. Onkel Jolley hatte sie eine dumme, langweilige Närrin genannt. Obwohl sie Zynismus hasste, musste Pandora ihm zustimmen.

Onkel Monroe wirkte plump und erfolgreich und rauchte eine dicke Zigarre, obwohl seine Schwester Patience mit einem kleinen weißen Taschentuch vor ihrer Nase fächelte. Oder vielleicht gerade deswegen, verbesserte sich Pandora. Onkel Monroe liebte nichts mehr, als seine erfolglose Schwester zu stören.

Cousin Hank sah wie ein muskulöser Macho aus, übertraf darin jedoch kaum seine harte, athletische Frau Meg. Während ihrer Flitterwochen waren sie durch die Appalachen getrampt, und Onkel Jolley hatte sich stets gefragt, ob die beiden Turn- und Lockerungsübungen machten, bevor sie sich liebten.

Bei der Vorstellung musste Pandora lachen, was sie halbherzig mit dem Papiertaschentuch erstickte, ehe sie ihren Blick zu Cousin Michael wandern ließ. Oder war er Cousin zweiten Grades? Sie war mit diesen formellen Dingen nie klargekommen. Seine Mutter war Onkel Jolleys Nichte durch die zweite Heirat von Jolleys Sohn gewesen. Es war eine komplizierte Verwandtschaft, aber schließlich war Michael Donahue auch ein komplizierter Mann.

Sie beide waren nie gut miteinander ausgekommen, obwohl Pandora wusste, dass Onkel Jolley ihn bevorzugt hatte. In Pandoras Augen war jeder ein materialistischer Parasit, der seinen Lebensunterhalt dadurch verdiente, dass er eine dümmliche Fernsehserie schrieb, mit der er die Leute vor dem Flimmerkasten festhielt und sie daran hinderte, etwas Sinnvolles zu tun. Für einen Moment genoss sie die Erinnerung daran, wie sie ihm genau das ins Gesicht gesagt hatte.

Und dann gab es da natürlich noch die Frauen. Wenn ein Mann mit ‚Mädchen des Monats' und Showgirls ausging, bewies er, dass er keinen intellektuellen Anreiz besaß. Pandora lächelte, weil sie ihren Standpunkt bei Michaels letztem Besuch auf Jolley's Folley sehr klar formuliert hatte. Onkel Jolley war vor Lachen beinahe vom Stuhl gefallen.

Ihr Lächeln schwand. Onkel Jolley war nicht mehr. Und wenn sie, wie meistens, ehrlich war, musste sie zugeben, dass von allen Leuten im Raum Michael Donahue den alten Herrn am meisten geschätzt hatte.

Das würde man nicht merken, wenn man ihn so ansieht, dachte sie.

Er wirkte desinteressiert und leicht arrogant. Sie bemerkte die festen, grimmigen Linien an seinen Lippen. Pandora hatte stets gefunden, dass an Donahue sein Mund am besten aussah, obwohl er ihr selten zulächelte, es sei denn wütend.

Onkel Jolley hatte Michaels Aussehen gefallen, und er hatte das Pandora auch ganz zu Beginn seiner Kuppelversuche gesagt. Eheanbahnung war eines seiner Hobbys gewesen, das sie ihm jedoch schnell abgewöhnt hatte. Nun, so ganz hatte er nie aufgegeben, aber sie hatte ihn in dieser Hinsicht ignoriert.

Vielleicht weil er selbst klein und rundlich gewesen war, hatte Jolley Michaels hohe, schlanke Gestalt und das schmale, ausdrucksvolle Gesicht gemocht. Pandora hätte er auch gefallen können, wären seine Augen nicht oft abwesend und teilnahmslos gewesen.

Im Moment wirkte Michael wie einer seiner Helden in seiner Actionserie, wie er da lässig an der Wand lehnte und in seinem förmlichen Anzug und mit der Krawatte ein wenig fehl am Platz aussah. Seine dunklen Haare waren nicht besonders ordentlich, als hätte er vergessen, sie nach einem wilden Ritt zu kämmen. Er wirkte gelangweilt und bereit für Action. Jede Art von Action.

Es ist schade, dachte Pandora, dass sie nicht besser miteinander auskamen. Sie hätte gern mit jemandem in Erinnerungen an Onkel Jolley geschwelgt, mit jemandem, der seine Grillen genauso geschätzt hatte wie sie.

Doch solche Gedanken waren sinnlos. Hätten sie sich nebeneinander gesetzt, würden sie einander jetzt schon beißen. Onkel Jolley, der von seinem Porträt auf sie heruntergrinste, wusste das nur zu genau.

Mit einem kleinen Seufzer putzte Pandora sich wieder die Nase und versuchte, Fitzhugh zuzuhören. Es ging gerade um ein Vermächtnis an Wale oder vielleicht auch Walfänger.

Noch eine Stunde in der Art, dachte Michael, und ich gehe die Wände hoch. Wenn er noch einmal das Wort ‚dessenthalben' hören musste … Michael beruhigte sich mit einem tiefen Atemzug. Er blieb hier, so lange es dauern würde, weil er den verrückten alten Mann geliebt hatte. Wenn der letzte Liebesdienst für Jolley war, dass er in einem Raum zusammen mit einer Gruppe menschlicher Geier langatmigen juristischen Ausführungen lauschte, dann tat er es eben. Sobald das hier vorbei war, wollte er sich einen anständigen Schuss Brandy einschenken und ganz für sich auf den alten Mann trinken. Jolley hatte Brandy gemocht.

Als Michael jung und voll Fantasie gewesen war und seine Eltern nichts verstanden hatten, da hatte Onkel Jolley ihm zugehört und ihn in seinen Träumen ermutigt. Bei jedem Besuch auf Jolley's Folley hatte sein Onkel von ihm eine Geschichte verlangt und sich begierig mit leuchtenden Augen zurückgelehnt, während Michael seiner Einfallskraft freien Lauf ließ. Michael hatte nichts davon vergessen.

Nachdem er seinen ersten Emmy Award – den begehrtesten Fernsehpreis der Welt, für ‚Logan's Run' – erhalten hatte, war Michael von Los Angeles in die Catskills geflogen und hatte seinem Onkel die Statue überreicht. Der Emmy war noch in dem Schlafzimmer des alten Mannes, obwohl der alte Mann nicht mehr da war.

Michael lauschte der trockenen, unpersönlichen Stimme des Anwalts und sehnte sich nach einer Zigarette. Erst vor zwei Tagen hatte er das Rauchen aufgegeben. Vor zwei Tagen, vier Stunden und fünfunddreißig Minuten. Ja, er wäre wirklich gern die Wände hochgegangen.

Er bekam keine Luft mit allen diesen Leuten im selben Raum. Jeder Einzelne von ihnen hatte den alten Jolley als verrückt und recht lästig angesehen. Etwas anderes war das mit dem Hundertfünfzig-Millionen-Dollar-Vermögen. Aktien und Beteiligungen waren alles andere als verrückt. Michael hatte mehrere begierige Blicke auf die Einrichtung der Bibliothek aufgefangen. Die schweren, reich verzierten georgianischen Möbel passten sicher nicht zu dem stromlinienförmigen Lebensstil mancher Anwesender, würden aber einen ordentlichen Batzen Bargeld auf die Hand einbringen. Michael wusste, dass der alte Mann jeden protzigen Stuhl und jeden überdimensionalen Tisch in diesem Haus geliebt hatte.

Er bezweifelte, dass einer der Versammelten in den letzten zehn Jahren in dem großen, widerhallenden Haus gewesen war. Pandora ausgenommen, wie er grollend einräumte. Sie mochte lästig sein, aber sie hatte Jolley verehrt.

Im Moment sah sie miserabel aus. Michael hatte sie noch nie zuvor unglücklich gesehen. Wütend, verächtlich, herausfordernd, aber nie unglücklich. Hätte er es nicht besser gewusst, hätte er sich neben sie gesetzt, ihr Trost angeboten und ihre Hand gehalten. Sie hätte ihm dafür möglicherweise seine Hand genau am Gelenk durchgebissen.

Immerhin, ihre unglaublich blauen Augen waren rot und verquollen, fast so rot wie ihr Haar, dachte er, während sein Blick über die wilde lockige Mähne glitt, die ungeordnet und ungezügelt auf ihre Schultern fiel. Sie war so blass, dass die Sommersprossen über ihrer Nase sich deutlich abzeichneten. Normalerweise war ihre elfenbeinfarbene Haut leicht rosig getönt, ob vor Gesundheit oder von ihrem hitzigen Temperament wusste er nicht genau.

Zwischen ihren feierlichen schwarz gekleideten Angehörigen stach sie wie ein Papagei zwischen Krähen heraus. Sie trug ein leuchtend blaues Kleid. Michael fand das gut, obwohl er das nie zu Pandora sagen würde. Sie brauchte kein Schwarz und keine Kreppschleifen und Lilien, um zu trauern. Das begriff er, obwohl er Pandora nicht begriff.

In regelmäßigen Abständen ärgerte sie ihn mit ihren Ansichten über seinen Lebensstil und seine Karriere. Wenn sie zusammenkrachten, dauerte es nicht lange, bis er ihr ebenfalls Kritik an den Kopf warf. Immerhin war sie eine kluge, talentierte Frau, die lieber herumspielte und abscheulichen Schmuck für Boutiquen machte, anstatt sich ihres Hochschulabschlusses in Erziehung zu bedienen.

Sie nannte ihn jedes Mal materialistisch, er nannte sie idealistisch. Sie stufte ihn als Chauvinisten, er stufte sie als Pseudointellektuelle ein. Jolley hatte jeden Streit mit gefalteten Händen kichernd verfolgt. Jetzt, da er nicht mehr war, gab es keine Gelegenheiten für derartige Kämpfe. Seltsamerweise erschien ihm auch das ein Grund mehr, um seinen Onkel zu vermissen.

In Wahrheit hatte Michael nie zu irgendjemandem eine starke familiäre Bindung gefühlt, Jolley ausgenommen. Michael dachte nicht oft an seine Eltern. Sein Vater war mit seiner vierten Frau irgendwo in Europa, und seine Mutter hatte sich mit Ehemann Nummer drei friedvoll in die Gesellschaft von Palm Springs eingefügt. Sie hatten ihren Sohn nie verstanden, der sich dafür entschieden hatte, für etwas so Spießbürgerliches wie das Fernsehen zu arbeiten.

Aber Jolley hatte ihn verstanden und ihm zugestimmt. Und, was noch viel, viel wichtiger für Michael war, er hatte Michaels Arbeit genossen.

Ein Lächeln breitete sich auf Michaels Gesicht aus, als er Fitzhugh das Vermächtnis für die Wale herunterleiern hörte. Das war so typisch Jolley. Etliche ungeduldige Verwandte zischten durch die zusammengebissenen Zähne. Hundertfünfzigtausend Dollar waren ihnen soeben durch die Lappen gegangen. Michael blickte zu dem überlebensgroßen Porträt seines Onkels auf. Du hast immer gesagt, du würdest das letzte Wort behalten, du alter Querkopf. Nur schade, dass du nicht mehr hier bist und darüber lachen kannst.

„Meinem Sohn Carlson ..." Murmeln und Flüstern erstarben, als Fitzhugh sich räusperte. Ohne Anteilnahme beobachtete Pandora, wie ihre Verwandten sich anspannten. Wohltätige Institutionen und Dienerschaft waren bedacht worden. Jetzt kamen die großen Brocken an die Reihe. Fitzhugh blickte kurz auf, ehe er fortfuhr. „Meinem Sohn Carlson, dessen ... äh ... Mittelmäßigkeit mir immer ein Rätsel war, hinterlasse ich meine gesamte Sammlung von Zaubertricks, in der Hoffnung, dass er einen Sinn für Lächerlichkeit entwickelt."

Pandora unterdrückte mit ihrem Papiertaschentuch einen erstickten Laut und beobachtete, wie ihr Onkel puterrot wurde. Erster Punkt an Onkel Jolley, dachte sie und stellte sich auf weiteres Vergnügen ein. Vielleicht hatte er alles der Heilsarmee vermacht.

„Meinem Enkel Bradley und meiner angeheirateten Enkelin Lorraine hinterlasse ich meine allerbesten Wünsche. Mehr brauchen sie nicht."

Pandora schluckte und blinzelte gegen die Tränen an, die ihr bei der Erwähnung ihrer Eltern in die Augen stiegen. Sie würde ihre Eltern abends in Sansibar anrufen, damit sie sich über die Wünsche genauso freuen konnten wie sie selbst.

„Meinem Neffen Monroe, der seinen ersten selbst verdienten Dollar aufgehoben hat, hinterlasse ich meinen letzten selbst verdienten Dollar samt Rahmen. Meiner Nichte Patience hinterlasse ich mein Cottage in Key West, allerdings ohne große Hoffnung, dass sie genug Mut und Schwung besitzt, um es zu benutzen."

Monroe kaute auf seiner Zigarre herum, während Patience entsetzt dreinblickte.

„Meinem Großneffen Biff hinterlasse ich meine Streichholzsammlung, in der Hoffnung, dass er endlich die Welt in Brand steckt. Meiner Großnichte Ginger, die hübsche Dinge liebt, hinterlasse ich den Silberspiegel, der angeblich Marie Antoinette gehört hat. Meinem Großneffen Hank hinterlasse ich die Summe von 3.528 Dollar, genug, wie ich meine, damit er sich sein Leben lang mit Weizenkeimen versorgen kann."

Das Murmeln, das bei dem ersten Vermächtnis eingesetzt hatte, hielt an und wuchs. Ärger ging allmählich in Wut über. Nichts hätte Jolley besser gefallen. Pandora machte den Fehler, zu Michael zu sehen. Jetzt wirkte er nicht abwesend, sondern voll Bewunderung. Als sich ihre Blicke trafen, konnte Pandora ihr Lachen nicht mehr zurückhalten und fing sich wütende Blicke ein.

Carlson erhob sich empört. „Mr. Fitzhugh, das Testament meines Vaters ist nichts als eine böse Verspottung. Offenbar war er bei der Abfassung nicht bei Sinnen, und ich bezweifle nicht, dass ein Gericht das Testament verwerfen wird."

„Mr. McVie." Wieder räusperte sich Fitzhugh. „Ich verstehe vollkommen Ihre Empfindungen bezüglich dieser Angelegenheit. Dennoch war mein Klient im Vollbesitz seiner geistigen und körperlichen Kräfte, als sein Testament abgefasst wurde. Er mag es zwar entgegen meinem Rat formuliert haben, aber es ist legal und bindend. Es steht Ihnen selbstverständlich frei, einen eigenen Anwalt zu konsultieren. Und nun habe ich noch mehr zu verlesen."

„Gewäsch." Monroe paffte an seiner Zigarre und starrte alle wütend an. „Gewäsch", wiederholte er, während Patience seinen Arm tätschelte und hingebungsvoll zwitscherte.

„Onkel Jolley liebte Gewäsch", sagte Pandora und ballte ihr Taschentuch zusammen. Sie war bereit, es mit allen aufzunehmen, und sie hoffte fast, dass es nötig war. Es hätte sie von ihrer Trauer abgelenkt. „Hätte er sein Geld der Gesellschaft gegen Dummheit hinterlassen wollen, wäre das sein Recht gewesen."

„Immer langsam, meine Liebe." Biff polierte seine Fingernägel am Aufschlag seines Jacketts. Sein goldenes Uhrenarmband schimmerte. „Vielleicht hat dir der alte Narr eine Spule Garn hinterlassen, damit du noch mehr Glaskugeln auffädeln kannst."

„Du hast die Streichhölzer noch nicht, alter Junge." Alle Augen richteten sich auf Michael, als er sich träge aus seiner Ecke heraus zu Wort meldete. „Pass gut auf, was du anzündest."

„Warum lasst ihr ihn denn nicht weiterlesen?", flötete Ginger. Sie war mit ihrem Anteil zufrieden. Marie Antoinette, dachte sie. Man stelle sich vor.

„Die beiden letzten Vermächtnisse sind miteinander verbunden", begann Fitzhugh, bevor es eine neuerliche Störung gab. „Und sie sind etwas unorthodox."

„Das ganze Testament ist unorthodox“, stieß Carlson verächtlich hervor, und mehrere Köpfe nickten zustimmend.

Pandora erinnerte sich daran, warum sie Familientreffen stets gemieden hatte. Sie langweilten sie zu Tode. Ganz offen hielt sie ihre Hand an den Mund und gähnte. „Könnten wir den Rest hören, Mr. Fitzhugh, bevor sich meine Angehörigen noch mehr bloßstellen?“

Sie glaubte, in den Augen des angestaubt wirkenden Anwalts ein zustimmendes Aufblitzen zu sehen, war jedoch nicht sicher.

„Mr. McVie schrieb diesen Abschnitt in seinen eigenen Worten.“ Er unterbrach sich kurz. „Pandora McVie und Michael Donahue“, verlas Fitzhugh. „Den beiden Familienmitgliedern, die mir mit ihren Ansichten des Lebens die meiste Freude bereitet haben, mit ihrem Spaß an einem alten Mann und an alten Scherzen, vermache ich den Rest meines Besitzes, in seiner Gesamtheit, mit allen Guthaben, allen Geschäftsinteressen, allen Aktien, Pfandbriefen und Vermögensbeteiligungen, allem beweglichen und unbeweglichen Besitz, mit all meiner Zuneigung. Zu gleichen Teilen.“

Pandora hörte nicht die Einwände von allen Seiten, als sie wie benommen aufsprang. „Ich kann dieses Geld nicht annehmen!“ Sie eilte zu Fitzhugh. „Ich könnte gar nichts damit anfangen. Das würde nur mein Leben in Unordnung bringen.“ Sie wedelte mit der Hand über die Papiere auf dem Schreibtisch. „Er hätte mich zuerst fragen sollen.“

„Miss McVie …“

Bevor der Anwalt noch mehr sagen konnte, wirbelte sie zu Michael herum. „Du kannst alles haben. Du könntest damit immerhin was anfangen.“

In eisiger Ruhe schob Michael seine Hände in die Taschen. „Vielen Dank für dein Angebot, Cousine, aber bevor du die Bombe zündest, könntest du Mr. Fitzhugh zu Ende lesen lassen.“

Sie starrte ihn einen Moment an, fast Nase an Nase mit ihm. Dann holte sie, wie sie das schon vor langer Zeit gelernt hatte, tief Luft und wartete, bis sie sich beruhigte. „Ich will das Geld nicht.“

„Du hast deinen Standpunkt klargemacht.“ Er hob eine Augenbraue in jener zynischen, halb amüsierten Art, mit der er sie stets zur Weißglut brachte. „Du faszinierst die Verwandtschaft mit der kleinen Show, die du hier abziehst.“

Durch nichts hätte sie ihre Selbstkontrolle schneller finden können. Sie hob ihm stolz ihr Kinn entgegen, zischte einmal und gab nach. „Also gut." Sie drehte sich um und hielt die Stellung. „Ich entschuldige mich für die Unterbrechung. Bitte lesen Sie zu Ende, Mr. Fitzhugh."

„Ich hinterlasse alles", fuhr er fort, „zusammen mit meinem Heim und den Dingen und Erinnerungen darin, die mir sehr wichtig sind, Pandora und Michael, weil sie Verständnis und Fürsorge gezeigt haben. Ich hinterlasse es ihnen, obwohl es sie vielleicht ärgert, weil es sonst niemanden in meiner Familie gibt, dem ich etwas für mich Wichtiges hinterlassen kann. Was mir gehörte, gehört jetzt Pandora und Michael, weil ich weiß, dass sie mich in ihrer Erinnerung lebendig erhalten werden. Ich erbitte von jedem der beiden nur eine Kleinigkeit als Gegenleistung."

Michael entspannte sich und lächelte andeutungsweise. „Jetzt kommt der Hammer", murmelte er.

„Nicht später als eine Woche nach Verlesung dieses Dokuments werden Pandora und Michael in mein Haus in den Catskills ziehen, nach Jolley's Folley. Sie werden dort für einen Zeitraum von sechs Monaten leben, wobei keiner von beiden mehr als zwei aufeinanderfolgende Nächte unter einem anderen Dach zubringen darf. Nach Ablauf dieses Zeitraums von sechs Monaten fällt ihnen der Besitz zu, in Gänze und ohne Auflagen, zu gleichen Teilen."

Der Anwalt räusperte sich, während es ansonsten im Raum totenstill war.

„Wenn einer der beiden mit dieser Verfügung nicht einverstanden ist oder die Bedingungen dieser Verfügung innerhalb des Zeitraums von sechs Monaten bricht, fällt der gesamte Besitz zu gleichen Teilen allen meinen übrigen Erben und dem Institut zum Studium fleischfressender Pflanzen zu. Ich segne euch, meine Kinder. Lasst einen alten, toten Mann nicht im Stich."

Eine volle Minute herrschte tiefe Stille.

Dann murmelte Michael: „Der alte Bastard." Pandora hätte daran Anstoß genommen, hätte sie ihm nicht völlig zugestimmt. Weil Michael voraussah, dass die Temperatur in dem Raum anstieg, zog er Pandora mit sich hinaus, den Korridor entlang und in einen jener seltsamen kleinen Salons, die man überall im Haus fand. Unmittelbar bevor er die Tür schloss, ging in der Bibliothek die erste Explosion hoch.

Pandora holte ein frisches Taschentuch hervor, schnäuzte sich und ließ sich auf die Armlehne eines Sessels plumpsen. Sie war zu entgeistert und erschöpft, um sich zu amüsieren. „Na, und jetzt?"

Michael tastete nach einer Zigarette, ehe er sich daran erinnerte, dass er aufgehört hatte. „Jetzt müssen wir einige Entscheidungen treffen."

Pandora schenkte ihm einen jener langen, starren Blicke, die nach ihrer Erfahrung die meisten Männer ins Stottern brachten. Michael saß ihr jedoch bloß gegenüber und starrte zurück. „Ich habe gemeint, was ich gesagt habe. Ich will dieses Geld nicht. Nach Aufteilung und Abzug der Steuern sind das ungefähr fünfzig Millionen pro Kopf. Fünfzig Millionen", wiederholte sie und rollte die Augen. „Lächerlich."

„Das war immer Jolleys Meinung", sagte Michael und bemerkte die Trauer in ihren Augen.

„Er hat das Geld nur zum Spielen benutzt. Das Problem war, dass er jedes Mal nur noch Geld dazugewonnen hat." Pandora konnte nicht still sitzen und ging ans Fenster. „Michael, mit so viel Geld würde ich ersticken."

„Bargeld ist nicht so schwer, wie du denkst."

Mit einem abfälligen Lächeln drehte sie sich um und setzte sich auf das Fensterbrett. „Du hättest nichts gegen fünfzig Millionen nach Abzug der Steuern einzuwenden."

Er hätte liebend gern diesen Ausdruck aus ihrem Gesicht weggewischt. „Ich besitze nicht deine feine Missachtung für Geld, Pandora, vielleicht weil ich ohne Geld aufgewachsen bin."

Sie zuckte die Schultern. „Dann nimm alles."

Michael griff nach einem kleinen blauen Glasei und warf es von einer Hand in die andere. Es war kühl und glatt und ein paar tausend Dollar wert. „Das wollte Jolley nicht."

Schniefend riss sie ihm das Ei aus der Hand. „Er wollte, dass wir heiraten und glücklich zusammenleben bis ans Ende unserer Tage. Ich würde ihm gern den Gefallen tun." Sie warf ihm das Ei wieder zu. „Aber ich bin keine derartige Märtyrerin. Und bist du nicht ohnedies mit irgendeiner kleinen blonden Tänzerin verlobt?"

Er legte sorgsam das Ei weg, bevor er dem Drang folgte, es nach Pandora zu werfen. „Für jemanden, der die verwöhnte Nase über das Fernsehen rümpft, zeigst du wenig intellektuelle Geringschätzung für Klatsch und Tratsch."

„Ich liebe Klatsch und Tratsch", sagte Pandora so gigantisch übertrieben, dass Michael lachte.

„Also gut, Pandora, stecken wir für einen Moment die Schwerter weg. Ich bin mit niemandem verlobt, aber Heirat ist gar keine Bedingung des Testaments. Wir müssen nur sechs Monate unter demselben Dach leben."

Während sie ihn betrachtete, fühlte sie Enttäuschung in sich aufkommen. „Du willst also wirklich das Geld?"

Er machte zwei wütende Schritte auf sie zu, bevor er sich zurückhielt. Pandora zuckte nicht einmal mit der Wimper. „Denk, was du willst", sagte er leise, als wäre es unwichtig. Seltsamerweise ließ es sie schaudern. „Du willst das Geld nicht, gut. Abgesehen davon, willst du denn zusehen, wie dieses Haus an die Verwandtschaft da draußen geht oder an einen Haufen lächerlicher Wissenschaftler, die die Venusfalle untersuchen? Jolley hat dieses Haus und alles darin geliebt, und ich dachte immer, du auch."

„Tue ich auch." Die anderen würden es verkaufen, und das Haus wäre für sie verloren. Alle diese unsinnigen, prunkvollen Räume und die lächerlichen Bogengänge. Jolley mochte nicht mehr unter ihnen sein, aber er hatte das Haus wie eine baumelnde Karotte zurückgelassen, und er hielt nach wie vor den Stock, an dem der Köder hing.

„Er versucht noch immer, unser Leben zu bestimmen."

Michael hob eine Augenbraue. „Überrascht?"

Leise lachend sah Pandora zu ihm. „Nein."

Langsam schritt sie durch den Raum, während die Sonnenstrahlen durch die geschliffenen Glasscheiben fielen und in ihr rotes Haar Hochglanz zauberten. Michael beobachtete sie mit objektiver Bewunderung. Sie müsste großartig auf einer Leinwand aussehen. Das hatte er schon immer gefunden. Ihre Haltung, ihr Hochmut. Die paar Pfunde, die sie optisch durch die Kamera mehr bekommen würde, konnten ihrem zu eckigen, gertenschlanken Körper nicht schaden. Und das brandrote Haar wäre auf der Leinwand zu einem Signalfeuer geworden, wogegen es in der Realität einfach zu stark leuchtete. Er hatte sich oft gefragt, warum sie es nicht etwas unauffälliger färbte.

Im Moment interessierte er sich jedoch nur für ihre Gedanken. Das Geld war ihm verdammt gleichgültig, aber er wollte nicht zusehen, wie alles unter die Geier fiel. Und wenn er Pandora dafür rau anfassen musste, tat er es eben. Und vielleicht würde es ihm sogar Spaß machen.

Millionen! Pandora zuckte zusammen. Über oder unter einem bestimmten Einkommen gab es nichts als Sorgen. Aber auf einem netten, angenehmen Niveau ließ es sich leben, und sie hatte es fast schon gefunden. Wie sie die Sache sah, musste sie wie bei einem Schachspiel ihre Züge überlegen.

Sie hatte nie mit einem Mann zusammengelebt. Ganz bewusst nicht, Pandora wollte sich nur nach sich selbst richten müssen. Es war weniger, dass sie Dinge nicht teilen wollte. Sie wollte Lebensraum nicht teilen. Wenn sie jetzt zustimmte, war das schon die erste Konzession.

Dazu kam die Tatsache, dass Michael attraktiv war, attraktiv genug, um beunruhigend zu wirken, wäre er nicht gleichzeitig so ärgerlich gewesen. Ärgerlich und selbst leicht verärgert, erinnerte sie sich amüsiert. Sie wusste, welche Knöpfe sie drücken musste, um ihn zu irritieren. Hatte sie sich nicht stets damit gebrüstet, dass sie mit ihm umgehen könne? Es war nicht immer einfach gewesen. Dafür war er zu klug, aber das hatte ihre Wortwechsel interessant gemacht. Allerdings waren sie nie länger als eine Woche zusammen gewesen.

Es gab eine klare, unbestreitbare Tatsache: Sie hatte ihren Onkel geliebt. Wie konnte sie mit sich leben, wenn sie ihm einen letzten Wunsch verwehrte? Oder einen letzten Scherz?

Pandora blieb stehen und betrachtete Michael. „Sag mal, Cousin, wie können wir sechs Monate unter einem Dach leben, ohne uns zu schlagen?"

„Gar nicht."

Michael hatte so schnell geantwortet, dass sie lachte. „Ich glaube, ich würde mich langweilen, falls wir uns nicht schlagen sollten. Ich könnte innerhalb von drei, höchstens vier Tagen einziehen."

„Sehr gut." Als sich seine Schultern entspannten, erkannte er, wie sehr er gefürchtet hatte, sie werde ablehnen. Im Moment wollte er nicht untersuchen, warum ihm das so wichtig war. Er streckte ihr die Hand entgegen. „Abgemacht."

Pandora neigte den Kopf und schlug ein. „Abgemacht." Sie war überrascht, dass sich seine Hand hart und ein wenig schwielig anfühlte, nicht wie erwartet weich und schlaff. Immerhin tippte er bloß auf der Maschine. Vielleicht hielten die nächsten sechs Monate einige Überraschungen bereit.

„Sollen wir es den anderen mitteilen?", fragte er.

„Sie werden uns umbringen wollen."

Michael fand ihr Lächeln gleichzeitig reizend und boshaft. „Ich weiß", bestätigte er. „Versuche, nicht zu sehr zu strahlen."

Als sie den Salon verließen, hatten sich die Verwandten auf dem Korridor versammelt und taten, was sie gemeinsam am besten konnten: Sie stritten.

„Du würdest deinen Anteil für Möhrensaft verplempern", sagte Biff verächtlich zu Hank. „Ich wüsste wenigstens etwas mit dem Geld anzufangen."

„Es auf Pferde zu verwetten", sagte Monroe und stieß eine alles erstickende Wolke Zigarrenrauch aus. „Investieren. Abzüglich Steuern."

„Du könntest für dein Geld einen Kurs besuchen, wie man in ganzen Sätzen spricht." Carlson zog sich aus dem Rauch zurück und richtete seinen Krawattenknoten. „Ich bin der einzige Sohn des alten Herrn. Es ist meine Aufgabe, seine Unzurechnungsfähigkeit zu beweisen."

„Onkel Jolley besaß mehr Zurechnungsfähigkeit als ihr alle zusammen." Frustriert und angewidert trat Pandora vor. „Er hat jedem von euch genau das hinterlassen, was er euch zukommen lassen wollte."

Biff zog ein flaches goldenes Zigarettenetui hervor und warf seiner Cousine einen Blick zu. „Sieht so aus, als hätte unsere Pandora ihre Meinung geändert. Nun, du hast dafür gearbeitet, nicht wahr, Darling?"

Michael legte seine Hand auf Pandoras Schulter, bevor sie auf Biff losgehen konnte. „Du möchtest doch dein Profil behalten, Cousin?"

„Das Fernsehen hat dich wohl auf den Geschmack für Gewalt gebracht." Biff steckte sich lächelnd seine Zigarette an.

„Also, mir erscheint die ganze Sache fair." Hanks Frau schüttelte Pandora und Michael herzhaft die Hand. „Richtet euch hier im Haus einen Fitness-Raum ein. Trainiert ein bisschen. Komm jetzt, Hank."

Schweigend folgte Hank ihr nach draußen, wobei sich sein Jackett über seinen Schultern spannte.

„Nur Muskeln und kein Hirn", murmelte Carlson. „Komm, Mona." Er warf noch einen wütenden Blick auf Pandora und Michael. „In der Angelegenheit hört ihr noch von mir."

Pandora schenkte ihm ein reizendes Lächeln. „Gute Heimfahrt, Onkel Carlson."

„Anfechtung", brummte Monroe und watschte hinter ihnen her.

Patience winkte mit beiden Händen. „Key West, du gütiger Himmel! Ich war nie südlicher als Palm Beach. O lieber Himmel!"

„Ach, Michael." Ginger legte ihm die Hand auf den Arm. „Wann, meinst du, kann ich meinen Spiegel haben?"

Michael dankte dem Himmel, dass Jolley nicht verlangt hatte, er solle sechs Monate mit Cousine Ginger verbringen. „Mr. Fitzhugh schickt ihn dir bestimmt so bald wie möglich zu."

„Komm, Ginger, wir nehmen dich zum Flughafen mit." Biff warf Pandora noch einen abschätzenden Blick zu. „Würde ich dich nicht besser kennen, müsste ich mir Sorgen machen. Aber du hältst es mit Michael keine sechs Tage aus, geschweige denn sechs Monate."

„Gib noch nicht das Geld des alten Herrn aus", warnte Michael. „Wir schaffen die sechs Monate, und wenn es nur darum geht, euch eins auszuwischen."

„Abwarten." Biff ging kerzengerade hinaus. Seine Frau folgte ihm. Sie hatte die ganze Zeit kein Wort gesagt.

„Biff", fragte Ginger im Hinausgehen. „Was wirst du mit allen diesen Streichhölzern machen?"

„Hinter sich die Brücken verbrennen, hoffe ich", murmelte Pandora. „Sie sind weg. Und wir haben jetzt sechs Monate vor uns. Ich weiß noch nicht, warum du es machst, aber ich nehme es für Onkel Jolley auf mich. Ich kann meine Ausrüstung recht leicht hier unterbringen."

„Und ich kann hier recht leicht schreiben."

Pandora holte eine Rose aus einer Schale. „Sofern man bei diesen unglaubwürdigen Skripts von Schreiben sprechen kann."

„In dem gleichen Maß, in dem man deine aufgefädelten Klimperreifen Kunst nennen kann."

Ihre Wangen bekamen wieder Farbe. „Du könntest Kunst nicht einmal erkennen, würde sie vor dir stehen und dich in die Nase beißen. Mein Schmuck drückt Emotionen aus."

„Und wie viel kostet Lust im Moment?"

„Ich dachte, du wärst mit dem Preis gut vertraut." Pandora fischte ein Taschentuch hervor, nieste hinein und schloss ihre Tasche. „Die meisten Frauen, mit denen du dich triffst, tragen Preisschilder."

Das kleine Wortgefecht amüsierte Michael sichtlich. „Ich dachte, wir sprechen über Arbeit."

„In meinem Beruf wird die Zeit bezahlt, während deiner … deiner wird für Werbeeinschaltungen unterbrochen. Und dann …“

„Ich bitte um Entschuldigung.“

Fitzhugh stand in der Tür der Bibliothek und wollte vor dem McVie-Clan beschützt werden und sich bei einem Drink beruhigen. „Darf ich annehmen, dass Sie beide mit den Bedingungen des Testaments einverstanden sind?“

Sechs Monate, dachte Pandora. Es wird ein sehr, sehr langer Winter werden.

Sechs Monate, dachte Michael. Die erste Narzisse, die ich im April finde, werde ich vergolden lassen.

„Sie können die Frist ab Ende der Woche laufen lassen“, sagte Michael zu Fitzhugh. „Einverstanden, Cousine?“

Pandora hob ihr Kinn an. „Einverstanden.“

2. KAPITEL

Es war eine schöne Fahrt von Manhattan, am Hudson River entlang und in die Catskills hinein. Pandora hatte sie immer genossen, aber jetzt musste sie Manhattan gleich für sechs Monate verlassen. Sicher, sie konnte gelegentlich für ein paar Stunden in die Stadt kommen, aber das war kaum dasselbe wie ein Leben im Mittelpunkt des Geschehens.

Sie war damit aufgewachsen, alles zu genießen und stets das Beste aus ihrer Umgebung zu machen. Ihre Eltern waren Zigeuner im Herzen. Der Wohlstand hatte nur bewirkt, dass sie erster Klasse anstatt in Planwagen reisten. Und an Lagerfeuern hatten sie stets einen Diener, der Feuerholz sammelte, aber der Sinn war derselbe.

Vor ihrem fünfzehnten Lebensjahr hatte Pandora in mehr als dreißig Ländern gelebt. Sie hatte Sushi in Tokio gegessen, die Moore von Cornwall durchstreift und auf türkischen Märkten eingekauft. Privatlehrer hatten sie auf ihren Reisen begleitet. Die unruhige Kindheit hatte ihren Sinn für Stil geprägt und den Wunsch nach einem richtigen Heim erzeugt.

Während es ihren Eltern gefiel, durch die Länder zu ziehen und alles in Wort und Bild festzuhalten, hatte Pandora etwas Wichtiges versäumt. Wo war ihr Zuhause? Dieses Jahr in Mexiko, das nächste in Athen. Ihre Eltern hatten sich mit ihren Büchern und Artikeln über alles Ungewöhnliche einen Namen gemacht, aber Pandora wünschte sich Wurzeln, die sie sich jedoch selbst suchen musste.

Sie hatte sich für New York und in gewisser Weise für Onkel Jolley entschieden.

Jolley McVies allerletzter Scherz, dachte sie, als sie in die lange Zufahrt einbog. Hätte sie doch bloß mehr über Michael gewusst. War es bei ihm das Geld oder Zuneigung zu dem alten Mann, was ihn in die Catskills zog? Seine Serie ‚Logan's Run' war im sehr erfolgreichen vierten Jahr, und er hatte andere lukrative Unternehmungen im Fernsehen laufen. Doch Geld stellte eine Verführung dar, Onkel Carlson hatte mehr davon, als er je ausgeben konnte, und focht dennoch bereits das Testament an.

Das bereitete ihr keine Sorgen. Onkel Jolley hatte stets nur die besten Leute angestellt. Wenn Fitzhugh das Testament erstellt hatte, war es wasserdicht. Sorgen bereitete ihr dagegen Michael Donahue.

Als sie ankam, war sie von der Fahrt und der Erkältung erschöpft. Ihre Ausrüstung war schon am Tag davor hergebracht worden, aber sie hatte immer noch drei Koffer im Wagen. Pandora wollte einen nach dem anderen nehmen, öffnete den Kofferraum und sah zu dem Herrenhaus hinüber.

Onkel Jolley hatte es gebaut, als er vierzig war. Also war das Haus älter als ein halbes Jahrhundert. Es erstreckte sich nach allen Richtungen gleichzeitig. Ohne die Seitenflügel wäre es ein ziemlich nüchternes Herrenhaus im Stil des späten neunzehnten Jahrhunderts gewesen. So aber war es eine verwirrende Vielfalt von Mauern und Ecken, hohen und breiten Gebäudeteilen. Einige Fenster waren lang gestreckt, andere breit, einige vergittert, andere frei.

Die Steine stammten aus seinen Steinbrüchen, das Holz aus seinen Sägewerken, und für den Hausbau hatte er eine Baufirma ins Leben gerufen. ‚McVie Construction Incorporated' war eine der fünf größten Gesellschaften des Landes. Und nun gehörte ihr davon die Hälfte, auch von Baby-Öl, Stahlwerken, Düsentriebwerken und Kuchenmischungen. Pandora biss die Zähne zusammen und hob einen Koffer aus dem Wagen. Worauf hatte sie sich bloß eingelassen!

Michael beobachtete Pandora von einem Fenster im ersten Stock aus. Sie trug eine lange weite Jacke in drei lebhaften Farben. Blau, Gelb und Rosa. Der Wind fing sich in ihrer gelben Hose und ließ sie flattern. Sie wirkte nicht verweint, sondern grimmig entschlossen. Umso besser. Bei dem Begräbnis ihres Onkels hatte er sie trösten wollen, doch zu viel Mitgefühl für eine Frau wie Pandora war tödlich, und das Wissen darum hatte ihn abgehalten.

Er kannte sie von Kindheit an und hatte sie immer für ein verwöhntes Biest gehalten, musste ihr aber zugestehen, dass sie aufrichtiger und ehrlicher als der Rest der Verwandtschaft war.

Eine kurze Zeit hatte er für sie ein gewisses Verlangen verspürt, nur das seichte Verlangen eines Teenagers. Sie hatte schon immer ein faszinierendes Gesicht besessen, aber er zog sanftere Frauen vor, Frauen mit mehr Glanz und Weiblichkeit – und kürzeren Klauen.

Michael verschob das Einrichten seines Arbeitszimmers und ging nach unten.

„Charles, sind meine Sachen gekommen?“ Pandora ließ ihre Autofahrerhandschuhe auf einen kleinen runden Tisch in der Halle fallen. Wegen Charles, dem alten Butler, der ihren Onkel schon vor ihrer Geburt versorgt hatte, freute sie sich über ihr Kommen.

„Alles ist heute Morgen eingetroffen, Miss.“ Der alte Mann wollte ihren Koffer nehmen, doch sie winkte ab.

„Nein, bemühen Sie sich nicht. Wohin haben Sie die Sachen gebracht?“

„In das Gartenhaus im östlichen Hof, wie Sie es wünschten.“

Sie lächelte ihm zu und gab ihm einen Schmatz auf die Wange, und sein eckiges Bulldoggengesicht rötete sich leicht. „Ich wusste, dass ich mich auf Sie verlassen kann. Ich habe Ihnen noch gar nicht gesagt, wie glücklich ich darüber bin, dass Sie und Sweeney bleiben. Das Haus wäre nicht mehr dasselbe, würden Sie nicht Tee servieren und Sweeney Kuchen backen.“

Charles drückte seinen Rücken noch gerader durch. „Wir denken gar nicht daran wegzugehen, Miss. Der Herr hätte gewollt, dass wir bleiben.“

Er hatte es ihnen aber ermöglicht, indem er jedem von ihnen dreitausend Dollar pro Dienstjahr hinterlassen hatte. Charles war seit dem Bau des Hauses hier, und Sweeney war ungefähr zehn Jahre später gekommen. Das Erbe hätte ausgereicht, dass sie sich zur Ruhe setzten. Pandora lächelte. Manche waren nicht für den Ruhestand geschaffen.

„Charles, ich hätte gern Tee.“ Sie wusste, dass sie ihn ablenken musste, sonst hätte er darauf bestanden, ihr Gepäck die lange Treppe hinaufzutragen.

„Im großen Salon, Miss?“

„Ausgezeichnet, und wenn Sweeney vielleicht diese kleinen Kuchen …“

„Sie backt schon den ganzen Vormittag.“ Seine Schuhe knarrten kaum hörbar, als er in die Küche ging.

Pandora malte sich dicken Zuckerguss aus. „Wie viel kann man in sechs Monaten zunehmen?“, murmelte sie.

„Eine gleichmäßige Diät mit Sweeneys Kuchen könnte dir ganz bestimmt nicht schaden“, sagte Michael von seinem erhöhten Standpunkt aus. „Männer werden für gewöhnlich mehr vom Körper als von Knochen angezogen.“

Pandora wirbelte herum und musste den Kopf in den Nacken legen, um zu Michael aufzublicken. „Ich richte mein Leben nicht danach aus, wie ich Männer anziehe."

„Ich wäre der Letzte, der das behauptet."

Er wirkte sehr zufrieden, fand sie und fühlte den ersten Anflug von Ärger. Und er sah auf lässige und arrogante Art attraktiv aus. Mehrere Meter über ihrem Kopf lehnte er sich an einen Pfosten und blickte auf sie herunter, als wäre er der Herr. Dem wollte sie schnell ein Ende bereiten. Onkel Jolleys letzter Wille war sehr klar gewesen: zu gleichen Teilen.

„Da du schon einmal hier bist und dich breit gemacht hast, kannst du mir mit meinem restlichen Gepäck helfen."

Er rührte sich nicht von der Stelle. „Ich dachte immer, wir wären uns wenigstens in puncto Feminismus völlig einig."

Pandora blieb an der Tür stehen und warf einen Blick zurück. „Lass gesellschaftspolitische Ansichten beiseite. Wenn du mir nicht hilfst, wird Charles darauf bestehen, sobald er zurückkommt, aber er ist zu alt dafür und zu stolz, als dass man ihm das sagen könnte." Sie ging hinaus und war nicht überrascht, hinter sich Michaels Schritte auf dem Kies zu hören.

Sie sog tief die frische Luft ein. Alles in allem war es ein schöner Tag. „Bist du schon zeitig hier heraufgefahren?"

„Genau genommen bin ich schon gestern Abend spät gekommen."

Pandora drehte sich an dem offenen Kofferraum um. „So wild darauf, das Spiel zu beginnen, Michael?"

Hätte er sich nicht zu einem friedlichen Start entschlossen, hätte er an ihrem Tonfall und ihrem Blick Anstoß genommen. So aber ließ er beides durchgehen. „Ich wollte heute mein Arbeitszimmer einrichten. Ich war fast fertig, als du kamst."

„Arbeit, Arbeit, Arbeit", sagte sie mit einem langen Seufzer. „Du schuftest viele Stunden wie ein Sklave, um pro Woche eine Stunde Verfolgungsjagden und heiße Luft zu produzieren."

Friede war ihm plötzlich doch nicht so wichtig. Als Pandora die Hand nach einem Koffer ausstreckte, packte er sie am Gelenk. „Mein Arbeitsaufwand und meine Ergebnisse gehen dich absolut nichts an."

Sie fand es merkwürdig, wie sehr es ihr gefiel, ihn am Rand der Selbstbeherrschung zu erleben. Alle ihre anderen Verwandten waren so glatt und zivilisiert. Michael hatte sich immer abgehoben und war dadurch interessanter gewesen. Lächelnd hielt sie ihre Hand locker.

„Habe ich angedeutet, dass es mich etwas angeht? Nichts – das versichere ich dir – entspricht weniger den Tatsachen. Bringen wir die Sachen hinein, damit wir Tee trinken können? Es ist ein wenig kühl hier draußen."

Michael hatte stets grollend bewundert, wie leicht sie in die Rolle der Dame des Hauses schlüpfen konnte. Als Autor schätzte er ein Naturtalent.

Er wusste auch, wie eine Szene am besten anzulegen war. „Tee ist eine großartige Idee." Er hob einen Koffer heraus und überließ ihr den zweiten. „Wir führen einige Regeln ein."

„Tatsächlich?" Pandora nahm den Koffer und ging ins Haus.

Pandoras Zimmer lag im ersten Stock des Ostflügels. Jolley hatte ihr das Einrichten überlassen, und sie hatte sich für Weiß in Weiß mit einigen anregenden Farbakzenten entschieden. Pandora stellte ihren Koffer neben das Bett, bemerkte zufrieden das Feuer in dem kleinen Marmorkamin und warf ihre Jacke über einen Stuhl. Darunter trug sie einen lebhaften blauen Pullover mit einer aufgestickten weißen Taube auf der linken Seite.

„Ich habe immer das Gefühl, als würde ich in das Musterzimmer einer Wohnzeitschrift kommen", bemerkte Michael, als er ihre Koffer absetzte, und für einen Moment verspürte er wieder jenes Verlangen wie damals.

„Du fühlst dich vermutlich in deinem eigenen Zimmer wohler", entgegnete Pandora. „Das ist mehr Wald-und-Wiesen-Stil. Der Tee ist wahrscheinlich schon fertig."

Obwohl sie nebeneinander die Treppe hinuntergingen, sprachen sie nicht miteinander. In dem großen Salon deckte Charles soeben – inmitten nahöstlicher reichhaltiger Ausstattung nach Jolleys Wahl – den Teetisch.

„Sie haben das Feuer angemacht, wie schön." Pandora ging an den Kamin und wärmte ihre Hände. Sie musste sich einen Moment sammeln, denn in ihrem Zimmer hatte sie eine Sekunde lang gedacht, in Michaels Augen etwas zu erkennen, was sie verwirrte. Und sie meinte, das Gleiche empfunden zu haben. „Ich schenke schon ein, Charles. Michael und ich werden vor dem Dinner nichts mehr brauchen."

Sie sah sich beiläufig in dem Zimmer mit den fließenden Drapierungen, den geschwungenen Brokatsofas, den schwellenden Kissen und den Messingurnen um.

„Weißt du, das war immer eines meiner Lieblingszimmer." Sie ging an den Teetisch und füllte die Tassen. „Ich war erst zwölf, als wir die Türkei besuchten, aber dieses Zimmer erinnert mich lebhaft daran, sogar an die Gerüche auf den Märkten. Zucker?"

„Nein." Michael nahm ihr die Tasse ab, legte eine dicke Scheibe Kuchen auf einen Teller und suchte sich eine Sitzgelegenheit. Er bevorzugte den kleinen Salon nebenan mit seinem übersichtlichen englischen Landhausstil.

Das ist also der Anfang, dachte er, mit dem alten Butler und der dicken Köchin als Zeugen. In sechs Monaten mussten alle ein Dokument unterzeichnen und eidesstattlich erklären, dass die Bedingungen des Testaments erfüllt waren, und das war es dann. Nur die Zeit dazwischen bereitete ihm Sorgen.

„Regel Nummer eins", begann Michael ohne Einleitung. „Wir wohnen beide im Ostflügel, weil das für Charles und Sweeney einfacher ist, aber jeder von uns wird jederzeit den Bereich des anderen respektieren."

„Unter allen Umständen." Pandora schlug die Beine übereinander und nippte an ihrem Tee.

„Wiederum wegen des Personals erscheint es geboten, dass wir zur selben Zeit essen. Und darum werden wir im Interesse des nackten Überlebens berufliche Belange aus unserer Unterhaltung ausklammern."

Pandora lächelte ihm zu und knabberte an ihrem Kuchen. „Da, bitte, bleiben wir streng persönlich."

„Du bist ein ekliges kleines Biest ..."

„Siehst du, wir fangen großartig an. Regel Nummer zwei. Keiner von uns, ganz gleich, wie gelangweilt oder unruhig er oder sie ist, wird den anderen während seiner oder ihrer festgesetzten Arbeitszeiten stören. Ich arbeite für gewöhnlich von zehn bis eins und dann wieder von drei bis sechs."

„Regel Nummer drei. Hat einer von uns Besuch, macht sich der andere rar."

Pandoras Augen zogen sich nur für einen Moment zusammen. „Ach, und ich wollte unbedingt deine Tänzerin kennenlernen. Regel Nummer vier. Das Erdgeschoss ist neutraler Boden und von beiden gleichermaßen zu nutzen, es sei denn, besondere Vereinbarungen wären vorher getroffen worden." Sie tippte mit dem Finger gegen die Armlehne ihres Sessels. „Wenn wir beide fair spielen, sollten wir es schaffen."

„Ich habe keine Schwierigkeiten mit Fair Play. Soweit ich mich erinnere, bist du diejenige, die mogelt."

Ihre Stimme wurde sehr kühl. „Ich weiß nicht, wovon du sprichst."

„Canasta, Poker, Gin."

„Dafür hast du überhaupt keinen Beweis." Sie stand auf und schenkte sich noch eine Tasse Tee ein. „Außerdem sind Kartenspiele etwas ganz anderes. Ärgerst du dich noch wegen der fünfhundert Dollar, die ich von dir gewonnen habe?"

„Ich würde mich nicht ärgern, hättest du sie ehrlich gewonnen."

„Ich habe sie gewonnen", entgegnete Pandora. „Das zählt. Wenn ich betrogen habe und du mich nicht erwischt hast, bedeutet das, ich habe so gut betrogen, dass es wieder legal war."

„Du hattest schon immer eine sehr verdrehte Logik." Michael stand ebenfalls auf und kam auf sie zu. Sie musste seinen Gang bewundern, diesen federnden, leicht wiegenden Gang. „Ganz gleich, was immer wir von jetzt an spielen, du wirst mich nicht mehr betrügen."

Sie lächelte zuversichtlich. „Michael, wir kennen einander zu lang, als dass du mich einschüchtern könntest." Sie hob die Hand, um seine Wange zu tätscheln, und zum zweiten Mal hielt er ihre Hand fest. Zum zweiten Mal fühlte sie auch dieses gefährliche Etwas, das sie vorhin erlebt hatte.

Onkel Jolley war nicht mehr als Puffer zwischen ihnen da. Was immer zwischen ihnen bestand, es hatte einen ganzen langen kalten Winter Zeit, um an die Oberfläche zu kommen.

„Vielleicht lernen wir einander erst jetzt kennen", murmelte Michael.

Pandora glaubte das auch, und es gefiel ihr nicht. Michael wirkte nicht wie jemand, der einen Schlag abwehrte, sondern wie jemand, der ihn zurückgab.

Sie standen einander abschätzend einen Moment gegenüber. Waren sie klug, so würde jeder von ihnen einen Treffer anerkennen und zurückweichen.

Pandora hob stolz ihr Kinn. „Michael, wir steigen ein anderes Mal in den Ring. Im Moment bin ich von der Fahrt ein wenig müde. Wenn du mich entschuldigst?"

„Regel Nummer fünf", sagte er, ohne sie loszulassen. „Wenn einer von uns auf den anderen schießt, wird er verdammt dafür bezahlen müssen." Er ließ ihren Arm los und griff nach seiner Tasse. „Dann bis nachher zum Dinner, liebe Cousine."

Pandora erwachte kurz nach Sonnenaufgang, war sofort voll wach und ausgeruht und platzte vor Energie. Mochte es nun an der Luft in den Bergen oder an den sechs Stunden tiefen Schlafs liegen, sie war jedenfalls bereit und begierig auf Arbeit.

Das Frühstück konnte warten, entschied sie, während sie duschte und zu einer schwarzen Hose eine weit geschnittene sandfarbene Jacke mit aufgesetzten breiten Taschen und einem breiten Gürtel anzog. Sie wollte im Gartenhaus ihre Ausrüstung vorbereiten und sich in die Arbeit stürzen.

Im Haus war es noch still und dunkel. Die Luft im Freien ließ Pandoras Haut prickeln. Sie schlug ihren Jackenkragen hoch und überquerte den Rasen, der unter ihren Füßen durch den Morgenreif knirschte. Sie liebt diese absolute Einsamkeit, diese leichte Luft und den unbeschreiblichen Duft der Berge und des Flusses. Die beste Jahreszeit in den Bergen war ihrer Meinung nach der Winter.

Winter in den Bergen war eine Zeit für die grundlegenden Dinge. Wärme, Essen, Arbeit. Manchmal wünschte Pandora sich nur die grundlegenden Dinge. In New York liebte sie gelegentlich stundenlange Diskussionen, die Herausforderung und das Training für ihren Verstand. Aber …

Es gab Zeiten, in denen sie sich nichts mehr wünschte als einen stillen Sonnenaufgang über der reifüberzogenen Erde und die Aussicht auf ein heißes Getränk an einem lodernden Feuer. Und es gab Zeiten, obwohl sie sich das selten selbst eingestand, in denen sie ihren Kopf an eine Schulter lehnen und eine Hand festhalten wollte.

Sie war so erzogen worden, Unabhängigkeit als Pflicht und nicht als selbst gewählt zu betrachten. Ihre Eltern führten eine absolut ausgeglichene Beziehung – sie waren gleichwertige Partner. Pandora hielt diese Art von Beziehung für eine Seltenheit in einer Welt, in der sich die Waage zu oft nach der einen oder anderen Seite neigte.

Mit achtzehn hatte Pandora beschlossen, sich nie mit weniger als einer vollen Partnerschaft zufrieden zu geben. Mit zwanzig hatte sie entschieden, dass Heirat für sie nichts war. Stattdessen hatte sie all ihre Leidenschaft, ihre Energie und ihren Einfallsreichtum in ihre Arbeit gelegt.

Es hatte sich ausgezahlt. Sie war erfolgreich und hatte mehr erreicht als die meisten anderen Menschen in ihrem ganzen Leben.

Nun öffnete sie die Tür des als Abstellraum dienenden Gartenhauses. Das viereckige Gebäude besaß die Größe eines durchschnittlichen Schuppens und hatte einen Holzboden und getäfelte Wände. Onkel Jolley hatte nichts von einfacher Ausstattung gehalten. Sie drückte den Schalter und ließ das Licht aufflammen.

Nach ihren Anweisungen waren die Kisten und Kartons, die sie vorausgeschickt hatte, an einer Wand aufgereiht worden. Die Wandborde, auf denen Onkel Jolley während seiner kurzen, heftigen Gärtnerphase das Gartenwerkzeug aufgehoben hatte, waren leergeräumt worden. Es gab eine große Doppelspüle aus Edelstahl und ein kleines, mehr als ausreichendes Bad mit Dusche im Hintergrund. Pandora zählte fünf Werkbänke. Licht und Lüftung waren hervorragend.

Es würde nicht lange dauern, das Gartenhaus in eine produktive Arbeitsstätte zu verwandeln. Sie brauchte drei Stunden.

Auf einem Bord standen Behälter mit Kugeln und Tropfen verschiedener Größe – Pechkohle, Amethyst, Gold, poliertes Holz, Koralle, Elfenbein. Sie hatte Tabletts mit Edelsteinen und Halbedelsteinen, mit Smaragdschliff, Brillantschliff, Tropfenform und Scheiben. In New York lagen sie in einem Safe. Hier kam Pandora gar nicht auf die Idee, die Kleinode wegzuschließen. Sie hatte Gold, Silber, Bronze und Kupfer. Es gab massive und hohle Bohrer, Hämmer, Flachzangen, Drahtzangen, Kneifzangen, Feilen und Klemmschrauben. Man hätte meinen können, sie betreibe Tischlerei. Außerdem hatte sie noch Kopier- und Zeichenbretter, Flaschen mit Chemikalien und kilometerweise Garne und Kunststofffasern.

Das in diesen Materialien steckende Geld hatte sie jeden Penny ihrer Erbschaft von ihrer Großmutter gekostet und einen Großteil ihrer Ersparnisse aus ihren Lehrjahren verschlungen, aber das war es wert. Pandora nahm eine Feile und klopfte damit auf ihre Handfläche. Das war es mehr als wert.

Sie stellte nie zwei identische Stücke her. Manchmal waren ihre Arbeiten elegant in ihrer Einfachheit, klassisch im Design. Diese Stücke verkauften sich gut und verschafften ihr etwas künstlerische Freiheit.

Dann wieder waren ihre Arbeiten laut und bunt und überzeichnet. Stimmungen leiteten Pandora, nicht Trends. Sehr selten nur nahm sie einen Auftrag mit bestimmten Richtlinien an. Es sei denn, die Richtlinien oder der Klient interessierten sie.

Sie hatte einen Präsidenten abgewiesen, weil ihr seine Ideen zu prosaisch erschienen waren, hatte aber einen Ring auf die Bitte eines frischgebackenen Vaters hin gemacht, weil sein Einfall einzigartig war. Pandora hatte erfahren, dass die frischgebackene Mutter nie die drei miteinander verflochtenen Goldglieder abnahm. Drei Glieder, eines für jeden der neugeborenen Drillinge.

Im Moment hatte Pandora gerade den Entwurf für eine dreireihige Halskette beendet, die von dem Ehemann einer populären Sängerin mit dem ungewöhnlichen Namen Emerald – Smaragd – in Auftrag gegeben wurde, und das war gleichzeitig Pandoras einzige Richtlinie: Der Mann wollte viele Smaragde, und er würde auch für das Dutzend bezahlen, das sie noch in New York vor ihrer Abreise ausgesucht hatte. Es waren rechteckige Steine, drei Karat pro Stück, von jenem tiefen leuchtenden Grün, das bei Smaragden so geschätzt wurde.

Das war beruflich und, noch wichtiger, künstlerisch ihre große Chance. Wurde die Halskette ein Erfolg, konnte sie sich nicht nur ein paar gute Kritiken in ihre Sammelmappe einkleben, sondern fand vor allem Anerkennung. Dann wäre sie frei gewesen, um noch mehr ohne Kompromisse und nach ihren Vorstellungen zu arbeiten.

Sie musste die Kette so arbeiten, dass sie wie Stahl hielt und wie ein Spinnennetz aussah. Die Steine sollten so an jeder Reihe hängen, als wären sie dorthin getropft.

Die Luft in der Werkstatt wurde von der Heizung und der Arbeitsflamme stickig. Schweiß trat auf Pandoras Haut, aber es störte sie nicht. Sie bemerkte nicht einmal so richtig, wann das Gold zu schmelzen begann. Immer wieder zog sie den feinen Golddraht, glättete ihn langsam und veränderte behutsam die Form, bis er dünn wie Engelshaar war und sie ihn mit den Fingern verdrehen und flechten konnte, um den Entwurf zu verwirklichen, der in ihrem Kopf und auf dem Papier existierte.

Die Zeit verstrich. Endlich war die erste dünne Goldkette unter Pandoras Fingern entstanden.

Sie streckte sich soeben, als sich die Tür öffnete und kühle Luft hereinstrich. Mit vor Hitze und Konzentration glühendem Gesicht starrte sie Michael wütend an.

„Was zum Teufel machst du hier?“

„Ich führe Befehle aus.“ Er hatte die Hände in die Jackentaschen geschoben. „Hier riecht es wie in einem Schmelzofen.“

„Ich arbeite.“ Sie wischte sich mit dem Saum ihrer großen Schürze über die Stirn. „Erinnerst du dich an Regel Nummer drei?“

„Das musst du Sweeney sagen.“ Er ließ die Tür einen Spalt offen und kam ganz herein. „Sie sagt, es sei schlimm genug, dass du das Frühstück hast ausfallen lassen, aber ohne Mittagessen kommst du nicht davon.“ Neugierig fuhr er mit dem Finger auf einem Tablett mit glitzernden bunten Steinen herum. „Ich habe Befehl, dich zurückzubringen.“

„Ich bin noch nicht fertig.“

Er hielt einen winzigen Saphir gegen das Licht. „Ich musste sie zurückhalten, sonst wäre sie höchstpersönlich hierher gestampft. Wenn ich ohne dich zurückkomme, wird sie dich holen, aber ihre Arthritis plagt sie wieder.“

Pandora murmelte eine Verwünschung. „Leg das weg“, befahl sie und band ihre Schürze ab.

„Einiges von diesem Zeug sieht echt aus“, bemerkte er, legte den Saphir zurück und nahm einen Diamanten hoch.

„Einiges von diesem Zeug ist echt.“ Pandora bückte sich und drehte eine der beiden Heizungen kleiner.

Michael blickte stirnrunzelnd auf sie hinunter. „Wieso hast du die Sachen herumliegen? Sie sollten weggeschlossen sein.“

Pandora regelte die zweite Heizung. „Warum?“

„Stell dich nicht dümmer als nötig. Jemand könnte einbrechen.“

„Jemand?“ Pandora richtete sich auf und lächelte ihm zu. „In der Gegend gibt es nicht viele Jemands. Charles und Sweeney machen bestimmt keinen Ärger, aber vielleicht sollte ich mir deinetwegen Sorgen machen.“

Er murmelte etwas und ließ den Diamanten auf das Tablett zurückfallen. „Hätte ich ein paar tausend Dollar herumliegen, wäre ich vorsichtiger.“

Normalerweise hätte Pandora zugestimmt, aber sie waren meilenweit von allem und jedem entfernt. „Das ist nur einer der Unterschiede zwischen uns, Michael. Ich glaube nicht, dass du viel Vertrauen in deine Umwelt hast. Das kommt bestimmt daher, dass du so viel über hässliche und unangenehme Dinge schreibst."

„Ich schreibe auch über die menschliche Natur." Er griff nach ihrer Skizze der Smaragdhalskette. Durch ihre Ausgewogenheit hätte sie einen Architekten und durch ihre fließenden Formen einen Künstler begeistert. „Wenn du so gern dieses Klimperzeug machst, warum trägst du selbst nichts?"

„Schmuck stört mich bei der Arbeit. Wenn du über menschliche Natur schreibst, wieso wird dann jede Woche der Bösewicht gefangen?"

„Weil ich für Menschen schreibe, und Menschen brauchen Helden."

Pandora öffnete schon den Mund, um ihm zu widersprechen, fand aber, dass sie seiner Meinung war, schaltete das Licht aus und ging vor ihm hinaus.

„Sperr wenigstens ab", sagte Michael.

„Ich habe keinen Schlüssel."

„Dann werden wir einen besorgen."

„Wir brauchen keinen."

Er knallte die Tür zu. „Du brauchst einen."

Pandora ging achselzuckend weiter. „Michael, habe ich schon erwähnt, dass du irritierter als sonst bist?"

Er holte ein Bonbon aus seiner Tasche und schob es sich in den Mund. „Habe zu rauchen aufgehört."

Zitronengeschmack. Sie fing den leichten Duft auf. „Ist mir aufgefallen. Wie lange schon?"

„Etwa zwei Wochen. Ich werde langsam verrückt."

Sie lachte mitfühlend, ehe sie sich bei ihm einhakte. „Du wirst es überleben, Darling. Der erste Monat ist der schlimmste."

Er betrachtete sie finster. „Woher willst du das wissen? Du hast nie geraucht."

„Der erste Monat ist bei allem der schlimmste. Du musst nur deine Gedanken ablenken. Mach Gymnastik. Wir joggen nach dem Mittagessen."

„Wir?"

„Und wir können nach dem Abendessen Canasta spielen."

Er schnaufte verächtlich, strich aber die Haare von ihrer Wange zurück. „Du wirst wieder betrügen."

„Siehst du, deine Gedanken sind schon abgelenkt." Lachend blickte sie zu ihm auf. Er wirkte etwas verdrossen, aber an ihm war das attraktiv. Friedliches, gutmütiges und gutes Aussehen hatte sie stets gelangweilt. „Es kann nicht schaden, wenn du eines deiner Laster aufgibst, Michael. Du hast so viele."

„Ich liebe meine Laster", brummte er. So freundlich und entspannt lächelte Pandora ihn selten an. Dann vergaß er jedes Mal, wie viel Ärger sie ihm machte. Und er vergaß, dass er sich eigentlich nicht zu betont bohemienhaften Frauen mit wilden roten Haaren und spitzen Knochen hingezogen fühlte. „Eine Frau mit deinem Aussehen sollte auch ein paar eigene Laster haben."

Ihr Mund war ernst, aber ihre Augen funkelten mutwillig. „Dafür bin ich zu beschäftigt. Laster verschlingen eine Menge Zeit."

„Aus der geöffneten Büchse der Pandora strömten die Laster."

Sie blieb auf den Stufen des hinteren Eingangs stehen. „Nebst anderem Unheil. Wahrscheinlich bin ich deshalb sehr vorsichtig, bevor ich etwas öffne."

Michael strich mit dem Finger über ihre Wange. „Früher oder später musst du den Deckel lüften."

Sie wich nicht zurück, obwohl sie die leichte Spannung spürte. Pandora hielt nichts von Zurückweichen, sondern glaubte nur an Vorpreschen. „Manche Dinge sollten besser unter Verschluss bleiben."

Michael nickte. Er wollte genauso wenig von seiner Privatsphäre preisgeben wie sie von ihrer. „Manche Schlösser sind nicht so stark, wie sie sein sollten."

Sie standen dicht beisammen, und der Wind strich leicht zwischen ihnen. Pandora fühlte die Sonne im Rücken und die Kälte auf ihrem Gesicht. Ein Schritt näher, und sie würde auf Wärme treffen – auf Hitze. Daran hatte sie nie gezweifelt und hatte es deshalb immer vermieden. Michael machte sich stets alles zunutze, was sich ihm darbot. Und im Moment wäre das zufällig sie gewesen.

Sie atmete langsam und ruhig aus, ehe sie nach dem Türknopf griff. „Es ist besser, wir gehen jetzt, wir sollten Sweeney nicht warten lassen."

3. KAPITEL

Die Straßen sind fast verlassen. Ein Wagen fährt um die Ecke, verschwindet. Es nieselt. Neonlichter spiegeln sich in Pfützen. Dieser Teil der Stadt ist grau, mies. Hinterhöfe, billige Nachtclubs, verbeulte Autos. Die kleine, nett gekleidete Blondine geht schnell. Sie ist nervös, nicht in ihrem Element, aber auch nicht verloren. Großaufnahme, Briefumschlag in ihrer Hand. Feucht vom Regen. Ihre Finger öffnen und schließen sich. Die Reifen eines Autos außerhalb des Bildes quietschen. Sie zuckt zusammen, steht unschlüssig vor dem Club. Das blaue Licht der Reklame blinkt ihr Gesicht an. Sie zögert. Schiebt den Umschlag von einer Hand in die andere. Sie geht hinein. Kamera fährt langsam auf die Straße. Drei Schüsse, das Bild erstarrt.

Es klopfte drei Mal an der Tür von Michaels Arbeitszimmer. Bevor er antworten konnte, wirbelte Pandora herein. „Herzlichen Glückwunsch zum Jubiläum, Darling!“

Michael blickte von seiner Schreibmaschine auf. Fast die ganze Nacht hatte er an seiner Geschichte gearbeitet, die sich jetzt in seinen Gedanken wieder auflöste.

„Zum Teufel, wovon sprichst du?“ Er tastete nach der Schale mit Erdnüssen, hatte aber schon alle bis auf zwei gegessen.

„Zwei volle Wochen ohne gebrochene Knochen.“ Pandora kam auf ihn zu, schnalzte missbilligend mit der Zunge angesichts der Unordnung und entschied sich für die Armlehne eines Sessels, buchstäblich dem einzigen freien Platz. „Und alle haben gesagt, wir würden nicht durchhalten.“

Pandora sah frisch aus. Die rote Mähne hatte sie nach hinten gekämmt, die schwarze Trikothose mit dem schwarzen Oberteil, auf dessen neutralem Untergrund bizarre Zackenlinien in allen Farben leuchteten, saß bequem.

Michael dagegen fühlte sich, als wäre er soeben aus einer Höhle gekrochen. Sein T-Shirt war schon vor zwei Jahren an der Schulter eingerissen, aber er zog es immer noch am liebsten an. Vor ein paar Wochen hatte er einer Freundin beim Anstreichen geholfen, und die Farbflecke auf seiner Jeans verrieten ihre Vorliebe für Babyrosa. Seine Augen fühlten sich an, als hätte er mit dem Gesicht nach unten im Sand geschlafen.

Pandora strahlte ihn wie eine begeisterte Kindergarten-Tante an.

„Wir haben eine Regel, dass der Arbeitsbereich des anderen zu respektieren ist“, erinnerte er sie.

„Ach, sei doch nicht so grantig. Außerdem hast du mir nie deinen Zeitplan genannt. Soviel ich in der letzten Zeit herausgefunden habe, ist es jetzt für dich noch sehr zeitig am Tag.“

„Ich beginne gerade mit der Grundhandlung für eine neue Episode.“

„Wirklich?“ Pandora ging zu ihm und lehnte sich über seine Schulter. „Hmm“, machte sie, obwohl sie sich fragte, wer wen erschossen hatte. „Nun, die Szene dauert wohl nicht gerade lang.“

„Warum gehst du nicht mit deinen Murmeln spielen?“

„Das ist nicht nett von dir. Und dabei wollte ich dich einladen, mit mir in die Stadt zu fahren.“ Sie setzte sich auf die Schreibtischkante und fragte sich, warum sie unbedingt freundlich sein wollte. Vielleicht, weil die Smaragdhalskette fast fertig war und sogar ihren Standard übertraf. Vielleicht, weil sie in den beiden letzten Wochen Michaels Gesellschaft in gewisser Weise genossen hatte. Ein wenig genossen, mahnte sie sich selbst. Kein Grund zum Jubeln.

Misstrauisch zog Michael die Augen zusammen. „Wozu mitfahren?“

„Ich kaufe für Sweeney ein und dachte, du möchtest auch einmal hier heraus.“

Er wollte schon. Seit zwei Wochen sah er nur das Haus und die Umgebung. „Für wie lange?“

„Ach, zwei oder drei Stunden.“ Sie zuckte die Schultern.

Er geriet in Versuchung. Freizeit und Szenenwechsel. Aber das Blatt in seiner Schreibmaschine war noch immer halb leer. „Geht nicht. Ich muss das noch ausarbeiten.“

„Na gut.“ Pandora stand auf und war überrascht, wie enttäuscht sie war. „Überanstrenge deine Finger nicht.“

Michael wollte gerade eine entsprechende Antwort von sich geben, aber er überlegte es sich wegen der leeren Schale mit Nüssen. „Pandora, könntest du mir ein paar Pfund Pistazien mitbringen?“

Sie blickte auf die leere Schale und hätte beinahe gelächelt. Wenn er weiter so viel knabberte, verlor er bald sein schlankes und rankes Aussehen. „Könnte ich.“

„Und eine New York Times.“

Sie runzelte die Stirn. „Möchtest du mir vielleicht eine Liste machen?“

„Sei so nett, ja? Wenn Sweeney das nächste Mal etwas braucht, fahre ich.“

Sie dachte einen Moment darüber nach. „Na gut, Nüsse und Neuigkeiten.“

„Und ein paar Kugelschreiber!“, rief er ihr nach.

Sie knallte die Tür hinter sich zu.

Erst nach zwei Stunden wollte Michael sich eine Tasse Kaffee gönnen. Die Geschichte voll Windungen und Drehungen ging gut voran. Er schrieb gern für das Fernsehen. Es gefiel ihm, dass seine Geschichten jede Woche Millionen von Menschen erreichten, die sich eine Stunde mit den Personen verbunden fühlten, die er geschaffen hatte.

Die Wahrheit war, dass Michael diesen Logan mochte – Logans vorsichtigen Heldenmut, seinen Humor und seine Fehler. Michael hatte Logan menschlich und fehlbar zögernd angelegt, weil er davon überzeugt war, dass die besten Helden genauso waren.

Einschaltquoten und Fanpost bewiesen, dass er ins Schwarze getroffen hatte. Seine Arbeit für Logan hatte ihm Anerkennung bei den Kritikern und Preise eingetragen, genau wie der Einakter, den er für die Bühne geschrieben hatte. Aber das Bühnenstück hatte höchstens ein paar tausend Menschen erreicht, die meisten von ihnen New Yorker. ‚Logan's Run‘ erreichte dagegen die vierköpfige Familie in Des Moines, die Stahlarbeiter in Chicago und die College-Studenten in Boston. Woche für Woche.

Er schaltete die Schreibmaschine aus, und das Summen erstarb. Er hatte gewusst, dass er in Jolley's Folley arbeiten konnte, aber er hatte nie erwartet, dass es ihm so leicht fallen würde. Genau genommen hatte er nicht erwartet, dass er mit Pandora so gut auskommen würde.

Sicher, sie kämpften miteinander, aber sie zerrissen sich nicht gegenseitig. Ihm gefielen die Abende, an denen er mit Pandora Karten spielte, selbst wenn es ihm nur darum ging, sie beim Mogeln zu erwischen. Bisher hatte er sie noch nicht erwischt.

Und dann war da noch diese seltsame Anziehungskraft, die nicht im Skript gestanden hatte. Manchmal wollte er ihren allzu scharfzüngigen Mund auf angenehmere Weise als sonst verschließen. Nur interessehalber, um herauszufinden, wie das war, sagte er sich. Er wollte herausfinden, wie Pandora reagierte, wenn er sie an sich zog und küsste, bis sie in seinen Armen ganz schwach wurde.

Auflachend trat er an das Fenster. Schwach werden? Pandora? Frauen wie sie wurden nie schwach. Vielleicht konnte er seine Neugierde befriedigen, würde sich dafür aber einen Faustschlag einhandeln. Aber vielleicht war es das sogar wert.

Sie blieb nicht ganz unbeteiligt. Das hatte er deutlich gefühlt. Und sie umkreisten beide diesen Punkt seit zwei Wochen. Oder vielleicht seit zwanzig Jahren.

Noch nie hatte er bei einer anderen Frau exakt die Gefühle gehabt, die er bei Pandora McVie verspürte: Unbehagen, Herausforderung, Ärger. Im Gegenteil, in Gesellschaft von Frauen fühlte er sich fast immer wohl. Er mochte sie – ihre Weiblichkeit, ihre besonderen Stärken und Schwächen, ihren Stil. Vielleicht war er deshalb in Beziehungen stets so erfolgreich, obwohl er sie bewusst nur auf kurze Zeit anlegte.

Wenn er eine Frau umwarb, war er nicht nur am Endergebnis interessiert. Sicher, er interessierte sich für Pandora, aber er wäre nie auf die Idee gekommen, sie zu umwerben. Überraschenderweise hatte er ein oder zwei Mal an eine Verführung gedacht.

Verführen war natürlich etwas ganz anderes als umwerben. Allerdings wusste er nicht, ob der Versuch bei Pandora das Risiko lohnte.

Wenn er ihr ein Dinner bei Kerzenlicht oder einen Spaziergang im Mondschein bot – oder eine Nacht voll wilder Leidenschaft –, würde sie dies mit einer ihrer sarkastischen Bemerkungen versehen. Das wiederum würde ihm eine Bissigkeit entlocken, und das Karussell hätte sich erneut zu drehen begonnen.

Michaels Gedanken stockten, als er von seinem Fenster aus bemerkte, wie sich die Tür des Gartenhauses, in dem Pandora arbeitete, öffnete. Merkwürdig, er hatte nicht gedacht, dass sie schon zurück sein könnte.

Er wollte sich schon mit einem Schulterzucken abwenden, als er eine Gestalt herauskommen sah, vermummt mit Mantel und Hut. Aber er wusste sofort, dass das nicht Pandora war. Pandora bewegte sich anmutig und selbstvergessen. Diese Person dort ging rasch und ängstlich. Ohne lange zu überlegen, jagte Michael aus dem Zimmer und die Treppe hinunter.

Am Fuß der Treppe prallte er fast mit Charles zusammen. „Ist Pandora schon zurück?“, fragte er.

„Nein, Sir. Sie meinte …"

Doch Michael durchquerte die Halle. Im Freien traf ihn der kalte Wind voll und erinnerte ihn daran, dass er sich keinen Mantel angezogen hatte.

Während er auf das Gartenhaus zulief, wurde sein Gesicht von dem scharfen Wind kalt, nur seine Muskeln erwärmten sich. Niemand war auf dem Grundstück zu sehen. Nicht überraschend, denn die Wälder rückten dicht an die Grenze heran, und es gab etliche bequeme Wege.

Irgendein Jugendlicher, der sich hier herumtrieb? Pandora hatte Glück, wenn er nicht die Hälfte ihrer hübschen Steine mitgenommen hatte. Es würde ihr recht geschehen.

Michael änderte seine Meinung, sobald er ihre Werkstatt betrat und einen ersten Blick auf das sich ihm bietende Chaos geworfen hatte.

Behälter waren umgekippt, sodass Gemmen und Steine und Perlen überall verstreut herumlagen. Garne und Fäden waren entrollt und von Wand zu Wand gespannt und miteinander verknotet. Einige musste Michael zerreißen, um eintreten zu können. Gold- und Silberdraht war zerknüllt und zerschnitten. Werkzeuge lagen überall auf dem Boden.

Michael bückte sich und hob einen Smaragd auf. Falls das ein Dieb gewesen war, hatte er sich reichlich seltsam angestellt.

„O nein!" Pandora stand in der Tür, ließ ihre Tasche fallen und konnte nur noch starren.

Michael drehte sich zu ihr um und sah ihr leichenblasses Gesicht. Er murmelte eine Verwünschung und wünschte sich, wenigstens einen Moment Zeit gehabt zu haben, um sie vorbereiten zu können. „Schon gut", sagte er und streckte die Hand aus, um ihren Arm zu ergreifen.

Pandora stieß ihn beiseite und drängte sich in die Werkstatt. Perlen rollten und sprangen vor ihren Füßen her. Einen Augenblick überwogen Unglaube und Schock. Dann ergriff sie eine unbändige Wut. „Wie konntest du nur?" Als sie sich zu Michael drehte, war sie nicht mehr blass, sondern Zornesröte war ihr in die Wangen gestiegen, und ihre Augen funkelten wie der Smaragd in seiner Hand.

Weil Michael nicht damit rechnete, hatte er beinahe die ganze Wucht des ersten Schlages abbekommen. Er spürte den Luftzug, als ihre Faust an seinem Gesicht vorbeitraf. Er fing ihren Arm ab, bevor sie es noch einmal versuchen konnte. „Einen Moment", setzte er an, aber Pandora warf sich buchstäblich auf ihn, dass sie beide gegen die

Wand fielen. Was immer noch auf den Borden geblieben war, stürzte zu Boden. Es kostete ein paar Sekunden und etliche Beulen auf beiden Seiten, ehe Michael ihre Arme nach hinten biegen und sie festhalten konnte.

„Hör auf!“ Er drückte sie gegen die Wand, bis sie außer sich vor Erbitterung zu ihm aufstarrte. „Du hast Grund, so aus der Fassung zu geraten, aber du erreichst nichts, wenn du mich umbringst.“

„Ich wusste, dass du gemein sein kannst“, stieß sie zwischen zusammengebissenen Zähnen hervor. „Aber ich hätte nie gedacht, dass du so dreckig sein kannst.“

„Zum Teufel, glaub, was du willst“, fuhr er sie an, aber er fühlte, wie sie unter der Anstrengung, sich zu beherrschen, zitterte. „Pandora“, fügte er sanfter hinzu. „Das war ich nicht. Sieh mich an! Warum sollte ich?“

Weil sie weinen wollte, waren ihre Stimme und ihre Augen hart. „Sag du es mir doch!“

Geduld war keine seiner Stärken, aber er versuchte es noch einmal. „Pandora, hör doch! Ich bin kurz vor dir hier hereingekommen. Ich habe von meinem Fenster aus jemanden aus deiner Werkstatt herauskommen sehen.“

Sie würde sich erniedrigen. Sie war den Tränen nahe und hasste das Gefühl. Es war besser, Michael zu hassen. „Lass mich los!“

Vielleicht wurde er mit ihrer Wut besser fertig als mit ihrer Verzweiflung. Vorsichtig ließ Michael ihre Arme los und trat zurück. „Ich habe diese Person vor höchstens zehn Minuten gesehen. Wahrscheinlich ist der Betreffende durch die Wälder auf und davon.“

Pandora versuchte zu denken. „Du kannst gehen“, sagte sie mit tödlicher Ruhe. „Ich muss aufräumen und eine Bestandsaufnahme machen.“

Bitterkeit stieg in Michael hoch, als sie ihn so beiläufig wegschickte, aber dann erinnerte er sich an seine Reaktion beim Betreten der Werkstatt, und er schluckte die Bitterkeit hinunter. „Wenn du willst, rufe ich die Polizei, aber ich weiß nicht, ob etwas gestohlen wurde.“ Er öffnete seine Faust und zeigte Pandora den Smaragd. „Ich kann mir nicht vorstellen, dass ein Dieb so etwas Kostbares zurücklässt.“

Pandora nahm ihm rasch den Stein aus der Hand und ging mit klopfendem Herzen an ihren Werktisch. Da lagen die Überreste der Halskette, an der sie zwei Wochen lang gearbeitet hatte. Die zarten Girlanden waren zerrissen, die Smaragde überall verstreut. Pandora sammelte die Teile ein und unterdrückte den Wunsch zu schreien.

„Du warst damit fast fertig, nicht wahr?“, fragte Michael. Er stellte sich vor, wie er sich fühlen würde, falls jemand mit einer Schere sein Skript zerschnitten hätte.

Pandora ließ die Teile auf den Tisch zurückfallen. „Lass mich allein.“ Sie kauerte sich auf den Boden und begann, Steine und Perlen einzusammeln.

„Pandora.“ Als sie ihn ignorierte, packte Michael sie an den Schultern und schüttelte sie. „Verdammt, Pandora, ich will dir helfen.“

Sie warf ihm einen langen, kalten Blick zu. „Du hast genug getan, Michael. Lass mich jetzt allein.“

„Na gut, fein.“ Er ließ sie los und stürmte hinaus. Auf halbem Weg zum Haus blieb er stehen, fluchte und wünschte sich sehnlichst eine Zigarette.

Pandora hatte kein Recht, ihn zu beschuldigen. Schlimmer noch: Sie hatte kein Recht, ihn so zu behandeln, dass er sich verantwortlich fühlte.

Er wäre beinahe weiter auf das Haus zugegangen, als ihm einfiel, wie geschockt und elend sie in der Tür der Werkstatt ausgesehen hatte. Er nannte sich einen Narren und kehrte um.

Als Michael die Tür wieder öffnete, herrschte unverändert das Chaos. Pandora saß mitten auf dem Fußboden neben ihrer Arbeitsbank und weinte leise.

Er geriet in die typisch männliche Panik bei der Sicht von Frauentränen, zur gleichen Zeit fand er es höchst verwunderlich, dass Pandora sie vergoss. Wortlos ging er zu ihr und legte seine Arme um sie.

Sie verkrampfte sich, aber damit hatte er gerechnet. „Ich habe dir gesagt, du sollst weggehen.“

„Ja. Aber warum sollte ich auf dich hören?“ Er strich ihr über das Haar.

Pandora wollte sich an ihn lehnen und stundenlang weinen. „Ich will dich nicht hier haben.“

„Ich weiß. Tu einfach so, als wäre ich ein anderer.“ Er zog sie an seine Brust.

„Ich weine jetzt nur aus Wut.“ Schniefend presste sie ihr Gesicht an sein Hemd.

„Sicher." Er drückte einen Kuss auf ihren Kopf. „Nur zu, ärgere dich noch eine Weile. Ich bin daran gewöhnt."

Sie sagte sich, dass das nur vom Kummer kam, warum sie sich so geschwächt fühlte, aber sie entspannte sich in seinen Armen. Die Tränen strömten ihr über die Wangen. Wenn sie weinte, dann weinte sie aus ganzem Herzen. Als es vorüber war, war sie erledigt.

Nachdem ihre Tränen getrocknet waren, kuschelte sie sich an Michael. Er gab ihr Sicherheit, über die sie jetzt nicht nachdenken wollte. Sie fühlte sich beschämt. Sie war gemein zu ihm gewesen. Er war zurückgekommen und hatte sie in die Arme genommen. Wer hätte gedacht, dass er so geduldig sein könnte und so liebevoll? Pandora seufzte tief und hielt die Augen geschlossen.

„Es tut mir leid, Michael."

Sie war so weich. Er ließ seine Wange über ihr Haar streichen. „Ist schon okay."

„Nein, ich meine es ernst." Als sie den Kopf drehte, glitten ihre Lippen über seine Wange. Es überraschte sie beide. Solche Berührungen waren Freunden vorbehalten … oder Liebenden. „Ich konnte vorhin nicht mehr denken. Ich …" Sie unterbrach sich, war von seinen Augen fasziniert. War das nicht seltsam, wie klein die Welt werden konnte, wenn man jemandem in die Augen sah? „Ich muss das alles erst verarbeiten."

„Ja, das müssen wir beide." Er ließ seinen Finger über ihre Wange gleiten. Sie war weich und sanft, mehr als er je angenommen hätte.

Es war so leicht für sie, sich an seine Schulter zu lehnen. „Ich kann nicht denken."

„Nein?" Ihre Lippen waren nur noch Zentimeter von den seinen entfernt – zu nahe, um sie zu ignorieren, zu weit, um sie zu kosten. „Dann denken wir eben beide einen Moment lang nicht nach."

Als seine Lippen ihren Mund berührten, zog Pandora sich nicht zurück, sondern akzeptierte es mit der gleichen Neugierde, die ihn bewegte. Es war keine Explosion, auch kein Schock, sondern für sie beide ein Test, einer, von dem sie beide gewusst hatten, dass es früher oder später dazu kommen musste.

Pandora fühlte sich warm an, und bei aller Süße hatte sie Würze. Michael kannte sie nun schon so lange, dass er das eigentlich hätte wissen müssen. Weich. Ja, sie war weich, aber nicht nachgiebig. Vielleicht hätte er Nachgiebigkeit zu einfach gefunden. Als er seine Zunge in ihren Mund schob, kam ihm ihre Zunge aufreizend und spielerisch entgegen. Sie brachte ihn dazu, mehr zu wollen, viel mehr. Er vergrub die Finger in ihr Haar. Michael war so geheimnisvoll und verwegen, wie sie das immer erwartet hatte. Seine Hände waren fest, und sein Mund verstand zu geben. Manchmal hatte sie sich vorgestellt, wie das wäre, ihm so zu begegnen, aber sie hatte diese Gedanken stets verdrängt. Michael Donahue war gefährlich, ganz einfach weil er Michael Donahue war. Seit sie Kinder waren, hatte er sie abwechselnd angezogen und abgestoßen. Es war mehr, als es irgendeinem anderen Mann länger als eine Woche gelungen wäre.

Während sie jetzt seinen Mund erforschte, verstand sie den Grund. Michael war für sie anders. Sie fühlte sich in seinen Armen nicht ganz sicher und auch nicht ganz beherrscht. Bisher hatte Pandora bei der Begegnung mit einem Mann stets darauf geachtet, dass sie beides war. Das Kratzen seiner unrasierten Wange störte sie nicht. Es wirkte erregend. Der harte Fußboden störte genauso wenig wie die kalte Luft, die durch die noch immer offene Tür hereinströmte.

Pandora fühlte sich ruhig und wohlig. Der leichte Druck seiner Zähne an ihrer Lippe gab ihr das Gefühl, als ob sie gerade Neuland betreten hätte. Sie war in immer neuen unbekannten Gebieten aufgewachsen, und dennoch hatte sie nie etwas erlebt, das so einmalig, exotisch oder so beruhigend war.

Sie wollte weitermachen und wusste, dass sie aufhören musste.

Zur gleichen Zeit zogen sie sich zurück.

„Nun ja." Pandora rang um Fassung, während sie die Hände im Schoss faltete. Sei lässig, befahl sie sich, sei locker. Sie durfte nichts sagen, weswegen er sie auslachen konnte. „Das war wohl bereits seit einer Weile fällig."

Michael fühlte sich, als ob er soeben ohne Wagen über eine Achterbahn gerast wäre. „Vermutlich." Er betrachtete sie einen Moment neugierig und ein bisschen entnervt. Als er sah, dass sie die Finger ineinander verschlang, fühlte er eine kleine Befriedigung. „Es war nicht ganz so, wie ich erwartet habe."

„Die Dinge sind meistens nicht so." Zu viele Überraschungen für einen Tag, fand Pandora und stand ein wenig schwankend auf. Sie beging den Fehler, um sich zu sehen und wäre beinahe wieder zu Boden gesunken.

„Pandora ..."

„Nein, keine Sorge." Sie schüttelte den Kopf, als er aufstand. „Ich breche nicht wieder zusammen. Du hast wohl wegen des Schlüssels Recht gehabt. Ich sollte dir dankbar sein, dass du nicht gesagt hast: Ich habe es dir ja gleich gesagt."

„Vielleicht hättest du es zu hören bekommen, wenn es gepasst hätte." Michael las die verstreuten Smaragde auf. „Ich bin kein Experte, Cousine, aber ich würde behaupten, die sind ein paar tausend Dollar wert."

„Ja, und?" Sie runzelte die Stirn, als sie allmählich begriff. „Kein Dieb hätte sie liegen gelassen."

„Schätze, du wirst feststellen, dass nichts fehlt. Wer immer das gemacht hat, wollte nur verwüsten."

Pandora stieß die Luft verächtlich aus und setzte sich auf den Tisch. „Du glaubst, dass es jemand von der Familie war."

„Sie dachten, dass wir es nicht schaffen. Nun haben wir die ersten beiden Wochen geschafft, und das könnte einen von ihnen nervös gemacht haben. Was war deine erste Reaktion, als du das alles hier gesehen hast?"

Sie fuhr sich mit den Fingern durch die Haare. „Dass du es getan hast. Genau so, wie unsere liebe Verwandtschaft es von mir erwartete. Verdammt, ich hasse es, dass ich so leicht auszumachen bin."

„Du hast sie überlistet, sobald du wieder klar denken konntest."

„Biff", entschied Pandora nachdrücklich. „So ein gemeiner Trick wäre genau sein Stil."

„Ich würde nur auf Biff tippen, wenn dir ein paar Steine fehlten. Er könnte niemals der Versuchung widerstehen, ein paar Glitzersteine einzustecken, die er zu Geld machen könnte."

„Das stimmt." Onkel Carlson ... Nein, das wäre nicht sein Stil gewesen. Viel zu ungehobelt. Ginger wäre von dem Glitzern so fasziniert gewesen, dass sie die Steine nur gestreichelt hätte. „Nun, es ist wahrscheinlich unwichtig, wer es war. Sie haben mich bei meiner Arbeit um zwei Wochen zurückgeworfen." Wieder hob sie Teile der Goldkette auf. „Sie wird nie so werden wie vorher. Nichts gelingt beim zweiten Mal genauso."

„Manchmal wird es besser."

Kopfschüttelnd ging Pandora zu der Heizung. Wenn Michael ihr jetzt noch mehr Mitgefühl schenkte, würde sie sich selbst nicht mehr trauen. „Wie auch immer, ich muss sofort anfangen. Sag Sweeney, dass ich es nicht zum Lunch schaffe."

„Ich helfe dir beim Aufräumen."

„Nein." Sie wandte sich ihm wieder zu, als er die Stirn runzelte. „Nein, wirklich, Michael, vielen Dank, aber ich muss mich beschäftigen. Allein."

Es gefiel ihm nicht, aber er verstand es. „Also gut. Wir sehen uns zum Dinner."

„Michael." Er blieb in der Tür stehen. „Vielleicht hatte Onkel Jolley recht."

„Inwiefern?"

„Du könntest zum Ausgleich ein oder zwei Vorzüge haben."

Er lächelte ihr strahlend zu. „Onkel Jolley hatte immer recht, Cousine. Deshalb hält er ja auch jetzt noch die Fäden in der Hand."

Pandora wartete, bis sich die Tür schloss. Onkel Jolley hielt tatsächlich noch immer die Fäden in der Hand. „Aber du wirst mich nicht verkuppeln", murmelte sie. „Ich bleibe frei und ungebunden. Hoffentlich geht das in deinen Dickschädel hinein."

Sie war nicht abergläubisch, doch Pandora meinte fast, das hohe, abgehackte Lachen ihres Onkels zu hören.

4. KAPITEL

Da Pandora nach einer genauen Überprüfung feststellte, dass nichts fehlte, verzichtete sie darauf, die Polizei zu verständigen. Dass der Einbruch während ihrer Fahrt in die Stadt verübt worden war, brachte sie auf eine Idee. „Ich möchte gern wissen, ob die Saundersons im Winter in ihrem Haus sind."

„Die Nachbarn mit dem See." Michael hatte ebenfalls schon daran gedacht, dass man von ihrem Grundstück aus Jolley's Folley mit einem guten Fernglas beobachten konnte. „Sie sind oft in Europa, nicht wahr?"

„Ja." Pandora stocherte in ihrem Hühnerfrikassee herum. „Er hat mit Hotels zu tun, und sie wohnen mal hier und mal da für ein paar Wochen."

„Vermieten sie in der Zeit ihr Haus?"

„Nicht dass ich wüsste. Ich glaube, sie halten immer ein oder zwei Angestellte im Haus, selbst wenn sie verreist sind. Jetzt fällt mir ein, dass sie vor ein paar Monaten daheim waren." Pandora lächelte bei der Erinnerung. „Onkel Jolley und ich gingen angeln, und Saunderson hätte uns beinahe geschnappt. Wären wir nicht auf allen Vieren zu der Hütte zurück ..." Sie brach ab, als sich der Gedanke formte.

„Hütte." Michael nahm das Stichwort auf. „Ich hatte sie ganz vergessen. Jolley benutzte sie in seiner Ernähre-dich-von-dem-Land-Phase."

Pandora zuckte die Schultern. „Letztlich hat er mehr Bohnen aus der Dose als Wild gegessen. So viel zu der Ernährung von den Reichtümern des Landes. Jedenfalls haben wir eine Menge Forellen gefangen. Die, die wir nicht verbraucht hatten, schickten wir an Saunderson. Er hat uns nie ein Dankschreiben zurückgeschickt."

„Schlechte Manieren."

„Nun, ich habe gehört, dass seine Großmutter ein Bar-Mädchen aus Chelsea war. Noch Wein?"

„Nein, danke." Michael wollte einen klaren Kopf für den Plan behalten, der allmählich Formen annahm. „Aber nimm dir ruhig."

Pandora stellte die Flasche weg und lächelte ihm süß zu. „Nein, ich bin ein wenig müde."

„Dazu hast du allen Grund." Es passte ihm großartig, wenn er sie zeitig zu Bett schicken konnte. „Du musst dich richtig ausschlafen."

„Du hast bestimmt Recht." Beide waren zu sehr mit ihren eigenen Schachzügen beschäftigt, um zu bemerken, wie unglaublich höflich die Unterhaltung geworden war. „Ich nehme heute Abend keinen Kaffee und bade stattdessen ausgiebig." Pandora zwang sich zu einem kleinen Gähnen. „Wie steht es mit dir? Willst du noch so spät arbeiten?"

„Nein. Nein, ich fange lieber morgen früh zeitig an."

„Nun dann." Lächelnd stand Pandora auf. Sie wollte eine Stunde warten, bevor sie loszog. „Ich gehe nach oben. Gute Nacht, Michael."

„Gute Nacht." Er beschloss zu verschwinden, sobald sie das Licht in ihrem Zimmer löschte.

Pandora blieb in ihrem verdunkelten Zimmer genau fünfzehn Minuten sitzen und lauschte. Sie musste nur unbemerkt ins Freie gelangen. Alles andere war dann einfach. Sie öffnete ihre Tür einen Spalt und lauschte mit angehaltenem Atem. Kein Laut. Jetzt oder nie, dachte sie und schlüpfte in ihren Mantel. In die tiefen Taschen schob sie eine Taschenlampe, zwei Streichholzbriefchen und eine kleine Dose Haarspray als Ersatz für einen Schlagstock, falls sie auf Schwierigkeiten treffen sollte. Sie schob sich auf den Korridor hinaus und schlich die Treppe hinunter.

Ein Abenteuer, dachte sie und fühlte angespannte Erregung. Seit Onkel Jolleys Tod hatte sie keines mehr erlebt. Sie schlüpfte durch einen der Nebeneingänge ins Freie und warf einen Blick zu Michaels Fenster, ehe sie zu den Wäldern eilte.

Unter den Bäumen reichte das Licht der Sterne nicht aus. Sie holte die Taschenlampe hervor und leuchtete den Pfad aus. Sie ließ sich Zeit, damit das Abenteuer länger dauerte, lauschte und ließ ihre Fantasie spielen.

Die Nacht war voll von Geräuschen. Von Zeit zu Zeit raschelte es in den Wäldern. Ein Fuchs? Ein Waschbär? Oder ein Bär, der sich noch nicht zum Winterschlaf zurückgezogen hatte? Pandora liebte es, nicht ganz sicher zu sein.

Der Weg gabelte sich, und Pandora wandte sich nach links. Es war nicht mehr weit bis zu der Hütte. Einmal blieb sie stehen, als sie vor sich etwas hörte, das für einen Fuchs entschieden zu laut war. Einen Moment kamen ihr unangenehme Gedanken an Bären und Wildkatzen. Fantasien waren eine Sache, die Wirklichkeit eine andere. Doch dann war da gar nichts. Kopfschüttelnd ging Pandora weiter.

Was sollte sie machen, wenn sie entdeckte, dass die Hütte nicht bloß staubig und verlassen war? Wenn sie tatsächlich einen ihrer lieben, ergebenen Verwandten vorfand, der dort seine Zelte aufgeschlagen hatte? Onkel Carlson, der das Wall Street Journal am Kamin las? Tante Patience, die mit einem Staubtuch über den naturbelassenen Holztisch fächelte? Der Gedanke war beinahe lachhaft. Nur beinahe, bis Pandora ihre Werkstatt wieder einfiel.

Wer immer auch da war, er würde ihr Rede und Antwort stehen müssen.

Und dann war Pandora auch schon an der Hütte, die so aussah, wie sie aussehen sollte – verlassen, einsam und unheimlich. Sie hielt den Strahl ihrer Taschenlampe tief, während sie ganz langsam die Veranda betrat, und sie hätte um ein Haar aufgeschrien, als unter ihrem Gewicht die schmale Holztreppe knarrte. Sie presste eine Hand gegen ihr Herz, bis es nicht mehr so gegen ihre Rippen hämmerte. Dann griff sie langsam und ruhig nach dem Türknopf und drehte ihn.

Ächzend schwang die Tür auf. Pandora zuckte bei dem Laut zusammen, zählte im Geist zehn Sekunden und tat den nächsten Schritt. Sie ließ den Lichtstrahl in schneller Folge hin und her wandern und trat gleichzeitig ein …

Als sich der Arm um ihren Hals schlang, ließ sie die Taschenlampe laut klappernd fallen. Noch während sie Luft zum Schreien holte, fasste sie in die Tasche nach dem Haarspray, wirbelte herum – und stand von Angesicht zu Angesicht vor Michael. Seine Faust fuhr dicht an ihrem und ihre Spraydose sprühte dicht an seinem Gesicht vorbei.

„Verdammt!“ Michael ließ seinen Arm sinken. „Was machst du hier?“

„Was machst du hier?“, entgegnete sie heftig. „Und wie kommst du dazu, mich so zu packen? Du hättest meine Taschenlampe zerbrechen können.“

„Ich habe fast deine Nase gebrochen.“

Pandora warf mit einer Kopfbewegung ihr Haar zurück und hob ihre Lampe vom Boden. Sie wollte nicht, dass er sah, wie sehr ihre Hände zitterten. „Also, ich meine, du solltest dich erst davon überzeugen, wen du in den Würgegriff nimmst.“

„Du bist mir gefolgt."

Sie maß ihn mit einem kühlen und zugleich auch amüsierten Blick. Das tat ihr richtig gut, denn immerhin hatte sich ihr Magen noch nicht beruhigt. „Bilde dir bloß nichts ein. Ich wollte nur wissen, ob sich hier draußen etwas abspielt, und ich wollte nicht, dass du dich einmischst."

„Einmischen?" Er richtete den Strahl seiner eigenen Taschenlampe direkt auf ihr Gesicht, sodass sie abwehrend die Hand hob. „Und was hättest du getan, wenn sich hier etwas abgespielt hätte?"

Pandora dachte daran, wie leicht Michael sie überrumpelt hatte. Doch sie hob ihr Kinn nur noch eine Spur höher. „Ich kann auf mich selbst aufpassen."

„Aber sicher." Er sah auf die Dose in ihrer Hand. „Was hast du denn da?"

Pandora wurde sich erst jetzt bewusst, was sie umfasst hielt, und musste ein Lachen unterdrücken. Oh, welchen Spaß Onkel Jolley an der absurden Situation gehabt hätte! „Haarspray", erklärte sie. „Genau zwischen die Augen."

Er fluchte, dann lachte er. Eine so unlogische Szene hätte er nicht einmal schreiben können. „Ich muss wohl noch froh sein, dass du nicht auf mich abgedrückt hast."

„Ich gucke, bevor ich zuschlage." Pandora schob die Dose zurück in ihre Manteltasche. „Nun, wenn wir schon einmal hier sind, können wir uns auch umsehen."

„Genau das habe ich getan, als ich dein katzenhaftes Anschleichen hörte." Er ignorierte ihr Naserümpfen. „Sieht so aus, als hätte sich hier jemand häuslich niedergelassen." Um seine Behauptung zu beweisen, richtete Michael das Licht auf den Kamin. Halb verbrannte Scheite glosten noch.

„Sieh mal an." Pandora durchstreifte mit ihrer eigenen Taschenlampe die Hütte. „Vielleicht ein Vagabund."

Michael nickte. „Vielleicht."

„Aber nicht wahrscheinlich. Glaubst du, dass der Betreffende wiederkommen wird?"

„Schwer zu sagen. Vielleicht meint er, schon genug Schaden angerichtet zu haben."

Pandora ließ sich auf die Pritsche fallen und stützte das Kinn in die Hände. „Ich habe gehofft, jemanden zu fangen."

„Und dann? Wolltest du ihn mit umweltfreundlichem Haarspray einnebeln?“

Sie starrte ihn böse an. „Ich nehme an, du hast einen besseren Plan gehabt.“

„Ich hätte es den Leuten vermutlich ein wenig ungemütlicher machen können.“

„Blaue Augen und gebrochene Nasen.“ Sie gab einen ungeduldigen Laut von sich. „Wirklich, Michael, du solltest nicht nur an deine Fäuste denken.“

„Vermutlich wolltest du mit dem betreffenden Mitglied unserer reizenden Familie über das nette Spielchen ‚Finden und Vernichten‘ in deiner Werkstatt vernünftig diskutieren.“

Sie wollte ihn gerade anfahren, aber dann hielt sie sich doch zurück und lächelte nur. Es war jenes träge, boshafte Lächeln, das Michael immer wieder bewundern musste. „Nein“, räumte sie ein. „Vernunft stand nicht auf meiner Liste. Sieht allerdings so aus, als hätten wir beide unsere Chance zu brutaler Gewalt verpasst. Nun, du schreibst die Kriminalgeschichten. Sollten wir nicht, wie es so üblich ist, nach Spuren suchen?“

Er lächelte dünn. „Ich habe nicht daran gedacht, mein Vergrößerungsglas mitzubringen.“

„Du kannst beinahe amüsant sein, wenn du dich anstrengst.“ Pandora stand auf und leuchtete mit ihrer Taschenlampe herum. „Vielleicht hat der Betreffende etwas fallen lassen.“

„Ein Namensschild?“

„Irgendetwas“, murmelte Pandora, ließ sich auf die Knie nieder und blickte unter die Pritsche. „Aha!“

„Was ist es?“ Michael war bei ihr, bevor sie sich wieder aufrichtete.

„Ein Schuh.“ Sie kam sich ein wenig albern und sentimental vor. „Es ist nichts. Er gehörte Onkel Jolley.“

Weil sie ein wenig verloren aussah und verletzbarer wirkte, als er erwartet hatte, bot Michael ihr den einzigen Trost an, den er zu bieten hatte. „Ich vermisse ihn auch.“

Sie kauerte einen Moment mit dem Schuh in ihrem Schoß auf dem Boden. „Weißt du, manchmal kann ich ihn fast fühlen, als wäre er nur im nächsten Raum, um plötzlich aufzutauchen und über den unglaublichen Streich zu lachen, den er uns gespielt hat.“

Mit einem kurzen Auflachen rieb Michael mit der Hand über ihren Rücken. „Ich weiß, was du meinst."

Pandora betrachtete ihn abschätzend. „Vielleicht tust du es", murmelte sie. Sie setzte den Schuh auf der Liege ab. „Ich schaue mal in den Schrank."

„Lass es mich wissen, wenn du Kekse findest." Er begegnete ihrem Blick mit einem Schulterzucken. „Im Anfangsstadium des Nichtrauchens benötigt man eine Menge oraler Befriedigung."

„Du solltest es mit Kaugummi versuchen." Pandora öffnete einen Schrank und leuchtete über Dosen und Gläser hinweg. Sie fand Erdnussbutter und russischen Kaviar, zwei von Jolleys Lieblingshappen. Sie erblickte die Taco-Sauce und den Frucht-Cocktail und erinnerte sich daran, dass ihr dreiundneunzigjähriger Onkel den Appetit eines Teenagers besessen hatte. Endlich fasste sie in den Schrank und holte eine Dose hervor.

„Aha!"

„Schon wieder?"

„Tunfisch", verkündete Pandora und wedelte mit der Dose vor seiner Nase.

„Stimmt. Ist auch Mayonnaise da?"

„Sei nicht begriffsstutzig, Michael. Onkel Jolley hasste Tunfisch."

Michael wollte eine spöttische Bemerkung machen, stockte aber. „Tatsächlich", sagte er langsam. „Und er hat nie etwas aufbewahrt, das er nicht mochte."

„Genau."

„Gratuliere, Sherlock. Also, welcher der Verdächtigen besitzt eine Vorliebe für Fisch in Dosen?"

„Du bist doch bloß eifersüchtig, weil ich einen Hinweis gefunden habe und du nicht."

„Es ist nur ein Hinweis." Michael ärgerte sich tatsächlich ein wenig, weil er von einem Amateur ausgestochen worden war. „Vielleicht kannst du etwas damit anfangen."

Er verweigert mir jede wirklich Anerkennung, dachte sie. Aber auch jede, für meine Geschicklichkeit, meine Intelligenz und ganz und gar für meine Weiblichkeit. Ihre Stimme klang scharf, als sie ihm vorwarf: „Wenn du so pessimistisch bist, warum bist du dann überhaupt hierher gekommen?"

„Ich habe gehofft, jemanden zu finden.“ Michael leuchtete ständig von einer Wand zur anderen. „Wir haben nur bewiesen, dass jemand hier gewesen ist.“

Pandora ließ voll Widerwillen die Dose Tunfisch fallen. „Verlorene Zeit.“

„Du hättest mir nicht folgen sollen.“

„Ich bin dir nicht gefolgt.“ Sie richtete ihre Lampe zurück auf ihn. In der Dunkelheit wirkte er zu männlich, zu gefährlich. Sie wünschte sich – wenn auch flüchtig –, dass sie so blendend gewachsen und so überwältigend gekleidet wäre, dass es ihn auf die Knie zwingen würde. „So wie ich das einschätze, bist du mir gefolgt.“

„Aha, verstehe. Darum war ich ja auch vor dir hier.“

„Das gehört nicht zur Sache. Warum hast du mir nicht gesagt, dass du dich auf den Weg hierher machen wolltest?“

„Aus demselben Grund, aus dem du mir nichts gesagt hast. Ich vertraue dir nicht, Cousine. Und du vertraust mir nicht.“

„Wenigstens stimmen wir in einem Punkt überein.“ Pandora wollte an ihm vorbei, aber er hielt sie am Arm fest. Eisig blickte sie zuerst auf seine Hand, dann in sein Gesicht. „Du solltest dir diese Unsitte abgewöhnen, Michael.“

„Es ist einfacher, dich zu berühren, als ich gedacht habe, Pandora.“

„Sei nicht zu sicher, Michael.“ Sie wich einen Schritt zurück. Es ist kein Rückzug, sagte sie sich. Es geschieht aus rein taktischen Gründen. Doch er bewegte sich mit ihr.

„Manche Frauen haben Schwierigkeiten mit körperlicher Anziehung.“

Der in ihren Augen aufflammende Zorn gefiel ihm genauso wie die Leidenschaft, die er an diesem Nachmittag kurz hatte aufflackern sehen. „Dein Ego zeigt sich wieder, Michael. Dieses dominierende Gehabe mag vielleicht ganz gut bei deinen ‚Mädchen des Monats‘ wirken, aber …“

„Mein Sexualleben hat dich schon immer seltsam fasziniert.“ Michael lächelte zufrieden über ihren frustrierten Gesichtsausdruck.

„Es ist die gleiche Faszination, die das Sexualleben gewisser niedriger Säugetiere auf einen ausübt.“ Er machte sie wütend, dass ihr Herz raste. Und nicht vor Zorn. Sie war zu ehrlich mit sich selbst, um so zu tun, als wäre es Zorn. Sie war hierher gekommen, um ein Abenteuer zu suchen, und sie hatte eines gefunden. „Es wird spät", sagte sie im Tonfall einer Lehrerin zu einem ungezogenen Schüler. „Wenn du mich jetzt entschuldigst."

„Ich habe nie nach deinem Sexualleben gefragt." Als Pandora noch einen Schritt zurückwich, drängte er sie in eine Ecke. Sie ließ die Hand in ihre Tasche mit der Dose Haarspray gleiten. „Lass mich raten. Du ziehst Männer vor, die über Sex mehr philosophieren als ihn zu praktizieren."

„Du aufgeblasener, arroganter ..."

Michael verschloss ihren Mund, wie er sich das schon ausgemalt hatte, nämlich mit seinem Mund.

Diesmal war der Kuss kein Vorfühlen, sondern er war wild, heiß und geradezu verzweifelt. Was immer sie auch fühlte, wollte sie erst später überdenken. Jetzt akzeptierte sie einfach die Erfahrung. Sein Mund war warm und fest, und er küsste sie mit dem gleichen anmaßenden männlichen Selbstvertrauen, das sie bei jeder anderen Gelegenheit wütend gemacht hätte. Jetzt kam sie ihm auf gleiche Weise entgegen.

Michael war stark und hartnäckig. Zum ersten Mal fand Pandora sich Körper an Körper mit einem Mann, der sie nicht sanft behandelte. Er forderte, erwartete und gab uneingeschränkte physische Empfindungen. Pandora brauchte über den Kuss nicht nachzudenken. Sie brauchte überhaupt nicht zu denken.

Er hatte erwartet, dass sie zurückwich und nach ihm schlagen würde. Ihre sofortige und volle Reaktion ließ ihn schwindeln. Seit Jahren hatte ihn schon kein Kuss mehr schwindelig gemacht.

Wenn sie wüsste, wie rasch sie ihn geschafft hatte, würde sie sich darüber hämisch freuen. Er dachte nicht weiter darüber nach. Er dachte an gar nichts. Ohne einen Moment zu überlegen, gab er sich ganz seinen Sinnen hin.

In der Hütte war es kalt und dunkel, und der Wind heulte, aber keiner von beiden bemerkte es, nicht einmal, als sie sich endlich voneinander lösten.

Michael war sich seiner nicht sicher. Aber wenigstens hatte er die Befriedigung, dass Pandora sich offenbar auch ihrer nicht sicher war. Sie sah so aus, wie er sich fühlte – benommen, aus dem Gleichgewicht gebracht und unfähig, ihm den nächsten Schlag zu versetzen. Er brauchte sein Gleichgewicht und grinste sie an.

„Wolltest du nicht etwas sagen?"

Sie wollte ihn schlagen. Und sie wollte ihn wieder küssen, bis ihm das Grinsen verging. Er hatte erwartet, sie werde ihm möglicherweise wie jede andere Frau zu Füßen sinken. Er hatte erwartet, sie werde seufzen und lächeln und sich ihm überlassen, damit er wieder einen Sieg verbuchen konnte. Stattdessen fauchte sie ihn an: „Idiot!"

„Ich liebe es, wenn du dich kurz und bündig ausdrückst."

„Regel Nummer sechs", erklärte Pandora und warf ihm einen mörderischen Blick zu. „Keine körperlichen Kontakte."

„Keine körperlichen Kontakte", stimmte Michael zu, als sie zur Tür stürmte. „Es sei denn, beide Parteien haben ihren Spaß daran."

Sie knallte die Tür zu und ließ ihn grinsend zurück.

In der nächsten Zeit trafen Pandora und Michael kurz zu den Mahlzeiten zusammen und ließen einander ansonsten in Ruhe. Das hatte nichts mit Höflichkeit oder Absicht zu tun. Es kam einfach daher, dass jeder zu beschäftigt war, um dem anderen in die Quere zu kommen.

Unabhängig voneinander fühlte jedoch jeder eine tiefe Befriedigung, als der erste Monat vorbei war. Einer geschafft, fünf noch zu schaffen.

Als sie in ihren zweiten Monat gingen, musste Michael für einen Tag nach New York fahren, um sich persönlich um ein Problem mit einem Skript zu kümmern. Er machte sich fuchsteufelswild und über Dummköpfe fluchend auf den Weg. Pandora freute sich maßlos darauf, in seiner Abwesenheit nicht ständig auf der Hut sein und Folley mit niemandem teilen zu müssen. Sie konnte machen, was sie wollte, ohne dass ihr jemand über die Schulter sah oder eine bissige Bemerkung machte. Es war wunderbar.

Es endete damit, dass sie in ihrem Abendessen herumstocherte und durch die schweren Vorhänge nach Michaels Wagen Ausschau hielt. Es hat nichts damit zu tun, dass ich ihn vermisste, versicherte sie sich. Es liegt bloß daran, dass ich mich daran gewöhnt habe, mit jemandem das Haus zu teilen.

War das nicht einer der Gründe, aus denen sie nie zuvor mit jemandem zusammengelebt hatte? Sie wollte jede Art von Abhängigkeit vermeiden. Und Abhängigkeit stellte sich auf ganz natürliche Weise ein, wenn man im selben Haus lebte, sogar wenn es sich um eine zweibeinige Schlange handelte.

Und so wartete sie und hielt Ausschau. Lange nachdem Charles und Sweeney zu Bett gegangen waren, wartete sie noch immer und hielt Ausschau. Sie war nicht besorgt und schon gar nicht einsam. Nur ruhelos. Sie sagte sich selbst, dass sie nicht zu Bett gehe, weil sie nicht müde sei. Sie schlenderte im Erdgeschoss umher und betrat Onkel Jolleys Aufenthaltsraum. Spielzimmer wäre eine passendere Bezeichnung gewesen. Die Einrichtung war eine Kreuzung zwischen Video-Studio und Disco-Bar mit den entsprechenden Geräten allerhöchster Qualität und den niedrigen Sofas.

Sie schaltete den Fernseher mit dem riesigen 150-Zentimeter-Bildschirm ein und spielte daran herum, bis eine Show lief. Sie hatte nicht die Absicht, sich etwas anzusehen. Sie brauchte nur die Gesellschaft.

An den beiden Flipper-Tischen versuchte sie eine Stunde lang, die hohen Punktzahlen zu schlagen, die Jolley vorgegeben hatte. Auch eines seiner Vermächtnisse. Dann gab es ein nahezu raumfüllendes Video-Spiel, das einen Angriff auf den Planeten Zarbo simulierte. Angesichts ihrer ungeschickten Verteidigungsstrategie flog der Planet drei Mal in die Luft, bevor sie sich der nächsten Attraktion zuwandte. Es gab ein Computerschachspiel, aber ihre Gedanken waren zu träge. Zuletzt streckte sie sich vor dem Fernseher aus. Nur, um sich auszuruhen, nicht, um zuzusehen.

Sekunden später verfolgte sie die Ausstrahlung einer Krimiserie. Reifen kreischten und Kugeln zischten. Den Kopf auf die Arme gestützt, ein Bein über die Rückenlehne gehängt, entspannte sie sich und ließ sich von dem Kriminalfilm unterhalten.

Als Michael in die Tür trat, bemerkte Pandora ihn nicht. Er hatte einen hässlichen Tag hinter sich und war auf der Rückfahrt in dichten Verkehr geraten. Er hatte mit dem Gedanken gespielt, über Nacht in der Stadt zu bleiben, das einzig Sinnvolle. Und ein Dutzend schwacher Entschuldigungen gefunden, warum er zurückfahren musste, anstatt die Einladung der Produktionsassistentin anzunehmen – einer hübsch gebauten Brünetten mit großen braunen Augen.

Er hatte geplant, sich in den ersten Stock zu schleppen, in sein Bett zu fallen und bis Mittag zu schlafen, aber er hatte die Lichter gesehen und den Spektakel gehört. Und da war sie nun, Pandora, die selbst ernannte Kritikerin des Bildschirms, auf das Sofa hingegossen und um ein Uhr nachts von einer Serienwiederholung hingerissen. Sie sah verdächtigerweise ganz so aus, als würde sie Vergnügen daran finden.

Keine schlechte Show, fand Michael, als er die Serie erkannte. In seiner Anfangszeit hatte er sogar ein paar Skripts dafür geschrieben. Die Hauptperson besaß hintersinnige Schlauheit und eine zerstreute Art, die den Schuldigen dazu verleitete, genügend Informationen preiszugeben, damit es am Ende der Show zu einer Verhaftung reichte.

Michael beobachtete, wie Pandora behaglich ihre Haltung auf der Couch veränderte. Er wartete bis zu der nächsten Unterbrechung für die Werbung. „Nein, wie tief die Mächtigen doch gefallen sind."

Sie wäre tatsächlich beinahe gefallen, als sie sich herumrollte, um zur Tür zu sehen. Finster dreinblickend setzte sie sich auf und suchte hastig nach einer plausiblen Entschuldigung. „Ich konnte nicht schlafen", sagte sie, was absolut stimmte. Natürlich unterließ sie es hinzuzufügen, dass es daher kam, weil er nicht zu Hause gewesen war. „Vermutlich ist Fernsehen für die an Schlaflosigkeit Leidenden gemacht. Valium für den Verstand."

Michael war müde, todmüde, aber er war wirklich froh, dass sie sich treu geblieben war. Er ging zu ihr hinüber, ließ sich neben ihr auf das Sofa fallen und legte seine Füße auf einen aus einem Holzblock geschnittenen Tisch. „Wer ist der Täter?", fragte er und seufzte. Es war schön, zu Hause zu sein.

„Der gierige Geschäftspartner." Pandora war zu froh, Michael wieder bei sich zu haben, um verlegen zu werden. „Die Lösung zu finden ist wirklich nicht schwer."

„Diese Serie legt nicht das Hauptgewicht darauf, wer der Täter ist, sondern darauf, wie der Held den Täter dazu bringt, sich selbst zu verraten."

Sie tat so, als würde es sie nicht interessieren, setzte sich aber so, dass sie den Bildschirm bequem sehen konnte. „So, wie ist es denn in New York gelaufen?"

„Es ging." Michael schüttelte die Schuhe von den Füßen. „Nach stundenlangem Hickhack steht das Skript."

Er sah erschöpft aus. Wirklich erschöpft, fand sie. „Ich verstehe nicht, wieso sich so viele Leute für eine alberne Stunde die Woche verausgaben."

Er öffnete ein Auge, um sie anzustarren. „Das ist die amerikanische Lebensart."

„Worüber regt man sich denn so auf? Es gibt ein Verbrechen. Die Guten jagen die Bösen und fangen sie vor dem Nachspann. Ist doch wirklich einfach."

„Ich kann dir gar nicht genug dafür danken, dass du diesen Punkt geklärt hast. Bei der nächsten Produktionskonferenz werde ich ihn zur Sprache bringen."

„Wirklich, Michael, ich meine, alles sollte ziemlich glattlaufen, vor allem, da du schon jahrelang mit dieser Geschichte auf Sendung gehst."

„Schon mal was von Egoismus und Paranoia gehört?"

Sie lächelte schwach. „Gelegentlich."

„Gut, dann multipliziere das mit künstlerischer Sprunghaftigkeit, den Einschaltquoten und einem eskalierenden Budget. Vergiss nicht einen guten Schuss leitender Angestellter der Fernsehanstalt dazuzufügen. Nichts läuft seit vier Jahren glatt. Wenn ‚Logan' noch einmal vier Jahre durchhält, wird noch immer nichts glatt laufen. Das ist Show-Business."

Pandora zuckte die Schultern. „Eine ziemlich idiotische Art, sich seinen Lebensunterhalt zu verdienen."

„Und ob", stimmte Michael zu und war im nächsten Moment tief und fest eingeschlafen.

Pandora ließ ihn zwanzig Minuten schlafen, während sie zusah, wie der listige, ungeschickte Polizist dem gierigen Geschäftspartner die Schlinge um den Hals legte. Zufrieden, dass die Gerechtigkeit gesiegt hatte, schaltete Pandora den Apparat aus und ließ die Lichter schwach erleuchtet.

Sie konnte den schlafenden Michael hier lassen. Im Moment wirkte er äußerst zufrieden. Sie dachte darüber nach, während sie zu ihm ging und ihm die Haare aus der Stirn strich. Aber er würde möglicherweise mit steifem Genick aufwachen. Besser wäre es, sie schaffte ihn ins Bett, entschied sie und rüttelte ihn an der Schulter.

„Michael."

„Mmm?"

„Lass uns zu Bett gehen."

„Dachte schon, du würdest nie darum bitten“, murmelte er und tastete nach ihr.

Amüsiert starrte sie ihn eine Weile an, bevor sie ihn um so kräftiger rüttelte. „Nimm dir nicht zu viel vor, Cousin. Komm! Ich helfe dir die Treppe hinauf.“

„Der Regisseur ist ein absoluter Idiot“, murmelte er, als sie ihn auf die Beine zog.

„Aber sicher ist er das. Und jetzt setz einen Fuß vor den anderen. Ja, so geht es. Ab mit uns!“ Einen Arm um seine Taille geschlungen, führte sie ihn aus dem Raum.

„Er hat ständig an meinem Skript herumgemeckert.“

„Nein, so was! Jetzt kommen die Stufen.“

„Er wollte unbedingt mehr durchschlagende Gefühle im zweiten Akt. Der Teufel soll ihn holen“, murmelte Michael, während er sich die Treppe hinaufschleppte. „Was der schon von durchschlagenden Gefühlen versteht.“

„Ganz offenbar ein geistiger Zwerg.“ Atemlos steuerte sie ihn zu seinem Zimmer. Er war schwerer, als er wirkte. „Und da sind wir nun, endlich daheim.“ Sie schob ihn erleichtert auf das Bett. „Siehst du, ist das nicht gemütlich?“ Sie ließ ihn vollständig bekleidet und breitete eine Decke über ihn.

„Ziehst du mir nicht die Hose aus?“

Sie tätschelte seinen Kopf. „Bilde dir bloß keine Schwachheiten ein.“

„Spaßverderberin.“

„Wenn ich dir so spät nachts beim Ausziehen helfe, bekomme ich möglicherweise Albträume.“

„Du weißt, dass du verrückt nach mir bist.“ Das Bett fühlte sich himmlisch an. Er hätte sich für eine ganze Woche darin vergraben können.

„Du bist schon im Delirium, Michael. Ich lasse dir von Charles am Morgen warmen Tee und Honig bringen.“

„Nicht, wenn du am Leben bleiben willst.“ Er raffte sich dazu auf, die Augen zu öffnen und sie anzulächeln. „Warum kriechst du nicht neben mir unter die Decke? Mit ein wenig Ermunterung könnte ich dir das Erlebnis deines Daseins verschaffen.“

Pandora beugte sich über ihn, tiefer und tiefer, bis ihr Mund dicht über dem seinen schwebte. Ihrer beider Atem mischte sich vertraulich. Ihr Haar fiel nach vorn und strich über seine Wangen. „Von wegen!", flüsterte sie.

Michael zuckte die Schultern, gähnte und rollte sich auf die Seite. „Dann eben nicht."

In der Dunkelheit blieb Pandora noch einen Moment stehen mit den Händen in die Hüften gestützt. Er hätte wenigstens so tun können, als wäre er beleidigt.

Das Kinn hochgereckt, ging sie hinaus und sorgte dafür, dass die Tür hinter ihr krachend zufiel.

5. KAPITEL

Stück für Stück vollendete Pandora unter größten Anstrengungen die Smaragd-Halskette. Als sie fertig war, fand sie ihre Arbeit auch nach eingehender Betrachtung perfekt. Diese Beurteilung freute sie umso mehr, als sie selbst ihre schärfste Kritikerin war. Pandora fühlte sich nicht mit jedem ihrer Stücke verbunden oder auch nur vom kreativen Standpunkt her befriedigt. Dafür war sie sich selbst gegenüber bei Weitem zu anspruchsvoll. Bei der Halskette traf jedoch beides zu.

Sie untersuchte die Kette mit dem Vergrößerungsglas bei gnadenlos scharfem Licht, überprüfte die Filigranarbeit Millimeter für Millimeter und fand keine Fehler. Sie hatte die Kette aus ihrer Fantasie heraus geboren und mit ihren Fähigkeiten erschaffen. Mit einem gewissen Bedauern legte sie die Kette in eine mit Samt ausgeschlagene Schatulle. Sie gehörte ihr nicht mehr.

Nachdem nun die Kette abgeschlossen war, sah Pandora sich ohne Inspiration in ihrer Werkstatt um. Sie hatte so viel in dieses kleine Stück hineingelegt, ihre ganze Konzentration, ihre Emotionen und ihre Tüchtigkeit, dass sie keinen einzigen Plan für ein nächstes Projekt entworfen hatte. Von dem Wunsch zu arbeiten getrieben, griff sie nach ihrem Skizzenblock und begann zu zeichnen.

Vielleicht Ohrringe, überlegte sie. Etwas Auffälliges und Klotziges und reich Verziertes. Sie wollte eine Abwechslung nach der feinen, eleganten Arbeit, der sie so viel Zeit gewidmet hatte. Kreise und Dreiecke, überlegte sie. Geometrisch und supermodern, nicht romantisch wie die Halskette.

Keine Romantik, dachte sie und warf kräftige, klare Linien auf das Papier. Sie hatte an einem romantischen Stück gearbeitet. Vielleicht hatte sie sich deshalb beinahe zum Narren bei Michael gemacht. Ihre Gefühle waren mit ihrer Arbeit verbunden, und ihre Arbeit war leicht und feminin und romantisch gewesen. Das ergibt Sinn, stellte sie befriedigt fest. Jetzt, da sie an etwas Starkem, Energischem und Arrogantem arbeitete, sollte sich das Problem von selbst lösen.

Eigentlich sollte es gar kein Problem geben. Mit zusammengebissenen Zähnen schlug sie das Blatt um und begann von vorne. Ihre Gefühle für Michael waren stets klar gewesen. Abneigung. Wenn man gegen jemanden Abneigung verspürte und von ihm angezogen wurde, ging einem das gegen den Strich.

Es handelte sich gar nicht um wirkliche Anziehung. Es war mehr eine Art von verdrehter … Neugierde. Ja, Neugierde. Das Wort stellte Pandora völlig zufrieden. Es war nur natürlich, dass sie neugierig auf die Sexualität eines Mannes gewesen war, den sie von Kindheit an kannte. Ebenfalls natürlich war es, neugierig darauf zu sein, was Michael Donahue an sich hatte, um diese ‚Spielgefährtinnen des Monats', wie eine bestimmte Männerillustrierte sie nannte, anzuziehen. Sie hatte es herausgefunden: Michael besaß die Fähigkeit, einer Frau das Gefühl zu geben, ganz Frau zu sein – ganz engagiert und nur allzu willig. Das war ihr zuvor noch nie passiert, und sie suchte so etwas auch nicht. So wie Pandora es sah, war das eine Kunstfertigkeit, die Michael wie jeder geschickte Handwerker einsetzte. Sie konnte ihm daraus zwar kaum einen Vorwurf machen, dachte aber gar nicht daran, sich der Herde anzuschließen. Hätte er gewusst oder auch nur geahnt, dass sie genauso reagieren würde wie vermutlich Dutzende anderer Frauen, wäre er einen Monat lang vor Zufriedenheit strahlend herumgelaufen. Hätte er erraten, dass sie manchmal – aber nur für einen Augenblick – wünschte, er möge ihr die gleiche Aufmerksamkeit entgegenbringen wie jenem Dutzend Frauen, hätte er doppelt so lang gestrahlt. Dieses Vergnügen wollte sie ihm auf jeden Fall nicht verschaffen.

Individualität war ein Teil von ihr. Selbst wenn es möglich gewesen wäre, hätte sie nicht wie eine seiner Frauen sein wollen. Nachdem nun ihre Neugierde befriedigt war, wollten sie die nächsten fünf Monate überstehen können ohne weitere … Komplikationen.

Dass sie Michael als menschliches Wesen einigermaßen akzeptabel und als Gefährten fast erträglich fand, sollte sich dabei nicht störend auswirken. Falls es überhaupt eine Rolle spielte, würde der Winter dadurch nur etwas schneller vorübergehen.

Entgeistert ertappte sie sich dabei, dass sie soeben die letzten Striche an einer Skizze von Michaels Gesicht machte. Wenn auch etwas flüchtig, hatte sie doch die Arroganz um seine Augen und die Sinnlichkeit um seinen Mund gut eingefangen. Merkwürdig fand sie, dass er – so wie sie ihn gezeichnet hatte – recht intelligent wirkte. Sie riss das Blatt aus dem Skizzenblock, zerknüllte es und warf es in den Papierkorb. Ihr waren die Gedanken davongelaufen, das war alles. Pandora griff wieder nach ihrem Bleistift, legte ihn weg und holte die Skizze aus dem Korb. Trotz allem blieb ein Kunstwerk stets ein Kunstwerk, sagte sie sich, während sie Michaels Gesicht glättete.

Michael hatte mit seiner Arbeit nicht viel Glück. Er saß an seinem Schreibtisch und tippte fünf Minuten lang wie irre. Dann starrte er fünfzehn Minuten lang ins Leere. Das sah ihm gar nicht ähnlich. Wenn er arbeitete, arbeitete er gleichmäßig, routiniert und durchgehend, bis eine Szene stand.

Er lehnte sich auf seinem Stuhl zurück, griff nach einem Kugelschreiber und ließ seine Finger von einem Ende zum anderen gleiten. Was Krankheitsstatistiken auch zu beweisen trachteten, er hätte das Rauchen niemals aufgeben sollen. Deshalb war er so gereizt. Rastlos stieß er sich vom Schreibtisch ab, ging hinüber ans Fenster und starrte auf Pandoras Werkstatt hinunter. Das Gebäude wirkte heiter unter einer leichten Schneeschicht.

Das war es, was ihn so gereizt machte.

Pandora war nicht so, wie er es erwartet hatte. Sie war weicher, süßer. Wärmer. Es machte Spaß, mit ihr zu sprechen, ganz gleich ob sie stritt und schnippisch war und ihn an den Rand eines Wutausbruchs trieb oder ob sie entspannt und kameradschaftlich war. Mit Pandora gab es nur selten eine seichte Unterhaltung. Sie hielt Michaels Verstand beschäftigt, und wenn es nur darum ging, ihre nächste Bissigkeit abzuwehren.

Es fiel ihm nicht leicht, zuzugeben, dass er ihre Gesellschaft genoss, aber ihre gemeinsamen Wochen auf Folley waren wirklich schnell vergangen. Nein, es fiel ihm nicht leicht, das zuzugeben, aber er hatte die interessante Einladung seiner Produktionsassistentin ausgeschlagen, weil … Michael gestand sich mit einem tiefen Seufzer ein, dass er die Einladung ausgeschlagen hatte, weil er nicht die Nacht mit einer Frau verbringen wollte, wenn seine Gedanken bei einer anderen Frau waren.

Aber wie sollte er mit dieser ungewollten und unerwarteten Zuneigung für eine Frau fertig werden, die lieber Boxhandschuhe angezogen hätte, um mit ihm ein paar Runden zu kämpfen, als mit ihm im Mondschein spazieren zu gehen?

Romantische Frauen hatten ihn stets gereizt, weil er, ohne sich dessen zu schämen, selbst ein Romantiker war. Er liebte Kerzenschein, leise Musik und lange, einsame Spaziergänge. Michael machte Frauen ganz altmodisch den Hof, weil ihm das Altmodische zusagte. Das war kein Widerspruch zu der Tatsache, dass er schon seit seiner College-Zeit ein unerschütterlicher Feminist war. Romantik und sozialpolitische Ansichten lagen Welten auseinander. Es bereitete ihm keine Schwierigkeiten, einerseits für gleiche Bezahlung bei gleicher Arbeit einzutreten und andererseits einer Frau eine Droschkenfahrt durch den Park anzubieten.

Aber er wusste auch, dass Pandora, falls er ihr ein Dutzend weißer Rosen schickte, sich über die Dornen beschweren würde.

Er wollte sie. Michael war zu sehr ein Sinnenmensch, um sich in dieser Hinsicht etwas vorzumachen. Wenn er etwas wollte, arbeitete er auf zwei Arten darauf hin. Zuerst wählte er die beste Annäherungsmethode und tat dann in vorsichtigen Manövern einen Schritt nach dem anderen. Wenn das nicht klappte, ließ er die Vorsicht beiseite und packte mit beiden Händen zu. Auf die eine wie auf die andere Art hatte er bisher stets den gleichen Erfolg gehabt.

Wie er die Lage einschätzte, reagierte Pandora nicht auf Kosen unter Rosen, aber auch nicht, wenn er sie sich im Sturmangriff über die Schulter werfen würde. Bei Pandora musste er vielleicht von seinen beiden üblichen Annäherungsmethoden absehen und sich etwas Neues einfallen lassen.

Eine interessante Herausforderung, fand Michael und lächelte träge. Nichts liebte er mehr, als Handlungsfäden auszulegen und neu zu verknüpfen und überraschende Wendungen einzubauen. Hatte er nicht schon immer gemeint, Pandora gebe eine faszinierende Gestalt in einem Drehbuch ab? Also wollte er wie an ein Drehbuch herangehen.

Held und Heldin unter einem Dach, begann er. Zueinander hingezogen, aber noch zögernd. Held ist intelligent und charmant. Besitzt ungeheure Willenskraft. Hat er nicht das Rauchen aufgegeben – vor genau fünf Wochen, drei Tagen und vierzehn Stunden? Heldin ist dickköpfig und eigenwillig, verwechselt oft Arroganz mit Unabhängigkeit. Held durchbricht schrittweise ihre spröde Schale zu beider Zufriedenheit.

Michael lehnte sich grinsend auf seinem Stuhl zurück. Er konnte genauso gut ein Bühnenstück daraus machen. Einen großen Teil der Handlung musste er zwar erfinden, aber das Grundthema hatte er schon. Höchst zufrieden und begierig auf die Anfangsszene stürzte Michael sich wieder auf die Arbeit.

Zwei Stunden flotter Arbeit waren wie im Flug vergangen, als es an die Tür klopfte. Er antwortete mit einem unwilligen Knurren.

„Ich bitte um Pardon, Mr. Donahue." Charles stand in der Tür, ein wenig außer Atem vom Treppensteigen.

Michael knurrte noch einmal und tippte den Absatz zu Ende. „Ja, Charles?"

„Ein Telegramm für Sie, Sir."

„Telegramm?" Stirnrunzelnd schwang er auf seinem Stuhl herum. Wenn es in New York, so wie letzte Woche, ein Problem gab, wäre das Telefon der schnellste Weg gewesen, um es zu lösen. „Danke." Er nahm das Telegramm, klopfte damit aber nur gegen seine Handfläche. „Ist Pandora noch in ihrer Werkstatt?"

„Ja, Sir." Charles war dankbar für die Verschnaufpause. „Sweeney macht sich ein wenig Sorgen, weil Miss McVie das Mittagessen hat ausfallen lassen. Sweeney möchte das Abendessen in einer Stunde servieren. Ich hoffe, das ist Ihnen recht."

Michael hütete sich, Sweeney in die Quere zu kommen. „Ich werde unten sein."

„Danke, Sir, und wenn ich das sagen darf, ich genieße Ihre Fernsehserie ganz ungemein. Die letzte Folge war besonders aufregend."

„Das hör ich gern, Charles."

„Mr. McVie hatte es sich zur Gewohnheit gemacht, sich jede Woche Ihre Serie in meiner Gegenwart anzusehen. Er hat nie eine Folge ausgelassen."

„Ohne Onkel Jolley hätte es wahrscheinlich nie ‚Logan's Run' gegeben", überlegte Michael laut. „Er fehlt mir."

„Uns allen. Das Haus ist so ruhig. Aber ich …" Charles errötete ein wenig bei der Vorstellung, er könne seine Grenzen überschreiten.

„Sprich es aus, Charles."

„Ich möchte gern, dass Sie wissen, dass wir beide, Sweeney und ich, sehr glücklich sind, bei Ihnen im Dienst zu bleiben, bei Ihnen und Miss McVie. Wir waren froh, dass Mr. McVie das Haus Ihnen hinterlassen hat. Die anderen …“ Er straffte sich und fuhr fort: „Sie wären nicht würdig gewesen, Sir. Sweeney und ich, wir hatten davon gesprochen, unseren Dienst aufzukündigen, falls Mr. McVie bestimmt hätte, dass Folley einem seiner anderen Erben zufallen sollte.“ Charles faltete seine knochigen Hände. „Haben Sie vor dem Dinner noch einen Wunsch, Sir?“

„Nein, Charles, danke.“

Michael lehnte sich zurück und öffnete das Telegramm.

Mutter schwer erkrankt. Ärzte ohne Hoffnung. Komm sofort nach Palm Springs. L.J. Keyser.

Michael starrte eine volle Minute auf das Telegramm. Das war unmöglich! Seine Mutter war nie krank. Krankheit hielt sie für eine Art sozialen Fehlverhaltens. Er fühlte zuerst Unglauben, dann Schock und griff hastig nach dem Telefon.

Als Pandora fünfzehn Minuten später an seinem Zimmer vorbeiging, sah sie, wie er Kleidung in eine Tasche warf. Sie hob eine Augenbraue, lehnte sich gegen den Türrahmen und räusperte sich. „Du verreist?“

„Palm Springs.“ Er warf sein Rasierzeug zu den anderen Sachen.

„Wirklich?“ Jetzt verschränkte sie die Arme. „Suchst du ein sonnigeres Klima?“

„Es geht um meine Mutter. Ihr Mann hat mir ein Telegramm geschickt.“

Sofort gab Pandora ihre kühle, spöttische Pose auf und kam in das Zimmer. „Ist sie krank?“

„Das Telegramm hört sich nicht gut an.“

„Oh, Michael, das tut mir leid. Kann ich etwas tun? Den Flughafen anrufen?“

„Das habe ich schon getan. Meine Maschine geht in zwei Stunden. Ich muss zwar ein halbes Dutzend Mal umsteigen, aber eine bessere Verbindung habe ich nicht gefunden.“

Sie fühlte sich hilflos und sah ihm zu, wie er den Reißverschluss zuzog. „Ich fahre dich zum Flughafen, wenn du willst.“

„Nein. Ich dank dir aber.“ Als er sich zu ihr umdrehte, erkannte er an ihrem Gesicht, dass sie sich sorgte. „Pandora, ich werde die halbe

Nacht unterwegs sein, um überhaupt hinzukommen. Und dann weiß ich nicht …“ Er brach ab, weil er sich nicht vorstellen konnte, dass seine Mutter ernsthaft krank sein könnte. „Ich schaffe es vielleicht nicht rechtzeitig wieder zurück – nicht innerhalb von achtundvierzig Stunden.“

Sie schüttelte den Kopf. „Ich möchte nicht, dass du dir darüber den Kopf zerbrichst. Ich rufe Fitzhugh an und erkläre es ihm. Vielleicht kann er etwas unternehmen. Immerhin handelt es sich um einen Notfall. Und wenn nicht, dann eben nicht.“

Womöglich entzog er ihr mit seinem Wegbleiben Millionen von Dollar und das Heim, das sie liebte. Michael ging zu ihr und legte ihr die Hände auf die Schultern. Sie war so schlank. Er hatte es vergessen, wie stark eine schwache Frau sein konnte. „Es tut mir leid, Pandora. Gäbe es eine andere Möglichkeit …“

„Michael, ich habe dir doch gesagt, dass ich das Geld nicht wollte. Und ich habe es so gemeint. Und jetzt geh, sonst versäumst du dein Flugzeug.“ Sie wartete, bis er seine Tasche aufgenommen hatte, und begleitete ihn auf den Korridor. „Ruf mich an, wenn du Gelegenheit hast, und lass mich wissen, wie es deiner Mutter geht.“

Er nickte, stellte seine Tasche an der Treppe ab und zog Pandora heftig an sich. Sein Kuss war fest und lang und voll von kaum eingedämmtem Feuer. Dann schob er sie genauso abrupt von sich. „Bis später.“

„Ja.“ Pandora schluckte. „Bis später.“

Sie rührte sich nicht von der Stelle, bis die Haustür ins Schloss fiel.

Pandora hatte viel Zeit, um über den Kuss nachzudenken, während des einsamen Dinners, während der Stunden, in denen sie an dem munteren Feuer im Salon zu lesen versuchte. In diesem einen Kuss hatte sie mehr Leidenschaft gefunden als in allen ihren sorgfältig aufgebauten Beziehungen.

Sie fühlte sich einsam. Nach wenig mehr als einem Monat hatte sie sich so an Michaels Gesellschaft gewöhnt, dass sie darauf angewiesen war. Wann würde sie ihn wohl wiedersehen?

Falls die Bedingungen des Testaments gebrochen wurden, gab es für sie beide keinen Grund mehr, zusammenzubleiben. Dann besaßen sie nicht einmal das Recht, auf Folley zu bleiben. Sie würden nach

New York zurückkehren müssen, wo sie einander wegen der unterschiedlichen Lebensweise nie zu sehen bekämen. Erst jetzt erkannte Pandora, wie wenig sie das wollte.

Sie wollte Folley nicht verlieren, und sie wollte Michael nicht verlieren … Seine Gesellschaft, korrigierte Pandora sich hastig.

Seufzend schloss Pandora das Buch und entschied, lieber zeitig schlafen zu gehen, als vergeblich zu spekulieren. Gerade als sie die Lampe ausschalten wollte, erlosch das Licht. Nur noch das Kaminfeuer leuchtete.

Sie tippte auf eine ausgebrannte Glühlampe, aber auch die Halle lag im Dunkeln. Vergeblich betätigte Pandora den Schalter.

Stromausfall, dachte sie, zögerte jedoch, weiter in die Dunkelheit zu treten. Es gab kein Unwetter. Auf Folley fiel der Strom regelmäßig bei Schneefall und Gewittern aus, aber die zusätzliche Lichtmaschine nahm dann innerhalb von Sekunden die Arbeit auf. Pandora wartete, doch das Haus blieb im Dunkeln.

Während sie dastand und darauf wartete, dass das Licht wieder anging, wurde ihr bewusst, wie dunkel Dunkelheit sein konnte. Sie wollte schon in den Salon zurückkehren, um eine Kerze zu holen, als ihr einfiel, dass auch die Heizung des Hauses vom Strom abhängig war. Wenn sie nichts unternahm, würde das Haus bald nicht nur sehr dunkel, sondern auch sehr kalt werden. Bei zwei Leuten über siebzig konnte sie das nicht zulassen.

Verärgert zündete Pandora drei Kerzen in einem silbernen Halter an. Es hatte keinen Sinn, Charles im Schlaf zu stören und ihn in den Keller zu zerren. Möglicherweise handelte es sich nur um eine kaputte Hauptsicherung. Die Kerzen vor sich haltend, schlug Pandora durch die verschlungenen Korridore den Weg zum Keller ein.

Es machte ihr gar nichts aus, in der Dunkelheit in den Keller hinunterzugehen. Das redete sie sich jedenfalls ein, als sie die Hand an die Klinke der Tür legte. Schließlich war er nur ein weiterer Raum im Haus, in dem die Überreste einiger von Onkel Jolleys abgelegten Hobbys lagerten. Der Sicherungskasten befand sich da unten. Sie hatte ihn gesehen, als sie ihrem Onkel geholfen hatte, mehrere Kartons mit Fotoausrüstung hinunterzuschaffen, nachdem er die Idee aufgegeben hatte, Porträtfotograf zu werden.

Sie wollte die schadhafte Sicherung suchen und austauschen. Sobald es wieder Strom und Wärme gab, wollte sie ein heißes Bad nehmen und danach ins Bett gehen.

Pandora holte tief Luft, ehe sie die Tür öffnete.

Die Stufen knarrten, was zu erwarten war. Und sie waren so hoch und so schmal wie die Stufen in jedem Keller, der etwas auf sich hielt. Das Licht ihrer Kerzen ließ die Schatten über Kisten und Kartons, die ihr Onkel da unten verstaut hatte, tanzen. Sie musste Michael dazu bringen, alles durchzuforsten. An irgendeinem hellen Nachmittag. Sie summte nervös vor sich hin, als sie die unterste Stufe erreichte.

Pandora hielt die Kerzen hoch und inspizierte den Fußboden, soweit das Licht reichte. Mäuse hatten eine Vorliebe für dunkle, feuchte Keller, aber Pandora hatte keine Vorliebe für Mäuse. Als nichts über den Boden huschte, umrundete sie zwei große Kisten und ging auf den Sicherungskasten zu.

Da stand das Trainingsfahrrad mit Motorantrieb, das nach Onkel Jolleys Ansicht allen Spaß am Gesundbleiben nahm. Auf einem deckenhohen Regal waren alte Flaschen aufgereiht. Onkel Jolley war einmal von einem Glasbläser fasziniert gewesen, der Zehn-Dollar-Flaschen hergestellt hatte. Und endlich entdeckte sie mit einem erleichterten Seufzer den Sicherungskasten. Sie stellte den Kerzenhalter auf eine Kiste, öffnete die Metalltür und starrte in den Kasten. Da drinnen gab es nicht eine einzige Sicherung.

„Was soll das denn, zum Teufel?“, murmelte Pandora. Als sie näher trat, stieß sie mit dem Fuß gegen etwas, das scheppernd über den Betonboden rollte. Sie zuckte zusammen und unterdrückte einen Schrei und den Wunsch davonzurennen. Mit angehaltenem Atem griff sie nach dem Kerzenhalter und kauerte sich hin. Zu ihren Füßen verstreut lagen ein Dutzend Sicherungen. Sie nahm eine in die Hand. Dieser Keller mochte über einen gewissen Bestand an Mäusen verfügen, aber keine von ihnen war geschickt genug, um die Sicherungen herauszudrehen.

Sie fühlte einen leichten Schauder, den sie jedoch ignorierte, während sie die Sicherungen einsammelte. Tricks, sagte sie sich. Nur alberne Tricks. Ärgerlich, aber nicht so vernichtend wie jener Trick in ihrer Werkstatt. Es war nicht einmal ein besonders kluger Trick, weil das Einschrauben von Sicherungen genauso einfach war wie das Herausdrehen.

Pandora arbeitete schnell und versuchte, nicht über ihre Schulter zu sehen. Wer immer in den Keller eingedrungen war, um seine Spielchen zu spielen, hatte nur ihre Zeit verschwendet, sonst nichts.

Als sie fertig war, ging sie zu der Treppe und rannte hinauf, obwohl sie sich dafür hasste. Aber ihr erleichterter Seufzer war verfrüht.

Die Tür war fest verschlossen.

Sekundenlang weigerte Pandora sich, es zu glauben. Sie drehte an dem Knopf und drückte, schob und drehte wieder. Danach spürte sie nur noch die Angst, die Angst, alleine in der Dunkelheit eingeschlossen zu sein. Pandora hämmerte gegen die Tür, schrie, flehte und brach schluchzend auf der obersten Stufe zusammen. Niemand konnte sie hören. Charles und Sweeney schliefen am anderen Ende des Hauses.

Fünf Minuten überließ sie sich Angst und Selbstmitleid. Sie war allein, ganz allein, eingeschlossen in einem dunklen Keller, in dem sie vor dem Morgen niemand hören würde. Es war schon kühl und wurde immer kälter. Bald würden ihre Kerzen ausgehen. Dann hatte sie überhaupt kein Licht. Das war das Schlimmste, das Allerschlimmste, kein Licht zu haben.

Licht, dachte sie und schimpfte sich selbst eine Närrin, während sie die Tränen wegwischte. Hatte sie nicht soeben die Sicherungen in Ordnung gebracht? Pandora raffte sich auf und schlug mit der Hand auf den Schalter. Nichts passierte. Sie drängte einen Aufschrei zurück und hob die Kerzen hoch. Die Fassung über der Treppe war leer.

Der Eindringling hatte daran gedacht, die Glühlampe herauszudrehen. Also war es doch ein schlauer Trick. Sie schluckte die neu aufgekommene Panik hinunter und versuchte nachzudenken. Die wollten, dass sie die Beherrschung verlor, und diesen Gefallen würde sie ihnen nicht tun. Wehe, wenn sie herausfand, wer von ihren lieben Familienangehörigen mit ihr diese hässlichen Spiele spielte …

Das kommt später, sagte sich Pandora. Jetzt musste sie einen Ausweg finden. Sie zwang sich, die Stufen wieder hinunterzusteigen.

Der Keller war doppelt so groß wie ihr Apartment in New York, ohne Zwischenwände und jene Verzierungen, die Onkel Jolley so gemocht hatte. Er war bloß dunkel und etwas feucht, mit Betonboden und widerhallenden Steinwänden. Pandora wollte jetzt nicht an Spinnen denken oder an alles andere, was in den Ecken sonst noch so herumhuschen mochte.

Es gab keine Türen. Immerhin befand sie sich unter der Erde. Wie in einem Grab. Diese Vorstellung besänftigte nicht gerade ihre Nerven, sodass sie sich auf andere Dinge konzentrierte. Sie musste nachdenken – und so tun, als wären ihre Handflächen nicht feucht.

Sie ging an einem Stapel Kisten vorbei und schrie auf, als sie sich in dichten Spinnweben verfing. Mehr angewidert als ängstlich fegte sie sie beiseite. Sie machte sich nicht gern lächerlich, auch dann nicht, wenn es niemand sah. Dafür musste jemand bezahlen! nahm sie sich wieder vor.

Dann sah sie das Fenster, eineinhalb Meter über ihrem Kopf und winzig. Obwohl es kaum mehr als ein Oberlicht war, brach Pandora vor Erleichterung beinahe zusammen. Sie stellte die Kerzen auf ein Wandbrett und begann, Kisten übereinander zu stapeln. Ihre Muskeln verkrampften sich, und ihr Rücken protestierte, aber sie stemmte die Kisten hoch und baute sie an der Wand auf. Bei dem ersten Splitter im Finger fluchte sie. Nach dem dritten hörte sie zu zählen auf.

Atemlos und schweißgebadet lehnte sie sich gegen ihre provisorische Leiter. Jetzt brauchte sie nur noch hinaufzuklettern. In einer Hand die Kerzen, zog sie sich mit der anderen Hand hoch. Die Lichter schwankten. Die Kisten knackten und wippten ein wenig. Wenn sie stürzte, würde sie mit gebrochenen Knochen bis zum Morgen liegen bleiben müssen. Sie zog sich höher hinauf und weigerte sich, überhaupt noch an etwas zu denken.

Sie erreichte das Fenster, aber der kleine Riegel war verrostet und saß fest. Fluchend und betend stellte sie die Kerzen auf die unter ihr schwankende Kiste und versuchte es mit beiden Händen. Der Riegel gab ein wenig nach und saß erneut fest. Hätte sie doch bloß daran gedacht, ein Werkzeug mit herauf zu nehmen! Sie überlegte, ob sie hinunterklettern sollte, machte aber den Fehler, hinter sich zu blicken. Von hier oben wirkte der Kistenstapel noch wackeliger.

Pandora wandte sich wieder dem Fenster zu und zog mit aller Kraft am Riegel. Metall kreischte auf Metall, als der Riegel nachgab, und die Kisten schwankten unter der Bewegung. Pandora sah, wie der Kerzenleuchter zu kippen begann, und versuchte, ihn zu packen. Außer Reichweite, kippte der Leuchter und krachte auf den Betonboden, wo die winzigen Flammen erloschen. Pandora kippte beinahe hinterher, konnte dann aber doch das Gleichgewicht irgendwie halten. Sie fand sich in drei Metern Höhe über dem Fußboden in völliger Dunkelheit wieder.

Ich werde nicht abstürzen, versprach sie sich, als sie das kleine Fensterbrett mit beiden Händen packte. Sie tastete um sich, zog das Fenster auf und begann, sich hindurchzuschieben. Beim ersten kalten Luftstoß geriet sie fast in Verzückung.

Nachdem sie die Schultern durch die Öffnung gezwängt hatte, gönnte sie sich eine Atempause und erlaubte ihren Augen, sich dem Sternenlicht anzupassen. Irgendwo in den Wäldern schrie ein Nachtvogel zwei Mal. Pandora hatte noch nie etwas so Schönes gehört.

Sie packte den Strunk eines Rhododendron und zog sich bis zu den Hüften heraus. Als sie hinter sich das Krachen der Kisten hörte, presste sie ihre Wange gegen das kalte Gras. Zoll für Zoll wand sie sich ins Freie. Endlich lag sie flach auf dem Rücken und blickte zu den Sternen empor. Durchgefroren, zerschlagen und erschöpft lag sie da und beschränkte sich auf bloßes Atmen. Als sie wieder dazu imstande war, zog Pandora sich hoch und machte sich auf den Weg zu den östlichen Terrassentüren.

Sie wollte Rache, aber zuerst wollte sie ein Bad.

Nach drei Zwischenlandungen und zweimaligem Umsteigen traf Michael in Palm Springs ein. Soweit er das erkennen konnte, hatte sich an diesem Ort nichts verändert. Er hatte die exklusive kleine Gemeinde stets nur zögernd betreten. Nun, da seine Mutter krank war, wurde er von Schuldgefühlen geplagt.

Er sah sie selten. Sicher, sie war genauso wenig daran interessiert gewesen, ihn zu sehen, wie umgekehrt er Wert darauf gelegt hatte, sie zu besuchen. Dennoch war sie immer noch seine Mutter. Seit dem Tag seiner Geburt hatten sie auf verschiedener Wellenlänge gelegen, aber sie hatte für ihn gesorgt. Das heißt, sie hatte zumindest Leute angestellt, die für ihn gesorgt hatten.

Mit seiner Reisetasche brauchte er nicht am Gepäckband zu warten, nahm ein Taxi und nannte die Adresse seiner Mutter. Hätte er vernünftig überlegt, hätte er vorher angerufen und festgestellt, in welchem Krankenhaus sie lag.

Falls der Mann seiner Mutter nicht da war, konnte ihm jemand vom Personal Auskunft geben. Vielleicht war es gar nicht so schlimm, wie es durch das Telegramm wirkte. Seine Mutter war noch jung. Dann fiel ihm ein, dass er nicht die geringste Ahnung hatte, wie alt seine Mutter war. Er bezweifelte, dass sein Vater das wusste und ganz sicher nicht ihr gegenwärtiger Ehemann. Bei anderer Gelegenheit hätte Michael das vielleicht komisch gefunden.

Ungeduldig sah er aus dem Seitenfenster des Taxis, das an den Toren und Säuleneingängen der Elite vorbeiglitt. Sein Beruf hatte ihn lange in Kalifornien festgehalten, aber er zog Los Angeles Palm Springs vor. Dort gab es wenigstens etwas Action, etwas Bewegung, etwas Schärfe. Dennoch mochte er New York am liebsten. Das Tempo dieser Stadt passte am besten zu ihm.

Das Taxi schwang sich die halbkreisförmige Einfahrt unter schwankenden Palmen zu dem hohen weißen Haus hinauf, das Michaels Mutter für sich ausgesucht hatte. Michael erinnerte sich an einen Lilienteich im Park mit Goldfischen von der Größe von Tümmlern. Seine Mutter hatte sich geweigert, sie Karpfen zu nennen.

„Warten Sie", sagte er zu dem Fahrer und lief zwei Treppen zu der Haustür hinauf. Ein neuer Butler öffnete. Seine Mutter pflegte das Personal zu wechseln, bevor es, wie sie sich ausdrückte, zu familiär wurde. „Ich bin Michael Donahue, Mrs. Keysers Sohn."

Der Butler sah zu dem wartenden Taxi, dann wieder auf Michaels Pullover und sein unrasiertes Gesicht. „Guten Abend, Sir. Werden Sie erwartet?"

„Wo ist meine Mutter? Ich möchte direkt zum Krankenhaus fahren."

„Ihre Mutter ist heute Abend nicht hier, Mr. Donahue. Wenn Sie warten wollen, sehe ich nach, ob Mr. Keyser zu sprechen ist."

Geziertes Benehmen hatte Michael noch nie leiden können. Er trat einfach ein. „Ich weiß, dass Mutter nicht hier ist, aber ich möchte sie noch heute besuchen. Wie heißt das Krankenhaus?"

Der Butler neigte höflich den Kopf. „Welches Krankenhaus, Mr. Donahue?"

„Jackson, woher kommt dieses Taxi?" Lawrence Keyser kam in einem altrosa Smoking-Jakett die Treppe herunter. In der einen Hand hielt er eine dicke Zigarre, in der anderen einen Cognac-Schwenker.

„Also wirklich, Lawrence", setzte Michael mit aufsteigendem Zorn an. „Du siehst ja recht gemütlich aus. Wo ist meine Mutter?"

„Nun, nun, das ist ja … Matthew."

„Ich heiße Michael."

„Michael, natürlich. Jackson, bezahlen Sie Mr. … ah, Mr. Donavans Taxi."

„Nein, danke, Jackson." Bei anderer Gelegenheit hätte Michael sich über die Namensprobleme seines Stiefvaters amüsiert. „Ich fahre damit gleich zum Krankenhaus. Ich möchte euch ja nicht ausnutzen."

„Aber, aber, ist doch selbstverständlich." Groß, rundlich und teilweise kahl schenkte Keyser ihm ein freundliches breites Lächeln. „Veronica wird sich freuen, dich zu sehen, obwohl wir nicht wussten, dass du kommst. Wie lange bleibst du in der Stadt?"

„So lange ich gebraucht werde. Ich bin sofort losgefahren, als ich das Telegramm erhielt. Du hast den Namen des Krankenhauses nicht erwähnt." Etwas schärfer fügte Michael hinzu: „Da du daheim bist und es dir gut gehen lässt, nehme ich an, dass sich der Zustand meiner Mutter gebessert hat."

„Zustand?" Keyser lachte jovial. „Also, ich weiß nicht, was sie zu diesem Ausdruck sagen würde, aber du kannst sie selbst fragen."

„Das möchte ich auch. Wo ist sie?"

„Sie spielt bei den Bradleys Bridge. In ungefähr einer Stunde kommt sie nach Hause. Wie wäre es mit einem Brandy?"

„Sie spielt Bridge?" Michael trat näher und packte seinen überraschten Stiefvater an den Aufschlägen. „Was zum Teufel soll das heißen?"

„Ich kann das Spiel auch nicht ausstehen", meinte Keyser verwirrt. „Aber Veronica mag es."

Michael ging plötzlich ein Licht auf. „Du hast mir gar kein Telegramm wegen meiner Mutter geschickt?"

„Ein Telegramm?" Keyser tätschelte Michaels Arm und hoffte, dass Jackson in der Nähe blieb. „Ich brauche dir doch wegen einer Bridge-Partie kein Telegramm zu schicken, Junge."

„Mutter ist nicht krank?"

„Gesund wie ein Pferd, obwohl ich das in ihrer Gegenwart nicht so ausdrücken darf."

Michael wirbelte fluchend herum. „Dafür wird jemand bezahlen", stieß er hervor.

„Wohin willst du?"

„Zurück nach New York!“, rief Michael über die Schulter zurück, als er die Stufen hinunterlief.

Erleichtert verzichtete Keyser darauf, gegen den raschen Aufbruch zu protestieren. „Soll ich deiner Mutter etwas ausrichten?“

„Ja.“ Michael blieb neben dem Taxi stehen. „Sag ihr, dass ich mich freue, dass es ihr gut geht. Und dass ich hoffe, sie gewinnt.“

6. KAPITEL

Pandora schlief tief und fest, als sie morgens um sieben Uhr geweckt wurde, weil Michael sich auf das Bett fallen ließ. Die Matratze federte regelrecht. Er kuschelte seinen Kopf neben ihr in das Kissen, schloss die Augen.

„Dreckskerl", murmelte sie grollend.

Pandora setzte sich auf, erinnerte sich daran, dass sie nackt war und griff nach der Bettdecke. „Michael! Du solltest in Kalifornien sein. Was machst du in meinem Bett?"

„Ich nehme zum ersten Mal seit vierundzwanzig Stunden die horizontale Lage ein."

„Gut, aber mach das in deinem eigenen Bett", ordnete sie an, ehe sie die Linien von Anspannung und Müdigkeit in seinem Gesicht sah. „Deine Mutter!" Pandora ergriff seine Hand. „Oh, Michael, ist deine Mutter …"

„Sie spielt Bridge." Er rieb sich mit der anderen Hand über das Gesicht. Es fühlte sich rau an. „Ich bin quer über den Kontinent gehüpft, einmal in einer Konservenbüchse mit Propellern, nur um herauszufinden, dass Mutter Sherry schlürft und die Karten ihrer Partner sticht."

„Dann geht es ihr also besser?"

„Es ist ihr immer besser gegangen. Das Telegramm war ein Schwindel." Er gähnte und streckte sich. „Himmel, was für eine Nacht!"

„Du meinst …" Pandora zerrte mit finsterem Blick an der Bettdecke. „Also diese Ratten!"

„O ja! Ich habe mir ein paar Methoden für Rache ausgedacht, als ich in Cleveland auf Anschluss warten musste. Unser Freund, der durch deine Werkstatt getobt ist, hat wohl gemeint, jetzt sei ich an der Reihe. Jetzt ist ihm jeder von uns etwas schuldig."

„Ich schulde ihm doppelt." Pandora lehnte sich gegen das Kopfteil, die Decke unter die Arme geschoben. Ihr Haar fiel über ihre nackten Schultern. „Als du letzte Nacht deiner Ente hinterhergejagt bist, wurde ich in den Keller gesperrt."

Michaels Aufmerksamkeit wurde von der dünnen Decke, die sie kaum verhüllte, abgelenkt. „Eingesperrt? Wie?"

Pandora schlug die Füße an den Fesseln übereinander und schilderte, was geschehen war.

„Über Kisten geklettert? Zu dem winzigen Fenster? Das liegt fast drei Meter hoch."

„Ja, das habe ich bemerkt."

Michael betrachtete sie finster. Sein Zorn über die schlaflose Nacht verdoppelte sich. „Du hättest dir den Hals brechen können."

„Ich habe ihn mir nicht gebrochen. Ich habe mir nur eine meiner Lieblingshosen zerrissen, beide Knie aufgekratzt und meine Schulter geprellt."

Michael unterdrückte seine Wut. Er wollte sie erst freisetzen, wenn die Zeit gekommen war. „Es hätte schlimmer sein können", sagte er leichthin und stellte sich vor, was er mit demjenigen machen würde, der Pandora eingesperrt hatte.

„Es war schlimmer", fuhr Pandora ihn an. Sie fühlte sich beleidigt. „Während du in zehntausend Metern Höhe Scotch geschlürft hast, war ich in einem kalten, feuchten Keller mit Mäusen und Spinnen eingesperrt."

„Wir sollten uns überlegen, ob wir nicht die Polizei rufen."

„Und dann? Wir können nichts beweisen. Wir wissen doch nicht einmal, wem wir nichts beweisen können."

„Neue Regel", verkündete Michael. „Von jetzt an bleiben wir zusammen. Keiner von uns verlässt über Nacht das Haus ohne den anderen, zumindest so lange, bis wir herausfinden, wer von unseren lieben Verwandten das Spiel spielt."

Pandora wollte protestieren, erinnerte sich jedoch daran, wie verängstigt sie gewesen war, und was noch schlimmer war, wie einsam sie sich gefühlt hatte. „Einverstanden. Also, diesmal tippe ich auf Onkel Carlson. Er kennt das Haus jedenfalls besser als irgendjemand von den anderen. Er hat hier gewohnt."

„Er kann es genauso gut gewesen sein wie jeder andere." Michael starrte zur Zimmerdecke hinauf. „Ich muss es wissen. Biff war einmal im Sommer sechs Wochen hier, als wir noch Kinder waren."

„Das stimmt." Pandora blickte ebenfalls finster zur Zimmerdecke. „Das hatte ich vergessen. Er hat das Haus gehasst."

„Er hat nie einen Funken Humor besessen."

„Wie wahr! Vor allem konnte er dich nicht ausstehen, Michael."

„Wahrscheinlich weil ich ihm ein blaues Auge geschlagen habe."

Pandora hob die Augenbrauen. „Das sieht dir ähnlich." Doch die

Vorstellung von Biff mit einem Veilchen hatte etwas Anziehendes an sich. Deshalb fügte sie lächelnd hinzu: „Warum hast du es getan? Du hast mir nie davon erzählt."

„Erinnerst du dich an die Frösche in deinem Schrank?"

Pandora schniefte. „Aber sicher! Es war ziemlich unreif von dir."

„Nicht von mir, sondern von Biff."

„Biff?" Erstaunt wandte sie sich zu ihm. „Soll das heißen, dass dieses kleine Scheusal die Frösche in meine Unterwäsche gesteckt hat?" Der nächste Gedanke kam, ein überraschend erfreulicher. „Und dafür hast du ihm einen Faustschlag verpasst?"

„Keinen harten."

„Warum hast du dich nicht gewehrt, als ich dich beschuldigt habe?"

„Es war befriedigender, Biff eine zu verpassen. Jedenfalls kennt er das Haus gut genug. Und ich könnte mir denken, dass die meisten aus unserem glücklichen Clan wenigstens einmal für ein paar Tage hier gewohnt haben. Es ist nicht so schwer, einen Sicherungskasten im Keller zu finden. Denk es doch zu Ende, Pandora! Sie sind zu sechst, zu siebent, wenn man die wohltätige Stiftung mitzählt. Teile hundertfünfzig Millionen durch sieben, und das ergibt jede Menge Motive. Jeder von ihnen hat einen Grund, sich zu wünschen, dass wir die Bedingungen des Testaments brechen. Und meiner Meinung nach ist sich keiner von ihnen zu fein dafür, etwas Druck auf uns auszuüben."

„Noch ein Grund, warum mir das Geld nicht zugesagt hat", meinte sie. „Michael, sie haben nur verwüstet und Ärger bereitet, aber, verdammt noch mal, ich möchte es ihnen zurückzahlen."

„Die Rückzahlung erfolgt in weniger als fünf Monaten." Ohne nachzudenken, legte Michael den Arm um ihre Schultern. Ohne nachzudenken, drückte Pandora sich an ihn. Ein feiner Duft strömte von ihrer Haut aus. „Kannst du dir Carlsons Gesicht vorstellen, wenn das Testament in Kraft tritt und er nichts als einen Zauberstab und einen Zylinder bekommt?"

Michaels Schulter fühlte sich fester an, als Pandora erwartet hatte.

„Und Biff mit drei Kisten voller Streichholzschachteln." Sie lachte leise und zufrieden. „Onkel Jolley lacht tatsächlich immer noch zuletzt."

„Und in ein paar Monaten wir mit ihm."

„Das steht fest. Und du liegst mit den Schuhen auf meiner Decke."

„Tut mir leid." Mit zwei knappen Bewegungen streifte er sie ab.

„Das habe ich eigentlich nicht gemeint. Willst du dich jetzt nicht in dein eigenes Zimmer verziehen?"

„Eigentlich nicht. Dein Bett ist hübscher. Schläfst du immer nackt?"

„Nein."

„Dann lacht mir ja endlich das Glück." Er drückte seine Lippen auf eine Abschürfung an ihrer Schulter. „Tut es weh?"

„Ein wenig."

„Arme kleine Pandora. Und ich dachte immer, du wärst dickhäutig."

„Bin ich ..."

„Weich", unterbrach er sie und ließ seine Finger über ihren Arm streichen. „Sehr weich. Hast du noch mehr Verletzungen?" Er ließ seine Lippen über ihren Hals gleiten und fühlte ihr kurzes Schaudern.

„Keine, die man sieht."

„Ich bin ein sehr aufmerksamer Beobachter." Michael rollte sich herum und presste seinen Körper enger an den ihren, während er auf sie hinunterblickte. Er war müde. Ja, er war müde und mehr als nur ein wenig erschlagen von der Reise, aber er hatte nicht vergessen, dass er Pandora wollte. Und selbst wenn er es vergessen hätte, so hätten ihr nachgiebiger Körper und ihr vom Schlaf rosiges und weiches Gesicht seine Erinnerung beflügelt. „Warum sehe ich nicht selbst nach deinen Verletzungen?" Seine Finger glitten an den Rand der Decke auf ihren Brüsten.

Pandora holte tief Luft, sie war von der kleinsten Berührung unglaublich erregt. Sie durfte es sich nicht anmerken lassen ... Oder? Sie konnte nicht die Hände nach etwas ausstrecken, das nur eine Illusion war. Michael war nicht beständig. Er war nicht wirklich. Er war jetzt mit ihr zusammen, weil sie hier war und keine sonst. Warum wurde es so schwer, sich das ins Gedächtnis zurückzurufen?

Sein Gesicht war so nahe, dass es ihr Blickfeld ausfüllte. Sie sah die kleinen Dinge, die sie all die Jahre nicht hatte bemerken wollen, den dünnen grauen Ring, der seine Iris einfasste, die gerade, fast aristokratische Linie seiner Nase, die sanfte, ausdrucksvolle Form seines Mundes.

„Michael ..."

Dass sie zögerte, ehe sie nach seiner Hand griff, gefiel ihm und entnervte ihn. Sie war nicht so kühl und beherrscht, wie sie immer geschienen hatte. Und weil das so war, könnte er die spröde Schale durchdringen und ihr unter die Haut gehen. Doch womöglich wäre es dann nicht so leicht zurückzuweichen.

Sei praktisch, sagte sie sich. Sei realistisch. „Michael, wir müssen noch fast fünf Monate überstehen."

„Guter Standpunkt." Er brauchte ihre Wärme. Er brauchte sie als Frau. Vielleicht war es an der Zeit, die Folgen zu riskieren. Er senkte den Kopf und knabberte an ihrem Mund. „Warum Zeit verschwenden?"

Sie erlaubte es sich, ihn zu genießen. Nur für einen Moment, versprach sie sich. Bloß für einen kurzen Moment. Er fühlte sich warm an, und seine Hände waren angenehm. Die Nacht war lang und kalt und angsteinflößend gewesen. So sehr sie es auch hasste, das zuzugeben, aber sie brauchte ihn. Jetzt, da das Sonnenlicht durch die winzigen Quadrate der Fensterscheiben hell und grell auf ihr Bett fiel, war Michael ihr nahe, sicher und tröstend.

Ihre Lippen öffneten sich unter seinen Lippen.

Michael war ohne Plan in Pandoras Zimmer gekommen. Es hatte ihn einfach zu ihr gezogen. Er hatte neben ihr liegen und mit ihr sprechen wollen. Nicht Leidenschaft hatte ihn geleitet. Nicht Verlangen ihn getrieben. Es hatte nur den ursprünglichen Wunsch gegeben, daheim zu sein, daheim mit ihr. Und jetzt wollte er nichts mehr, als zu bleiben, wo er war, Pandora zu umarmen und sich langsam zu erhitzen.

Sie empfand keine entfesselte Leidenschaft. Es war eine Leidenschaft, die sich angenehm erhitzt – wie ein Gebräu, das schon den ganzen Tag siedete, während Gewürze zugefügt wurden. Kosten, noch einmal kosten, und der Geschmack veränderte sich, wurde reichhaltiger und intensiver.

Sie wollte dem Verlangen nachgeben, doch dann würde sich alles ändern, und es war eine Veränderung, die sie nicht voraussehen oder klar erkennen, sondern nur herbeisehnen konnte. Und darum widerstand sie ihm und sich selbst und dem, was sich zwischen ihnen abspielen konnte.

„Michael …" Dennoch hielt sie ihre Finger in sein Haar vergraben – nur noch eine winzige Weile. „Das ist nicht besonders klug."

Er küsste ihre sich schließenden Augen. Das hatte bisher noch niemand getan. „Das ist das Klügste, was jeder von uns seit Jahren getan hat."

Pandora wollte zustimmen, aber nur fast. „Michael, die Dinge sind schon kompliziert genug. Wenn wir uns lieben und es unerfreulich ausläuft, wie könnten wir es hier dann noch zusammen aushalten? Wir sind Onkel Jolley gegenüber eine Verpflichtung eingegangen."

„Das Testament hat verdammt wenig mit uns beiden hier in diesem Bett zu tun."

Wie hatte sie vergessen können, wie intensiv sein Blick wurde, wenn er etwas wollte? Wieso hatte sie nie bemerkt, wie attraktiv ihn das machte? Sie musste jetzt ihren Standpunkt behaupten, sonst ging sie unter. „Das Testament hat sehr viel zu tun mit dir und mir in diesem Haus. Wenn wir miteinander ins Bett gehen und sich unsere Beziehung verändert, müssen wir mit allen Problemen und Komplikationen fertig werden, die damit verbunden sind."

„Zähl einige auf."

„Versuche nicht, amüsant zu sein, Michael."

„Ich wollte dich nicht zum Lachen bringen." Es gefiel ihm, wie sie gegen das Kissen gelehnt saß – ihr Haar ausgebreitet wie ein Wildfeuer, die etwas erhitzten Wangen, ihr Mund zu einem leichten Schmollen zusammengezogen. Seltsam, dass er sie nie zuvor so gesehen hatte. Ohne Zweifel würde er sie von jetzt an oft so vor sich sehen. „Ich will dich, Pandora. Daran ist nichts amüsant."

Nein, darüber konnte sie nicht mit einem Lachen oder einem Schulterzucken hinweggehen, nicht während sein Atem über ihre Haut strich und sie kraftlos machte. Er meinte es nicht so. Er konnte es gar nicht so meinen. Aber sie wollte es glauben. Wenn sie es nicht mit einem Lachen abtun konnte, musste sie eine Abwehr dagegen aufbauen. „Bevor man sich auf eine Liebesaffäre einlässt, muss man genau darüber nachdenken. Falls wir darüber diskutieren …"

„Ich will nicht darüber diskutieren." Er presste seine Lippen auf ihren Mund, bis ihr Körper nachgiebig wurde. „Wir machen keine Fusion zweier Kapitalgesellschaften, Pandora, wir machen Liebe."

„Genau das ist der Punkt." Sie drängte eine Lawine von Verlangen zurück. Sei praktisch! Das war ihre Hauptregel. „Wir sind Geschäftspartner. Schlimmer noch, wir sind miteinander verwandte Geschäftspartner, zumindest noch während der nächsten Monate. Wenn wir das jetzt verändern, könnte ..."

„Wenn", unterbrach er sie. „Könnte! Brauchst du immer für alles Garantien?"

Sie zog die Augenbrauen zusammen, als Ärger ihr Verlangen zu verdrängen drohte. „Es ist eine Frage des gesunden Menschenverstandes, eine Angelegenheit von allen Seiten zu betrachten."

„Vermutlich lässt du einen möglichen Liebhaber zuerst ein Antragsformular für einen Eignungstest ausfüllen."

Ihre Stimme wurde eisig. In einer gewissen verdrehten Weise hatte er die Wahrheit getroffen. „Werde nicht grob, Michael."

Bis an die äußerste Grenze getrieben, starrte er gereizt auf sie hinunter. „Ich bin lieber plump, als deine Art von gesundem Menschenverstand zu haben."

„Ich finde, du hattest noch nie irgendeine Art von gesundem Menschenverstand", gab sie zurück. „Wie sonst wäre es möglich, dass jede vollbusige kleine Blondine, der du zugeblinzelt hast, sofort in den Mittelpunkt öffentlichen Interesses gerückt ist? Du besitzt nicht einmal genug Anstand zur Diskretion."

„Das reicht!" Michael zog sie in sitzende Position hoch. Jetzt gab es keine Spur von sanfter Nachgiebigkeit. Sie begegnete seinem Blick mit Feuer in den Augen. „Vergiss nicht die Brünetten und die Rothaarigen."

Pandora hatte sie nicht vergessen. Sie versprach sich selbst, sie nie zu vergessen. „Ich möchte nicht darüber diskutieren."

„Du hast das Thema angeschnitten, und wir bringen es jetzt zu Ende. Ich bin mit Frauen ins Bett gegangen. Leg mich dafür meinetwegen in Ketten. Und es hat mir sogar Spaß gemacht."

Sie warf mit einer heftigen Kopfbewegung ihr Haar über die Schultern zurück. „Dessen bin ich sicher."

„Und ich habe niemals mit einer Frau vorher darüber Erörterungen anstellen müssen. Es gibt nämlich Frauen, die Romantik und gegenseitigen Genuss dem vorziehen."

„Romantik?" Sie zog ihre Brauen hoch. „Ich hatte dafür stets ein anderes Wort."

„Du würdest Romantik nicht einmal erkennen, wenn sie dir auf den Kopf fallen würde. Hältst du es für diskret, wenn man eine Geliebte hat und so tut, als hätte man keine? Wenn man unsterbliche Treue für eine Person vortäuscht, während man nach einer anderen Ausschau hält? Was du Diskretion nennst, nenne ich Heuchelei. Ich schäme mich nicht für eine einzige Frau, die ich gekannt habe, im Bett oder außerhalb."

„Es interessiert mich nicht, wofür du dich schämst oder nicht schämst. Ich werde nicht dein nächster Genuss sein. Heb dir deine Leidenschaft für deine Tänzerinnen und Starlets und Ballett-Mädchen auf."

„Du bist ein ebenso großer Snob wie der Rest der Familie."

Das saß. Ihre Schultern strafften sich. „Das ist nicht wahr. Ich habe lediglich keine Lust, mich in eine lange Schlange einzureihen."

„Du schmeichelst mir, Cousine."

„Dafür gibt es auch eine andere Bezeichnung."

„Überlege dir das gut." Michael schüttelte sie härter, als er wollte. „Ich bin nie mit einer Frau ins Bett gegangen, die ich nicht gemocht und respektiert habe." Bevor er ausrastete und mehr tat, als Pandora zu schütteln, stand er auf und ging zur Tür, während sie mitten im Bett saß, die Decke an sich gepresst hielt und ihn wütend anblitzte.

„Es sieht aus, als würdest du leicht respektieren."

Er drehte sich um, um sie zu betrachten. „Nein", sagte er langsam. „Aber ich verlange nicht, dass die Leute dafür durch Reifen springen."

Kalter Krieg mochte nicht so anstrengend sein wie eine heiße Schlacht, aber mit den richtigen Teilnehmern konnte er genauso zerstörerisch wirken. Tagelang umkreisten Pandora und Michael einander. Machte einer eine sarkastische Bemerkung, griff der andere in sein Arsenal und antwortete mit gleichem Sarkasmus. Keiner von beiden gab das Zeichen zum Frontalangriff. Stattdessen stichelten und hackten sie aufeinander herum, während die Diener die Augen verdrehten und auf das erste Blutvergießen warteten.

„Dummheit", stellte Sweeney fest, während sie den Teig für zwei Apfel-Pies ausrollte. „Glatte Dummheit." Sie war eine untersetzte Frau mit einem roten Gesicht, so rundlich wie Charles dünn war. In ihrer pragmatischen, schnurgeraden Art hatte sie zwei Ehemänner geheiratet und begraben und sich danach durch das Leben geschlagen, indem sie für andere kochte. Ihre Küche war immer hübsch und ordentlich und duftete nach dem sündig reichhaltigen Essen, das sie vorbereitete. „Verwöhnte Kinder", sagte sie zu Charles. „Genau das sind sie. Verwöhnte Kinder, denen man eine um die Ohren geben müsste."

„Sie müssen noch mehr als vier Monate durchhalten." Charles saß am Küchentisch. „Sie werden es nie schaffen."

„Ha!" Sweeney knallte das Nudelholz auf einen frischen Teigballen. „Sie werden es schaffen. Sie sind zu dickköpfig, um es nicht zu schaffen. Aber das genügt nicht."

„Der Herr wollte, dass sie das Haus bekommen. Und solange sie es haben, werden wir es nicht verlieren."

„Was werden wir zwei denn in diesem riesigen leeren Haus machen, wenn die beiden zurück in die Stadt ziehen? Jetzt, da der Herr tot ist, wie oft wird denn einer von ihnen zu Besuch herkommen?" Sweeney legte den ausgerollten Boden in eine Form und drückte geschickt den Rand fest. „Der Herr wollte, dass sie das Haus bekommen, wohl wahr. Und er wollte, dass sie einander bekommen. Das Haus verlangt nach einer Familie. Und wir müssen dafür sorgen, dass es eine Familie bekommt."

„Du hast die beiden nicht beim Frühstück gehört." Charles schlürfte seinen Tee und sah zu, wie Sweeney die feuchte Apfelmischung in die Teigschale füllte.

„Darauf kommt es gar nicht an. Ich habe gesehen, wie sie einander betrachten, wenn sie denken, dass der andere es nicht bemerkt. Sie brauchen bloß einen Anstoß." Mit raschen, sparsamen Bewegungen füllte sie die zweite Form. „Und wir werden ihnen diesen Anstoß geben."

Charles streckte seine Beine aus. „Wir sind schon zu alt, um jungen Leuten Anstoß zu geben."

Sweeney schnaubte, als sie sich umdrehte. Sie stemmte ihre dicken Hände in die Hüften. „Dass wir alt sind, reicht doch schon. Du hast dich in der letzten Zeit elend gefühlt."

„Nein. Um die Wahrheit zu sagen, ich habe mich diese Woche viel besser gefühlt."

„Du hast dich elend gefühlt", wiederholte Sweeney mit einem finsteren Blick. „Sieh mal an, da kommt unsere Pandora zum Mittagessen. Du befolgst jetzt meine Anweisungen. Mach ein gequältes Gesicht."

Der Schnee war über Nacht in großen, dicken Flocken gekommen. Im Gehen wirbelte Pandora ihn auf. Sie war mit sich selbst sehr zufrieden. Ihre Arbeit hätte nicht besser laufen können. Die Ohrringe, die sie endlich fertig gestellt hatte, waren einmalig, so einmalig, dass sie eine Halskette als Ergänzung entworfen hatte, auffällig und groß, in geometrischen Formen, aus Kupfer und Gold. Nicht jede Frau konnte so etwas tragen, aber wenn es eine konnte, würde sie Aufsehen erregen.

Als sie die Küchentür öffnete, war sie hungrig wie ein Wolf und in allerbester Stimmung.

„... wenn du dich in ein oder zwei Tagen besser fühlst", sagte Sweeney gerade energisch und drehte sich überrascht zu Pandora um. „Oh, ich habe gar nicht bemerkt, wie die Zeit vergeht. Schon Zeit zum Mittagessen und ich mache erst die Pies fertig."

„Apfel-Pies?" Strahlend trat Pandora näher, aber Sweeney stellte befriedigt fest, dass Pandora bereits Charles besorgt musterte. „Ist noch etwas von der Füllung übrig?", fragte sie und steckte ihre Finger in die Schüssel. Sweeney klopfte ihr kräftig auf die Hand.

„Sie haben mit diesen Fingern gearbeitet. Waschen Sie sich an der Spüle, und dann bekommen Sie Ihr Mittagessen, sobald ich es schaffe."

Gehorsam drehte Pandora das Wasser auf und fragte leise: „Fühlt Charles sich nicht wohl?"

„Die Bronchitis macht ihm zu schaffen. Das kalte Wetter ist schlimm. Dabei ist es schon schlimm genug, alt zu sein." Sweeney presste die Hand in ihr Kreuz, als hätte sie Schmerzen. „Wir werden beide schon ein wenig langsam. Hier ziept es, und da tut es weh." Sweeney seufzte und schielte zu Pandora. „Das gehört halt zum Altwerden."

„Unsinn." Nachdenklich schrubbte Pandora ihre Hände. Sie hätte Charles genauer beobachten sollen. „Sie wollen ganz einfach zu viel tun."

„Wo doch die Weihnachtsfeiertage vor der Tür stehen ..." Sweeneys Stimme erstarb, während sie sich mit der Oberflächenverzierung einer Pie beschäftigte. „Nun ja, das Haus zu schmücken macht ja eine Menge Arbeit, aber es ist schon eine Belohnung an sich. Heute Nachmittag werden Charles und ich die Kartons mit dem Schmuck vom Dachboden holen."

„Reden Sie keinen Unsinn." Pandora stellte das Wasser ab und griff nach dem Handtuch. „Ich hole den Schmuck herunter."

„Nein, nein, lieber Himmel, Miss! Es sind zu viele Kartons, und die meisten sind viel zu schwer für eine kleine Lady wie Sie. Es ist unsere Aufgabe, uns darum zu kümmern. Stimmt es nicht, Charles?"

Bei der Vorstellung, die Treppen zum Dachboden ein halbes Dutzend Mal hinaufzuklettern, seufzte Charles. Ein Blick von Sweeney ließ ihn stocken. „Machen Sie sich keine Gedanken, Miss McVie. Sweeney und ich, wir werden uns darum kümmern."

„Das werden Sie ganz bestimmt nicht." Pandora hängte das Handtuch zurück auf den Haken. „Michael und ich werden heute Nachmittag alles herunterholen, basta. Und jetzt sage ich ihm, dass er zum Essen kommen soll."

Sweeney wartete, bis sich die Tür hinter Pandora geschlossen hatte, ehe sie grinste.

Oben im ersten Stock klopfte Pandora zweimal an die Tür von Michaels Arbeitszimmer, bevor sie eintrat. Er tippte weiter. Pandora unterdrückte ihren Stolz, ging zu seinem Schreibtisch und verschränkte die Arme. „Ich muss mit dir sprechen."

„Komm später wieder. Ich bin beschäftigt."

Zorn stieg in ihr hoch. Sie erinnerte sich jedoch an Sweeneys müde Stimme und schluckte ihn hinunter. „Es ist wichtig." Sie biss zwar die Zähne zusammen, sprach das Wort dann aber doch aus. „Bitte."

Überrascht brach Michael mitten im Wort ab. „Was? Hat einer von der Familie wieder ein Spiel gespielt?"

„Nein, das ist es nicht. Michael, wir beide müssen diesmal das Haus für Weihnachten ausschmücken."

Er starrte sie einen Moment an, murmelte eine Verwünschung und wandte sich wieder seiner Schreibmaschine zu. „Bei mir ist gerade ein zwölfjähriger Junge gekidnappt worden und soll für ein Lösegeld von einer Million freigelassen werden. Das ist wichtig."

„Michael, würdest du für einen Moment das Reich deiner Fantasie verlassen und dich um die Wirklichkeit kümmern?" Ehe sie sich zurückhalten konnte, hatte sie ihm schon das Blatt aus der Schreibmaschine gerissen. Er fuhr halb aus seinem Stuhl hoch. „Es geht um Sweeney und Charles."

Das hielt ihn davor zurück, rabiater zu werden, als ihr nur das Blatt wieder aus der Hand zu reißen. „Was ist mit ihnen?"

„Charles hat mit seiner Bronchitis zu tun, und Sweeney geht es auch nicht gut."

„Sollen wir einen Arzt holen?"

„Nein, das würde die beiden nur peinlich berühren. Aber wir sollten dafür sorgen, dass sie sich nicht überarbeiten. Und wenn wir nicht wollen, dass sie sich auf den Dachboden schleppen und nachher das Haus schmücken, müssen wir es machen."

„Bis Weihnachten sind es noch drei Wochen", wandte Michael ein.

„Ich weiß zufällig, wann Weihnachten ist, aber die beiden sind alt und haben das Haus immer einen Tag nach Thanksgiving geschmückt. Das ist Tradition."

„Schon gut, schon gut." Michael saß in der Falle und stand auf. „Dann fangen wir damit an."

„Gleich nach dem Mittagessen." Zufrieden, ihren Kopf durchgesetzt zu haben, verließ Pandora das Zimmer.

Eine Dreiviertelstunde später stießen sie und Michael die Tür zum Dachboden auf. Wie alles auf Folley, war der Speicher riesig. „Ich hatte ganz vergessen, wie herrlich es hier oben ist!" Pandora vergaß sich, packte Michael an der Hand und zog ihn hinein. „Sieh dir diesen Tisch an. Ist er nicht grässlich?"

Das war er. Alt und mit Girlanden und Cupido-Figuren verziert.

„Und da ist der Vogelkäfig aus Zahnstochern. Onkel Jolley hat sechs Monate daran gearbeitet, aber dann hatte er nicht das Herz, einen Vogel einzusperren."

„Glück für den Vogel", murmelte Michael. „Gamaschen", sagte er und zog ein Paar aus einem Karton. „Kannst du ihn dir darin vorstellen?"

„Und dieser Hut." Pandora fand einen riesigen kreisrunden Strohhut mit getrockneten Blumen auf der Krempe. „Er gehörte Tante Katie. Ich hätte sie gern kennengelernt. Mein Vater sagte, sie sei genauso wunderbar wie Onkel Jolley gewesen."

Michael sah Pandora zu, wie sie die Krempe über die Augen herunterdrückte. „Wenn das ihr Hut war, glaube ich es gern." Er fand eine schwarze Melone und setzte sie sich schief auf den Kopf.

„Perfekt." Pandora lachte zum ersten Mal seit Tagen völlig unverkrampft. „Jetzt brauchst du nur noch einen Vatermörder und einen Spazierstock. Sieh mal!" Sie zog ihn vor einen halb blinden Spiegel, in dem sie sich zusammen betrachteten.

„Ein elegantes Paar“, fand Michael, obwohl sich sein Pullover an den Hüften ausbeulte und Pandora Staub auf der Nase hatte. „Der Hut steht dir gut, vor allem bei deinem langen Haar. Ich habe es immer lang an dir gemocht, obwohl du ganz zauberhaft verloren mit deinen viel zu großen Augen ausgesehen hast, als sie es dir ganz kurz abgeschnitten hatten.“

„Ich war damals fünfzehn.“

„Und du warst gerade von den Kanarischen Inseln mit den längsten und braunsten Beinen zurückgekommen, die ich je in meinem Leben gesehen habe. Ich hätte beinahe in meine Teetasse gebissen, als du in den Salon kamst.“

„Du hast damals am College studiert, und du hattest ein Cheerleader-Mädchen an deinem Arm hängen.“

Michael grinste. „Du hattest die schöneren Beine.“

Pandora tat, als würde sie das wenig interessieren. „Überrascht mich, dass du es bemerkt hast und dich erinnern kannst.“

„Ich habe dir schon gesagt, dass ich ein guter Beobachter bin.“

Sie nickte bloß. Manchmal war es besser, behutsam über gefährliches Terrain hinwegzugehen. „Ach, du lieber Himmel!“, rief sie aus, als sie die Kartons mit dem Schmuck entdeckte, zwanzig, vielleicht fünfundzwanzig.

Michael schob die Hände in die Hosentaschen. „Vielleicht sollten wir eine Umzugsfirma anrufen.“

Pandora stieß den Atem aus. „Roll die Ärmel hoch.“

Mal trug jeder zwei oder drei Kartons, dann wieder mussten sie zusammen einen einzigen schleppen. Und irgendwann hörten sie zu streiten auf, weil es zu viel Mühe machte.

Schmutzig und verschwitzt setzten sie endlich die letzte Schachtel im Wohnzimmer ab. Ohne auf ihre staubige Hose zu achten, ließ Pandora sich in den nächsten Sessel fallen. „Wird das nicht ein Riesenspaß, wenn wir nach Neujahr alles wieder hinaufschleppen?“

„Hätten wir uns nicht mit einem Weihnachtsmann aus Plastik begnügen können?“

„Es wird sich lohnen.“ Sie sammelte ihre restliche Energie und kniete sich auf den Fußboden, um den ersten Karton zu öffnen. „Fangen wir an.“

Sie stürzten sich mit Feuereifer auf die Arbeit, öffneten Schachteln, breiteten Girlanden aus und testeten Glühlampen. Sie zankten sich freundschaftlich, was wo am besten aussah und wie die Lichter an den Fenstern am besten angebracht wurden. Als sie mit dem Wohnzimmer, der Eingangshalle und dem Treppenhaus fertig waren, sah Pandora sich lange um.

Die weißen und silbernen Girlanden schlangen sich am Geländer herunter, geschmückt mit roten Glocken, üppigen grünen Bändern und winzigen Lichtern, die nur noch auf den Abend warteten.

„Sieht gut aus", fand sie. „Wirklich gut. Natürlich werden Sweeney und Charles den Dienstbotentrakt selbst schmücken wollen, und der ganze Karton hier ist für das Speisezimmer, aber das ist schon einmal ein wunderbarer Anfang."

„Ein Anfang?" Michael setzte sich auf die Treppe. „Cousine, wir nehmen an keinem Wettbewerb teil."

„Wenn schon, denn schon. Jetzt könnten wir uns nach einem Baum umsehen."

„Willst du jetzt in die Stadt fahren?"

„Natürlich nicht." Pandora holte bereits die Mäntel aus dem Dielenschrank. „Wir gehen hinaus in den Wald und graben einen Baum aus."

„Wir?"

„Sicher. Ich hasse es, wenn die Leute Bäume abschneiden und sie nach Neujahr wegwerfen. In den Wäldern hier gibt es eine Menge hübscher kleiner Tannen. Wir graben eine aus und pflanzen sie nach den Feiertagen wieder ein."

Pandora und Michael holten zwei Schaufeln aus dem Werkzeugschuppen und stapften nebeneinander durch den knöcheltiefen Schnee.

„Es ist herrlich", sagte Pandora. „So abgeschieden. Weißt du, manchmal möchte ich lieber hier draußen leben und Besuche in der Stadt machen als umgekehrt."

Er hatte schon den gleichen Gedanken gehabt, war aber überrascht, ihn von ihr zu hören. „Ich dachte, du liebst die gleißenden Lichter und den Trubel."

„Tue ich, aber das hier gefällt mir auch. Wie wäre der Baum? Nein, zu schief." Sie ging weiter. „Wäre es nicht schön, hierher nach Hause kommen zu können? Hier ist einer."

„Zu groß. Du musst aber doch nicht den ganzen langen Weg in die Catskills fahren, um ‚Heim und Herd' zu spielen."

Pandora hob bloß eine Augenbraue. „Nein, allerdings nicht. Dieser hier sieht gut aus." Sie blieb stehen und betrachtete lange einen anderthalb Meter hohen Baum, während hinter ihr Michael sich bemühte, den Mund zu halten. „Der hat genau die richtige Größe für das Wohnzimmer."

„Fein." Michael rammte seine Schaufel in den Erdboden. „Dann pack mit an."

Als er sich vorbeugte, um zu graben, schleuderte Pandora ihm eine Schaufel Schnee ins Gesicht. „Oh, tut mir leid." Sie lächelte und tat ganz unschuldig. „Ich kann wohl nicht mehr richtig zielen."

Michael ließ es durchgehen, vielleicht weil er den Schachzug anerkannte und sich wünschte, selbst auf die Idee gekommen zu sein.

Fünfzehn Minuten später hatten sie ein Loch von ausreichender Größe ausgehoben.

„Jetzt müssen wir den Baum nur noch zum Haus zurücktragen und …" Michael unterbrach sich. „Verdammt, wir brauchen etwas, in das wir die erdigen Wurzeln einwickeln. Im Schuppen habe ich Jutesäcke gesehen."

Sie starrten einander an, ohne mit der Wimper zu zucken.

„Also gut", gab er schließlich nach. „Ich gehe noch einmal zurück, und dafür wischst du dann Nadeln und Erde auf, die wir auf dem Fußboden verstreuen."

„Abgemacht."

Zufrieden wandte Pandora sich ab, als ein Schneeball sie am Hinterkopf traf. „Oh, tut mir leid." Michael lächelte nett. „Ich kann wohl nicht mehr richtig zielen." Pfeifend schlenderte er zurück zu dem Schuppen.

Pandora wartete, bis er außer Sichtweite war, dann legte sie sich zufrieden lächelnd einen Vorrat an Schneebällen an. Bei seiner Rückkehr sollte Michael keine Chance haben.

Sie hatte bereits genug Schneebälle, als sie hinter sich ein Geräusch hörte. Mit einem Schneeball wirbelte sie herum. Doch da war niemand. Sie wartete. Hatte sie nicht zwischen den Bäumen eine Bewegung gesehen? Es hätte Michael ähnlich gesehen, sie zu umgehen und sich anzuschleichen. Dann hörte sie Schnee von den Zweigen zu Boden fallen.

„Michael, sei nicht feige!“ Sie nahm einen zweiten Ball in ihre linke Hand.

„Deckst du deine Flanke?“, fragte Michael, und plötzlich saß sie im Schnee, und er lachte auf sie hinunter und ließ den Jutesack in ihren Schoß fallen.

„Aber, warst du nicht …?“ Sie verstummte und sah hinter sich. „Hast du einen Bogen gemacht?“

„Nein, aber wenn ich mir diese Schneebälle ansehe, hätte ich es lieber tun sollen. Willst du Krieg spielen?“

„Das ist bloß ein Verteidigungssystem“, behauptete sie und sah wieder über ihre Schulter. „Ich dachte, ich hätte jemanden da drüben gehört.“

„Da drüben war ich sicher nicht. Ich bin direkt zu dem Schuppen und wieder zurück gegangen.“ Er streckte die Hand aus und zog Pandora auf die Beine.

„Vielleicht bin ich nur ein wenig nervös“, meinte sie, als sie Hand in Hand tiefer in den Wald eindrangen. „Es kann ein Kaninchen gewesen sein.“

„Ein Kaninchen mit großen Füßen“, murmelte er und deutete auf die Spuren im Schnee. „Kaninchen tragen keine Stiefel.“

„Dann haben wir also noch immer Gesellschaft, und ich glaubte, sie hätten endlich aufgegeben.“ Sie schlug einen beiläufigen Ton an, fühlte sich jedoch nicht wohl in ihrer Haut.

Michaels Antwort wurde durch einen anspringenden Motor unterbrochen. Sie rannten los, aber als sie die Stelle erreichten, an welcher der Wagen geparkt hatte, fanden sie nur noch Reifenspuren.

„Ich lasse mich nicht gern ausspionieren.“ Frustriert starrte er auf den Pfad, der zu der Hauptstraße führte. „Ich spiele nicht die nächsten Monate Katz und Maus.“

„Was sollen wir machen?“

Michael lächelte, während er die Spuren betrachtete. „Wir lassen durch Fitzhugh verbreiten, dass wir Ärger hatten und deshalb Jolleys Gewehre hervorgeholt haben.“

„Michael! Diese Leute mögen uns stören, aber sie sind noch immer unsere Familie.“ Pandora musterte ihn unsicher. „Du würdest doch nicht ernsthaft auf jemanden schießen?“

„Ich würde eher auf Familienmitglieder als auf Fremde schießen“, entgegnete er und zuckte die Schultern. „Sie lieben vor allem ihre eigene Haut. Bestimmt zögert jeder von ihnen, bevor er weiter herumspielt, wenn er weiß, dass er sich dafür eine Ladung Schrot an sehr gewissen Körperteilen einfängt."

„Ich mag das nicht. Waffen bedeuten Ärger, sogar die bloße Drohung mit ihnen."

„Hast du eine bessere Idee?"

„Kaufen wir doch einen Hund, Michael, einen wirklich großen, gefährlichen Hund."

„Großartig. Wir könnten ihn frei laufen lassen, damit er seine Zähne in einen unserer Lieblingsverwandten schlägt. Das wird ihnen viel besser gefallen als Schrot."

„Er muss ja nicht so gefährlich sein."

„Schließen wir einen Kompromiss und machen wir beides."

„Michael …"

„Wir rufen Fitzhugh an."

„Und befolgen seinen Rat", ergänzte Pandora.

„Sicher, wenn er mir gefällt."

Pandora wollte widersprechen, musste aber lachen. Das Ganze war genauso albern wie die Handlung seiner Fernsehserie. „Hört sich sehr vernünftig an", fand sie und hakte sich bei ihm unter. „Aber bringen wir zuerst den Baum ins Haus."

7. KAPITEL

„Ich weiß, dass es Weihnachtsabend ist, Darla." Michael griff nach seiner Kaffeetasse, fand sie leer und nahm die Kanne von der Warmhalteplatte. Bodensatz. Er unterdrückte einen Seufzer. Das Problem auf Folley war, dass man jedes Mal, wenn die Kanne leer war, eine halbe Meile weit in die Küche traben musste. „Ich weiß, dass es eine großartige Party wird, aber ich kann nicht weg."

Das stimmte nicht ganz, räumte Michael für sich ein, während er Darlas weitschweifigen Ausführungen über eine Feier in Manhattan lauschte. Er hätte sich einen Tag freinehmen können, aber er wollte nicht weg.

„Du musst allen an meiner Stelle frohe Weihnachten wünschen. Nein, ich lebe gern auf dem Land, Darla. Merkwürdig? Ja, vielleicht." Er musste lachen. Darla, eine Tänzerin der Spitzenklasse, konnte sich nicht vorstellen, dass es außerhalb der Insel Manhattan Leben gab. „Vielleicht zu Neujahr, wenn ich es schaffe. Okay, Baby, ja, ciao!"

Erleichtert legte Michael auf. Darla war amüsant, aber er war nicht daran gewöhnt, dass sich eine Frau an ihn klammerte, besonders nicht, wenn er sich mit ihr nur gelegentlich getroffen hatte. Darla wurde von seinem Einfluss auf bestimmte Besetzungsagenten genauso angezogen wie von ihm persönlich. Er hielt ihr das nicht vor. Nach den Feiertagen wollte er sogar ein paar Anrufe machen und sehen, was er für sie tun konnte.

Von der Tür her beobachtete Pandora, wie Michael sich den Nacken rieb. Darla, wiederholte sie in Gedanken. Frauen, die seinem Geschmack entsprachen, hießen wohl Darla oder Robin und Candy. Schick, elegant, gewandt und am besten auch noch hohlköpfig.

„Popularität kann ja so anstrengend sein, nicht wahr, Darling?"

Michael drehte sich um und warf ihr einen langen Blick zu. „Lauschen ist ja so ungezogen, nicht wahr, Darling?"

Sie zuckte die Schultern. „Du hättest die Tür zumachen können, wenn du ungestört sein wolltest."

„Um hier ungestört zu sein, müsste man die Türen zunageln."

Pandora betrachtete ihn hoheitsvoll wie eine Königin. „Deine Telefongespräche sind für mich absolut uninteressant. Ich bin nur heraufgekommen, um Charles einen Gefallen zu tun. Für dich ist ein Paket gekommen."

„Danke.“ Er amüsierte sich über ihren Ton. Wie er Pandora kannte, hatte sie sich kein Wort vorhin entgehen lassen. „Ich dachte, jetzt wären deine geheiligten Arbeitsstunden.“

„Man kann sich seine Arbeit so gut einteilen, dass man während der Feiertage frei hat. Nein, lass uns nicht aufeinander losgehen“, bat sie rasch, ehe er antworten konnte. „Immerhin ist es fast schon Weihnachten, und wir hatten drei Wochen vor den Spaßvögeln unserer Familie Ruhe. Waffenstillstand“, bot sie mit einem Lächeln an, von dem Michael nicht wusste, ob er ihm vertrauen durfte. „Oder einen Aufschub, wenn du willst.“

„Warum?“

„Sagen wir mal, ich werde zu Weihnachten sentimental. Außerdem bin ich erleichtert, dass wir weder einen großen bösen Hund noch Schrot kaufen mussten.“

„Im Moment wenigstens.“ Michael war nicht ganz zufrieden. „Fitzhughs Absicht, die Polizei zu informieren, zeigt vielleicht die erhoffte Wirkung. Möglich ist auch, dass unsere lieben Verwandten ihrerseits Ferien machen. Wie auch immer, entspannen kann ich mich jedenfalls nicht.“

„Du möchtest lieber jemandem die Nase brechen, als eine friedliche Lösung zu finden“, begann Pandora und winkte ab. „Schon gut, ich werde jedenfalls die Feiertage genießen und keinen Gedanken an unsere liebe Familie verschwenden.“ Sie unterbrach sich einen Moment und spielte mit ihrer Halskette aus Gold und Amethyst. „Ich nehme an, Darla war enttäuscht.“

„Sie wird es überstehen.“

Pandora drehte nervös an der Kette. „Michael, du weißt, dass du nicht hierbleiben musst. Ich werde mir schon zu helfen wissen, wenn du nach New York einen Abstecher machen möchtest.“

„Regel Nummer sechs“, erinnerte er sie. „Wir bleiben zusammen. Außerdem hast du selbst ein halbes Dutzend Einladungen ausgeschlagen.“

„Das war meine Entscheidung. Du sollst dich nicht verpflichtet fühlen …“

„Das ist meine Entscheidung“, unterbrach Michael sie. „Oder bist du plötzlich der Ansicht, ich sei selbstlos und ritterlich?“

„Sicher nicht“, entgegnete sie, aber sie lächelte dabei. „Ich nehme eher an, dass du zu faul zum Fahren bist.“

Er schüttelte den Kopf. „Sieht dir ähnlich.“

Pandora blieb zögernd im Türrahmen stehen, bis er fragend die Augenbrauen hochzog. „Michael, wirst du vollends unausstehlich, wenn ich dir sage, dass ich froh bin, dass du bleibst?“

Er betrachtete sie in ihrem kniekurzen dunkelgrünen Kleid mit den kleinen weißen Punkten, das zu dem roten Haar einen tollen Kontrast bildete. „Könnte sein, dass ich unausstehlich werde.“

„Dann sage ich es dir nicht.“ Ohne ein weiteres Wort verschwand sie auf dem Korridor.

Was für eine widersprüchliche Frau, dachte Michael. Er wurde allmählich verrückt nach ihr. Und ‚verrückt‘ war das richtige Wort. Er konnte sich kaum zwei Menschen vorstellen, die weniger zu friedlicher Koexistenz und Harmonie bereit waren, und doch … Anstatt sich wieder seiner Arbeit zu widmen, stand er auf und folgte Pandora nach unten.

Er fand sie im Wohnzimmer, wo sie die Geschenke unter dem Baum ordnete. „Wie viele hast du geschüttelt, um herauszufinden, was darin ist?“

„Alle“, sagte sie leichthin, drehte sich aber nicht um, damit er nicht sah, wie sehr sie sich darüber freute, dass er ihr gefolgt war. „Übrigens habe ich noch kein Geschenk von dir für mich entdeckt.“

Michael strahlte sie an. „Wer sagt, dass du etwas von mir bekommst?“

„Das wäre aber schrecklich roh und gefühllos von dir.“

„Allerdings!“ Er kniete sich nieder, um die Geschenke zu betrachten. „Wer ist Boris?“ Er zog eine kleine Schachtel in Silberpapier mit weißen Bändern hervor.

„Ein russischer Cellist. Er bewundert meine … Goldglieder.“

„Kann ich mir vorstellen. Und Roger?“

„Roger Madison.“

Für einen Moment blieb ihm der Mund offen stehen. „Der Roger Madison von den Yankees?“

„Stimmt. Vielleicht hast du die silberne Kette an seinem rechten Handgelenk bemerkt? Ich habe sie für ihn gemacht. Seither ist er der beste Baseballspieler.“ Sie hob eine Schachtel in Blau und Gold hoch und schüttelte sie leicht. „Er ist äußerst großzügig.“

„Verstehe.“ Michael betrachtete die Kartons sehr nachdenklich.

„Für dich scheinen nur wenige Geschenke von Frauen zu stammen."

„Wirklich?" Pandora sah sich ihrerseits um. „Dafür scheinst du das auszugleichen. Chi-Chi?", fragte sie und griff nach einer Schachtel mit einer rosa Schleife.

„Eine Meeresbiologin", antwortete Michael vergnügt.

„Faszinierend. Und Madge ist vermutlich Bibliothekarin."

„Wirtschaftsanwältin", korrigierte er sanft.

„Hmm. Also, wer immer das geschickt hat, ist vermutlich sehr schüchtern." Sie griff nach einer Magnumflasche Champagner mit einem glitzernden roten Band. Auf der Karte stand: ‚Schöne Feiertage, Michael', sonst nichts.

Michael betrachtete anerkennend das Etikett. „Manche Leute möchten nicht mit ihrer Großzügigkeit protzen."

„Wie ist das mit dir?" Sie legte den Kopf schief. „Immerhin ist es eine Flasche Magnum. Teilst du sie?"

„Mit wem?"

„Ich dachte mir schon, dass du gierig bist." Sie griff nach einem Päckchen mit ihrem Namen. „Als Rache esse ich diese Schachtel mit importierten Pralinen ganz allein auf."

Michael betrachtete das Päckchen. „Woher weißt du, dass es Pralinen sind?"

Sie lächelte. „Henri schenkt mir immer Pralinen."

„Importierte?"

„Schweizer."

Michael streckte die Hand aus. „Zu gleichen Teilen."

Pandora war einverstanden. „Ich kühle den Champagner ein."

Stunden später funkelten die Sterne über der verschneiten Landschaft, im Kamin prasselte ein Feuer, und Pandora entzündete die Kerzen. Genau wie Michael vermisste sie keine der hektischen, lauten Partys, die in New York stattfanden. Sie war, wo sie sein wollte. Innerhalb weniger Wochen hatte Pandora erkannt, dass sie gar nicht so sehr an dem Tempo der Stadt hing, wie sie immer angenommen hatte. Folley war ihr Zuhause. War das nicht immer schon so gewesen? Nein, sie dachte nicht mehr daran, im Frühling nach Manhattan zurückzukehren. Aber wie würde es sein, auf Folley allein zu leben?

Michael würde kaum bleiben. Sie ärgerte sich darüber, dass es ihr tatsächlich leid tat, trat an den Kamin und stocherte gedankenverloren in der Glut herum.

Als hinter ihr ein Tumult losbrach, drehte sie sich ungläubig um. Ein kleiner weißer Hund mit übergroßen Pfoten tappte in den Raum, rutschte und schlitterte über den kostbaren Aubusson-Teppich und knallte unsanft gegen den Tisch. Wie verrückt bellend, überkugelte er sich zweimal, kam auf die Beine, dann stürzte er sich auf Pandora, sprang an ihr mit heraushängender Zunge hoch. Begeistert ging Pandora in die Hocke. Der Welpe sprang auf ihren Schoß und leckte ihr Gesicht.

„Wo kommst du denn her?“ Lachend wehrte sich Pandora, so gut sie konnte, und fand eine Karte an der roten Schleife um den Hals des Welpen.

MEIN NAME IST BRUNO. ICH BIN EIN GEMEINGEFÄHRLICHER, HÄSSLICHER HUND UND SUCHE EIN FRAUCHEN, DAS ICH VERTEIDIGEN KANN.

„Bruno?“ Noch immer lachend kraulte Pandora seine unbeschreiblich langen Ohren. „Wie gemeingefährlich bist du denn?“, fragte sie, als er ihr Kinn leckte.

„Er greift mit Vorliebe unzufriedene Verwandte an“, verkündete Michael, während er einen Servierwagen mit einem Sektkübel hereinrollte. „Und er ist auf alle dressiert, die Anzüge von Brooks Brothers tragen.“

„Und echt italienische Luxusschuhe.“

„Das kommt als Nächstes an die Reihe.“

Tief bewegt wandte sie sich wieder dem Welpen zu. „Er ist eigentlich gar nicht hässlich“, murmelte sie.

„Sie haben mir versprochen, dass er es noch wird.“

„Sie?“ Pandora drückte ihr Gesicht in das Fell des Hundes. „Wo hast du ihn her?“

„Tierheim.“ Michael entfernte die Goldfolie von der Champagnerflasche. „Als wir letzte Woche in die Stadt zum Einkaufen fuhren und ich dich im Supermarkt allein gelassen habe.“

„Und ich dachte, du hättest dir irgendwo Pornomagazine gekauft.“

„Mein Ruf eilt mir voraus“, sagte er halb zu sich selbst. „Jedenfalls bin ich ins Tierheim gefahren und zwischen den Zwingern durchgegangen. Bruno hat einen anderen Hund in den … also, in eine empfindliche Körpergegend gebissen, um als Erster ans Gitter zu kommen. Dann hat er mich absolut ohne jede Würde angegrinst. Da wusste ich, dass er derjenige ist, welcher."

Der Korken schoss mit einem Knall aus der Flasche, und Champagner tropfte auf den Fußboden. Bruno krabbelte aus Pandoras Schoß und leckte gierig die Tropfen auf. „Seine Manieren lassen vielleicht etwas zu wünschen übrig", stellte Pandora fest. „Aber sein Geschmack ist erstklassig." Sie stand auf und wartete, bis Michael zwei Gläser gefüllt hatte. „Das war wirklich eine hübsche Idee."

Lächelnd reichte Michael ihr ein Glas. „Gern geschehen."

„Es ist für mich leichter, wenn du grob und unerträglich bist."

„Ich tue mein Bestes." Er stieß mit ihr an.

„Wenn du reizend bist, fällt es mir schwerer, mich vor Dummheiten zurückzuhalten."

Er wollte schon trinken, stockte aber. „Welche Dummheiten?"

„Solche Dummheiten." Pandora stellte ihr Glas ab, nahm Michael sein Glas aus der Hand und stellte es ebenfalls auf den Tisch. Während sie ihn ansah, und nur ihn, schlang sie die Arme um seinen Nacken und presste ganz langsam ihren Mund auf seine Lippen.

Seine Lippen waren wie erwartet warm. Er legte seine Hände auf ihre Schultern und ließ sie dort ohne Druck liegen. Vielleicht hatten sie beide begriffen, dass Pandora sich durch Druck nicht festhalten ließ. Wenn sie sich hingab, dann aus eigenem Antrieb und nicht durch Verführung oder auf Verlangen. Es war also Pandora, die näher kam, Pandora, die ihren Körper an den seinen drückte und Intimität ohne Unterwerfung anbot.

Michael wollte und suchte keine Unterwerfung, obwohl er sie oft fand. Er suchte keine ebenbürtige Stärke, aber doch eine gewisse Kraft. Bei Pandora fand er sie, obwohl er nie daran gedacht hatte, diese Kraft bei ihr zu suchen.

Ihr Duft umwehte ihn und verstärkte die Emotionen, die der Geschmack ihres Kusses auslöste. Unter seinen Händen fühlte ihr Körper sich weich an. Es war jene Weichheit, die Frauen für sich auszunutzen verstehen, die aber auch ausgenutzt werden kann. Bei Pandora erwartete er keines von beidem, sondern nur, dass sie da war. Einfach dadurch, dass sie da war, nahm sie ihn gefangen.

Sie wehrte sich nicht gegen seine Berührung, als seine Hände zu ihren Hüften hinunterglitten und wieder höher wanderten. Er hatte das schon vorher getan, wenn auch nur in Träumen, gegen die sie sich gewehrt hatte. Wenn jetzt der Zeitpunkt gekommen war, um auf Abwehr zu verzichten, wollte sie verzichten. Wenn jetzt der Zeitpunkt für Genießen gekommen war, wollte sie genießen. Fragen wollte sie später stellen. Vielleicht war dies die Nacht ohne Fragen.

Sie zog sich ein Stück zurück, aber nur, um ihn anzulächeln. „Weißt du, wenn ich dich küsse, sehe ich in dir nicht den Cousin."

„Wirklich?" Er knabberte an ihren Lippen. Sie hatte einen unglaublich verlockenden Mund, voll und sanft geschwungen. „Was siehst du denn in mir?"

Sie zog eine Augenbraue hoch. „Das habe ich noch nicht herausgefunden."

„Dann sollten wir daran arbeiten." Er wollte sie wieder an sich ziehen, aber sie widerstand ihm.

„Nachdem du die Tradition gebrochen und mir mein Weihnachtsgeschenk ein paar Stunden zu früh gegeben hast, mache ich dasselbe." Pandora ging zu dem Baum, bückte sich und fand die flache, rechteckige Schachtel. „Fröhliche Weihnachten, Michael."

Er setzte sich auf die Armlehne eines Sessels, um das Geschenk zu öffnen. Pandora griff unterdessen nach ihrem Champagnerglas, nippte und wartete ein wenig nervös auf seine Reaktion. Es ist doch nur eine kleine Aufmerksamkeit, sagte sie sich, während sie mit dem Stiel ihres Glases spielte. Als er das Papier aufriss und dann nichts sagte, zuckte sie die Schultern. „Es ist nicht so einfallsreich wie ein Wachhund."

Michael starrte auf die Bleistiftzeichnung, die ihren Onkel darstellte, und hatte keine Ahnung, was er sagen sollte. Den Rahmen hatte Pandora selbst gemacht, das erkannte er. Er war aus Silber und so reich verziert, wie Onkel Jolley das geliebt hatte. Doch es war die Skizze, die ihm die Sprache verschlug.

Sie hatte Jolley so gezeichnet, wie Michael sich am besten an ihn erinnern konnte, im Stehen, leicht vorgeneigt. Sein spärlich dünnes Haar war zerzaust. Seine Wangen waren zu einem weiten, offenen Lächeln in die Breite gezogen. Das Bild war mit Liebe, Talent und Humor gezeichnet, drei Qualitäten, die Jolley besessen und bewundert hatte. Als Michael aufblickte, drehte Pandora noch immer den Stiel des Glases in ihren Händen.

Sie ist doch tatsächlich nervös, erkannte er. Nie hätte er erwartet, dass sie, was ihre Arbeit anging, anders als geradezu arrogant zuversichtlich und von sich selbst überzeugt war. Die Geheimnisse, die er aufdeckte, waren für ihn genauso beunruhigend wie für Pandora. Ein Mann wurde für gewöhnlich von einer Frau angezogen, bei der er unerwartete schwache Stellen fand. Wenn er aber von Pandora angezogen wurde, wie sollte er sich wieder zurückziehen?

„Pandora, niemand hat mir jemals etwas geschenkt, das mir mehr bedeutet hätte."

Die Falte über seiner Nasenwurzel verschwand, als ihr Lächeln aufblühte. Die alberne Freude, die sie empfand, war schwer zu verbergen. „Wirklich?"

Er streckte ihr die Hand entgegen. „Wirklich." Michael blickte wieder auf die Zeichnung und lächelte. „Das ist ganz er."

„So habe ich ihn in Erinnerung." Sie verschlang ihre Finger mit seinen. Pandora konnte sich einreden, dass Jolley und nur er sie beide verband. Und sie konnte es beinahe glauben. „Ich dachte, du könntest dich vielleicht auch, so wie ich ihn eingefangen habe, an ihn erinnern. Der Rahmen ist ein wenig protzig."

„Und passend." Michael betrachtete ihn etwas genauer, den matten Glanz und die tief eingeritzten Girlanden und Linien. Man hätte den Rahmen in ein Antiquitätengeschäft stellen und als Erbstück ausgeben können. „Ich wusste gar nicht, dass du so etwas machst."

„Ab und zu. Die Boutique, für die ich arbeite, hat ein paar Rahmen ausgestellt."

„Passt gar nicht in die Kategorie Armbänder und Halsketten", sagte er nachdenklich.

„Ach nein?" Sie hob das Kinn. „Ich hatte überlegt, ob ich dir ein breites goldenes Halsband mit Strasssteinen machen soll, nur um dich zu ärgern."

„Ich hätte mich geärgert."

„Dann vielleicht im nächsten Jahr. Ich werde eine ganze Kollektion für dich entwerfen. Oder vielleicht mache ich ein Halsband für Bruno." Sie sah sich um. „Wo steckt er denn?"

„Wahrscheinlich hinter dem Baum und kaut an den Geschenken. Während seines kurzen Aufenthalts in der Garage hat er ein Paar Golfschuhe aufgefressen."

„Dem werden wir einen Riegel vorschieben", erklärte Pandora und machte sich auf die Suche.

„Weißt du, Pandora, ich hatte keine Ahnung, dass du so zeichnen kannst." Michael betrachtete noch einmal das Bild. „Warum malst du nicht?"

„Warum schreibst du nicht den großen amerikanischen Roman?"

„Weil mir das, was ich tue, Freude macht."

„Genau." Da sie hinter dem Baum keine Spur des Welpen fand, suchte Pandora unter den Möbeln. „Obwohl zahlreiche Maler … Michael!"

Er stellte sein unberührtes Champagnerglas wieder weg und lief zu dem Diwan, neben dem sie kniete. „Was ist?", fragte er. Dann sah er es selbst. Mit geschlossenen Augen und flach und schwer atmend, lag der Welpe halb unter dem Diwan. Als Pandora ihn berührte, winselte Bruno und versuchte aufzustehen.

„Michael, er ist krank! Wir müssen ihn zu einem Tierarzt bringen."

„Wir wären nicht vor Mitternacht in der Stadt. Am Weihnachtsabend finden wir um Mitternacht keinen Tierarzt." Michael legte sachte seine Hand an Brunos Bauch und hörte ihn stöhnen. „Vielleicht bekomme ich jemanden ans Telefon."

„Meinst du, er hat etwas gefressen?"

„Sweeney hat sein Futter wie eine Mutter überwacht." Aufs Stichwort zuckte Bruno zusammen, krümmte und streckte sich und übergab sich. Von der Anstrengung erschöpft, legte er sich auf die Seite und döste auf der Stelle unruhig ein. „Etwas, das er getrunken hat", murmelte Michael.

Pandora streichelte den Hund zärtlich und beruhigend. „Von diesen paar Tropfen Champagner kann ihm nicht schlecht geworden sein." Weil der Hund schon schlief und wieder normal atmete, entspannte sie sich ein wenig. „Charles wird sich nicht freuen, dass Bruno auf den Teppich gebrochen hat. Vielleicht sollte ich …" Sie stockte, als Michael sie am Arm packte.

„Wie viel Champagner hast du getrunken?"

„Ich habe nur genippt. Warum bist …" Sie stockte wieder und

starrte ihn groß an. „Der Champagner! Meinst du, dass damit etwas nicht stimmt?"

„Ich bin ein Idiot, dass ich bei einem anonymen Geschenk nicht misstrauisch wurde!" Er hielt ihr Kinn fest. „Nur genippt? Bist du sicher? Wie fühlst du dich?"

Pandora bekam eine Gänsehaut, blieb aber ganz ruhig. „Es geht mir gut. Sieh mal, mein Glas ist noch ganz voll. Glaubst du, der Champagner ist vergiftet?"

„Wir werden es herausfinden."

Sie schüttelte den Kopf. „Aber, Michael, die Flasche war verschlossen. Wie hätte man etwas hineinmischen sollen?"

„In der ersten Saison von ‚Logan' habe ich einen solchen Trick ausgearbeitet." Er erinnerte sich daran, wie er seine Theorie getestet hatte, indem er Lebensmittelfarbe in eine Flasche Dom Perignon injizierte. „Der Killer vergiftete Champagner, indem er Zyankali mit einer Injektionsspritze durch den Korken schoss."

„Fantasie", behauptete Pandora und unterdrückte einen Schauder. „Bloße Fantasie."

„Bis zum Beweis des Gegenteils gehen wir davon aus, dass es so ist. Ich bringe den Rest der Flasche nach New York in die Sanfield Laboratories."

Zitternd holte Pandora Luft. „Nun gut, wir werden uns wahrscheinlich besser fühlen, wenn wir Bescheid wissen. Kennst du jemanden, der dort arbeitet?"

„Sanfield gehört uns." Er blickte auf den schlafenden Hund hinunter. „Das heißt, das Labor wird uns in ein paar Monaten gehören."

„Michael." Pandora konnte kaum an die Möglichkeit glauben, die er andeutete. „Wenn der Champagner vergiftet war, ist das kein Spiel mehr."

Er stellte sich die Folgen vor, wenn sie nicht vom Trinken abgelenkt worden wären. „Nein, das wäre kein Spiel mehr."

Pandora stand auf. „Das ergibt keinen Sinn. Etwas Derartiges traue ich keinem Familienmitglied zu. Wir reagieren übertrieben darauf. Bruno hat sich vielleicht zu doll aufgeregt oder sich etwas im Tierheim geholt."

„Ich habe ihn für die Impfungen zum Tierarzt bringen lassen, bevor er gestern hergebracht wurde." Michaels Stimme klang ruhig, aber in seinen Augen flackerte Zorn. „Es ging ihm gut, Pandora, bis er etwas von dem verschütteten Champagner aufgeleckt hat."

Pandora hob Bruno hoch, der sich winselnd gegen ihre Brust drückte. „Ich gebe ihm etwas Warmes zu trinken, und dann nehme ich ihn mit nach oben. Heute Nacht behalte ich ihn im Auge."

„In Ordnung." Michael stand neben dem Kamin und kämpfte gegen eine Mischung aus Enttäuschung und Wut an.

Lange nach Mitternacht sah Michael nach Pandora. Sie hatte in einer Ecke eine schwache Lampe brennen lassen. Draußen fiel der Schnee in großen Flocken. Pandora lag in dem breiten Bett, die Decke bis unter das Kinn gezogen. Das Feuer war fast erloschen. Auf dem Kaminvorleger schnarchte der Welpe. Pandora hatte ihn zugedeckt und in einer flachen Schale Tee neben ihn gestellt.

Michael kauerte sich neben dem Hund nieder. „Armer Kerl", murmelte er. Als er ihn streichelte, bewegte sich Bruno, winselte und entspannte sich wieder.

„Ich glaube, es geht ihm besser."

Michael drehte sich um und sah, wie sich das Licht in Pandoras Augen spiegelte. Ihr Haar war zerzaust, ihre Haut schimmerte blass. Sie sah schön und begehrenswert aus. „Er muss sich gesundschlafen. Das Feuer braucht ein Holzscheit." Und Michael brauchte Beschäftigung, um sich abzulenken. Er machte sich am Kamin zu schaffen.

„Danke. Kannst du nicht schlafen?"

„Nein."

„Ich auch nicht." Pandora saß eine Weile schweigend in ihrem Bett, Michael auf dem Vorleger. Das Feuer knisterte und knackte, fraß sich gierig über das frische Scheit und ließ Schatten tanzen. Endlich zog Pandora die Knie an die Brust. „Michael, ich habe Angst."

Er wusste, wie schwer ihr das Geständnis fiel. „Wir können weggehen", sagte er leichthin. „Wir können morgen nach New York fahren, alles hier vergessen und die Feiertage genießen."

„Willst du das?", fragte sie.

Er dachte an Jolley, dann an Pandora. Jeder Muskel in seinem Körper spannte sich an. „Sicher."

„Für jemanden, der vom Geschichtenerfinden lebt, bist du ein erbärmlicher Lügner." Sie wartete, bis er sich zu ihr drehte. „Du willst nicht weggehen, sondern alle unsere Verwandten zusammentreiben und verhauen."

„Kannst du dir vorstellen, wie ich Tante Patience verhaue?"

„Na ja, es gibt ein paar Ausnahmen", schränkte Pandora ein. „Aber du willst auf keinen Fall aufgeben."

Er stand auf. „Na gut, so viel zu mir. Aber du wolltest von Anfang an nicht mitmachen. Ich habe dich dazu überredet und fühle mich verantwortlich."

Zum ersten Mal seit Stunden fühlte sie ihren Humor zurückkehren. „Ich verletze nur ungern dein Selbstbewusstsein, Michael, aber du hast mich zu gar nichts überredet. Ich bin für mich ganz allein verantwortlich, und ich will nicht aufgeben. Komm, setz dich!", befahl sie ungeduldig.

Er kam zu ihr und setzte sich auf das Bett. „Besser so?"

Sie betrachtete ihn lange. „Ja, ich habe Angst, und ich möchte mich wehren, aber ich weiß nicht wie."

„Der beste Weg ist hierbleiben." Er griff nach ihrer Hand. Sie war kühl und weich. „Und vielleicht sollten wir etwas psychologische Kriegsführung anwenden."

„Was zum Beispiel?"

„Wie wäre es, wenn ich jedem unserer Verwandten eine hübsche Flasche Champagner schickte?"

Sie begann träge zu lächeln. „Eine Magnum."

„Natürlich. Ich würde gerne sehen, wie sie reagieren."

„Das wäre ganz schön hässlich von uns, wie?"

„Mmh."

„Vielleicht habe ich bisher deinen Einfallsreichtum nicht richtig eingeschätzt." Sie stockte, als er ihre Haare um seine Finger wickelte. „Wir sollten jetzt ein wenig schlafen."

„Sollten wir." Seine Finger strichen über ihre Schultern.

„Ich bin nicht sehr müde."

„Wir könnten Canasta spielen", schlug er vor.

„Könnten wir." Sie hielt ihn nicht auf, als er die dünnen Träger ihres Nachthemdes von ihren Schultern schob. „Wir könnten auch die Partie zu Ende führen, die wir unten begonnen haben."

Er drückte seine Lippen auf ihre Hand. „Man sollte immer beenden, was man begonnen hat. Soweit ich mich erinnere, waren wir …

hier." Er senkte seinen Mund auf ihre Lippen.

Seufzend schlang sie die Arme um seinen Nacken. „Das könnte stimmen."

Gemeinsam sanken sie eng umschlungen auf das Bett. Vielleicht, weil sie einander so gut kannten, vielleicht, weil sie schon ein ganzes Leben darauf warteten, bewegten sie sich langsam. Das Verlangen war im Moment angenehm und leicht durch eine Berührung zu stillen.

Leidenschaft stieg in Michael hoch und befreite sich in einem Seufzer. Er musste Pandora Zentimeter für Zentimeter mit seinen Fingerspitzen und Lippen erkunden. Er hatte zu lange gewartet und sich zu lange gesehnt, um irgendetwas zu versäumen, das sie einander geben konnten.

Sie war großzügiger, als er gedacht hatte, weniger befangen und viel offener. Sie wollte nicht gedrängt werden, und sie tat auch nicht so, als hätte sie Überredung nötig. Pandora ließ ihre Hände mit gleicher Neugierde über ihn streichen. Sanft legte sie ihren Mund auf seinen. Als er seine Lippen von den ihren zurückzog, waren ihre Augen auf ihn gerichtet, von Verlangen verschleiert und dunkel vor Belustigung. Sie waren endlich zusammen. Michael barg sein Gesicht in ihrem Haar. Wir werden uns lieben, dachte er, und dieser Gedanke stimmte ihn genauso freudig.

Pandoras Hände waren ruhig, als sie Michael das Sweatshirt über den Kopf zog, auch ruhig, als sie seine Brust streichelte. Ihr Puls dagegen war nicht ruhig. Sie war dem hier aus dem Wege gegangen, hatte es vermieden. Jetzt akzeptierte sie es, obwohl sie wusste, dass sie die Folgen noch nicht überblicken konnte.

Das Feuer knisterte, das weiche Licht leuchtete.

Ihre Haut glitt bei jeder Bewegung über seine Haut. Jede Bewegung verlockte zu mehr. Michaels Herz begann zu hämmern, als er mit den Lippen sich tiefer wagte. Mit weit geöffnetem Mund küsste und erforschte er ihren Körper auf eine Weise, die er sich bisher nur hatte vorstellen können. Ihr wunderbar erregender Duft war überall, schwach in dem Bogen ihrer Taille, stärker an der weichen Unterseite ihrer Brüste. Michael sog ihn ein, bis sich alles in seinem Kopf drehte.

Er fühlte den Moment, in dem ihr träges Genießen machtvoller wurde. Als ihr Atem stockte und in ein Stöhnen überging, glitt er mit den Lippen noch tiefer. Sie erreichten einen Punkt, an dem Michael nicht mehr klar wusste, was sie miteinander machten, nur dass sich ihr Verlangen zur verzweifelten Sehnsucht steigerte.

Seine Haut war feucht. Pandora kostete die Feuchtigkeit und verlangte nach mehr. Das war also Leidenschaft. Das war der bebende, verzehrende Hunger, nach dem sich Männer und Frauen sehnten. Pandora hatte ihn nie gewollt. Das sagte sie sich selbst, während ihr Körper erschauerte. Genuss und Schmerz mischten sich, Begehren und Ängste gingen ineinander über. Ihre Gedanken wurden wie ihr Körper von Empfindungen überflutet, von Hitze und Helligkeit, Ekstase und Entsetzen. Die Verletzbarkeit überwältigte sie, obwohl sich ihr Körper hart anspannte und ihre Hände sich festklammerten. Niemand hatte jemals so mühelos ihre Abwehr beiseite gefegt und sie genommen. Genommen und wieder genommen.

Atemlos und verzweifelt presste Pandora ihren Mund wieder auf seinen Mund. Michael hatte diese Raserei für sich und für sie gewollt. Jetzt fühlte er die wilde Kraft, die von Pandora ausging. Es gab keine Gedanken mehr, keine Logik. Mit seinem ganzen Gewicht legte er sich auf sie und genoss ihr stoßweises Atmen.

Sie umschlang ihn mit Beinen und Armen. Als er in sie drang, betrachteten sie beide das Erstaunen in dem Gesicht des anderen.

Nicht so … so war es noch nie gewesen. Sie hatten beide heimgefunden. Aber ‚heim', das entdeckten sie, war nicht immer ein Ort des Friedens.

Es herrschte Stille, betäubte, seltsame Stille. Pandora und Michael lagen eng umschlungen auf den Decken, als das Holzscheit auseinander brach und ein Funkenregen sich gegen den Kaminschirm ergoss. Sie kannten einander gut, zu gut, um jetzt darüber zu sprechen, was geschehen war. Also lagen sie stumm da, während ihre Haut abkühlte und ihr Puls sich beruhigte. Michael drehte sich ein wenig, um die Decke über sie beide zu ziehen.

„Fröhliche Weihnachten", murmelte er.

Mit einem Laut, der gleichzeitig ein Seufzer und ein Lachen war, streckte Pandora sich neben ihm aus.

8. KAPITEL

Pandora und Michael verließen Folley im frühen Morgenlicht nach dem Weihnachtsfeiertag. Die Sonne ließ den Schnee etwas schmelzen, und der beißende Wind formte Eiszapfen an Zweigen und Dachrinnen. Es war eine Postkartenidylle.

Bruno ging es auch schon wieder gut.

Nach einem kurzen Gefecht hatten sie entschieden, dass Pandora die Strecke in die Stadt hin- und Michael zurückfahren sollte. Er schob seinen Sitz ganz nach hinten und streckte die Beine aus, und sie steuerte den Wagen behutsam die vereiste Bergstraße hinunter. Beide schwiegen, bis sie den Highway erreichten.

„Michael, was haben wir eigentlich von einer Analyse?", fragte Pandora ihn leise. „Wir wissen dann noch immer nicht, wer von ihnen es getan hat."

„Das ist dann der nächste Schritt." Er warf ihr einen Blick zu. „Wir können sie alle zu Neujahr auf Folley einladen und sie abwechselnd auf der Folter befragen."

„Du machst dich über mich lustig."

„Ehrlich, ich habe schon an etwas in dieser Art gedacht, wenn auch nicht ganz so hart. Die Zeit ist nur noch nicht reif." Er beobachtete, wie sie die Finger am Lenkrad abwechselnd streckte und verkrampfte. „Pandora, warum sagst du mir nicht, was dich wirklich bedrückt?"

„Es ist nichts." Alles bedrückte sie. Seit vierundzwanzig Stunden konnte sie nicht mehr klar denken.

„Nichts?"

„Nur die Vorstellung, dass mich jemand umbringen will. Ist das nicht genug?"

Er hörte die Schärfe unter dem Spott. „Hast du dich deshalb gestern den ganzen Tag in deinem Zimmer versteckt?"

„Ich habe mich nicht versteckt." Sie brachte genug Stolz auf, um spröde und abweisend zu klingen. „Ich habe mich um Bruno gekümmert. Und ich war müde."

„Du hast kaum etwas von dieser riesigen Gans gegessen, mit der Sweeney sich so viel Mühe gemacht hat."

„Ich mag Gans nicht besonders."

„Ich habe dich schon einmal bei einem Weihnachtsessen erlebt", verbesserte er sie. „Du hast wie ein Scheunendrescher reingehauen."

„Wie galant von dir, das herauszuheben. Sagen wir, ich war nicht in Stimmung."

„Wie ist es dir eigentlich gelungen, dir selbst so schnell einzureden, dass dir das Erlebnis zwischen uns nicht gefallen hat?" Michael fühlte sich verletzt, aber das hieß nicht, dass er es zeigen musste. Seine Stimme klang, genau wie ihre, kühl und hart.

„Das habe ich nicht getan. Das ist absurd." Nicht gefallen? Sie hatte an nichts anderes denken können, nichts anderes fühlen können. Und es erschreckte sie zu Tode. „Wir haben bloß miteinander geschlafen." Sie tat es mit einem Achselzucken ab. „Damit haben wir wohl beide früher oder später gerechnet."

Genau das hatte er sich so oft vorgesagt, dass er es nicht mehr zählen konnte. Er hatte allerdings aufgehört, daran zu glauben. „Und das war es?"

„Was sonst?" Sie durfte nicht länger zulassen, dass ihr gesunder Menschenverstand von einer Anziehung ausgeschaltet wurde, die nirgendwo hinführen konnte. „Michael, es ist sinnlos, das Geschehene überzubewerten."

„Wie sollen wir es denn bewerten?"

Im Wagen war es stickig. Pandora schaltete die Heizung aus und konzentrierte sich auf die Straße. „Wir sind zwei erwachsene Menschen …", begann sie, musste aber zweimal schlucken.

„Und?"

„Verdammt, Michael, ich muss es dir doch nicht erklären!"

„Doch, das musst du."

„Wir sind zwei erwachsene Menschen", wiederholte sie. „Wir haben das Verlangen von normalen Erwachsenen. Wir haben miteinander geschlafen und dieses Verlangen befriedigt."

„Wie praktisch."

„Ich bin praktisch." Ganz plötzlich wollte Pandora weinen. „Viel zu praktisch, als mir wegen eines Mannes Illusionen zu machen, der seine Frauen am liebsten in Sechserpacks hat. Zu praktisch, um mich gefühlsmäßig mit einem Mann einzulassen, mit dem ich eine Nacht verbracht habe. Und zu praktisch, um den Austausch von Lust romantisch zu betrachten."

„Halt an!"

„Nein!"

„Fahr an den Straßenrand, Pandora, oder ich mache es."

Zähneknirschend zog sie den Wagen an die Seite. Michael drehte den Zündschlüssel, packte Pandora an den Aufschlägen ihres Mantels und zog sie halb auf seinen Sitz. Ehe sie sich losreißen konnte, verschloss er ihren Mund mit seinen Lippen.

Hitze, Ärger, Leidenschaft schienen zu einer einzigen Emotion zu verschmelzen. Michael hielt sie gepackt, während Autos vorbeizischten und die Fenster erzittern ließen. Pandora machte ihn wütend, sie erregte ihn, sie verletzte ihn. In Michaels Augen war das für einen Mann zu viel, was er von dieser Frau einstecken musste. So abrupt, wie er sie gepackt hatte, ließ er sie auch wieder los.

Atemlos rutschte Pandora wieder auf ihren Sitz zurück, drehte wütend den Schlüssel herum und ließ den Motor aufheulen. „Idiot!"

„Ja." Er lehnte sich zurück, als Pandora auf den Highway hinausschwenkte. „Endlich stimmen wir in einem Punkt überein."

Pandora und Michael sprachen erst wieder miteinander, als sie die Halle eines Bürohauses in Manhattan betraten.

„Woher kennst du das Labor?", fragte Pandora knapp.

„Ich habe in Jolleys Unterlagen nachgesehen. Dieses Gebäude hat ihm gehört. Alle zweiundsiebzig Stockwerke."

Wieder wurde Pandora vor Augen geführt, wie kompliziert der Besitz war. „Was soll ich mit zweiundsiebzig Stockwerken mitten in Manhattan machen?"

Michael nannte ihre Namen dem Wächter an den Aufzügen, und sie konnten ohne Verzögerung in den vierzigsten Stock hinauffahren.

„Es gibt Leute, die sich um alles kümmern, und Anwälte und Manager kümmern sich wieder um diese Leute. Wenn du dir Sorgen machst, Pandora, denk an Jolley. Er hat seine Geschäfte als Hobby betrachtet und seinen Spaß gehabt."

Pandora beobachtete die Zahlen über der Tür. „Ein Hobby?"

„Jeder sollte ein Hobby haben."

„Tennis ist ein Hobby", murmelte sie.

„Der Trick dabei ist, dass der Ball in Bewegung bleibt. Jolley hat ihn in unseren Hof geworfen, Pandora."

Sie verschränkte die Arme. „Ich bin noch nicht bereit, dafür dankbar zu sein."

„Betrachte es auf folgende Weise." Michael legte seine Hand auf ihre Schulter und drückte sie leicht. „Du musst nicht wissen, wie ein Auto gebaut wird, um eines zu besitzen. Du musst nur gleichmäßig fahren und den Schildern folgen. Hätte Jolley nicht gedacht, dass wir den Schildern folgen können, hätte er uns nicht den Zündschlüssel gegeben."

Es half tatsächlich, die Dinge so zu betrachten, doch Pandora wurde ohnedies gleich darauf abgelenkt, als sie mit dem Leiter des Labors sprachen, einem gewissen Mr. Lockworth.

„Selbstverständlich führe ich die Analyse durch, und zwar persönlich", erklärte er bereitwillig. „Es gibt hier einen Coffeeshop für die Angestellten. Sie können dort auf mich warten."

Wenig später gaben sie ihre Bestellung auf und nippten am Kaffee, während sie auf das Essen warteten.

Anderthalb Stunden später kam Lockworth mit einem Computerausdruck an den Tisch. „Ich dachte, Sie wollten eine Kopie." Er setzte sich und bestellte per Handzeichen einen Kaffee.

Pandora betrachtete die endlosen chemischen Bezeichnungen auf dem Papier mit gerunzelter Stirn. Sie konnte damit nichts anfangen, aber sie bezweifelte, dass Trichlorethanol oder eines der anderen mehrsilbigen Wörter etwas mit französischem Champagner zu tun hatte. „Was bedeutet das?"

„Das habe ich mich auch gefragt." Lockworth holte ein Päckchen Zigaretten aus seiner Tasche. Michael betrachtete es einen Moment voll Verlangen. „Ich habe mich gefragt, warum jemand Schädlingsbekämpfungsmittel dem Jahrgangschampagner beifügt."

„Dann war er also vergiftet", stellte Michael fest.

„Ja, obwohl nicht genug Gift in dem Champagner war, um mehr als ein oder zwei Tage schwerste Übelkeit zu verursachen."

Sie bedankten und verabschiedeten sich.

„Nun", begann Pandora, als sie wieder allein waren. „Was kommt jetzt?"

„Ein kleiner Besuch in einer Weinhandlung. Wir müssen ein paar Geschenke kaufen."

Sie ließen gleich von dem Geschäft eine Flasche von exakt derselben Marke an jeden der möglichen Erben schicken. Michael schrieb auf die beiliegenden Karten lediglich: Eine nette Geste sollte mit einer ebenso netten belohnt werden.

„Eine teure Geste", stellte Pandora fest, als sie in die Kälte hinaustraten.

„Betrachte es als Investition", riet Michael.

Es ging ihr weniger um das Geld, als um das plötzliche Gefühl totaler Sinnlosigkeit. „Was wird es überhaupt nützen?"

„Einige Flaschen werden erstaunt betrachtet und dann genossen werden – bis auf eine", erklärte Michael genussvoll. „Eine wird sich in eine Botschaft, sogar in eine Drohung verwandeln."

„Eine leere Drohung", erwiderte Pandora. „Wir werden die Reaktion nicht mitbekommen können."

„Du denkst wie ein Amateur."

Michael hatte die Straße schon halb überquert, als Pandora ihn am Arm packte. „Was soll das denn heißen?"

„Wenn ein Amateur einen Scherz macht, will er unbedingt bei den Auswirkungen dabei sein."

Pandora ignorierte die Leute, die an ihnen vorbeifluteten, und rührte sich nicht von der Stelle. „Seit wann ist das Vergiften mit Schädlingsbekämpfungsmitteln ein Scherz?"

„Die Rache richtet sich nach den gleichen Prinzipien."

„Oh, verstehe! Und du bist darin Experte."

Die Ampel wechselte. Autos fuhren auf die beiden los, Hupen gellten. Mit zusammengebissenen Zähnen packte Michael Pandora am Arm und zog sie auf den Bürgersteig. „Mir genügt es zu wissen, dass jemand die Flasche sehr nervös in Empfang nehmen wird. Jemand wird sie bekommen und wissen, dass wir mit gleicher Münze heimzahlen. Dein Problem ist, dass du deinen Gefühlen nicht lange genug freien Lauf lässt, um Rache zu genießen."

„Lass meine Gefühle in Ruhe."

„Genau das habe ich vor", sagte er gleichmütig und ging weiter.

Mit drei langen Schritten holte Pandora ihn ein. Ihr Gesicht war von dem Wind zart gerötet. „Du ärgerst dich nicht über den vergifteten Champagner oder über unterschiedliche Ansichten über Rache. Du ärgerst dich, weil ich unsere Beziehung mit praktischen Ausdrücken umrissen habe."

Michael starrte sie an, während er überlegte, ob er ihre Worte lustig finden sollte oder ob er ihr böse sein sollte. „Okay", sagte er schließlich nur. Seine Geduld wurde wahrhaftig auf eine harte Probe gestellt. Als ihn Pandora wieder am Arm packte, drehte er sich erneut um. „Willst du das jetzt hier ausfechten?"

„Ich lass es nicht zu, dass du mir das Gefühl gibst, der Situation nicht gewachsen zu sein, und nur, weil ich eher Schluss gemacht habe, ehe du die Gelegenheit dazu hattest."

„Ehe ich Gelegenheit dazu hatte?" Er packte sie am Mantel. Wegen der hohen Stiefelabsätze konnte sie ihm direkt in die Augen sehen. Zu einem anderen Zeitpunkt und an einem anderen Ort hätte er sie wunderbar gefunden. „Ich hatte kaum die Gelegenheit, mich von der Abfuhr zu erholen, die ich von dir erhalten habe. Ich wollte dich. Verdammt, ich will dich noch immer. Nur der Himmel allein weiß, warum."

„Nun, ich will dich auch, und mir gefällt das auch nicht."

„Somit sitzen wir beide in derselben Klemme."

„Und was werden wir dagegen unternehmen?"

Michael sah sie an und entdeckte den Ärger in ihrem Gesicht, aber auch Verwirrung. Einer von ihnen musste den ersten Schritt machen. Er fand, dass die Reihe an ihm war. Er ergriff Pandora an der Hand und zog sie über die Straße.

„Wohin gehen wir?"

„Ins Plaza."

„Das Plaza Hotel? Warum?"

„Wir nehmen uns ein Zimmer, legen die Kette vor die Tür und lieben uns vierundzwanzig Stunden lang. Danach werden wir entscheiden, wie wir weitermachen."

Es gab Gelegenheiten, entschied Pandora, wo man sich am besten mitreißen ließ. „Wir haben kein Gepäck."

„Tja, mein Ruf geht dabei zum Teufel."

Mit einem leisen Lachen betrat Pandora an Michaels Seite die elegante Hotelhalle.

Ihre Haut prickelte warm, und ihre Nerven waren gespannt. Es ist nur ein Impuls, sagte sie sich. Sie wusste sehr gut, dass man keine wichtigen Entscheidungen impulsiv treffen durfte. Michael konnte alles verändern. Das hatte sie nie zugeben wollen, hatte es aber seit Jahren gewusst. Als sie sich zurückziehen wollte, hielt er ihren Arm im festen Griff.

„Feigling", murmelte er.

Michael hätte nichts sagen können, das besser dazu geeignet gewesen wäre, Pandora voranzutreiben.

„Guten Tag." Michael lächelte der Angestellten an der Rezeption zu. Pandora fragte sich vorübergehend, ob sein Lächeln auch so charmant ausgefallen wäre, hätte es sich um einen männlichen Angestellten gehandelt. „Unsere Zimmer."

„Haben Sie eine Reservierung?"

„Donahue. Michael Donahue."

Die Angestellte tippte etwas und betrachtete ihren Computerbildschirm. „Tut mir leid, aber hier ist für den sechsundzwanzigsten nichts unter Donahue eingetragen."

„Das war Katie", sagte Michael mit einem ungeduldigen Seufzer und warf Pandora einen langen leidenden Blick zu. „Ich hätte sie nie mit der Reservierung betrauen dürfen."

Pandora nahm seinen Gedankensprung auf und tätschelte seine Hand. „Du wirst sie entlassen müssen, Michael. Ich weiß, sie arbeitet seit vierzig Jahren für deine Familie, aber wenn jemand die siebzig überschreitet …" Sie unterbrach sich und spielte Michael den Ball zu.

„Das werden wir entscheiden, wenn wir heimkommen." Er wandte sich wieder an die Angestellte. „Offenbar hat es zwischen meiner Sekretärin und dem Hotel Missverständnisse gegeben. Wir sind nur über Nacht in der Stadt. Ist etwas frei?"

Die Angestellte wandte sich wieder ihrem Computer zu. Wie sie wusste, brausten die meisten Leute auf, wenn es Missverständnisse bei der Reservierung gegeben hatte. Michaels ruhige Frage machte ihn ihr sympathisch. „Sie müssen verstehen, dass wir Probleme wegen der Festtage haben." Sie drückte noch mehr Knöpfe und Tasten, sie wollte wirklich helfen. „Wir haben tatsächlich eine Suite frei."

„Fein." Michael füllte das Anmeldeformular aus. Mit dem Schlüssel in der Hand lächelte er der Angestellten zu. „Ich weiß Ihre Mühe zu schätzen." Dem wartenden Pagen drückte er einen Geldschein in die Hand. „Wir kümmern uns selbst um alles, danke."

Der Angestellte blickte auf den Zwanziger in seiner Hand und bemerkte das Fehlen von Gepäck. „Ja, Sir!"

„Er denkt, dass wir eine unerlaubte Affäre miteinander haben", murmelte Pandora, als sie den Aufzug bestiegen.

„Haben wir auch." Noch bevor sich die Türen ganz geschlossen hatten, zog Michael Pandora in einem Kuss an sich, der zwölf Stockwerke über dauerte. „Wir kennen uns nicht", erklärte er, als sie auf den Korridor traten. „Wir haben uns eben erst kennengelernt. Wir besitzen keine gemeinsamen Kindheitserinnerungen oder gehören derselben Familie an." Er schob den Schlüssel in das Schloss. „Wir scheren uns den Teufel, womit der andere sein Geld verdient, und wir haben keine vorgefassten Meinungen voneinander."

„Soll das die Situation vereinfachen?"

Michael zog sie in den Raum. „Das werden wir herausfinden."

Er ließ Pandora keine Chance zum Nachdenken oder Diskutieren. Kaum war die Tür hinter ihnen geschlossen, da hatte er Pandora auch schon in die Arme geschlossen. Er löschte alle Fragen aus. Er ließ ihr keine Wahl. Ausnahmsweise ließ sie das zu. In wilder, verlangender Leidenschaft fanden sie zueinander. Jeder kämpfte darum, noch mehr von dem anderen zu bekommen, schneller zu berühren und eiliger zu besitzen. Sie vergaßen, was sie wussten, was sie dachten und schwelgten nur noch in Gefühlen.

Die Mäntel, noch kalt von dem Wind, wurden abgestreift und fielen auf den Boden, Pullover und Hemden folgten. Unmittelbar hinter der Tür glitten Pandora und Michael auf den Teppich.

„Verdammter Winter", murmelte Michael, während er mit ihren Stiefeln kämpfte.

Lachend kämpfte Pandora mit den seinen und stöhnte auf, als er seine Lippen auf ihre Brüste drückte.

Es war ein Wettrennen, halb Kampf, halb Liebe. Keiner gönnte dem anderen eine Atempause. Sobald sie aus ihrer Kleidung geschlüpft waren, trieben sie einander voran, ließen ihre Hände tasten und ihre Lippen erregen. Nichts war von der verträumten Vertrautheit da wie beim ersten Mal. Dies hier war neu. Die Finger, die über Pandoras Haut glitten, hatte sie noch nie zuvor gefühlt. Die Lippen, diese heißen Lippen, hatte sie nie zuvor geschmeckt.

Pandoras Herz hatte nie so schnell geschlagen. Sie war sich dessen sicher. In ihrem Körper hatte nie ein solch schmerzliches Verlangen pulsiert. Bisher hatte sie es nie gewollt. Jetzt wollte sie noch mehr, wollte sie alles. Sie wollte Michael. Sie rollte sich herum, um schnelle, hungrige Küsse auf seinem Gesicht, seinem Hals und seiner Brust verteilen zu können … Überall.

Michaels Sinne waren ganz auf Pandora gerichtet, auf jeden Teil von ihr, den er berühren, schmecken oder riechen konnte. Sie war so wild, wie er sich das nie hatte vorstellen können. Sie war so fordernd, wie ein Mann sich das nur wünschen konnte. Sein Körper schien sie zu faszinieren, sie widmete sich ihm, bis er halb von Sinnen war. Dann packte Michael sie.

Pandora hatte nicht gewusst, dass ein Mann so viel geben konnte. Von Empfindungen erschüttert, wand sie sich unter ihm. Heiß und bereit bot sie sich ihm an. Aber er war noch lange nicht fertig. Mit den Lippen zog er auf ihren Schenkeln eine Spur bis zu der Hitze, bis sie sich ihm entgegenbog. Er hielt Pandora hilflos in Leidenschaft gefangen. Hilflos.

Sie schauderte. Sie hatte nie gewusst, was es bedeutete, für einen anderen wirklich verwundbar zu sein. Er hätte alles von ihr nehmen, alles verlangen können, und sie hätte nicht ablehnen können. Aber er verlangte nicht, er gab.

Sie wurde von einer Welle nach der anderen hochgetrieben, wurde zwischen Höhen und Tiefen herumgewirbelt und genoss den rasenden Wechsel. Während das Licht des Nachmittags durch die Fenster hereinströmte, war Pandora in Dunkelheit gefangen, ohne sich zu wünschen, sehen zu können. Lass mich fühlen. Mehr. Noch einmal. Unaufhörlich.

Und dann war er in ihr, mit ihr vereinigt, verschmolzen. Sie fand, dass da noch mehr war. Unglaublich viel mehr.

Pandora und Michael blieben auf ihren verstreuten Kleidern liegen. Ganz langsam kehrten ihre Gedanken vage in die Wirklichkeit zurück. Sie konnte die pastellfarbenen Wände sehen und das Sonnenlicht. Sie konnte die Hitze ihrer Körper spüren, Michaels Haar, das über ihre Wange strich, seinen noch jagenden Herzschlag an ihrer Brust.

Es geschieht so schnell, dachte sie. Oder hatte es Stunden gedauert? Sie war nur sicher, dass sie nie etwas Derartiges erlebt hatte. Sie hatte es sich nie zugestanden. Seltsame Dinge konnten mit einer Frau geschehen, die ihre Leidenschaften freisetzte. Andere Dinge konnten sich einschleichen, ehe sie sich wieder verschloss. Zuneigung. Verständnis. Sogar Liebe.

Sie ertappte sich dabei, dass sie Michaels Haar streichelte, und ließ ihre Hand auf den Teppich fallen. Sie durfte Liebe nicht in ihr Leben einlassen, nicht einmal für eine kurze Zeit. Liebe nahm und gab, und sie nahm und gab nicht immer im gleichen Maße. Michael war kein Mann, den eine Frau lieben konnte, die praktisch dachte, schon gar keine, die weise dachte. So viel erkannte sie. Michael würde sich niemals an die Spielregeln halten.

Sie würde seine Geliebte sein, ihn aber nicht lieben. Es hatte keinen Sinn, so zu tun, als könnten sie die nächsten drei Monate miteinander platonisch leben, aber Pandora wollte nicht ihr Herz riskieren. Einen Moment lang glaubte Pandora zu fühlen, wie es brach, nur ein klein wenig. Unsinn, sagte sie sich. Ihr Herz war stark und ungebrochen. Was sie und Michael gemeinsam hatten, war ein sehr grundlegendes, sehr unkompliziertes Arrangement.

‚Arrangement', fand sie, klang viel praktischer als ‚Romanze'.

Dennoch seufzte sie leise und etwas wehmütig.

„Alles ausgeknobelt?" Michael veränderte ein wenig seine Haltung, gerade genug, um seine Lippen über ihren Hals streichen zu lassen.

„Wie meinst du das?"

„Hast du die Richtlinien für unsere Beziehung ausgeknobelt?" Er hob den Kopf und blickte auf sie hinunter. Obwohl er nicht lächelte, hatte Pandora das Gefühl, er amüsiere sich.

„Ich weiß nicht, wovon du sprichst."

„Ich höre doch fast, wie es hinter deiner Stirn arbeitet, Pandora. Ich kann beinahe sehen, was in deinem Kopf abläuft."

Es ärgerte sie, dass er es vielleicht tatsächlich konnte. „Ich denke, wir haben uns gerade erst kennengelernt?"

„Ich besitze übersinnliche Gaben. Du denkst …" Er verstummte, um an ihren Lippen zu knabbern. „Du denkst, dass es einen Weg geben müsste, um unsere … Beziehung auf einem praktischen Niveau zu halten. Du überlegst, wie du gefühlsmäßig Distanz halten kannst, wenn wir miteinander schlafen. Du hast beschlossen, dass ein Arrangement zwischen uns nicht von Romantik geprägt sein darf."

„Na gut!" Er sorgte dafür, dass sie sich albern vorkam. Dann streichelte er über ihre Hüfte und sorgte dafür, dass sie erbebte. „Wenn du schon so schlau bist, musst du einsehen, dass ich nur gesunden Menschenverstand angewandt habe."

„Ich mag es lieber, wenn deine Haut heiß wird und du überhaupt keinen Verstand mehr hast. Aber ...", er küsste sie, ehe sie antworten konnte, „... wir können nicht all die Zeit im Bett bleiben. Ich glaube nicht an praktische Affären, Pandora. Und ich glaube nicht an gefühlsmäßige Distanz zwischen Liebenden."

„Auf diesem Gebiet hast du eine Menge Erfahrung gesammelt."

„Das stimmt." Michael setzte sich auf und zog sie mit sich. „Und ich sage dir so viel: Du kannst deine Gefühle einmauern. Du kannst das, was zwischen uns besteht, mit jeder praktischen Bezeichnung benennen. Du kannst die Nase rümpfen über Dinner bei Kerzenlicht und leise Musik. Das wird überhaupt nichts ändern." Er packte sie am Haar und zog ihren Kopf zurück. „Ich werde an dich herankommen, Cousine. Ich werde so sehr an dich herankommen, dass du an nichts und niemand anderen mehr denken kannst als an mich. Wenn du mitten in der Nacht aufwachst, und ich bin nicht da, wirst du dir wünschen, ich wäre da. Und jedes Mal, wenn ich dich berühre, wirst du mich begehren."

Ein Schauder überfiel Pandora. Klarer als je zuvor wusste sie, dass Michael recht hatte. Und sie wusste, oder vielleicht wussten es auch sie beide, dass sie bis zuletzt dagegen ankämpfen musste. „Du bist arrogant, egozentrisch und einfältig."

„Wie wahr, wie wahr. Und du bist dickköpfig, eigensinnig und launisch. Im Moment können wir nur in einer Hinsicht sicher sein, nämlich dass einer von uns beiden gewinnen wird."

Sie saßen auf ihren verstreuten Kleidern und betrachteten einander. „Noch ein Spiel?", murmelte Pandora.

„Vielleicht. Vielleicht ist es nur ein Spiel." Er stand auf und hob sie auf seine Arme.

„Michael, ich muss nicht getragen werden."

„Doch, du musst."

Er ging durch die Suite zu dem Schlafzimmer. Pandora setzte zur Gegenwehr an, gab jedoch nach. Wenigstens dieses eine Mal, entschied sie und entspannte sich in seinen Armen.

9. KAPITEL

Januar war der Monat der eisigen Winde, des wirbelnden Schnees und des grauen Himmels. Die Tage waren kurz und produktiv, die Nächte lang und entspannend. Seit dem Zwischenfall mit dem Champagner war es ein ruhiger, ereignisloser Winter.

Ereignislos, dachte Pandora, ist nicht der richtige Ausdruck. Mit raschen, sorgfältigen Bewegungen feilte sie die Kanten eines dicken Kupferarmbandes. Es war ganz sicher nicht so, als wäre nichts geschehen. Es hatte keine Schwierigkeiten von außerhalb gegeben, aber Schwierigkeiten gehörten, wie sie immer schon gewusst hatte, ganz entschieden zu Michael Donahues größten Talenten.

Was wollte er bloß damit erreichen, wenn er einen Veilchenstrauß auf ihr Kopfkissen legte? Man brauchte bestimmt einen Zauberstab, um im Januar diese kleinen blauen Blumen hervorzuzaubern. Als sie ihn fragte, lächelte er bloß und meinte, Veilchen hätten keine Dornen. Was für eine Antwort war das denn bloß?

Pandora untersuchte mit dem Vergrößerungsglas den Verschluss des Armbandes. Sie war zufrieden, wie gut er sich in das Muster einfügte.

Oder dann war sie einmal aus dem Bad gekommen und hatte ihr Schlafzimmer von einem Dutzend Kerzen erleuchtet vorgefunden. Auf ihre Frage nach einem Stromausfall hatte Michael bloß gelacht und sie ins Bett gezogen.

Er brachte es fertig und griff während des Dinners nach ihrer Hand oder flüsterte ihr kurz vor Morgengrauen zärtliche Worte ins Ohr. Einmal war er unaufgefordert zu ihr unter die Dusche gekommen und hatte ihren Protest dadurch erstickt, dass er jeden Zentimeter ihres Körpers eingeseift und gewaschen hatte.

Sie hatte recht gehabt. Michael Donahue hielt sich nicht an Spielregeln. Und er hatte recht gehabt. Er kam an sie heran.

Pandora löste das Armband aus dem Schraubstock und begann, es geistesabwesend zu polieren. In den beiden letzten Wochen hatte sie ein halbes Dutzend anderer Armbänder gemacht, breite Armbänder mit derben Gliedern, einige mit auffälligen Steinen, andere mit Gravur. Sie passten zu ihrer Stimmung – wagemutig, eigenwillig und ein wenig leichtfertig. Sie hatte gelernt, ihren Instinkten zu vertrauen, und ihre Instinkte sagten ihr, dass sich diese Armbänder schneller verkaufen ließen, als sie herzustellen waren, und genauso schnell kopiert werden konnten.

Die Imitationen störten sie nicht. Von jedem Typ gab es nur ein Stück, das echt Pandora McVie war. Kopien konnten leicht als solche erkannt werden, weil ihnen das Besondere fehlte, diese Individualität des Genies.

Zufrieden drehte sie das Armband in ihrer Hand. Niemand würde eine ihrer Arbeiten für eine Imitation halten. Ihre Kunst veränderte sich vielleicht von Stück zu Stück, aber sie log nie.

Pandora blickte auf das Armband hinunter und seufzte. Nein, ihre Kunst log nie, aber wie war das mit ihr? Waren ihre Empfindungen so echt wie ihre Schmuckstücke?

Ein Gefühl konnte imitiert werden. Eine Empfindung konnte trügerisch sein. Wie oft hatte sie in den letzten Wochen etwas vorgetäuscht? Nicht vorgetäuscht, etwas zu fühlen, sondern vorgetäuscht, nichts zu fühlen? Pandora war eine Frau, die sich stets etwas auf ihre Ehrlichkeit eingebildet hatte. Wahrheit und Unabhängigkeit gingen nach Pandoras Wertvorstellungen Hand in Hand. Aber sie hatte immer und immer wieder sich selbst belogen – die schlimmste Form von Betrug.

Der Zeitpunkt, damit aufzuhören, war gekommen. Der Zeitpunkt, sich ihren wahren Gefühlen zu stellen, wenn auch nur in der Abgeschiedenheit ihres eigenen Herzens und ihres Verstandes.

Wie lange liebte sie Michael schon? Während sich die Frage in ihren Gedanken formte, musste sie aufstehen und in ihrer Werkstatt herumgehen. Wochen? Monate? Jahre? Sie konnte es nicht beantworten, weil sie sich nicht sicher war. Aber sie war sicher, dass sie ihn liebte. Wenn sie liebte, dann grenzenlos. Vielleicht war das ihr größtes Problem. Kam es nicht einer Art von Selbstmord gleich, Michael grenzenlos zu lieben?

Besser, sie sah den Tatsachen ins Gesicht. Kein Problem wurde gelöst, wenn man nicht vorher die Tatsachen erkannte und sie danach untersuchte. Ganz gleich, wie sehr sie sich dadurch zum Narren machte, sie liebte Michael. Sie liebte ihn mehr als ihr recht war. Pandora wischte die beschlagene Fensterscheibe blank und blickte nachdenklich auf den Schnee hinaus. Seltsam, sie hatte wirklich geglaubt, sie würde sich besser fühlen, sobald sie die Tatsachen akzeptierte. Sie fühlte sich aber nicht besser.

Welche Möglichkeiten hatte sie? Sie konnte es Michael sagen. Und er wird selbstzufrieden strahlen, dachte Pandora mit einem finsteren Stirnrunzeln, ehe er sich an seine nächste Eroberung macht. Sie war ganz bestimmt nicht so dumm, zu glauben, er sei an einer lang dauernden Beziehung interessiert. Ich bin natürlich auch nicht daran interessiert, dachte sie und begann, ihr Werkzeug geräuschvoll aufzuräumen.

Eine andere Möglichkeit war, davonzulaufen. Was ihre Verwandten mit ihrer ganzen Bösartigkeit nicht erreicht hatten, konnte ihrem Herzen gelingen. Doch dann wäre sie nicht nur ein Feigling, sondern auch ein Verräter gewesen. Nein, sie konnte und wollte Onkel Jolley nicht im Stich lassen. Sie konnte nicht fliehen. Und somit blieb ihr nur eine Möglichkeit: Sie musste so weitermachen wie bisher. Sie musste bei Michael bleiben, mit Michael schlafen, alles mit Michael teilen – alles, ausgenommen ihr Herz. Sie musste die zwei Monate, die ihnen noch verblieben, hinnehmen und sich darauf vorbereiten, ohne Bedauern wegzugehen.

Michael war an sie herangekommen, das musste Pandora zugeben. Er war an Tiefen in ihr herangekommen, die kein Mann vor ihm berührt hatte. Sie liebte ihn dafür. Sie hasste ihn dafür.

Ihre Stimmung war so aufgewühlt wie ihre Gedanken, als sie die Werkstatt verschloss und quer über den Rasen stapfte.

„Da kommt sie.“ Mit einem neuen, fertig ausgearbeiteten Plan im Kopf wandte Sweeney sich von dem Küchenfenster ab und gab Charles ein Zeichen.

„Das kann niemals funktionieren.“

„Natürlich wird es funktionieren. Wir werden diese beiden Kinder zu ihrem eigenen Vorteil zusammenbringen. Zwei Menschen, die sich so viel zanken wie die beiden, müssen heiraten.“

„Wir mischen uns in Dinge ein, die uns nichts angehen.“

„Was für ein Unsinn!“ Sweeney nahm ihren Platz am Küchentisch ein. „Wer sollte sich denn sonst einmischen, wenn nicht wir? Wer wird sich denn mit diesem riesigen leeren Haus herumschlagen, sobald die beiden in die Stadt zurückkehren, wenn nicht wir? Nimm jetzt das

Tuch und fächle mir Luft zu! Beug dich etwas über mich und mach ein aufgeregtes Gesicht."

„Ich bin zu aufgeregt", murmelte Charles und griff nach dem Tuch.

Als Pandora die Küche betrat, sah sie Sweeney nach hinten gekippt auf einem Stuhl hängen, die Augen geschlossen. Charles stand über sie gebeugt und fächelte ihr mit einem Trockentuch Luft zu.

„Um Himmels willen, was ist los? Charles, ist sie ohnmächtig geworden?" Bevor er antworten konnte, stürmte Pandora schon durch den Raum. „Rufen Sie Michael", befahl sie. „Rasch, rufen Sie Michael!" Sie schob Charles weg und kauerte sich nieder. „Sweeney, ich bin es, Pandora. Haben Sie Schmerzen?"

Sweeney konnte kaum einen zufriedenen Seufzer unterdrücken, als sie die Lider flatternd hob. Sie hoffte nur, blass auszusehen. „Ach, kleine Miss, machen Sie sich keine Sorgen. Nur einer von meinen Anfällen, sonst nichts. Manchmal fängt mein Herz zu hämmern an, dass ich es hier oben im Hals spüre."

„Ich rufe einen Arzt."

„Nicht nötig." Sweeneys Stimme klang dünn und matt. „Ich war vor ein paar Monaten beim Doktor, und er hat gesagt, dass ich gelegentlich mit so was rechnen muss."

„Das glaube ich nicht", sagte Pandora heftig. „Sie arbeiten einfach zu viel, und das hört auf."

Sweeney verspürte ein klein wenig Schuldgefühle, als sie die Sorge in Pandoras Gesicht bemerkte. „Na, na, nicht übertreiben."

„Was ist los?" Michael stürmte in die Küche. „Sweeney?" Er kniete neben ihr nieder und ergriff ihre andere Hand.

„Nun seht euch mal diese ganze Aufregung an." Im Geist machte Sweeney einen Luftsprung. „Es ist doch nur einer meiner kleinen Anfälle. Nur ein wenig ärgerlich, sonst nichts." Sie warf Charles einen scharfen Blick zu, als er hereinkam. Hoffentlich war ihr Blick scharf genug, damit er sich an sein Stichwort erinnerte.

„Und du weißt, was der Doktor gesagt hat", warf Charles ein.

„Also wirklich, Charles ...!"

„Du sollst zwei oder drei Tage im Bett bleiben."

Sweeney freute sich, dass er seinen Text behalten hatte, und schnaufte verächtlich. „Alles Quatsch! In ein paar Minuten bin ich wieder wie neu. Ich muss das Dinner kochen."

„Sie werden überhaupt nichts kochen." Sweeney fand es einfach meisterlich, wie Michael sie auf seine Arme hob. „Und nun ab ins Bett mit Ihnen."

„Und wer wird sich um alles kümmern?", fragte Sweeney. „Ich lasse nicht zu, dass Charles seine Bakterien in meiner Küche verbreitet."

Michael war mit Sweeney fast schon aus dem Raum, als Charles sich an den nächsten Schritt erinnerte. Er hustete, sah sich um Verzeihung bittend um und hustete erneut.

„Nun höre man sich das mal an!" Befriedigt lehnte Sweeney ihren Kopf an Michaels Schulter. „Ich gehe nicht ins Bett, während er meine Küche verseucht."

„Wie lange haben Sie diesen Husten schon?", fragte Pandora. Als Charles etwas Unverständliches murmelte, stand sie auf. „Das reicht! Sie beide legen sich ins Bett! Michael und ich werden uns um alles kümmern." Sie nahm Charles am Arm und führte ihn in den Dienstbotentrakt. „Ab ins Bett und keine Widerrede! Ich mache für Sie beide Tee. Michael, du hilfst Charles. Ich kümmere mich um Sweeney."

Innerhalb einer halben Stunde hatte Sweeney die beiden, wo sie sie haben wollte. Zusammen.

„Also, die zwei sind versorgt, und Fieber haben sie auch keines." Pandora goss sich zufrieden eine Tasse Tee ein. „Wahrscheinlich brauchen sie nur ein paar Tage Ruhe und etwas Fürsorge. Tee?"

Michael verzog das Gesicht und schaltete die Kaffeemaschine ein. „Da die Ärzte keine Hausbesuche mehr machen, sind die zwei hier im Bett besser aufgehoben, als wenn wir sie in die Stadt zum Arzt bringen. Wir können abwechselnd nach ihnen schauen."

„Mmh." Pandora öffnete den Kühlschrank und betrachtete den Inhalt. „Wie steht es mit den Mahlzeiten? Kannst du kochen?"

„Sicher." Michael klapperte mit Tassen im Schrank. „Schlecht, aber ich kann kochen. Hackbraten ist meine Spezialität." Als das auf keine Begeisterung stieß, wandte er den Kopf. „Und du?"

„Kochen?" Pandora lüftete hoffnungsvoll den Deckel eines Plastikbehälters. „Ich kann ein Steak grillen und Rühreier machen. Alles andere ist riskant."

„Was wäre das Leben ohne Risiko." Michael half ihr dabei, den

Kühlschrank zu durchforsten. „Hier ist Apfelmus."

„Das ist kaum eine Mahlzeit."

„Für mich schon." Er nahm es heraus und holte einen Löffel. Pandora beobachtete ihn, als er sich an den Tisch setzte und zu essen begann. „Willst du etwas?"

Sie wollte aus Prinzip ablehnen, entschied aber, sich selbst nicht zu schaden. Sie ging an den Schrank und fand eine Schale. „Was ist mit unseren Bettlägerigen?", fragte sie, während sie sich etwas Mus einfüllte.

„Suppe", sagte Michael zwischen zwei Löffeln. „Nichts ist besser als heiße Suppe, obwohl ich sie zuerst eine Weile ruhen lassen würde."

Mit einem zustimmenden Nicken setzte Pandora sich ihm gegenüber. „Michael …" Sie überlegte schon seit Tagen, wie sie dieses Thema anschneiden konnte. „Ich habe nachgedacht. In zwei Monaten tritt das Testament endgültig in Kraft. Fitzhugh hat uns letzte Woche geschrieben, dass die Anwälte Onkel Carlson geraten haben, die Anfechtung fallen zu lassen."

„Ja, und?"

„Das Haus und alles andere wird zur Hälfte dir, zur Hälfte mir gehören."

„Das stimmt."

Sie nahm einen Löffel von dem Mus und stellte die Schale weg. „Worüber lächelst du?"

„Du bist hübsch anzusehen. Ich finde es nett, hier in der Küche ruhig mit dir zu sitzen und dich anzusehen."

Genau das, ganz genau das war es, was ihr das Gefühl verlieh, unbeschwert und sorglos zu sein. Sie starrte Michael einen Moment an und senkte ihren Blick auf ihre Schale. „Ich wünschte, du würdest so etwas nicht sagen."

„Nein, das wünschst du dir nicht. Du hast also nachgedacht", gab er ihr das Stichwort.

„Ja." Sie gewann Zeit, indem sie noch einen Löffel Mus nahm. „Das Haus wird uns beiden gehören, aber wir werden dann nicht mehr hier zusammen wohnen. Sweeney und Charles werden hier allein sein. Darüber mache ich mir schon seit einer Weile Gedanken. Und jetzt nach diesem Zwischenfall sorge ich mich noch mehr. Sie können hier nicht allein bleiben."

„Ich glaube, du hast recht. Vorschläge?"

„Ich habe schon früher überlegt, ob ich zeitweise hier wohnen sollte.“ Sie hatte keinen Appetit mehr und widmete sich wieder ihrem Tee. „Ich glaube, ich werde ganz hierher ziehen.“

Er hörte eine Spur von Nervosität in ihrer Stimme. „Wegen Charles und Sweeney?“

„Nur teilweise.“ Sie nahm einen Schluck Tee, stellte die Tasse ab und spielte wieder mit ihrem Mus herum. Sie war nicht daran gewöhnt, ihre Entscheidungen mit jemandem zu diskutieren. Obwohl es ihr schwergefallen war, hatte Pandora sich schon zu der Einsicht durchgerungen, dass sie dazu verpflichtet war. Mehr noch, sie hatte erkannt, dass sie mit Michael sprechen musste, um wenigstens auf diesem Gebiet so ehrlich zu sein, wie sie auf anderen Gebieten nicht sein konnte. „Ich habe Folley immer als mein Heim empfunden, aber es war mir nicht klar, wie sehr es mein Heim ist. Ich brauche es für mich selbst. Weißt du, ich hatte nie ein Zuhause.“ Sie hob ihren Blick und traf auf seinen Blick. „Nur hier.“

Zu sagen, ihre Worte überraschten ihn, wäre eine glatte Untertreibung gewesen. Sein ganzes Leben lang hatte er sie als verwöhntes Schoßkind gesehen, als goldenes Mädchen mit allen Vorteilen. „Aber deine Eltern ...“

„Sind wunderbar“, sagte Pandora hastig. „Ich liebe sie, und ich würde nichts an ihnen ändern wollen, aber ... Wir hatten nie eine Küche wie diese, ein Heim, in das man Tag für Tag zurückkommen konnte und das sich nicht veränderte. Es hört sich albern an.“ Sie rutschte rastlos hin und her. „Du verstehst das nicht.“

„Vielleicht doch.“ Er hielt ihre Hand fest, bevor sie aufstehen konnte. „Vielleicht will ich verstehen.“

„Ich möchte ein Heim“, sagte sie schlicht. „Folley ist für mich ein Heim. Ich möchte hier bleiben, nachdem die Frist abgelaufen ist.“

Er hielt ihre Hand fest. „Warum sagst du mir das, Pandora?“

Gründe. Zu viele Gründe. Sie wählte den einzigen aus, den sie nennen konnte, ohne sich zu gefährden. „In zwei Monaten wird dir das Haus genauso gehören wie mir. Den Bedingungen des Testaments entsprechend ...“

Er fluchte und ließ ihre Hand los, stand auf, schob seine Hände in die Gesäßtaschen seiner Jeans und ging an das Fenster. Einen Moment, nur einen Moment lang hatte er gedacht, sie sei bereit, ihm mehr zu geben. Himmel, er hatte lange genug gewartet. Es war etwas in ihrer Stimme gewesen, etwas Sanftes und Gebendes. Aber vielleicht hatte er es sich nur eingebildet, weil er es hören wollte. Bedingungen des Testaments! Es sah ihr ähnlich, an nichts anderes zu denken.

„Was willst du?“, fragte er. „Meine Erlaubnis?“

Verstört blieb Pandora am Tisch sitzen. „Ich möchte, dass du verstehst und zustimmst.“

„Fein.“

„Sei nicht so kurz angebunden. Du beabsichtigst schließlich nicht, das Haus ständig zu nutzen.“

„Ich habe noch keine Pläne gemacht“, murmelte er. „Vielleicht wird es allmählich Zeit, es zu tun.“

„Ich wollte dich nicht verärgern.“

Michael drehte sich langsam um und lächelte. „Nein, bestimmt nicht. Wenn du mich bewusst ärgerst, gibt es nie einen Zweifel.“

Sie stand auf und strich gedankenlos über ihren rostroten, in mehreren Lagen fallenden Rock und die schimmernde Seidenjacke in derselben Farbe mit den kleinen weißen Punkten. Michael musste seine Bewunderung unterdrücken.

Irgendetwas stimmte hier nicht, das fühlte sie, aber sie kam nicht dahinter. Also tastete sie sich voran. „Würde es dir denn so viel ausmachen, wenn ich hier lebte?“

Es überraschte ihn, als sie zu ihm kam und ihm die Hand reichte. Solche Gesten machte Pandora nicht oft und schon gar nicht beiläufig. „Nein, warum auch?“

„Das Haus wird dir zur Hälfte gehören.“

„Wir können eine Linie in der Mitte ziehen.“

„Das wäre unhandlich“, wehrte sie ab. „Ich könnte dich auszahlen.“

„Nein.“

Er sagte es so heftig, dass sie die Augenbrauen verwundert hochzog. „Es war nur ein Angebot.“

„Vergiss es!“ Er wandte sich ab, um etwas für eine Suppe zu suchen.

Pandora beobachtete einen Moment seinen Rücken, die Anspannung seiner Muskeln. „Michael.“ Seufzend schlang sie ihre Arme um seine Taille. Sie fühlte, wie er sich verkrampfte, begriff aber nicht, dass er es aus Überraschung tat. „Ich scheine immer das Falsche zu sagen.

Vielleicht ist es für mich leichter, wenn wir uns anfahren, als wenn ich versuche, rücksichtsvoll zu sein."

„Vielleicht ergeht es uns beiden so." Er drehte sich um und nahm ihr Gesicht in beide Hände. Einen Moment lang wirkten sie wie Freunde, wie Liebende. „Pandora ..." Konnte er ihr sagen, wie unmöglich es ihm erschien, sie zu verlassen oder sich vorzustellen, sie könne ihn verlassen? Würde sie es verstehen, dass er mit ihr leben wollte, mit ihr zusammen sein wollte? Wie sollte sie es aufnehmen, dass er sie schon seit Jahren liebte, wenn er selbst erst jetzt diese Tatsache akzeptieren konnte? Er gab ihr bloß einen Kuss auf die Stirn. „Machen wir die Suppe."

Pandora und Michael konnten nicht ohne Reibereien zusammenarbeiten, aber innerhalb der nächsten Tage fanden sie heraus, dass sie zusammenarbeiten konnten. Sie kochten, spülten und wischten Staub, während die Angestellten im Bett blieben oder eingemummelt auf Sofas saßen und Tee tranken.

Sicher, es gab Momente, in denen es Sweeney in den Fingern juckte, wieder an ihre Arbeit zu gehen, oder in denen Charles unter Gewissensbissen litt, aber die beiden waren überzeugt, ihre Pflicht zu tun. Und sie fühlten sich bestätigt, wenn Lachen durch das Haus hallte.

Michael war noch nie in seinem Leben so zufrieden gewesen. Er spielte tatsächlich Familie, etwas wofür er bisher weder Zeit noch Interesse aufgebracht hatte. Er schrieb oft stundenlang, in seinem Arbeitszimmer eingeschlossen und in Handlungsabläufe und Charaktere und Fantasien verstrickt. Doch dann konnte er ausbrechen, und die Wirklichkeit stellte sich als Geruchsmischung aus Essenszubereitung und Möbelpolitur dar. Er hatte ein Heim und eine Frau, und er war entschlossen, beides zu behalten.

Am späten Nachmittag machte er stets Feuer im Kamin im großen Salon. Nach dem Dinner tranken sie dort noch Kaffee, manchmal ganz ruhig, manchmal während einer heiß umkämpften Partie Rommé. Das war ein sehr durchschnittlicher Tagesablauf, wie Michael sich eingestand – sofern man Pandora außer Acht ließ.

Er zündete gerade das Feuerholz an, als Bruno in den Raum jagte und einen Tisch umstieß. Nippes flog.

„Wir müssen dich in eine Benimmschule schicken", erklärte Michael, während er aufstand und sich um das Chaos kümmerte. Obwohl er erst seit einem Monat hier war, hatte sich Brunos Größe verdoppelt. Zweifellos wuchs er allmählich in seine Pfoten hinein. Nachdem Michael den Tisch wieder aufgerichtet hatte, sah er den Hund wedelnd unter das Sofa kriechen. „Was hast du da?"

Zusätzlich zu seiner Größe hatte Bruno sich bereits den Ruf eines geschickten Diebes erworben. Erst am Vortag hatten sie eine ganze Reihe Schweinekoteletts eingebüßt. „Na gut, du Teufel, wenn das jetzt das Huhn für heute Abend ist, kommst du in die Garage in Einzelhaft."

Michael ließ sich auf alle Viere nieder und sah unter die Couch. Es war kein Huhn, an dem der Hund nagte, sondern Michaels Schuh.

„Verdammt!" Michael packte zu, doch der Hund wich außer Reichweite zurück und kaute munter drauflos. „Dieser Schuh ist fünf Mal so viel wert wie du, du zu groß geratenes Scheusal! Gib her!" Michael presste sich flach auf den Boden und kroch halb unter das Sofa. Bruno zog den Schuh lediglich ein Stück zurück und freute sich über das Spiel.

„Nein, wie reizend." Pandora betrat den Salon und betrachtete Michael von den Hüften abwärts. Er besaß in der Tat einige hervorstechende Qualitäten. „Spielst du mit dem Hund, Michael, oder wischst du unter dem Sofa Staub?"

„Ich mache einen Bettvorleger aus ihm!"

„Nein, so was, wir klingen heute Abend aber ein wenig gereizt. Bruno, komm her, Baby!" Den Schuh wie eine Trophäe in der Schnauze, wand Bruno sich unter der Couch hervor und tappte zu Pandora. „Hast du das hier gesucht?" Sie hielt den Schuh hoch und kraulte Bruno mit der anderen Hand. „Wie klug von dir, Bruno das Apportieren beizubringen."

Michael zog sich hoch und riss ihr den nassen und von Bissspuren verunstalteten Schuh aus der Hand. „Das ist schon der zweite Schuh, den er ruiniert hat. Und er hatte nicht einmal die Höflichkeit, beide von demselben Paar zu nehmen."

Sie betrachtete die Überreste von cremefarbenem italienischem Leder. „Du trägst ohnedies immer nur Tennisschuhe oder Stiefel."

Michael klopfte mit dem Schuh gegen seine Handfläche. Mit heraushängender Zunge grinste Bruno zu ihm auf. „Hundeschule!"

„Michael, wir können unser Kind doch nicht wegschicken." Pandora tätschelte seine Wange. „Das ist nur eine Phase."

„Diese Phase hat mich zwei Paar Schuhe gekostet und mein Dinner, und wir haben den Pullover nie wiedergefunden, den er weggeschleppt hat."

„Du solltest deine Kleider nicht einfach auf den Boden fallen lassen", meinte Pandora leichthin. „Dieser Pullover war ohnedies schon schäbig. Bruno hat ihn sicher für einen Putzlappen gehalten."

„Er zerreißt nie etwas von dir."

Pandora lächelte. „Nein, tut er nicht. Reizend, nicht wahr?"

Michael betrachtete sie eingehend. „Worüber bist du eigentlich so glücklich?"

„Ich habe heute Nachmittag einen Anruf bekommen."

Michael sah die Erregung in ihren Augen und entschied, dass die Angelegenheit mit dem Schuh warten konnte. „Und?"

„Von Jacob Morrison."

„Dem Produzenten?"

„Dem Produzenten." Sie hatte sich Selbstbeherrschung auferlegt, aber sie drohte dennoch vor Freude und Stolz zu platzen. „Er macht einen neuen Film mit Jessica Wainwright in der Hauptrolle."

Jessica Wainwright, dachte Michael, Grande Dame von Film und Theater. Exzentrisch und brillant. Ihre Karriere erstreckte sich über zwei Generationen. „Sie hat sich zurückgezogen. Die Wainwright hat seit fünf Jahren keinen Film mehr gemacht."

„Aber diesen macht sie. Billy Mitchell führt Regie."

Michael neigte den Kopf auf die Seite, während er Pandora musterte. Sie erinnerte ihn an die Geschichte von der Katze und dem Kanarienvogel. „Klingt, als würden sie alle großen alten Namen ausgraben."

„Sie spielt eine halb verrückte, zurückgezogen lebende Gräfin, die durch einen Besuch ihrer Enkelin in die Wirklichkeit zurückgeholt wird. Cass Barkley soll die Enkelin spielen."

„Klingt oscarverdächtig. Erzählst du mir jetzt, warum Morrison dich angerufen hat?"

„Die Wainwright bewundert meine Arbeit. Sie möchte, dass ich alle ihre Juwelen für den Film entwerfe. Alle!" Nach einem vergeblichen Versuch, berufsmäßig zu klingen, lachte Pandora auf und wirbelte rasch um ihre eigene Achse. „Morrison sagte, er habe sie nur zum Mitmachen überreden können, indem er ihr das Beste versprach. Sie will mich!"

Michael bekam Pandora zu fassen und zog sie zu sich heran. Bruno jagte bellend durch den Raum und brachte die Tische zum Schwanken. „Wir feiern", verkündete Michael. „Champagner zum Hühnchen."

Pandora klammerte sich an ihn. „Ich komme mir wie eine Närrin vor."

„Warum?"

„Also, ich habe immer gedacht, ich würde ... also ... über der Anbetung von Stars stehen, ich wäre ein Profi. Während ich mit Morrison gesprochen habe, sagte ich mir, dass es eine großartige Chance für meine Karriere sei und eine wunderbare Möglichkeit, mich auszudrücken. Dann habe ich aufgelegt, und ich konnte nur noch an Jessica Wainwright denken! Eine Morrison-Produktion! Ich habe mich genauso albern gefühlt wie jeder überschäumende Fan."

„Was beweist, dass du nicht halb so ein Snob bist, wie du es selbst von dir annimmst." Michael schnitt ihre Antwort mit einem Kuss ab. „Ich bin stolz auf dich", murmelte er.

Das warf sie aus dem Gleichgewicht. Ihre ganze Freude über den Auftrag schrumpfte im Vergleich zu diesem einen Satz. Niemand außer Jolley war je stolz auf sie gewesen. Ihre Eltern liebten sie, tätschelten ihr den Kopf und sagten, sie solle machen, was sie nur wolle. Stolz war eine wertvolle Ergänzung von Zuneigung. „Wirklich?"

Überrascht zog Michael sie wieder an sich und küsste sie. „Natürlich bin ich das."

„Aber du hast nie viel von meiner Arbeit gehalten."

„Das stimmt nicht. Ich habe nie verstanden, warum Leute sich mit Spangen und Armbändern schmücken, oder warum du zufrieden warst, nur auf einem so kleinen Sektor zu arbeiten. Aber was bloß deine Arbeit angeht, bin ich nicht blind, Pandora. Manche dieser Sachen sind schön, andere sind außergewöhnlich, wieder andere unglaublich. Aber alles ist einfallsreich und sehr gekonnt gemacht."

„Also wirklich!" Sie seufzte tief auf. „Diesen Tag streiche ich im Kalender rot an. Ich war überzeugt, dass du glaubst, ich spiele mit Murmeln, weil ich einer wirklichen Arbeit ausweichen möchte. Das hast du sogar einmal ausgesprochen."

Michael grinste. „Nur um dich wütend zu machen. Du siehst sagenhaft aus, wenn du wütend bist."

Pandora dachte einen Moment darüber nach, ehe sie aufseufzte. „Ich glaube, jetzt ist der beste Zeitpunkt, um es dir zu sagen."

Er spannte sich an, zwang sich jedoch zu einem ruhigen Ton. „Um mir was zu sagen?"

„Ich sehe mir die Verleihung der Emmy Awards jedes Mal an, wenn du nominiert bist."

Seine Spannung löste sich in einem Lachen. In jedem ihrer Worte schwangen Schuldgefühle mit. „Wie bitte?"

„Jedes Mal", wiederholte Pandora und wunderte sich, wie heiß sich ihre Wangen anfühlten. „Es hat mir gut getan, wenn du gewonnen hast. Und …" Sie musste sich räuspern. „Ich habe mir auch ein paar Folgen von ‚Logan's Run' angesehen."

Michael fragte sich, ob sie wusste, dass sie wie bei der Beichte eines schrecklichen Vergehens klang. „Warum?"

„Onkel Jolley hat immer davon geschwärmt, und ich habe sogar auf Partys davon gehört. Also wollte ich es mir selbst ansehen. Das war natürlich nur intellektuelles Interesse."

„Natürlich. Und?"

Sie zuckte die Schultern. „In seiner Art …"

Michael unterbrach sie, indem er an ihrem Ohr zog. „Manche Leute sagen nur unter der Folter die Wahrheit."

„Ja, schon gut!" Lachend versuchte sie, sich zu befreien. „Es ist gut!", rief Pandora, als er sie festhielt. „Es hat mir gefallen."

„Warum?"

„Michael, das tut weh!"

„Wir haben Methoden, um Sie zum Sprechen zu bringen, Lady."

„Es hat mir gefallen, weil die Charaktere echt sind, und die Handlung ist intelligent. Und …" Jetzt musste sie hart schlucken: „Es hat Stil."

Als er ihr Ohr losließ, um sie herzhaft zu küssen, schob sie ihn hartherzig von sich.

„Michael, wenn du das jemandem erzählst, streite ich es ab." „Es wird unser kleines Geheimnis bleiben." Er küsste sie noch einmal, diesmal nicht so spielerisch.

Pandora gewöhnte sich allmählich daran, gegen Michael zu sinken und mit ihm zu verschmelzen. Als sein Herz schneller zu schlagen begann, fühlte sie ihren eigenen Puls darauf reagieren. Sie fühlte Michaels unterdrücktes Stöhnen auf ihrer Zunge. Und sie sah das Verlangen in seinen Augen.

Sie presste ihren Mund auf seine Lippen und überließ sich ihrem eigenen Hunger. Es würde Folgen haben, aber hatte Pandora sie nicht schon akzeptiert? Es würde zu Schmerz führen, aber hatte sie sich nicht schon dagegen gewappnet? Sie konnte nicht aufhalten, was vielleicht in den vor ihr liegenden Wochen geschah, aber sie konnte lenken und steuern, was in dieser Nacht und vielleicht auch morgen geschah. Das musste genügen. Alles, was sie fühlte, wollte, fürchtete, floss in diesen Kuss ein.

Um Michael herum drehte sich alles. Pandora war oft leidenschaftlich, auch wild. Sie war oft fordernd, auch unglaublich erotisch. Aber er hatte nie solch pure Emotionen von ihr gefühlt. Sanftheit lag unter der Stärke, eine Bitte unter dem Drängen. Er zog sie sanfter als gewöhnlich an sich und ließ sie nehmen, was sie wollte.

Sie neigte den Kopf einladend und lockend nach hinten. Sein Griff verstärkte sich. Seine Finger schoben sich in ihr Haar und verloren sich in dessen reicher Fülle. Das Verlangen schoss durch seinen Körper, und er spannte sich an, als Pandora so unerwartet nachgiebig war. Sie hatte sich nie unterworfen, und bis zu diesem Moment hatte Michael nicht gewusst, wie erregend es sein konnte, wenn sie es tat. Ohne über den Zeitpunkt oder den Ort nachzudenken, sanken sie auf das Sofa.

Weil sie nachgiebig war, war er zart. Weil er zart war, war sie geduldig. Auf eine bisher nie erfahrene Art liebten sie einander ohne Eile, ohne Feuersturm, ohne Wirbelwind. Sie schenkten sich gegenseitig vollkommen. Eine Berührung, ein Geschmack, ein gemurmelter Wunsch, eine geflüsterte Antwort. Das Kaminfeuer prasselte sanft, während sich vor den Fenstern die Nacht hinabsenkte. Finger und Lippen lernten die Macht langsamer Erregung kennen. Obwohl sie schon seit Wochen ein Paar waren, brachten sie zum ersten Mal Liebe zur Leidenschaft.

Der Raum war still, das Licht schwach. Auch wenn Pandora nie Romantik gesucht hatte, fand sie diese Romantik nun in Michaels Armen. Sie kamen einander näher, und es war angenehm. Sie tauchten tiefer ineinander ein, und es geschah gelassen. Als sie miteinander verschmolzen, fühlte Pandora, wie ihre scharf gezogene Trennlinie der Unabhängigkeit brach, um Michael einzulassen. Aber die erwartete Schwäche folgte nicht, sondern nur Zufriedenheit.

Sie lagen noch immer eng umschlungen und halb dösend, als das Telefon klingelte. Ärgerlich murmelnd griff Michael nach dem Telefon auf dem Tisch hinter ihm und hob ab.

„Hallo."

„Michael Donahue, bitte."

„Ja, hier ist Michael."

„Michael, hier spricht Penny."

Er rieb sich die Augen und versuchte, ein Gesicht mit dem Namen zu verbinden. Penny, die kleine Blondine aus dem Apartment neben dem seinen. Wollte Model werden. Er erinnerte sich dunkel daran, dass er ihr die Nummer auf Folley gegeben hatte, falls eine wichtige Sendung in sein Apartment geliefert wurde. „Hi!" Er beobachtete, wie sich Pandoras Lider flatternd hoben.

„Michael, ich störe Sie nur ungern, aber ich muss anrufen. Ich habe schon die Polizei verständigt. Sie ist unterwegs."

„Polizei?" Er stemmte sich halb in sitzende Stellung hoch. „Was ist los?"

„Bei Ihnen ist eingebrochen worden."

„Was?" Er setzte sich kerzengerade auf und stieß Pandora um ein Haar auf den Fußboden. „Wann?"

„Ich weiß es nicht. Ich bin vor ein paar Minuten nach Hause gekommen und habe bemerkt, dass Ihre Tür nicht ganz geschlossen war. Ich dachte, Sie wären vielleicht zurückgekommen. Also habe ich geklopft. Wie auch immer, ich habe die Tür dabei ein Stück aufgedrückt. Die Wohnung ist durchwühlt worden. Ich bin sofort in mein Apartment gelaufen und habe die Polizei angerufen. Sie haben mich gebeten, Kontakt mit Ihnen aufzunehmen. Und ich sollte nicht mehr in Ihr Apartment gehen."

„Danke." Dutzende Fragen schossen ihm durch den Kopf, die niemand beantworten konnte. „Ich werde versuchen, ob ich es noch heute Abend bis New York schaffe."

„Okay. Hey, Michael, es tut mir wirklich leid."

„Ja, bis später."

„Michael?" Pandora packte seine Hand, sobald er aufgelegt hatte.

„In meine Wohnung ist eingebrochen worden."

„Oh nein!" Sie hatte gewusst, dass der Friede nicht von Dauer sein konnte. „Glaubst du, es war ..."

„Ich weiß es nicht." Er fuhr sich durch die Haare. „Vielleicht. Oder vielleicht war es jemand, der bemerkt hat, dass seit einer Weile niemand mehr da ist."

Sie fühlte seinen Ärger, konnte ihn aber nicht besänftigen. „Du musst hinfahren."

Er nickte und ergriff ihre Hand. „Komm mit mir."

„Michael, einer von uns muss hier bei Sweeney und Charles bleiben."

„Ich lasse dich nicht allein."

„Du musst hinfahren", wiederholte sie. „Wenn es jemand von der Familie war, findest du vielleicht einen Beweis. Auf jeden Fall musst du dich darum kümmern. Ich komme schon zurecht."

„Genau wie letztes Mal, als ich nicht hier war."

Pandora zog eine Augenbraue hoch. „Ich bin nicht unfähig, Michael."

„Aber du wirst allein sein."

„Ich habe Bruno. Sieh mich nicht so an", verlangte sie. „Er ist vielleicht nicht gerade wild, aber er kann sehr gut bellen. Ich werde alle Fenster und Türen verschließen."

Er schüttelte den Kopf. „Reicht nicht."

„Also gut, wir rufen die örtliche Polizei an. Sie hat von Fitzhugh einen Bericht über die Zwischenfälle erhalten. Wir erklären, dass ich über Nacht allein sein werde, und bitten darum, dass sie ein Auge auf das Haus werfen."

„Schon besser." Dennoch stand Michael auf und ging unruhig auf und ab. „Wenn das eine Falle ist ..."

„Dann sind wir diesmal darauf vorbereitet."

Er zögerte, dachte es noch einmal durch, nickte. „Ich rufe die Polizei an."

10. KAPITEL

Pandora legte hinter Michael den schweren Riegel vor die Vordertür. Gemeinsam hatten sie alle Türen und Fenster überprüft. Pandora war sicher in dem Haus eingeschlossen.

Um sich zu beschäftigen, ging sie in die Küche. Das Huhn hatten sie gemeinsam zubereiten wollen. Nun musste sie es allein versuchen und holte dafür eines von Sweeneys Kochbüchern hervor, während Barbara Streisand im Radio einen Broadway-Song brachte.

Pandora hatte schon zwei Arbeitsflächen vollgeräumt, und ihre Hände waren dick bemehlt, als das Telefon klingelte. Sie benutzte ein Abtrockentuch, um den Hörer von dem Apparat in der Küche zu nehmen.

„Hallo."

„Pandora McVie?"

„Ja."

„Hören Sie gut zu."

„Können Sie lauter sprechen?", rief sie. „Ich kann Sie nicht sehr gut hören."

„Ich muss Sie warnen, und es ist nur wenig Zeit. Sie sind in Gefahr. Sie sind nicht sicher in diesem Haus, nicht allein."

Das Kochbuch entglitt ihren Händen und fiel auf den Fußboden. „Was? Wer spricht da?"

„Hören Sie nur zu! Sie sind allein, weil das so arrangiert wurde. Heute Nacht wird jemand versuchen, bei Ihnen einzubrechen."

„Wer?" Sie entdeckte in der Stimme keine Bösartigkeit, nur Nervosität. Sie war fast sicher, dass ein Mann am Telefon war, was aber bei dem heiseren Flüstern schwer herauszuhören war. „Wenn Sie versuchen, mir Angst einzujagen ..."

„Ich will Sie warnen. Als ich herausfand ..." Die Stimme zögerte. „Ihr hättet den Champagner nicht schicken sollen. Ich mag es nicht, was vor sich geht, aber ich werde es nicht aufhalten. Niemandem sollte etwas passieren, verstehen Sie? Aber ich habe Angst davor, was als Nächstes passieren könnte."

Pandora fühlte Furcht in sich aufsteigen. Außerhalb der Küchenfenster war es pechschwarz. Sie war allein in dem Haus mit zwei alten, kranken Angestellten. „Sagen Sie mir, wer Sie sind! Helfen Sie mir, dieser Sache ein Ende zu machen!"

„Ich riskiere schon alles mit dieser Warnung. Sie verstehen mich nicht. Verschwinden Sie bloß aus diesem Haus!"

Das ist ein Trick, sagte Pandora sich, ein Trick, damit ich das Haus verlasse. Sie straffte ihre Schultern, aber ihr Blick glitt von einem Fenster zum anderen. „Ich verlasse das Haus nicht. Wenn Sie helfen wollen, sagen Sie mir, vor wem ich mich fürchten sollte."

„Verschwinden Sie bloß", wiederholte die Stimme, bevor die Leitung tot war.

Pandora hielt den stummen Hörer noch eine Weile in der Hand. Das Öl in der Pfanne hatte zu brutzeln begonnen, das Radio gab Broadway-Musik von sich. Pandora beobachtete die Fenster, lauschte und legte auf. Es ist ein Trick, sagte sie sich. Sie wollte sich nicht von einer bebenden Stimme verscheuchen lassen.

Außerdem hatte Michael schon die Polizei gerufen. Beim ersten Anzeichen von Ärger brauchte sie nur zum Telefon zu greifen.

Ihre Hände waren nicht ganz ruhig, als sie sich wieder mit Feuereifer auf das Kochen stürzte. Sie fand, dass ein kleines Glas Wein zur Arbeit eine ausgezeichnete Idee war. Sie schenkte sich gerade ein, als Bruno in die Küche raste und um ihre Beine tänzelte.

„Bruno." Pandora kauerte sich hin und drückte den Hund an sich. Er fühlte sich warm und fest an. „Bin ich froh, dass du hier bist", murmelte sie. Und einen Moment lang erlaubte sie sich, Michael verzweifelt herbeizusehnen.

Bruno leckte ihr Gesicht, machte ein paar tapsige Sprünge zu dem Küchenschrank und jagte dann zur Tür, sprang dagegen und bellte.

„Jetzt?", fragte Pandora. „Vermutlich kannst du nicht bis zum Morgen warten."

Bruno jagte zu Pandora zurück, umkreiste sie und jagte wieder zur Tür. Nach dem dritten Mal gab sie nach. Der Anruf war nur ein Trick, noch dazu ein plumper. Außerdem könnte es nicht schaden, sich draußen umzusehen.

Sobald sie die Tür öffnete, stürzte Bruno hinaus und purzelte in den Schnee. Er schnüffelte eifrig herum, während Pandora frierend in der offenen Tür stand und ihre Augen anstrengte, um in der Dunkelheit etwas zu erkennen. Musik und Kochgerüche drangen ins Freie.

Da war nichts. Sie schlang die Arme gegen die Kälte um sich und fand, dass sie auch gar nichts erwartet hatte. Es schneite nicht mehr.

Die Sterne schienen hell. In den Wäldern war es still. Es war eine ganz normale Nacht auf dem Land. Pandora sog tief die Winterluft ein und wollte den Hund zurückrufen, als sie beide gleichzeitig die Bewegung am Waldrand sahen.

Nur schattenhaft löste sich eine menschliche Gestalt von den Bäumen. Ehe Pandora reagieren konnte, begann Bruno zu bellen und durch den Schnee zu jagen.

„Nein, Bruno! Komm zurück!" Ohne nachzudenken, griff Pandora nach einem alten Mantel, der neben der Tür hing, und warf ihn sich über. Dann packte sie aber doch eine schwere gusseiserne Stielpfanne, bevor sie ihrem Hund nachlief. „Bruno!"

Er verfolgte bereits am Waldrand die Spur. Pandora hastete hinter ihm her. Wer immer das Haus beobachtet hatte, war bei dem Anblick des tapsigen, überdimensionalen Welpen davongelaufen. Vor einem Feigling hatte Pandora keine Angst. Mit genauso viel Begeisterung wie Bruno sprintete Pandora in den Wald. Sie war außer Atem, als sie stehen blieb, um sich umzusehen und zu lauschen. Einen Moment geschah gar nichts, dann hörte sie zu ihrer Rechten wildes Bellen und das Geräusch von Schlägen.

„Bruno, fass!", schrie sie und rannte in die Richtung, aus der das Chaos kam. Schnee fiel von den Zweigen und glitt kalt und nass über ihren Nacken. Das Bellen wurde wilder, und in ihrer Eile stürzte Pandora über einen gefällten Baum. Sie spuckte Schnee und richtete sich fluchend auf die Knie auf. Bruno jagte aus dem Wald, rannte sie um und blieb über ihr stehen.

„Doch nicht mich!" Auf dem Rücken liegend, stemmte sich Pandora gegen den Hund. „Verdammt, Bruno, wenn du nicht …" Sie brach ab, als der Hund sich knurrend duckte. Pandora blickte auf und sah den Schatten zwischen den Bäumen auftauchen. Sie vergaß, dass sie zu stolz war, um sich vor einem Feigling zu fürchten.

Trotz ihrer von der Kälte tauben Hände packte sie die Pfanne am Stiel, richtete sich auf und schob sich an den nächsten Baum heran. Sie bemühte sich, lautlos zu atmen, und bereitete sich auf den Angriff vor. Verwandter oder Fremder, sie würde sich verteidigen, auch wenn ihre Knie zitterten. Bruno spannte sich und schnellte vorwärts. Im selben Moment hob Pandora die Pfanne hoch.

„Was, zum Teufel, ist hier los?"

„Michael!" Die Pfanne landete mit einem Platsch im Schnee, als Pandora Brunos Beispiel folgte und vorwärts schnellte. Vor Erleichterung außer sich, bedeckte sie Michaels Gesicht mit Küssen. „Oh, Michael, ich bin ja so froh, dass du das bist!"

„Ja, und wie froh du ausgesehen hast, als du mit dieser Pfanne zum Schlag ausgeholt hast. Ist dir das Haarspray ausgegangen?"

„Ich hatte gerade die Pfanne zur Hand." Abrupt zog sie sich zurück und blitzte ihn an. „Verdammt, Michael, du hast mich zu Tode erschreckt. Du solltest schon auf halbem Weg nach New York sein und nicht hier durch die Wälder schleichen."

„Und du solltest im Haus eingeschlossen sein."

„Das wäre ich auch, hättest du dich nicht durch die Wälder geschlichen. Warum?"

Lässig wischte er ihr den Schnee vom Gesicht. „Ich war schon zehn Meilen gefahren, aber ich wurde dieses schlechte Gefühl nicht los. Es war mir alles irgendwie zu glatt. Also habe ich an einer Tankstelle angehalten und meine Nachbarin angerufen."

„Und was ist mit deinem Apartment?"

„Ich habe mit der Polizei gesprochen und eine Liste der wertvollen Sachen durchgegeben. In ein oder zwei Tagen fahren wir beide nach New York." Er durfte nicht daran denken, was hätte passieren können, sonst hätte er Pandora geschüttelt. „Ich konnte dich nicht allein lassen."

„Allmählich beginne ich, an deine Ritterlichkeit zu glauben." Sie küsste ihn. „Das erklärt, warum du nicht in New York bist. Aber was hast du im Wald gemacht?"

„Nur so eine Ahnung." Er bückte sich, hob die Pfanne auf. Ein Schlag damit, und er wäre bis neun zu Boden gegangen und ausgezählt worden.

„Wenn du das nächste Mal eine Ahnung hast, steh nicht am Waldrand herum und starre zum Haus."

„Das habe ich nicht getan." Michael ergriff ihren Arm und ging zum Haus zurück. Er wollte Pandora hinter verschlossenen Türen haben.

„Ich habe dich gesehen."

„Ich weiß nicht, wen du gesehen hast." Ärgerlich blickte Michael auf den Hund hinunter. „Aber wenn du den Hund nicht ins Freie gelassen hättest, wüssten wir es jetzt beide. Ich wollte mich erst einmal draußen umsehen, ehe ich ins Haus kam, und ich fand Fußspuren. Ich bin ihnen gefolgt." Noch immer angespannt warf er einen Blick über die Schulter zurück. „Ich habe mich an die Person, wer immer es auch war, herangeschlichen, als Bruno seinen Angriff startete. Ich fing an, hinterherzujagen." Er fluchte und klopfte mit der Hand gegen die Bratpfanne. „Ich habe ihn fast eingeholt, als mir dieser Köter zwischen die Beine lief und ich mit dem Gesicht voran im Schnee landete. Im gleichen Augenblick hast du dem Hund etwas zugerufen. Nun, der Unbekannte hatte genug Zeit zu verschwinden."

Pandora murmelte eine Verwünschung und versetzte dem Schnee einen Tritt. „Hättest du mich verständigt, hätten wir zusammenarbeiten können."

„Ich wusste ja nicht, was hier vor sich ging, bevor es passiert war. Jedenfalls solltest du hinter verschlossenen Türen im Haus sein."

„Der Hund musste ins Freie", murmelte Pandora. „Und dann war da noch dieser Anruf. Jemand warnte mich."

„Wer?"

„Ich weiß es nicht. Könnte die Stimme eines Mannes gewesen sein –, aber ich bin nicht sicher."

Michaels Griff an ihrem Arm verstärkte sich. „Hat dieser Mann dich bedroht?"

„Nein, nein, es war nicht wie eine Drohung. Wer immer das war, er wusste über alles Bescheid und war darüber nicht gerade glücklich. So viel war klar. Er … oder sie sagte, jemand werde versuchen, auf Folley einzubrechen, und ich solle verschwinden."

„Und daraufhin bist du mit einer Bratpfanne in den Wald gelaufen. Pandora!" Diesmal schüttelte er sie. „Warum hast du nicht die Polizei angerufen?"

„Weil ich es wieder für einen Trick gehalten habe, und das machte mich wütend." Sie sah Michael trotzig an. „Ja, zuerst hatte ich Angst, aber dann hat es mich einfach geärgert. Ich mag Einschüchterung nicht. Als ich jemanden am Waldrand sah, wollte ich einfach zurückschlagen."

„Bewundernswert", sagte er und hielt sie an den Schultern fest. „Unbeschreiblich dumm."

„Du hast das Gleiche getan."

„Das war nicht das Gleiche. Du hast Verstand, du hast Stil, und ich gestehe dir sogar Mut zu. Aber, Cousine, du bist kein Schwergewicht. Wenn du nun mit dieser Person im Wald zusammengestoßen wärst und der Betreffende grob geworden wäre?“

„Ich kann auch grob werden“, murmelte Pandora.

„Sehr schön.“ Mit einer schnellen Bewegung hakte er einen Fuß hinter ihre Füße und schickte sie, Po voran, in den Schnee. Sie hatte nicht einmal die Chance, sich zu beschweren, als er schon über ihr stand und die Bratpfanne schwang. Bruno hielt es für ein wunderbares Spiel und sprang auf Pandora. „Ich wäre vielleicht morgen zurückgekommen und hätte dich halb im Schnee vergraben gefunden“, rief Michael. Ehe sie etwas sagen konnte, zog er sie wieder auf die Füße. „Das riskiere ich nicht.“

„Du hast mich lediglich überrascht“, erklärte sie.

„Halt den Mund!“ Er packte sie wieder an den Schultern, und diesmal war sein Griff nicht sanft. „Du bist für mich zu wichtig, Pandora. Ich gehe kein Risiko mehr ein. Wir rufen jetzt die Polizei. Und wir werden ihnen alles erzählen.“

„Und was können sie schon machen?“

„Das werden wir erfahren.“

Sie seufzte tief auf und lehnte sich gegen Michael. Die Jagd mochte aufregend gewesen sein, aber ihre Knie mussten doch irgendwann zu zittern aufhören. „Okay, vielleicht hast du Recht. Wir sind über den Anfang noch nicht herausgekommen.“

„Wenn wir die Polizei rufen, geben wir ja nicht auf. Wir ändern nur die Taktik. Wäre ich heute Nacht nicht zurückgekommen, Pandora, und hätte der Hund niemanden verscheucht, wärst du allein gewesen.“ Er ergriff ihre Hände, drückte sie an seine Lippen und wärmte sie. „Ich lasse nicht zu, dass dir etwas zustößt.“

Von der Freude, die seine Worte in ihr auslösten, verwirrt, versuchte sie, ihm ihre Hände zu entziehen. „Ich kann auf mich selbst aufpassen, Michael.“

Er lächelte, ließ sie jedoch nicht los. „Vielleicht, aber du wirst keine Gelegenheit mehr haben, das zu beweisen. Gehen wir zurück. Ich bin hungrig.“

„Typisch“, meinte sie, um die Stimmung zu entkrampfen. „Du denkst nur an deinen Magen und ... Oh, Himmel! Das Huhn!“ Pandora riss sich los und jagte in weiten Sätzen auf das Haus zu.

„So hungrig bin ich auch wieder nicht!“, rief er, holte sie ein, hielt sie fest und hob sie auf seine Arme. „Es gibt sogar wichtigere und dringendere Bedürfnisse als Essen.“

„Michael!“ Sie wehrte sich lachend. „Wenn du mich nicht herunterlässt, gibt es bald keine Küche mehr, in der wir essen können.“

„Dann essen wir woanders.“

„Ich habe die Pfanne auf der Herdplatte vergessen. Vielleicht ist von dem Huhn nichts mehr übrig als verkohlte Knochen.“

„Es gibt immer noch Suppe.“ Damit stieß er die Küchentür auf.

Anstelle verkohlter Überreste fanden Pandora und Michael einen Teller voll mit knusprig gebräunten Hühnchenteilen vor. Sweeney hatte schon alles aufgeräumt und die schmutzigen Pfannen in der Spüle eingeweicht.

„Sweeney.“ Von Michaels Armen aus überblickte Pandora die Küche. „Wieso sind Sie nicht im Bett? Was machen Sie hier?“

„Meine Arbeit“, antwortete Sweeney knapp, warf ihnen aber einen langen Blick aus den Augenwinkeln zu. Soweit es sie anging, funktionierte ihr Plan ausgezeichnet. Sie glaubte, dass Pandora und Michael frische Luft hatten schnappen wollen, während das Essen auf dem Herd stand, und dass sie – typisch junge Leute – die Zeit vergessen hatten.

„Sie sollten im Bett sein“, erinnerte Pandora sie.

„Quatsch! Ich war lange genug im Bett.“ Die Tage der Untätigkeit waren grässlich gewesen, sie hatte es im Bett kaum noch ausgehalten. Ihre Strategie hatte sich allerdings gelohnt, wenn sie Pandora in Michaels Armen sah. „Ich fühle mich frisch wie ein Fisch im Wasser. Waschen Sie sich die Hände für das Abendessen!“

Michael und Pandora betrachteten sie kritisch. Sweeneys Wangen waren rosig und rundlich, ihre Augen hell. Sie eilte genau wie früher geschäftig in der Küche umher.

„Wir wollen aber, dass Sie es noch ruhig angehen“, erklärte Michael. „Keine schweren Arbeiten.“

„Das stimmt. Michael und ich werden spülen.“ Pandora sah, wie er ein wenig die Stirn runzelte, und tätschelte ihm die Schulter. „Wir machen das gern.“

Michael und Pandora bestanden darauf, dass sie alle vier in der Küche aßen. Charles, der neben Sweeney saß, war nicht sicher, wie heftig und wie oft er husten sollte. Er entschied sich für einen Mittelweg und räusperte sich von Zeit zu Zeit.

Ohne sich abzusprechen, behielten Pandora und Michael die Geschichte von den Anschlägen für sich. Beide fanden, dass es für die alten Leute zu aufregend wäre und ihrer Erholung schaden könnte.

Es war schon fast neun Uhr, als Pandora die beiden endlich wieder zu Bett gebracht und aufgeräumt hatte und zu Michael in den Wohnraum kam.

„Erledigt?"

Sie nickte und schenkte sich einen Brandy ein. „Es war ein wenig wie Kinder ins Bett schicken, aber ich habe einen Film mit Cary Grant im Fernsehen gefunden, der sie interessiert. Am liebsten würde ich ihn mir selbst ansehen."

„Ein anderes Mal." Michael nahm einen Schluck aus ihrem Schwenker. „Ich habe die Polizei angerufen. Sie werden bald hier sein."

„Es stört mich noch immer, dass wir Außenstehende hineinziehen. Dein Logan erledigt auch immer alles selbst", setzte sie lächelnd hinzu.

„Irgendjemand hat mir doch irgendwann einmal gesagt, dass das alles nur Fantasien sind." Er schenkte sich ebenfalls einen Brandy ein und trank ihr zu. „Ich bin dahintergekommen, dass ich dich nicht gern mitten in einer Drehbuchhandlung wiederfinden würde. Der Ausgang könnte nämlich ziemlich gefährlich sein."

Pandora ging über seine Erklärung mit einem Achselzucken hinweg. „Du scheinst Beschützerinstinkte für weibliche Wesen zu entwickeln, Michael. Das sieht dir nicht ähnlich."

„Vielleicht nicht, aber es ist etwas anderes, wenn dieses weibliche Wesen mir gehört."

Pandora drehte sich mit hochgezogenen Augenbrauen zu ihm um. Es war lächerlich, bei einer so dummen und besitzergreifenden Bezeichnung Freude zu empfinden.

„Dir gehört?"

„Mir." Er legte die Hand in ihren Nacken. „Bereitet dir das Schwierigkeiten?"

Das Herz hämmerte ihr bis zum Hals herauf, bis sie endlich schlucken konnte. Vielleicht meinte er es ehrlich ... jetzt. In ein paar Monaten kehrte er in seine eigene Welt zu seinen eigenen Leuten zurück, und dann würde sie nur noch seine etwas ärgerliche Cousine sein. Aber jetzt – nur jetzt – meinte er es vielleicht so. „Ich bin mir nicht sicher."

„Denk darüber nach", riet er ihr, bevor er seine Lippen auf ihren Mund senkte. „Wir kommen noch darauf zurück."

Er ließ sie verwirrt zurück und ging an die Tür, als es klingelte.

Als Michael mit einem kleinen, rundlichen, kahlköpfigen Mann wiederkam, saß sie gelassen in einem Lehnstuhl neben dem Kamin. „Lieutenant Randall, Pandora McVie."

Sie bot dem Lieutenant Kaffee an, was er dankend annahm.

„Mr. Donahue hat mich informiert", erklärte der Lieutenant, als sie zurückkam. „Sie hatten wohl ein paar Belästigungen."

Pandora lächelte über den Ausdruck. „Einige."

„Ich möchte Sie nicht belehren." Er sah sie beide ernst an. „Aber Sie hätten die Polizei nach dem ersten Vorfall verständigen sollen."

„Wir hofften, durch Ignorieren eine Wiederholung zu verhindern." Pandora griff nach ihrer Kaffeetasse. „Wir haben uns getäuscht."

„Ich muss den Champagner mitnehmen." Wieder sah der Lieutenant sie beide missbilligend an. „Obwohl Sie ihn schon haben analysieren lassen, wollen wir ihn doch in unserem eigenen Labor untersuchen."

„Ich hole die Flasche." Michael stand auf und ließ sie beide allein.

„Miss McVie, stimmen Sie Mr. Donahue zu, dass diese Vorfälle zusammenhängen und dass einer Ihrer Verwandten dafür verantwortlich ist?"

„Absolut."

„Haben Sie Grund für einen bestimmten Verdacht?"

Pandora dachte noch einmal darüber nach. „Nein. Sehen Sie, wir halten als Familie nicht eng zusammen. Die Wahrheit ist, dass ich niemanden von der Familie genauer kenne."

„Ausgenommen Mr. Donahue."

„Das stimmt. Michael und ich haben oft unseren Onkel besucht und uns bei der Gelegenheit hier auf Folley getroffen. Keiner der anderen kam oft hierher."

„Der Champagner, Lieutenant." Michael brachte die Flasche herein. „Und der Bericht der Sanfield Laboratories."

Randall überflog den Auszug und schob das Blatt in den Karton, in dem die Flasche steckte. „Fitzhugh, der Anwalt Ihres Onkels, hat schon vor Wochen Zwischenfälle gemeldet. Danach haben wir die Gegend durch einen Streifenwagen überwachen lassen. Jetzt haben Sie bestimmt nichts dagegen, dass einer unserer Männer einmal am Tag das Gelände inspiziert."

„Das wäre mir sogar sehr recht", stimmte Michael zu.

Randall sah sich um. „Haben Sie nie an eine Alarmanlage gedacht?"

„Nein."

„Überlegen Sie sich das noch einmal", riet der Lieutenant, stand auf und verabschiedete sich.

„Wir sind soeben gescholten worden", murmelte Pandora.

Michael überlegte, ob er in ‚Logan's Run' noch einen grantigen Polizisten unterbringen könnte. „Sieht so aus."

„Weißt du, Michael, ich habe über die Einschaltung der Polizei in unsere Angelegenheit zwei Theorien."

„Welche?"

„Entweder wir beschwichtigen die Dinge damit, oder wir wühlen sie auf."

„Darauf kannst du Wetten abschließen."

„Du rechnest mit dem Aufwühlen."

„Ich war heute Abend der Auflösung schon so nahe." Er ließ den Kaffee stehen und goss sich einen weiteren Brandy ein. „Ich hatte sie fast schon zwischen den Fingern." Er blickte plötzlich rücksichtslos drein. „Ich kämpfe lieber auf offenem Gelände von Angesicht zu Angesicht."

„Wir sollten die Sache wie ein Schachspiel und nicht wie ein Boxmatch betrachten."

Sie kam zu ihm, um ihm die Arme um die Schultern zu legen und ihre Wange an seinen Nacken zu pressen. Es war eine Geste, die ihn immer wieder von Neuem überraschte. Als er seinen Kopf gegen ihr Haar lehnte, fragte er sich, wann er aufgehört hatte, daran zu denken, dass Pandora nicht seinem schon lange bestehenden Bild der idealen Frau entsprach. Ihr Haar war zu rot, ihr Körper zu schlank, ihre Zunge zu scharf. Michael schmiegte sich an Pandora und fand, dass sie beide sehr gut zusammenpassten.

„Ich hatte nie genug Geduld für Schach."

„Dann überlassen wir die Sache einfach der Polizei." Sie hielt ihn fester. Der Wunsch, zu beschützen, wuchs genauso schnell wie der Wunsch, beschützt zu werden. „Ich habe darüber nachgedacht, was heute Abend da draußen hätte passieren können. Ich will nicht, dass dir etwas zustößt, Michael."

Er legte zwei Finger unter ihr Kinn und hob ihren Kopf an. „Warum nicht?"

„Weil ..." Sie blickte in seine Augen und fühlte ihr Herz schmelzen. Aber sie war kein Narr. Sie würde ihren Stolz nicht aufs Spiel setzen. „Weil ich dann das Geschirr allein spülen müsste."

Er lächelte. Nein, er hatte nicht besonders viel Geduld, aber er konnte welche aufbringen, wenn es die Umstände erforderten. Er hauchte einen Kuss auf ihre Lippen. Früher oder später würde er mehr aus ihr herausbekommen. Und dann musste er entscheiden, was er damit machen wollte. „Gibt es noch einen Grund?"

Pandora suchte nach einer weiteren harmlosen Antwort. „Wenn du verletzt wirst, kannst du nicht arbeiten, und ich muss mich mit deiner schlechten Laune herumschlagen."

„Ich dachte, das tust du schon."

„Ich habe bereits Schlimmeres erlebt."

Er küsste ihre Augenlider in seiner trägen, sinnlichen Art, bis sie sich schlossen. „Versuch es noch einmal."

„Gern." Sie öffnete die Augen und betrachtete ihn mit einem angespannten und abwehrenden Blick. „Schafft dir das Probleme?"

„Nein." Sein Kuss war diesmal nicht sanft und geduldig. Innerhalb weniger Momente hatte er Pandora so weit, dass sie nachgiebig wurde. „Das einzige Problem war, dir dieses Geständnis zu entlocken."

„Immerhin sind wir miteinander verwandt und ..."

Lachend knabberte er an ihrem Ohrläppchen. „Versuche nicht auszuweichen."

Entrüstet stemmte sie sich gegen ihn. „Ich weiche nie aus."

„Es sei denn, du kannst es mit Vernunft erklären. Denk immer daran." Michael brachte sie erneut dazu, sich an ihn zu schmiegen. „Die verwandtschaftliche Verbindung ist sehr entfernt." Ihre Lippen trafen sich in einem heftigen, drängenden Kuss, lösten sich dann wieder voneinander. „Diese Verbindung ist es nicht."

„Ich weiß nicht, was du von mir willst", wisperte sie.

„Du bist doch sonst so schnell."

„Mach keine Scherze, Michael."

„Das ist kein Scherz." Er schob sie von sich und hielt sie an den Schultern fest. „Nein, Pandora, ich werde es dir nicht auseinanderklauben. Ich werde es dir nicht leicht machen. Du musst bereit sein zuzugeben, dass wir beide dasselbe wollen. Und du wirst bereit sein."

„Wie arrogant", warnte sie.

„Zuversichtlich", verbesserte er sie. Das musste er schon sein, sonst würde er bettelnd vor ihr auf den Knien liegen. Irgendwann wird der Zeitpunkt kommen, schwor er sich, an dem sie den letzten Rest von Zurückhaltung aufgibt. „Ich will dich."

Ein Schauder lief über ihr Rückgrat. „Ich weiß."

„Ja." Er verschränkte seine Finger mit den ihren. „Das weißt du."

11. KAPITEL

Der Winter tobte sich im Februar aus. Es kam so weit, dass Pandora sich den Weg vom Haus zu ihrer Werkstatt freischaufeln musste. Sie war dankbar für die körperliche Arbeit. Der Winter war eine lange und ruhige Zeit, in der man zu viel nachdenken konnte.

Indem sie diese Zeit ausnutzte, kam Pandora zu einigen unbequemen Einsichten. Ihr Leben, wie sie es bisher gekannt und geführt hatte, würde nie wieder dasselbe sein. Was ihre Kunst betraf, so fühlte sie, dass die Monate voll konzentrierter Anstrengung mit einzelnen aufregenden Momenten ihre Fähigkeiten sogar noch gesteigert hatten. In Wahrheit benutzte sie ihre Arbeit oft, um sich von den Dingen abzulenken, die mit ihr und um sie herum geschahen. Und wenn das nicht klappte, benutzte sie die Dinge, die mit ihr und um sie herum geschahen, in ihrer Arbeit.

Die plötzliche ungeschminkte Erkenntnis, dass ihre Gesundheit und sogar ihr Leben gefährdet gewesen waren, ließ sie einen Schritt von ihrem gewohnten praktischen Standpunkt abrücken. Sie lernte dadurch, Kleinigkeiten zu schätzen, die sie bisher als gegeben hingenommen hatte: das Erwachen in einem warmen Bett, den fallenden Schnee, das knisternde Kaminfeuer. Sie lernte, dass jeder Augenblick im Leben wichtig war.

Sie überlegte schon, ob sie für einen Tag nach New York fahren und einpacken sollte, was für sie wichtig war. Mit dem Packen würde sie gleichzeitig Entscheidungen treffen. Was sie behielt und was nicht, würde in gewisser Weise reflektieren, welche Veränderungen sie für sich selbst akzeptiert hatte.

Die Mietverträge für ihr Apartment und für ihre Werkstatt über der Boutique standen zur Erneuerung an. Pandora wollte beide auslaufen lassen. Sie zog die Gesellschaft der alten Diener ihres Onkels und die Verantwortung für die beiden dem Alleinleben vor. Obwohl sie früher fest entschlossen gewesen war, nur für sich selbst und ihre Kunst verantwortlich zu sein, traf Pandora ihre Wahl ohne Zögern. Obwohl sie in der Stadt gelebt hatte, hatte sie sich inmitten des hektischen Lebens und der Menschenmengen isoliert. Damit sollte Schluss sein.

Mit all dem war Michael verwoben.

In wenigen Wochen würde ihre Gemeinsamkeit enden. Der lange, miteinander verbrachte Winter würde zu einer Erinnerung werden, an die man in späteren Wintern denken konnte. Während sie sich auf ein neues und verändertes Leben vorbereitete, schwor sich Pandora, nichts zu bereuen. Aber sie konnte nicht verhindern, dass sich Wünsche in ihr regten.

Die Polizei war gekommen, und mit ihrer Ankunft waren noch mehr Fragen aufgetaucht. Alles in Pandoras Werkstatt musste nach Einbruch der Dunkelheit gut unter Verschluss gehalten werden. Und es gab keine einsamen Waldspaziergänge mehr. Es war zu einem abendlichen Ritual geworden, durch Folley zu gehen und Türen und Fenster zu kontrollieren, um die sich früher niemand gekümmert hatte. Oft sah Pandora auf ihrem Weg von der Werkstatt zu dem Haus Michael an seinem Fenster stehen und sie beobachten. Es hätte bei ihr sanfte, angenehme Gefühle erzeugen sollen, aber sie wusste, dass er darauf wartete, dass etwas geschah. Sie wusste auch, dass er wollte, dass etwas geschah. Die Untätigkeit bedrückte ihn.

Sie begriffen beide, wie gut es war, dass das Grundstück überwacht wurde, aber sie empfanden es gleichzeitig als Einmischung in ihre Privatsphäre.

Die Ermittlungen der Polizei hatten kein befriedigendes Ergebnis gebracht. Jeder ihrer Verwandten hatte ein Alibi für einen oder mehrere Zwischenfälle. Die Untersuchung hatte zwiespältige Auswirkungen. Seit die Polizei eingeschaltet worden war, hatte sich nichts mehr ereignet. Es hatte keine anonymen Anrufe, Schatten im Wald oder fingierte Telegramme gegeben. Andererseits waren, wie Pandora ebenfalls vorausgesagt hatte, die Dinge aufgerührt worden. Sie hatte einen wütenden Anruf von Carlson erhalten, der behauptete, sie wollten durch die Ermittlungen seine Anfechtungsklage unterminieren.

Gleich darauf war ein ziemlich wirrer Brief von Ginger gekommen, in dem sie sich in die Idee verrannte, auf Folley spuke es. Michael hatte am Telefon ein zweiminütiges Gespräch mit Morgan, der etwas von Familienangelegenheiten, Überreaktion und Gewäsch von sich gab.

Biff hatte in seinem üblichen Stil ein kurzes Telegramm geschickt:

Räuber und Gendarm? Was spielt ihr zwei miteinander?

Von Frank hörten sie nichts.

Das Polizeilabor bestätigte die erste Untersuchung des Champagners. Lieutenant Randall führte die Ermittlung in seiner genauen, ruhigen Art weiter. Und Michael und Pandora waren genau dort, wo sie schon vor Wochen gewesen waren: Sie warteten.

Michael wusste nicht, wie Pandora das alles aushielt. Während er den schmalen Weg, den sie ausgeschaufelt hatte, entlangging, fragte er sich, wie sie so ruhig bleiben konnte, während ihn das Ganze rasend machte. Bereits nach wenigen Tagen untätigen Abwartens hatte er erkannt, dass es schlimmer war, wenn gar nichts geschah. Darauf zu warten, dass ein anderer den nächsten Schritt tat, war die nervenzermürbendste Art der Folter. Bevor er Pandora nicht in Sicherheit wusste, konnte er sich nicht entspannen. Bevor er seine Hände nicht jemandem um den Hals legen konnte, würde er nicht zufrieden sein. Er war in Untätigkeit wie in einer Falle gefangen. Vor Pandoras Werkstatt blieb er stehen und blickte sich um.

Das Haus wirkte groß und märchenhaft mit den tropfenden Eiszapfen, die von Dachrinnen, Abflussrohren und Fensterläden hingen. Es gehörte in ein stimmungsvolles, geheimnisvolles Gruselbuch. Ein Märchen von der grimmigen Art. Vielleicht würde er eines Tages selbst eine Geschichte um dieses Haus spinnen, aber im Moment war es einfach sein Heim.

Die Hände in die Taschen geschoben, beobachtete er den aus den Kaminen aufsteigenden Rauch. Das Haus mochte albern sein, aber er hatte es stets geliebt. Je länger er darin lebte, desto sicherer wurde er, dass es so vorbestimmt war. Er hatte nicht die geringste Ahnung, wie Pandora seine Entscheidung aufnehmen würde, nach Ablauf der Frist hier zu bleiben.

Das letzte Skript für diese Saison war fertig. Nur noch diese Folge sollte gedreht werden, bevor die Show in die Sommerpause ging. Er könnte, wie er das schon öfter getan hatte, Anfang des Frühlings ein paar Wochen an einem heißen, lauten Strand verbringen. Er könnte angeln, sich entspannen und seine Freude daran haben, Frauen in winzigen Bikinis zu beobachten. Michael wusste, dass er in diesem Jahr nicht wegfahren würde.

In den letzten Tagen hatte er mit dem Gedanken gespielt, das Drehbuch für einen Spielfilm zu schreiben. Er hatte schon früher daran gedacht, aber es war immer etwas dazwischengekommen. Er wusste, dass er das Drehbuch hier schreiben könnte. Er könnte es perfekt ausarbeiten, während Pandora in seiner Nähe ihre Kunst ausübte und seine Arbeit kritisierte, sodass es ihn nur bestärken würde, es noch besser zu machen. Aber er wartete noch, wartete darauf, dass etwas geschah, wartete darauf, dass er herausfand, wer sie beide durch Einschüchterung vertreiben wollte. Und am meisten wartete er auf Pandora. Solange sie ihm nicht freiwillig ihr volles Vertrauen und ihr Herz schenkte, musste er warten.

Seine Hände ballten sich zu Fäusten und öffneten sich wieder. Er wollte und musste jetzt endlich handeln.

Michael versuchte, die Tür zu öffnen und war zufrieden, dass Pandora sie vereinbarungsgemäß verschlossen hielt. „Pandora?“ Sie öffnete, einen Bohrer in ihrer Hand. Nach einem Blick in ihr erhitztes Gesicht und auf ihr zerzaustes Haar hob Michael die Arme. „Ich bin unbewaffnet.“

„Und ich bin beschäftigt.“ Aber ihre Lippen lächelten andeutungsweise, und in ihren Augen leuchtete Freude.

„Ich weiß, dass ich in deiner festgesetzten Arbeitszeit störe, aber ich habe eine gute Entschuldigung.“

„Du lässt die Kälte herein“, beschwerte sie sich. Früher hätte sie ihm, ohne zu zögern, die Tür vor der Nase zugeknallt. Jetzt schloss sie die Tür hinter ihm.

„Hier drinnen ist es auch nicht viel wärmer.“

„Das ist angenehm, wenn ich arbeite, und genau das tue ich.“

„Gib Sweeney die Schuld. Sie schickt mich zum Einkaufen und besteht darauf, dass ich dich mitnehme.“ Er imitierte Sweeneys Tonfall: „Das Mädchen vergräbt sich in dieser Werkstatt. Sie braucht mehr Sonne.“

„Ich bekomme genug Sonne“, entgegnete Pandora, aber eine Fahrt in die nächste Stadt sagte ihr zu. Es konnte nicht schaden, mit dem Juwelier in dem kleinen Einkaufs-Center zu sprechen. Ihre Arbeit sollte über die großen Städte hinaus bekannt werden. „Ich finde, wir sollten ihr den Gefallen tun, aber ich möchte das hier erst zu Ende machen.“

„Ich habe es nicht eilig.“

„Gut. Also in einer halben Stunde.“

Sie tauschte den Bohrer gegen eine Lötlampe. Weil sie hinter sich die Tür nicht schließen hörte, drehte sie sich um und sah, wie Michael ihre Werkzeuge betrachtete.

„Michael", sagte sie mit deutlicher Ungeduld.

„Mach nur und lass dir Zeit."

„Hast du nichts zu tun?"

„Überhaupt nichts", antwortete er fröhlich.

„Keine kleine Szene mit Verfolgungsjagd?"

„Nein. Außerdem habe ich dir noch nie bei der Arbeit zugesehen."

„Zuschauer stören mich."

„Erweitere deinen Horizont, Liebes. Tu so, als wäre ich ein Lehrjunge."

„So sehr kann ich meinen Horizont gar nicht erweitern."

Er deutete unverdrossen auf ihre Werkbank. „Was ist das für ein Ding?"

„Dieses Ding", erwiderte sie angespannt, „ist ein Anhänger mit Wasserfalleffekt, aus Messingdraht und Silberstückchen, die ich von einem Armband übrig hatte."

„Du verschwendest nichts", murmelte er. „Praktisch wie immer. Was kommt als Nächstes?"

Mit einem tiefen Seufzer entschied Pandora, dass es einfacher war, mitzuspielen, als ihn hinauszuwerfen. „Ich habe gerade die gebogenen Drähte aufeinander abgestimmt. Ich habe verschiedene Dicken und Längen benutzt, um einen frei fließenden Effekt zu erzielen. Die Silberstückchen habe ich zu länglichen Tropfen geschnitten und gefeilt. Jetzt löte ich sie an die Enden der Drähte."

Sie regulierte die Flamme und rutschte ein Stück zur Seite, damit Michael zusehen konnte. Nachdem sie neben jeden Draht ein Stückchen Lötmetall gelegt hatte, erhitzte sie es mit der Lampe, bis das Metall schmolz. Geduldig und geschickt wiederholte sie den Vorgang, bis alle zwölf Tropfen befestigt waren.

„Sieht recht einfach aus", meinte er.

„Ein fünfjähriges Kind könnte das."

Er hörte den Spott in ihrer Stimme und lachte, während er ihre Hände ergriff. „Du willst ein Lob hören? Vor ein paar Minuten habe ich hier einen Haufen Metall gesehen. Jetzt sehe ich ein bezauberndes Muster, schön und exotisch."

„Es soll exotisch sein", erwiderte Pandora. „Jessica Wainwright wird es in ihrem Film tragen. Es soll das Geschenk eines ehemaligen Liebhabers sein. Die Gräfin behauptet, er sei ein türkischer Prinz gewesen."

Michael betrachtete erneut das Halsband. „Sehr passend."

„Es wird an miteinander verschlungenen Messing- und Silberdrähten hängen. Der tiefste Tropfen soll fast ihre Taille erreichen." Zufrieden hielt Pandora ihre Skizze hoch. „Jessica Wainwright hat sich sehr klar ausgedrückt. Sie will nichts Durchschnittliches, nicht einmal etwas Klassisches. Alles, was sie trägt, soll das Geheimnisvolle der Rolle unterstreichen."

Pandora legte die Skizze weg und ordnete ihr Werkzeug. Nach der Rückkehr aus der Stadt wollte sie das Halsband beenden und dann, wenn noch Zeit blieb, mit dem nächsten Stück beginnen. Die vergoldete Pfauenbrosche mit dem fein ziselierten, zehn Zentimeter messenden Rad würde gut und gern zwei Wochen verschlingen.

„Dieses Ding eignet sich als Mordwaffe", meinte Michael und griff nach einem Polierstahl, um die geschwungene Stahlspitze zu betrachten. „In einer meiner Geschichten."

„Lass mein Werkzeug aus deinen Geschichten heraus." Pandora nahm ihm den Polierstahl aus der Hand und legte ihn weg. „Lädst du mich in der Stadt zum Lunch ein?" Sie band ihre Schürze ab und griff nach ihrem Mantel.

„Ich wollte dich dasselbe fragen."

„Ich habe zuerst gefragt." Sie verschloss die Werkstatt und genoss die Kälte. „Der Schnee fängt zu schmelzen an."

„In ein paar Wochen werden die fünf Dutzend Blumenzwiebeln anfangen zu blühen, die Jolley gepflanzt hat."

„Narzissen", murmelte Pandora. Es schien nicht möglich, wenn man die Luft fühlte und die Schneehaufen sah, aber der Frühling stand unmittelbar bevor. „Der Winter ist mir nicht so lang erschienen."

„Nein, mir auch nicht." Michael legte seinen Arm um ihre Schultern. „Ich hätte nie gedacht, dass sechs Monate so schnell vergehen würden. Ich habe darauf getippt, dass in der Zeit einer von uns einen Mordversuch unternehmen würde."

Lachend passte sich Pandora seinen Schritten an. „Wir haben noch einen Monat vor uns."

„Jetzt müssen wir uns gut benehmen", erinnerte er sie. „Lieutenant Randall behält uns im Auge."

„Wir haben unsere Chance verpasst." Sie drehte sich und schlang ihre Arme um seinen Nacken. „Manchmal hätte ich dir gern eins mit einem stumpfen Gegenstand verpasst."

„Danke, gleichfalls." Er beugte den Kopf zu ihr hinunter. Ihre Lippen waren kühl und weich.

„Nun sieh dir das an!" Kichernd winkte Sweeney Charles zu sich heran. „Ich habe dir gesagt, dass es funktioniert. In ein paar Wochen backe ich eine Hochzeitstorte."

Als Charles neben Sweeney an das Fenster trat, bückte sich Pandora gerade und warf Michael eine Handvoll Schnee ins Gesicht. „Du sollst das Fell des Bären nicht verteilen, bevor du ihn nicht erlegt hast", murmelte er.

Um der Rache zu entgehen, rannte Pandora zu der Garage und duckte sich einen Sekundenbruchteil, bevor Schnee gegen das Tor knallte. „Du kannst noch immer nicht richtig zielen, Cousin!" Sie stemmte das Tor hoch, jagte in die Garage und sprang in Michaels Wagen. Zufrieden lehnte sie sich auf dem Sitz zurück. Michael würde ganz sicher nicht das makellose Innere seines Autos mit einem Schneeball ruinieren.

Michael öffnete die Wagentür, glitt auf den Nebensitz und ließ eine Hand voll Schnee auf ihren Kopf fallen. Sie protestierte immer noch lautstark, als er den Motor anließ.

„Im Nahkampf bin ich besser", stellte er fest.

Pandora wischte sich den Schnee aus dem Gesicht. Es fiel ihr schwer, empört über Michaels Aktion zu sein, weil sie ihr eigentlich doch gefiel.

„Man sollte doch wirklich meinen, dass ein Mann, der einen so protzigen Wagen fährt, nicht so leichtfertig damit umgeht."

„Der Wagen ist nur protzig, wenn man ihn als Statussymbol kauft."

„Und das hast du natürlich nicht getan."

„Ich habe ihn gekauft, weil er so irrsinnig wenig Benzin verbraucht." Als sie verächtlich schnaufte, wandte er sich mit einem breiten Lachen zu ihr. „Und weil er toll aussieht, wenn eine Rothaarige drinnen sitzt."

„Oder eine Blondine oder eine Brünette."

„Rothaarige", verbesserte er Pandora und wickelte sich eine rote

Haarsträhne um seine Finger. „Ich habe eine Vorliebe entdeckt."

Pandora hätte nicht lächeln sollen, aber sie tat es. Sie lächelte noch immer, als sie die lange, kurvenreiche Straße hinunterfuhren. „Wir können uns nicht über die Räumdienste beklagen", sagte sie leichthin. „Bis auf zwei Wochen im letzten Monat war die Straße meistens frei." Sie betrachtete die Schneehaufen, die von den Pflügen neben der Straße aufgeworfen worden waren.

„Wirklich schade, dass sie nicht auch unsere Zufahrt räumen."

„Du weißt doch, Michael, wie viel Spaß du gehabt hast, mit diesem kleinen Traktor-Schneepflug zu fahren. Onkel Jolley hat immer gesagt, dass er sich dabei wie ein raubeiniger Macho vorkommt."

„Ja, und zwar so sehr, dass er damit wie ein Verrückter im Hof herumgerast ist."

An der ersten Kurve trat Michael auf die Bremse. Pandora beugte sich vor und spielte an der Stereoanlage herum. „Die meisten Leute stellen sich so einen Luxusapparat in ihren Salon."

„Ich habe keinen Salon", erwiderte er.

„Du hast auch keine Stereoanlage mehr, die du hineinstellen kannst", erinnerte sie ihn. „Oder einen Fernseher."

Er zuckte die Schultern, dachte nach, was aus seinem Apartment gestohlen worden war. „Die Versicherung wird dafür aufkommen."

„Die Polizei behandelt es wie einen normalen Einbruch." Sie stellte einen anderen Sender ein. „Könnte es auch gewesen sein."

„Oder es könnte ein Ablenkungsmanöver gewesen sein. Ich wünschte, wir ..." Er stockte, als sie sich der nächsten Kurve näherten. Er hatte wieder auf die Bremse getreten, aber diesmal drückte er das Pedal wirkungslos bis zum Anschlag durch.

„Michael, wenn du mich mit deinen Fahrkünsten beeindrucken willst, so klappt das nicht." Instinktiv packte Pandora den Haltegriff, als der Wagen durch die Kurve jagte.

Während Michael mit einer Hand an dem Lenkrad kurbelte, zog er mit der anderen die Handbremse. Doch der Wagen raste unvermindert weiter die Straße hinunter. Er packte das Lenkrad mit beiden Händen und zwang den Wagen durch die nächste Kurve. „Keine Bremsen!", rief er und warf einen Blick auf den Tacho. Die Nadel hing über hundert Stundenkilometern.

Pandoras Knöchel wurden weiß an dem Haltegriff. „Das schaffen wir nie bis ganz nach unten!"

„Nein." Die Reifen kreischten in der nächsten Kurve. Kies spritzte auf. Metall kreischte, als die Stoßstange die Leitplanke streifte.

Pandora starrte auf die gewundene Straße vor ihnen. Das Bild verschwamm vor ihren Augen und klärte sich wieder. Ein Schild vor einer S-Kurve gebot eine Geschwindigkeit von fünfzig Stundenkilometern. Michael nahm die Kurve mit hundertzwanzig.

Pandora schloss die Augen. Als sie sie wieder aufriss und die Schneewehe direkt vor ihnen sah, schrie sie auf. Michael riss den Wagen in letzter Sekunde herum. Schnee spritzte himmelwärts, während der Wagen an der Wehe entlangschlitterte.

Michael starrte angespannt auf die Straße vor ihnen und versuchte, jede Kurve vorauszuahnen. Schweiß lief ihm über die Stirn. Er kannte die Straße, und gerade das jagte ihm Angst ein. Weniger als fünf Kilometer vor ihnen wurde sie noch abschüssiger. Bei hoher Geschwindigkeit musste der Wagen direkt durch die Leitplanke rammen und auf den Felsen unterhalb zerschellen. Das Spiel, das Jolley begonnen hatte, würde ein jähes, gewalttätiges Ende finden.

Michael drängte seine Angst zurück. „Wir haben nur eine Chance. Wir müssen in die Straße einbiegen, die zu dem alten Gasthaus führt. Sie kommt gleich hinter dieser Kurve." Er konnte nicht von der Straße weg zu Pandora sehen. Seine Finger umspannten das Lenkrad. „Halt dich fest!"

Sie würde sterben. Nur dieser Gedanke blieb, sonst fühlte sie sich wie betäubt. Sie hörte die Reifen kreischen, als Michael das Lenkrad herumriss. Der Wagen neigte sich, kippte fast auf die Seite. Bäume flogen vorbei, als der Wagen auf den glitschigen Rand der Autostraße glitt.

Für einen Moment schienen die Reifen auf dem Schotter unter dem Schnee zu greifen. Aber die Kurve war zu scharf, die Geschwindigkeit zu hoch. Außer Kontrolle wirbelte der Wagen auf die Bäume zu.

„Ich liebe dich", flüsterte Pandora und fasste nach Michael, bevor die Welt um sie herum schwarz wurde …

Michael kam langsam zu sich. Er hatte Schmerzen und wusste eine Weile nicht, weshalb. Da war ein Geräusch. Mühsam wandte er den Kopf. Als er die Augen öffnete, sah Michael einen Jungen mit weitaufgerissenen Augen und schwarzen Haaren durch die Seitenfenster starren.

„Mister, hey, Mister! Alles in Ordnung?“

Benommen stieß Michael die Tür auf. „Hol Hilfe“, brachte er hervor und kämpfte gegen eine neuerliche Ohnmacht. Er holte in gierigen Atemzügen tief Luft, um seinen Kopf zu klären, während der Junge durch den Wald davonrannte. „Pandora!“ Angst durchbrach den Nebel. Er beugte sich über sie.

Mit zitternden Fingern suchte er ihren Puls an ihrem Hals und fand ihn. Blut floss aus einer Wunde an ihrer Stirn über ihr Gesicht und auf seine Hände. Mit Hilfe des Verbandskastens im Handschuhfach stoppte er die Blutung. Er tastete Pandora ab, ob sie sich etwas gebrochen hatte, als sie stöhnte. Michael musste sich dazu zwingen, sie nicht an sich zu ziehen und sie festzuhalten.

„Ganz ruhig“, murmelte er, als sie sich bewegte. „Bleib ruhig.“ Als sie die Augen öffnete, bemerkte er, dass sie glasig ins Leere starrten. „Alles in Ordnung.“ Sanft umfasste er ihr Gesicht mit beiden Händen und redete beruhigend auf sie ein. Allmählich belebten sich ihre Augen, und sie tastete nach seiner Hand.

„Die Bremsen ...“

Er lehnte seine Wange kurz an die ihre. „Wir haben es geschafft.“

Verwirrt sah sie sich um. Der tiefe Schnee hatte den Wagen abgebremst, ehe er gegen einen Baum geprallt war. Tränen traten ihr in die Augen, als sie die Hand an sein Gesicht legte, wie er es gerade getan hatte. „Geht es dir gut?“

„Einfach großartig.“ Sein Handgelenk pochte, und sein Kopf schmerzte unglaublich, aber er lebte. Als Pandora sich wieder bewegte, hielt er sie fest. „Nein, bleib still sitzen. Ich weiß nicht, wie schlimm du verletzt bist. Da war vorhin ein Junge. Er holt Hilfe.“

„Es ist nur mein Kopf.“ Sie wollte seine Hand ergreifen und sah das Blut. „Mein Gott, du blutest! Wo?“

„Das ist nicht von mir, sondern von deinem Kopf. Du hast vielleicht eine Gehirnerschütterung.“

Sie tastete nach dem Verband. Die Wunde schmerzte, aber wenn sie Schmerzen fühlte, war sie wenigstens am Leben. „Ich dachte, ich wäre tot.“ Sie schloss die Augen. Tränen lösten sich von ihren Wimpern und liefen die Wangen hinunter. „Ich dachte, wir beide wären tot.“

„Wir kommen wieder in Ordnung." Sie hörten die Sirene auf der Bergstraße heulen. Michael schwieg, bis Pandora die Augen wieder öffnete. „Du weißt, was geschehen ist?"

Ihr Kopf schmerzte, aber sie konnte klar denken. „Mordversuch."

Michael nickte und wandte sich nicht um, als der Krankenwagen in die vereiste Nebenstraße einbog. „Ich habe lange genug gewartet, Pandora. Meine Geduld ist am Ende."

Lieutenant Randall fand Michael in der Notaufnahme des Krankenhauses. Er nahm seinen Schal ab, öffnete seinen Mantel und setzte sich auf die harte Holzbank. „Schlimm?", fragte er mit einem Blick auf die Bandage an Michaels Handgelenk.

„Nur eine Verstauchung, ein paar Schnittwunden und Prellungen und verdammte Kopfschmerzen. Und mein Wagen sieht wie ein Akkordeon aus."

„Wir werden ihn untersuchen. Sollen wir auf etwas achten?"

„Bremsen."

„Wann haben Sie den Wagen zuletzt benutzt?" Randall hielt sein Notizbuch in der Hand.

„Vor zehn bis vierzehn Tagen." Michael rieb sich matt die Schläfen.

„Wo haben Sie den Wagen gewöhnlich stehen?"

„In der Garage."

„Verschlossen?"

„Die Garage?" Michaels Blick war auf den Gang gerichtet, auf dem Pandora weggebracht worden war. „Nein. Mein Onkel hat vor Jahren eine Fernbedienung einbauen lassen. Hat nie funktioniert, wenn man nicht gleichzeitig den Fernseher eingeschaltet hat. Er hat sie wieder ausgebaut und das Schloss nicht ersetzt. Pandoras Wagen steht auch da", fiel ihm plötzlich ein. „Wenn ..."

„Wir überprüfen das", erklärte Randall. „Miss McVie war bei Ihnen?"

„Ja, Miss McVie ist jetzt beim Arzt." Das erste Mal seit Wochen sehnte Michael sich nach einer Zigarette. „Lieutenant, glauben Sie mir, ich finde heraus, wer das war, und dann ..."

„Sagen Sie nichts zu mir, das ich später gegen Sie verwenden könnte", warnte Randall. „Lassen Sie mich meinen Job machen, Mr. Donahue."

Michael sah ihm klar und entschlossen ins Gesicht. „Jemand spielt tödliche Spiele mit jemandem, der mir wichtig ist. Würden Sie an meiner Stelle Däumchen drehen und abwarten?"

Randall lächelte knapp. „Wissen Sie, Mr. Donahue, ich versäume nie Ihre Serie. Ganz toll! Manche dieser Ereignisse hier klingen, als wären sie aus Ihrer Serie."

„Als wären sie aus meiner Serie", wiederholte Michael langsam.

„Das Problem ist, dass die Dinge im wirklichen Leben nie so wie im Fernsehen laufen. Aber ich sehe es mir wirklich gern an. Hier kommt Ihre Lady."

Michael sprang auf und eilte ihr entgegen.

„Es geht mir gut", sagte Pandora, bevor er fragen konnte.

„Nicht so ganz." Hinter ihr stand ein junger Arzt in einem weißen Mantel. „Miss McVie hat eine Gehirnerschütterung."

„Er hat meinen Kopf mit ein paar Stichen zusammengeflickt und will mich als Gefangene behalten." Sie schenkte dem Arzt ein reizendes Lächeln und hakte sich bei Michael unter. „Fahren wir nach Hause."

„Einen Moment." Michael wandte sich an den Arzt. „Sie wollen sie im Krankenhaus behalten?"

„Michael ..."

„Sei still!"

„Jeder mit einer Gehirnerschütterung sollte unter ärztlicher Aufsicht bleiben. Miss McVie sollte über Nacht hier bleiben."

„Ich bleibe nicht wegen einer Beule am Kopf im Krankenhaus. Guten Tag, Lieutenant."

„Miss McVie."

Sie hob ihr Kinn hoch und sah den Arzt wieder an. „Also, Doktor ..."

„Barnhouse."

„Doktor Barnhouse. Ich werde Ihren Rat teilweise befolgen. Ruhe, kein Stress. Beim ersten Anzeichen von Übelkeit oder Schwindel stehe ich vor Ihrer Tür. Ich kann Ihnen versichern, dass ich mit Argusaugen überwacht werde, nachdem Sie Michael davon überzeugt haben, dass ich invalide bin."

Alles andere als zufrieden, wandte sich der Arzt direkt an Michael. „Ich kann Miss McVie natürlich nicht zum Bleiben zwingen."

Michael zog die Augenbrauen hoch. „Wenn Sie denken, ich könnte das, müssen Sie noch eine Menge über Frauen lernen."

Resigniert wandte Barnhouse sich wieder an Pandora. „Ich will Sie in spätestens einer Woche wiedersehen. Sie müssen vierundzwanzig Stunden ruhen, das bedeutet: liegen."

„Ja, Doktor, danke."

„In einer Woche", wiederholte er, ehe er wegging.

„Wüsste ich es nicht besser", meinte Michael, „würde ich sagen, er wollte dich nur dabehalten, um dich anzusehen."

„Natürlich. Ich sehe ja auch fabelhaft aus, wenn Blut über mein Gesicht rinnt und ich ein Loch im Kopf habe."

„Das dachte ich mir." Michael gab ihr einen Kuss auf die Wange, betrachtete dabei aber vor allem die Wunde. Sechs Stiche direkt am Haaransatz festigten seine Entschlossenheit. „Wir fahren nach Hause, damit ich dich verwöhnen kann."

„Ich werde Sie fahren." Randall deutete zur Tür. „Und wenn ich schon da bin, kann ich mich gleich umsehen."

Sweeney gluckte wie eine Mutterhenne über Pandora, die sich fünf Minuten nach ihrer Rückkehr bereits im Bett unter einer Daunendecke wiederfand und mit Suppe und süßem Tee aufgepäppelt wurde.

Um sich die Zeit zu vertreiben, machte Pandora Skizzen jener Leute, die zu ihrer Familie gehörten und aus deren Mitte heraus einer nach ihrem Leben getrachtet hatte.

Als Michael das Zimmer betrat, lagen die Skizzen nebeneinander auf der Bettdecke. „Eine Galerie der Schurken."

Er kam direkt aus der Garage, in der er und Randall die noch feuchte Bremsflüssigkeit gefunden hatten. Nicht die ganze, dachte er. Wer immer sich an den Bremsen zu schaffen gemacht hatte, hatte genug Flüssigkeit zurückgelassen, damit sich der Wagen auf den ersten Kilometern normal verhielt. Unter Pandoras Wagen hatten sie eine ähnliche Pfütze gefunden, und ihre Bremsschläuche waren angesägt. Doch das wollte er vorerst für sich behalten.

„Was siehst du hier?", fragte sie.

„Dass du ein gewaltiges Talent besitzt und malen solltest."

„Ich meine die Gesichter. Ich finde nichts, das mich darauf hinweisen könnte, wer von ihnen zu einem Mord fähig wäre."

„Jedermann ist zu einem Mord fähig", versicherte Michael. „Nur das Motiv und die Umstände müssen zu der Persönlichkeit passen."

Er deutete auf die Skizzen. „Einer von ihnen hat es versucht. Tante Patience mit ihrem runden kleinen Gesicht und den kurzsichtigen Augen?"

„Du kannst doch nicht ernsthaft glauben …"

„Sie ist Morgan ergeben, geradezu auf eine besessene Weise ergeben. Sie hat nie geheiratet. Warum? Weil sie sich immer um ihn gekümmert hat."

Er griff nach der nächsten Skizze.

„Oder hier, Morgan selbst, derb, grob, dickköpfig. Er hat Jolley für verrückt und für einen Nichtsnutz gehalten."

„Das haben sie alle getan", warf Pandora ein.

„Genau. Carlson, nüchtern, humorlos und Jolleys einziger noch lebender Sohn."

„Er hat versucht, das Testament anzufechten."

„Ja", bestätigte Michael. „Aber er wusste besser als alle anderen, wie schlau sein Vater war. Warum sollte er nicht versuchen, auf einfachere Weise an Geld zu kommen? Biff …" Michael lachte, als er die Zeichnung betrachtete. Pandora hatte Biff genau so getroffen, wie er war. In sich selbst vertieft.

„Ich kann mir nicht vorstellen, dass er sich die Hände schmutzig macht", sagte Pandora.

„Für eine Scheibe von hundertfünfzig Millionen? Ich kann es mir vorstellen. Die hübsche kleine Ginger. Man fragt sich, ob sie wirklich so hübsch und harmlos sein kann, wie sie aussieht. Und Hank." Pandora hatte ihn mit angespannter Armmuskulatur gezeichnet. „Was meinst du Pandora? Ich kenne Hank einfach nicht gut genug, um über ihn in dieser Sache eine Meinung zu haben. Würde er sich mit ein paar Tausendern zufrieden geben, wenn er Millionen haben könnte?"

„Ich weiß es nicht, das ist es ja gerade." Pandora schob die Zeichnungen hin und her. „Selbst wenn ich sie alle vor mir aufgereiht sehe, weiß ich es nicht."

„Alle aufgereiht", murmelte Michael. „Vielleicht ist das die Lösung. Ich glaube, wir sollten endlich ein nettes Familienfest veranstalten."

„Du willst sie doch nicht wirklich alle hierher einladen? Sie würden gar nicht kommen."

„O doch, sie werden kommen." Er plante schon voraus. „Nur eine kleine Andeutung, dass es hier mit uns nicht gut läuft, und sie werden sofort darauf anspringen, um uns den letzten Stoß zu geben. Du hast in einer Woche einen Termin beim Arzt. Wenn er dich für gesund erklärt, beginnen wir unser eigenes Spiel."

„Was für ein Spiel?"

„In einer Woche", wiederholte er und nahm ihr Gesicht in seine Hände. Es war schmal und wurde von der Haarmähne und den klaren Augen dominiert. Nicht klassisch schön, aber apart. Er hatte lange gebraucht, um sich das einzugestehen. „Du bist ein wenig blass."

„Ich bin immer blass, wenn ich eine Gehirnerschütterung habe. Wirst du mich verwöhnen?"

„Und ob!" Er zog sie an sich. „Mein Gott, ich dachte schon, ich hätte dich verloren."

Die Spur von Verzweiflung in seiner Stimme drängte Pandora dazu, ihn zu beruhigen. „Es wäre mit uns beiden aus gewesen, hättest du den Wagen nicht so gut beherrscht. Ich dachte nicht, dass wir lebend davonkommen würden."

„Aber wir sind davongekommen." Er zog sich ein wenig zurück, um sie genauer anzusehen. „Und jetzt sprechen wir darüber, was du zu mir unmittelbar vor dem Aufprall gesagt hast."

„Habe ich nicht geschrien?"

„Nein."

„Falls ich deinen Fahrstil kritisiert habe, möchte ich mich entschuldigen."

Er verstärkte den Griff an ihrem Kinn. „Du hast gesagt, dass du mich liebst." Er sah, wie sie in ehrlicher Überraschung die Luft anhielt. So mancher Mann wäre beleidigt gewesen. Michael konnte sich glücklich schätzen, dass er genug Humor besaß. „Rein technisch gesehen könnte es ein Geständnis auf dem Totenbett gewesen sein."

Hatte sie wirklich? „Ich war hysterisch", setzte sie an und wollte sich zurückziehen.

„Für mich hat es sich gar nicht hysterisch angehört."

„Michael, du hast Doktor Barnhouse gehört. Ich muss Stress vermeiden. Wenn du mir helfen willst, so bring mir Tee."

„Ich kenne ein besseres Mittel, um Muskeln und Nerven zu besänftigen." Er drückte Pandora in die Kissen und streckte sich neben ihr aus. Sanft ließ er seine Lippen über ihre Wangen gleiten. „Ich möchte es noch einmal von dir hören. Hier und jetzt."

„Michael."

„Nein, bleib liegen." Seine Hände brachten sie sanft und liebevoll zur Ruhe. „Ich muss dich berühren, nur einfach berühren. Zum Ausruhen hast du noch sehr viel Zeit."

Michael war so freundlich, so geduldig, hielt sie in seiner Armbeuge und streichelte sie, bis sie erleichtert seufzte.

„Ich werde mich um dich kümmern", murmelte er. „Und wenn du gesund bist, werden wir uns umeinander kümmern."

„Morgen bin ich wieder gesund." Ihre Stimme klang jedoch träge und schläfrig.

„Sicher." Er wollte sie noch einen Tag und eine Nacht im Bett festhalten, und wenn er sie notfalls anketten musste. „Du hast es noch nicht wieder gesagt. Liebst du mich, Pandora?"

Sie war so erschöpft, dass sie gegen nichts mehr ankämpfen konnte. „Und wenn?" Sie schaffte es, den Kopf zurückzulegen, um ihn noch einmal anzusehen. Seine Finger massierten leicht ihre Schläfen und vertrieben sogar den dumpfen Schmerz. „Leute verlieben und entlieben sich ständig."

„Leute." Er senkte seinen Kopf, bis seine Lippen gerade über ihre Lippen streichen konnten. „Aber nicht Pandora. Das ärgert dich, nicht wahr?"

Sie wollte ihn wütend anstarren, schloss jedoch stattdessen die Augen. „Ja. Ich tue mein Bestes, um die Situation rückgängig zu machen."

Für den Moment war Michael zufrieden und zog sie dichter an sich. Pandora liebte ihn. Er hatte noch genug Zeit, um sie dazu zu bringen, diesen Zustand zu mögen. „Lass mich wissen, wie du vorankommst", sagte er und lullte sie in den Schlaf.

12. KAPITEL

Michael betrachtete grimmig die dunklen Flecken auf dem Garagenboden. Das Ansägen der Bremsschläuche war ein beliebter alter Trick in Filmen, den er selbst schon angewandt hatte, genau wie den anonym zugeschickten Champagner und das falsche Telegramm. Erst in der letzten Saison von ‚Logan's Run' war die Heldin einer der Folgen in einen Keller gesperrt worden. Auch ein klassischer Trick.

Alles konnte aus seinen Skripts stammen. Randall hatte scherzhaft darauf hingewiesen, aber es war längst kein Scherz mehr.

Michael war entschlossen, den nächsten Schritt selbst zu machen, und dafür wollte er auf die klassischen Detektivromane zurückgreifen. Er ging in das Haus, um per Telefon seine Inszenierung vorzubereiten.

Er war soeben mit dem letzten Anruf fertig, als Pandora ihm auf dem Korridor entgegenkam. „Michael, du musst etwas wegen Sweeney unternehmen."

Michael lehnte sich gegen das Geländer und betrachtete sie. Pandora sah wunderbar aus, ausgeruht, gesund und verärgert. „Ist es nicht Zeit für deinen Mittagsschlaf?"

„Genau davon spreche ich." Ihr Ärger verstärkte sich und gefiel ihm immer besser. „Ich brauche keinen Mittagsschlaf. Seit dem Unfall ist mehr als eine Woche vergangen." Sie löste ein Lederband aus ihren Haaren und fuhr sich mit den Fingern hindurch. „Der Arzt sagte, ich sei in Ordnung."

„Hat er nicht gesagt, du hättest einen Schädel aus Stein?"

Sie zog die Augen zu schmalen Schlitzen zusammen. „Er war irritiert, weil ich ohne ihn perfekt gesund wurde. Ich bin geheilt, aber wenn Sweeney weiter nörgelt und mich bemuttert, bekomme ich einen Rückfall."

„Und was soll ich tun?"

„Sie wird auf dich hören. Aus einem unerfindlichen Grund hält sie dich für unfehlbar. Mr. Donahue dies, Mr. Donahue das. In der letzten Woche habe ich ständig gehört, wie charmant, gut aussehend und stark du bist. Ein Wunder, dass ich mich überhaupt erholt habe."

Er lächelte, aber er erkannte auch, dass Sweeneys Schmeicheleien seine Fortschritte zerstören konnten. „Die Frau hat eine gute Beobachtungsgabe. Trotzdem werde ich etwas unternehmen, weil ich dir erstens nie etwas abschlagen könnte, und zweitens weil Sweeney mich wegen meines Handgelenks verrückt gemacht hat."

Pandora neigte den Kopf zur Seite. „Und was wirst du unternehmen?"

„Sweeney wird in den nächsten Tagen zu beschäftigt sein, um sich um uns zu kümmern. Die Dinnerparty wird sie ablenken."

„Welche Dinnerparty?"

„Die Dinnerparty, die wir nächste Woche für alle unsere Verwandten geben werden."

Pandora blickte auf das Telefon. „Was hast du unternommen?"

„Ich habe nur meine Inszenierung vorbereitet, Cousine. Sweeney soll das beste Porzellan hervorholen, obwohl ich glaube, dass wir keine Zeit haben werden, es zu benutzen."

„Michael, wir werden nicht einfach Verwandte einladen. Einer von ihnen hat versucht, uns umzubringen."

„Und er hat versagt." Er legte seine Hand unter ihr Kinn. „Meinst du nicht, Pandora, dass er es immer wieder versuchen wird? Die Polizei kann das Grundstück nicht unbegrenzt überwachen. Und ich bin nicht bereit, die Vergangenheit ruhen zu lassen." Sein Blick richtete sich auf die feine Narbe an ihrer Stirn. Der Arzt hatte versichert, sie werde verschwinden, aber Michaels Erinnerung würde das niemals tun. „Wir bringen es auf meine Weise in Ordnung."

„Mir gefällt das nicht."

„Pandora." Er lächelte sie strahlend an. „Vertrau mir!"

Die Tatsache, dass sie ihm vertraute, machte sie nur noch nervöser. Seufzend ergriff sie seine Hand. „Lass uns Sweeney darauf vorbereiten, dass sie die Raubtiere füttern muss."

Bis zu dem Moment, in dem der erste Wagen eintraf, war Pandora sicher, dass niemand kommen würde. Sie hatte mit Michael seinen Plan besprochen, ihn abgelehnt, ihn bewundert und zuletzt akzeptiert. Bloßes Theater, dachte sie, aber sie hatte genug von Jolley in sich, um sich auf dieses Theater zu freuen, vor allem, da sie eine der Hauptpersonen war.

Für ihre Rolle wählte sie ein schulterfreies, knöchellanges Kleid aus schwarzer Jerseyseide. Dazu trug sie einen breiten Halsreifen aus gehämmertem Silber und Ohrringe, die fast bis zu den Schultern reichten. Wenn Michael sich ein Drama wünschte, wollte sie sich nicht widersetzen.

Als Michael sie oben auf der Treppe entdeckte, war er sprachlos. Hatte er sich tatsächlich all die Jahre selbst eingeredet, sie sei nicht schön? Wie sie in diesem Moment da oben stand, selbstsicher, herausfordernd und amüsiert, ließ sie jede Frau, die er je gekannt hatte, verblassen. Und wenn er ihr das sagte, würde sie es ihm kein bisschen glauben. Also nickte er bloß anerkennend.

„Perfekt“, murmelte er, während sie die Treppe herunterkam. In seinem dunklen Anzug sah Michael unbesiegbar und rücksichtslos aus. „Die weltgewandte Heldin.“ Er ergriff ihre Hand. „Kühl und erotisch. Hitchcock hätte dich zum Star gemacht.“

„Lieber nicht. Denk daran, was mit Grace Kelly passiert ist.“

Er lachte. „Nervös?“

„Nicht so sehr, wie ich es erwartet habe. Wenn es nicht funktioniert ...“

„Dann sind wir nicht schlechter dran als jetzt. Du weißt, was du tun musst.“

„Wir haben es oft genug geprobt, Michael. Ich habe jetzt noch die blauen Flecke.“

Er beugte sich vor und küsste ihre bloße Schulter. „Ich habe dich immer für ein Naturtalent gehalten. Wenn das vorüber ist, müssen wir beide eine ganz persönliche Inszenierung zu Ende bringen. Nein, zieh dich nicht zurück“, mahnte er, als sie es versuchte. „Es ist zu spät für einen Rückzug.“ Sie standen so dicht beisammen, dass sich ihre Lippen fast berührten. „Es ist schon lange zu spät dafür.“

Ihre bisher unterdrückte Nervosität kehrte zurück, hatte aber nichts mit den geplanten Tricks zu tun. „Du wirst dramatisch.“

Er nickte und spielte mit ihren Haaren. „Mein Sinn fürs Drama und deine praktische Ader, eine interessante Kombination.“

„Eine unbequeme Kombination.“

„Wenn das Leben zu einfach ist, verschläft man es“, erwiderte Michael. „Das hört sich so an, als wäre unser erster Gast eingetroffen“, murmelte er, als sie einen Wagen hörten. Er küsste sie flüchtig. „Hals- und Beinbruch.“

Sie zog die Nase kraus. „Genau das befürchte ich.“

Innerhalb der nächsten halben Stunde versammelten sich alle, die vor einigen Monaten bei der Verlesung des Testaments in der Bibliothek anwesend gewesen waren, Fitzhugh ausgenommen. Jolley strahlte von seinem Bild in der Bibliothek auf die Leute herunter. Pandora blickte von Zeit zu Zeit zu ihm hinauf und wartete darauf, dass er ihr zublinzelte.

Um den Leuten das Schauspiel zu bieten, um dessentwegen sie hergekommen waren, zankten sich Michael und Pandora über alles, was ihnen gerade einfiel. Der erste Akt hatte begonnen.

Carlson stand mit seiner Frau neben einem Buchregal, gereizt und ungeduldig, und sah Pandora finster entgegen.

„Onkel Carlson, ich bin so froh, dass du es geschafft hast. Wir sehen uns viel zu selten."

„Versuch nicht, mich mit Worten weich zu machen." Er ließ den Scotch in seinem Glas kreisen, ohne zu trinken. „Wenn du mich von der Anfechtung des absurden Testaments abbringen willst, täuschst du dich."

„Ich denke gar nicht daran. Fitzhugh sagt, dass du keine Chance hast." Sie lächelte strahlend. „Aber das Testament ist absurd, da stimme ich dir zu, besonders nach all diesen Monaten mit Michael im selben Haus. Ich sage dir, Onkel Carlson, ich habe manchmal ernsthaft daran gedacht, das Handtuch zu werfen. Er hat alles getan, um die sechs Monate unerträglich zu machen. Einmal hat er vorgetäuscht, seine Mutter sei krank, und er müsse nach Kalifornien fliegen. Prompt wurde ich im Keller eingesperrt. Kindische Spiele." Sie warf einen Blick voll Abneigung zu Michael. Aus den Augenwinkeln sah sie Carlson hastig und nervös trinken. „Nun, es ist fast überstanden. Ich bin so froh, dass wir jetzt ein wenig feiern können. Michael wird endlich eine Flasche Champagner öffnen, die er seit Weihnachten aufbewahrt."

Carlsons Frau ließ ihr Glas auf den Teppich fallen.

„Ach, du lieber Himmel", sagte Pandora. „Willst du einen neuen Drink?"

„Nein, nicht nötig." Carlson nahm seine Frau am Arm. „Entschuldige."

Während sie sich entfernten, fühlte Pandora einen kurzen Schauder der Erregung. Also, es war Carlson gewesen.

„Ich habe vor sechs Monaten das Rauchen aufgegeben", sagte Michael zu Hank und seiner Frau.

„Du wirst es nie bereuen", stellte Hank gesundheitsbewusst fest. „Jeder ist für seinen eigenen Körper verantwortlich."

„Darüber habe ich in letzter Zeit oft nachgedacht", sagte Michael trocken. „Aber das Zusammenleben mit Pandora hat es mir nicht leicht gemacht. Sie ließ mir ein gefälschtes Telegramm schicken, damit ich denken sollte, meine Mutter sei krank." Er warf Pandora einen finsteren Blick zu.

„Dann hast du also sechs Monate nicht geraucht." Meg lenkte das Gespräch wieder auf Michaels Gesundheit.

„Ein Wunder bei dieser Frau, aber es ist fast vorbei." Er lächelte Hank zu. „Zum Dinner gibt es Champagner statt Karottensaft. Seit Weihnachten bewahre ich diese Flasche für eine passende Gelegenheit auf."

Hanks Finger an seinem Glas Mineralwasser wurden weiß, und aus Megs Gesicht wich die Farbe. „Wir …" Hank sah hilflos zu Meg. „Wir trinken nicht."

„Champagner hat nichts mit Trinken zu tun", sagte Michael freundschaftlich. „Das hat mit Feiern zu tun. Entschuldigt." Er ging an die Bar und wartete auf Pandora. „Es war Hank."

„Nein." Sie goss sich Wermut nach. „Es war Carlson." Ihrer Rolle entsprechend, sah sie ihn dabei wütend an. „Du bist unerträglich langweilig."

Er hob sein Glas. „Und du bist ein Snob. Ich zähle schon die Tage."

Mit einer wütenden Drehung, dass ihr der Rock um die Beine wehte, verließ sie Michael und ging zu Ginger. „Ich verstehe nicht, wie ich es fertig bringe, mich bei diesem Mann zu beherrschen."

Ginger betrachtete ihr Gesicht in einem hübschen silbernen Taschenspiegel. „Ich habe ihn immer irgendwie niedlich gefunden."

„Du musst nicht mit ihm leben. Er hat meine Werkstatt verwüstet und behauptet, ein Vagabund habe es getan."

Ginger puderte ihre Nase. „Mir hätte er so etwas nicht angetan. Darum sagte ich auch zu …" Sie stockte und setzte mit einem dünnen Lächeln hinzu: „Hübsche Ohrringe hast du da."

Michael hörte sich Morgans Meinung über die Börse an. Bei erster Gelegenheit fiel er ihm ins Wort. „Wenn alles vorbei ist, hole ich mir bei dir Rat. Ich möchte mich um Jolleys Chemiewerke kümmern. Man kann viel Geld machen mit Dünger und – Schädlingsbekämpfungsmitteln.“ Er sah, wie Patience nervös mit ihren Händen spielte und unter Morgans mahnendem Blick damit aufhörte.

„Software“, sagte Morgan knapp.

Pandora versuchte ihr Glück bei Biff. „Du siehst gut aus.“

„Und du siehst blass aus, Cousine.“

„Die sechs Monate mit Michael! Ich weiß nicht, was Onkel Jolley an ihm fand. Michael mag seltsame Scherze. Er hat mich in den Keller gesperrt. Eines Abends hat er mich sogar mit verstellter Stimme angerufen und behauptet, jemand wolle mich töten.“

Biff hörte zu grinsen auf und sah sie verwirrt an. „Seltsam.“

„Na ja, es ist fast vorbei. Übrigens, hast du dich über den Champagner gefreut, den ich dir geschickt habe? Mir ist die Idee gekommen, weil jemand Michael eine Flasche zu Weihnachten gesandt hat. Er will sie heute Abend endlich aufmachen. Entschuldige, ich muss mich um das Dinner kümmern.“

In der Küche fand sie Sweeney bei den letzten Vorbereitungen. „Sweeney, es wird Zeit, den Strom abzuschalten.“

„Ich weiß, ich weiß, ich habe nur den Schinken fertig gemacht.“

Sweeney hatte den Auftrag, auf Pandoras Zeichen in den Keller zu gehen und den Strom für genau eine Minute abzuschalten. Die Köchin wischte sich die Hände an der Schürze ab und ging zur Kellertür. Pandora holte tief Luft und kehrte in die Bibliothek zurück.

Michael stand neben dem Schreibtisch, als sie eintrat.

„Dinner in zehn Minuten“, verkündete sie, überprüfte den Raum und nahm den vorgesehenen Platz ein.

Michael nahm das Stichwort auf. „Ihr alle fragt euch, warum ihr heute Abend hier seid.“ Er hob sein Glas und blickte jedem Einzelnen kurz ins Gesicht. „Einer von euch ist ein Mörder.“

Prompt erlosch das Licht, und ein Tumult brach los. Gläser zersprangen, Frauen schrien, ein Tisch kippte um. Als die Lichter wieder angingen, erstarrten alle.

Pandora lag halb unter dem Schreibtisch, mit dem Gesicht nach unten. Neben ihr lag ein blutbefleckter Brieföffner. Sofort kniete Michael neben ihr und nahm sie auf die Arme, bevor jemand reagieren konnte. Schweigend trug er sie aus dem Raum. Minuten später kehrte er allein zurück. Sein Gesichtsausdruck war hart und erbarmungslos.

„Ein Mörder", wiederholte er. „Sie ist tot."

„Was heißt, sie ist tot?" Carlson drängte sich nach vorne. „Was ist das für ein Spiel? Wir wollen sie sehen."

Michael stellte sich ihm in den Weg. „Niemand verlässt den Raum, bis die Polizei hier ist."

„Polizei?" Blass und zitternd blickte Carlson sich um. „Wir wollen keine Polizei. Wir müssen das untereinander abmachen. Sie ist nur in Ohnmacht gefallen."

„Hier ist ihr Blut." Michael deutete auf den blutbefleckten Brieföffner.

„Nein!" Meg schob die anderen beiseite. „Niemand sollte verletzt werden. Nur erschreckt. So sollte es nicht enden! Hank!" Sie vergrub ihr Gesicht an der Brust ihres Mannes.

„Wir wollten nur ein paar Tricks abziehen", murmelte er.

„Mord ist kein Trick", warf Michael ihm vor.

„Wir wollten niemals ..." Er sah Michael schockiert an. „Nicht Mord", stieß er hervor und drückte Meg fest an sich.

„Du wolltest auch keinen Champagner trinken, nicht wahr, Hank?"

„Da wollte ich aufhören." Meg schluchzte. „Ich habe Pandora sogar angerufen und sie gewarnt. Ich habe es von Anfang an für falsch gehalten, aber wir brauchten das Geld. Unser Sportstudio hatte alles verschlungen. Wir wollten euch zwei gegeneinander aufhetzen, aber mehr nicht. Hank und ich warteten in der Hütte im Wald. Dann ging er in Pandoras Werkstatt und hat alles verwüstet. Sie sollte denken, du seist es gewesen ..."

Zwei Tränen liefen ihr über die Wangen. „Es war alles so dumm ... und so aufregend."

Michael sah seine hübsche Cousine an. „Du hast mitgemacht?"

„Ich habe eigentlich nichts gemacht, aber als Tante Patience es mir erklärt hat ..."

„Patience?"

„Morgan hat einen Anteil an dem Vermögen verdient." Die alte Frau rang die Hände. „Wir wollten einen von euch vertreiben."

„Telegramm." Morgan paffte nervös an seiner Zigarre. „Nicht Mord." Er wandte sich an Carlson. „Deine Idee."

„Lächerlich!" Carlson trocknete seine Stirn mit einem weißen Taschentuch. „Die Anwälte konnten nichts machen. Ich habe nur meine Rechte geschützt."

„Mit Mord", warf Michael ein.

„Unsinn! Der Plan war, dich aus dem Haus zu locken. Ich habe sie in den Keller gesperrt. Bei dem Champagner hatte ich Bedenken, aber das war auch nicht tödlich."

„Das war Biffs Idee", sagte Meg.

Biff zuckte die Schultern. „Jeder hier im Raum hatte seine Finger in der Sache."

Michael trat an ihn heran. „Da ist noch die Sache mit meinem Wagen."

Biff zuckte noch einmal die Schultern, aber Michael sah die Schweißperlen oberhalb seiner Lippen. „Jeder war beteiligt. Du wirst jedenfalls nicht meine Fingerabdrücke auf dem Brieföffner finden."

„Wenn jemand einen Mordversuch begangen hat", sagte Michael ruhig, „kann man ihm den zweiten leichter nachweisen."

„Du kannst nichts beweisen. Jeder von uns könnte die Bremsschläuche deines Wagens angesägt haben. Du kannst nicht beweisen, dass ich es war."

„Nicht nötig." Blitzartig setzte Michael ihm die Faust auf die Kinnspitze. Doch bevor der Schwankende zu Boden stürzte, hatte er ihn beim Kragen gepackt. „Ich habe kein Wort von angesägten Bremsschläuchen gesagt."

Biff fühlte, wie die Falle sich schloss, und schlug blindlings um sich. Noch ehe Michael einen nächsten Faustschlag landen konnte, stolperte Biff und zog ihn mit sich zu Boden. Eine Tiffanylampe barst in einem Farbenregen. Schockiert wichen die anderen zurück.

„Michael, das reicht." Mit zerzausten Haaren und zerdrücktem Kleid betrat Pandora den Raum. „Wir haben Besuch."

Schwer atmend zog er Biff auf die Beine. Sein Handgelenk schmerzte, aber er sah es als ein Vergnügen an.

Charles wirkte in seinem besten Anzug sehr würdevoll, als er die Türen der Bibliothek öffnete. Hinter ihm stand Lieutenant Randall.

„Dinner ist serviert", verkündete Charles.

Zwei Stunden später feierten Pandora und Michael zu zweit mit Bruno in der Bibliothek. „Ich dachte nie, dass es klappen würde", sagte sie zwischen zwei Bissen Schinken. „Lieutenant Randall war auch nicht erfreut über unsere Komödie."

„Du warst großartig." Michael beugte sich zu ihr und gab ihr einen Kuss. „Ein Star."

„Der Brieföffner mit dem Theaterblut war gut, aber wenn sie alle zusammengehalten hätten ..."

„Wir wussten schon, dass einer weich geworden war. Meg hat also angerufen und dich gewarnt."

„Ich habe eigentlich vor, in ihr Sportstudio zu investieren."

„Wäre nicht schlecht", stimmte Michael zu.

„Was wird jetzt geschehen?"

„Ach, Carlson wird genau wie die anderen gut davonkommen, Biff ausgenommen. Der wird wohl eine Weile keine Anzüge von Brooks Brothers, sondern Gefängniskluft tragen."

„Du hast ihm noch ein blaues Auge geschlagen", meinte Pandora.

„Und zwar mit Begeisterung." Michael trank grinsend einen Schluck Wein.

„Noch zwei Wochen, dann ist es vorüber."

„Nein." Er ergriff ihre Hand. „Dann fängt es an. Wie lang?"

Pandora kämpfte um Selbstbeherrschung. „Wie lang was?"

„Wie lang liebst du mich schon?"

Sie zuckte zusammen. „Ich schmeichle doch nicht deinem Ego!"

„Na gut, dann fange ich an. Ich habe mich in dich verliebt, als du von den Kanarischen Inseln zurückkamst und in den Salon tratst. Du hattest Beine, die bis zur Taille reichten, und hast auf mich herabgesehen. Ich war nie wieder derselbe."

„Ich habe genug von Spielen, Michael", sagte sie steif.

„Ich auch." Er fuhr mit einem Finger über ihre Wange. „Du hast gesagt, dass du mich liebst, Pandora."

„Unter Druck."

„Dann muss ich dich unter Druck halten, weil ich dich nicht aufgeben werde. Warum heiraten wir nicht genau hier?"

Sie erstarrte. „Was?"

„Genau hier in der Bibliothek." Er blickte um sich, ignorierte aber die umgestürzten Tische und das zerbrochene Porzellan. „Wäre doch hübsch."

„Ich weiß nicht, wovon du sprichst. Wenn du erst einmal zu deinen vollbusigen Starlets und blonden Tänzerinnen …"

„Welche blonden Tänzerinnen? Ich kann blonde Tänzerinnen nicht ausstehen."

„Michael, darüber kann ich keine Scherze machen."

„Du kaufst ein hübsches weißes Kleid, vielleicht einen Schleier. Ein Schleier wird dir gut stehen. Dann besorgen wir uns einen Standesbeamten und viele Blumen und feiern eine sehr traditionelle Hochzeit. Danach lassen wir uns auf Folley häuslich nieder, und jeder geht seiner Karriere nach. In einem, spätestens zwei Jahren sorgen wir dafür, dass Charles und Sweeney ein Baby bemuttern können. Siehst du?" Er drückte einen Kuss auf ihr Ohr.

„Das Leben ist aber kein Skript", widersprach sie.

„Ich bin verrückt nach dir, Pandora. Sieh mich an! Als Künstlerin müsstest du unter die Oberfläche sehen können, und das müsste dir leicht fallen, weil du immer gesagt hast, ich sei seicht."

„Ich habe mich getäuscht." Sie wollte ihm glauben. Ihr Herz tat es bereits. „Michael, wenn das ein Spiel ist, bringe ich dich eigenhändig um."

„Keine Spiele mehr. Ich liebe dich, so einfach ist das."

„Einfach", murmelte sie und wunderte sich, dass sie überhaupt reden konnte. „Du willst heiraten?"

„Zusammenzuleben wäre zu einfach."

Er zog sie mit sich auf das Sofa, drängte sie zurück in die Kissen, und als sich ihre Lippen berührten, drückten sich alle seine Gedanken und Gefühle in diesem Kuss aus. Pandora wurde sanft und nachgiebig, was sie selten tat und was er selten verlangte. Sie schlang ihre Arme um ihn.

Vielleicht war wirklich alles so einfach.

„Ich liebe dich, Michael."

„Wir werden heiraten."

„Es sieht ganz so aus."

Seine Augen blickten eindringlich, als er sie ansah. „Ich werde dir das Leben schwer machen, Pandora. Und zwar zahle ich dir damit die Tatsache heim, dass du die aufreizendste … ich meine, die ärgerlichste Frau sein wirst, die man sich überhaupt vorstellen kann. Verstehen wir einander auch in dieser Hinsicht?"

Ihr Lächeln blühte förmlich auf. „Ich glaube, das haben wir schon immer getan."

Michael drückte einen Kuss auf ihre Stirn, dann auf ihre Nasenspitze und auf ihre Lippen. „Er hat uns beide immer verstanden."

Sie folgte seinem Blick zu Jolleys Porträt. „Der verrückte alte Kerl hat uns doch tatsächlich da, wo er uns haben wollte. Ich glaube, er hat jetzt gut lachen." Sie rieb ihre Wange an Michaels Wange. „Ich wünschte mir nur, er wäre hier und könnte uns sehen, wenn wir heiraten."

Michael zog eine Augenbraue hoch. „Wer sagt, dass er nicht hier sein wird?"

Er stand auf, zog sie auf die Beine und griff nach den beiden Gläsern.

„Auf Maximilian Jolley McVie."

„Auf Onkel Jolley." Pandora ließ ihr Glas gegen Michaels Glas klingen. „Auf uns." Sie nahm einen kräftigen Schluck und seufzte. „Himmel, es stehen uns verdammt turbulente Ehejahre bevor!"

– ENDE –

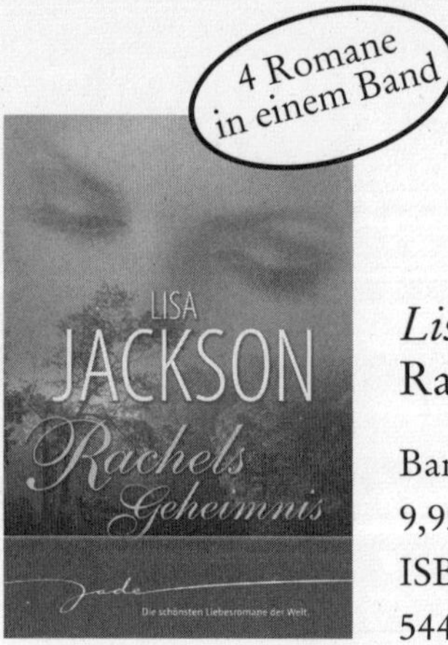

Lisa Jackson
Rachels Geheimnis

Band-Nr. 20009
9,95 € (D)
ISBN: 978-3-89941-719-7
544 Seiten

Linda Howard
Sommergeheimnisse

Band-Nr. 20013
9,95 € (D)
ISBN: 978-3-89941-756-2
400 Seiten

Penny Jordan
Eine Hochzeit und
drei Happy-Ends

Band-Nr. 20006
8,95 € (D)
ISBN: 978-3-89941-695-4
384 Seiten

Sherryl Woods
Die Carltons –
Liebe findet ihren Weg

Band-Nr. 20005
8,95 € (D)
ISBN: 978-3-89941-687-9
416 Seiten

Sandra Brown
Unbestechliche Herzen /
Das verbotene Glück

Band-Nr. 20003
8,95 € (D)
ISBN: 978-3-89941-674-9
400 Seiten

Jessica Bird
Das Moorehouse-Erbe

Band-Nr. 20002
8,95 € (D)
ISBN: 978-3-89941-667-1
432 Seiten